U0933141

经典书香

中国古典侠义小说丛书

（清）不题撰人 著

续小五义

下

团结出版社

图书在版编目(CIP)数据

续小五义/(清)不题撰人著.—北京:团结出版社,2016.9(2025.7重印)

ISBN 978-7-5126-4417-5

Ⅰ.①续… Ⅱ.①不… Ⅲ.①侠义小说-中国-清代 Ⅳ.①I242.4

中国版本图书馆CIP数据核字(2016)第202580号

出　　版:团结出版社
（北京市东城区东皇城根南街84号　邮编:100006）
电　　话:(010)65228880　65244790(传真)
网　　址:www.tjpress.com
E-mail:zb65244790@vip.163.com
经　　销:全国新华书店
印　　刷:三河市明华印务有限公司
开　　本:150mm*217mm　1/16
印　　张:41.5
字　　数:483千字
版　　次:2017年1月第1版
印　　次:2025年7月第4次印刷
书　　号:ISBN 978-7-5126-4417-5
定　　价:99.80元

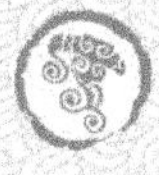

第六十二回

五里屯女贼漏网　尼姑庵地方泄机

且说姑娘正在叫卢珍应允此事，卢珍是至死不应。可巧这个时候赵保进来了。铁腿鹤一看卢珍，眼睛就红了，又一看素贞神色不对，故意说："妹子你的胆小，不敢杀人。"说毕，把刀抽出来，对着卢珍就剁。卢珍把双睛一闭等死，焉知旁边有不教他死的。素贞把自己鼻子一捏，把迷魂帕往外一拉，对着赵保一抖，铁腿鹤身不由自主，噗咚就躺下了。素贞嗤的一笑，说："相公，你看见了没有？我对你准是真心实意。咱二人要杀他，不费吹灰之力，你若不点头，那可是无法。你一定要求死，也叫你死一个心服口服。"连说了好几次，卢珍仍是摇头。素贞一瞧此事有些不行，又怕迷躺下的那个他要醒来时节，问我因何故将他迷倒，我何言对答？这两个人总得杀一个才行，姓卢的只好是杀他罢。

正犹豫未决，忽听外边有人说："你不用问我四兄弟了，老西倒愿意，你跟我去，饿不着你，早晚有你一碗醋喝。"素贞一听问道："外面什么人？"徐良说："是老西。"你道这徐良从何而至？皆因为金钱堡羞走，他就直奔南阳府。这日远远看见城墙，遇见一个打柴的，与他一打听，那人说："你看见的那城墙不是南阳府，那就是团城子，正经城墙在东边哪，看不见。"徐良又问哪里有大店，那人说："就在这前边五里新街，俱有大店。"徐良给那樵夫行了个礼，樵夫担上柴薪扬长而去。徐良进了五里新街，一看人烟稠密，做买做卖、推车挑担的人，实在不少。一直往西，路北有座大店，门前有几个伙计在板凳上坐着。徐良往里看了一看，伙计就张罗：“客官住店吗？”徐良说：“有跨院没有？”伙计说：“有，西跨院三间上房。”徐良跟着进来，到里面一看倒也干净。启帘到了屋中，打脸水烹茶，然后吃饭，外带米醋一盆。徐良说：“饼、馒首、饭一同上来。”徐良饱餐一顿，然后点上灯火，自己吃了半天茶。天有二鼓光景，忽然心中一动，对面就是团城子，此时无事，我何不到团城子走走？把店中伙计叫过来，叫他把门锁好，吹了灯烛，“我到外边走走就来。”伙计答应，把门锁好。徐良出去，直奔团城子而来，周围一绕，就是东西有两个大门，此时已然关闭了，地方实系宽大。自己心中纳闷：“他一个庄户人家，如何筑得城墙？难道说本地面的官府尽自不管？此中必有情由。本是从北面看起，仍然绕至北面，忽见东边有一个人，飞也似直奔西北。徐良尾于背后跟下来了，直跟到庙墙，那人并不叫门，竟自跃墙而过。徐良也就跟着上了墙。就见西边墙上，上来了一个人，山西雁细细一看，原来是艾虎，自己纳闷，他怎么也上这里来了？遂进了院内，与艾虎打了个手势。艾虎一见徐良，满心欢喜。艾虎皆因等卢珍工夫甚大，不见出来，甚是着急，把韩天锦留在外边，自己进去看看什么缘故，可巧碰见三哥。二人奔至窗棂之前，戳破窗棂纸，偷着瞧看，单见卢珍在那里绑着，赵保刚才要杀，就见路素贞一抖手帕，赵保就躺下了。然后又见她与卢珍商议两个人联姻的意思，卢珍只是摇头，姑娘拿刀威吓，卢珍执意不肯点头。外面二位英雄暗伸大指称赞，徐良这才把九尾仙狐叫将出来。艾虎一伸手，从兜囊之中掏出四个布卷，递与徐良两个，教他堵住鼻孔，自己也堵住鼻孔。艾虎说：“与这丫头动手，抢上风头，小心她那帕子。”你道艾虎这个布卷怎么这样现成？皆因是前番双盗狱的时节，他偷了

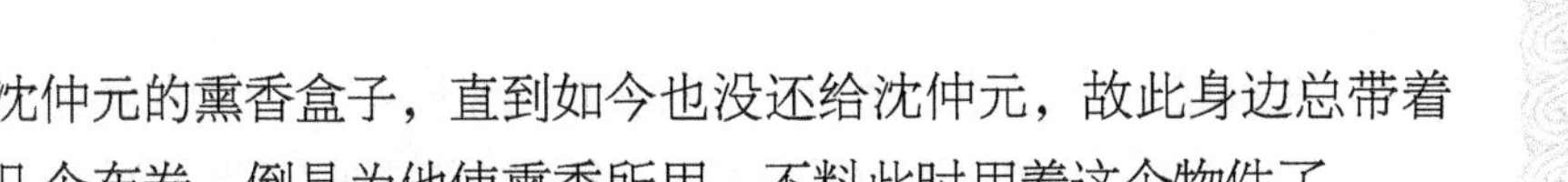

沈仲元的熏香盒子，直到如今也没还给沈仲元，故此身边总带着几个布卷，倒是为他使熏香所用，不料此时用着这个物件了。

路素贞由屋中奔至院内，说：“你们是哪里来的狂徒？好生大胆！”随着把刀就剁。徐良大环刀往上一迎，呛啷一声，把她的刀削为两段。路素贞吓得魂飞天外，赶忙一抢上风头对着徐良一抖迷魂帕。徐良往后一闪身，随说：“你那东西抖别人还可以，要抖老西算枉用心机，你不知道我有佛法护身？”路素贞更觉着急。艾虎一摆七宝刀，蹿将上来，路素贞正迎艾虎之面，一抖迷魂帕。艾虎一歪脸，说：“我也有佛法护身。”素贞见这帕子不灵，只得往墙上一蹿，逃窜性命。不料外头那个大傻小子等急了，左一个进去不出来了，右一个进去也不出来了，自己扒着西墙往里看，他身高一丈开外，墙只九尺，看的真切。老兄弟同着三爷与一个姑娘动手，那姑娘往墙上一蹿，他就过去双手一抱，说：“你别走啦！”抱住了，往墙下一拉。徐良说：“别撒手！”徐良往墙上一蹿，跟着艾虎也就上了墙，刚上墙，就听见噗咚一声，韩天锦栽倒在地，原来早被路素贞用那迷魂帕抖倒。九尾仙狐逃命去了。

待等徐良、艾虎下了墙头，过来一看，韩天锦四肢直挺，人事不省。艾虎说：“三哥先在这里看着，我进去开了庙门。”徐良点头。艾虎进来，先到屋中，解了卢珍的绑，掏出口中之物。卢珍一声长叹，说：“我真是时运不佳，才遇见这丫头缠绕。”艾虎说：“我去开门。”卢珍点头，艾虎出去把门开了。山西雁把韩天锦扛进来，到里边见了卢珍，与他道惊。卢珍很觉惭愧。那里现有灌卢珍的凉水，把韩天锦与赵保全用凉水灌醒。把赵保四马倒攒蹄捆上。

艾虎问：“三哥从哪里来？”徐良把自己事情说了一遍，说：

“我实在没脸见我弟媳，故此不辞而别，跑下来了。四弟因为何故，你们走在一处？”艾虎就把找三爷，二爷老叫不醒，树林睡觉遇见四哥的话学说了一遍。徐良说：“我去找地方去，这人准是一个贼。”卢珍说：“不但是贼，这里还有他的真赃实据，开封府内还等着他结案哪。”徐良说：“我出去找地方，教地方把他交在当官，解往开封府结案。你我先别露面，若要一露面，白菊花要在这一方，他一知道就不好办了。四弟你说哪里有真赃实据？”卢珍说：“方才女犯盗来的包袱在这里，大概失主离此也不甚远。”

徐良出去，等了半天工夫，方才进来，带了五六个人来，一个是地方，其余几个是伙计。到里面与卢珍、艾虎相见，道：“这是卢老爷，这是艾老爷，在此处办开封府要紧的案子，不料碰上了这么一案，明天把这个叫赵保的交给你们本地官，解往开封府结案，还跑了一个女贼，等着我们慢慢拿获。此刻我们是不能出头露面，我们还要在此处探访，有奉旨的差使哪。”地方朱三连连点头说：“老爷们只管放心，绝不能把风声透露。”徐良问：“这庙是官庙私庙？”地方说：“这个庙，是团城子里东方员外的家庙。”徐良说：“要是他的家庙，你可更别声张了。”地方点头说：“老爷们只管放心，是嘱咐我的言语，我们绝不能泄露。”徐良又问：“这个团城子东方员外，他有多大的前程？”地方说：“是个武童。”徐良说：“他是武童就住城墙房子，他要是朝中卿相，该住什么房子！难道说你们地面官也不管吗？”地方说：“老爷，这个话提起来就长了，焉有不管之理。”徐良说：“既然要管，怎么由着他盖城墙房子，这不是要反叛么？”地方说：“先前这五里街不热闹，是南阳西关热闹。团城子那里本叫刘村，姓刘的人多，每逢二八大集。这复姓东方是后搬去的，那财主大的无比，名叫东方保赤。”此时韩天锦可也醒过来了，赵保也醒过来了，无奈是叫人家捆住了，暗暗自己后悔，明知这场官司总有性命之忧。徐良又问：“东方保赤怎么样?”地方说：“此人家财甚厚，又赶上年岁不好，是卖房子的他就要。那个城墙本是个当铺，三年前止当候赎①，把铺子关闭了。他就买将过去，就用当铺的那垛墙把他买的那些房子都圈在里面去了，那个集场市面，也就归到五里新街来了。先前东西南北四个梢门，他把北门堵塞了。又有人给他看风水，他叫东方保赤，赤者是火，南方丙丁火，见者无处躲，把个南门也堵塞了。知府大人叫钱秀，一上任就亲身拜望他去了，见他家有城墙，立刻教他拆，他用了许多银钱疏通好了。可巧又换了一位知府大人叫钱疟②，到任之后仍是找他。他一想，此事不好，换多少回知府，得花多少回银钱，便与这位知府拜盟兄弟，哀告知府给他一个执照，作为是住户院墙，但不应砌城垛口，若要拆毁又无钱垒砌，将来塌陷之时，不许再砌成城垛③口的形象。给了他一张这样的印文，再换知府，就不能找他了。其实他这个城墙历年修补，一万年也没有塌陷之说。里面还盖了一个什么‘藏珍楼’，东西两个门如今连人都不许走了。”徐良一闻此言，就对上房书安的话了。自己想了主意，要到团城子找冠袍带履，连白菊花带盗鱼肠剑的节目，且听下回分解。

① 赎（shú）——用财物把抵押品换回。

② 疟（nüè）。

③ 城垛——城墙顶部突出的部位。

第六十三回

徐良首盗鱼肠剑　二寇双探藏珍楼

且说徐良对地方说："你若见着团城子人，可别提起尼姑庵之事，余者就按我那言语办理去罢。"地方说："此时天尚未明，明天早晨再把他解官罢。我给老爷们预备点酒去。"徐良说："不必。"等到次日天明，地方找了一辆车来，把赵保口中塞物，放在车上，把庙门倒锁。几位爷奔五里新街，俱上徐良店中去了。地方朱三解着差使，奔衙门见官回话去了，不提。

徐、艾、卢、韩四位进了店中，伙计过来，开了西院房门，到里面，伙计给烹茶打洗面汤，然后开饭，大家用毕，谈了些闲话。晚间又用了晚饭。徐良说："众位，我今天入团城子里面，探探东方亮他们共有多少贼人，白菊花在与不在。等我回来，我们再定主意。他们若是人多地险，你我弟兄还不可轻动手，等一天半日，展大叔等也就到了，咱们俱都会在一处，那可就好办了。"艾虎说："我今晚同三哥一路前往如何？"徐良说："我今晚又不动手，要许多人去何用？你要去，等明日再去。"艾虎无奈，只可点头答应。天交二鼓之半，徐良换上夜行衣靠，背后勒上大环刀。卢珍说："小心了。"徐良一点头，就在院中纵身跳在西墙之外，直奔团城子而来。到了团城子城墙下面，掏出飞抓百练索，搭住上面城墙，倒着上去，用手一扳上面城砖，用了一个骑马势，跳将上去。摘了抓头，往下一看，只见从东北来了两条黑影，直奔城墙而来，也都是一身夜行衣

靠，到城墙之下，把百练索搭住了城墙上面，导绒绳而上。到了上边，复又扔下绒绳去，叫那个捯绳而上。可巧墙头之上，有一棵小榆树儿，徐良就在树后隐住了身子，将二人相貌仔细一看：一个是一张黄脸，上面有一层绿毛；一个面似瓦灰，在印堂处约有鸭卵大小一块紫记，全都是背插单刀。这二人也是把抓头扣住城砖，那一个黄脸绿毛的先下去，那一个有紫记的后下去。徐良就转过来瞧着，见头一个下去，一手一手捯着绒绳，看看快脚踏实地，就见他把腿往上一卷，复又用脚蹬住城墙，回头往下看，透着惊慌之色，低声说："兄弟你要小心，这城墙脚下，有护墙壕，宽够六尺，全是翻板，一块搭住一块，要是蹬上，可就坠落下去了。可不定多么深呢，千万留神。你下来时可得倒腰，非蹿过七尺去不行。"上面那个点头说："哥哥放心罢，我知道了。"那人踹城墙，一勾腰蹿出，足够七尺，方才脚踏实地。第二个这才要下来，徐良忽然想起一个主意来了，赶紧跑将过去，就把他那个飞抓百练索一手揪住，一手把那挠钩一摘，看看那人刚要着地，一撒手，那人噗咚一声，就掉进护城壕内。原来这团城子里所有的脏水连下雨的雨水、尿屎秽水，全归在这护城壕里面。这人落在濠中，骚臭难闻。先下去的那个，把翻板给他蹬住，把他拉将上来，抱怨他说："我连连告诉与你，你还是不留神。少刻要到了藏珍楼，你更不定怎么样了。"那人说："你别抱怨我，非是我不留神，是百练索抓头断了，怎么怪我呢？"那人说："抓头万不会断，总是你蹬在翻板上了，不信咱们看看抓头。"徐良在墙头上暗笑。那黄脸的一赌气，将绒绳拿过来一看，一丝儿也未动，说："你来看，一丝儿也未动。"那有紫记的说："这个事情实在的奇怪，像上头有人摘了的一样。"上边老西暗说："你算猜着了，是老西多了一把手儿。”那黄脸的说：“你说的真不像话，上面又没有人，焉能给你摘钩儿哪。你往那里去的时候，可多要留神就是了。”说毕，二人施展夜行术，一前一后，扑奔正南去了。

山西雁方才下来。也是百练索抓头，抓住了城砖，四面八方细细瞧瞧有人没人，他也怕的是再有人给他摘了，也闹身尿泥。然后这才导绒绳而下，离地约有三四尺的光景，看准了翻板，一踹城墙，往后一倒腰，撒手倒出七八尺光景，方脚踏实地。用力一扯绒绳复①又往上一抖；抓头方才下来，将百练索绒绳绕好，装在百宝囊之内，也就施展夜行术，跟下那两个人来了。此处原本是东方亮的大花园子，过了月牙河，就是太湖山石。刚一拐竹塘，遇见两个打更的，当当当正交三鼓。忽听打更的哎哟一声，徐良就知道被那两个人拿住了。往前一探身躯，见那两人捏着打更的脖子，绕在太湖山石洞之内，往下一摔，噗咚一声，摔倒在地，四马倒攒蹄，把两个打更的捆上，把刀亮出来，扁着刀乱蹭脑门子。只吓得那两个更夫②魂不附体，哀哀求饶。二人说：“我问你们几句言语，只要你们说了真情实话，我就饶你们。”更夫说：“只要饶命，我们就说。你们二位是为冠袍带履而来，是为鱼肠剑而来，是为借盘费而来？”二人说：“我们就为鱼肠剑而来。这个东西在什么所在？只要你们说了实话，我们将此物得到手中，不但饶恕你们，还要大大的周济你们两个哪。”更夫说：“只要你们饶恕，就足感大恩大德，哪里敢讨赏呢？你们二位既要打听鱼肠剑，我把这道路与二位说明。由此往西，有个果木园子，穿果木园子而过，北边一段长墙，那里叫红翠园，可别进

① 复——然后。

② 更夫——打更（值夜）的人。

去。一直往南，就看见西边一段短墙，那栅栏门子可在西边，似乎你们这样能耐，就不用开门了。跃进短墙，路北有座高楼，说楼可又不是楼的形象，类若庙门相仿，七层高台阶上边，有三个大铜字，是藏珍楼，外边明显着一条金龙，脑袋冲下，张牙舞爪，这鱼肠剑就在楼的内面。”二人又问：“听说这藏珍楼有些消息儿埋伏，可是什么消息儿？”更夫说：“埋伏是有，我们可不知道是什么个消息儿。自从我们上工，我们大太爷三太爷亲身嘱咐，前后打更，红翠园不许进去，东北角上有一个小庙儿，不许进去。这藏珍楼院子倒许我们进去，但得离着楼周围一丈，倘若走到离楼一丈之内，弄出什么舛错来，或死或带伤，大太爷可不管。我们可也不知是什么消息儿①。”二人对更夫说：“你的言语，也无凭可考，等着我们得剑回来再来放你。”说毕，撕衣就把他们口来塞住。

徐良看着那二人往正西去了，自己过来，把那一个年长的更夫口中之物，掏将出来，也把大环刀抽出来，扁着刀，往脑门子上一蹭。更夫连连哀告说：“好汉爷爷饶命，你老人家问什么，说吧。方才那二位，可是一同来的？”徐良说：“是一同来的，他们是上藏珍楼去了是不是？”更夫说：“他们上藏珍楼找宝剑去了。那二位是你老人家的什么人？”徐良说：“算起来他们是我孙子。我另问你一件事情，你要不说，我打发你上姥姥家去。”更夫说：“你老人家问什么言语？”徐良说：“你们员外这里，现在住着多少朋友？”更夫说：“刻下住着朋友不甚多。”徐良问：“都是什么人？姓甚名谁？”更夫说：“金头活太岁王刚，急三枪陈振，墨金刚柳飞熊，菜火蛇秦业，独角龙常二怔，

① 消息儿——指暗藏的机械装置，一触动就能牵动其他部分。

病獬豸①胡仁，就是这些朋友。”徐良问：“火判官周龙上这里来没有?”更夫说：“没来。”徐良说：“有个白菊花来了没有?”更夫说：“姓晏哪？先前在这里，如今不在。”徐良说：“我也暂且屈尊屈尊你们，待事毕之后再来放你们两个。”也就把他口塞住。徐良自己一忖度，这藏珍楼有险，让他们两个去罢，我先到前边看看，恐更夫言语不实。白菊花果在此处，设法拿他；他如不在此处，更不可打草惊蛇。再看这两个贼人把宝剑盗出来盗不出来，他们若将宝剑得到手内，我跟他们到外边与他们要剑，他如不给，量这二人不是我的对手。主意已定，直奔前边去了。

单提那二人过了果木园子，看见这红翠园，直奔正南，迎面有一大柏树，往西一拐，蹿进短墙，一看藏珍楼，与更夫说的一样。二人直奔七层台阶去，离阶石有七八尺的光景，二人将要拉刀，就觉足下一软，登在翻板之上，两个人一齐坠将下去。要问他们生死如何，且听下回分解。

① 獬豸（xiè zhì）——古代传说中的异兽，能辨曲直，见人争斗就用角去顶坏人。

第六十四回

伏地君王收二寇　金家弟兄见群贼

且说这两个奔藏珍楼的到底是谁？儒守府管辖，有一座朝天岭，山上有五个寨主，一个叫王纪先，一个叫王纪祖，三寨主叫金弓小二郎王玉。山下有个梅花沟，内中有个金家店，两个店东，一个叫金永福，一个叫金永禄，就是山中四寨主、五寨主。这朝天岭山路最险，前面是十里地的水，通着马尾江，到山口左右，有两座岛，一座叫连云岛，一座叫银汉岛，当中有个中平寨。这中平寨前，在两个岛口当中，隔着一段竹门，竹门之前，水内有滚龙挡，上面有刀，有水轮子，无论多大识水性的人，也过不了这滚龙挡。过了竹门，有个三孔桥，内有三张卷网。这梅花沟，就在连云岛下面，靠着中平寨的水面，南岸就是金家店。皆因为这日，金永福、金永禄正在店中，接着王爷的书信，过水面与山中送信，见了王纪先、王纪祖、金弓小二郎王玉，投了王爷的书信。可巧头一天，有团城子伏地君王东方亮派了两个人去，一个叫赫连齐，一个叫赫连方，两个人送东方亮的请帖。山上三个寨主，都没见到，只见了金永福、金永禄。今日金家弟兄一见王纪先就提说："昨日晚间，东方亮派人到了我们店中，与我们留下了一个请帖。我们店中待承了他们的酒饭，今日早晨辞别去了。"翠麒麟王纪祖问说："大哥，我听说团城子东方亮家中有一口鱼肠剑，从列国专诸刺王僚的时节直到如今，复又出现，可称是无价之玉。大哥可见过此物？"王纪先说："只是耳闻，我最怕那宗东西出世，我有一身宝铠，寻常刀剑一概不怕，所惧者就是鱼肠剑。”王纪祖问：“东方亮下请帖，五月十五这天，哥哥打算去与不去?”王纪先说：“我们与他素无往来，他也不是名声远震的人物，谁与他前去助威?”王纪祖说：“既然不去，又与他没有交情，几时若是得便，到他那里，把他鱼肠剑盗来，我们大家一观，一则大家瞧看瞧看，二则亦免大哥忧虑此物日后为患。”王玉说：“这有何难？待小弟去走上一趟，除非我去，别的人还不行哪。”王纪祖问：“怎么非你去不行?”王玉说：“这东方亮家内，有个藏珍楼，这藏珍楼不易进去，非得能人去不可，倘若不行的到那里，不但不能把剑得来，还怕有害于己。”王纪祖说：“待等得便之时，王兄弟就辛苦一趟。”金永福在旁言道：“三哥方才所说这鱼肠剑，我弟兄二人情甘愿意往团城子去走上一趟如何?”王玉说：“二位贤弟，不是劣兄小看你们，你们二位，虽然高来高去，要盗人家无价之宝，只怕画虎不成反类犬。你们不想一想，既是祖传之物，必要收藏一个严密的所在，不能就在明处放着。再说他那里人多，你们二位，又没有什么格外的秀气，岂不是班门弄斧。”金永禄一听，微微冷笑说：“既然这样，非你去不可。”王玉说：“你们二位，如要不信我的言语，就辛苦一趟。要能够真把鱼肠剑盗来，我从山上一步一个头，给你们磕到梅花沟去。”王纪先拦道：“你们千万不可这样。”金永福、金永禄也就不往下再说。当日晚间出山，回到梅花沟，二人这口闷气不出，商量着要上南阳府。金永禄说：“哥哥愿意去不愿意去？你要不愿去，我就一人前去了。”金永福说：“焉有不愿意去的道理？倘若我们把鱼肠剑盗来，非叫三哥给我们磕头不行。他实在是眼空四海，目中无人。”二人商量妥当，次日换了衣服，带些盘费，提了夜行衣靠的包袱，由梅花沟金家店起身，一路无话，

也是住在五里新街。晚间换好夜行衣靠，背插单刀，奔团城子而来。进团城子头一个是金永福，第二个掉翻板内的就是金永禄。

二人问明白了更夫，到了藏珍楼院内一看，这楼的形象，极其高大，当中挖出来的旋门，与庙门一样，有两个门环，红门上起金钉，两扇门当中，约有二指宽的门缝。上面嵌出来三个大铜字，是“藏珍楼”。在铜字上边，有一条金龙，张牙舞爪，垂着两根龙须，有如通条粗细，越往下越尖，这龙须垂到与门的上槛高低不差往来。二人一齐要上七层台阶，不料就踩在翻板之上，噗咚一声，坠落下去。幸而好不大深，二人打算要往上蹿，上边翻板复又盖好，里面是黑洞洞的，伸手不见掌。二人往下一坠，就听哗啷哗啷，铜铃一阵乱响，工夫不多，只听上边一阵乱嚷，把翻板一掀，十数把长挠钩，往下一伸，先把金永福搭住，后把金永禄搭住，拉将上来，俱都捆上二臂，从背后给他们把刀抽出去，推推拥拥往外就走，一直奔了更房儿。许多打更的说：“告诉咱们大太爷去。”

更夫与东方亮送信暂且不表，且说徐良直到前面，看有明三暗九一座大厅，就大厅后面蹿将上去，跃过房脊，到了前坡，扒住连檐瓦口，往下探身躯一看，就见伏地君王东方亮员外在当中落座，足下是薄底靴子，身上箭袖袍、狮蛮带。面如油粉，两道宝剑眉，一双大三角眼，狮鼻阔口，一部花白胡须遮满前胸，可是黑多白少。上首就是他的兄弟，紫缎的扎花壮巾，紫缎子箭袖袍，身高九尺，膀阔三停，紫微微一张脸面，剑眉圆目，直鼻阔口，一部黑髯，这就是紫面天王东方清。内中还坐着六个人，一个个穿红挂绿，长短不等，全都是凶眉恶眼，脸上怪肉横生，俱都不是良善之辈。正在观看之际，只见从外边飞也似跑进一个人来说：“周四寨主爷到。”伏地君王说：“请。”不多一时，前面灯球火把，就把许多人引将进来。东方亮迎出大厅之外，大众都给伏地君王行礼，又见了紫面天王东方清。房上的徐良，认得进来的这些人，却是火判官周龙，小韩信张大连，青苗神柳旺，赫连齐，赫连方，又有三尺短命丁皮虎，黄荣江，黄荣海，细脖大头鬼王房书安。唯独见了房书安，这里伏地君王东方亮问道："房贤弟，你如今也有四十多岁了罢，怎么混闹起来了，你自己也不觉着叫人耻笑。"房书安哈哈一笑，说："哥哥说了半天，多一半是为我这鼻子罢？"东方亮说："你自己还知道哇，这个岁数，反倒胡闹起来了。"房书安说："你打算我这鼻子是长了天疱疮了不成？却不是。我这是叫一个，一个……"说了半天总没说出什么来。东方亮哈哈大笑说："一个什么呀，怎么不往下说了？"房书安说："我说到此处，心里就有些发怯，我总怕他老人家在这里。"东方亮说："你这人说话半吐半咽，屋里来说罢。"到了屋中，就与金头活太岁王刚，墨金刚柳飞熊，急三枪陈振，菜火蛇秦业，独角龙常二怔，病獬豸胡仁等，大家相见了一回，然后彼此落座，从人献茶上来。东方亮问："房书安，你这鼻子是什么缘故？"房书安说："我这鼻子是遇见一个削鼻子的祖宗给削了去了。"东方亮问："这削鼻子祖宗是谁？"房书安说："提起此人，大大有名。陷空岛有一个穿山鼠徐庆之子，此人姓徐名良，外号人称多臂人熊，又叫山西雁。这人本领高强，足智多谋，一身的暗器，会装死，会假打呼，人家疑惑他睡着了，却原来他假睡着，一过去，就吃了他的苦了。火焚桃花沟，杀跑了飞毛腿，结果了金箍头陀邓飞熊的性命。就因张大连对着我信口开河，也搭着我多吃了几杯酒，讲来讲去，我就讲到穿山鼠徐三老爷子那里去了，这个削鼻子祖宗，他哪里答应我呀！我钻到桌子底下，叫他们替我说一句'没在这里'，他们谁都不管。后来还是我带出来的这个黄大兄弟、黄二兄弟，报答了报答我，把桌子一掀，他们兄弟两个踹后窗户跑了。要不是我眼前有点机灵，那天晚上就出了大差了。也仗着是我腿软嘴软，才保住这条性命。”东方亮问：“什么腿软嘴软？”房书安说：“这你还不明白么？腿软是给人家跪着，嘴软是央求人家，这才把这位老爷子央求心软了说：‘我不杀你罢，实在怒气难消？杀了你罢，又瞧你央求的可怜。’这才与我留下了一个记号，把鼻子削将下来，我方逃了性命。”又搭着他说话没有鼻子，乌囔乌囔的，更加着他说话，有一句说一句，绝不藏私，所有听的人俱都掩口而笑。紫面天王东方清大吼一声，说：“住了，房贤弟，不要往下再讲了，休长他人的志气，灭自己的威风。慢说他是穿山鼠徐庆之子，就是五鼠五义，也不放在复姓东方的心上。有日王爷兴师，早晚必要会会他们这些侠义，看看他们有多大本领。连徐庆我都不惧，何况是他的后人！就怕遇不见他，我若见着这个多臂人熊，要不把他首级拿来见见众位，从此我就更名改姓！”房书安说：“三爷，这么说的人太多了，见面之时你就晓得他那个厉害了。”这一句话不要紧，只气得紫面天王把桌案一拍，大叫：“房书安，你再要夸奖于他，你就出我们团城子去罢，或者你把他找来，你看着我们两个人较量较量。”山西雁正在房上，听了个真切，心中暗道：“你不用找，老西现在此处，要较量较量却有何难。”想到此处，一抽大环刀，就要蹿下房去。要问徐良胜负如何，且听下回分解。

第六十五回

屋内金仙身体不爽　院中玉仙故意骗人

且说徐良在屋上，正要拉刀蹿将下去，教这紫面的知道知道我的厉害。忽见由外边跑进三个人来，两个壮士打扮，一个穿着一身重孝，放声大哭，直奔房内而来。身临切近，山西雁方才认出来了：一个是薛昆，一个是李霸，一个是王熊儿。王熊儿穿着一身重孝。皆因在毛家疃，王熊儿瞧势头不好，背着自己包袱，先就跑了。第二天，方才遇见薛昆、李霸，他们两个人把毛天寿已死，王虎儿被杀告诉了王熊儿一遍。三个人商量着，无处可奔，只可是上团城子与大太爷送信。就仗着王熊儿包袱内有些散碎银子，王熊儿做了一身孝服，一路盘费，到了团城子，天气就不早了。到了门首，众人一问缘故，王熊儿就把太岁坊之事说了一遍。众人一听，都慨叹了半天，并不用与他通报，就自己进来了。到得里面，见了东方亮，噗咚一声，跪倒身躯，放声大哭。伏地君王问："因为何故这么大哭，穿了一身重孝？"王熊儿就把太岁坊抢金氏起，直到毛家疃毛天寿、王虎儿被杀，前前后后，细细地说了一遍。末了说："我今特来报与大太爷三太爷知晓此事。"东方亮、东方清一闻此言，放声大哭，大家劝解了一回。东方亮说："众位有所不知，我二弟性情古怪，他要在我们这里住着，焉有此事。"大家一齐说道："也是二员外爷命该如此，只可打听准丧在什么人手，咱们与他报仇就是了。"薛昆、李霸又把赵胜死的缘故说了一遍。又说："别的人俱未能看清，单有一个相貌古怪的，是两道白眉毛，又是山西的口音。"房书安说："众位听见了没有？就是这个老西，我总疑惑着，早晚之间必上这里来哪。"东方清言道："正要找寻于他。他若不来，可是他的万幸；如果要来，可算他是飞蛾投火——自送其死。"东方亮说："你们暂且吃饭去罢，有什么话以后再讲。"薛昆、李霸、王熊儿俱都下去。

这时，外面慌慌张张跑进一个家人来说："员外爷在上，如今藏珍楼拿住两个盗剑的了。"伏地君王东方亮一闻此言，吩咐一声："把两个人与我绑上来！"不多一时，就看见从外边推推拥拥推进两个人来，大家说："跪下跪下。"那两个人挺胸叠肚，立而不跪。大众一看，这两个人全都是马尾透风巾，青缎夜行衣，青抄包，青中衣，蓝缎袜，扳尖洒鞋。一个是黄脸绿毛，一个是面似瓦灰，一块紫记，怒目横眉，立而不跪。东方亮一看，微微冷笑说："你们两个好生大胆，既要前来盗剑，也该打听打听才是，我复姓东方的，最喜欢绿林中的朋友。山林中的宾朋，海岛内好友，准有几百位，俱是出乎其类的英雄，拔乎其萃的好汉。我一生最恼的，是不打听打听我是什么样朋友，依仗你们的本领，前来窃盗哇，盗我藏珍楼的宝物哇，自逞其能，藐视我这个所在。我也不怕你们恼，慢说你们那样本事，就是比你们强着万倍，连我那个楼门也不用打算进去。我也不用问你们的名姓，倘是问出来，要有与我相好的朋友认识，倒不好办了。来！推出去与我砍了。"家人答应，立刻往外一推。

再说紫面天王一瞅这两个贼，就有几分爱惜，见他们进来时节，虎势昂昂，挺胸叠肚，毫无惧色，后来向各人一瞅，就把头往下一低，再也不瞅人了，倒仿佛是害怕的形象，刚要往下一推，就听有人说，刀下留人。原来是赫连齐对赫连方说："这不是梅花沟金家店二位寨主么？"二人更把头往下一低，一语不发。赫连方说："对呀！哥哥看他脸上这块紫记，难道你就忘了不成？"赫连齐向着金家兄弟二人说："你们二位不言语不大要紧，险些耽误了交情。"回头说："大哥，咱们红白帖儿把人家请来了，咱们这样待承人家，可下不去呀！"东方亮说："我焉得知晓，这是哪里来的呀！"赫连齐说："这就是朝天岭梅花沟的四寨主五寨主，一位是鸳鸯太岁金永福，一位是绿面天王金永禄。"东方亮一闻此言，自己亲身下去，与二人解绑，说："二位贤弟，实在劣兄不知驾到，如果知是二位贤弟到此，我天胆也不敢将二位贤弟绑将起来，望乞二位弟台恕过愚兄。"说着，就一恭到地。金永福、金永禄双膝点地，说："我二人自逞其能，前来盗剑，冒犯天颜，身该万死，蒙大太爷不肯杀害我们，恩同再造，惭愧呀，惭愧！"东方亮说："二位贤弟言重了。我本是差派我两个兄弟聘请五位寨主，前来助威，不料二位贤弟，也搭着是更深时候，无心坠落我的翻板，若非赫连贤弟看出，险些误了大事。"金家兄弟说："大太爷饶了我们，还说这许多谦虚言语，我们如何担当得住。"东方亮说："你们二位再要叫我大太爷，就是骂我一样，咱们全都是自己弟兄，要是太谦，那还了得。赫连贤弟与他们见见众位。"赫连齐这才带着金家弟兄，先见了东方清，然后与群寇一一相见。

东方亮吩咐家人取了两件英雄氅①来，先叫金家兄弟披在身上。东方亮复又问道："但不知这下月十五日，那三位寨主，可能到我这里来不能？"金永福道："大哥，实不相瞒，有这里请帖到了朝天岭，皆因是我们大哥二哥不来，这才提起了你老这里有口鱼肠剑，我们大哥二哥说听人讲究过，可没见过。王玉就说，要见这口剑不难，他要上这里盗去给我们见识见识，还说要盗剑非他不成，除他之外，别无一人能盗。我们两个人不服，就往这里来了。不料我们二人被捉，多亏大哥宽宏大量，若不然，我二人早作了无头之鬼。他们既要打算盗你的宝剑，是日岂能与你助威呀？"东方亮一闻此言，哈哈大笑，说："二位贤弟，我方才已然说过，我最好交友之人，待等十五日这个擂台一过，我只带一名家人，同着二位贤弟，带上鱼肠剑，去到朝天岭，见一见二位寨主，把宝剑也教他们二位看看。只要他们二位喜爱此物，我就把这个东西送给他们二位，又算什么要紧的事情。常言说得好，'宝剑赠与烈士，红粉赠与佳人。'此剑乃是我用不着的物件，送与他们二位倒作一个赠剑之交，并且我还有大事相商。"金永福、金永禄说："这位大哥，素好交友，名不虚传。"群寇异口同音说："你们与大哥交长了，就知道大哥这交友的慷慨了。"伏地君王一声吩咐备酒。

山西雁把他们的事情俱都听得明白。自己想，此处又没有白菊花，我也不必出头露面了，倒不如上藏珍楼瞧瞧。自己拿定主意，趄身回头，从后坡飘身下去，直奔后面来了。又到了捆更夫

① 氅（chǎng）——大衣。

的那个太湖石前，一直扑奔正西，过了果木园子，见着一段长墙，心中一想，方才那更夫说的，这个地方叫红翠园，但不知这红翠园是什么景致？刚走至那里，就见里面灯光闪烁。原来这个门却在西边，徐良绕到西边一看，是花墙子门楼，黑漆的门户，五层台阶，双门紧闭，旁边有一棵大槐树。山西雁要看里面景致，就蹿上树去，往下一瞧，院子里靠着南墙有两个气死风灯笼、一个八仙桌子、两把椅子，大红的围桌上绣三蓝的花朵，大红椅披。桌子上有一个茶壶，四五个茶盅，一个铜盘子。靠着南边，还有两个兵器架子，长家伙扎起来，短家伙在上面挂着。靠着椅子那里，站着一个大丫头，约有二十多岁，头上乌云，戴些花朵，满脸脂粉，鼻如悬胆，口赛樱桃，穿着天青背心，葵绿的小袄，大红中衣，窄小金莲，系一根葱心绿的汗巾，耳上金环，挂着竹叶圈，看相貌颇有几分人才。徐良瞅着纳闷，这是什么事情？不多一时，就由三间上房内出来一个姑娘，有二十四五岁光景，头上乌云用青绢帕兜住，青绉绢滚身小袄，青绉绢中衣，窄窄金莲，腰扎青绸汗巾，满脸脂粉，柳眉杏眼，鼻头端正，口似樱桃，耳上金环，没挂着竹叶圈。姑娘出来坐在椅子上，丫环给倒了一杯茶。姑娘问丫环说："你们小姐呢？"丫环说："我们小姐身体不爽。"徐良见这姑娘品貌甚好，但有一件，说话之间，未语先笑，透着轻狂的体态。又听姑娘问丫环："你们小姐是什么病？"丫环说："浑身发烧，四肢无力，净想躺着，茶饭懒食，也没有什么大病，就是受了些感冒。"小姐说："叫她出来练两趟拳，踢两趟腿，只待身上出些汗就好了，你说我请她。"丫环无奈何，进上房屋中去了。就听里间屋中说："二妹子，今晚实不

能奉陪了，我浑身作痛。”院中说：“叫丫环把你搀出来。”不多一时，丫环搀着小姐由房中出来，也坐在椅子之上，身子就要往桌子上趴。那姑娘说：“你活动活动，玩玩拳，踢踢脚，咱们两人过过家伙就好了。”这病姑娘可不像那个的打扮，珠翠满头，红衫绿裙，可是透着妖淫气象，品貌有十分人材。那穿青的姑娘说：“我与姐姐脱衣裳。”那个姑娘再三不肯，说：“好妹子，你饶了我罢，若非是你叫我，连房门都不能出来，我还得告便，实在坐不住。”说着，仍然站起身来，晃晃悠悠走进屋中去了。

你道这二位姑娘是谁？这就是东方亮两个妹子，一个叫东方金仙，一个叫东方玉仙。这两个姑娘，与东方亮不是一母所生。这两个是东方保赤第四个姨奶奶所生，从小的时节，东方保赤爱如珍宝，上了十岁时习学针线，嗣后就教她们练武，到了十五、六岁把功夫就练成了。东方保赤看看要死啦，一想，姑娘要不会武艺便罢，若是会些武艺，必然性傲，必须要教给她们一点绝艺方可，一个就教了一对链子槊①，一个是教了一对链子锤。除此以外，刀枪剑戟长短家伙无一不会。东方保赤一死，这二位姑娘就单住一所院子，后来她娘一死，姑娘渐渐大了，东方亮不管他这两个妹子。这二位姑娘住在红翠园，与哥哥说明白了，前边的人不怕是三岁的孩童，不许入红翠园去。知道哥哥认识的并没有正人君子，俱是些个匪人，倘有人过后边去，不论是谁，都要结果他的性命。就是东方亮私通王爷，这玉仙苦苦劝了数十余次，她哥哥也不听她的言语，金仙却连一次也没劝过。这是什么缘

---

① 槊（shuò）——古代的一种兵器，杆比较长的矛。

故？金仙迟钝，素常不喜说话。玉仙姑娘是精明强干，足智多谋，性如烈火，口巧舌能。如今已然二十五、六岁了，常常抱怨哥哥不办正事，误了自己青春。每日晚间，必要操练自己身体，可巧这日晚间，金仙身体不爽，不能陪着玉仙玩拳踢腿。玉仙想出一个主意来了，叫丫环拔去头上花朵，挽袖子打拳，这丫环名叫小红，伺候玉仙的丫环叫小翠，这两个丫环的名字，就由红翠园所起。小红回说："我那拳没学会呢，打的不是样儿，反教二小姐生气。"玉仙非教她打不可。丫环无奈，这才把钗环花朵摘去，拿了一块绢帕把抓髻兜住，系一个十字扣儿，汗巾一掖，袖子一挽，说："哪样打的不是，二小姐千万指教。"徐良正要看打拳，忽见上房后坡有一个黑影儿一晃。要问这黑影儿是谁，且听下回分解。

第六十六回

多臂人熊看姑娘练武　东方玉仙教丫环打拳

且说徐良，正要看丫环打拳，见上房有个人一晃，自已蹿下树来，直奔红翠园后面，跃过西墙，飘身下来，看房上那个黑影，踪迹不见。自己也就蹿上房去，由后坡往前一瞧，那个人影儿，也不在前坡。院中有人，他也不敢奔前坡去。此时，丫环打这趟拳，叫猕猴拳，山西雁在旁边瞧着，险些没乐出来，见这丫环手脚腰腿打出去全不是地方。又见从西屋里跑出两个婆子、一个丫环来，那丫环说："姐姐，我可要看你打这一趟拳了。你学了一个多月，净瞒着我。今天我们小姐叫你施展，我可要借个光儿看看了。"就见玉仙把桌子一拍，说："小红算了罢，别给你们小姐现眼了。可惜你们小姐兢兢业业那个功夫，真冤苦了这教你的人了。腰腿脚面一点没有，常说打拳总要掌如瓦陇，拳如卷饼，手似流星眼似电，腰似蛇形腿如攒。文不加鞭，武不善坐，那才是练武的规矩哪。像你这么懈着腰，一点雄壮的地方没有，别给你们小姐现眼了，歇息去罢。你看我打一趟，你也瞧一眼，虽不如你们小姐，也不至于像你那样子。"直说的那丫环羞的面红过耳，收住拳脚式儿，往这边一走，说："二小姐，我本不行，总算是没学会哪。"屋中的病姑娘答言说："滚开那里罢，你别气我了。也对着二小姐真好性儿，那么大工夫瞧你练呢，可惜我那两个多月的工夫，教你这不长进的孩子，你可真是朽木不可雕也。"外面玉仙答言说："姐姐你本就身体不爽，气着反为不美。

小红，瞧我的罢。”徐良在房上一看，这个姑娘比那丫头，大差天地相隔，蹿高纵矮一点声音皆无，手眼身法步，心神意念足，连丫环带婆子看着，连连喝彩。把这一趟拳打完收住架势，问丫环：“比你如何？”小红说：“二小姐比我果然强的多，再说我也不敢与小姐比肩并论。”玉仙说：“大概是你家小姐藏私，没教给你真的罢？”屋中病姑娘说：“二妹子，你可冤苦了我了。你想她是我使唤的一个丫环，我怎么能与她藏私？别忙，我这里脱衣裳，倒要替我们丫环争争这口气。”玉仙说：“算了，姐姐你养病吧，不用生气。”金仙说：“不能，我偏要替我们丫环争争这口气。”那玉仙连连冲着丫环使眼色，她这叫激将法，特意叫丫环一练，她一数说小红，自来的把金仙的气逗上来了。只要她一出来，就得叫她出一身透汗。果然金仙从屋中急忙忙往外一蹿，奔过小红去，伸手就打，说：“你也太不给我作脸了。”吓得丫环身躯往后倒退。此时金仙手腕子早被玉仙接住了，说：“姐姐你要打她，与我脸上有什么光彩，要打是打我，咱们两个打倒好，你过来罢，姐姐。”往前一拉金仙。房上的徐良在上面看了个真切，暗暗发笑。见这金仙出来，那个打扮可不像玉仙，用鹅黄绢帕包头，蛋青小袄，西湖色的中衣，水绿汗巾，大红弓鞋。出来时本是气哼哼的，要打丫环，被玉仙把她揪住，往前一拉，几乎躺下。说：“妹妹真要欺负我们？”玉仙说：“寻常我不是你的对手，今天趁着你有病。”金仙说：“你这是何苦？我哪时也不是你的对手，独你这口巧舌能之人偏要说这宗言语。”说着，这两个人就打起来了。徐良先前一看不以为然，后来一瞧，这两个人交手胜似男子。一手一势，封闭躲闪，并没有露空之处。暗暗夸这女流之辈竟有这么一身工夫。二人动手的工夫甚大，金仙说：“算了吧，我真气力不加了。”玉仙说：“不行，咱们还得过家伙哪。”

就见玉仙往旁边一蹿，奔了兵器架子去了。一回手就把上面刀拉将下来，往外一抽。金仙也就过去，把刀往外亮，两个人单刀对单刀，闪砍劈剁，类若拼命一样，并不相让。忽然金仙微一露空，玉仙一抬腿，正踢手腕子之上，金仙撒手扔刀，呛啷啷那口刀堕于地上。金仙往下一败，玉仙就追。金仙就从架子上抽了一条长枪，回手就扎，玉仙用刀一磕，往近就栖身，金仙用枪一拦，用了个霸王摔枪势，玉仙往旁一闪。忽见金仙用了个怪蟒翻身的招数，眼睁睁枪尖就奔玉仙脖颈而来。徐良在房上看着，替她们一着急，忘了他是在暗处瞧看，替玉仙一害怕，说："哼，要不好！"哪知道金仙她们更有手段，把后手往回一抽，忽听房上有人说话，蹿出围外，二人俱望房上瞧看，连丫环、婆子也都往房上一看。

玉仙眼快，早就看见了徐良，山西雁也知道自己失了声音，打算要走，不料被玉仙瞧见。玉仙说："你是哪里来的狂徒？快些下来！"徐良一听叫他下来，心里思忖，我要不下去，岂不叫这两个丫头耻笑，他打量是东方亮的女儿，也罢，下去与她们玩耍玩耍。自己万也没想到，出世以来没栽过筋斗，到了此处，这个筋斗可就不小。由房上蹿将下来，一抽大环刀，头一个就是金仙先上，被徐良呛啷一声，把枪削为两段，金仙吓了个胆裂魂飞。玉仙一见这口刀的厉害，就不敢往上递自己这口刀了。金仙叫丫环去取兵器。徐良听见她说取兵器，心中暗道：你取来多少兵器，我给你削多少，叫你知道老西的厉害。玉仙稍一失神，呛的一声，手中刀被削为两段，一着急抽身就跑。徐良打算蹿出墙来走罢，只见金仙赶奔前来，手中一宗物件哗啷一抖，徐良一看原来是带链子的家伙，圆丢丢耀眼争光，如同茶碗口大小，铁胎外罩金衣，是甜瓜的形象，上有链子，金不金，铜不铜，三楞黑鱼骨的样式。就见她举锤打来，徐良用手中大环刀一找她的链子，只听得咯吱一声锤头往下一沉，这宝刀并没磕动这根链子。皆因徐良不知这链子的来历，此乃是东方保赤一辈子得来的四种宝物，这宗物件出于外国，乃是金银铜铁钢炼成。别看它很细，凭它是什么样的宝刀宝剑，不用打算磕的动这根链子。那东方保赤虽有三个儿子，就是把这两个女儿看如珍宝，把女儿武艺教成，就把这链子锤槊①给了女儿，教她们这个招数。金仙愿意耍锤，玉仙愿意耍槊，分量俱都不差往来。这槊的形象是两只手攥着两支三楞标，这锤头、槊头全是后配的，挂在链子之上，后边有两个皮套儿，套在手腕子上。山西雁用力没磕动链子，暗说“不好”，紧跟着那个锤到，用刀往外一磕，仍然咯支一声响亮，又紧跟着玉仙链子槊冲着面门而来。徐良看着都是一般形象，用力一磕，也是咯支一声响亮，哗啷哗啷锤槊乱抖，把山西雁闹得手忙脚乱，只可是三十六着，走为上策。往墙上一蹿，锤奔面门，槊奔脚去，倒没打着脚，叫链子把腿一绕，往下一拉，山西雁就由墙上噗咚摔倒在地。要问徐良的生死如何，且听下回分解。

① 槊（shuò）——古代兵器，杆比较长的矛。

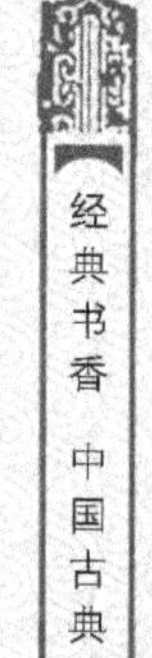

第六十七回

泄机关捉拿山西雁　说缘由丢失多臂熊

且说徐良，也是艺高人胆大，哪时也没打过败仗，如今叫这两个丫头追的乱跑，打算要走，哪里能够。刚一上墙，就叫链子把腿绕住，往下一拉，噗咚一声，摔倒在地。金仙抡锤要打，玉仙说："等等，咱们问问他是谁。"不容徐良起来，就用磕膝盖一顶徐良的后腰，叫丫环取绳子。小翠将绳子取来，玉仙把山西雁四马倒攒蹄捆上，又过去把徐良这口刀拿起来瞧了又瞧，暗暗称赞，叫小翠把这口刀与她挂在上房屋中去。丫环答应，从徐良身背后把刀鞘子摘下来，将刀插入刀鞘之内，拿进上房屋中。玉仙与金仙姊妹两个坐在椅子上，丫环把徐良提将起来，往二位姑娘跟前一放。玉仙问："大概你是新来的罢，我不认识。"徐良说："不错，我是昨天才到。"玉仙说："你昨天到的，大太爷也没嘱咐你吗？我们这红翠园，凭你是谁也不准来，谁要私自往这里来，立刻就杀，绝不宽恕。"徐良说："你说了半天，什么叫大太爷，怎么是打前边来？"玉仙说："你不是前边的人么？你怎么明知故问？你们不是管着我哥哥叫大太爷么？"徐良说："姑娘，你快住口。你打算我是伏地君王一伙的余党哪？我是御前四品护卫，前来办案捉拿白菊花的。老爷亲身前来探探白菊花现在此处没有。"玉仙一闻此言，说："姐姐，此事敢情错了。"又问："你上我们这里来，我哥哥知道不知？"徐良说："我为白菊花一个人，与你哥哥往日无冤，近日无仇，我若一露面，岂不惊吓于他？我见白菊花没在此处，我就要回去，不料走在此处，听见刀枪声音，上房一看，正是你们二位动手，我见枪尖，正要点在咽喉之上，我替你一着急，就嚷出口了。这是已往情由，要杀便杀。要遵王法，看我现任官职，不肯杀害于我，日后还要报答你们呢。”金仙说：“你道现任官职，你姓甚名谁？一一道来。”徐良说：“你要问我，你把我解开，我慢慢告诉与你。”金仙说：“妹子，可别听他的言语。”玉仙说：“我自有主意。”原来玉仙听他说现任四品职官，想了想自己终身未定，又爱他一身武艺，又能够高来高去，可惜是一件不喜欢，他品貌不佳。正在犹豫之间，忽听有人叫门，婆子出去，少刻进来说：“大太爷派人前来送信，说有个路姑娘少刻就来，叫二位小姐好好待承人家。”玉仙问：“这路姑娘是谁？”婆子说：“是大太爷相好的朋友铁腿鹤赵保的把子妹妹，有个外号叫九尾仙狐路素贞。”玉仙说：“姐姐，我也不用见她，听她这外号，就不是好人。”金仙说：“管那些事情呢，哥哥教应酬，咱们就应酬、应酬。”外面说：“路大姑娘到。”玉仙叫小翠：“先把这个白眉毛的提在西屋里去，放在咱们那个空大躺箱里。”丫环答应，把徐良提起来，进西屋中，把箱盖一揭，将徐良放在里面，把箱盖一盖。玉仙、金仙、丫头、婆子打着灯笼，出去迎接九尾仙狐。

你道这路素贞从何而至？就因她在仙佛兰若叫韩天锦抱住，素贞一急，用迷魂帕把他抖昏过去，自己逃跑。这一跑，连长大衣服都没有，仗着天气尚早，又偷了些衣服银两，第二天也不敢露面。次日晚间，又到尼姑庵，见有两个官人看着那座空庙，又听他们讲说赵保解到官府，今日晚上过堂，大概就得受罪。路素贞一想，此事皆因自己身上起，我不把他抖躺下焉能遭了官司。忽然想起，我何不上团城子见见东方员外。主意已定，就奔团城子而来。走至西门，那门已然关闭，叫够多时，里面方才有人答应。把自己要求见东方员外的话说了一遍，里面方才把门开了。

正是东方亮收服金永禄、金永福，摆上酒，大家吃酒。东方亮正打听朝天岭水旱的道路，有从人进来说，有个姓路的叫路素贞，是个姑娘，现在外面求见。东方亮一怔，路素贞是谁呀？金头活太岁王刚、墨金刚柳飞熊一齐说道：“大哥怎么忘了，就是铁腿鹤赵保贤弟的把子妹妹。”东方亮一听，说：“是了，怎么赵贤弟不来，打发姑娘来？”吩咐一声：“请。”不多一时，从外边进来了一位姑娘，在灯光之下一看，淡淡梳妆，容颜甚美，透着有些轻狂的意思。素贞说：“哪位是大哥、三哥？”从人指告说：“这就是我们大太爷。”素贞过去深深道了一个万福①。东方亮说：“这是路大妹子，初会。这就是我三弟。”素贞复又与东方清道了一个万福，紫面天王冲着她也深打一恭。然后素贞冲上又道了几个万福，说：“众位兄长们，我素贞与众位万福了。”众人也还了一礼。东方亮吩咐一声与路大妹子看座，然后姑娘谢了坐，方才坐下。东方亮说：“赵贤弟因何不来？”素贞说：“大哥有所不知，皆因他昨日从大哥这里回去，不料这里官人知道我们现在庙内，半夜之间尽都入庙，正当我与他们动手，可巧我赵大哥回去，他们人多势众，我二人不是他们的对手，我先就蹿出庙外，我赵大哥走迟了一步，被他们拿去。我出于无奈，到这里来求大哥，如能设法解救我赵大哥，可算他万幸。”东方亮一听此言，微微冷笑说：“这些官人，是此地的，还是跟下你们来的哪？”素贞说：“大哥若问这些官人，从我们那里跟下来的也有，此处的也有。”东方亮说：“只要是我们这里官人，我就可以能救。”素贞复又深施一礼说：“全仗大哥鼎力，可不知怎样救法。”东方亮说：“我与此处知府是换帖弟兄，如在此处，不费吹灰之力，待至天明，我先派人打听打听，救他便了。”路素贞说：“全仗哥哥。”东方

---

① 万福——旧时妇女行的礼。

亮又问："这一来妹子在哪里居住？"素贞说："不怕众位哥哥耻笑，我还没有栖身的所在哪。"东方亮说："后面现有我两个妹子居住红翠园，并无别的人，姑娘若不嫌弃，何不与我妹子住在一处。"素贞一闻此言，说："大哥，这就是恩施格外。"东方亮叫家人同着路姑娘上红翠园，去妹子那里吃酒去罢。素贞复又与东方亮道了一个万福，跟随家人出去，前面有人打着灯笼，直奔红翠园而来。先有人下来给金仙、玉仙二位姑娘送信，这里才预备灯笼迎接。

到了院内，三位姑娘一见，对道了一个万福，玉仙就问路素贞的来历，九尾仙狐也就把自己事情学说了一遍。三个人携手进了前房，丫环献茶，吩咐一声摆酒，当时之间，就摆列杯盘。素贞上座，金仙、玉仙侧座相陪，丫环斟酒，无非谈了些草桥镇、天齐庙、尼姑庵的故事。

正在饮酒说话间，素贞一抬头见壁上挂着一口刀，自己一想，说："二位姐姐，这口刀是哪里来的？"玉仙把方才在院中姊妹两个过家伙，怎么房上有人，怎么叫下来，把他拿住的话说了一遍。素贞说："这个人可是两道白眉毛，是不是？"玉仙道："正是。"素贞说："这个可是我们的仇人。"玉仙说："现时捆着在西屋里躺箱之内扔着呢。既是姊姊仇人，咱们何不把他宰了。"素贞说："真要把此人一杀，我们这仇可是东方姊妹替我们报的。"玉仙说："咱们先去杀他，然后吃酒。"

三人站起身来，叫婆子掌灯，刚出屋门，就听前边一阵大乱。原来前边见素贞一走，东方清就问："金家兄弟，你们二位到了里面怎么就认得藏珍楼呢？"金永福说："可是我们还捆着两个更夫哪，烦劳哪位去到太湖山石洞内，把他们放开罢。"家人答应，出去不多一时，复又回来说："大太爷，更夫说了，不止他们二位，还有一个白眉毛老西打听晏寨主来了。"众贼一听，

一阵大乱，房书安说："祖宗来了！"往桌子底下就钻。东方亮叫家人护院的点灯抄家伙，家人一声答应，众贼各执兵刃一拥而出。这一阵乱，怎见得，有赞为证：

忽听更夫一声报，群寇闻听吃一惊。房书安，把话明，叫众位，仔细听，我可不了，这个祖宗，一矮身躯钻在桌子底下不敢哼。东方亮，气满胸，回头叫，东方清。快吩咐，众家丁，抄家伙，莫消停，务必与我拿住这个多臂熊。点火把，与灯笼，咣啷啷，把锣鸣，倒像是，出兵打仗乱纷纷。半夜明，闹的凶，真可笑，狐假虎威逞英雄。众逆贼，齐逞性，大厅前，点起兵。无知匪棍假作威风，也有胖瘦，高矮不等。齐尊太爷，往上打恭，呼唤我等，何处使用？东方亮，叫家丁，护院的，众宾朋。山西雁，理不通，因何故，夜晚之间，到我家中。齐奋勇，莫消停，分南北，与西东，捉住他，莫相容，谁拿住，算头功。护院的，掌灯笼，执刀枪，亮且明，往后去，发喊声，为的是，把他惊。全都不敢冲锋，怎么能斗争？不过是，虚扬声势一阵乱，倒像是，造反一样闹了个天红。

且说东方亮带领着众人直奔后面，各处搜寻。正走到红翠园不远，就见里面婆子出来喊叫说："大太爷，众位爷们，快来罢！如今我们这里拿住个老西，在箱子里放着哪，正在要杀，还没杀哪。"众人一听，无不欢喜，俱奔红翠园而来，要问山西雁死与不死，且听下回分解。

第六十八回

躺箱之中徐良等死　桌子底下书安求生

且说东方亮正在后院找徐良，忽听婆子说已经拿住。众贼闻听，无不欢喜，俱奔红翠园而来。就见金仙、玉仙、路素贞全都出来迎接。东方亮、东方清过来见两个妹子，金仙、玉仙与两个哥哥道了万福。东方亮就问："妹子，是怎样把他拿住的？"玉仙就把方才之事，说了一遍，末了说："现在扔在兵器房屋内那躺箱之中。说起来，他是路大姐姐的仇人，我们刚才要杀，就听前边大众嚷说'拿白眉毛'。我们倒没杀他，等着哥哥，告诉告诉你们，因为何故拿他？"东方亮就把大众所说徐良作的那些事情对着姑娘说了一遍。玉仙说："这可是实在可恼。哥哥还是拉在前边杀他，还是在后面杀他？"那火判官周龙、张大连、皮虎一齐说："大哥，咱们前面杀罢，每人剁他几刀，也出出气，要是妹子气不出，先叫妹子剁他几刀，然后拉到前边去。可有一件，别教妹子把他剁死方好。"东方亮说："这也是个主意。妹子你气不出，先把他剁几刀，可别把他剁死。"玉仙说："我们倒没有什么气不出的事情，倒是路大姊姊有气，叫她剁他几刀罢。"素贞说："我也不用剁了，叫大哥拉过去罢。"东方亮说："你们全不剁了？"一回头叫来四个打更的，找来一根杠子，众人也就不必进去，就是东方亮带着四个抬人的同着三个姑娘进了院子，直奔西屋而来。玉仙一瞅，西屋灯烛俱都灭了，回头就问婆子："这屋里灯怎么全都灭了？"婆子说："我们跟着小姐，迎接大太爷去

了，怎么灭了可不晓得。”玉仙叫：“小翠，小翠哪！”叫了两声，不见答应。玉仙说：“这孩子又睡着了。除了困，没有别的能耐了，这个是捆着在箱子内，要不然，这个人跑了，她还不知道哪。”叫婆子掌灯，小红先就进去，要把小翠叫醒，怕她挨打。小红刚一进屋中，噗咚一声，灯笼也就灭了。金仙问道：“这是怎么啦？”小红说：“我小翠妹子在当道地上睡着了，把我绊了一个筋斗，灯也灭了。”婆子掌灯进屋一看，说：“大太爷，可了不得了，小翠被人杀了。”东方亮一听此言，说：“妹子，别不好罢？”大家往屋中乱跑，先奔到箱子那里把箱盖一揭，打算伸手把徐良提将出来，再看箱内空空，山西雁踪迹不见。当时玉仙、金仙心中难过，捆着放在箱里怎么还跑了呢？第一对不起路素贞夸奖了半天，只不知他是怎么遁去的，并且杀死丫环，更透着奇怪了，莫不成他还有伙计？正想到这里，玉仙说：“我瞧瞧刀去罢。”说毕，往屋中就跑，至屋内一看，壁上那口大环刀踪迹不见。玉仙说：“你们各处地方搜寻搜寻罢，刀也没有了。”伏地君王立刻转身出了门外，与大众一商量，重新又点灯火，拿单刀铁尺。姑娘们看他们去后，立刻吩咐婆子往前边要了一口棺木，把小翠装殓起来，抬在外面，等天明了再埋。伏地君王把他这一个花园各处搜到，踪迹全无。

你道这山西雁地遁了不成？皆因徐良这一被捉，叫人捆上放在箱子之内，不用说杀，就是这一闷，工夫一大，就得闷死。自己也就把死活扔在肚腹之外。不料在箱子里面不大的时候，就见那箱盖忽然一开，有人伸手一揪自己的手，看见有一口明晃晃的钢刀。自己就把双睛一闭等死，不料蹭的一声把绳子给他割断，又将箱子复又盖上。徐良纳闷这是救我来了罢？自己一挺身，用手把箱盖往上一托，一看屋中黑洞洞，并无灯火，又一看，迎门那里躺着一个女眷，一纵身蹿过去一看，是个丫环被杀。徐良实在纳闷，这是什么人？救了我的命还杀死了丫环。按说活命之恩，我上哪里与人家道劳去！我先走要紧，又一想把大环刀也丢了。出房门到了院内，自己得了活命，又思念自己宝物。又想，没有这口刀，回去怎么见老兄弟去？人家要来与我巡风，我一定不教他来。再说宝物得而复失，大大不利。正要到上房屋中探探，又听见她们在那屋里正讲论此事。又一想，她们那个链子锤，我就打不得，又添上一个会使手帕的，我手内又没有兵器。正在犹豫，忽听屋中三个姑娘说要出来杀自己，又见南边火光冲天，众人嚷道："捉拿老西！"自己一想，不好，三十六着，走为上策。蹿出南墙，一直往西，过了两段界墙，直奔城墙，到了翻板那里就掏百练索往城上一抖，上面抓头抓住城墙，捯绳而上，至外边，也是用抓头抓住，捯绳而下。往前走着，心中难过，胜败倒是常事，输给这个丫头也不以为耻，无奈丢了这口大环刀，自己越想心中越闷。忽见前边一个黑影儿一晃，徐良看见就知是个人，撒腿就追，眼瞧着这个影儿直奔五里新街去了。徐良心想，大概准是艾虎兄弟跟下我来了，这一来我更对不起他了。自己没追上那个黑影儿，进了五里新街就不好找了。徐良也就慢慢回店，到了店外，绕在西边跃墙而入，就是他们那个跨院。至里面刚一启帘，艾虎、卢珍起身迎接三哥。韩天锦早就睡了。

艾虎把衣服与三哥拿过来，让三哥脱下夜行衣，换下白昼服色，就问三哥探团城子事情怎么样了？徐良说："老兄弟，你不要明知故问了，是你不是罢？"艾虎说："什么是我不是我呀！你在团城子，我在这里，我怎么是明知故问？"徐良说："老兄弟，你说实话，到底是你不是你？"艾虎说："我实是没出店，要不信你问四哥，我连房门也没出去。"徐良一听，把脚一跺，一声长叹，说：“贤弟，三哥活不成的了。”卢珍问什么缘故，徐良就把被捉丢刀，几乎废命，不晓是什么人杀死丫环，给他断了绑绳，出来再找，踪迹不见，又见三个姑娘出来要杀他，又听前边众贼找他，一着急跃墙而逃等情节说了一遍，说：“走到五里新街，见前边有一个人飞跑，我料着必是你。”艾虎一听，也是倒吸了一口凉气。卢珍与艾虎一齐说道：“三哥不要着急，待明日晚间我们两个人上团城子走一趟，至里面打听打听你这口刀的下落，有了便罢，若要没有，你先使我这口七宝刀。”徐良说：“那如何使得。明天晚上还是我去，找不着我这口大环刀，我绝不活了。”艾虎说：“那是何苦，咱们大家寻找，没有找不着的。再说你提的这两个丫头，怎么有这样大的本领？”徐良说：“你没见过那两根链子的家伙，咱们空有宝刀，就是那精细的链子都磕不动，也不知是什么缘故。”艾虎说：“我明日晚间定要去领教领教。”徐良说：“我这刀既然磕不动，你那口刀也是如此，不用打算给他磕断。事已如此，天明再议论罢。”天已不早，三位歇觉。一宿晚景不提。

次日早晨起来，店家打面水净面已毕，徐良仍然头朝里睡觉去了。到吃早饭时节，山西雁连饭都没吃，净是睡觉。天有晌午之时，小义士把他拉起来，说：“三哥，你不是说展大叔看看快到了么？咱们何不找寻找寻去，瞧他来了没有。”徐良这才起来，教他吃东西，他也不吃，自己一人就出店去了。这五里新街，由西往东，人烟稠密，来来往往，尽是些做买做卖之人。忽见路南有一座酒店，蓝匾金字，上写美珍楼，是新开的买卖。徐良一想，可惜自己不吃酒，要是好喝，到此处吃会子酒，倒有个意思。过了美珍楼，往东走至东边路北，见有一座大店，是三元店，大门开着一扇，关着一扇，往里瞧了一瞧，见里面冷冷清清，自己就进了这店，见上屋房门俱都关闭，上屋台阶之上坐着两个伙计。徐良走进店来，伙计打量徐良这个形象与吊死鬼一样，二人暗笑，随即问道："你是找谁?"徐良说："我要住店。"伙计说："没有房子。"徐良问："没有房子，这是什么?"伙计说："全有人住着呢。"徐良问："人都往哪里去了?"伙计说："全都出去了。"徐良说："真巧，全出去了。"转身往外一走。两个伙计对说，这小子这个样，准是奸细！徐良一听那两个人说自己像奸细，一转身回头就问："你们两个说谁是奸细?要向着你们叔伯也是这样的说话么?"那两个哪肯答应，说："老西你嘴可要干净些个，我们在这里说我们的话，你因什么事情挑眼?"徐良说："我前来找店，你们口出不逊。找你们掌柜的乌八的来问问，这是什么买卖规矩?"那二人说："老西你嘴可要干净着，不然我们可真要揍了。"徐良说："你也配。"那个伙计不知道徐良的厉害，用左手一晃，右手就是一拳。徐良一刁他的里腕子，一抬腿那伙计噗咚一声摔倒在地。这个复又过来，用了个窝手腕炮，照旧被徐良一腿踢倒。那人一嚷，从后面出来数十个人。那人说："这是个贼，偷咱们来了。"众人一齐动手，七手八脚，抱腰的，扳腿的，揪胳膊的。徐良使了个扫堂腿，这些人转眼间东倒西歪，也有躺下的，也有带伤的，也有折了胳膊的，大家一片乱嚷。忽然间，由东边四扇屏风门内蹿出两个人来，一伸手就把徐良揪住。说："你好生大胆，要是打，咱们较量。"山西雁一看这两个人，吃惊非小。要问来者何人，且听下回分解。

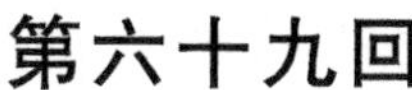

第六十九回

三元店徐良遇智化　白沙滩史丹见朱英

且说徐良把众伙计打得不亦乐乎，忽见屏风门后出来两个人，头一个是冯渊，第二个是蒋四爷。冯渊说：“唔呀，我早就听出是醋糟的声音来了，要打，咱们两个人打。”徐良说：“臭豆腐，你担不住我打。”过去与蒋爷磕头。蒋爷问：“因为什么事故在此相打？”徐良说：“他们说我是奸细。”蒋爷问店中伙计你们这是怎么说话呢？伙计哪里敢承认哪，说：“我们这里说话，他老人家听错了。”蒋爷说：“算了罢，这也是一位大人呢！”遂带着徐良往东院去。徐良进了东院，是五间上房，刚跟着蒋爷往上一走，就见里面是展南侠、智化、邢如龙、邢如虎、张龙、赵虎。徐良过去行礼。这伙人皆因展南侠由鹅峰堡回去，遇见徐良，拿了解药，回到徐州公馆，救了总镇大人，说了纪强满门居家惨死的缘故，总镇大人镖伤已好，知府行了文书，不用详验纪强满门的尸首，总镇、知府单预备些祭礼赏赐。然后蒋四爷与展南侠给开封府打了禀帖，就奔南阳府而来。可巧行在半路之上遇见黑妖狐智爷。一问，智爷就把神鬼闹家宅，棍打太岁坊的话说了一遍。又将本要上卧虎沟，怎么遇见沙大哥，怎么自己不辞而别的话，也说了一遍。蒋爷说：“咱们一路前往罢。”智爷说：“我要谢恩去。”蒋爷说：“相爷早替你谢了恩啦！”智爷说：“不谢恩，我就要出家去了。”蒋爷说：“你先帮着我们把这事办完，你再出家去也就没人管了。”智爷说：“这事情不了，一件又是一件，到底帮着你们办完了什么事情才放我走哪?”蒋爷说：“只要把万岁爷冠袍带履得到手中，就没有你的事了。”智爷说：“可是君子一言出口，驷马难追。”蒋爷说：“你还叫我起誓不成?”智爷方才点头，一同扑奔南阳府而来。到了五里新街，找三元店住下，就嘱咐明白了店家打成公馆，不叫再住人了。凭他是谁，也不准把风声透露。

徐良跟着大众到屋中行礼已毕，展爷就问：“徐侄男，由咱们分手之后，几时到得这里?”徐良说：“侄男昨天才到。”遂将所办的事情对着展爷说了一遍。又问：“昨天到了，可往团城子里面看看虚实没有?”徐良道：“不瞒叔父说，昨天晚间我去了一趟，白菊花不在那里，火判官周龙他们一伙人都在那里哪!”智爷又问：“瞧见藏珍楼没有?”徐良说：“藏珍楼我没看见。”智爷问：“你进去好一会子，怎么没看见藏珍楼哪?”徐良说：“我到那里看看就回来了。”智爷又问：“除此之外，一点别的事情没有，你就回来了吗?”徐良一听，这话里有话，连忙问道：“智叔父，你老人家知道吗?”智爷微微一笑，说：“你说实话罢，到底是怎么件事情?”徐良只得把自己事情又说了一遍，遇姑娘被捉，有人救了自己，不知是谁。丢刀的话，未曾说完，见智爷微微冷笑，徐良就明白了八九的光景，说：“智叔父，别是你老人家也去了罢?”蒋爷在旁，说：“智贤弟，真少不了你，昨日一刻的工夫就上团城子去了。我问你，你说拉尿去了，你还不承认。”智爷说：“你问问罢，我要不去，就出了大祸了。”蒋爷问徐良：“到底是怎么件事情?”山西雁清清楚楚，一五一十，一点也不敢隐瞒，又说了一遍。智爷才对着大众说：“昨日晚间到了团城子，至红翠园，我在房的后坡上就看见了徐良在树上。他一跑，我就上东房后坡去了，他被人家链子槊绕下来，我就揭起房瓦，打算

用房瓦打她们，好救徐侄男。不料这个时候有路素贞到，就把他装在西屋箱子内，那三个姑娘进上房喝酒去了。我下房杀死丫环，打开箱子，挑了他的绑绳，吹灭灯烛，我又藏起来了。徐良出来，院内发怔，将要奔上房屋中，这个时候东方亮他们就来了，他就蹿出墙外逃命去了，连自己的刀都不顾得要了。”徐良过去与智爷跪下恭恭敬敬磕了三个头，说：“谢叔父活命之恩，侄男这一辈子也不忘你老人家这番好处。还有一件，你老人家提我那刀，可知道下落不知？”智爷道：“你既问，我就知道下落，挂在他们上房屋中墙上，趁着三个姑娘迎接东方亮之时，我就替你代了一代劳。”徐良一听此言，如获珍宝一般，复又深施一礼。智爷回身进里间屋中，把刀取出来交给徐良。徐良将刀带起来说：“我回我们店中送信去，叫他们上这里来见众位叔父。”蒋爷说：“叫他们来罢。”徐良出了公馆，到了自己店中，见韩天锦、卢珍、艾虎，把三元店的事情对他们一说，给了本店的店钱饭钱，各带自己东西出店，直奔公馆而来。进了三元店，来至东院，到了屋中，见大众行礼，对问了一回路上所遇的事情。展南侠复与徐良打听团城子里那两个姑娘，她们那链子锤槊怎么会那么厉害。徐良说：“侄男也是藐视她们那兵器，看链子很细，就是结实。”展爷说：“你的刀既是磕不动，大概我的剑也是不行。”徐良说：“不行。”

这时忽听外边一阵大乱，店家进来，说：“众位老爷们，外面瞧看瞧看热闹去吧。”蒋爷问：“瞧看什么热闹？”店家说：“他们全瞧擂台去了。这五里新街西口外头，有个白沙滩，立擂台哪。”蒋爷说：“你先去罢。”店家出去，蒋爷问徐良：“不是五月十五，怎么这样早就看擂台去哪？”徐良说：“咱们大家全去看看便知。”智化说：“全去可以，别聚在一处，咱们大家散走，看完了擂台回来，在这本街上，有一个新开的大酒楼，叫美珍楼，我请众位在那里喝一杯酒儿。”大家一听，全都点头，叫店家把门带上，众位出了三元店。行至大街，就见那些人摩肩擦背，搀老扶幼，全是瞧擂台去的。他们大众也是三三两两的，散步出了五里新街，西头一看，尽是白亮亮的沙土地，寸草不生，此地起名就叫白沙滩。远远看见那里，有一群人围着观看。展爷、智爷、蒋爷、张龙、赵虎，这几个人走在一处。一看这个擂台形象，就吃惊非小。你道这是什么缘故？这擂台还没搭起来呢，刚把四址拉好，栽上柱木，绑上杆子，将绑出一个形象来，类若乡下唱戏高台一样，无非比戏台大。有三丈六尺见方，也有上下场门，高够一丈五尺，上面搭上木板，就在这上边动手。若要上台，左右两边单有梯子。两边八字式的看台也是两层，单有梯子上去。另有一个小棚，单有一位文职官员在这棚内。蒋爷他们一看擂台是个白虎台，吃了一惊。展爷低声叫：“蒋四哥、智贤弟，他们搭擂台，为何搭一个白虎台？本来这擂台不定要出多少条人命，搭一个白虎台，更了不得了。就是唱戏的戏台，戏班子还不愿意唱呢，何况这是擂台，怎么不找吉祥事办，这是什么缘故？”蒋爷说：“谁知道他们是什么意思！”智爷说：“也许他们不懂，也许他们成心①。”赵虎说：“咱们看看那边什么事情？围着那些个人。”展爷往那边一看，果然压山倒海围着一圈人往里瞧看。蒋爷等一齐都到这里来了。分开众人，往里一看，原来是围着一个江湖上卖艺的。见那人身高八尺，膀阔三停，头挽牛心发髻，穿一身青绸的汗衫俱都破损，青绉绢裤子上面补着几块补丁，一双旧布靴子绽了半边，用带子捆着，腰间系着一个旧抄包，面似锅

① 成心——故意。

底，黑而透暗，两道剑眉，一双阔目，蒜头鼻子，火盆口，大耳垂轮。地下放着一根齐眉棍，一把竹片刀。见他冲着众人深施一礼说："愚下走在此处，举目无亲，缺少盘费，人穷当街卖艺，虎瘦拦路伤人。我会点粗鲁气力，在众位面前施展施展，要是练完的时节，恳求师傅们帮凑帮凑，有多给多，无多给少。此处瞧看的老师傅甚多，小师傅不少，是玩过拳的、踢过腿的，回汉两教，僧道两门，皆是我的老师。若要是练的哪招不到，恳求老师们指教一二。"说毕这套言语，就踢了两趟腿，然后打拳。张龙一拉展南侠，低声说道："这个人就是花神庙卢大老爷打死花花太岁阎彬时看擂台的那个史丹，后来到开封府，把他充了军，他是个逃军，逃在此处来了。"展爷说："对了，你这一说我就想起来了。按说这个人咱们伸手能办。"蒋爷说："那是何苦。"见他打完了这套拳要钱的时节，连一个给钱的也没有，大家夸奖说好，就是没有给钱，又练了一趟刀也没人给钱，又练了一趟棍也没人给钱。史丹可就急了，说："我连练了三四趟功夫，一个给钱的人没有！"忽然从外边进来一人，十分凶恶。要问此人是谁，且听下回分解。

第七十回

蒋平遇龙滔定计 赵虎见史丹施威

且说蒋爷瞧这卖艺的可怜练了半天，连一个给钱的也没有。忽然从外边进来一个黄脸的大汉，生的狰狞怪状，说："朋友，没人给钱，你可别放闲话。皆因你不懂得这里规矩。你应当先找出一个在本地有人缘的头目人来，叫他帮着你凑合，半冲他，半冲你，那方能行的了。打算你自己要一天，也要不下一文钱来。除非有过路的给钱，要是我们本地人给钱，还有人不答应呢。你不懂规矩呀？朋友，你贵姓？"史丹说："姓史，我叫史丹。"那人说："史壮士，我给你找个事情，不知你愿意不愿意？"史丹说："我实出无奈，欠下了人家的店钱，才出来卖艺，只要与我找个吃饭的地方，永不忘爷台的好处。"那人说："在这南边有个团城子，里面住着东方大员外，他们那里打更的约有四十多人，打算要寻找四个打更的头目，可得有些个本事才好，据我看你这本事虽不甚强，你这身量相貌还可以。"史丹一闻此言，就与那人深深施了一礼，说："恩公，但能如此，我要得了好事，这一辈子也忘不了你老人家的好处。"那人说："明日正午，我在团城子西门与你留下话，见了员外时节，成与不成在两可之间。"史丹说："那就看我的造化就是了。"那人一回手，给了他一锭银子，说："你拿这银子，还还店钱，换换衣服，明日正午相见。"史丹又给打恭。那人说："我可要走了。"史丹说："请吧。"那人又说："我可要走了。"史丹说："请吧，你老人家。"那人哈哈一笑，说："朋友，你敢情是个浑人哪!"史丹说："我也不算聪明。"那人说："我给了你银子不算事，你也不打听打听我姓甚名谁呀?"史丹一闻此言，羞了个脸红过耳，说："爷台，我实在是个浑人。"随说着，"扑咚"就给那人跪下了，说："恩公你千万别怪我，到底你老人家贵姓?"那人哈哈一笑，说："我姓朱，单名一个英字，外号人称黄面郎。你明天到那里之时就说有个姓朱的，自然就与你回说进去，千万你可要记好了。你在哪个店里住着哪?"史丹说："我就在这五里新街西口外头有个李家小店，在他那里住了十几天光景。"朱英又说："你算计这五两银子连还店钱带置衣裳够与不够?如果不够我再给你几两。"史丹说："足够足够。"黄面郎朱英这才扬长而去。瞧热闹的众人也就一哄而散。史丹也就拿着银子提了捎马子①，扑奔五里新街去了。蒋爷说："咱们走罢。"蒋爷与智化、展南侠说："此处有很好的一个机会，你们二位想到了没有?"智爷说："什么机会?"蒋爷说："咱们要是有人同这个姓史的一说，明天与他一同上团城子做个假投降，此时东方亮正是用人时节，只要是高一头、阔一膀的人他是准要。团城子里头若有一个内应，要请冠袍带履就容易了，藏珍楼的底咱们也就得着了。谁人可去哪?"智爷说："就是这个人不好找。"

大家随说着就到了五里新街西口，忽听后面有人喊叫，说："四老爷，怎么这样忙哪!"蒋爷回头一看，原来两个人：一个是白方面，短黑髯，粗眉大眼，一身皂青缎衣襟；一个是年幼的后生，粉绫色武生巾，粉绫色箭袖袍，薄底靴子，肋下佩刀，面如美玉，五官清秀，无非就在十八九岁。一看那白方脸的，就是大

① 捎马子——马褡子。

汉龙滔，看那后生，不认得是谁。那人走近要叫“展老爷”，蒋爷对他使了一个眼色，那人才不敢往下叫了，彼此对施了一个常礼。展爷问：“这是谁?”龙滔一回头，把那后生叫过来说：“给你见见，这是展伯父。这就是我侄子，他叫龙天彪。”后生过来与展爷叩头说：“展伯父在上，侄男天彪叩头。”展爷把他搀起来，说：“贤侄请起。”龙滔与所有的人一一全都见了一礼。展爷说：“找一个清静之处说话。”离那瞧热闹之人远远的，几位坐下。蒋爷说：“这就是大爷跟前的侄男罢?”龙滔说：“对呀，这就是我哥哥龙渊之子。”蒋爷问：“从何而至?”龙滔说：“皆因先到开封府任差去了，王老爷马老爷告诉我说，你们在南阳府团城子五里新街打下了公馆，我们就上这里来了。刚到这里，听见有人说这里有个擂台，我们多绕几步奔到此处，不料真遇见老爷们了。”蒋爷问：“你侄子跟来作什么?”龙滔说：“皆因他父亲被花蝴蝶一毒药镖打死了，如今跟着他冯七叔练了一身功夫，他七叔就是不会打暗器，这孩子他一心要学打镖，叫我带了他，给他找了师傅，跟着学打镖。学会的时节，慢慢找花蝴蝶的后人，只要是他沾亲带故无论是谁，打死一个，就算与他天伦报仇。”蒋爷说：“好，称得起是个孝子。龙老爷打算与他拜谁为师?”龙滔说：“四老爷给他想一个人罢。”蒋爷说：“这里有一个很好的人。”龙滔问：“是哪位?”蒋爷说：“无非辈数不大相符，就是我把侄也可以教他，收作一个师弟。”龙滔一听是徐良，说：“要是徐老爷可就好了，不但使镖，什么暗器都会。”回头就把天彪叫过来，说：“你这师傅，一身的暗器，不但学镖，要学什么就有什么。四老爷你给说一说，咱们立刻就拜。”蒋爷说：“使得。”叫徐良过来，说：“我与你收个徒弟，龙老爷的侄子，方才与你见过的那个。他要跟你学镖，为给他父亲报仇。冲着他这一点孝

意，你就收了这个徒弟，日后准能不错。”徐良说：“侄男年轻，如何敢收徒弟！”蒋爷说：“你不必推辞了。龙老爷把他叫过来磕头罢。”龙滔把天彪叫过来，就在白沙滩这里大拜了四拜。行礼已毕，龙滔也给徐良深施一礼，说：“兄弟，你多分些心吧。”爷儿两个又与蒋爷道劳。徐良说：“咱们可是教着看，学会了很好，要是学不会，可别说我不会教徒弟。”龙滔说：“你不要太谦了。”收徒弟已毕，大家都与徐良道喜，他复又与大众磕了一会头，龙天彪也给大众磕了一回头。智化说：“四哥，你方才说，我们这里少一个人上团城子作个内应，据我看龙老爷可去。”蒋爷点头说：“我也是这个主意。”龙滔问：“什么事情？”蒋爷对他如此这般学说了一回。龙滔说：“使得。君山我都敢去诈降，别说这个地方。”天彪答言说：“众位伯父在上，可不是我小孩子家多说话，要光叫我叔叔上团城子去作个内应，恐怕不行，最好我也跟着一路前往，姓史的带我叔叔他们不好打听的事情，我都好打听，他们到不了的地方，我可以到得了。我是小孩子家，他们绝不能疑惑我。众位伯父想想，使得使不得？”蒋爷说：“也倒有理。”展老爷问：“去了怎么个说法？”蒋爷说：“作为龙老爷与那位姓史的是亲戚，龙爷带着侄子在镖行做买卖，由镖行散下来，没剩下钱，要在此处打把式卖艺，碰见这个姓史的了。姓史的说这个地方没人给钱，就提这个姓朱的，为他们爷俩个也求一求这位姓朱的给美言美言，就是在团城子里打更，也是情甘愿意，这样一说，没有个不成。”展爷说：“怎么见得一说就成？”蒋爷说：“他要想谋反，他岂不各处找寻这高一头阔一膀的人，龙老爷这个相貌焉有不成之理。”展爷说：“谁去找那姓史的去呢。”蒋爷说：“不用多少人去，就是我同着张三老爷、赵四老爷就行了。”智爷说：“事不宜迟，我们就办理。”展爷说：“我们在哪里等你们呢？”蒋爷说：“我们都在美珍楼相会。”说毕大家散去。

蒋爷同定张龙、赵虎奔了李家小店，进了路北的店门，至里面。那姓史的正要拿着银子出去购买衣服，一看，忽然从外面进来了三个人。赵虎先就过去，说：“朋友，你认识我们不认识？”史丹回答说：“三位恕我眼拙，未领教贵姓？”赵虎说：“我们是开封府的，这是我们蒋四大人，这位是我三哥姓张，我姓赵，叫赵虎。”史丹一听是开封府的校尉，转眼间就颜色更变，说：“众位老爷们请坐，你们众位必是为我来的，我是被罪之人，我可不是逃军。”赵虎说：“你不用说那些个，你跟着我们到开封府见相爷就得了。”史丹一闻此言，吓了个胆裂魂飞，就给赵虎跪下了，说：“我在那里实出无奈，看看快饿死才上这里，找几个盘缠仍然回去任罪。”蒋爷说：“你且起来，不必撒谎。我先问你一句话，你是愿意死，愿意活？”史丹说：“蝼蚁尚且贪生，为人岂不惜命？”蒋爷说：“你愿意活，方才姓朱的给你找的那个事情，东方员外是作什么的你知道不知？”史丹说：“我就知道他是个员外①，别事一概不知。”蒋爷说：“如今襄阳王造反，他与襄阳王连手，也是一个反叛。”史丹说：“他既是个反叛，我饿死都不跟着他去。”蒋爷说：“你既然说出这样话来，你就是大宋的好子民，我们只要说明白了，你只管前去。”史丹说：“我可不去。”蒋爷说：“我叫你去，你只管前去。不但你去，我有个朋友姓龙，他还有个侄子名叫天彪，与你同去。我把实话告诉你，向着反叛也在你，向着大宋朝廷也在你。”史丹说：“我什么事向着反叛的呢？我要向着反叛的叫我不得善终。”蒋爷说：“好，你同着我们

① 员外——古时官职，全称为“员外郎”，是在郎官的定员之外设置的。

这龙姓的爷儿三个同去，就提你们是亲戚，他们是在镖行里保镖，如今把买卖散了，要在此处卖艺。你们碰见，你说卖艺不行，作为他们爷儿两个苦苦哀告与你，转求这位姓朱的给他们美言美言，就在员外家内打更。行了更好，要是不行，也不干你事。只要此事依我，不但你前罪可免，还算你一件奇功。我见了相爷给你回明，准有你一个小小武职官做，就看你的造化了。”史丹一闻此言，连连点头说：“四老爷，倘若人家不收，那时可别嗔怪于我。”蒋爷道：“我方才说过，事要不成，不与你相干。”遂叫赵虎把龙滔找来。史丹又问：“四老爷，叫我们前去何用?”蒋爷说：“我要不言，你也不知。万岁爷丢失了冠袍带履，现在团城子藏珍楼里面，不知道那藏珍楼里面的消息儿，总得有个内应方能得他里面的实底。再说他摆擂台，里面有许多贼人，他又是王爷的余党，有了内应，捉拿起来岂不省事。实话都告诉与你，就看你心地如何了。”正说之间，就见赵虎带着龙滔进来，蒋爷给他们引见了。史丹问：“我们明日一同前去，说我们是什么亲戚?”龙滔说：“我们作为是两姨兄弟，这是我侄子。”龙天彪说：“叔父，你倒不用说我是你侄子，就说我们是父子爷儿两个，据我想着，比说是你侄子还强哪!”蒋爷说：“很好，这孩子实在聪明。”把主意定好，蒋爷掏出两锭银子给与史丹说：“你们作零用盘费罢。”然后告辞。龙滔、天彪也不跟回公馆去了。

张赵二人跟着蒋爷，到了美珍楼往里就走，从西边扶梯而上，至楼上一看，共是五间楼房，当中三间都是金漆八仙桌椅条凳，南面俱是隔扇，东西两边两间雅座，俱是半截窗，上挂着半截斑竹帘，从外往屋内看，看不真切，由屋内往外看，看的明白。北面是一带栏杆，全都是朱红斜卐字式。蒋爷奔到隔扇那里，往下一看，是人家大酱园的后身，很大的院子尽是酱缸，地上一半地下一半，有两个人在那里晒酱。东雅座有人把蒋爷叫将进去，蒋爷一见是南侠、智化，就把史丹他们的事情说了一遍，复又叫过卖另添杯箸，又添了些酒菜。正在吃酒之时，忽然跑上一个人来，周围一看，复又下去，就与白菊花同上来了。众人捉拿淫贼这段节目，且听下回分解。

第七十一回

美珍楼白菊花受困　酒饭铺众好汉捉贼

且说蒋爷进去，见大众一个圆桌面，要了许多酒菜，有喝的有不喝的，蒋爷这一进来，又添了些个酒菜。忽听扶梯一响，噔噔噔上来一人，看了看又下去了。艾虎说："这个叫飞毛腿高解，是个贼。"徐良说："别嚷！白菊花到了。"蒋爷说："怎么见得是白菊花到了哪?"徐良说："这是白菊花的前站，还有个病判官周瑞，他们三个人总在一处。"

正说之间，又听扶梯一响，头一个就是白菊花，武生相公打扮，第二个是高解，第三个是周瑞，三个人仍是一路而行。依着白菊花绝不上南阳府来，是叫飞毛腿高解、病判官周瑞两个人苦苦相劝，晏飞想了想，才点头随着他们走的。白菊花另有个主意，他是想找他那个相好的妇人去，那妇人也离团城子不远。他意欲让他们上团城子，自己单找那妇人去，见着时节，就带着她上姚家寨。可巧到了五里新街，天气尚早，假说在此处吃酒，盼到天黑，自己好脱身。来到美珍楼，又恐怕山西雁在这里。飞毛腿说："待我进去看看。他要在这里，我跑的快，就先下来送信，若不在这里，咱们进去吃酒。"故此，飞毛腿先上来。到了上面一瞧，并没有多少饭座，可见着东雅座里有些个人，隔着那斑竹帘子实在是看不出是谁。他想焉有那么凑巧的事情，老西绝不能在这里。一回身下楼出来，告诉白菊花楼上无人。晏飞同周瑞进了酒铺，复奔楼梯，到了上面，白菊花总是贼人胆虚，尽往东间屋中看了又看，就是看不真切，皆因有那竹帘子挡着，总疑惑山西雁在屋中吃酒哪。复又扒着南边隔扇，往下一看，一院子尽是酱缸，一口挨着一口，还有两个人在那里晒酱。他就靠着那南面隔扇坐下，正对着楼口，倘若徐良从下面上来，他好一翻身就从那隔扇往酱园里逃跑。高解、周瑞在旁边，三人坐下，走堂的过来问："三位要什么酒菜?"周瑞说："要一桌上等酒席，三瓶陈绍。"不多一时摆列停当。高解斟酒，三个人轮杯换盏，虽吃着酒，晏飞不住往东屋瞧看。正在疑惑之间，忽听楼梯又响，噔噔噔又上来一人。见那人一身素服，生的五官清秀，面如少女一般，到了楼上，也往东里间屋内瞧了一瞧，看了看白菊花，自己奔到西雅座去，叫过卖①要了半桌酒席，自己一人在屋中饮酒。你道东屋里人怎么不出来捉拿三个贼寇?见三人上来，徐良低声告诉，哪个是白菊花，哪个是周瑞，哪个是高解。众人就掖衣襟挽袖子。智爷说："别忙，待着他们定住了神的时候，我们大家往外一蹿，一个也走脱不了。"故此全没出来。后又上楼这个人是白芸生大爷。他奉旨回家料理丧仪。众事已毕，奉婶母、母亲之命，早上京任差，带着手下从人，乘跨坐骑，离了自己门首，直奔京都而来。正走在这五里新街，大爷觉得腹中饥饿，又看这座酒楼簇新的门面，下了坐骑，进了饭铺，叫从人在楼底下要酒饭，自己上楼。他也没看见里间屋中是谁，倒瞧了白菊花几眼，见周瑞、高解的相貌定不是好人，自己奔西屋里去了，要来酒菜。喝了没有三两杯酒，就听东屋里一声叫喊，如同打了一个巨雷相似。芸生一听，好似三弟的声音，往帘内一看，由东屋里蹿出许多人来，头一个就是徐良。只听他说："三个人才来呀！老

① 过卖——指旧时的店员。

西死约会，不见不散。”一低头就是紧背低头花装弩，“嘣哧”一声打在白菊花头巾之上。也是晏飞的眼快，如若不然，这三枝暗器，就不好躲闪。白菊花一听是老西说话，就站起身来用脚一勾椅子，那张椅子往西一倒，就有他退身之地了。双手一扶桌子。见徐良冲他一低头，他也是一低头，紧跟着右手一枝袖箭，白菊花往左边一躲，就钉在隔扇之上了。徐良左手一枝袖箭出去，白菊花往右边一躲，嚓的一声，在耳朵上微点了一点。邢如龙瞪着一双眼睛骂道：“白菊花狠心球囊的，我是替师傅一家报仇。”说着，抡刀就剁。邢如虎也是破口大骂，剩了一只右手，也是提刀就砍。晏飞瞧着两口刀到，就把桌子冲着二人一推，哗啦一声，俱都合在刑家弟兄身上，两口刀全都砍在桌子上，把邢如虎撞了一个筋斗。白菊花回身要跑，早被智化把他拦住，迎面就是一刀，白菊花拉剑要削智化这口刀，展爷那里早就发了一枝暗器，晏飞总是躲袖箭要紧，一扭身躯，那枝袖箭打出楼外去了。晏飞蹿上西边那张桌子，艾虎先就上了板凳，对着淫贼就是一刀。白菊花用宝剑往上一迎，打算要削艾虎这口刀，活该自己倒运，就听呛啷啷的一声响亮，眼前火星乱迸，皆因是二宝一碰，故此才火星崩现，把艾虎也吓了一跳，白菊花也吃惊非小。艾虎低头一看自己的刀，连一丝也没动。白菊花一看自己宝剑，又磕了一个口儿。这时从西来了一宗物件，叭的一声正打在他的腮颊骨上。却是白芸生见大家动手也从里间屋中出来，先就冲着白菊花打来一块飞蝗石子。展爷赶过去就是一剑，晏飞往旁边一闪，刚刚躲过，山西雁就是一刀，晏飞直不敢还手，也是一闪，紧跟着艾虎又是一刀。晏飞看这势头不好，料着今天在这楼上要走不了。躲过了艾虎七宝利刃，白芸生的刀到。将要拿宝剑削玉面小专诸的那口刀，徐良在旁提醒说：“大哥小心，他那是宝剑，见兵器就削。”芸生一听，把刀往回一抽，呛啷一声，把刀尖削落，也把白芸生吓了一跳。晏飞打算要走，大众把他围裹上来。

这个过卖没见过这个事情，只吓得东西南北都认不出来了，口中乱嚷说：“可了不得了，楼上反了，刀枪的乱砍。”也找不着楼门在哪里了，好容易找到楼口，一步就跨出去，咕噜咕噜，就滚下楼去，摔了个头破血出，也顾不得疼痛，到了底下爬起来就跑，口中直嚷：“反了哇反了！”底下的酒饭座也并不知楼上是什么事情，只听见呛啷啷刀剑乱响，也有趁乱不给钱的，有吓跑了的。下面之人，一拥而散。上边的人，身法玲珑的全上了桌子，圣手秀士冯渊不敢过去与白菊花交手，他怕那口宝剑，会同蒋四爷围住飞毛腿高解三个人交手。邢如龙、邢如虎围着病判官周瑞三个人交手。艾虎正与晏飞动手，飞毛腿高解瞧出一个便宜来了，对着艾虎后脊背，飕的就是一刀。艾虎一回手，呛啷啷把高解这口刀削为两段，高解一纵身，就从蒋平脑袋上，蹿出隔扇之外去了。徐良嚷：“飞毛腿跑啦！”蒋爷说：“交给我了。”就尾于背后，跟将下来。飞毛腿飘身下楼，脚踏实地，蒋爷也就蹿下来。这二人一蹿下楼来不大要紧，把两个晒酱的吓的几乎没掉下酱缸里。徐良见飞毛腿一跑，回手掏出一枝镖来，要打白菊花，见围绕的人太多，从这个桌子上蹿在那个桌子上，来回乱窜，又怕打着别人。一想也罢，看病判官那里清静，对着周瑞飕的就是一镖，只听见噗哧一声响亮，当啷啷撒手丢刀。要问周瑞生死如何，且听下回分解。

第七十二回

酱缸内周瑞废命　小河中晏飞逃生

且说徐良这一镖正打在周瑞手背之上，鲜血直流。周瑞撒手丢刀，回头就跑。邢家弟兄哪肯叫他逃命，尾于背后，也就赶下来了。周瑞蹿出楼外，徐良说：“先跑了一个飞毛腿，后跑了一个病判官，就是别叫这白菊花跑了。”忽听东屋里大叫一声说：“都跑了？不叫我出去，你们也含糊不得，这个菊花该我拿了。”又听得“哗啦”、“叭嚓”、“磕嚓磕嚓”。“哗啦”是把桌上家伙摔为粉碎，“叭嚓”是把圆桌面翻于地下，“磕嚓磕嚓”是劈了两个桌脚子。原来是智化的主意，教张龙、赵虎把雅座的门堵住，不让韩天锦出来，怕他没什么本事，万一受点伤，身价太重。韩天锦在里边看了半天，此刻真急了，把桌子一翻，劈了桌脚子就从窗台子上边出来了。喊叫一声说：“打呀！”智爷说：“你别打，是我。”韩天锦看这个也打不的，那个也打不的，又不能到白菊花身边，急得他乱嚷乱骂。智爷跳下桌子，仍把他拥到里间屋中去，说：“用不着你动手，连我还不出去哪。”

再说白菊花遮前挡后，始终不能逃窜，倒是飞毛腿高解逃了性命，在前边跑着，蒋爷在后面追着，他看蒋爷瘦弱枯干，料着没有多大本事，自己蹿上酱缸，蹬着酱缸的缸沿，飕飕飕飞也相似，一直奔正西去了。蒋爷哪里肯容他逃窜，也就蹿上酱缸，紧紧的追赶。追到西边有个平台，是人家杂货铺的后院的屋子。飞毛腿一纵身蹿上平台，蒋四爷也就跟着蹿将上去，看那高解早就蹿下去了。蒋爷往那院里一看，是杂货铺的后院，堆着好些个囤子，囤里是些干果子。再找高解，踪迹不见。蒋爷不肯追赶，因为高解在暗地，自己在明处，一定要追赶，怕自己吃亏。往下看了半天，并没有动静。一回头，见病判官周瑞叫邢家弟兄追着在缸沿上乱跑，可笑那邢大爷追周瑞，邢二爷又追邢大爷。周瑞见邢如龙是一只眼睛，总打算把他绕在酱缸里边，自己才好逃跑。也对着邢如虎实在太愚，净追他哥哥，绝不知道分头一挡，岂不就把周瑞拦住了么？已经跑了三个来回，蒋爷高声嚷道："邢二老爷，别追你哥哥了，分头一拦，就挡住他了。"这一句话把如虎提醒，往北一歪身，提着刀说："你往哪里走！"周瑞手无寸铁，只可回身仍奔正西，也就看见那个平台了。到了台下往起一纵身躯，往房上蹿，正在脱空之际，被蒋爷用手中青铜刺一晃，周瑞见眼前一晃，自己不敢上去，往回来一翻身，脚找缸沿，焉能那么样巧，只听噗咚一声，正掉在酱缸里面。邢如龙下了酱缸，把石板盖在酱缸之上，自己往上一坐。蒋爷问："你觉着酱缸里面怎么样了？"邢如龙说："他在酱缸里噗咚噗咚直撞这石板哪！"蒋爷说："可别把他酱死。"自己下了房，奔到酱缸这里，又问："这时候怎么样了？"邢如龙说："这半天可不撞了。"蒋爷说："你下来罢，别把他闷死。"邢如龙跳将下来，把石板揭开，蒋爷一看，人已然不行了。蒋爷一伸手，把他往上一拉，通身是酱，已然气绝身死。蒋爷说："可惜，我说要留他活口，邢大老爷，你难道试不出来么？他不大很往上撞，必是不行了，你还在上头死坐着，他会不死！重新把石板盖上吧。"蒋邢三位往外要走，掌柜的出来说："人命关天，我们酱缸内酱死一人，你们打算要走，那可不行。"蒋爷同着邢家弟兄说："掌柜的，咱们柜房里坐着，我告诉你话说。"随即进了路南那个小门，到了柜房，

问："掌柜的尊姓?"掌柜的说："我姓赵。"蒋爷说："赵掌柜的，我姓蒋名平，字泽长，御前三品护卫。万岁爷丢失了冠袍带履，我们奉旨拿贼，方才这个酱缸里的就是他们同党伙计。你可不许声张，此事绝连累不了你，这一缸酱，该卖多少银子，我们不能短少你的。你若把风声透露，拿你到开封府用狗头铡把你铡为两段。"掌柜连说："不敢不敢。"

伙计进来说："又从楼上下来了好几人，都往西跑下去了。"原来是白菊花到底卖了一个破绽，蹿下楼来。徐良说："大家快追。"打头就是白芸生、卢珍、艾虎、山西雁，下了楼，紧紧一追。白菊花蹿到西边，跑上墙去，由墙上房，直跑到五里新街西口外面，扑奔正北，顺着白沙滩往北，将到五里新街后街的西口外头，忽见从巷口出来了南侠、智化、冯渊，后面还有张龙、赵虎。这几人见白菊花下楼往西跑，智爷说："随我来。"就从楼上往下一蹿，南侠、冯渊也就跟着蹿下来了。张龙、赵虎也从楼上下来。智爷往北街跑，大家跟随，由北街往西，迎面正撞着白菊花，展爷一挥宝剑说："钦犯哪里走?"白菊花一见吓了个胆裂魂飞，暗暗一想，后边小四义本就不是他们对手，前边又有姓展的挡住，这便如何是好！自己无奈何，掏出一枝镖来，明知也是打不着他们，暂作为脱身之计，离展爷不远，对准就是一镖。展爷往旁边一歪身，这一枝镖几乎就把冯渊打着。白菊花一抖身扑奔西北。后面众人哪里肯舍，紧紧一追，淫贼知道，五里屯东北有一道长河，这河名叫凉水河，自己想着，要是跑到凉水河也就有了性命，大约他们这些人全不会水。正跑之间，远远就看见了一段水面，欢喜非常，直奔水去。山西雁瞧见前边白茫茫一带是水，暗暗着急，往前后一看，没有蒋四叔。口中就说："蒋四叔这个工夫上哪里去了？白菊花打算要奔水去，咱们这里有会水的没有?”艾虎听着，大料白菊花这一下水，自己可以把他拿住。皆因他在陷空岛跟着练的水性，可就是在水中不能睁眼。果然行至凉水河，白菊花冲着大众哈哈一笑，说：“晏大太爷走了，要是有能耐的，在水中拿我。”哧的一声，跳入水中去了。徐良说：“坏了坏了。”大众一怔，艾虎说：“不用忙，待我下水拿他。”自己往前一蹿，哧的一声，也就跳入水中去了，见他单胳膊把一人往肋下一夹，往上一翻，把贼人夹至岸上。大众过来一看，要问贼人生死如何，且听下回分解。

第七十三回

吴必正细说家务事　冯校尉情愿寻贼人

且说艾虎往下一跳，工夫不大，夹着贼人翻身上来，往岸上一扔，说："你们捆罢。"大家上前一看，徐良过去要绑，细细瞧了瞧，微微一笑，回头叫："老兄弟，你拿的是年轻的是上岁数的?"艾虎说："哪有上岁数的淫贼哪?"徐良说："对了，你来看罢，这个有胡子，还是花白的。"艾虎过来一看，何尝不是，衣服也穿的不对，还是青衣小帽，做买卖人的样儿。艾虎一跺脚，眼睁睁把个白菊花放走了。这个是谁哪？徐良说："这个人还没死透哪，心口中乱跳。咱们把他搀起来行走行走。"张龙、赵虎搀着他一走，艾虎说："那贼跳下水去，料他去的不远，我再入水中，务必将他拿将上来。"智爷说："你等等吧，你蒋四叔到了。"就见蒋四爷带着邢如龙、邢如虎直奔前来。皆因是在酱园内，与掌柜的说话，伙计进来告诉，又从楼上蹿下几个人来，往西去了。蒋爷说："不好，我们走罢。"就带着邢家弟兄，仍出了后门，蹿上西墙，也是由墙上房，见下面做买卖那伙人说，房上的人往白沙滩去了。蒋四爷往白沙滩就追，将至白沙滩，远远就看见前面一伙人。蒋爷追至凉水河，见张龙、赵虎二人搀着一个老人在那里行走，看那人浑身是水，又瞧艾虎也浑身是水。智爷高声叫道："四哥你快来罢。"蒋爷来至面前，智化就把白菊花下水，艾虎怎么夹上一个人来的话说了一遍。蒋爷说："张老爷、赵老爷把他放下罢，再搀着走就死了。"又说："艾虎，你这孩子实在是好造化。"艾虎说："我还是好造化哪！要是好造化，把白菊花拿住，才是造化。”蒋爷说：“不遇见白菊花是好造化，遇见白菊花你就死了。”艾虎问：“怎么见得？”蒋爷说：“你在水里不能睁眼，白菊花在水内能睁眼视物。你在水内闭目合睛一摸，他赶奔前来给你一剑，我问你这命在与不在？这不是万幸么，正走好运呢。”又对着智爷说：“你还叫黑妖狐哪？”智爷说：“怎么样？”蒋爷说：“谁的主意，搀着这个老头子行走？”智爷说：“我的主意。”蒋爷说：“你打量他是上吊死的，搀着他走走就好了？他是一肚子净水，不能出来，又搀他行走，岂不就走死了吗？”智爷一听，连连点头说：“有理。”蒋爷过去，把那老头放趴着，往身上一骑，双手从肋下往上一提，就见那老头儿口内哇的一声往外吐水，吐了半天，蒋爷把他搀起来，向耳中呼唤，那老头才悠悠气转。

蒋爷问：“老人家偌大年纪，为何溺水身死？你是失脚落河，还是被人所害？”那老者看了看蒋爷，一声长叹说：“方才我落水是你把我救上来的？”蒋爷说：“不错，是我救的。”老者说：“若论可是活命之恩，如同再造，无奈是你救我可把我害苦了。”蒋爷说：“此话怎讲？”老者说：“人不到危急之间，谁肯行拙志？这阳世之间，实在没有我立足之地了。”蒋爷说：“你贵姓？有甚大事，我全能与你办的。”老者说：“唯独我这事情你办不了。”蒋爷说：“我要是办不了然后你再死，我也不能管了。”老者说：“我姓吴，叫吴必正。我有个兄弟，叫吴必元。我今年五十二岁，在五里屯路北小胡同内，高台阶风门子上头，有一块匾，是吴家糕饼铺，我们开这糕饼铺是五辈子了。皆因是我的兄弟，比我小二十二岁，我二人是一父两母，我没成过家，我兄弟二十六岁那年给他说的媳妇，过门之后到他二十八岁，我弟媳就故去了。自他妻子一死，苦贪杯中之物，净喝酒。我怕他心神散乱，赶紧找媒人又给他说了一房妻子。谁知上了媒人之当，是个晚婚。我一

想，他又是续娶，晚婚就晚婚罢。我兄弟今年三十岁，娶的我弟媳才二十岁，自从她过门之后，就坏了我的门庭了。我兄弟终日喝酒，她终日倚门卖俏，引的终朝每日在我们门口聚会的人甚多，俱是些年轻之人。先前每日卖三五串钱，如今每天卖钱五六十串、二三百串，还有银子不等。只要她一上柜，就有人放下许多钱，给两包糕饼拿着就走，还有扔下银子连一块糕饼也不拿，尽自扬长而走。我一见这个势头不好。我们铺中有个伙计，叫做怯王三，这个人性情耿直，气的他要辞买卖。我们这铺子前头是门面，后面住家，单有三间上房，铺子后面有一段长墙，另有一个木板的单扇门。从铺子可以过这院来。又恐怕我这弟媳出入不便，在后边另给她开了一个小门，为她买个针线的方便。这可更坏了事情了，她若从后门出去，后边那些无知之人就围满啦；她若要前边柜台里坐着，那前边的人就围满了。那日我告诉我兄弟说：‘你得背地嘱咐你妻子，别教她上柜才好，太不成个买卖规矩了。’我兄弟就打了她一顿，不料我兄弟又告诉她是我说的，我们把仇可就结下了。这日晚间我往后边来，一开后院那个单扇门，就见窗户上灯影儿一晃，有个男子在里头说话。我听见说了一句：‘你只管打听，我白菊花剑下死的妇女甚多，除非就留下了你这一个。’我听到此处，一抽身就出来了，骇得我一夜也没敢睡觉。次日早晨，没叫兄弟喝酒，我与他商议把这个妇人休了，我再给他另娶一房妻子，如若不行，只怕终究受害。我就把昨天的事情说了一遍。我兄弟一听此言，到后边又打了她一顿。谁知这恶妇满口应承改过，到了今日早晨，后边请我说话，我到了后边，她就扯住我不放，缠个不了，听得兄弟进来，方才放手。我就气哼哼的出来，可巧我兄弟从外边进来，我弟媳哭哭啼啼，不知对他说了些个什么言语，他就到了前面，说：‘你我还是手足之情哪，你说我妻子不正，原来你没安着好心。’我一闻此言就知道那妇人背地蛊惑是非，我也难以分辩，越想越无活路，只可一死，不料被爷台把我救将上来。我说着都羞口，爷台请想，如何能管我这件事情？”蒋爷说：“我能管。我实对你说，这位是展护卫大人，我姓蒋名平，也是护卫，难道办不了这门一件小事吗？论说这是不洁净之事，我们原不应该管，皆因内中有白菊花一节，你暂且跟着我们回公馆，我自有道理。”吴必正闻听连连点头，与大众行了一回礼，把衣服上水拧了一拧，跟着大众，直奔五里新街。蒋爷同着展爷先上饭店，那些人就回公馆。

蒋展二位到了美珍楼，往里一走，就听那楼上叭嚓叭嚓，韩天锦仍然在那里乱砸乱打。掌柜的见着蒋展二位认识他们，说：“方才你们二位，不是在楼上动手来着吗？”蒋爷说：“不错，我们正为此事而来。”到了柜房，把奉旨拿贼的话对他们说了一遍。仍然不教他们泄露机关，所有铺内伤损多少家伙俱开了清单，连两桌酒席带贼人酒席都是我们给钱。那个掌柜的说：“既是你们奉旨的差使，这点小意思不用老爷们拿钱了，只求老爷们把楼上那人请下来罢，我们谁也不敢去。”蒋爷说：“交给我们罢，晚间我们在三元店公馆内等你的清单。”说毕出来，蒋爷上楼，把韩天锦带下来。天锦问道：“四叔拿住贼了没有？”蒋爷说：“没拿住。”天锦说：“不教我出来嘛！我要出来就拿住了。”蒋爷说：“走罢，不用说话了。”出了美珍楼，直奔公馆。进得三元店，此时艾虎与吴必正全都换了衣服。蒋四爷说：“方才这老者说在五里屯开糕饼店，白菊花在他家里，我想此贼由水中一走，不上团城子，今晚必在这糕饼店中。你们谁人往那里打听打听？”问了半天，并没有人答应。连问三次，一个愿去的也没有。蒋爷说：“徐良，你去一趟。”徐良说：“侄男不去。”又问艾虎，他也是不去。蒋爷一翻眼，这才明白，说：“哎呀，你们怕担了疑忌。你们全都不愿去，只得我去了。”冯渊在旁说：“你们都不愿去，我

去。心正不怕影儿斜，我不怕担了疑忌。”徐良说：“你就为这件事去，这才对了你的意思呢！”冯渊说：“我要有一点歪心，叫我不得善终。”蒋爷一拦，对徐良说：“先前你可不肯去，如今冯老爷要去你又胡说，你们两人从此后别玩笑了。冯老爷，可有一件事要依我的主意，你若到五里屯访着白菊花，你可别想着贪功拿他，只要见着就急速回来送信，就算一件奇功。”徐良说：“他拿白菊花？连我还拿不住哪，他要拿了钦犯，我一步一个头给他磕到五里屯去，从此我就拜他为师。”冯渊气得浑身乱抖。智化在旁说：“你去罢，冯老爷，不用理他。”蒋爷说：“我告诉你的言语要牢牢紧记。”

冯渊拿了夜行衣靠的包袱，一出屋门，碰见艾虎，说：“兄弟，你这里来，我与你说句话。”艾虎跟着他，到了空房之内，冯渊说：“贤弟，论交情，就是你我算近，我的师傅就是你的干爷，他们大家全看不起我，我总得惊天动地的立件功劳，若得把白菊花拿住，他们大众可就看得起我了。”艾虎说：“皆因你素常好诙谐之故，非是人家看不起你。”冯渊说：“我若拿住白菊花，你欢喜不欢喜？”艾虎说：“你我二人，一人增光，二人好看，如亲弟兄一般，焉有不喜之理？”冯渊说：“我可要与贤弟启齿，借一宗东西，你若借给，我就起去，你要不肯借，我就一头碰死在你眼前。”说着双膝跪倒。要问借什么东西，且听下回分解。

第七十四回

得宝剑冯渊快乐　受熏香晏飞被捉

且说冯渊与艾虎商议，借一宗物件，又与他下了一跪。艾虎问："你要借何物？"冯渊说："我见了白菊花，若论两个人交手，我并不惧他，也不怕他那暗器。就是一宗，他那口宝剑，我可实在不行。今日在美珍楼你与他交手，你们二人刀剑一碰，大概是把他宝剑磕伤，我见他就与你刀剑碰了一次，再也不敢与你交手，净是封闭躲闪，这必是你那宝刀的好处。你若乐意让我取胜，你将宝刀借我一用。"艾虎一听，连连摆手说："不行，不行！在大相国寺给我刀时节，你也看见了，训教我之时，你也听见了，说刀在我的命在，刀不在我的命就休矣。自从我得了这口利刃，昼夜不离左右，慢说是你，就是我师傅也不能借。我方才说过，你我亲兄弟一般，除这口刀之外，任你借我所有的东西全行，你可别恼。"冯渊说："你我自己弟兄，焉有恼你的道理。我再与你借件东西行不行？"艾虎说："除刀之外，没有不行的。"冯渊说："把你那熏香盒子借我一用。"艾虎暗道："他实在的有心，怎么他还怀记着熏香盒子哪！"欲待不借，又不好推辞，无奈何说："大哥，我这熏香盒子，大概你也知道，是小诸葛沈仲元的东西，我是偷他的。我借给你，可得有人家的原物在，别给人家丢失了。"冯渊说："我又不是三岁孩子，怎么能够丢失此物？我要丢失此物，我有一条命陪着他呢！"艾虎把熏香盒子拿来，交与冯渊，还教他怎样使法，连堵鼻子的布卷都给了冯渊。

圣手秀士别了艾虎，出公馆，直奔白沙滩来，见人打听，到了五里屯东口外头，见一老者，手扶拐杖，年过七旬。冯爷说："借问老丈，哪里是五里屯？"老者道："这就是五里屯。你找谁？"冯渊说："这里有个糕饼店，在于何处？"老者瞪了他一眼，说："不知道。"冯渊说："唔呀！怪不得他们不来。"自己无奈，进了五里屯的东口，路北有一个小巷口，见有许多人在那里蹲着，俱是年轻的，连一个上年岁的都没有，俱都是面向着北看。那北头有一个铺子，是五层台阶，并没有门面，是个风窗子，上面有个横匾，上写着发卖茯苓糕吴家老铺。自己扑奔正北，要上台阶，就有人说："没出来哪，你不用进去。"冯渊看着这些人，暗骂道："这些个混账王八羔子，一个好东西没有！"也不与他们说话，拉开风门子，奔了柜台，说："你们这里卖糕不卖？"那怯王三说："既是糕饼铺，怎么不卖糕？"冯渊刚要往下说话，忽听外边一阵大乱，众人往北直跑。冯渊不知是什么缘故，也就出来，见那些人，顺这小胡同直奔正北，冯渊也就跟着，到了北边，就见了吴必元的大门。见那门半掩半开，里面站着个妇人，头上乌云戴了许多花朵，穿着一件西湖色的大衫，葱心绿的中衣，红缎弓鞋，系着一条鹅黄汗巾，满脸脂粉，虽有几分人材，却是妖淫的气象，百种的轻狂。一手扶定门框，一手扶定那扇门，得意的把那条腿跷在门槛之外，不然如何看得见弓鞋哪。有一块油绿绢帕，往口中一含，二目乜斜①，用眼瞟着那个相公。虽然瞧着她的人甚多，唯独单对一个相公出神。那个相公，约有二十余岁，文生巾，百花袍，白绫袜子，大红厚底云履，面白如玉，五官清秀，一手握着那文生巾的飘带，一手倒背着，拿着一

① 乜（miē）斜——眼睛略眯而斜着看。

柄泥金折扇，也是二目发直，净瞧着那个妇人。众人看着，全是哈哈大笑，这男女尽自不知，类若痴呆一般。正在出神之际，忽听正北上痰嗽一声，冯渊抬头一看，却是白菊花到了。

冯渊见了白菊花，就不敢在那里瞧看，进了小胡同，撒腿就跑。出了小巷口，回头一看，幸而好没追赶下来，料着白菊花没看见他。又一想，是与他们送信去好哪，还是自己捉拿淫贼好哪？想了想这贼人今日晚间必然在这里住宿，若等他睡熟之时，我这里有的是熏香，就把他熏将过去，不费吹灰之力伸手可拿，我为什么与他们前去送信？自己拿准了这个主意，就不肯回公馆去了。找了一个小饭店，饱餐了一顿，给了饭钱，直待到人家要上门板的时候，方才出来绕到五里屯后街，探了探糕饼铺后面院子的地势。自己找了一块僻静所在，把夜行衣靠包袱打开，通身到顶俱都换了，背插单刀，百宝囊内收好了熏香盒子，把白昼衣服俱都用包袱包好，奔了糕饼铺后院。东隔壁有一棵大榆树，冯渊蹿上墙头，爬上大树，骑在树上。前边枝叶，正把自己挡住，往下瞧看逼真，下面人要往上瞧看，可有些费事。随手将包袱挂在树上，呆呆往下面看着。

不多一时，有人用指尖弹门，里面妇人出去，将门一开，细细一看，原来是白昼那个相公。那相公姓魏，叫魏论。万贯家财，父母双亡，跟着叔父婶母度日，不喜读书，最爱奢华。到二十岁的时节，外面交了些狐朋狗友，卧柳眠花。与他叔父吵闹，把家私平分了一半，也不娶妻，终朝每日秦楼楚馆，看看要把家私花尽。如今又听说了糕饼铺这个妇人，他要到此处领教领教。可巧一来就会上了这个妇人，两个人正在发怔时节，被白菊花来冲散。妇人把门关上，魏论无奈，也就奔了饭铺。用了晚饭，天到初鼓之后，竟自奔了吴必元的门首而来。在门前转了两个弯

儿，一横心，用指尖弹门。妇人出去，那相公对着吴必元的妻子，一恭到地，说："大嫂，今日学生目睹芳容，回到寒舍，废寝忘餐，如失魂魄，今晚涉险前来，与娘子巫山一会。"妇人一听，微微的一笑，口尊道："痴郎，你我素不相识，夜晚叫门，你这胆量，可就不小。"相公说："但能得见芳颜，虽死无恨，倘能下顾，赏赐半杯清茶，平生足愿。"妇人说："我见世上男子甚多，似你这痴心的也太少，如此就请进来。"妇人前边引路，相公就跟将进去。似乎这个人胆子实在不小，也不问问他家丈夫在家不在家。也是活该生死簿上勾了他的名字，阎王殿前挂了号了。进了院子，妇人就把大门关上，来至屋中。冯渊在树上看得明白，他倒替这个人提心吊胆，暗说："要是白菊花一来，只怕此人难逃性命。"果然不大的工夫，唰的一条黑影，由墙上来了一个人，冯渊一看，不是别人，正是白菊花。见淫贼飘上身来，直奔窗前，用耳一听，男女正在里边讲话。恶淫贼把帘子一掀，见双门紧闭，一抬腿当的一声，把门一开，哈哈一笑说："贱婢，你作得好事。"满屋中一找，就见那床帏子底下，露着一点衣襟，妇人站在那里挡着。晏飞过来，把妇人一揪，噗咚一声，摔倒在地。晏飞一伸手，把相公拉出来，回手一亮宝剑，噗哧结果了他的性命。回身往椅子上一坐，说："贱婢，他是何人？"那妇人机变最快，爬起来说："晏大爷，这可是活该我们家不该出事。你要问这个男子的来历，白昼之间，我就看见他在咱们门外头，两只眼睛发直，净瞧着我。这必是我方才倒水去时节，可瞧见有个黑影儿一晃，我打量这是一条狗哪，我也没留心细看，必然是他先钻在床底下来了。要不是你来，我关上门一睡觉，他要从床底下钻出来，净吓也要把我活活吓死。这个事情我是情实不知，岂不屈死我了。"白菊花又哈哈一笑，说："贱婢，你真狡辩的好。"

妇人又百般的一哄，晏飞可就没有杀害妇人的心意了，就问妇人："你可给我预备下酒菜没有?"妇人说："今日白昼见着你，我就算计着你今晚必来，早把酒菜给你安排停妥。可就是一件，这地下扔着个死尸，这酒如何喝的下去哪。"白菊花说："这个不难，待我把他抛弃河中。"先叫妇人把门开了，晏飞一伸手把相公提起来，出了街门，直奔河沿。一路并没遇见行路之人，转身回来，复又关上大门，妇人已预备下酒菜。把个冯渊在树上等得不耐烦。好容易等至二人吃毕酒，安歇睡觉，吹灭灯烛，还不敢下来，料着不能这就睡着。又等了一个更次，天交四鼓。把包袱摘下来，往腰中一系，盘树而下，到了窗棂之外，听了听，就知二人睡熟。先把布卷掏出来，堵住自己鼻孔，把熏香盒子摸出来点着熏香。要知这段节目，且听下回分解。

第七十五回

见恶贼贪淫受害　逢二友遇难呈祥

且说冯渊把熏香盒子摸出来，把盖揭开，取千里火筒，这熏香盒子类若仙鹤的形象，把千里火点香，放在仙鹤肚内，用仙鹤嘴对准窗棂纸，此刻香烟已浓，把仙鹤尾巴一拉，两个翅儿自来一忽闪忽闪的，那香烟就奔屋中去了。把所点的香俱已点完，料着白菊花必定熏过去了。回手把仙鹤脖子拧回，收藏百宝囊之内，到了屋门，把帘子一启，那门无非虚掩，顶着一张饭桌子，将门推开，桌子一挪，进了屋中，一晃千里火，就奔床榻而来。冯渊也是好大胆量，就把灯烛点上，往帐子一看，冯渊吓得身躯倒退。原来他们是赤条条的睡觉，就见他那宝剑镖囊衣服等件，俱在他身旁放着。冯爷过去一伸手，先把他宝剑镖囊衣服等件拿过来，抱着就往外跑，到了院中，乐的他慌慌张张，把包袱解下来打开，把他所有的东西衣服靴袜还有夜行衣靠等，俱囊在自己包袱之内，把镖囊自己系上，又把宝剑也撇在地上。就是一件为难，要拿白菊花，他们是赤身露体。自己乃是有官职之人，过去捆他，又怕冲了自己之运，有心一刀将他杀死，又想不如拿活的好。又一狠心想一刀把他杀死，提着首级回去见众位大人，教醋糟给我磕头。从此后我有了这口宝剑，谁也不能看不起我了，别瞧他们是万岁爷钦封的小五义，姓冯的可拿着钦犯。越想越乐。正在欢喜之间，忽听前边的门一响，打前边进来一个人。那人喝的酒，足有十二成了，原来是吴必元，从外边喝的大醉而回。怯王三见大掌柜的一天没回来，怕他寻了拙志，打算等二掌柜的回来自己就辞买卖。怎奈二掌柜回来，醉得人事不省。只可明日再说罢，往后推着吴必元说："后边睡觉去吧。"把后门一开，吴必元就一路歪倒进来。冯渊过去，说："你是什么人？"这一句话，把吴必元的酒吓醒了一半。回问："你是谁？"又一瞧冯渊这样打扮，说："你是个贼呀！"冯渊道："胡说，我是御前校尉，奉旨捉拿国家钦犯，如今现在你家睡觉。你是吴必元哪！"吴必元一听是校尉，忙深施一礼，说："我正是吴必元。"冯渊就把他哥哥溺水，自己怎么奉差而来，白菊花怎么在里面的话，细细说了一遍。吴必元吓得浑身乱抖，把王三叫过来，又告诉一遍。冯渊问吴必元说："你这妻子还要不要？"回说："不要了。"冯爷说："你若不要她，我给你出一个主意，你用一床被子，将她裹上，两个人搭着她，丢在河里去，另用一床被子，把贼人盖上，我好进去拿他去。"吴必元说："把我妻子搭出，将她惊醒之时，她要叫喊，如何是好？"冯渊说："绝不能叫喊，我把她治住了，如死人一样。"吴必元这才同着王三进去，二掌柜把被子裹了他妻子，又用一床搭在白菊花的身上。王三过去把街门开开。吴必元叫王三帮着搭他妻子，王三说："等等，二掌柜的，你也过于疏忽了。抬起来往河内一扔，倘若遇见官人，或是漂上来有人认得，这个官司是你打，我打？那得有老爷做主才行哪。常言说得好，拿贼要赃，拿什么来着要双。这要单害她，就得偿命。"冯渊说："我是原办的正差，亲眼得见，你们若要不信，我姓冯，叫冯渊，御前校尉，开封府总办堂差。"这二人也不知他有多大的爵位。方才把淫妇抬将起来。出离大门，丢在河中。回来见了冯渊告诉了一遍，冯渊过去叫王三找了两根绳子，把白菊花二臂捆上，又把他的腿捆好，用一床大红被子，照着卷薄饼的样子，把他裹好。

冯渊往肩头上一扛，那二人送在大门以外。

此时已交五鼓多天，对着朦胧的月色，冯渊扛着白菊花直奔公馆而来。过了五里屯就是白沙滩的交界，走出约有三里多路，此时正在四月中旬的光景，夜是最短，看看东方发晓。自己一想，天光快亮，本人穿着一身夜行衣，又扛着个人走路不便，可巧前边一片松树林，至里边，把白菊花放下，把身上包袱解下来，又把刀剑摘下来，将包袱打开，脱下夜行衣靠连软包巾带鞋，倒把白菊花那身衣服，武生巾，箭袖袍，狮蛮带，厚底靴子，他全穿上了。也把宝剑带上，把百宝囊解下来，将自己的夜行衣包袱打开，将百宝囊包在里面，还有自己一套白昼衣服，连白菊花的夜行衣包，共是两个衣包，外面还有一个大包袱，打量着两个包在一处。不料正包之时，忽听树林外头念了一声无量佛，说："你是哪里来的？偷盗人家的东西，意欲何往？"冯渊闻听一怔，从树林外蹿进两个人来，未能看得明白，大概必是两个老道，忽听白菊花嚷说："师弟快来罢，我叫人家捆在这里了。"原来他刚出五里屯，白菊花就醒过来，那熏香本是鸡鸣五鼓返魂香，只要是天交五鼓，那香烟的气味就散净了。晏飞一醒过来，睁眼一看，自己二臂牢拴，连腿叫人家捆上了，有被子挡着，看不真切，原来是叫人家肩头扛着，颠颠的直走，忽然嘣哧一声，将自己摔在地下。复又往外挣拔挣拔，就见是冯渊把他拿住了，见冯渊换自己的衣服，又不能挣开绳子，暗暗叹道："万般皆是命，半点不由人。"这时可巧那边有他的师弟到了。

这两个人，一个是莲花仙子纪小泉，一个是风流羽士张鼎臣，这两个是老道的徒弟，又是师兄弟，又是盟兄弟，全是寻花问柳之徒。皆都是老道打扮，生得面如少女一般。要是见着稍微有一点不正道的妇人，专能坏人闺阃①，败人名节。那纪小泉就是银须铁臂苍龙纪强的侄儿，后来拜的是梁道兴为师，皆因他入了绿林，到处问柳寻花，银须铁臂苍龙纪强不许他进门，故此纪强全家已死，他并不知晓，但得知纪强一家死于白菊花之手，他也不管救了。这日他同着风流羽士张鼎臣投奔团城子，不好空手而去，打算备办点礼物，手中又无钱财，二人要打算做一号买卖，可巧正走在此处，就见冯渊肩头扛着一个大包袱。纪小泉叫："哥哥，咱们劫这个，大概总有点油水。"张鼎臣点头。两个人这才往里一蹿，念声无量佛，白菊花就听出来了，故此高声喊叫："师弟快来救我！"纪小泉与白菊花至好，皆因出去采花，都是这样朋友，如今听见是晏飞的声音，焉有不肯来救的道理。冯渊见白菊花也醒过来了，又有人蹿进树林，一着急包袱也没包好，倒不如先一剑把他砍了罢。再说此时有壮胆的兵器，慢说两个人，就是二三十人我都不惧，全凭这口紫电剑，他有什么兵器，削上就得两段，那还怕他什么？刚一回手拉宝剑，叭的一声，就是飞蝗石打将过来，正打在冯渊右手手背之上。冯渊唔呀一声，一甩腕子，疼痛难忍，那剑就拉不出来了，闹了个手忙脚乱。眼看张鼎臣、纪小泉两个人，挥宝剑反要剁他，冯渊无奈，只才一伸手，把夜行衣靠包袱拿起来，撒腿就跑。张鼎臣、纪小泉二人，紧紧一追。白菊花叫道："二位师弟别追他，先给我解开。"纪小泉说："哥哥，你先追那个，我回去与我师兄解开。"一伸手将被子抖开一看，白菊花赤身露体，纪小泉一笑说："大哥准是采花被捉了罢。"白菊花说："不错，正是采花被捉。"又说："贤弟，那一个蛮子，务必把他捉住，这厮把我害苦了。"纪

---

① 闺阃（guīkǔn）——旧时指妇女居住的地方。

小泉答应，复又拿起剑来，挑开绳子，出了树林，赶下来了。白菊花一看，地下现有的是衣服，穿上一条中衣，穿了靴子，拾起冯渊那口刀，也就追出树林，往下紧紧一赶，追来追去，已离着不远。

冯渊回头一看，三个人都往下追赶，自己又用手拔了拔宝剑，此时手背已然浮肿起来，一拿宝剑不甚得力，打量着勉强把宝剑拉出来，削不了他们的兵刃，万一把这口宝剑再叫他们得回去，那可不好。不如我还是跑罢，莫非他们能追到我公馆不成。自己想头虽好，不料人家腿快，扭项回头一看，已经离着不远了。冯渊一急，直奔树林，使一个诈语，高声喊叫说："树林里头埋伏快些出来，现今有白菊花到了。多臂熊快来罢！"这一声不大要紧，把白菊花吓了一怔，便高声叫道："二位贤弟别追了，白眉毛现在此处哪！"纪小泉与张鼎臣也不知道是什么事情，微一止步，忽见树林之中跑出一人，嚷了一声说："乌八的驴球！"随骂着往下就赶。若问徐良这一来，怎么捉拿白菊花，且听下回分解。

第七十六回

晏飞丢剑悲中喜　冯渊得宝喜中悲

且说冯渊使个诈语，果然树林之中就有人答言，哼了一声，骂乌八驴球的，出来一看，原来不是徐良，却是学徐良口音，是邢如虎、邢如龙二人。皆因此时天有四鼓还不见冯渊回公馆，蒋平说："可不好了，别是遇见祸了罢。"智化说："不能，我见他这几天天庭大亮，我算计他必有些喜事。"蒋平说："我不是没见出，他那喜是假意，虽有点凶险，也不大甚要紧。"艾虎说："他兴许有些喜事。"蒋平问："怎么见得？"艾虎说："他临走把我那熏香盒子要去了。真要是白菊花在那里下榻，岂不伸手可得！"徐良说："老兄弟，你怎么把熏香盒子借给他哪？他这一去，要遇不见白菊花，必拿熏香把内掌柜的熏过去，他要采花，是你损德了。"蒋平在旁说："不要血口喷人，他不是那样人物。"展南侠说："总是有人接应去方好。"蒋平说："叫二位邢老爷前去辛苦辛苦罢。"二人答应，遂带了兵刃，问了问吴必元家的道路，出离公馆，直奔白沙滩。此时已然天光快亮，邢如龙说："咱们不能去了，这还有多大的工夫！"邢如虎说："不去可不是差使了。若咱们回去见了他们一问，何言答对？"正然说话，见前边有片树林，邢如龙说："咱们在这里歇息歇息。"将进树林，见前边有人飞也相似往前直跑。邢如虎说："准是冯老爷败下来了。"二人躲入树林，听得冯渊说："后面白菊花到了。"邢如虎心生一计，说："哥哥，我学徐老爷骂人，先惊吓他一下。"果然往外一

跑，嚷了一声，骂道："乌八驴球！"这一声不要紧，把白菊花吓跑了，不但把他一人吓跑，并且他还拉着张鼎臣与纪小泉，这两个人也不知这是什么事情，心想着师兄怕，别人更得可怕了，也就跟着他糊里糊涂跑下去了。又来至那个树林内，白菊花说："你们往外瞧着点，他要一来，咱们好跑。提起那个老西来，令人可恨，他害得我好苦。这蛮子就是那个老西的前站。"他把徐良的事一五一十细说了一回。这两个人一听，也是一惊。纪小泉说："要叫你这么一说，这个人谁能是他的对手？你想必是被他吓破胆子了。"白菊花说："不然，你日后见着他，就知他的厉害了。"

纪小泉又问："你是在哪里采花，落得这样狼狈？"白菊花也就实说了一遍，又说："要不是你们来，我这条性命可就休矣！"说着话，就把冯渊的衣服穿上，还有一个包袱，打开一看，里面却是夜行衣服，还有个百宝囊，一看却是夜行人所用的东西，飞爪百练索，千里火筒，钢制拨门撬户的家伙，又一摸里边，有个盒子，拿出来一看，原是个熏香盒子，把盖一揭，看了看里面，还有许多熏香。这是什么缘故？皆因冯渊被莲花仙子一飞蝗石打在手背之上，心一慌乱，把夜行衣包拿错了，把白菊花的衣包拿走，将他的丢下了。白菊花一见此物，十分欢喜，忙叫纪小泉说："贤弟你看，虽然把我宝剑丢了，我却得了一个熏香盒子。"纪小泉说："恭喜恭喜！"白菊花说："我还有什么喜事？"纪小泉说："据我瞧，宝剑虽然丢失，这熏香盒子比宝剑还强，咱们出去，常常遇见少妇长女，多有不从的，有了这宗东西岂不是比宝剑强的多么？人是时运领的，把无价之宝丢失，得了他这一宗物件，反为无价之宝。"白菊花哈哈一笑说："有了此物，真要再见着节烈的妇人，要叫她顺手，不费吹灰之力。"重新把包袱裹好，他就改作冯渊的打扮，肋下佩刀。问纪小泉意欲何往？纪小泉说："要上团城子。"白菊花说："你们一到团城子，这个老西先前说过，必要去寻找，我可不是老西的对手，你们要去，我也不拦。"纪小泉说："你要不去，我们也就不去了。你意欲何往？"白菊花说："上我姊丈①那里去，仍回姚家寨，他那里倒是我栖身之所。"张鼎臣、纪小泉二人俱都愿意一路前去。白菊花说："既然这样，你们二位同着我把吴必元杀了，然后再走。"二人答应，同白菊花回五里屯杀了吴必元，三人一同扑奔姚家寨。唯有莲花仙子纪小泉不大愿意，皆因前几年跟随他师傅上团城子与东方亮拜过一回寿，见过玉仙，在东方亮家中住了一个多月，常与玉仙抡拳比武，东方亮也没把他放在心上，以为他是个小孩子，他又管着玉仙叫姑姑，岂知二人很有些意思。今日打算要上团城子会会玉仙，被白菊花说的无奈之何，也只可随着杀了吴必元，投奔姚家寨，暂且不表。

单提冯渊见了邢家兄弟，却不见徐良，便问道："徐良哪里去了？"邢如虎说："是我学徐良口音，吓退贼人。你为何这样打扮？"冯渊把自己的事如此这般细说了一遍。邢家弟兄一听，如今白菊花的宝剑教他得来了，说："早知道白菊花没有宝剑，你何不追他呢？"冯渊说："这工夫追他也不为迟，故此烦劳你们二位跟我一趟，我那里还放着好些衣裳呢。"自己低头一看，说："不好了，我把包袱拿错了。"邢如虎问："怎的拿错了？"冯渊又把换衣裳，要拿大包袱一包，这么个时候，有两个老道进来，刚一拉宝剑，被他打了一石子，正在我手腕之上等情由说了一遍，末了说："还得你们二位跟着我辛苦辛苦。"邢家弟兄跟着冯渊又

① 姊丈——姐夫。

到那个大松树林子里边，再找包袱连刀，已是踪迹不见。冯渊急得跺脚摇头唉声叹气，邢家弟兄说："虽然没拿住白菊花，得了一口宝剑，却是喜事，为何唉声叹气？"冯渊说："你那里知道，我丢了要紧东西。"邢家弟兄问："丢了什么东西！"冯渊说："不必问了，咱们暂且回去罢。"

将出那树林，就见由西跑来一人说："冯老爷慢走。"冯渊回头一看，却是糕饼铺的怯王三，他说："冯大老爷，大事不好了。自从你老人家去后，我们二掌柜的在后头院内睡觉，我在房内看着铺子。我还没睡着哪，就听二掌柜的喊叫救人救人，我赶到后边一看，我们二掌柜的被杀身死，也没有凶手，也没有凶器，不知被何人所杀？也不知道你老人家在什么地方居住，我就跳墙出来，要到五里新街各店中打听去，不料跑到此处，看见你老人家了。"冯渊说："不怕，你跟我走罢。"王三答应一声，就跟随冯渊，直奔公馆而来。此时天已红日东升，到了公馆，直奔东院。此时蒋平等整整一夜没睡觉，好容易盼着冯渊到了，众人看他这样打扮，俱都掩口而笑。蒋平就问："冯老爷，你怎么打扮也换了？"冯渊就把始末根由的话说了一遍。蒋平说："如何？但若有一个人同着他去，岂不就把白菊花拿住了？"智化说："总是他不该遭官司。"教徐良把吴必正叫过来，王三告诉他家中之事。吴必正听了，哎呀一声栽倒在地，蒋平叫人将他搀起来，叫了半天，方苏醒过来，放声大哭。蒋平说："你也不用哭了，人死不能复生。"老头子说："我兄弟已死，打官司去又是一件丑事，倒不如我一死，口眼一闭，全不管这些闲事。"蒋平说："你不用死，我教给你一套口词，包管你绝不出丑，你自己托人写呈子去。"吴必正问："什么口词？"蒋平说："就言你弟媳，这日晚间将要安歇，忽见从外边进来两个人，一个文生秀士，也不知他叫个么名字，一个武生相公，俱没安着好意。就听见那人自己说叫白菊花，这两个人为争风，那白菊花一剑将文生秀士杀死，抛在河内，就要与你弟媳行苟且①之事，不料此时，有官人赶到，将白菊花追跑。你弟媳虽没失身于匪人之手，本人一羞，投水身死。你就照着这套言词写张呈子，准不至名姓不香。后来贼人去而复返，又把你家兄弟杀死，求你们太爷做主。你也不沾罪名，你弟媳也是个烈妇，你想想如何？”吴必正连连点头说：“总是大人的高才。”连王三又给众位磕了头，出公馆去了。

老头子去后，大众再看冯渊坐在那里，洋洋得意，很透着自足，左把宝剑按一按，右把宝剑提一提，站起来复又坐下，自己不知要怎么方好。蒋平说：“智贤弟，我想这白菊花，从此一跑，又丢失宝剑，无处可去，这可要上团城子去了。”智化说：“今天晚上我到团城子走走。”蒋平说：“智贤弟，辛苦辛苦，你去可是要很好探望里面光景如何。”徐良说：“智叔父要上团城子，侄男跟随你老人家一路前往。”艾虎说：“我也去一回。”卢珍说：“智叔父，我也去瞻仰瞻仰。”白芸生说：“智叔父，我也领教领教去。”这四人都要去，黑妖狐带领小四义前去，二盗鱼肠剑。不知怎样盗法，且听下回分解。

① 苟且——指不正当的男女关系。

第七十七回

史丹无心投员外　天彪假意认干爹

且说智化要上团城子，小四义全要前去，都要看看藏珍楼，智化心内为难，想他们身价太重，怕这几个人倘有些舛错，自己担架不住。蒋平在旁说：“智贤弟，你不用多虑，他们都是准走子午之时，再说本领全都不弱。”智化方才点头。徐良对着卢珍、艾虎说：“蒋四叔说咱们的本领俱都不弱，你们看我的本事如何?”卢珍说：“咱们弟兄五人，要论本领，就算你是头一名。”徐良说：“别看我的本事好，缺典。”艾虎问：“缺什么典?”徐良说：“本领讲的是马上步下，我就会步下，不会马上。”艾虎说：“三哥是未学练过，故此不行。”徐良说：“我也练过，在家中我也一心想买一匹千里马。”卢珍说：“那可不容易呀。”徐良说：“买倒可以买，价钱还不大，就是不教骑上，一上噗咚把我摔下来了，再一上又把我摔下来。后来叫人牵住，我方才上去，它又不走，若要一走，它腿快又把我扔下来了。”冯渊哈哈一笑说：“醋糟，你如何行的了！千里马还得要千里人哪，没有千里人，当然是不走。”徐良也哈哈一笑说：“臭豆腐你还懂得千里马与千里人要相配哪！虽然你得了一口宝剑，是无价之宝，世间罕有之物，乃有德者居之，德薄者失之，故此不能久在白菊花的手内，不如及早做个人情，送给有德之人。你若不信，你就佩着，不但不能长久，还怕要与你招出祸来。”徐良这句未曾说完，把冯渊脸上颜色都气变了，说：“不用细讲，我不配带此物，必是你可以配带。”徐良说：“我也不配带。咱们公举一人，将这人说出，人人皆服，那才可行，倘若内中有一人不服，咱们重新另举。我说是智叔父。头一件是前辈老英雄，二则声名远震，正大光明，列位请想如何？”冯渊一听，说：“醋糟，你原来是挤兑我，你倒是明要，我双手奉送，你这绕脖子，指着千里马说，谁有你机灵！说的可是马，为的可是剑，绕了六里地的弯子，还是归到宝剑上了。我这个性情，最喜直言，越绕弯子越不行，剑是在我身上带着，你们不能抢我的，凭爷是谁，我也不给，我可是无德，偏要带有德的东西。”徐良道：“我无非是多话，爱给不给，与我无干。”冯渊说：“我就是不给。”徐良往旁边对着艾虎使了个眼色，艾虎也就明白了这个意思，问冯渊说：“哥哥，你把事办完了么？白菊花今天你还去拿不拿？”冯渊说：“今天就不去了。”艾虎说：“你要不去，该把那个东西还我了。”冯渊问：“什么东西？”艾虎说：“熏香盒子。”冯渊一怔说：“叫我丢了。”艾虎说：“那时我要不借，总说我没有兄弟的情分了。我给你时节，嘱咐你千万可别丢了，你也知道我是偷的东西，谁知道你丢了没丢？没有人家的原物可不行。你说过你不是三岁的顽童，小小的一个盒子如何丢失的了？”冯渊说：“我真是丢了。你要不信，我重重起个誓。”艾虎说：“你也不用起誓，你丢了，就得给我找去。”冯渊说：“我上哪里去找？准是被白菊花得了去了。”徐良说：“老兄弟，熏香盒子要被白菊花得了去，他必是熏香采花，那个罪恶全在你的身上。”艾虎一听，更透着急，与冯渊要定了，没有不行。冯渊看了看艾虎，瞧了瞧徐良说：“我明白了，总是亲者厚，厚者偏，就只我是个外人。”一回手，把宝剑摘将下来，双手捧着，交与智化说：“智大爷，我可不成敬意，是叫他们挤对的，我要不给，准许他们把我害了。”智化说：“你好容易得来的宝物，我焉敢领受，常言君子不夺人之所好。”冯渊说：“你就不用挤兑我了。醋糟与我绕脖子，艾虎与我要熏香盒子，净挤兑我这口宝剑，如今我恭恭敬敬送给与你，你又不要，不信我要拿回去，艾虎又该给要熏香盒子了。不用作这虚套，你收下饶了我罢，不必难我了。”蒋展二位在旁说：“既是冯老爷这一点诚心，你就收下罢。”智化这才伸手接了过来，深深施了一礼，说：“冯老爷赏给我这口宝剑，应当请上受我一拜。”冯渊说：“那我可不敢当。”回头又与艾虎说：“我把宝剑送给你师傅，你要熏香盒子不要？”艾虎说：“宝剑的事情，我一概不管，你把我的熏香盒子丢失，已然是丢了，我们自己兄弟，难道说我还一定与你要还不成？”冯渊说：“好兄弟，真慷慨。我要不给你师傅那口宝剑，你绝没有这样言语。”大众全都哈哈大笑。智化叫艾虎把店家找来，给预备香案，不多一时，将香案设摆妥当。智化把剑供在桌案之上，点上香蜡，双膝跪倒，祝告：“神仙在上，弟子智化，现今得了紫电剑，必须按正道而行，倘若错用此物，定遭天诛。”说毕，将香插入香斗之内，大拜二十四拜，站起身来，才把宝剑挎上。吩咐店家，将香案撤去，大家轮次道喜行礼，行礼已毕，蒋平叫店家备酒，与智化贺喜。不多一时，设列杯盘，众人落座，大家欢呼畅饮，议论上团城子，暂且不表。

单说龙滔与龙天彪，在史丹那店内住了一夜。史丹出去，置买衣服，青缎子箭袖袍，皮挺带，薄底快靴，黑灰衬衫，青缎壮帽，穿戴起来，又是一分气象，更透着威风。到了次日，把店内所欠饭账俱开发清楚，吃毕早饭，天交挂午，三人出离李家店，直奔团城子西门，看了看周围城墙，鸭蛋相似，是个长圆的。来至西门北边，一带三间平房，随问道：“里面有人么？”有人答道：“找谁？”史丹说：“有一位姓朱的，给留下话了没有？”那人说：“你莫非姓史叫史丹，打把式的么？”史丹说：“正是。”那人说：“你们先在屋内坐坐，我打发人去请朱大爷去。”

不多一时，黄面狼朱英从外面进来。史丹过去要行大礼，朱英把他搀住，就问：“这两个人是谁？”史丹说：“你们二人过来见见朱大爷。这是我姨弟，叫龙滔，这是他的儿子，叫天彪。”龙滔要行大礼，也被朱英把他搀住。朱英一打量龙滔，白方面短黑髯，虎臂熊腰。又看那小孩子，是武生公子打扮，面如白玉，生得十分俊秀，随问道：“你叫什么名字？”小爷跪下磕头，说：“我叫龙天彪。”朱英把他搀起来说：“好一个聪明小孩子。”回头又问史丹：“你带着他们父子二人，有什么主意？”史丹说：“昨天，我正在街上买衣裳之时，遇见我姨弟，他原是在镖行保镖，皆因把镖行买卖丢下了，没找着事情，也要在此处打把式卖艺。我就把你老人家的话，对他们一说，他们一心就要来求求你老人家，给他们美言美言，哪怕就在此处打更，都是情甘愿意。”朱英说：“我昨日见员外，只说得你一人，再添上一人也使得，这个小孩子我怎么去说呢？”龙滔、史丹本是粗鲁之人，教朱英一问，无言答对。还是龙天彪机灵，说：“你老人家不要作难，只管说着瞧去。倘若此处员外爷只要我姨大爷，不要我们父子两个，那也不要紧，我们再找别的事去。万一要留下我父亲，瞧我小孩子无用，不妨教我看看书房，打扫打扫院子，只要给两顿饭吃，我也不要工钱、月钱。倘若一定不用，只要留下我父亲，先支二三两银子，我作盘缠回家去。全仗朱大爷举齿之劳。”随说着复又跪下了。朱英见天彪说话这样嘴甜，十分欢喜，说：“小孩儿你只管放心，此处员外爷不要，你伺候我去，非是我说大话，足可以养活起你。”随即带着他们就走进了大门，穿宅越院，来至垂花门外头，叫他们在那里等着，自己去了半天，复又出来说：“你们见了员外爷之时，可想着磕头。”到了里面，进厅房一看，群贼实系不少。朱英带领三人进见，说：“这是大员外。”史丹、龙滔俱跪下磕头。又见了紫面天王，也给行礼，复又引见群贼，也是一一行礼已毕，往旁一站。东方亮问哪个叫史丹？又问龙滔会什么武艺？回答说会使单刀拳脚，问史丹会什么本事？回说会使单刀、齐眉棍、拳脚。东方亮教他们施展施展。先是史丹把衣服一掖，袖子一挽，打了一趟拳脚。又教龙滔练，他也将衣裳一掖，袖子一挽，把刀摘下来，叫天彪拿着刀鞘子，龙滔这一趟刀，大家无不掩口而笑，就是三刀夹一腿，没有别的招数，也不换样儿，也不收住，三刀一左腿，三刀一右腿，砍了极大的工夫，好容易方才收住。砍完了这趟刀，他还是提着刀过去，问说：“员外爷，你们瞧着好不好？”群寇异口同音说：“好，还是很好。”龙滔哈哈大笑，说：“我知道很好么！”东方亮一看，这个人憨憨傻傻，倒也很喜欢。东方清问：“小孩子，你会什么本事不会？”天彪说：“眼前会几手儿，不敢当着众位太爷出丑。”东方清说：“你打一回拳我看，不用害怕，打在哪里，若要忘了时节，有我们告诉你。”天彪先把衣裳一掖，袖子一挽，冲上深施一礼，然后这才一拉架势，往外一伸手，大家就知道他是个行家。正是行家伸出手，便知有没有。再看手眼身法步，心神意念足，绵软矮酥，小腕胯肘肩膝，蹿高纵低，身躯滴溜溜乱转，走马灯相仿，群贼看得连声喝彩。这一回打完，收住架势，东方亮说：“会单刀不会？”天彪说：“会过两三手。”东方亮教他练刀。小爷天彪把刀摘下来，又走了一趟刀。众人无不喝彩，夸奖好刀法。东方亮问：“跟谁学的？”天彪说：“我在镖行里，都是我叔叔大爷们教给我的武艺。”东方亮连连夸奖：“这个小孩子，我真爱惜他。”张大连最能奉承，说：“大哥要爱惜，何不收他作个义子哪？”东方亮说：“怕人家不愿意。”龙滔在旁说：“员外呀，你要收我这小子作义子，我是求之不得哪。”张大连又一奉承：“这孩子的造化真是不小，磕头罢！”小爷赶紧就大拜了四拜，又与东方清磕头，然后又给群贼磕头，全行礼毕，又问：“义父，我义母现在哪里？让我给她老人家磕头去。”东方亮把桌案一拍，说：“不用问那贱婢，她死了，你倒有两个姑姑，叫人领你去见见。”天彪问：“今在哪里？”东方亮说：“现在红翠园。”叫家人带着少爷，见见二位小姐去。家人答应一声，此时天气已晚，家人执定①灯笼，带着天彪，刚到后院，忽见前面有个人影一晃。要问是谁，且听下回分解。

---

① 执定——提着，打着。

第七十八回

众好汉二盗鱼肠剑　小太保初观红翠花

且说龙天彪认东方亮为义父，家人带着他上红翠园，遇见黑影，然后与金仙、玉仙磕头去。东方清告诉龙滔与史凡，每月一个人十两银子工钱，前后共四十个打更的，全属他二人所管。这两个人谢了员外出去，就有人带着他们两个上更房，暂且不表。

单说天彪，头里有两个家人打着灯笼，直奔红翠园而来。家人叫开门，告诉明白婆子。婆子进去说明白了，复又出来说："请。"天彪来至院中一瞧，二位姑娘俱是短打扮，素衣淡妆，绢帕包头，方练完拳脚，在那里坐着，还有些喘吁吁的。婆子带天彪一见，说："这就是今天大太爷收的少爷，给二位小姐磕头来了。这是我们大小姐，这是我们二小姐。"天彪过去，双膝点地，说："大姑姑在上，侄男给姑姑磕头。"起来又与玉仙也是如此磕头，行礼已毕，往旁边一站。丫环小红过来说："呀，这就是少大爷，我小红与少大爷磕头。"天彪一摆手说："今天也没带着什么，改日再赏赐你罢。"金仙、玉仙一见天彪生的标致清秀，十分欢喜。玉仙问他的来历，小爷就把他们的事情说了一遍。玉仙说："你叫什么名字？"小爷说："我叫东方天彪。"玉仙说："好个名字。"又说："你会什么本事？"小爷说："十八般兵刃都会，就是太沉重的我使不动。"玉仙说："十五、十六力不全，二十五、六正当年，你的年岁还没到哪。"回头说："姊姊，咱们哥哥真有眼力，这个义子，收得不错。人家孩子给咱们磕了些头，也得给他点见面礼儿哪。"金仙说："使得。"叫丫环取来一块碧玉

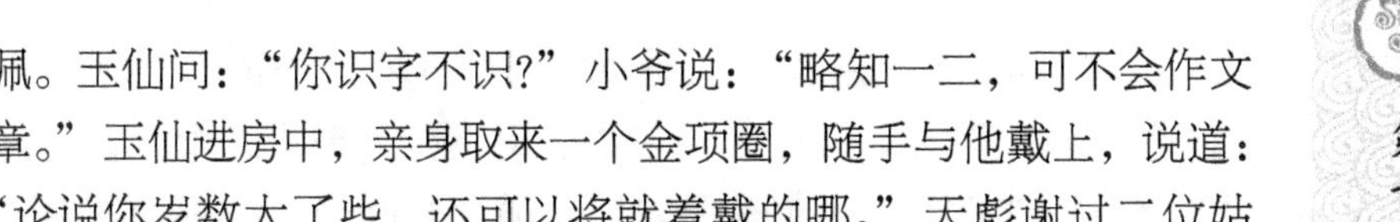

佩。玉仙问："你识字不识？"小爷说："略知一二，可不会作文章。"玉仙进房中，亲身取来一个金项圈，随手与他戴上，说道："论说你岁数大了些，还可以将就着戴的哪。"天彪谢过二位姑娘，从人还在那里等着，说："少爷，咱们上前边去罢。"天彪告辞，玉仙说："没有事之时，只管上我们这里来，无论早晚，我还要瞧你的本事哪。"

小爷答应，转头跟着家人往前走着，心中一动：方才那条黑影，别是师傅来了罢。来至前边，见了东方亮，就把二位姑娘给他的东西，叫东方亮看了一看。大员外又叫人另取一套衣服来，与天彪换上。束发亮银冠，前发齐眉，后发披肩，穿一件白缎子箭袖袍，周身宽片锦，边上绣金龙，张牙舞爪，下绣海水江涯，镶配八宝云罗伞盖花，五彩狮鸾带扎腰，套玉环，配玉佩，葱心绿的衬衫，五彩花靴。那一顶亮银冠，嵌明珠，镶异宝，光华灿烂，双插一对雉鸡毛，类若两条锦带相仿，飘于脑后。迎面上，单有两朵素绒球，翠蓝颜色，把金项圈往脖颈上一套，又带着小爷这脸面，似少女一般，这一穿戴起来，把那大众群贼，瞧的鼓掌大笑。说："这个侄男，好俊美，好威风，这可要送个外号方好。"细脖子大头鬼王房书安说："大哥叫伏地君王，他叫伏地太子罢。"东方亮说："不好。"张大连说："叫他个小太保如何？"东方亮说："好很很好。"从此人称小太保。对天彪说："吾儿过来，谢你张叔父送你的外号去。"小爷不忙不慌，给张大连磕了三个头。东方亮是男孩女儿一个没有，忽然间有这么大的一个小子，直乐的手舞足蹈，复又吩咐说："天彪，所有团城子里面任你游逛，东北角上有个庙，可不许你去，倘若背着我上庙中去，打折了你的双腿。"天彪说："天伦嘱咐我的言语，孩儿焉敢不听。"东方亮吩咐一声摆酒。张大连说："大哥的酒，咱们与大哥道喜，这叫借花献佛。"立刻摆列杯盘，大家落座。东方亮说：

"吾儿，与你众叔父斟酒。"天彪说："谨遵爹爹之命。"

就在这个时光，大厅上与东西配房上，上来了五个人，是黑妖狐智化与小四义。他们也是等到二鼓之半时节，全都换了夜行衣靠，背刀的背刀，背剑的背剑，蹿房跃脊，出了三元店，五人直奔团城子而来。到了团城子北边，徐良告诉芸生大爷与卢珍、艾虎说："下去时节，里面可有护城濠，全是翻板。若要脚踏实地，可得蹿出七尺开外。"大众点头。徐良掏百练索抓住城头，一个跟着一个，五个人全到了上面，复又把抓头搭住里面，徐良头一个导绳而下，看看离地不远，一踹城墙，往后一倒腰，蹿出约有八尺开外，才脚踏实地。撒手把绒绳交给智爷，连白芸生、卢珍、艾虎俱是这样下来。徐良把上面抓头抖下来，绒绳绕好，收在兜囊之内，爷儿五个，仍然是鱼贯而行。正走之间，忽见太湖石上，有个人影儿一晃。徐良说："有个人影儿，你们看见了没有？"俱都低声说看见了。艾虎说："你们瞧又来了两个。"大众一回头，也都瞧见了，正打城墙捯绒绳而下呢。徐良说："咱们过去瞧瞧是谁？"智爷说："咱们不管来者是谁，先瞧白菊花要紧。"徐良遵听智爷言语，直奔前厅而来，过了两段界墙，到了厅房后身。白芸生与卢珍蹿上墙去。智爷与徐良往前一绕，上了东房。艾虎上了西房。全向里面一望，就见那些群贼饮酒，正是东方亮叫"吾儿与你众叔父斟酒"。徐良一看，不是别人，却是自己徒弟改换了穿戴，又见大众管着他叫小太保，一赌气，把智爷一拉，到房后坡低声说："你老人家看见没有？我这个徒弟真无志气，与人家当儿子来了。"智爷说："那才好打听事情哪。"徐良说："我定不要见他了，教他当他的伏地太子去罢。"智爷道："你胡说！"正在爷儿俩说话之间，忽听前边一阵大乱，灯球火把齐举，爷儿俩往前边一看，原来是众贼寇出离了上房，直奔垂花门而来。众人出去一刻工夫，犹如众星捧月相仿，从外边迎

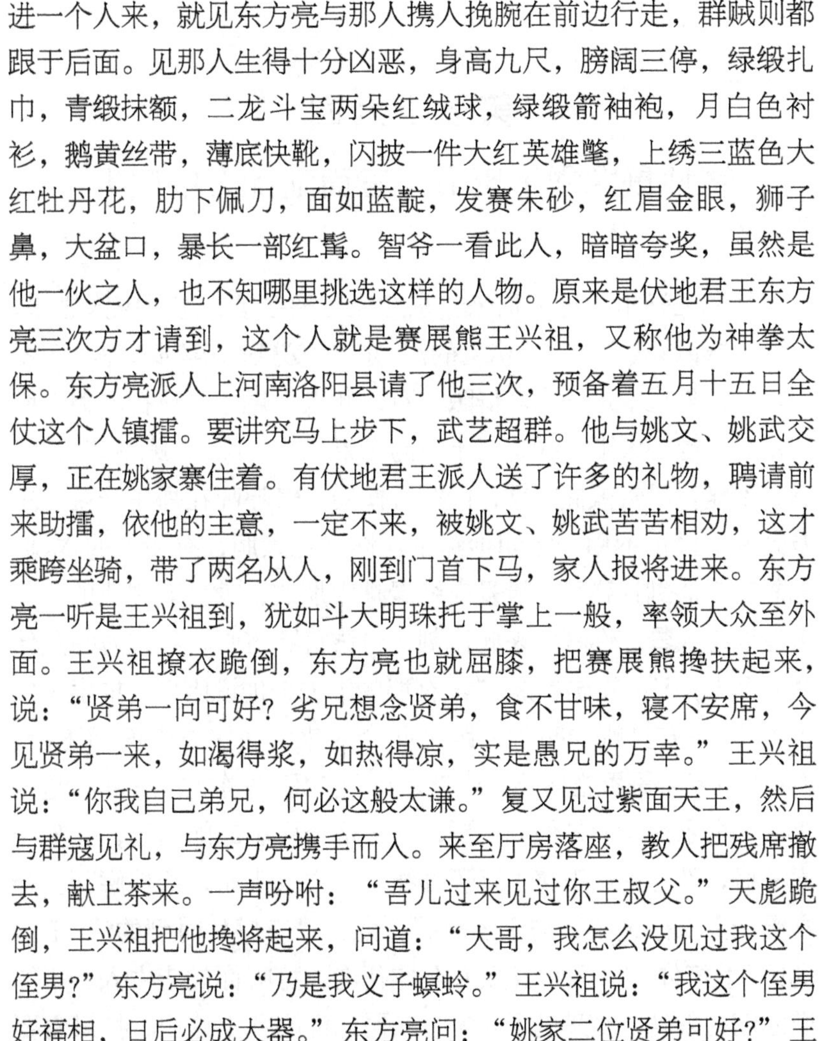

进一个人来，就见东方亮与那人携人挽腕在前边行走，群贼则都跟于后面。见那人生得十分凶恶，身高九尺，膀阔三停，绿缎扎巾，青缎抹额，二龙斗宝两朵红绒球，绿缎箭袖袍，月白色衬衫，鹅黄丝带，薄底快靴，闪披一件大红英雄氅，上绣三蓝色大红牡丹花，肋下佩刀，面如蓝靛，发赛朱砂，红眉金眼，狮子鼻，大盆口，暴长一部红髯。智爷一看此人，暗暗夸奖，虽然是他一伙之人，也不知哪里挑选这样的人物。原来是伏地君王东方亮三次方才请到，这个人就是赛展熊王兴祖，又称他为神拳太保。东方亮派人上河南洛阳县请了他三次，预备着五月十五日全仗这个人镇擂。要讲究马上步下，武艺超群。他与姚文、姚武交厚，正在姚家寨住着。有伏地君王派人送了许多的礼物，聘请前来助擂，依他的主意，一定不来，被姚文、姚武苦苦相劝，这才乘跨坐骑，带了两名从人，刚到门首下马，家人报将进来。东方亮一听是王兴祖到，犹如斗大明珠托于掌上一般，率领大众至外面。王兴祖撩衣跪倒，东方亮也就屈膝，把赛展熊搀扶起来，说："贤弟一向可好？劣兄想念贤弟，食不甘味，寝不安席，今见贤弟一来，如渴得浆，如热得凉，实是愚兄的万幸。"王兴祖说："你我自己弟兄，何必这般太谦。"复又见过紫面天王，然后与群寇见礼，与东方亮携手而入。来至厅房落座，教人把残席撤去，献上茶来。一声吩咐："吾儿过来见过你王叔父。"天彪跪倒，王兴祖把他搀将起来，问道："大哥，我怎么没见过我这个侄男？"东方亮说："乃是我义子螟蛉。"王兴祖说："我这个侄男好福相，日后必成大器。"东方亮问："姚家二位贤弟可好？"王兴祖一回手，从怀中掏出一封书信，说："这就是姚家弟兄问候兄长的金安。"东方亮刚要接书，从人进来说："藏珍楼拿住一个盗剑的。"要问盗剑的是谁，且听下回分解。

第七十九回

赛地鼠龙须下废命　玉面猫乱刀中倾生

且说王兴祖掏出书信来，东方亮正要接信，忽见家人进来，报说："藏珍楼拿住一个盗剑的。"东方亮吩咐一声绑上来。不多一时，打外边推进一人。群贼一看，此人马尾巾，夜行衣靠，面如银盆，粗眉大眼，约有三十岁的光景。大众说："跪下。"那人挺身不跪，尽管被捆双臂，仍怒目横眉，气哼哼在那里一站。东方亮说："也不用一定叫他跪下。你好生大胆，有多大的本领，竟敢前来盗剑！我可是最爱交结绿林中朋友，唯独藐视我的，我可是恨之入骨。你既然来此盗剑，也该打听打听，我东方亮是什么一个人物！"东方清说："没有那些工夫与他说闲话，推出去砍了罢。"东方亮刚一吩咐，跑进两个人来，在东方亮面前跪倒，说："望乞大哥恩施格外，这就是我们三哥。"东方亮一看，是金永福、金永禄，说是他们三哥，这必是金弓小二郎王玉，立刻一声吩咐，教三弟与王寨主解了绑绳。东方清下来，给他解开。金永福、金永禄过去，与王玉行礼，说："三哥几时到的？"王玉说："就打你们去后，我派人至梅花沟，打听你们店中人，不知道你们的去向。复又见了大哥、二哥，说明我上这里，打量着要把这口鱼肠剑盗去，不料到此向更夫问明藏珍楼的所在，刚一到藏珍楼，一登台阶，坠落翻板，被人用挠钩把我搭将上来，不料你二人在此。"金永福说："你先谢过大太爷、三太爷活命之恩。"王玉往上磕头，东方亮亲自把他搀将起来，说："王贤弟，我久闻大名，本欲到朝天岭亲自拜望，奈因总无闲暇工夫，这才前天专人去请你们五位前来相助。不想前番有金家二位贤弟到我家中，也是要盗鱼肠剑，我也不必往下细说，让金家弟兄替我学说学说，贤弟就知道了。”金永福、金永禄就把东方亮等着过了打擂之时，自己带着鱼肠剑上朝天岭，还要把剑送给大哥的话说了一遍。那王玉一闻此言，很觉惭愧，又与东方亮请罪。东方亮安慰一番，吩咐家人，取套衣服来与王寨主穿上。王玉摆手，说：“不用，我有衣服，烦劳哪位管家替我辛苦一趟，到太湖石那里，捆着两个更夫，在他们后边，有个小山洞，那里放着呢。”家人去不多时，就拿着一个包袱，还有一张弹弓，一口刀，俱都交给王玉。家人告诉东方亮说：“更夫说，不是他一个人，还有两个人，也是打听鱼肠剑来着哪。”东方亮一听，问：“王贤弟，你同着谁来了？”王玉道：“我就是自己一人来的。”东方亮说：“别忙，若不是同贤弟来的，也不用我去找他。”房书安说：“别是白眉毛罢？”东方亮吩咐摆酒，说：“不管什么白眉毛，黑眉毛，他只要奔藏珍楼去，就得被捉。”将要摆酒，就听见藏珍楼金钟响亮，当当当就这么三声三声的响了三次。”东方亮说：“不好，有人进了三道门了。这个是行家，若非是行家，不能至三道门。”原来是头道门拿住人是一声金钟，二道门是两声，三道门是三声，有他们暗记儿，一听就知道是三道门拿住人了。东方亮叫家人打定灯球火把，忽见家人来报说，藏珍楼那面拿住盗剑的了。东方亮说：“早知道了。”吩咐大家一路前往。

单说房上这几个人，听见说藏珍楼有人被捉，智爷冲着大众打了个手势，众人会意，全都下房来，花园内会齐。智爷说：“他们要上藏珍楼，咱们怎么办？”众人异口同音说：“我们跟叔父来的，但凭叔父做主。”智爷说：“依我的主意，咱们此时不好露面，又没见着白菊花，难道说，白来一趟不成？咱们看看藏珍楼去，再说那里拿住人是谁？要是咱们公馆之人，好打主意。”徐良说：“我在前头带路。”往西穿过一片果木园子，徐良往正北上一指，说：“我就在这个院子里被两个丫头把我拿住了。”艾虎说：“咱们瞧瞧去，这两个丫头是怎么的厉害！”卢珍说：“我也看看去。”芸生说：“我也看看去。”徐良说：“我可不去。”同着智爷奔了藏珍楼的短墙，纵身蹿进墙去，直奔藏珍楼的楼门，往里一看，黑洞洞，隔着两三道门，见那当地有一个立柱子，上面有一个横梁儿，远瞧上头，类若挂着一个人的相似，下面横着三个车轮乱转，那轮上全都有刀，已经把那个人砍了下半截。智爷看着说：“徐贤侄，我看此人，在这里犯疑，怎么的像南侠一样？”徐良眼快说：“不是，你看这是一口刀，不是宝剑。”智爷说：“果然不是宝剑。”你道这个人是谁？原来是玉面猫熊威。

皆因熊威奉旨回家祭祖，诸事已毕，等着赛地鼠韩良、过云雕朋玉有数十余日，韩良一人到家，朋玉没来。又等三两天，接到朋玉一封书信，说他哥哥因病去世，在家中料理丧事，叫他们先走罢。这二位才一同起身。也是活该有事，这日正走到大路之上，见有个骑马的抛镫离鞍，跳下坐骑过来见礼。韩良不认识，熊威看了半天说：“是朱大哥么？”来者是黄面郎朱英，对施一礼，问：“你们二位，买卖顺当？”韩良说：“不做买卖了。”熊威与他使了个眼色，接着说道：“我们那座山，被官兵抄了，到如今无有驻足之地，散做买卖呢。朱大哥这一向可好？”朱英说：“我也不做买卖了，如今得了点好事。”韩良问：“什么好事？”朱英本是给王爷邀人，一听这两个人无事，就打算把他们邀到王爷那里去。遂说道：“我如今现在王爷那里。”熊威问：“哪位王爷？”回答说：“襄阳王，现今在宁夏国，国王帮助人马，不久便要夺取宋室江山。”熊威一听，满心欢喜，说：“但不知我们要投了去，行与不行?”朱英说：“你们二位要去，只要我一句话就行，王爷正是派我给他邀人。你们不用投奔王爷那里，刻下可到团城子。”又把伏地君王东方亮怎么家大业大，怎么好交朋友，当初有他先人之时，叫九头鸟，怎么家内有口鱼肠剑，藏珍楼，怎么白菊花盗来万岁冠袍带履，怎么五月十五日立擂台的话，说了一遍。熊威说：“既然这样，我们还有点别的事情，把事一完，我们同上团城子去。可是你先给咱留下一句话才行。”朱英说：“我今日就上那里去，西门上与你们留下话，一问就得。”熊威说：“朱兄，你先请罢，咱们团城子那里相见。”朱英再三叮咛，然后才纵身上马，上团城子去了。二人哈哈大笑，熊威说：“兄弟，这可是活该，不打自招，咱们先不用上开封府。上团城子，把万岁爷冠袍带履请出来，得便盗他那口鱼肠剑，回京任差，把万岁爷的东西交给相爷，可算是奇功一件。”韩良一听，也是满心欢喜，二人奔到五里新街西边住下。

将到二鼓之半①，两个人换了夜行衣靠，吹灭灯烛，将门倒带，蹿房跃脊，直奔团城子而来。也是百练索搭住城墙，倒绳而上，两个人来到里面，见太湖石旁捆着两个更夫，将更夫口中之物掏将出来，问明藏珍楼所在，仍然将口塞住，这才奔了藏珍楼。进了短墙，见那朱红门上净是金钉，在门楣的上头有三个铜字，是“藏珍楼”。那上面又有一条金龙，有两根龙须垂下，底下七层台阶。离着楼约有一丈，熊威就把刀拔将出来，用刀尖戳地，戳来戳去，约有七尺，就戳在翻板之上。熊爷就不敢前进，按说一纵，可就蹿在台阶之上，又怕台阶有什么埋伏，一回头见

① 二鼓之半——二更半。

那边有块大板子，长够一丈三四，宽够二尺。熊威将那板子，二人搭将过来，往下一放，那边搭在台阶，这边搭在实地，类若浮桥相仿，就挡在翻板之上。韩良头一个就往上跑，到了那边，拿住刀剁那石头台阶，剁一刀往上一层，剁到五六层上，也就大意了，往头层上一蹿，不料那台阶往下一沉，韩良说声不好，要往下蹿又怕坠于翻板之内，要往那块木板上蹿，熊威已经上来了，又怕冲下他去，无奈往上一挺身，用手一揪那条龙须。焉知那条龙须是个消息儿，韩良自然是一揪，把腿一蜷，就听嚓喇一声，那龙须往下一扎，韩良又不能撒手，正对心窝，身子一沉，躺在台阶之上，那根龙须打前心扎将过去，扎到后心，把后心穿过皮肤之外，嘣的一声，撞在台阶石头之上。原来这两根龙须皆是如此，若揪两根，一齐尽都下来，揪一根，是一根下来，非得碰在石头上，方能回去，若论分两，总有一二百斤沉重。这下将韩良扎死，直急得熊威肝胆俱裂，往上一跑，抱韩良尸首去了。蹬在头层台阶上往下一沉，自己也不逃命，也不往上蹿，把双眼一闭等死。焉知晓这个台阶是诱人上当的，其实坠不下去，那个台阶是石头边框，另镶的一个心子，那心子下面，用铜条盘绕成螺蛳①式，类若盘香形象，人要蹬上，必是往下一沉。要是胆小，不是往下蹿就是抓龙须，一蹿就是掉翻板，一揪龙须，就是扎死。熊威豁出死去，倒没掉下去，无非忽悠忽悠了半天，一伸手把韩良抱将下来过了木板桥，放在墙根之下，哭了半天。

熊威自己要寻一个自尽，又一想拼着这条命进里面找冠袍带履，于是把心一横，二次又上了台阶。见门缝儿约有二寸多宽，将刀插入里面，往下一划，只听哗啦一声，那两扇门往下面一

① 螺蛳（luó sī）——淡水螺的通称。

沉，就类若入地去了。把千里火拉出一照，里面还有一道门，上边有两个金字：藏珍。是两扇黑门，严丝合缝。东边那扇门上，有一个八楞铜华子，过去伸手一拧，就听见叭的一声，双门一开，里边有个大鬼，头如麦斗，眼睛是两个琉璃泡儿，张着火盆口，手中拿着三股叉，两边门框够多宽，这两边叉翅子就够多宽。这鬼在地上头，就露半截身子，门要一开，把叉一抖，来的人躲闪不开，准死无疑。满让躲开叉，就从那鬼口中，叭叭叭就是三枝弩箭①，仗着熊威身体灵便，见门已开，他往后一仰，使了一个后桥，这才把一叉、三枝弩箭躲开。那鬼弩箭打完，往后一仰，仍回地下去了。熊爷起来，用千里火照着，见地下是一个大坑，那鬼就在坑中，一丝不动。熊爷蹿过大坑，至三道门。乃是黄门，有两个门环，上面有五个铜福字，此门一推就开，见当地一根立柱，上有一朵金莲花，有个横梁，东西北三张圆桌。熊爷不管好歹，进了五福门，用火照着，正北上东西两个门，挂着软帘，当中一个大红幔帐。从柱子东边一走，脚下一软，往上一蹿，单手一揪横梁，三张桌子一转，从桌子旁边出来的，尽是鲇鱼头的刀，由东西墙出来两个铁叉子，把熊爷叉住，不能动转。要问熊爷性命如何，且听下回分解。

---

① 弩箭（nǔ）——用弩予发射的箭。

第八十回

黄面狼细讲途中故　小韩信分说旧衷情

且说熊威进了五福门，见屋中三张桌子，当地一个立柱儿。直往前走，不料脚下一软，往上一蹿，用手一抓上头的横梁，两旁出来两个铁叉子，把熊爷的腰一叉，想要动转，不得能够。就听下面咕噜咕噜的一阵乱响，由圆桌旁边钻出来，全是鲇鱼头刀，每个桌面上有刀十八把，底下消息儿弦一动，桌子一转，那刀全有二尺多长，就在熊威的脚面上乱剁，一把跟一把的，如何能够躲闪。仗着熊威身法快当，把腿往上一蜷，脚到桌面子的上头，那刀可就剁不上来了。不料那桌子上金莲花一转，消息儿里面又套着消息儿，莲花随转带柱子连铁叉带横梁，一并全收下来，又是哗喇喇的一声，眼瞧着那根柱子往地里直去。熊威虽蜷着腿，也不行了，那鲇鱼头刀，也够上脚面了，可怜转眼之间，熊威就把下半身，剁得没有了。熊威一死，那桌子仍然还是乱转，等那根铁叉子横担在桌面子之上，桌子也就不转了，那根柱子也不动了，下面金钟当当响起来了。正是徐良等着艾虎、卢珍、芸生赶到，大众来至藏珍楼外，先前一看，打量是南侠展爷。嗣后看出来使的是刀，又一细看，徐良说："这是熊威。"智爷说："怎么见得是熊威？"徐良说："除他之外，没有像我展大叔那个相貌的人。"又一回头说："更是熊威了，你们看韩良死在这里了。"大家回头一看，何尝不是。就见他胸前有个窟窿，仍然还是噗哧噗哧的冒血哪。正在说话之时，就看见灯球火把奔藏珍楼而来。智爷说："走吧，咱们还是不露面的为是。"跳出西墙，又奔西面城而来，仍用百练索捯上城墙，从外面下来，众人回公馆。

走在路上，徐良问艾虎等："你们到红翠园，瞧见那两个丫头没有？"艾虎说："不但看见，我们还听了一件事情。"智爷问："什么事情？"艾虎说："正遇见她们两个人在屋子里说话哪，咱们拿住的那个铁腿鹤赵保，不是把他交给当官了么？叫东方亮托知府的人情给要出来了。赵保与东方亮道劳，他自然就在这里住着，他要与九尾仙狐一处安歇，东方亮看出他们的破绽，把二人给赶出来了。我们到园里时，两个姑娘正说此事，全被我们听见了。那个丫头瞅着可不善哪。"徐良说："你还没看见那链子锤槊，神出鬼入。"艾虎说："早晚也是拿她。"徐良说："早晚是你们拿她，我可不行。"芸生说："这倒是不要紧的事，熊爷、韩爷，死得实在可怜。"智爷说："你们哪里知道，这两个人是报应。"徐良问："怎么是报应？"智爷说："他们三个人，在夹峰山上为寨主，熊威携眷在山上，韩良就为有女眷，出外不便，他硬把一个玉皇阁玉皇爷的圣像丢在山涧里头了。这玉皇阁就算一个后寨，叫妇人居住，熊威他就应当不从着才是，他又不肯伤了弟兄的情面，朋玉倒再三的不教把玉皇阁作为后寨，这二人一定不听。你们看这报应真切不真切？"众人嗟叹，回公馆不表。

再说东方亮、东方清率领大众执定灯球火把，直奔藏珍楼而来。到了藏珍楼外边，俱都跃墙而过，东方亮往里边一看，桌面子也不动转，就知人已死了，就问东方清："是你进去，我进去？"除他们二人之外，谁也不会上这个消息儿。东方清说："待我进去。"带着四个人，打着灯球，先上那个木板桥，进了头道门，奔二道门。教他们跳过去那个坑，到了五福门的里头，拿灯一照，见熊威就剩了半截身体了，东方清把这朵金莲花往回一扳，这朵金莲花反着转起来了，哗喇哗喇的乱响，眼看着那根柱子连横梁带铁叉子往上直走。那三张桌子便咕噜咕噜的翻转，连鲇鱼头的刀俱都抽将回去，直到原归本位，那朵金莲花也不动了。东方清叫他们在那里等着，复又出来，到门外头往上一蹿，一只手抱住当中那个福字，一只手把东边那福字一转，就听哗喇的一声，东边那铁叉子仍然抽将回去，熊威的死尸扑咚一声摔将下来。自己奔到西边，也是把西边福字一转，西边那铁叉子哗喇一声也抽将回去。教从人把那死尸搭将出去，东方清也就出来，把双门一带。复又到二层门外头，回头叫大哥，叫人找那三枝弩箭。家人提着灯笼，把那三枝弩箭找着递将进来。他在坑的北边，叫人出来，一伸手在坑边上，把东边那根铁链往上一拉，那个大鬼复又上来，用叉往外一抖。这个大鬼本是傀儡头，身上是用藤子绑出来的形象，就是半截身子，那消息儿全在他肚子里头，上面连纸带布糊出来的，涂上颜色，晚间一看，真像一个巨鬼。一伸手从他口中插进一枝弩箭去，把左边犄角一拧，就把那枝弩箭扣住，又插进一枝去，把右边犄角一拧，又插进一枝去，把当中犄角一拧，俱都安好，复又把西边索链一拉，那个大鬼往后一躺，一丝儿也不动了。自己纵身蹿将出来，到了外面，把双门一带，复又把八楞铜华子一拧，就把双门扣住。复至头层门，往上一蹿，用左手把珍字抱住，右手一转那个藏字，东边那扇门就由下面上来了。又一摆手，右手拧住珍字，左手一转那楼字，又是吱噜噜一响，西边那扇门也上来了。两扇门原归旧位，东方清才飘身下来，又抬头看了看，那两条龙须仍然相齐，那也不用再拾掇了。这才顺着那搭的木板下来，到了大众一处，问道：“你们有认识这人的没有？”大众细细看了一看，内中就是黄面狼

朱英说："可惜可惜！这里还有一个死尸哪。"又一看靠着南墙那边，果然有个死尸。大众俱不认得。朱英说："这两个人，是我要了他们的命了。"东方亮问："怎么？"朱英说："我走在半路上，让他们来帮着王爷共成大事，不料他们晚间前来。这两个是夹峰山的寨主，一个叫玉面猫熊威，一个叫赛地鼠韩良。"东方亮说："可惜，可惜！"张大连在旁说："大哥别说可惜了，实乃万幸万幸。"朱英问："怎么讲是万幸？"张大连说："你知事不确，可千万别往这里带人。我可不认得他们是夹峰山的寨主，这两个人，如今都是校尉，上这里找冠袍带履来了，如今没被他们得了去，岂不是大哥万幸。"东方亮一闻此言，细细的盘问，张大连正要说他们来历，忽见东墙上蹿下一个人来，飞也相似，往前就跑。房书安说："不好，有人来啦。看看是谁？"大众一闻此言，全都一怔。要问来者何人，且听下回分解。

第八十一回

清净庵天彪逢双女　养性堂梁氏见干儿

且说东方亮听张大连说两个是校尉，就有些着急，忽见从墙上蹿下一个人来，往前飞跑，身临切近一看，却是天彪。东方亮问："你从何处而来?"小爷说："我跟着爷爷往这里来，被我两个姑姑把我叫住，问我什么事情?我说什么楼拿住什么人了，我姑姑打发我来看看，拿住是什么人?问说有老西没有?"东方亮说："没有老西。"小爷问："是什么人?"东方亮说："你小孩子家，不要管这些事情。"又问张大连，小韩信就把在京都听见人家讲论谁封什么官，自已记住了一半，内中就有这两个人是校尉的话，学说了一遍。天彪站在旁边，听那张大连说话，知道死的是两个校尉，心中一惨，一转身就暗暗走了。

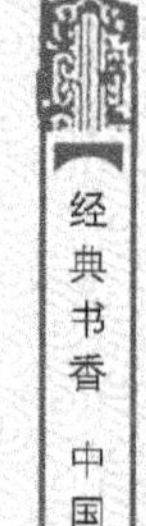

天彪跳出墙来，就信步游行，又带着明月东升，只顾低着头，想这二位校尉死得真苦，又不能把两人的尸骨盗着出去，绕着太湖石、竹塘等处，也不知走在什么所在来了。侧耳一听，有木鱼的声音，心中纳闷，这里是住户人家，怎么有出家人在这打木鱼儿呢?心中又一动，东方亮已曾说过，不许我往东北去，说有个庙不许进去，若要进庙的时节，要砍折我的双腿，这里必有蹊跷之事。看了看方向，自已就是奔的东北，细细看来，前边是一段红墙，越走越近，就听见细声细气在里边念经。看了看是东西一段长墙，往北一拐，就看见那个庙，是一个清水砖门楼，两扇红门，贴着黄纸对。上联是"暮鼓晨钟惊醒世间名利客"，下联是"经声佛号唤回苦海梦中人"。横匾是"法门不二"。隔着门缝往里一看，院内有灯光，有人在那里说话，俱是细声细气妇女声音。小爷心中纳闷，既是个庙，怎么又有妇女声音？撤身下来，往北一拐，纵上墙去，就见里面有两个姑娘，一个丫头，点着两个气死风灯，还有两个羊角灯。这两个姑娘，全是十七、八岁，短打扮，一个是红袄绿裤，大红弓鞋，鹅黄汗巾，翠蓝绢帕包头；一个是玫瑰紫小袄，青绉绢中衣，大红缎子弓鞋，西湖色汗巾，鹅黄绢帕包头，这二人俱是满脸脂粉。见地下丢着一把刀，两口宝剑。见那个姑娘手中提着一柄飞抓，那抓头是钢铁打就，类如一只手相仿，也是五指，一个手掌，安着骨节，全是活银钉扣儿。手背上一个菊花环子，后面挂定绿色绒绳。若论这二位姑娘品貌，十分俊美，举止端正，并无半点轻狂之态，一高一矮，一胖一瘦。那胖的央那瘦的要学双宝剑，那瘦的说：“姐姐算了罢，别冤我了。你那剑法比我高明。”那胖的说：“我只会单剑，不会双剑，你要不教给我双剑，我就不教飞抓啦。”那瘦的说：“你教给我罢，你要不会双剑，我就教你，我会七手剑，还有一个进步连环绝命剑，除此之外，我可不会。你先教我飞抓，等下半日，我把飞抓学会了，打的出去有了准头，我自己练去。我已然是练了两天，打出去那抓，总不能着手，如何行得了？”那个姑娘一笑说：“你瞧着我，用中指扣住菊花环子，往外一打，总得用力。你把手一张，自来这个铁手也是张着的，打在人的身上往回一带绒绳，自来那只铁手往回一抽，那五个指尖往回一扣，就把人的皮肉抓住。要学会也不难。”那胖姑娘右手托住飞抓将要打，忽见后边跑来一个婆子，打着一个灯笼说：“二位小姐，后面练去吧。老太太把功课用完了，叫我请你们来了。”姑娘说：“你先去吧，我们随后就到。”正在说话之间，那胖姑娘忽然往地下一看，哼了一声，一回手，把飞抓往外一抖，正抓在天彪肩头，往下一带，天彪躲闪不及，就听见噗咚一声，从墙头上跌下去了。叫丫环过来捆上，这丫环也真有些力气，就把自己汗巾解下来，将小爷四马倒攒蹄捆好。姑娘说："你们在这里听信，老太太若是叫杀，你们把他就杀了。"说罢，两个姑娘全奔后头去了，教婆子给打着灯笼，跟着婆子走了。小爷羞得面红过耳，暗暗想道这个丫头好快手。翻眼瞧着这个丫头说："丫环你快把我解开，你不愿意活着了，把少爷捆上，该当何罪！"丫环哧的一笑，说："你是谁家的少爷？"小爷说："你们的少爷。"丫环说："此时任凭你说是谁家的少爷也不管，你绝活不到一刻了，我们老太太把你们前头人恨透了。深更半夜，爬着墙头瞧看，你还有好心哪？就是大员外的至友也是拿住就宰。"小爷听了这套话，心中一想。这老太太准是东方亮的妻室，这两个姑娘准是他女儿。前番我要给我义母磕头，他赌气说死了，不用提那贱婢，别是他们夫妻不对①，也许有之，待我问问这个丫环。又叫："丫环，方才你们说这老太太，可是老安人不是？"丫头说："你不要明知故问，不是老安人是谁？"小爷又问："二位姑娘是老太太亲生之女不是？"丫头回答："不是，一个是侄女儿，一个是干女儿。"

原来东方亮他夫妻俩并不对，这安人娘家姓梁，她本是知府的女儿，因梁老爷故去之后，夫人上了媒人的当，提说东方保赤家里是多大财主，住的是城墙，就把女儿给了东方亮。过门之后，夫妻就不对，后来慢慢的就知道了他们根底，苦苦劝解，东方亮执意不听，后来夫妻连话都不说了。梁氏寻了三回拙志未死，奔在这个庙中，与东方亮说明，只要有三寸气在，谁不见谁。这个庙是刘村那个尼姑庵，如今圈在院里了。这梁氏就在庙中苦修吃长斋，终日念经，只求得东方亮哪时改恶从善，夫妻还

---

① 不对——不和。

是见面。就带着两个婆子，两个丫环，一个叫秋菊，一个叫腊梅，皆因是东方亮的兄弟东方明，有个女儿叫东方姣，也是苦劝他父亲改恶从善，东方明不肯，把女儿就送在团城子来了。姑娘一见伯父与三叔比他父亲作恶尤甚，自己无奈，投奔清净庵，见了她伯母，娘儿两个对哭了一阵，也就在这清净庵立志修行。后来东方姣给梁氏磕头，不叫她伯母，就叫她娘亲了。那两个丫头，老太太最喜爱秋菊，也认为义女儿。论说秋菊比东方姣大一岁，今年十九，可管着东方姣叫姐姐，后来老太太给她起个名字，叫东方艳。这东方姣是在家中有一个使唤婆子教她练的武艺，这婆子是个女贼，会使飞抓，这东方艳跟着金仙、玉仙，一同练出来的功夫，她由十一岁就练起，也会使链子锤。这姊妹两个，除了针线之外就是玩拳踢腿。可巧这日晚，东方艳要与东方姣学抓，东方姣一看地下有个人影，一抖飞抓，将天彪抓将下来，叫丫环把他捆上。

丫头一问天彪来历，小爷就把自己的事也就说了一遍，怎么给大员外磕头，怎么认的义父，怎么叫门没叫开，教姑娘抓下来了。丫环说："你这话可是当真哪？"天彪说："焉能与你撒谎？"丫环说："就在此听信罢。"就见婆子打后头来了，说："腊梅，姑娘说这件事不用告诉老太太，把他杀了罢。"丫环说："这个杀不得，他是少爷。"就把天彪的话说了一遍，婆子说："既然是少爷，这可不能不回禀老太太了。你在这里看着，我去回话。"丫环说："使得。"去不多时，复又回来，说："腊梅，老太太要见他。"丫环问："解绑不解绑？"婆子说："姑娘叫捆的谁敢与他解开！"仍绑着二臂，婆子引路，直奔后面。

天彪进去，见屋中幽雅沉静，当中梗木罗圈椅，坐着一个年老的妇人，倒是慈眉善目，上垂首并肩坐着那二位姑娘，全都换了长大衣服，珠翠满头，环佩丁当。天彪双膝点地，冲上一跪，说："娘亲在上，孩儿与娘亲叩头来迟，望乞恕罪。"梁氏道："素不相识，因何将老身唤为娘亲？"天彪说："我跟着我天伦，本打算在这里佣工，不料大太爷一见孩儿，十分欢喜，认孩儿为义子，与我义父磕头之后，我就打听义母，我义父不叫孩儿前来给义母叩头。孩儿一想义父多大，义母多大，我这才背着我天伦，前来与你老人家叩头。不料到此间，双门紧闭，我打算跳过墙来，可巧见了姑娘把孩儿拿住。如今见着了娘亲，只要见着你老人家一面，虽死瞑目！"梁氏往下一看，本来天彪生得俊秀，齿白唇红，早就有几分欢喜，遂说道："我儿小小年纪，竟有这一点诚心。"叫婆子与少爷松绑。小爷复又拜了四拜。老太太说："见过你两个姐姐。"姑娘给道了一个万福，小爷打恭还礼。老太太指着说："这是我侄女。这是我干女儿，一个叫艳，一个叫姣。"吩咐看座位，小爷坐下。又问："你姓什么，叫什么名字？"天彪说："孩儿姓龙，名叫天彪。"老太太说："我儿你今见过老身了，是你一点诚心，从此后，我这养性堂，不准你常来。"少爷听说养性堂，抬头一看，有块横匾，是养性堂三字。老太太说："我儿不可久待，快些上前边去罢。只有一件，我告诉你的言语，牢牢紧记，倘或不遵，再要到我这清净庵里来，可要砍折你的双腿。"天彪答应一声，转头就走。将至门外，就听得梁氏说："可惜这个小孩儿，祸到临头，难免项上餐刀。"婆子送出门外，迎面来了一人，把小爷吓了一跳。要问是谁，且听下回分解。

第八十二回

蒋平给天彪虑后事　梁氏与二女定终身

且说小爷叫人送出清净庵，迎面来了一人，那人说：“小太保爷，你上这里作什么来了？”原来是个更夫。天彪说：“我打藏珍楼来，找不着前头厅房在哪里了。”更夫说：“这里离厅房甚远，我带你去罢。”跟着那名更夫，到了前边，来至厅前，大众正在议论熊威的事情。东方清说：“明日，西门外头打一个坑，把他埋他。有人问，就说是咱们家人，也就完了。”小爷把此事听在心中，等明日至公馆与他们大众送信。暂且不表。

且说智化带领小四义，回至公馆，全是跃墙而入，直到东院上房屋中。蒋爷先就打听说：“众位此去如何？”智爷说：“我们又算白去了一趟。在藏珍楼还死了咱们的两个朋友。”蒋爷听了就是一怔，连忙问道：“是谁？”智爷把熊威、韩良的事情说了一遍。蒋爷一声长叹，说：“智贤弟，这就是他们两个人的报应。”说着话，蒋爷叫店家备酒，大家落座饮酒。蒋爷又问智化：“熊威的死尸在什么地方，可看真切没有？”智爷说：“看不真切，里面好几道门哪，黑洞洞的。”蒋爷又问：“可见着龙爷、史爷没有？”徐良在旁说：“四叔，不用说了，我这个徒弟可恨了。”蒋爷说：“怎么见得？”徐良说：“给人家反叛的当儿子去了，如今作了伏地太子了。”蒋爷说：“到底是怎么的一句话？”智爷就把东方亮认天彪为义子的话说了一遍，又道：“王兴祖也到了，是他们请来擂台上镇擂的。看那个人的形状，武艺必然超群。他那身躯类若欧阳兄长，蓝面红须。”蒋爷说：“是日这个台官交给咱们徐良拿他了。”山西雁说：“四叔，我看他那相貌，大概我也非是他的对手。”蒋爷说：“等至是日之时咱们见机而作。但只有件，熊威、韩良他们死在团城子，他们的尸首只怕不容易得着。”智爷说：“不怕，龙天彪早晚必来，他要来时，咱们就知道细底了。”说着大家饮酒，天光大亮，就把残席撤去，书不重絮。

次日天交正午，忽见龙天彪从外边进来，与大众行礼。蒋爷说：“你从何处而来?”天彪说：“从团城子来。”就把见了东方亮，如此如彼，这般这样，细细说了一遍。蒋爷又问熊威、韩良这二人之事。小爷说：“一个被龙须扎死，一个在五福门死的，两个人的尸首在西门外头埋葬。”蒋爷说：“你知道地方就好办了。”小爷说：“还有一件。”就把东方亮夫妻不对，怎么遇见梁氏在庙内修行，还有她一个侄女儿，一个干女儿，怎么自己被捉，见了梁氏，梁氏所说什么言语，一五一十，细细的说了一遍。蒋爷翻着眼睛想了半天，说：“有事有事。”智爷问：“有什么事情?”蒋爷说：“有意思嘛。”又问：“有什么意思?”蒋爷说：“你想罢，这话里有话。”智爷也一翻眼睛说：“是了，四哥你料得不差。”南侠在旁说：“你们别打哑谜，说出来我们也明白。”蒋爷说：“听天彪学说这套话，东方亮的妻子不是有两个女儿吗？也不管干的湿的，必然爱如珍宝一般。不用说没许配人家，她见着我们天彪，也是爱惜，她不爱惜，为什么他出门的时节，她说可惜这孩子，祸到临头，难免项上餐刀。不但爱惜，还是怜他！我也给他出个主意，十够八九，总许闹一个媳妇来。天彪过来，我教你一套言语，今晚到清净庵去。”小爷说：“再上清净庵，老太太说过砍折我双腿。”蒋爷说：“要砍折你的腿，我赔你。你今天再去，见了那老婆子，跪在她面前不起来，她必然说：‘我昨天嘱咐你不要你上这里来，你再上这里来，砍折你双腿。’你就说：‘我有几句话，在义母跟前回禀，说完之时，但凭义母处治。’她必问你什么缘故？你说我昨天说的话，一句真的没有，你就说我不姓龙，姓龙的那是我的叔叔，我姓展，我乃常州府玉杰村人氏，我叫展天彪，我天伦是御前三品护卫大将军姓展名昭，字飞熊，万岁爷赐的御号叫御猫。我皆因跟着颜按院大人破铜网有功，万岁亲封我御前四品护卫之职。我本是前来行诈，那姓史的姓龙的全是校尉。皆因我义父结交白菊花，在这里摆擂台，我们奉旨捉拿白菊花，混进团城子假作佣工。不料我义父收我作义子，昨晚间又见着你老人家所说的言语，今天白昼见着我的天伦，说了一回，我天伦说：千万别辜负了义父、义母，叫我今日晚间进来，见着义母，把这些真情实话全都说了，一点也不许隐瞒。怕在十五这一天，要在擂台上拿人，官兵官将一围团城子，怕的是惊吓着你老人家，怕你寻拙志①。先叫我见义母把话说明，是日不怕大众拿住，准保没有我义父、义母、三叔的罪名。义母若要杀我，我就死了，也算为国尽忠；要不杀我，总算义母恩施格外。她绝不能杀害与你。她一听你是护卫，准把她的侄女许你为妻，碰巧了准把两个全都给你，也是有的。她要给你，你可别要。你就说，我不敢自做主张，我得出去问我天伦，我父亲教我要，我方敢要，我父亲不叫我要，义母可别恼我。你要是这么说，她更加敬重于你。一者她爱你这品貌，二者她贪着你有官，三者听着你是个孝子，她必教你明天出来问你天伦。你也不用出来问，等到后天晚间你再去，你就说问了，情甘愿意，你就在身上带着两块玉佩，给她们作定礼，准保不费吹灰之力，

---

① 拙志——短见。

白得两房妻子。碰巧了她就许教你在里面成亲。成亲之后，你可想着问她们藏珍楼的消息儿，要把消息儿问好，她们要是能进藏珍楼，你就跟着进去，把万岁爷冠袍带履请出，我们一同入都，我就该告职了。我这个护卫给你，三品不成，四品准行。我嘱咐你的言语，你可要牢牢紧记。事毕之后，你看看四叔料事如何?”大家听毕，连连点头称赞，蒋爷说：“事不宜迟，你就去罢。”

天彪告辞回去，走到团城子门上，出入没人拦挡小太保爷。这些事也没告诉他叔叔。在东方亮厅房内，张罗了半天，伺候吃完酒饭，撤身出来，直奔清净庵而来，行至庙门叫门。里面有婆子出来，见少爷来了，说：“少爷你怎么又来了？快些回去罢，你不知老太太的性情，说在哪里应在哪里的。”少爷说：“你别管我，快给我回禀进去。”婆子说：“使得，我就与你回禀进去。”婆子在前，他也跟着进内，到了养性堂，婆子说：“少大爷来了。”梁氏一听说：“好孩子，昨日我告诉他说不教他来，今天仍然又来了。教他进来。”婆子出来说：“请。”天彪到了里面，见了老太太，双膝点地。老太太气哼哼的说道：“你好生大胆，昨日老身嘱咐你什么来着？今天你又来，老身所说的言语，永无更改，你是打算不要你的双腿了！”天彪说：“非是孩儿不遵你老人家的言语，皆因孩儿有几句言语，把我这话说完，爱杀爱剐任凭你老人家。”老太太说：“你还有什么话说?”小爷说：“昨日孩儿所说的言语，尽是些鬼言鬼语，今天到此，我说实话了。”老太太问道：“今天又来说什么实话?”他就说不姓龙，姓展叫天彪，他的天伦是南侠，把蒋爷所教那些言语，一五一十、清清楚楚的，细细说了一遍。梁氏一听，就呆怔怔的发愣，说：“原来你是贵客，快些请起。”教婆子过来，快看一个座位。天彪谢坐。梁氏复又问道：“展公子，你定下姻亲没有?”天彪说：“未曾定

下。”梁氏说：“你的肺腑之言与老身说明，你乃是朝廷命官，奉旨前来捉拿白菊花。这样年纪，有这样胆量，可称为忠，奉父命舍死忘生前来行诈，可称为孝，你乃是忠孝两全之人也。昨日老身一见你，就看不是贫家之子。你既对老身说肺腑，可算是一点诚心，老身也把肺腑对你说明。我与你前边义父，不是夫妻，乃是前世冤家。他任意胡为，我苦苦相劝，他偏执意不听，如今我听旁人所言，他随了王爷，意欲造反，我看他们全是一班无知之徒，何能成得大事。在我看来，事败之后，玉石俱焚，灭门之祸，即在眼前，祖父尸骨，都应抛弃坟外。老身又无儿无女，没有可贪之事，早早就寻了两回拙志，俱被他们解救下来，也是我命不当死。如今我倒有一件挂念之事，就是我这两个姑娘，因为她们终身未定，只要她们终身一定，老身纵然就是一死也瞑目了。展公子，我有意要将这两个女儿许配与你，不知展公子意下如何?”天彪赶紧站起身子，深打一恭，说：“义母老大人在上，并非是孩儿推托此事，我天伦现在外面，这件事孩儿不敢做主，待至明日出去，见我天伦告知此事，我天伦点了头，孩儿方敢应允。”梁氏一听此言，连连点头说：“好，应当如此。”天彪说：“孩儿话已回禀明白，我要回去伺候我义父去了。若要被我义父知道，可有大大不便。”老太太说：“可要谨慎方好。”天彪临行，复又深施一礼，婆子送将出来。

天彪到了外面，第二天也没有过去，到了第三天晚间，又到了清净庵。见了梁氏，天彪就说，他天伦愿意，梁氏甚喜，也不要他的定礼，就择定第三天，很好日期，就教天彪在后边拜堂成亲。老太太受双礼。天彪入了洞房，头天是东方姣，二天是东方艳，过了五、六日，问东方姣藏珍楼的消息儿，她是一字不知。次日问东方艳，先前不说，后来慢慢的方才说出。不知说出什么，且听下回分解。

第八十三回
到后院夫妻谈楼事　上信阳校尉请先生

且说龙天彪成亲之后，问东方姣藏珍楼之事不说，问东方艳也说不知。嗣后来天彪对东方艳说：“咱们是夫妻，你是随夫贵，随夫贱，我们请冠袍带履的人甚多，我在里面，若要请不回去，要被旁人请去，许叫相爷怪罪；我要得着，就越级高升，我要得到头品，你就是一品夫人。你在团城子内长大，不能不知此事。”东方艳被天彪说的无奈，说道：“我指你一条明路，你自己去办。”天彪问：“怎么一条明路？”东方艳说：“我虽不知道楼中就里，我可知这个楼是什么人摆的。只要将那人找着，就可以进去。”天彪问道：“但不知什么人所摆？”东方艳说：“提起此人，也是大大有名，他可是个文人，在信阳州居住，姓刘名志齐，当个衙司先生。”天彪一听是刘志齐，心中暗暗欢喜，他本是信阳州人，自己虽没见过，久闻此人文武全才，只可明天与公馆送信，让他们去请。再问他妻细底，可实在不知。一夜晚景不提，次日晌午的光景，天彪出团城子东门，直奔公馆而来。

且说公馆中的人，盼念天彪，总没消息，急得山西雁晚间要上团城子去。可巧天彪从外面进来，见众人磕头。蒋爷问：“给了一个还是给了两个？”天彪说：“是两个。”蒋爷说：“如何？我猜着了罢，准是两个。”徐良说：“人间事情不公道，他小小年纪，一个人得了两个媳妇，我偌大年纪，还是没有的哪。”蒋爷说：“你这是什么师傅？”又问：“这楼的消息儿怎么样了？”天彪说：“也有了。”就把刘志齐摆的、非找此人不可等话说了一遍。

智爷说："可惜，有一个人没在此处，他们是盟兄弟。"蒋爷问："是谁？"智爷说："是沈仲元，他盗大人时节，就是与刘志齐借了一个迷魂药饼，还好，我会套他写的笔迹。"蒋爷说："使得，假作他的一封信，你的一封信，我与展大弟一封信，我们三封信，写的恳切，再多备些礼物。"智爷说："礼物倒不用，只要有我们三封书信，就可以的了。"冯渊在旁说："这件事情，我去送信，我们两个通家至好。"蒋爷问："怎么？你们是通家至好？"冯爷说："我与沈仲元到他家里去过一次，并且那日没走，还是在他家内住下了。"蒋爷说："那倒很好，冯老爷，就辛苦一趟罢。"立刻修书，将三封信写完，冯渊带了些应用东西，又带上盘费银两。徐良说："臭豆腐，你可把书信带好了，可别像熏香盒子呀，道路遥远，要是走在那里书信丢了，可是往返徒劳呀！"冯渊说："醋糟，不用你管。"徐良说："我总瞧着臭豆腐你不配办这样大的事情。"蒋爷说："你们别先玩笑。冯老爷，你要请这个人来到这里，可别过五月十五方好。"冯渊说："四大人只管放心，绝不过了十五。"自己找了一块油绸子，把三封书信包好，放在贴身，告辞众位。天彪说："我也走了。"天彪回团城子，皆因是新娶的媳妇，尽贪着往后边去，在前边的工夫透短，一叫就没在这里，一找就不知去向。东方亮见着他时节，指东说西，指南说北，不是说他睡觉去了，就是说上红翠园与他姑姑练拳脚去了。后来他姑姑那边也有事，不叫他常去。他姑姑那边有什么事情，下文慢表。

单说冯渊，带了三封书信，直奔信阳州而来。晓行夜宿，饥餐渴饮，这日到信阳，看了看，太阳西下，紧走了几步，直奔刘家团。当初闹花蝴蝶的时节，此处安过团练，故此就叫刘家团。未到门首，就将包袱解下打开，把三封书信拿出来，仍旧把包袱包好，直奔刘志齐门首而来。进刘家团东村口，路北第一门，上阶台石叩打门环。从里面出来一位老管家，开了双门一看，先问找谁？冯渊说：“刘先生在家没有？”老头子问：“你是哪里来的？”冯渊说：“我从南阳府而来，有三封书信，请刘先生出来面呈。”老管家说：“我是我家安人①派我出外差刚回来的，在家不在家可不知，等我进去看看，不然你老人家把信交给与我罢。”冯渊说：“不能，烦你把先生请出来，我还有话说呢。”老管家说：“既然这样，你在此等候，我进去看看。”冯渊说：“使得。”老管家去够多时，复又出来，问贵客尊姓？回答说姓冯。管家说：“你来得不凑巧，我家先生不在家，叫人家请去，与人家置买坟茔，看风水，还得与人点穴去了。”冯渊问：“几时回来？”管家说：“也许三两个月，也许一月半月，也许一天半日便回来，那也不定，不然你把书信留在这里，等他回来了，我与你回禀就是了。”冯渊说：“那可不行，我非得面见，大概明天可以回得来回不来？”回答不定。冯渊此时无法，问：“那里有店？”回答说：“离此很远。”用手一指说：“西南方，叫贾家屯，离此五里地方，那里有店。”冯渊说：“再近着点有店没有？”回答说：“没有。那就是至近的了，再有是关厢离此有八里多地。”冯渊说：“我还是找近的所在罢。少陪少陪，我明天再来。”冯渊走后，家人进去，关了屋门。

冯渊直奔西南，越走天气越晚，点灯的时候，方才到了贾家屯。见西口外头，是一个大菜园子，进西口路北，头一个店，是双盛店。伙计张罗：“客官住了罢？”冯渊说：“可有上房？”伙计说：“有三间上房，在西跨院。”冯爷说：“前面引路，我看看去。”跟着伙计，到了西跨院，伙计点灯烛。先不叫他烹茶，先预备酒饭，他就饱餐了一顿，倒了一杯漱口水来，伙计捡家伙，

① 安人——主人。

冯渊漱着口，往院子里一喷。就听西隔壁院内，有哭哭啼啼的声音，可巧靠着西墙有一个大土堆，冯渊看过卖托着家伙走出去，便扒着西墙一看，就见有三间屋，一个大院子，种的是菜蔬。原来这就是西口外头那个菜园子，屋中半明半暗，点着一盏残灯。忽见那窗棂纸上有个人影，要在窗棂上上吊。冯渊一着急，把那漱口碗往那院一扔，一掖衣襟，就蹿过墙去，直奔屋门而来。门前挂着单布帘子，启帘进去，一声嚷叫："老太太为什么上吊？"那老婆子将要把颈子往绳上一套，听见一嚷，噗咚一声，摔在炕上，半天方才苏醒。

冯渊问："老太太，偌大年纪，因为何故要寻自尽？"那老太太说："这位爷台，你是干什么的，上我这里？"冯渊说："你为什么上吊告诉我，能给你分忧。"老太太说："爷台要问，我实在活不得了。我娘家姓王，婆家姓张，有个儿子，叫张德立，租了这个菜园子，一租十年，去年把买卖做亏了。我儿又出去，同相好的借了二百两银子，上松江买了布，上京都贩卖。至今去了半年有余，音空信杳，我就带着儿媳妇，这儿媳娘家姓顾。昨日晚间，天有三鼓，忽然外边水梢的铁梁儿一响，我儿媳就出去看瞧，忽听见哎哟一声，又听见半悬空之中有人说话说：'我乃夜游神是也，今有张门顾氏，乃是月宫仙子，在上方造了一点罪孽，贬下在尘世受罪，如今罪孽已满，吾神带回月宫去了。'今日白昼，找了一天，我哭了一天，我是实在无处可找。待我儿回来，要问他的媳妇，我有何言对答，故此才寻这个拙志。"冯渊说："不怕，全有我呢。你说这夜游神，不是外人，我是夜游神的哥哥。"老太太赶紧与冯渊跪下，说："你是老夜游神哪？要能够把我儿媳找回来，就救了我这条老命了。只要等我儿子回来，再带她归月宫，就不干我的事了。"冯渊又问："你们这里有恶霸没有？"老太太说："没有。"冯渊说："就是匪类的恶人，叫恶霸呀！”老太太说：“我们这里有个贾员外，他叫金头老虎，姓贾叫士正，他可常常欺负善良。”冯渊问：“在哪里居住？”老太太说：“就在我们这南边，有一个南街，路北广梁大门。”冯渊说：“你在晚间听信罢，四更天不来，五更天准到。”婆子复又磕头。冯渊一摆手，出了房门，婆子往外一送，转眼之间，就踪迹不见了。老婆子望空磕头，只道他是夜游神驾云走了。冯渊回了店，仍打墙上蹿将过来，到了自己屋中，往炕上一看，自己包袱踪迹不见。高声喊叫：“店家快来，我少了东西了。”店家道：“客官不要喊叫。”冯渊问：“我这个包袱哪里去了？”店家说：“那我们可不知。方才我们过来与你烹茶，你到哪里去了？”冯渊说：“我没有出门。”店家说：“不能，我才过来，这屋中没有人，我还叫喊了半天，连厕中我都找了。”冯渊说：“你倒不要管我，我倒要找那个包袱，没有我的不行，我那个包袱里，有要紧东西。”伙计说：“里面有多少金银？”冯渊说：“那倒没有，你就是给我包袱。”二人争吵不已，连掌柜的也过来，在屋中争吵了半天。冯渊也就无法说：“既然你们没见，我就认一个丧气罢。”店家方才出去。冯爷心中一想，已然是应许那个老婆子，没有夜行衣靠，就是自己这身衣服，去时有些不便利。拿自己兜袋银子，给了店饭钱，等到天交二鼓之半，掖上衣服，别上刀，吹灭灯烛，倒带双门，蹿出去，直奔前街，往东一拐，就见着广梁大门。由旁边的墙跳将上去，直奔里面。跳在垂花门西墙，上了西配房，往前坡一趴。往上房屋中一瞧，当地一张圆桌面，排列一桌果席，全是上好的果品，见一个人在那里坐着，约有四十多岁，头戴蓝缎绣花壮巾，身穿淡黄箭袖袍，丝鸾带，薄底靴子，挂着一把利刀。面似旧锅，粗眉大眼，半部红胡须，在那里吩咐家人，有请高大爷。家人答应，往外就走。冯爷将要躲闪，忽见对面房上，趴着一个人，转眼之间，踪迹不见。要问是谁，且听下回分解。

第八十四回

徐良前边戏耍周凯　冯渊后面搭救佳人

且说冯渊见金头老虎贾士正在屋中，看着那桌果席，叫家人有请高大爷。家人出来，冯渊只得躲避，就见东房上有一个人，转眼之间，踪迹就不见了。自己暗想道：这个人好快身法，也就跳在后坡。等家人过去，从外边进来一人，冯渊一看，认得正是飞毛腿高解。来至厢房，金头老虎让他坐下，谦让了一回，高解上坐，贾士正亲自斟酒，叫高解连饮三杯，然后这才斟上门杯。贾士正道："这件事，多亏是你，除非哥哥，那件事万万不能成功。"

列位，高解怎么跑到这里来了？皆因在美珍楼被蒋四爷追跑，在杂货铺席囤的旁边躲避了半天，他见蒋爷没追，自己方才放心，后来逃窜，也没找着白菊花，耳闻着酱坊内多半是病判官死在酱缸里了。自己无家可奔，一想，不如上姚家寨找白菊花，主意已定，就奔洛阳县而来。可巧正走在贾家屯地面，遇见贾士正在门首①，二人彼此见礼，贾士正把他让在家内，待承酒饭，饮酒之间，二人谈了些个闲话。这贾士正愁眉不展，高解问："贤弟，什么缘故，愁眉不展？"贾士正说："菜园子里有个少妇，生得十分俊俏，自己不能到手。头一次见她之时，在井边上汲水，我过去说：'大嫂子，赏我一口水喝。'她转身就跑了。前天

① 门首——门口。

又遇见她汲水，我又说赏我一口水喝，她仍是回头就跑。我虽有钱，打不进这个门子去。”高解说：“不怕，有我给你办理。只要你喜爱这个人，我就有法子。”到了晚间，高解叫贾士正预备两床被子，带了两名家人，到了菜园子内。高解见他们外边放着两个水梢，用小砖头往水梢梁上一砸，这叫调虎离山之计。那个少妇刚一出门，他用被子往她头上一兜，就不能喊叫。高解往肋下一夹，到了外头交给家人。高解复又回去，站在房上一嚷：“我乃夜游神是也。”所以那个老太太一说，冯渊就知道是夜行人所为，只就是各行中人，知道各行人的滋味。再说当时高解说完，仍然回到贾士正的家中。这是第二日晚间，金头老虎预备一桌酒席，请高解与他道劳。二人讲些盗取妇人的事，高解说：“但不知那妇人从也不从?”回答说：“不从。要是从了敢好了。”高解说：“不从咱们慢慢再想法子。”贾士正说：“她要不从，哥哥有什么招儿，我领教领教。”高解刚要说，家人进来回话说：“员外在上，外面由姚家寨来了一位周三爷。”贾士正一听，一声吩咐“请”。冯渊容他们进去，复又到前坡，趴着往内瞧看。见此人身长八尺，银灰六瓣壮帽，银灰箭绸袍，丝鸾带，薄底靴子，肋下佩刀，白缎子大氅，上绣三蓝色的团花，面若银盆，剑眉圆目，直鼻菱角口，微长髭须，见了贾士正对施一礼。高解微微一怔，贾士正在旁说：“二位不认识么?这可不是外人，这就是八宝空青山的寨主，外号人称玉面判官，姓周名凯。”又说：“这位是土龙坡的寨主，外号人称飞毛腿，姓高名解，与周四哥、周五哥莫逆之交。”二人一听，对施一礼，说了些久仰客套，谦让半天，然后落座。叫家人重新另添一份杯箸。

贾士正问：“三哥意欲何往?”玉面判官周凯说：“我从姚家寨来，皆因团城子东方亮大哥请王兴祖镇擂，他不愿意去，团城子连催了三封书信，姚大哥打发我赶下来了，如若他没有去，我追到家中，把他请出来。人家那里实指着他镇擂，别误了人家的事。他要在团城子，我就不往他家中去了。”贾士正说：“就为这事情，你明天再走罢。”随喝着酒。周凯说：“高大哥，因何走到此处来了！”高解一声长叹，说：“我们实在的是时运不好！”遂将晏寨主丢琵琶峪，周瑞丢桃花沟的话细说了一遍。又说：“你们四弟，大概还许没有命了。”又把美珍楼三个人失散的话也说了一遍。玉面判官周凯站起身来，跺脚一喊，说：“就是这么一个老西儿，就会害得你们三个人这般光景！”高解说：“你可不知道，这个山西人多大本事哪！”周凯说：“多大本事？他还能项长三头肩生六臂不成？”高解说：“这个人能耐太大了。他会装死，他会装打呼，会装往西北追人，在东南等着。他那口刀不管什么兵器，碰上就折。一身暗器，所有的暗器是无一不会。再说他那暗器，也透各别，手中托着一枝镖，嘴内一咕哝，那一枝镖，能打死三个人，那枝镖不丢，仍然还在手内托着。他那口大环刀更厉害了，削兵器不要紧，他把刀往外一甩，就出来一道白光，人离着半里地，脑袋就掉下来了。”他一夸奖徐良不要紧，把贾士正、周凯颜色都改变了。周凯说：“此人必是有妖术邪法？”高解说：“妖术邪法大概也有点，它日见着他，须多留些神方好。”他这里替徐良说些大话，气得冯渊浑身的乱抖，心中暗说：“这个醋糟，真走时运，我冯渊背地里，就没有人说些大话。我净在这里趴着有什么意思，趁他们喝着酒，我先到后面把那个妇人救了再说。”正要打算往后去，不料两条腿被人揪住了，扭项回头一瞧，暗暗心中欢喜。原来是徐良把他双腿揪住。

你问山西雁从何至的？皆因是冯渊拿了三封书信，由公馆起身，徐良总看他不能办这样大事，随着就把自己的东西拾掇了，带些散碎银两要走。蒋爷问："你上哪里去?"徐良说："我告告便。"就打这一告便，追下冯渊来了。一路之上，总不离左右，直到刘家团，他在对面影壁后头蹲着。他一听冯渊这说话就不对，只暗暗骂臭豆腐不会说，说不留下书信使得，你到底告诉人家来历呀。看这个意思，先生准是在家内，他就先奔贾家屯找店来了。他住的也是双盛店，外院两间房。冯渊进来，他也看见了，他先吃完了饭，到西院瞧瞧去，刚进院中，见冯渊往那院一蹿，他也跟过来了，冯渊在屋内说话，他全听见了，他先过来，顺手把冯渊夜行衣靠拿着走了。等到二更之半，他也往那里去了，看见冯渊跑到后边，他把屋中话也都听见了，一转身从后面蹿到西房，到前坡把冯渊双腿一揪，自己往起一站。冯渊又不敢叫喊，又怕他往下一扔，徐良果然是往下一抖，冯渊就从房上摔下来了，说醋糟你害苦我了。他虽然是一身功夫，自己要蹿下房来，一点声音皆无，这是被人摔将下来，可是噗咚一声，赶紧的站起身来。徐良在他背后低声说："不要紧，全有我呢!"冯渊见他在背后，就壮起胆子来了。徐良说："乌八的，三个人滚出来罢。我这镖在这里托着哪。我这就要念咒了，打死你们这三个乌八的，我这镖仍然还回来。"高解说："不好，来了!"当的一声，把后窗户踹开，从这后窗户跑出去了。周凯不能不出来，无奈把大氅一甩，掖上衣襟，拉刀吹灯微微一拢眼光，蹿出屋门往对面一看，就见迎面站着一人，说："你是多臂熊?"冯渊说："我不是，我是你冯大老爷。"随说话，扭项一看，徐良早不知去向，冯渊只吓了个胆裂魂飞，只可拉刀，与周凯交手。周凯说："外面就是一个人，你们出来拿他罢。"贾士正也就在墙上，摘下一把朴刀，蹿在院内，说："你是哪里来的?深夜入宅，非奸即盗。"两个人往上一围。冯渊这口刀，上下翻飞，遮前挡后，暗暗的怨恨徐良，你把我扔下来，你不管了。正在怨恨，忽听身后哼了一声，冯渊蹿在圈外。贾士正、周凯也就一怔，往对面一看，就见徐良一身青缎长襟，黑脸膛，一双白眉毛，望下一耷拉，好像吊死鬼一般，手中托着一件物件，靠着南墙瞪着眼睛，龇着牙齿，实系难看。周凯、贾士正纳闷，这个人不像有本事的人，周凯喝问："你就是多臂熊？"徐良说："你就是判官呀！"周凯说："然也，知道我的厉害，快些过来受缚。"徐良说："判官，你没打听打听我的外号叫什么？"周凯问："你叫什么？"徐良说："我叫阎王爷，专管判官。"周凯气往上冲，说："好匹夫，满口乱道。"自己也不敢过去，见他嘴内咕咕哝哝的准是念咒哪。说："小辈，你要施展妖术邪法，你不是英雄。"徐良说："你这一扰，我把咒语都忘了。"贾士正说："别容他念咒，咱们动手罢。"二人正要往前一蹿，徐良说："我也没甚本事，你们饶了我罢，我给你们磕个头。"周凯与贾士正说："咱们被他戏耍透了，原来是个无能之辈。"把刀往下就剁。就见徐良肩膀往两边一晃，把头一低，焉知晓他的头，可不好受，花装弩哧的一声就打出来了。多亏的周凯眼快，一低头往旁一闪，弩箭哧的一声，就从耳朵上穿将过去，鲜血淋漓。气得周凯咬牙切齿，把刀就剁，贾士正也就蹿上来了。徐良哪里把这两个人放在心上，拉大环刀交手，暂且不表。

且说冯渊，见徐良一露面，自己往北，扑奔后面去了。由东夹道往后正跑，忽见后面房上站着一个人，晚间一看，犹如半截黑塔一般，身躯胖大，头如麦斗，二目如灯，用了个魁星踏斗的架势往下瞧着，就把冯渊吓了一跳。要问是谁，且听下回分解。

第八十五回

贾家屯冯渊中暗器　小酒铺姑娘救残生

且说冯渊见徐良来了，往后就跑，见后边房上站着一人，斗如麦斗，二目如灯，用了个魁星踏斗的架势，往下瞧看。暗说不好，必是贾士正一伙贼人，量自己不是他的对手，正要打算用计胜他。再往上一看，那人踪迹不见。冯渊可就直奔西北，蹿过了一段界墙，见那边有一个月样的门，由北边过来一个打更的。冯渊用了个扫堂腿，把更夫扫了一个筋斗，提起到西北花丛的旁边，噗咚一声，往地下一扔，四马倒攒蹄捆上，拿刀往他脑门子上一蹭，问他那难妇现在哪里？更夫苦苦的哀告说："饶我这一条性命。"冯渊说："只要告诉我，她在哪里，说了假话，回头杀你。"更夫说："就在这月样门内，有个楼，四个婆子，陪着她说话呢！"冯渊听毕，撕了衣襟，把更夫口中塞住，自己直奔月样门而来。进了门一看，果然有三间高楼，见楼上灯影儿一晃，全都灭了。就听婆子在上面乱嚷，说："可了不得了！"那句话没说出来，就听噗哧一声，准是叫人杀了。冯渊自己往上一蹿，到隔扇那里，趴着一看，见此楼隔扇大开，有一人背着那少妇，往北去了。冯渊也往那里一蹿，见那四个婆子，横躺竖卧，全都被杀。自己由后边出去，也直奔正北，又见那人扑奔东北，冯渊就追下来了。那人背着人蹿墙，并不费力，跳了四道墙，才到了街道上。冯渊也就跟着出来。此时已有四更多天，路上并无行走之人，追到东边，复又东北一拐，奔到后街，由东往西又跑。冯渊可真着了急了，说："你是什么人？快把这妇人与我留下！"那人跑着一回头，冯渊这才瞧看明白，原来是个和尚，大骂道："你这出家人，还不与我留下！"虽然嚷着，那个和尚足下透慢，也就看见那边一段红墙，大概离他庙不远。冯渊追到离他不远，想他就背进庙去，我也是找他。只顾贪功紧着一跑，原来那和尚等着他，身临切近，就是一暗器，冯渊一歪身，打在左肩之上，这一镖没打咽喉，也歪出好几步去，一咬牙把镖拔出来，自觉那镖伤之处不痛，麻酥酥的喘气，暗说："不好，他一半准是毒药镖，我先回店中，去叫店中人，与公馆送信。"焉知晓受了毒药暗器，就是怕紧走，要是紧走一跑，那药性发散的更快。冯渊跑着，就觉眼前一发黑，类若半身不遂的光景，先由左腿不能迈步，噗咚栽倒在地，正躺在人家酒铺门前。

这开酒铺的是母女二人，原籍是东昌府人氏，此人姓尹，叫尹刚杰，保镖为生，专好交友，外号人称赛叔保，到四十余岁就故去了。妻子刘氏，所生一女，名叫青莲，十五、六岁，练了一身功夫，小子打扮，常跟她父亲出去保镖，生得十分美貌，性情刚直。因她父亲故去，母女无人照顾，她有个娘舅就在这信阳州居住，把她们母女接来，姑娘如今已然二十九岁了。在此处开了一个酒铺，带着一个老家人，这个老家人姓祝名叫祝福，在尹家多年，这青莲姑娘，是他眼瞧着长大的，祝福就看着这酒铺买卖，后有单房，她母女居住。姑娘早晚的功夫，不肯丢下，每日五更之时，起来玩拳踢腿，熟练长短家伙，练完时天不能亮。为的是活动身子，把街也扫了，前后院连酒铺中，掸的掸了，擦的擦了，此时也就红日东升，把祝福叫起来，然后上后面去，梳洗打扮。可巧这天，自己练完了功夫，下了一块板子，正要扫地，见台阶下躺着一个人，近前仔细看了一看，武生相公打扮。列位就有说的：冯渊多咱是武生相公打扮哪？皆因是他穿着是白菊花那身衣服。旁边丢着一口刀，左肩头往外冒血。青莲姑娘顾不得扫街了，进来把那扇板子上好，先把祝福叫来，又到后面把老太太叫醒。老太太问她什么事情，姑娘说："咱们门口躺着一个武生相公，旁边扔一口刀，多一半是遇见仇人，他那肩头上，还直冒鲜血。你老人家起来，我们出去瞧瞧他看。要没死那还好办，他要死了，我们赶早移开他去，不然这铺子担架不住。"老太太穿好衣服，祝福在外边，点着灯笼等着，到了前边，又把那扇板子下下来，先叫祝福出去，将那人衣服撩起来，摸摸他心口还跳与不跳。祝福出去，将他衣服撩起一摸，心口还是乱跳。祝福说："不但他心中乱跳，从他肩头上，流出血来，全是黑的。"姑娘一听说："是了。"对娘亲说："这是受了毒药暗器了，咱们救他不救?"老太太说："救人一命，胜造七级浮屠，就怕你治不好，那可不是戏耍的呀。"姑娘说："我跟我天伦学的，不能治不好。咱们做这一件好事罢。"姑娘挽起衣袖，又下了一块板子，叫祝福帮着她，把冯渊搭在里面，到了后头屋内，把冯渊往床棍上一放，叫祝福把板子上上。姑娘进内间房中，取出一个盒子，叫祝福解开他的腰带，把膀子显出来，姑娘打开盒子，拿出一把小刀儿，刀薄如纸，另拿出一个小葫芦，拔去塞子，里面贮的面子药，倒在伤口。微等了片时，姑娘团了些烂纸，就用那把小刀，把周围烂肉一剐，全都放在纸内，周围见了好肉，重新取出一个小盒来，里面是膏子药，俱把他创口敷满，烤了一张膏药，与他贴上，复又取出三粒丸子药，叫祝福取了些凉水来，将丸药研开，用筷子将冯渊牙关一撬，将药灌将下去。登时之间，冯渊就苏醒过来，觉着肚内一拥，哇呀呀的吐了些黑水，往起一坐，睁眼一看，那边一位老太太，慈眉善目，总在六旬上下光景，又

有一位大姑娘，在那里收拾盒子呢！看那旁又站着一个老头儿，青衣小帽，像一个做买卖的打扮。自己记得被那和尚用镖打了一下，就觉迷迷糊糊的摔倒在地，后来就全不知了。冯爷连忙起身来，先给祝福深深一恭，说："这位老兄，方才我受了人家毒药暗器，躺在地下。我糊里糊涂，因何会在这里呢？"祝福说："你被什么人打了毒药暗器？我们这里是个小酒铺，你正躺在我们铺子之外，被我们姑娘看见，我们老太太见你没死，也幸亏我们小姐有这个手段，才把你搭救过来，此时把你救好，你过去见见去罢。"冯渊一闻此言，把袖子抻上，整整衣服过去见老太太，双膝点地磕三个头，说："不是老太太搭救我的性命，准死无疑。未领教老太太贵姓？"老太太说："老身姓尹，我倒不会，是我的女儿把你的镖伤治好。但不知相公贵姓？"冯渊说："晚生姓冯，名叫冯渊，我在开封府相爷驾前当差，乃是六品校尉之职。就是这位姑娘，救了我的性命？小姐请上，受我一拜。"姑娘说："我们可不敢当，祝大哥急速把这老爷搀住。"这青莲小姐生来最聪明，一听他是六品校尉，就以老爷称呼。祝福来一拦。冯渊定要磕头，说："小姐乃活命之恩。恩同再再再再……"冯爷一想，这句话不是滋味，说不得这个恩同再造，重生父母，再养的爹娘，人家是未出闺阃的一个大姑娘，把人家比娘，如何说得下去？故此说了好几个再，就说不下去了。往上磕头，姑娘往旁一闪，道了三个万福。冯渊起来，又要与祝福磕头。老人家先就跪下了，说："老奴可不敢当。"冯渊这才施了个常礼，问说："老哥贵姓？"祝福说："老奴叫祝福。"老太太让冯老爷坐，问因为何故来到此处，深更半夜，是什么人打了一暗器？冯渊将要说自己的事情，被姑娘拦住。姑娘说："母亲别教冯老爷多说话了，多说话费精神。那个伤处，总要躺下睡觉，那伤方能好的疾速，待太阳出来之后，叫祝大哥买几尾鲜鱼来炊了汤，油盐醋酱葱蒜作料一概不要，待喝了汤之后，你可就算好了。有什么话，慢慢再说罢。”老太太说：“冯老爷，你在这里歇歇，睡一觉罢。”冯渊说：“在这里躺着，我天胆也不敢，我在外边躺着去罢。”祝福说：“小姐，冯老爷既然避嫌，不如请他到老奴柜房去倒好。”冯渊说：“那倒可以使得。”老太太说：“既是这样，祝福，你把他的刀交给冯老爷。”家人答应，把刀交给冯渊。

冯爷接过刀来，插在鞘中，转身与老太太、姑娘再施一礼，然后这才跟祝福出来，到了柜房一看，祝福那个铺盖，还没卷起来呢！冯爷先把刀摘下来，挂在墙上，头冲里躺下。祝福将被子给他搭上，又说：“我去开门去了。”冯渊点头答应，祝福将往外边，忽听外头念了声阿弥陀佛，问：“怎么这般时候，还不开门?”祝福说：“我们这里，闹了半夜，将要开门，你老人家来了。”说毕下板子，进来一个和尚。冯渊一听，心中一动，掀了被子下坑，往外一瞧，正是仇家到了，墙上拉刀动手。不知胜负如何，且看下回分解。

第八十六回

生铁佛庙中说亲事　刘志齐家内画楼图

且说冯渊，要从壁上拿刀，报那一镖之仇，一听祝福赶着他叫舅老爷，说怎么这样早就来呢。和尚说："我也是半夜没睡觉。"祝福说："我们也是半夜没睡觉。"和尚问："你们半夜不睡觉，做什么来着?"祝福说："救人来着。"和尚说："我半夜没睡觉也是救人来着。"祝福说："舅爷救的是谁?"和尚说："我救的是菜园子那个顾氏，张得立的妻子。你们救的是谁?"祝福将要往下说，忽听姑娘那旁说："舅舅来了吗?你进来罢，我告诉你一句话说。"和尚往后就走，说："姐姐起来没有?"老太太说："我早就起来了。"和尚来至后面，见了姐姐与姑娘，刚刚坐下，姑娘就把始末根由，怎么救的冯渊，细细说了一遍。和尚说："甥女儿，这倒不错了，怕他不准是个校尉罢?许他信口胡说哪?我因知道菜园子张得立的妻子叫金头老虎贾士正抢了去了。我昨晚到了贾士正家里，不知他们同什么人在那里动手。见由东夹道跑过一个人，我料着必是贾士正一党之人，我到后楼上，杀了四个婆子，背着她从后楼跑出来了，就见着他跟下我来。我没敢直奔庙去，由东北绕至后街，复又奔正西庙后而来。他在后边说了话了，叫把这个妇人给他留下。我一想更是他们的人了，微一收步打了他一镖，也没管他的死活，我就进庙去了。据我想起来，他还不定是个好人不是好人哪。"姑娘说："这个人，现在前边柜房睡觉呢，如不是个好人，咱们别把他放走了。"姑娘便叫祝大哥，把那位冯老爷请进来。

你道冯渊怎么没出来动手哪，皆因是祝福管着那人叫舅老爷，想必是姑娘的舅舅，又听他说救了菜园子顾氏，这个和尚倒也是个好人，虽然中了他一镖，又是他外甥女儿救的，有此一想，故此不好意思出来动手。祝福说：“有请冯老爷，里面说话。”冯渊复又挎上刀，跟着祝福到了后面，见着和尚。僧人念一声“阿弥陀佛”，冯渊一躬到地。和尚说：“方才听我姐姐所说，贵姓是冯吗？”冯爷说：“正是。没请教师傅贵上下？”和尚说：“小僧广慧。”冯渊又问：“宝刹？”回答法通寺。原来这个和尚，先前之时，跟着他姊丈尹刚杰保镖为生，因他姊丈一死，自己很灰心，看人生在世如大梦一场，几十年的光景，口眼一闭，万事皆休。他看破世俗，才削发为僧。他本姓刘叫万通，外号人称铁牛刘万通，就在这法通寺拜了静元和尚为师，与他起名就叫广慧，出家之后，人家管着他叫生铁佛。此人生来性情古怪，爱管不平之事，皆因姐姐与甥女儿在东昌无人照看，故此才把她们接来离庙相近，为是好照应她们娘儿两个。要与甥女订婚，又没相当的，高不成低不就，富家嫌她们是异乡人，寒家不就①。皆因这件，才耽误到三十岁，尚且终身未定。冯渊问完了他，他复又问冯渊的事情。回答：“我叫冯渊，开封府站堂听差，六品校尉，外号人称圣手秀士。”生铁佛问：“大概是相谕出来办差罢。”冯渊说：“万岁爷冠袍带履被白菊花盗去，我们是奉旨捉拿此人。”刘万通问：“姑娘，你给他治好了，没喝鱼汤罢。”姑娘说：“正要叫我祝大哥买去哪。”和尚说：“不用买去了，我把他请在庙中，给他药吃，比喝鱼汤还强哪。”遂说：“冯老爷，请至庙中

---

① 不就——不愿意，不成。

谈话，不知意下如何?”冯渊说：“很好，很好。”遂即告辞老太太。刘氏说：“这是我兄弟。”又对万通说：“此乃是贵客临门，千万不可慢待。”冯渊正往外走，刘氏又把和尚叫将回去，附耳低言，说了几句话才出来。冯渊又给祝福行了礼，这才出离酒店，直奔法通寺。

二人从前街进庙，直到禅堂来到屋内落座。叫小沙弥献茶。冯渊问：“昨晚那个少妇，师傅可给送回家去了?”和尚说：“我送在她姑母家中去了。此时不能叫她露面，贾士正家内，有几条人命，那就不好办了。”又问：“她的婆婆可知此事?”和尚说：“我也与她送信了。昨日晚间，是冯老爷你没把话说明白，紧说叫我给你留下，我当你是贾士正一伙之人，故此才打了你一镖，多多有罪。”冯渊说：“我也是错会了意了。我想你一个出家人，背着一个少妇，怎么能是好人呢?”说毕，二人哈哈大笑。

和尚从里间屋中，取出一包面子药来，倒在茶碗内，用水冲将下去，冯渊喝下，工夫不大，就听冯渊肚内咕噜一声响，和尚说：“大概是冯老爷饿了罢?”冯渊说：“何尝不是。”立时预备斋饭，不叫冯渊喝酒，二人饱餐一顿，撤将下去，献上茶来。复又问：“白菊花是哪路贼人?”冯渊说：“陈州人氏，姓晏，叫晏飞。”和尚说：“莫不是晏子托之子?”冯渊说了：“对了。”又问：“此人现今可曾拿获?”冯渊说：“不但没拿住，连冠袍带履都未请回去哪！我就为此事而来。”就把藏珍楼怎么不好进去，里面有内应，来请刘志齐的话说了一遍。和尚又问：“请到刘志齐没有?”冯渊说：“请去了，昨日到他家中，他被人家请出去瞧坟地看风水与人点穴，不一定几时才回来叫!”和尚说：“昨日他从我庙中回去，怎么与人家看坟地? 别是他不肯见你罢?”冯渊说：“真要是在家，不见我，可不是交情。师傅与此人要好么?”

和尚说："莫逆之交，终朝尽在我庙中谈话。"冯渊说："我可就要找他去。"和尚说："不用，我派人去找他，一找便来。"冯渊赶紧一躬到地，说："就劳师傅，派人辛苦一趟罢。"和尚把徒弟叫过来，说："你去到刘家团，把你刘伯伯请来，说我这里立等。"

小和尚去后，刘万通又问："冯老爷，做官之人，怎么外号人称圣手秀士？"这一句话，问得冯渊面红过耳，羞怯怯的说："实不瞒师傅说，我是绿林出身。"和尚说："这就是了。老师是哪一位？"冯渊说："我的师傅，姓吴，叫吴永安。"和尚说："这可不是外人，人称双翅虎，对不对？谢童海是你什么人？"冯渊说："那是我师叔。"又问："冯老爷，定下姻亲没有？"冯渊说："先在邓家堡，后在霸王庄，又在王爷府几处，因此就耽误了。"和尚问他这些话，原是有心事，他临出来之时，老太太附耳低言，就是叫他盘问盘问冯渊有没娶亲，姑娘是大了，不知他的根基，又贪着他有官，品貌也不错，问问他要没成家，就把姑娘给他。

和尚问了他，是吴永安的徒弟，这门亲可以作的了，又说："冯老爷，既是你没定下姻亲，方才我这甥女儿，你也见过了，颇不丑陋，意欲与你为妻，不知冯老爷意下如何？"冯渊一听，"唔呀唔呀"闹了两个唔呀，说："师傅论这件事，我也不能不应，无奈我是奉展大人、蒋大人差遣前来，与刘先生下书，我要在半路定亲，有碍于理。"和尚说："只要冯老爷你愿意，我就有主意。"冯渊问："什么方法？"和尚说："亲事只要定妥，有人问你，说头前三年内定的，他们哪里搜查那个细底去？就是冯老爷不愿意，那可不行。"冯渊说："我是情甘意愿。"和尚说："冯老爷既然愿意，多少留下点定礼。"冯渊说："不行，我是任什么没有，有个夜行衣包袱还丢了，定是叫我们伙计偷了去了，玉佩等项我是素常不爱带那些东西。”和尚问：“怎么夜行衣丢了？”冯渊就把住店，过那菜园子，问老婆子，回来就丢了，去贾士正家中，又遇见徐良，定是他偷了去了等说了一遍。和尚问：“这徐良是谁？”冯渊说：“你难道没看见他们前边动手吗？”和尚说：“我可知道他们前头动手，我没上前面去，故此不知是谁。”和尚为难了半天，一回手从箱子里取出一宗东西，原来是一根簇新鹅黄色的丝蛮带叫冯渊系上，把冯渊那根丝蛮带解下来，折叠折叠，用一张红纸包上，就算为定礼。冯渊倒把一根新丝蛮带系好，把刀挎上，就见小和尚进来说：“刘伯父到了！”和尚说请，就见刘志齐青四楞巾，翠蓝袍，腰系丝绦，白袜朱履，白脸面，三绺长髯，见了和尚抱拳带笑。僧人合掌当胸，念了一声阿弥陀佛。冯渊过来，深深一躬到地，说道：“刘先生你一向可好？”刘志齐答礼相还。上下瞧看两眼，并不认识，问和尚：“这位是谁？”生铁佛说：“你们二位不认识？”冯渊接着说道：“刘先生是贵人多忘事，我叫冯渊，上次同着沈仲元到过府上一趟，还是在你府上住宿的，刘先生莫非竟自忘记了不成？”刘志齐说：“原来是冯贤弟，多年没会的，我眼疏了。”连连告罪。冯渊就把三封书信掏将出来，递与刘志齐。刘先生接书，还未打开观看，说：“昨日晚间，打门是你吗？”冯渊说：“不错，是我。”刘先生说：“怎么贤弟你也不把话说明白了。我实情是在家中，听说是南阳府的，我万没想到是你，总疑惑是团城子那里请我来了。我如今与他们断绝交情，倘要见面，倒有些碍难之处。”随说着话，就把三封信打开一看，俱都看毕，微微一笑，说：“冯老爷，如今作了官了，可喜可贺，这个方算是个正路。论说这三封书信，我冲着哪位都应当前去，无奈我可不能从命。此楼是我摆的，冲着东方保赤。如今他们小兄弟们任意胡为，我再三劝解，他们执意不从，我与他们断绝交情，三节两寿之礼，我都一概不受了。我如今要去破楼，他们不能不知，我岂不是反复无常的小人？你们几位恼了我都使得，我不能做这样事情。此楼没有多大的奥妙，你们那里不是没有能人，辨别着办理办理就行了。”冯渊说：“不行，非你老先生去，此楼万不能破。”央求再四，连和尚也说着如今怎么是亲戚，把甥女儿给了冯老爷的话说了一遍。刘志齐无奈，说：“我可去不得，我给你们画张楼图去，此楼可破。”和尚问道：“几时方能画得？”刘志齐说：“后天可得。事不宜迟，我还是就走。”冯渊、和尚送将出来，复又重施一礼。刘先生去后，和尚又带着冯渊至酒铺内拜见岳母，给了定礼①，仍然回庙。等到第三日，楼图画成，冯渊拿着楼图，回到公馆。要知如何破藏珍楼，且听下回分解。

① 定礼——订婚的彩礼。

第八十七回

徐良在院中被获　周凯到树林脱身

且说第三天将楼图画好，刘先生未到，是专人送来的，并有一封回书，说：“我们先生，有些身体不爽，派我送来。”和尚赏赐了家人，说：“我得便到府上瞧看他去。”家人去后，冯渊打开了楼图，同着和尚看了一回，看了半天，连生铁佛也都不懂。和尚说：“不可在此久待，急速起身要紧。”冯渊仍用油绸子包裹，贴身系好。和尚拿出二十两银子来，给冯渊作路费。冯渊再三不受①，生铁佛让之再四，冯渊方始收下，告辞起身。将到庙外，见前边一阵大乱，有地方在前边，拿着竹杖儿乱抽，不准闲人近前，后面有青衣喝道，后面一乘大轿。冯渊刚出门首，和尚复又把他拉进里来，把庙门一闭。冯渊问：“因为何故把我又拉进来哪?”和尚说：“姑老爷，你还看不出来吗？这是上贾士正家内验尸去的，咱们暂时躲避躲避。”容他们过去，冯渊这才辞别起身，扑奔五里新街而来，暂且不表。

且说山西雁一弩箭把周凯耳朵打穿，然后削了他刀，又削贾士正的刀，众家人往上一围，又削了他们兵器不少，自己要到后面救难妇去。到了后边，难妇早有人救出去了，还杀了四个婆子。徐良疑是冯渊办的事情，自己回店，见冯渊没回去，又疑是准是上菜园子送人。回到自己屋中，安歇睡觉。次日还想着要给冯渊夜行衣靠包袱。刚叫伙计打脸水烹茶，就听店中一派的喧哗

① 不受——不接受。

乱嚷。徐良出了屋门，就听店中人在那里说："掌柜的，你瞧这件事情，诧异不诧异?"徐良问："什么事情?"伙计说："昨日西院住下一个蛮子，他说丢了一个包袱，后来我们掌柜的过去，一评这个理儿，他又说不要紧。今日早晨，门还关着，把人丢了，瞧他这个人，大概苗头不正。"徐良才知道冯渊没回来，暗暗纳闷，准知道动手时节，他走了，不能遇险，这少妇也救啦，夜行人规矩，但能回店，总要回店，连徐良也猜不着是什么缘故。只可对着这店家说："你们尽管放心，这个人我也看见了，他绝不能是个贼，倒许是个探子，许是半夜内赶下贼走了。该多少店饭钱，他要跑了我给。"店家说："饭钱店钱，已然给过了，就是这个人走的奇怪，门还没开哪。"徐良说："既然给了饭钱店钱，更不要紧了，与我预备饭罢。"店家答应一声，给徐良预备早餐。直等了三天，并没音信。忽生一计，晚间非到刘家团看看不可。吃完晚饭，等到二更多天，徐良也没换夜行衣，就是随便箭袖袍，直奔刘家团。进东口路北第一门，门户紧闭，心想着蹿进墙去，先看看刘志齐在家内没有，倘若不在家，那臭豆腐，不定有什么缘故了！也许冯渊把菜园子事办完，见着刘志齐，他就走了。且到里面，看看实在，不得信或是问问他们打更的与家人，他们必然知晓。蹿上南房，趴着前坡一看，冷冷清清，扑奔四扇屏风而来。屏风左右，有两段卡子墙，纵在西卡子墙之上一看，只见三间上房，两间耳房，往上房屋中一看，灯烛辉煌，上首是刘先生，下边是他的妻子。就听得内里讲论冯渊事情，徐良离着很远，听得不甚真切，自己一想，非到窗棂之外，不能听得明白。跃身下墙，直奔上房，心神尽惦记到那里听话。不料有一宗物件，绊在脚面，往前一迈步，绳子兜在脚面，身不能自主，噗咚一声，栽倒在地，往起一爬，连手都教绳子绕住。这一摔倒把徐良吓得胆裂魂飞，只听见遍地小铃铛乱响，一抬腿哗啷啷铃铛乱响，手一抬也是那铃铛乱响，手足全被绳子绑住，徐良也不敢动转。四面八方墙底下，前院后院，到处俱是那铃铛乱响。屋内刘志齐先生，不慌不忙叫刘安，不多一时，从屏风门来了一位老管家，手提灯笼直奔上房，连一眼也不看徐良，在屋门外阶台石上一站，说："呼唤老奴有什么事情?"先生说："叫二哥来，把这个人捆上，带过来我问问。"

老奴答应转身出去，叫进一个人来，约够二十多岁，老家人打着灯也过来。徐良借着灯光一看，满地全是绳子，横三竖四，那个人过来，先把他的刀抽出来，腰中掖着两根绳子，把徐良手上绳子摘开，原来那绳子全是活扣，一摘就开，把二臂给他捆上，然后摘脚上的，全都与他摘开，捆好，把山西雁往肋下一夹，找着道路，直奔到上房，进了屋中，把徐良往地下一放。老家人说："你跪下，央求央求我们老爷罢，看你也不是久惯干这事的，让我们老爷施恩把你放了就结啦。"徐良说："你少话罢，我可不是贼，你量着我是偷你们来哪?刘先生，我可不是被捉，贪生怕死，皆因我的叔伯父，我的朋友都与你相好，我可不能不给你行个礼儿。"说毕双膝跪倒。刘志齐见他昂昂相貌，仪表非凡，连忙问道："壮士贵姓?"先叫妻子回避了。徐良说："我姓徐名良字世常，御前带刀四品护卫之职。"就把冯渊前来，有三封书信，与你下书的话，说了一遍。刘志齐一闻此言，赶紧下位，亲解其绑，说："徐老爷到了，真正不知，多有得罪。既然同着冯老爷前来，为何深夜到此?"徐良就把自己住店，夜晚到贾士正家内分手，至今未回，故此到这里打听打听，不料到此已晚，不好叫门，我才跃墙而过，因此被捉。刘志齐让座敬茶，把刀仍然交与徐良，又问："冯老爷的事情，你是一件不知?"徐良说："我是一件不知，他并没回店。"刘志齐就把冯渊被伤，受毒药镖，叫青莲治好，与和尚到法通寺，与青莲联姻，楼图已然画好，今日拿去起身的话，说了一遍。徐良这才知道。复又向刘志齐行了一礼，说："我不能在此久待，追我们冯老爷去要紧。"刘志齐一定要备酒款待，徐良再三不受，告辞出去。先生叫开门，别打墙上走了。徐良问："刘伯父，你这院中，各处大概全有消息儿？"刘志齐说："我这院内，并没别的消息儿，无非是一个串地锦，房上墙上一概没有，但凡知道的人，也不上我这里来，只要一下墙，他就不用打算走了。别的没有消息儿。我又不作国家犯法之事，用那些埋伏何用？"徐良一听，说："等我们破楼之后，再来造府道劳。"刘志齐说："岂敢岂敢！"直送到门首。徐良回店，家人把门关上。山西雁到店，仍然蹿墙进去，回到自己屋中，天光已亮。叫店家算账，俱都开发清楚，拿着冯渊包袱出店，直奔南阳府而来。

走着路连打尖都不敢迟延时刻，怕是冯渊早到一天半日，把楼一破，连冠袍带履、鱼肠剑一件不能得着。又一算日限，非连着夜行不能，主意拿定，走至吃饭时节，又饱餐一顿，买些干粮揣在怀里，连夜往下紧走，越到夜间，越好走路，没有许多过往之人倒清静。到第二日晚间，见前面有一片树林，有一个人跃入树林之中，山西雁想道：别是白菊花罢？要是他，这可是天假其便。也奔树林内来了，就听那个人一声长叹，自言自语在那里说话。徐良一听原来是玉面判官周凯，也觉着欢喜，把他拿住，也倒可以。就听他在那里说："无缘无故，打发我出来，走这么一趟外差，头一次见着这白眉毛老西，把我的耳朵打落，把我的刀也给削了，我还有什么脸面活着？大概生有处，死有地，就该找回去的地方了，就在此处，寻一个自尽便了。"徐良本欲拉刀过去，一听他要寻死，等着他上吊，拿他岂不省事！自己就在树后一蹲，听见那人说："寻死都找不着一个树杈儿。"又说，"这里可以。"又说："不行，这根树杈儿太软。哎呀，那边可倒行了，我解带子搭上就得了。"徐良听了半天，没有动静，心中想道，必是吊好，撒腿往前就跑，身临切近，遍找玉面判官周凯踪迹不见。徐良骂道："好乌八的，冤苦了我了！老西终日打雁，教雁啄了眼了。”量他也还跑不了多远，随说着话，就出了树林之外，往地上一扒，夜晚之间看得多么远，就只见正南上有一条黑影。徐良便赶紧追下去，追至离不甚远，把大环刀往外一亮，一个箭步，蹿将上去。那人也就把刀亮出来了，说：“唔呀什么人？”徐良一听是冯渊的口音：“原来是臭豆腐么？”冯渊说：“醋糟，你害苦了我了。”徐良说：“我倒害苦了你？要不是我到，你早教玉面判官、贾士正结果了性命，你还不谢我？”冯渊说：“我受了毒药镖的时节，你不前来救我，要不是我的命大，早死多时了。”徐良说：“那一毒药镖没白受，我要救了你，哪里找媳妇去哪？”冯渊道：“你怎么知道这些事情？”徐良说：“我有耳报神。”冯渊说：“不要满口乱道，到底是听谁说的？”徐良就把怎么到刘志齐家中去，听他说的话，告诉了一遍。冯渊说：“得楼图是真，提亲事是假。”徐良说：“你瞒我不要紧，我回去见着大众之时，全给你说出来。”冯渊一听徐良这套话，走着路央求徐良，千万别给他说出联姻之事。徐良点头许允，见了大众，绝不提及此事便了。

且说公馆大众见冯渊去后，徐良也不知道往哪里去了。智爷说：“不用说，徐良准是追下冯渊去了。”只等到五月十四日晌午光景，还没见二人回来。蒋爷也着了急了，并且街上吵吵嚷嚷，要看明天擂台，冯渊不回来可以，徐良不回来，这个擂台①事情可不好办。正说之间，忽见帘子一掀，冯渊同着徐良笑嘻嘻的进来。蒋爷问冯渊：“请的刘志齐先生怎么样了？”徐良、冯渊二人先见了大众，行了礼，然后冯渊说：“人可没请到，画来了楼图，请大众一观。”打开楼图，大众瞧看。要知议论谁去破楼，且听下回分解。

---

① 擂台——“摆擂台”比喻向人挑战，用“打擂台”比喻应战。

第八十八回

三盗鱼肠剑大众起身　巧破藏珍楼英雄独往

且说冯渊进了门，大家见了一回礼，然后把包袱解将下来打开，先将书信递将过去，后把楼图打开，铺在桌上。大家一看，头道门，二道门，三道门，四道门，画得清清楚楚。头道门台阶底下，是活心子，不要管它，坠落不下去。龙须不用动，它也不能扎人。若要破楼，总得有宝刀宝剑，方能成功，用刀插入门缝往下一砍，自然两扇门就坠落地中去了。那门一下去，用宝刀宝剑将藏珍楼三字砍落，那门就不能复又上来了。进得里面，用千里火照着二道门，叫藏珍门，东边门上有八楞华子一个，用手往里捻开，人可要往旁边躲避，容那个巨鬼起来，用叉把门口堵住，容那三枝弩箭从鬼口中打出来之后，三枝箭打完，那个鬼自然躺下。砍落藏珍二字，那门就不能复关闭了。蹿过屋中那个大深坑去，那大鬼身后有两根铁链，用剑将这两根砍折，那个鬼就不能起来了。三道门叫五福门，双门一推就开，先把两个门环子砍落，然后把五个福字也全都砍落，进了屋中，那当地柱子上有一朵金莲花，把它削折，里面装着的铁叉子也不能出来了，桌面子里头鲇鱼头的刀也出不来了，桌子也不能转动了，柱子就不能往下沉了。在柱子左右两个圆桌面以前，地下有两块翻板，长够五尺，宽够四尺，把这两块板子揭开，人就坠落不下去了。第四道门，叫觅宝门，左右有两个门上挂着帘子，中有一块大堂帘子，类若戏台一般，左右两旁，如上下场门一样的，那两个门上有铜字，俱是刻出来的。一边是“堆金”，一边是“积玉”。虽有

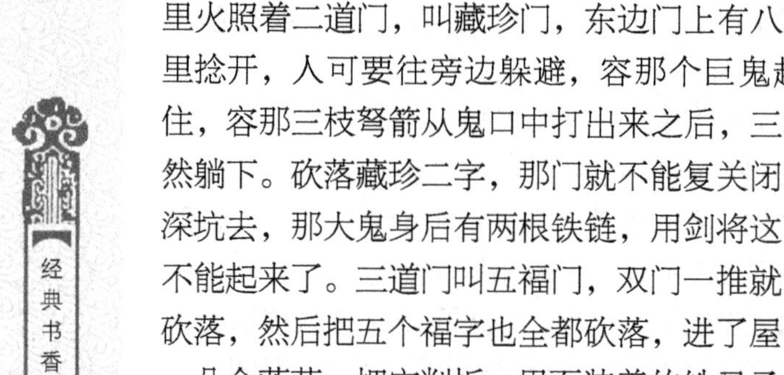

帘子，把帘子掀开，也进不去。后面有木板门，从外面也不得开。当中挂着一个堂帘，上面有三个字，是“觅宝门”。堂帘后面，却是四块隔扇，倒是一推就开，那隔扇通上至下，全是四方窟窿，每一个窟窿内有一枝弩箭，那弓箭头上，全是毒药，若要一推隔扇，身上就得中了弩箭。先把这“堆金积玉”四个字砍下来，那两边门就全开了。后面全是木板镶地，别往后走，先把隔扇后头的一段铁条砍折，容它把那弩箭都放将出来，仍然还从隔扇当中进去。一进里面，当中有一块四方翻板，把那板子掀起来，往下是一层层的梯子。从梯子下去，到了平地，直奔正北，到北边有两扇大门全开着。进大门东西有两个小门，俱挂着单帘子，里面是一层层扶梯，全是木头作成，千万不可上去，若要上去，半路拐弯之时，蹬着消息儿，前边下来一块铁搭板，后面下来一块铁搭板，铁搭板就把人圈住在当中。倒是迎面往正北去，有一个月洞门，瞧着可险，上面挂着一口铡刀，只管从铡刀下而入，里面也是扶梯，从这里上去，直到楼上，可就没有消息儿了。楼上有鱼肠剑、冠袍带履，可不知道在什么地方放着。

大家看完，齐声喝彩。后边还写着：藏珍楼外面周围俱是七尺宽的翻板。蒋爷说：“楼图是到了，就在今晚间去破楼方好，你们议论议论，谁去破楼？”问了几声，并无一人答言，彼此面面相觑，你瞧着我，我瞧着你。蒋爷又问：“哪位前去破楼，请万岁爷冠袍带履？”问着，可就瞧看着智化。智化一语不发，蒋爷心中纳闷。想着准是他去，头一件他有紫电剑，能断各处消息儿，二则他又往团城子去过两趟，三则他是最喜要名的人，怎么他不答言，是怎么回事情？又看智爷是低着头，一语不发。蒋爷说：“这一去就成功，没人答言是什么缘故？到底是哪位辛苦一趟？”展爷说：“蒋四哥，不用着急，没人前往我去。”蒋爷说：“展大弟前去，很好很好，大事准成。”展爷这一答言，要去的人就多了。徐良、艾虎、白芸生、卢珍、冯渊全要去。展爷说："我不答言，你们也不去；我一答言，你们全都要去。不然叫你们几个人去罢。"徐良说："人无头儿不行，鸟无翅儿不飞，我们如何敢去？全仗你老人家，我们不过巡风而已。"智爷在旁说："展大哥，只管把他们带去罢，我准保没事。"徐良说："臭豆腐，你就不用去了。"冯渊说："醋糟，还是你不用去了。"徐良说："偏不教你去，用不着你。"冯渊说："我偏要去定了，没有我不行。"蒋爷也说："冯老爷你不用去了。何苦为这点小事大家争论。"冯渊说："请人应是我去，请冠袍带履，应是你们去。你们不知道，请人去几乎丧性命。"蒋爷说："什么几乎丧命？"徐良说："这是你嘴里说出来的，别怨我了。"就如此这般，说了一遍。冯渊一闻此言，羞得面红过耳，只可在蒋大人、展大人面前请罪。蒋爷说："这也是一件好事，不孝有三，无后为大；这又不是在军营内出兵打仗，临阵收妻犯了军规，该当有罪。我们应当与冯老爷贺贺才好。冯老爷，依我说你不用去了，前番取楼图，这是头一件功劳，写奏折之时，不能不写你的头功，况且还是你一人独功。"冯渊只可诺诺而退，暗暗怨恨蒋平不公。

吃过晚饭，等到二鼓之半，展爷带领小四义，换了夜行衣靠，系上百宝囊，带上了兵刃，五位爷直奔团城子而来。团城子正北，有一座树林，徐良说："展大叔，请你老人家到树林里面说句话。"展爷说："使得。"进了树林，找了块卧牛石，让展爷坐下，徐良先磕了一个头。展爷说："侄儿有话慢说，为何行礼哪？"徐良说："我们五个人冲北磕头，生死弟兄，我与老兄弟，每人有一口宝刀，大叔你老人家也有一口宝剑，比我们的刀还强哪。就是我们大哥和老四，没有宝刀宝剑，二哥又是个浑人。此番去到藏珍楼，请冠袍带履不必说，无论谁请出来，都算你老人家请出来的。我们几个人商量明白，无论谁得着这口宝剑，都要送给我们大哥。倘然你老人家得着了这口宝剑，恳求赏给我们大哥。你老人家要没有巨阙剑，我们天胆也不敢启齿。按说我们四爷与我大哥俱没有宝物，怎么单给大哥讨？可不是我们弟兄之中有偏向，皆因他外号玉面小专诸，为的是成全他这个外号儿，故此央求你老人家。”展爷一听，心中暗暗夸奖徐良实在机灵，此事不能不应。说：“我要得着，万万不要。”徐良一回头说：“大哥，你先过来，谢谢展大叔。”芸生很不愿意，既有徐良这般说着，不能不过来，给展爷磕头，与展爷行了一礼，展爷连忙用手搀起来，说：“贤侄只管放心，我要得了宝剑，必然送给贤侄。”芸生站起身来，大家复又出了树林，直奔团城子而来。

来至城墙底下，徐良把百练索掏出来搭住城墙，一个跟着一个上去。到了里面，徐良嘱咐小心翻板，也是一个跟着一个下来，然后把百练索收将起来。徐良在前边带路，展南侠与小四义俱在后面。绕过太湖石前，就见那里有一条黑影，从东南往西北，直奔红翠园。将才过去一个，又追下一条黑影，也奔红翠园去。就见后边又追去一个，也奔红翠园，全都飞也相似。艾虎低声说道：“又来了一个。”大家一看，这个从正北而来，也奔红翠园。

你道正北上来的这一个人是谁？这是冯渊。皆因是都不叫他上团城子来，越想越有气，明知徐良怕他得着这口宝剑，故此才不教他来。他一想，请人教他去，该有好处，你们不教我去，难道说我一个人不会前去？自己换了夜行衣靠，背插单刀，系了百宝囊，并没告诉别人，也是蹿屋跃脊直奔团城子而来。到了团城子里面，直奔正南，他也不知道哪里是藏珍楼，只要见着大众，他打算见一面分一半。就听见徐良说：“穿过果木园子，南面是藏珍楼，北面是红翠园。”也没找着果木园子，就见前面一段墙，见里面有灯光，他就蹿进墙来，见三间上房，近西面那间，有个小后窗户。冯渊一纵身，蹿上小后窗户台上，胳膊一挎，用小指戳一小月牙孔，往内窥探。这一瞧就猜着八九分的光景，准是金仙、玉仙。见金仙穿着长大衣服，玉仙倒是短衣服，青绉绢小袄，青绉绢中衣，青绉绢汗巾，青绉绢包头，大红窄窄弓鞋，全是满脸脂粉，环佩丁当。冯渊心中忖度①，醋糟说这两个丫头本领出色，要论我的本事，更不行了。又看着西墙上，挂着一对链子锤，一对链子槊，还挂着两口刀。就听玉仙叫婆子，说："你不是请王三爷去了么?"婆子说："请去了，得便就来。"正说之间，忽听一声咳嗽，启了帘子进来一人，那人身上穿的是银红色衣服，头上带的是紫头巾，白脸面，五官透俊，原来是金弓小二郎王玉。皆因是他知道东方亮有两个妹子，特意上果园子，拿着弹弓打鸟，一弹子一个，金仙瞧他这身功夫，暗暗叫婆子递书传信二人私通。今天金仙、玉仙把王玉请来，与他谈论事情。王玉进来之时，那金仙让他坐下，王玉说："妹子有什么事情叫我?"玉仙说："明天擂台之上，我算着我哥哥凶多吉少，大概准有官人前来，寻常时节，还有校尉到咱们家里来哪。前日不是藏珍楼结果了两个校尉，我还拿住了一个护卫，外面还不定有多少校尉护卫哪。咱们家内，又放着犯私的东西，摆擂台又是犯私的事情，我苦劝他哥哥，他便执意不听。我们两个人，天大的本事，却总是女流之辈，此时除了你，我们没有近人，你得给我们想出一条极妙的计策来方好。"话犹未了，就听见墙上摘链子槊，说："窗户外头有人暗地探听。"这一出来，不知冯渊生死如何，且听下回分解。

① 忖度——琢磨。

第八十九回

冯校尉柁上得剑　山西雁楼内着急

且说冯渊在后窗户听他们说话之间，忽然被她知觉了窗外有人。冯渊吓了一跳，连徐良都不是她们的对手，何况自己，打量着要跑将下来，就听窗户外头哗啦、嘣、哎哟、噗咚，躺下了一个。“哗啦”是链子一响，“嘣”是打在背脊之上，“哎哟”是一嚷，“扑咚”是躺下来了，立刻被四马倒攒蹄捆上。玉仙携着来至屋中，往地下一扔，回手把链子槊往墙上一挂，也不理那个人，又与王玉说话。冯渊这才明白，她看见的是前窗户外头有人，不是看见自己，倒要看看她怎么办法。王玉瞧见那个人，就急说：“妹子，拿着这个人怎么办法?”地下那人，是苦苦的哀求：“二位妹妹饶了我罢，再也不敢往这里来了。”你道这人是谁，这人就是赫连方。皆因他看见过王玉上这里来，他就心中一动，就疑着两下私通。今日正要摆酒，见王玉一扭身出来，他也跟下来了，果然见王玉跳进红翠园，他也就跟进来了。这就是徐良看见的，头一个是王玉，第二个是赫连方，第三个还没到哪。赫连方苦苦求饶，姑娘不理他，又哀求王玉说：“王三哥，你与我讲个人情罢。”王玉说：“使得。”原来与他倒托，说：“妹子，这个人是万放不得，是你们杀他，是我杀他?放了他不要紧，怕他前边去说，那可就了不的了。”姑娘说：“不要紧哪。”王玉说：“可千万别放他，放他我就是杀身之祸，你们要不杀他，我可动手了。”姑娘说：“你这个人实在太小心了。”就从壁上把刀摘下，咔嚓一声，结果了赫连方的性命。叫小红过来，把他埋在竹林后面，丫环照样办理。玉仙又说："三哥，你打算什么主意？我哥哥重者是死，轻者是被人拿去，要你一条妙策。"王玉说："我虽然是男子，远韬近略实不及妹子。望妹子出个主意，我是无有不随的。"玉仙说："若要擂台事败，就是咱们三个人过去，也是不成。我哥哥要是被人捉住，必然解往京都，咱们找个要路，劫抢囚车，或上京都劫法场。除此之外，别无主意。"王玉说："正好我有一个朋友，是商水州黑虎观里的老道，要在那里等候，正是上京的咽喉，要劫囚车，叫他打发小道出去打听，那时一到，你我可劫囚车；若是要劫法场，咱们巧扮私行，扑奔京都，打听哪门外头行刑，咱们就在哪门外头找店住下，那时差使一到，咱们舍死忘生，劫救哥哥。倘若二位哥哥有性命之忧，我们三个人一同扑奔朝天岭，约会大众，必要给哥哥报仇。"姑娘说："但愿无事才好。"冯渊把这些话全记在心内，不料底下有一个人把他双腿抱住，往下一揪，冯渊不敢挣扎，恐怕屋中听见声音。不料被那人夹起来就跑，可巧门也开着，来到果木园树林之内，撒手将他扔在地下，把刀亮将出来，恶狠狠往下就剁。冯渊明知躲闪不及，把双眼一闭等死，那人倒噗哧一笑。冯渊这才细瞧，往起一纵身躯，用手一指，说："唔呀，你这孩子，真把我吓着了。"你道这人是谁？原为是龙天彪。

白昼之时，天彪一算，今天十四，明天就是十五，亲身至公馆，打听请刘志齐的信息，那时冯渊还没到哪。蒋爷告诉他一套言语：不管刘先生到与不到，今天晚间，总要去人。又告诉他："明日正午，团城子东门外头，给你预备下三辆太平车，容大家上擂台之后，你带着你两房妻子，连你岳母，并带些细软东西，归奔信阳州，你也不用管擂台与公馆之事。回家办理妥当，不用上南阳，你上京都开封府，奔我们校尉所中相会。”天彪领了蒋爷这些言语，回来告诉龙爷、史爷。晚间出来，到后面照料照料，就见有两条黑影，直奔红翠园，他也奔红翠园而来，他就是徐良所见末尾的那条黑影。将上墙头，就见赫连方被他们拿到屋中，吓的自己也不敢扒墙头，直奔后面而来。见后面窗户那边，还趴着一个人，细细一看，原来是冯渊。小爷疑着冯渊贪看姑娘不肯下来，思量吓他一吓，这才把他夹到树林，说：“冯老爷，你怎么看着两个姑娘，一点儿不动？”冯渊说：“你这孩子，有这么闹着玩的？我哪里是看姑娘哪，我是看她们杀人，听她们说要紧的言语来着。怪不得你师傅说这两个丫头厉害，随随便便的就出去了，不慌不忙的就拿进来了，似有如无的就把赫连方杀了，吓得我也不敢动了。”天彪说：“冯老爷到底作什么来了？”冯渊说：“我是请冠袍带履来的。”小爷说：“因何不去请去？”冯渊说：“我不认识路，你把我带了去罢。”天彪说：“使得。”天彪在前，冯渊在后，来到藏珍楼那里，叫冯渊进去。天彪往正东跑下去了。冯渊一跃身，蹿入矮墙之内，将要扑奔藏珍楼，见前边许多人在那里。徐良眼快，说冯渊来了。冯渊身临切近，说：“我来迟一步就赶不上了，见一面分一半。”徐良说：“臭豆腐，你上这里作什么来了？”冯渊说：“醋糟，你上这里作什么来了？”原来是展爷带领小四义，将至矮墙，大家正欲往内蹿，艾虎低声说：“别忙，有人追下来了。”徐良叫他下来，大众没奔藏珍楼去，都在墙下一蹲，可巧冯渊进来。别人还可，唯有徐良见着冯渊，两个人就得口角分争。展爷说：“冯老爷来就来罢，咱们破楼要紧。”大家扑奔藏珍楼。

到楼门以外，大家一瞅，全是呆怔怔的发愣。就只见七层台阶上面搭着一块木板，类若木板桥一般。铜龙的龙须，坠落在台

阶之下。“藏珍楼”三个字，不知被什么人砍落于地，两扇门也坠落地下去了。往里一看，黑洞洞的，看不真切。展爷说：“不好了！”回头叫徐良：“咱们来迟了，此楼不知被什么人所破？大概万岁爷冠袍带履又叫别人得去了。”小四义一个个面面相觑。徐良说：“展大叔，我们到内面一看，便知分晓。”展爷点头，仍是南侠在前，便将千里火亮了出来，上木板桥，然后告诉大家，到七层台阶，不用害怕。众人说：“我们都知道。”展爷等进了头门，把千里火一晃，见二道门“藏珍”二字削落在地；又看坑中，那个巨鬼躺在里面，头上三角尽皆削掉，叉头砍落，只剩叉杆。东西两条铁索子，俱都削折。展爷心中纳闷，这是何人办的事情？又到五福门，五个铜福字俱都削落在地，那根柱子上，金莲花削落，桌面上鲇鱼头刀也削落。桌子前边，起了一块翻板，长够五尺，宽够四尺，往下一看，如同一个黑坑一般，西面那块翻板未起。又至四道门，堆金积玉觅宝门七个字，尽已砍落，门帘幔帐俱都扔在地下，当中四扇隔扇，里面弩箭俱都发尽，四面隔扇大开，进了里面，单有一个四方黑窟窿，倒下台阶。徐良要在前面走，展爷不教。徐良说：“展大叔，侄男猜着了，准是我智叔父破的楼。”展爷问：“怎么见得是他？”徐良说：“我们临来之时，他说你们去罢，请冠袍带履，不费吹灰之力，展大叔请想这话内岂不有话么？必是他老人家先来了一步。”展爷说：“如若是他还好，若是别人，我就得死。”随说着话，鱼贯而行，由梯子一层层直到了平地，只见正北，有扇大门大开，进了大门，东西两边小门俱是一层层的扶梯。展爷思想，这楼图画的明白，这两个小门，万万进去不得，又见正北上，有一个月洞门，上面横担着一口大铡刀，冷森森的刀刃冲下。徐良一揪南侠说：“是我智叔父来了，你老人家请看吧。”用手一指，说：“请看，在这里

写着哪!”就在月洞门上垂首，贴着一个黄帖儿，黄纸写黑字，半真半草，写着：“箱中有宝，柁中有剑，由此处上楼，别无险地。”这帖儿上的字，却是智爷的笔迹。展南侠一看不错，暗暗称道，真是奇人也。原来智化早就打好了这个主意，自己涉险，让他们得功。论走倒是南侠先走的，智爷倒是后出来的，团城子里的道路比他们熟惯，他从西城墙而入，进来就是藏珍楼。先用木板搭在台阶之上盖住翻板。也仗他有这一口紫电剑，要没白菊花这口剑，也不能成功。先用宝剑砍断龙须，后削藏珍楼三个字，书不絮烦。把四道门消息儿俱都用宝剑砍坏，由觅宝门台阶下去，走月洞门蹿铡刀上去，到了上面。见正北有一只箱子，用宝剑砍落锁头，揭开箱盖，晃千里火，瞧明白了万岁爷冠袍带履，复又盖上。就见两边有两个大阁子，类若书阁儿一般，里面尽是奇珍异宝，都是大内的东西，价值连城，世间罕有之物。里面有一块横匾，蓝地金字，是“多宝阁”。一抬头见柜上挂着一口二刃宝剑。智爷一晃千里火，从百宝囊取出一管小笔、一张黄纸，就在纸上写的明白，复又下来，用粳米浆子把黄纸在门左边贴好，自己出了藏珍楼就算大事全完。故此展爷进来看见字帖，就知道智爷先到。徐良用大环刀，把那一口铡刀砍落，大众方才上去，将至楼上，展爷就奔了箱子而来。冯渊一眼就看见，柜上挂着这口宝剑，纵身用手揪住剑匣，往上一抖，把剑摘下来，双手一抱，死也不放。徐良一见，二目圆睁，顺手就抢。若问这口剑，肯给与不肯给，且听下回分解。

第九十回

夜晚藏珍楼芸生得宝　次日白沙滩大众同行

且说大众到了楼上，各有心事。徐良惦记着与白芸生大哥盗剑，展熊飞想着的是冠袍带履，冯渊也为的是鱼肠剑。可巧冯渊上来就把剑先得在手内。徐良一看宝剑被冯渊得去，顺手就夺。冯渊哪里肯给，说："前一回我得的宝剑，被你要去了，这一次任凭是谁，我也不给了，我又不亏欠人家的情分，就是我们祖宗出来，也不能把这宝剑送给别人。"徐良说："你要不给老西这口剑，你不用打算下楼！"冯渊说："你要了我的性命都使得，这口剑你不用想了。"展南侠在旁劝解说："徐贤侄，剑已被冯老爷得去，你一定与他要，他岂肯给你？再者为这一口剑，也不必反目，你一定要，把我这一口给你。我想先前专诸刺王僚，是在鱼腹内所藏的东西，你看这口剑，有多大尺寸，难道你还看不出来吗？"这一句话，把徐良提醒，心中暗忖，冯渊这口剑，绿沙鱼皮鞘子，黄绒绳挽手，连剑把长有四尺开外。又一想智化外面写的明白，箱中有宝，柁中有剑，再楼图上，也是柁中有剑。莫不成这个剑，不是真的？我往柁中看去。一纵身蹿上柁去，用左手把柁抱住，右手顺着柁上面一摸，复又用手一拍，砰砰的类如鼓声相似。徐良心中欢喜，大概鱼肠剑是在柁中哪。用手一划，就噗哧的一声，连纸带布全都扯开。见中间有一个长方槽儿，里面放着个硬木盒子，用手取出来。把盒盖一抽，晃千里火一照，里面有个小宝剑，连剑把有一尺多长，绿沙鱼皮鞘子，金什件，金吞口，挽手绒绳是鹅黄灯笼穗。徐良把这口宝剑往抄包内一插，将空木盒子安放原处，飘身下来。

此时冯渊只乐得在楼上乱扭，说："我冯渊命中，当有这口宝剑，凭爷是谁，无论怎么绕弯子，我可不上当了。不落人家亏欠，全都不怕。"自己在那里嘟嘟囔囔，自言自语。徐良下来，说："冯老爷，你得着宝剑，应当大家给你道个喜儿才是。"冯渊说："我也不用你们道喜，我也不设香案。"徐良笑嘻嘻地说："你把宝剑抽出来，大家看一看，怎么个形象。"又向展爷说："当初专诸刺王僚之时，这鱼有多大的尺寸？鱼要小了，似乎这口剑可装不下。"展爷说："我知道那口鱼肠剑，连把儿共有一尺零五分。"徐良说："他这口剑够四个一尺零五分，别是大的鱼肠剑罢。"展南侠说："我也是纳闷。"冯渊说："你不用管我，大鱼肠剑，小鱼肠剑，与你无干。"徐良说："你拉出来咱们大家瞧瞧，未为不可，谁还能抢你吗？"展南侠也说："抽出来大家看看，我作保，绝不能有人抢你的。"冯渊这才将宝剑用力往外一抽，拉了半天，也抽不出来。徐良说："这剑拉不出来，是什么缘故哪？"冯渊说："准是多年未出鞘，锈住了。"展爷哈哈大笑，说："切金断玉的宝物，焉有长锈之理。"冯渊听了这句话，就有些担心了。又用平生之力，哧的一声，才把宝剑抽将出来，大家一瞧这口宝剑，全都大笑，却是半截铁条。冯渊说："我真是丧气！"徐良道："倒不是你丧气，是你没有那个大造化，故此真鱼肠剑不能教你得着，你要看真正的，在徐老爷身上带着呢。"说毕往外一扯，叫大众一看，外面装饰，却与那剑一样，就是尺寸短。展南侠叫他把里面宝剑再拉出来大家看看。徐良把剑哧的往外一抽，寒光烁烁，冷气森森，类若一口银剑一般。展南侠说："这才是真鱼肠剑，分毫不差。"只气得冯渊把那半根铁条带剑匣吧嗒扔在楼上，说："徐良你真机灵，我种种事情，全不如你。"徐良说："别看我得着宝剑，我也不要，大家有言在先，将此物送与白大哥。"说着双手递将过去。白芸生谦让了半天，这才将宝剑收下，佩在身上，说："这口剑，虽然是无价之宝，据我看来，实在难用，尺寸太短。"徐良说："我告诉你一个主意，每遇动手之时，你把刀挎在左边，把剑佩在右边，动手仍然用刀，往近一栖身，回手拔剑，仍然是削人兵器。"可见徐良实在聪明，一见宝剑，他就出了这门一个主意。后来，白芸生真就照他这个主意，百战百胜。

芸生把剑掖好，展南侠将冠袍带履请出来，众人参拜了一回，然后用大抄包包好，背将起来。别的物件，全都不管，就背着了冠袍带履。众人下楼，照旧出了四道门，仍是徐良带路，直奔西墙而来。过了两段界墙，到了城墙，用百练索搭住，一个跟着一个上去，下得城墙，大家投奔公馆而来。到了公馆，蹿墙而入，来至东院，进了上房，蒋平见展南侠肩上高耸耸的背定，必是万岁的冠袍带履，随就道喜。展南侠说："托赖四哥之福。"从肩头上解将下来，大家又参拜了一回。冠袍带履放在里间屋内，然后大家更换衣服，落座，叫人烹上茶来。蒋平问道："是怎么请出来的？"展南侠就把始末根由述了一遍。蒋平把脚一跺，咳了一声说："罢了，智贤弟称得起高明之士，不必说，他准是把藏珍楼一破，我们往后之事，他一概不管了。"展南侠说："怎么见得？"蒋平说："咱们请他出来之时，他叮问明白了，得了冠袍带履，还有什么事情？我们说的只要把冠袍带履请出来，别有什么大事，一概不用你管了。如今，他准是出家去了。"展南侠说："不出四哥所料。"随叫摆酒，又谈了会得剑之事，天光大亮，把残席撤去，芸生吩咐店家，预备了香案，自己参拜了一回。

这时天彪从外面进来，与大众行礼。蒋平见他来，就知道有事，连忙问道："你来有什么事情?"天彪说："今日他们擂台上，约请知府给他们出告示，又约会本地总镇大人给出告示，他们是倚官仗势摆的擂台，我特来送信。"蒋平说："本地知府姓臧，总镇是谁?"天彪说："总镇姓白，叫白雄。"蒋侠说："这个人可不是外人，是范大人妻弟。这个知府是个贪官，我们与他可无往来。"展南侠说："这个知府，我可知道，他当初做过幕宾，与庞煜合藏春酒，助桀为虐，现今作了知府，焉有不贪之理。这个白总镇，绝不能与他同党。"蒋平说："少刻我自有主意。"又问："天彪，昨日晚上，破了藏珍楼，你们前边知道不知道?"天彪说："只顾迎接知府，议论擂台之事，并且托知府约请总镇大人，一者弹压地面，二者观看打擂，故此后面之事，一概不知。"蒋平说："你疾速回去罢，此处不可久待。"天彪告辞，直奔团城子而去。

天彪去后，蒋平叫张龙、赵虎，拿展南侠的名帖，带领两名马快班头上总镇衙门，请总镇大人便衣至公馆，我们展大人有面谈之事，千万秘密，不可把风声透露。说毕二人起身，直奔总镇衙门，将名帖递将进去，并前言述说了一遍。二人回到店中，见了蒋平，回说总镇大人少刻即到。果然工夫不大，外面将名帖递进，这里下了个"请"字，不多一时，来在东院，展爷迎将出来，见这位总镇，将军褶袖，鸾带扎腰，面似银盆，剑眉长目，鼻直口阔，虎臂熊腰。见面对施一礼，让至室中。大家落座，献茶已毕，一一对问了名姓，又问蒋平与大众来历。蒋平就把开封府的文书叫总镇看了一回。白雄一怔，问："冠袍带履，可曾得着没有?"蒋平又把得冠袍带履，没有白菊花下落的话，说了一遍，便问道："大人今天，还是前去，还是给他们出告示?"白雄说："昨天本地臧知府请我出来，一半看打擂，一半给他们弹压地面，恳求再三，我如今既知晓他们是恶霸之人，我断然不能前去。"蒋平说："不可，总要大人亲身前去方好。"白雄问："什么缘故?"蒋平说："这东方亮奏明在案，与襄阳王叛反国家，臧知府也是他们一党。大人前去，在那台上，绊住东方亮、东方清、臧知府，看我的暗号行事，我要把手往上一招，大人就把三个人拿住，就算大人奇功一件。"总镇连连点头说："三个人走脱一名，唯我是问。蒋大人，展大人，若是要兵将，可是现成的。"蒋平说："很好！大人点起二百名步队，各带短刀，彼此暗有记认方好，省得临时自相践踏。"总镇点头，领了蒋平言语告辞。大家送他出去。然后众人将早饭用毕。

忽听店外，嚷嚷吵吵，俱是瞧看擂台之人，蒋平与南侠一商议，叫张龙、赵虎看着冠袍带履，别者众人全都散走，可不用离得甚远。徐良把头巾一戴，先盖住自己眉毛，总怕别人看见，艾虎同着他一路前往。卢珍、芸生二人一路前往。邢家兄弟一路前往。唯独韩天锦没人愿意与他同走，徐良冲着他使出了一个眼色，他就叫冯渊跟他一路同走，冯渊也不愿意。再三推诿不行，韩天锦将他抓住，往肩头上一扛，直奔白沙滩打擂去了。要知后事如何，且看下回分解。

第九十一回

擂台下总镇知府相会　看棚前老少英雄施威

且说大众三三两两，就只是韩天锦无人愿意与他同往，他就把冯渊抓住，冯渊不愿意与他同走，他把冯渊往起一扛，就要出店。冯渊连连喊道：“那可不是样儿，你见满街上有扛着人行么?”天锦问：“你同着我走不同着我走?”冯渊只得说：“同着你走。”天锦说：“同着我走，把你放下，不然我扛着你走。”二人同行，一高一矮，出了公馆，直奔白沙滩而来。到了白沙滩，就见那里的人，如山如海。行至擂台之下，那擂台前文已经表过，如今搭好，坐西朝东，全是豆瓣细新席，上下场门，大红门帘，绿绸子走水，青飘带，满帘上绣着百花闹蝶，当中一个堂帘，也是大红绉纱，绿走水青飘带，满帘上绣的是三蓝色勾子牡丹。擂台可像戏台，没有上下的栏杆，俱是拿红绿彩绸扎出来的，两边扎出大彩团子，俱有碗口大小，全在两边柱子上耷拉着，一串一串，下边也没有栏杆，用红绿彩绸扎出墙子，约有二尺高。因为何故不安栏杆？皆因在上面打拳比武，倘若一跤摔倒，怕脑袋摔在栏杆上，是准死无疑。这是彩绸，总让脑袋撞上，也不至于要命。两边台柱子上，挂着两块木板，刷着两张告示，一边是总镇大人告示，一边是知府大人告示，总而言之，都是弹压地面的言语，倘有光棍匪徒扰乱擂台，立即锁拿。当中有一块横匾，白纸书黑字，是“以武会友”。台上靠后，排着三张八仙桌子，后面有二十多张椅子，有数十条二人凳。桌子上，有全大红桌围，大红椅披，南红椅垫，上面全绣的三蓝色大朵团花。桌子上面摆着一个盘子，里面是金银锞锭，后面有四个兵器架子，插挂着十八般兵刃，长短家伙俱全。靠着台的南北，立着两个梯子，迎面上可没有。天气尚早，台官还没到哪。有两个看守擂台的，在上面坐着。再看两旁边，雁翅排开，全是两层看台，楼底下单有扶梯上来。见这看台上，也扎着红绿彩绸，上面也是桌椅，靠着南边，看台后面，单有一个厨房，另预备的茶汤壶。靠着南面，有一个小席棚，里面单有个小文职官，打擂之人上来，问了他们家乡住处，登明簿子，动手之时，死伤勿论。靠东边有一根绳，是为他们拴马匹的地方。这个势派实在不小。

台下瞧看热闹之人，纷纷议论：有人说，活百岁也没有看见这样打擂的；就有说，这不是件好事，碰巧了就得出人命；有人说，非他们兄弟，焉有这样字号。正在议论之时，忽见正南上，一阵大乱，来了二十多匹马，齐撒坐骑，乱抖锹嚼，直奔擂台而来，原来是东方亮、东方清弟兄。二人都是壮士打扮，看看离擂台不远，地面当差使的赶散闲人，手中竹杖儿乱打乱抽，瞧看热闹之人东西乱蹿。东方亮手下从人先就下马，接鞭子的接鞭子，牵马的牵马。二人下得马来，先到看台前看了一看，复又到那小席棚，见了那个小文职官，就在那棚中候着知府与总镇。不多一时，望见执事排开，铜锣响亮，不问可知就是知府大人到了。看看切近，东方亮、东方清迎接上去。让过引马，大轿打杆，从人掀帘，摘杆去扶手，知府下轿。东方兄弟要行大礼，被知府拦住。众人见知府实在不称其职，细高身躯，青白的脸面，细眉小眼，微长髭须，扛肩缩背，鸭走鹅行，说话是唔呀唔呀南边口音。连忙就把东方亮搀住，说："总镇大人，可曾来了没有？"东方亮说："总镇大人未到，大人可曾看见？昨日可曾见着总镇大

人，是什么言语？”知府说：“我亲身到他私宅请他，一则请他弹压地面，二则请他看擂，他情愿出来弹压，并且还想和咱们多亲近亲近，他来时还要带些兵丁。”东方弟兄一闻此言，甚为欢喜，说：“全仗大人，替我们出力。”知府说：“也是我们前世的缘分。”又问：“王兴祖可到？”回说：“他得天交正午方能到此。”说着话，就上了南面看台。知府落座，两边有东方弟兄伺候，叫人献上茶来。

不多一时，就见东南上黑压压一片人直奔前来，原来是总镇大人白雄带领着二百兵丁、四员偏将来到。这些兵将全都领了大人密令，每人带蓝布一块，若要下令之时，全用蓝布包住头颅，此时还不知道与什么人动手呢，各带短兵器，也有二十余人扛着长枪。总镇大人一到，也是抛镫离鞍，齐下坐骑。知府并东方弟兄下看台迎接总镇，彼此对施一礼，总镇说：“原来是大人先到，小弟来迟。”知府说：“哪里话来，劣兄本应先到伺候贤弟才是。”总镇说：“总是小弟伺候大人才是。”说毕二人哈哈大笑，知府就让东方弟兄与总镇大人见礼，彼此通名道姓，谦让了一回，同上看台，落座吃茶。

东方亮吩咐，知府带来的马快班头每人领二两饭银。总镇大人带来的兵丁，每人也是二两。文武小官，俱是十两。总镇、知府一闻此言，当面谢了一谢。吩咐摆酒，知府把他拦住说：“都刚才吃过饭，少时再饮罢。”总镇大人问了问，护擂之人全是什么人。东方亮就说王兴祖镇台，余者众人俱是帮助的。又问：“这个王兴祖，大概本领出色，倘若上来打擂之人，本领胜过镇擂之人，那时怎么样的办理？”东方亮说：“小民立擂台，非为别事，皆因我弟兄二人，从幼年时节，就好的是武艺，所请来的教师甚多，总没有见着很出色之人。今天摆设此台，为的是选拔人才。倘有出色之人，绝不能叫他与王兴祖两下里有死有活，连输赢都不能见，只要看着与王兴祖本领平平，就疾速将他请下来，看他年纪行事，若要年长拜他为师，若要年轻，拜他为师兄。虽然摆设此擂，并无别的意思。”白雄一闻此言，微微一笑，说：“你这一说，我也明白了，你们要请老师，又不作非理之事，又不连累地方上替你们担惊受怕，据我想着，还算一件正事。往常立擂，胡作非为，从中取事，有那样人，实为可恼。”东方亮料着总镇不知他的细底，焉知晓蒋四爷那里，早就告诉明白了。总镇说着话，眼睛瞧着擂台下来往之人，寻找蒋四爷在哪方站着，动手之时，好看他眼色行事，就看见霹雳鬼站在人丛之中，就算他人高，晃里晃荡，在那里寻找冯爷。原来冯渊同着韩爷到了这里，往人群内一钻，韩天锦就找不着他了。找了半天，口中乱骂这个小子，可真冤苦了我了。他看了看擂台，前面有两根柱子，走过去一抱，心想少刻拿人，我把这柱子一折，他们全都掉下，把主意打好，睁瞧着团城子里面人来到。

不上一时，从东南上来了三十余骑马，却是台官到了。所有瞧看热闹之人，一阵大乱：“瞧台官呀，瞧台官！”就见头一个是神拳太保赛展熊王兴祖，身高九尺，膀阔三停，绿缎壮巾，一身绿缎衣襟，狮蛮带，肋下佩刀，薄底靴子，闪披一件大红英雄氅。面似蓝靛，发似朱砂，红眉金眼，连鬓落腮胡须，犹如赤线一般，猛若瘟神，凶若太岁。紧跟着后面，就是火判官周龙连那一干群寇，朝天岭金永福、金永禄，就少赫连方与金弓小二郎王玉。一个是红翠园被杀身死，一个跟大众出来，复又回去寻找二位姑娘商量计策去了。群寇之中，可又多一个人，多一个是玉面判官周凯。皆因他由贾士正那里逃跑，次日晚间，又遇见山西雁，使了金蝉脱壳之法，在树林中假说上吊，直奔团城子而来。

见了东方亮，看见王兴祖现在这里，他就将怎么遇徐良说了一遍。群寇很觉放心，打量他在信阳离着南阳尚远，都料着是日没有山西雁，故此这日大众一个个大胆前来，齐奔擂台。

这些群寇至擂台洋洋得意，行至擂台之下全都下马。众人欲见总镇，倒是知府把他们拦住，先告诉明白了东方亮，所有众人不用见礼，只王兴祖一个人前来。东言亮吩咐传下话去，所有众位英雄俱都上擂台，单叫王兴祖一个人上看台，与知府、总镇大人见礼。这个话往下一传，所有众人俱从南北两个楼梯上擂台去了。王兴祖一个人上了看台，先见知府，后见总镇。白雄很爱此人，告诉说："王壮士动手之时，但得能以不伤人，千万不可损伤人的性命。"王兴祖点头撤身下来，直奔擂台正面，分开众人，飞身上去。徐良他就要跟将上去打擂。要知后事如何，且听下回分解。

第九十二回

乔彬头次上台打擂　张豹二番论武失机

且说王兴祖下了看台来至擂台，由正面而上，抱拳带笑道："众乡亲们借光了。"众人闪了一条胡同，台官要卖弄他这点能耐，倏地一抖英雄氅，使了个旱地拔葱、燕子飞云的功夫，往上一蹿，不高不矮，正贴着那绸子拉出来的墙儿上面蹿将过去。下面众人喝彩，说："好功夫，这才叫本事呢！"就见王兴祖到了上面，群寇俱都站起来，抱拳带笑说道："大哥请坐。"赛展熊说："且慢，此时天气不早，待我与咱们台下朋友交代一个理儿。"把英雄氅一扔，冲着台下深打一恭，说："台下众位乡亲听真，小可姓王，叫王兴祖，外号赛展熊便是。皆因团城子内复姓东方，有两家员外，在此摆设擂台。天下最贵重者文武二字，读书者以文会友，习武者以武会友。设此擂台不为别事，所谓以武会友。无论僧道两门，回汉两教，做买做卖，举监生员，推车挑担，以至缙绅①富户，只要练过拳，踢过腿的，请上台来。无论拳脚，长短家伙，全有小可王兴祖奉陪。如能打我一拳，输纹银五十两，踢我一脚，输纹银一百两，如能一脚将我踢倒擂台之上，输银一千两。愚下可输不起，全有东方大员外，二员外立刻盘银，不怨你手下无德，怨我学艺不精。可有一件，有上台较量之人，你们可到那席棚内去挂号，必须把你们家乡住处，姓甚名谁，开

---

① 缙绅（jìn shēn）——指古代有官职或做过官的人。

写清楚，然后较量。只因动手之时，难免失手，轻者受伤，重者废命，各无后悔。故此上台打擂，死伤勿论。哪位上台来比试，小可王兴祖候教。”话犹未了，就听正北上一声大吼，如同半空中打了一个巨雷相似。刹时，正北上人，噗咚噗咚躺下了一大片，内中孤伶仃单见一人如同半截金塔相仿。见那人身高一丈开外，黄衣襟黄帽子黄脸。蒋平、南侠早就看见，原来是君山金铛无敌大将军于奢。

原来钟雄面圣①之后，带着于奢、于义归奔君山，念了万岁旨意，所有君山寨主，俱是六品虚衔。是日于奢、于义理当进京当差，带上盘费银两，辞别钟太保，两个人下君山，投奔京师。一路之上，晓行夜住。这日从白沙滩经过，就见那里人流如蚂蚁盘窠②相仿，于奢问于义：“你看前边这是什么事情？”于义说：“前边那是唱野台子戏哪，你看那不是两边的看台？”其实于五将军早听见人说去看打擂的去，瞒着他三哥，知道他那性情不好，假说是戏台。已经走在北边，又遇见从北往南的人直跑，说看打擂去。于奢方才明白，叫道：“五弟，那边不是戏台，原来是打擂的，我们前去看看。”于义说：“我们赶路要紧。”于奢返身而回，于义无奈，只好跟着回来。行至擂台之下，看见王兴祖台上说话。于奢说：“我去打擂。”于义一把没揪住，他大吼一声说：“爷爷来了！”把双手往两下一分，奓撒着两只手，把那些瞧热闹之人，扒拉的东倒西歪。忽然韩天锦在那里高声大叫道：“大小子快过来罢，我在此等你哪！”于奢一瞧是韩天锦在那边叫他，也就顾不得打擂了，说：“原来是我们黑小子在这里哪！”又一分

① 面圣——见过皇上。

② 窠（kē）——鸟兽昆虫的窝。

众人，从擂台底下钻将过去，说："黑小子，你从何处而至?"天锦说："咱们的人都来啦，我一人拆不动这个台，你帮着我去拉那边的柱子。"于奢说："使得。"他就把那根柱子一抱，这两个站殿将军闹了个二鬼把门。于奢问："多时才拆哪?"天锦说："看着我们四叔把手一招，我们就拆了。"于奢点头。王兴祖听见有人上台打擂，等候了半天并无动静，往正北上问道："方才是哪位答言，要上台打擂?"问了好几声，并无上台之人。瞧热闹的人知道于奢、于义是一处来的，又带着众人被于奢扒拉了一个筋斗，全都记恨于奢，回头问于义说："人家那里问下来了，不敢上去，就会欺侮我们哪!"于五将军如何担得住，说："你们要瞧看打擂的呀，我上去就上去，这算什么要紧的事!"众人往两旁一闪，事已至此，也不能不上去了。众人说："那边有梯子。"于义说："要梯子何用!"刚要一抖身蹿将上去，忽见南面梯子上，有一人喊叫，说："打擂来了!"于义一看，不是外人，原来是开路鬼乔彬。于义暗忖此人本领平常，不是摆擂之人的对手。

原来乔彬同着胡小纪封官之后，回家祭祖完毕，上京当差。到了开封府，听王朝、马汉告诉南侠大众事情，打发二人奔南阳府五里新街公馆，见蒋、展二位大人。这二位到了公馆，见着张龙、赵虎，二人告诉他们，大众上擂台拿贼去了。乔彬约着胡小纪去拿人，胡小纪明知乔彬本领平常，说："我们帮着三老爷、四老爷看守万岁爷的物件罢。"乔彬假意应承，随把大衣服脱下，假装走动，就奔白沙滩来了。乔彬由正南看台底下分开众人，来至擂台之下，蹬着梯子往上就走。梯子底下，有东方亮的人，拦住问道："你是作什么的?"乔彬说："我是打擂的。"那人说："你既是打擂，你上号棚先去挂号。"乔彬说："那我是一概不懂的。"那人说："不去挂号，你不用想从这里上去。"乔彬是个粗鲁之人，把那人一掌打倒在此，乔彬就跑上去了。刚要上台，上面看台的一拦他说："你是作什么的?"乔爷说："我是打擂的，打一拳赢多少银子?"看台的说："打一拳赢银五十两，踢一脚赢百两。"话言未了，"叭嚓"乔爷就打了看台的一个嘴巴，下面横着一个跺子脚，看台的就扑咚躺倒在台上。乔爷说："拿银子来！一百五十两。"房书安说："你这小子怎么这样不通情理，他是看台的，你打他就要银子，世间没有那么便宜的事情。要打那个才给银子哪。"乔爷说："那个也打。"奔向王兴祖来就要讲打。王兴祖道："你要到号棚去登记，然后打擂。"乔彬说："放你娘的屁，我全不懂得，招打。"王兴祖用单臂一磕乔彬的腕子，乔彬哎呀一声，说："好小子，拿着家伙哪！"用了个窝内发炮，叫王兴祖用右手，一刁他的腕子，往怀中一带，乔彬往回里一抽，王兴祖借着他的力，一抬腿，就听嘣的一声，把乔彬由擂台上踢将下来，摔在人的身上。他倒没摔着，把那看热闹的一团人压倒在底下。众人抱头哀叫乱喊，也有把腿折了的，也有把胳膊扭了的。一看又从正南上去了一个，金枪将一瞧，这个更不行了。

原来这是勇金刚张豹。因他同着双刀将马龙回家祭祖，安排了家中事情，投奔京都，半路上碰见了艾虎的徒弟大汉史云，一同到开封府，也是叫王朝打发他们上这里来了。将至公馆门首，就遇见闹海云龙胡小纪慌慌张张往外跑，马龙、张豹把他拦住，见面行礼。张豹说："胡大哥，你往何处去?"胡小纪回说："乔彬出去工夫甚大，总没回来，准是打擂去了，我欲追至擂台，看看他上去打擂没有。他要上去，如何是人家对手。"张豹说："我们大家一同前往。"刚到擂台之前，见乔彬被人家刁住腕子，往下一踢，勇金刚把肺都气炸，撒腿往前就跑，要打南边的梯子上去。被看梯子的人挡住，他就抱着擂台柱子，往上就爬，到了上面，一扳台柱，往上一翻身，把人家那彩绸墙子也给撕断，往起一挺身，说："蓝脸小子，你好生大胆，敢把二太爷的哥哥扔下台去，二太爷与你势不两立！"王兴祖看他这相貌，倒有几分爱他，连忙说道："朋友，你是上台打擂，不可口出不逊，你先上号棚挂号，也得把你的姓名通将出来，然后再较量不迟。"张豹本是个浑人，哪里懂得这件事情。说："你要问我的姓名，我就是二太爷。"说犹未了，就是一拳。王兴祖气得二目圆睁，怎么来的一个一个都是这个样子。二人交手三五个弯，照样儿把勇金刚张豹踢将下去。

擂台下面的人，哈哈的又是一笑，大家异口同声说："这是露脸哪？这是现眼哪，原来全是这个样子。"艾虎哪里搁得住，两个盟兄都被打下擂台，自己打算要蹿将上去。王兴祖在上边说："本领平常的，不用上来现眼了。"马龙先就蹿上台去，王兴祖一看，此人身高七尺，蓝缎壮帽，蓝缎箭袖袍，湖色衬衫，薄底靴子，鹅蛋脸面，细眉长目，直鼻阔口，细条身材，精神满足。王兴祖问："尊公，可曾到号棚挂号？"马爷说："我也不用到号棚挂号，三拳两脚，结果我的性命，绝没哭主。我也不用通我的姓名，小可无非是领教领教。"二人彼此一抱拳，动起手来了，若论马龙本领，比那二人强胜百倍。两个人蹿高纵矮，手眼身法步，腕跨肘膝肩，远处长拳，近处短打，王兴祖招招近手，马龙封避躲闪，两个人打了个难分难解，并且是一点声音皆没有。台下人齐声喝彩。这两个人在台上乱转，如走马灯儿一般，工夫一大，马龙就透着手迟眼慢，艾虎就要蹿上台去，且听下回分解。

第九十三回

穷汉打擂连赢四阵　史云动手不教下台

且说马龙在台上与王兴祖交手，工夫一大，只有招架之功，并无还手之力。艾虎正要上去，省得叫大哥吃苦，不料一展眼①，马爷早被人家一个扫堂腿，扫了一个筋斗，只羞得马龙面红过耳。王兴祖反倒赔笑说："这位兄台，承让承让。"远远的有人招呼，说："王教师爷，我们员外有请这位壮士，在看台上面谈。"小韩信张大连要陪着马龙上看台，面见东方亮。就在这个时候，忽听北面喊，说："穷爷爷到了。"王兴祖一听更透着诧异，台下众人一看这个打擂的，全场哈哈一阵畅笑。这个打擂的，实在褴褛不堪。也带着天热，头上没戴着头巾，连网子全都没有，就把头发挽了个牛心发髻，身上穿一件破蓝绸汗衫，穿一条破青绸裤，足下一双薄底快靴，靴腰上绑着带子，靴底绽了半边，一脸灰尘。可是细眉长目，皂白分明，唇似涂朱，大耳垂轮，肩头上有一个破捎马子，困苦之状，已到十分。虽是衣服褴褛，倒有英雄气象。马龙趁着穷人蹿上台上之际，自己蹿下台去，钻入人丛之内，直奔正东，可巧被蒋四爷把他挡住。

再说那穷人，困苦到这般光景，还有什么心肠打擂？皆因他看着马龙有几个招数使得不到家，他替马龙着急，这才招出事来。马龙使了一个靠山，王兴祖一闪，他替马龙着急，心内想着一比势，他身后一人就教他肘了一个筋斗。那人爬将起来，捣着

① 展眼——转眼。

前胸哎哟哎哟哼哼说："朋友，你看天到这个时候，也该找找去了。你瞧我们这些人看完了打擂，回家全都有准饭，似乎尊驾你得现去找去，若过了时刻，谁能与你准备得现现成成的？"这位爷气往上一冲，说："你管我找不找去，与你何干？"那人说："我本就是痨病①，你冲我心口给了我一肘，你不管我受得受不得？你看瞧热闹的人甚多，谁像你带比架势的。真有本事，上去与这位台官较量较量，真能踢他个筋斗，就是一百两，打他一拳，也闹五十两换换衣裳，这是何苦哪。"穷人说："你管不了俺的闲事。"那人说："我管不了，我上你前头站着去。"可巧穷人又看着马爷打出的一拳不到家，自己又一比势，嘣的一声又打在那人的后心，要不是人多，那人也就栽倒了。那人回头恶狠狠地说："穷鬼，你穷疯了罢！既有这个能耐，为何不上去露露脸去！"穷人说："我上去就上去！可惜我如今衣衫褴褛。"那人说："真有本领，不在衣衫，就怕你不敢上去。"穷人看了看自己衣服，一声长叹。那人暗暗约会了十数个人把穷人往起一挤，齐声一喊说："穷爷爷到了！"就把那个穷人挤上台去。王兴祖扭项回头一看，这穷人上台打擂，必是听见有五十两银子啦。连忙问道："这位朋友，也是前来打擂的么？"穷人赶紧一恭到地，说："台官爷在上，你看我这般光景，还有什么心肠打擂。皆因我在台下得罪了看打擂之人，他们把我挤上台来。我既来到台上，哪有空返之理，只可陪着台官爷走个三合两趟，我也不敢来赢，只求台官爷手下留情，走了三合两趟，我就下去。常言'破车别碍好道。'"王兴祖一听，出言不俗，别看他身上衣服褴褛，反倒抱拳带笑说："朋友，你大概没上号棚挂号去罢？请问贵姓大名，仙乡何处？"穷人说："尊公不必细问，皆因我有难心之事，我是被朋友所害，才到了这个光景。大概会点武艺之人，绝不能出身

① 痨病——肺结核。

就穷，望求阁下不必往下细问。我要不与尊公走个三合两趟，也教那些小人们瞧不起我。”王兴祖心中暗暗喜爱，想着此人大概本领不差，又想道：与他走个三合两趟，然后把他请下台去，给他更换衣服，再细问他的姓名。一抱拳说：“既这样，朋友请哪。”见那人也一抱拳，留出行门过步，走了半个回合，穷人从上手绕到下手，这才叫打擂的规矩。二人将挥拳比武，从后面跑过一个人来说：“大哥已连胜了三个，暂请后面歇息，我先替兄长领教领教这位的武艺。”王兴祖也觉愿意。他本是粗中有细之人，他料着这个穷人到了这般光景，不是十分能耐，绝不敢上台比试，他正愿意有个人先与穷人走个三合两趟，他就知道穷人的武艺如何。你道过来这人是谁？是金头活太岁王刚。王兴祖往后一闪，王刚过来说：“这位朋友请。”仍然二人一抱拳，穷人把梢马褡裢放下，袖子一挽，汗衫一掖，两个人往当中一凑，就打起来了。这二人蹿奔跳跃，闪转腾挪忽上忽下，行高就矮，这就叫当场不让步，举手不留情。台下之人，全都喝彩夸赞不绝。此时徐良、艾虎、冯渊、卢珍相凑在一处，议论这个人。徐良说：“这个人比咱们兄弟还好，他一身功夫，穷到这个地步，他还不偷，可见此人志量不小。”卢珍说：“等他下来，我周济周济他，我真爱惜此人。”艾虎说：“我也爱惜他，我问问他的名姓，不但周济他，我还要与他拜把子①哪。”徐良说：“拜把子算上我。”冯渊说：“我看这人本领，像我们本门里人。”徐良说：“臭豆腐，不用往脸上贴金啦，我领教过尊驾的本领，你们怎么有这样出色的人物。”冯渊说：“醋糟，你也太藐视人了，我们本门中除了我不行，难道连一个强的都没有！”艾虎说：“你们二位先别争论。三哥，你看这个穷人是输是赢？”徐良说：“似乎那个黄脸的，三个也不是穷朋友的对手。”说话之间，王刚早被那个穷人刁住腕

① 拜把子——结拜成兄弟等。

子，往上一拉，横跺子脚踹在肋下，险些没掉下台来，扑咚倒于擂台之上。那个穷人过去拿起他的捎马褡裢就要走，墨金刚柳飞熊过来，说："这位壮士别走，我来领教。"穷汉说："方才小可已然说明，非为上台打擂，无非陪着爷们走个三合两趟罢了。"柳飞熊说："不行，总得较量较量。"穷人无奈，两个人一交手，走了十几个来回，穷人往下一败，柳飞熊赶将下来，跟着一腿，打算要踢穷汉，穷汉一回身，用手一挂柳飞熊脚后跟，往起一勾，将柳飞熊摔倒擂台之上。急三枪陈正过来，五六个回合，被穷人使了一个靠山，把他摔倒擂台之上。菜火蛇秦业气哼哼的过来，说："你别走。"那个穷汉无奈，只可又与秦业交手，走了数十余合，那穷人不慌不忙，一手一势，身体灵便，把个秦业打的鼻洼鬓角，热汗直流，始终不能抢人家的上风。一着急，使了一个尽命的招数，用一个双风贯耳，穷人双手合在一处，往两下一分，其名叫白鹤亮翅，把他双手拨开，复用自己双手，住秦业肋下一插，是一个撮劲，秦业身不由自主，往后一仰，噗咚倒于擂台之上。

王兴祖过来说："兄台别走，还是小弟领教。"穷人说："我绝不是兄台的对手，只当我是甘拜下风，让我去罢。"王兴祖一定还要与他较量，那人无奈，只得又陪着他动手。这二人方是棋逢敌手，一招一式，类若编就活套子一般，原来是见招还招，见势使势，台下之人，此时全都叫起好儿来了。穷人一急，也打算把王兴祖踢个筋斗，翻起一腿，不料自己使得力猛，吧的一声，把捆靴子带子迸断，飕的一声，把靴子甩出去多远。台下之人，一阵大笑，穷人说："这可算我输了罢。"王兴祖说："不算不算，我先给你换上一双靴子，然后再较量。"原来看台上早已看的明白，打发人来请这个穷汉，说："员外爷有请这位打擂的，看台上问话。"王兴祖这才住手。那穷人教人把靴子给他捡来，复又穿上，自己拿了捎马褡裢，跟着从人下了擂台，见东方亮来了。

王兴祖将一回头，忽见迎面蹿上一个人来，离擂台五尺多高，待那人站立台上一看，八尺多高，是个大黄胖儿。原来是史云，叫韩天锦、于奢把他扔上台来。向着王兴祖说："立台的，我拿银子来了，我们这个朋友连踢了你们四个筋斗，应当给我们四千两银子，我把车都雇好了，特为来拿银子，快盘哪。"王兴祖说："那个穷朋友，可是连赢了四个，要银子一分一厘，也短少不了，你既是与他相好，你先说说他姓甚名谁？家住何方？"史云说："他自己还不肯说呢，我可知道不说。"王兴祖问："你叫什么？"史云说："我姓史，名叫史云，外号人称愣史。"王兴祖说："你尽为要银子，你还是要打擂？"史云说："银子也要，擂也要打。"随说着话，蹿过去就是一个冲天炮，一抬腿就踢，要不是王兴祖的眼快，险些还被他打上了，皆因是给冷不防。台官一看，这个打出来的招数更可笑了。王兴祖往旁一闪，用手一刁史云的腕子，脚底下用了个勾挂腿，史云就噗咚一声，趴在台上。王兴祖说："别叫他走。"看台的过来，就要揪他。愣史躺在那里，也不起来，说："你们打死我罢。"王兴祖问："你跟谁学的本事？"史云说："跟我师傅。"王兴祖说："你有师傅哪！据我看来跟你师妹学的。论说我们这擂台上，可没有讲强梁的道理。我们这打擂的，先前两个多少还算练过，似乎你只跟师妹学的，打出拳来，踢出腿来，我们只不认得是什么招儿。总得拿你作一个榜样，不然笨汉长工也都要上台打擂来了。"看台的说："台官爷，咱们把他锁在台柱子上罢。"王兴祖说："不用，把他衣服剥下来，叫他找教给他武艺的来取。"史云说："你们可别胡说，我师父可在底下哪。"王兴祖说："更好了，要的就是你师傅。"随吩咐剥他的衣裳。看台的将要动手，愣史把双手一分，其名叫反背锤，将看台的打倒。王兴祖气往上冲，将要过来，忽听台下一声喊叫说："师傅来也！"要问来人上台怎样动手，且听下回分解。

第九十四回

艾虎与群贼抡拳比武　徐良见台官讲论雌雄

且说艾虎在台底下，与徐良、卢珍、冯渊正夸奖那个穷汉，忽见台上把那穷人请过去了。随后就见史云上台，一交手就跌倒，又被王兴祖这套言语侮辱。艾虎脸上实在下不去了，他便分开众人，往台上一蹿说："师傅来也！"王兴祖一看，这个是夜行术功夫，身高六尺，一身青缎衣襟，壮士打扮，黑黄面皮，粗眉大眼，肋下无刀。原来艾虎上台之时，先把刀交与芸生大爷，叫他紧贴着擂台站立，倘若用刀之时，再与他要。此时史云把两个看台的打得满台乱滚，说："我师傅前来，不关我的事了。"往台下一滚，于奢把他抱住了。这两个看台的，冷不防叫史云砸了个鼻青脸肿。

王兴祖看了艾虎飞纵的功夫，就知道此人本领不差，抱拳含笑道："这位尊公，打擂可曾挂号?"艾虎也就一恭到地，说："台官爷在上，小可没有。皆因我落乡居住，学了两趟庄稼把式，无非就是看场院而已。我本就不会，还收了一个无知的徒弟，方才他得罪你老，我如今上台，也不敢称什么打擂，是与我徒弟给你赔礼来的。"王兴祖说："尊公不挂号，可留下名姓。"艾虎说："不必问我，我本是无名之辈，未走三合两趟，你把我踢下台去，我还不至于甚愧；我若说出名姓，台下看打擂之人甚多，岂不被人耻笑！常言说没高山不显平地，没有你那高明，显不出我这不好来，我就是与你接拳垫场子而已，请台官爷发拳罢。"王兴祖见他说话卑微，心中打算，他必是高明。可巧房书安过来，他瞧艾虎年轻，说了一片无能的言语，他打算要在人前露脸，说："大哥连打了四、五个人，这个该让给小弟罢。"王台官求之不得，说："贤弟小心了。"房书安点头过来，与艾虎并不答言，伸手就打。三两个弯儿，艾虎用单手把他脖子勾住，往怀中一带，"噗咚"一声房书安趴倒。艾虎用拳照着脖子上就是一拳，把房书安打的哎呀一声叫唤。黄荣江过来，走两个弯儿，被艾虎把他抓住胳膊，横踩子脚，噗咚踢出多远。黄荣海过来，被艾虎双手一晃，用扫堂腿，扫了个筋斗。常二怔过来，三五个弯儿被艾虎踢倒。胡仁过来，转眼之间也就被摔倒。火判官周龙过来，走了有数十余合，未分胜败。王兴祖过来，在当中一隔，说："还是我们二人较量。"艾虎说："可以使得。"复又抱拳，往当中一凑，动起手来，蹿高纵矮，台下那些人，复又叫起好来了。徐良在下面看艾虎气力不佳，怕老兄弟吃亏，把刀交给芸生，分开众人，往上一蹿，说："你们真不讲理。你们共有多少人替换着，把人累乏了，然后你台官动手。"

徐良这一上台不要紧，头一个房书安"哎呀哎呀，削鼻子的祖宗到了"，往后一仰，噗咚一声，摔倒台下。他掉下擂台去，众贼一阵大乱，噼噔噗咚类若下扁食①一般。周龙、周凯、张大连、黄荣江、黄荣海、赫连齐、皮虎、金永福、金永禄一并全都蹿下擂台去了。带累的常二怔、胡仁也跟着跑了。台上就剩王刚、柳飞熊、秦业、陈正，余下尽是看台之人。对面看台上东方亮正问那穷人，忽见白眉毛蹿上台去，大家乱跑。东方亮与东方清说："贤弟，不好了，这是那个白眉毛上去了。"东方清叫家人

① 扁食——饺子。

看兵器伺候。从人答应一声，赶紧备单鞭双锏，东方亮与那个穷人说："有什么话，咱们少刻再说，不怕你有什么塌天大事都有我一面承当，少刻你帮着我们动手，我准保你后半世丰衣足食。"穷人说："我这个穷苦，倒是一件小事，我有一件大难心之事，就是员外也不能与我帮办。只是员外有这一句话，我就感激不尽，若要用我之时，万死不辞。"东方亮说："很好。"先叫家人取出一双靴子给他换上，找了一口单刀，此时看台上酒已摆好，教他在看台上吃酒，他执意不肯，东方清叫家人带他上厨房吃饭。总镇大人见徐良蹿上台去，东方亮、东方清都预备了兵器，自己往下看蒋爷行事。

再说徐良上台，说："台官既摆擂台，必须正大光明。取巧赢人，算得什么英雄好汉？你们先教别人过来把打擂累的乏，然后你才过来，一个人有多大气力，你果然是准赢。来来，我们两个人比试。"王兴祖早听见东方亮说过，他是徐庆之子，名叫徐良，外号人称多臂熊，与绿林人作对。想着他这一上台，必没安着好意，今日非得赢他，这个擂台方能摆住，要是输与他，就得瓦解冰消。随即说："你姓甚名谁？"徐良说："你连我都不认识了，我姓人，我就是那个卖醋的人老西嘛！你叫什么？"王兴祖说："我叫王兴祖，外号人称神拳太保。"徐良说："你就是那个太保儿子？"王兴祖说："你满口乱道，过来，我们两个较量。"徐良说："使得。"二人一交手，徐良并不讲什么行门过步，上去就打，行一拳就一脚，不按正规矩打。眼瞧着他是五花炮，三五个招数，就变成八仙拳，一转眼就是迷宗拳，三五招数变成猴拳，地躺拳，又改四平大架子，串拳，擦拳，变为开山拳，把王兴祖打了一个手忙脚乱。忽上忽下，行东就西，地躺拳满地乱滚，猴拳、小架子、八仙拳，晃晃悠悠，就是王兴祖也不知道他

的拳是哪一家门路，整是一蹚大杂拌。擂台之下不懂得的连连叫好，行家看着全是暗笑，只不知道是什么招数。看台上东方清说：“哥哥，人是只可闻名，不可见面，哥哥请看，这个人算是什么本事?”东方亮也瞧着纳闷，说：“此人大概没有多大本领。”东方清说：“这个老西，不是王贤弟的对手，活该今日，要给大众朋友除害了。待我过去，等王贤弟不行之时，我好与他交手。”东方亮说：“贤弟先不用过去，打量着再有三招两式，他就得输给王贤弟。”果然再瞧，徐良不行了，有前劲没后劲，眼看着身躯乱晃，手迟眼慢。王兴祖本是粗中有细之人，先前尽接徐良的招数，自己并不换招，这叫不求有功，先求无过。等把徐良的主意看准，再设法赢他。一看此时徐良透乏，自己暗暗欢喜，准知道今天万不会输了，这才施展近身的招数。徐良眼看招架不住，王兴祖使了一个扫堂腿，徐良往起一蹿，容他腿扫将过去，然后脚站实地。不料王兴祖使的来回扫堂腿，扫过去虽然躲开，扫回来躲闪不及，噗咚一声，山西雁栽倒擂台，被王兴祖把他抓住，用尽平生之力，把徐良举将起来，恶狠狠要往台下一摔，只听“叭嚓”一声，红光崩现。要问徐良生死如何，且看下回分解。

第九十五回

二英雄力劈王兴祖　两好汉打死东方清

且说徐良，被王兴祖把他举起来，台官抢了上风，举着徐良奔到台口，自己一卖弄，说："山西人，你打量着我们不知道你叫徐良，外号人叫多臂熊，是与不是？你自觉天下无敌，今日遇见姓王的，是你死期至矣。"把徐良头冲台下，恶狠狠的就摔，台下都一着急，卢珍也要上去，展爷也要上去，就是冯渊直乐的拍掌哈哈。蒋爷说："冯老爷，你们两个是口仇，见面就辩嘴，如今他已摔倒，你反倒乐起来了，他眼前就有性命之忧，你就要乐，也不可明显，旁人看了不雅。"。冯渊说："我非是恨他，这样他就赢了。"卢珍说："他已被人家举起来了，怎么还说是赢？"冯渊说："你们不知道，这一举起他便赢了。"蒋爷问为什么？冯渊说："上次我们两个人，皆因玩笑，急了打起来，我把他踢了一个筋斗，把他往起一举，他双手一扣我的脉门，我这半边身子，全不得力，他就把我举起来了，要拿着我的头砸蒜，他教我叫他祖宗，他才饶哪。"正说之间，冯爷说："你们看举起来了不是！"原来徐良专有这样一手功夫，特意叫王兴祖举起来，王兴祖他又卖弄，说了半天话，这才要扔，徐良早就扣住王兴祖右手脉门，用尽平生之力一扣，王兴祖就觉得半身不遂相似，把身子一歪，倒在台上。看徐良一转手，把他举将起来，也是往前一探身子，叫台下之人："接着，台官下去了。"叭嚓一声，把王兴祖摔下去了。王兴祖往下一摔，台下之人，往后一退，早被韩天锦、于奢两个人抓住，一个人抓着一条腿，往两下一劈。这二位站殿将军，抱了半天柱子要拆，拆不动，见王兴祖下来，这二人是万岁爷驾前的举鼎之人，天然力量，这个说我捉着的，那个说是我捉住的，用力两下一劈，就听嗑嚓一声，把王兴祖劈作两半，韩天锦、于奢两个人，每人提着了一个人片子。

此时台上一阵大乱。徐良把王兴祖摔下台去，就见王刚、柳飞熊、陈正、秦业由兵器架子上抽枪拉刀，奔来要结果徐良的性命。艾虎与芸生要刀，连大环刀也交给徐良。山西雁一接刀，险些被王刚扎了他一枪，艾虎在王刚左胯上踹了一脚，王刚栽倒，柳飞熊过来就是一刀。徐良可就还过手来了，一回身呛啷一声，把柳飞熊的刀削为两段，大环刀跟进去，要结果那贼的性命。柳飞熊把刀一扔，尽命的往台底下一蹿，逃了性命。陈正见势头不好，不敢动手，就蹿下台去。秦业过来救了王刚，也被艾虎把刀削为两段，王刚先逃去了，秦业的头巾被艾虎削去了半边，也就蹿下台去了。看擂台之人，早就跑了。

说书人一张嘴，难说两家话。且说蒋爷见徐良把王兴祖往下一摔，急望看台上双手一招，白雄就看见了。东方亮、东方清说："叫家人看兵器。"东方亮原是陪着知府，东方清陪着总镇，那总镇就对着东方清，把桌子一翻，哗啷一声，碗盏家伙摔成粉碎。那张桌子对着东方清去了。东方清一抬脚，对着桌面子上就是一脚，那桌子复又回来，总镇将要奔东方清，桌子踢回来，撞在肩头上，又磕在膝盖上，皆因地方窄狭，未能闪开，白雄不能拿人，倒被撞了一个筋斗。紧跟着总镇大人的两员偏将，是两个承信武功郎，亲兄弟二人，一个叫童仁杰，一个叫童仁义。见大人摔倒正要过来搀扶，白雄说："快拿人。"二人过来，将要动手，东方清一抬腿，踢了童仁杰一脚，也把他摔倒看台之上。东

方清接双锏蹿下看台，白雄起来，看东方亮把知府肋下一夹，也蹿下看台去了。白雄一着急，在蒋展二位跟前说了大话，只得奋勇下台拿人，遂吩咐二百兵丁，捉拿东方亮、东方清与知府，不得有误。童家弟兄与总镇大人都是行伍出身，也就蹿下看台，下面有二员偏将，往下一传号令，叫那二百名兵丁，都用蓝布包头，长短家伙，往东方亮、东方清一围。此时东方弟兄二人，不用官兵围裹，早有人把他们圈住了。头一个就是展南侠，紧跟着又是蒋爷，刑如龙、刑如虎、冯渊、胡小纪、乔彬、马龙、张豹、史云、于义、白芸生，也就赶奔前来。东方弟兄这身功夫，本也不错，一个使单鞭，一个使双锏，分量太大，展爷的剑，不肯削他们的鞭锏，怕损伤了自己宝物。故此二人，越杀越勇，后来兵丁往上围，连总镇大人也闯上来。最可叹者，那些瞧看热闹之人，也有带着重伤的，也有死于非命的。皆因是团城子东方亮的家人，他们见台下劈了王兴祖，他们也拿长短家伙，奔于奢、韩天锦而来，狐假虎威，全说："拿呀，拿凶手哇！"韩天锦、于奢每人手中提着半片人片子，抡开了乱打众人。于奢那里舞着一个脑袋，一只胳膊，一只腿，肝花肠肚，遍地皆是。也有打着团城子的人，也有打着看热闹之人，也有胆小的，被人片子一撞，就吓晕过去，躺在地下，又被众人乱踏，丧了性命。此时东方亮手下从人，机灵的早已逃命，痴呆的还在那里动手。抡人片子的，越抡越短，后来就剩了一条大腿，也奔东方亮那里去了。大声喊叫："闪开了！"抡大腿就砸，一个冲着东方亮，一个冲着东方清砸将下去，二人用鞭锏相迎，只听"叭"的一声，直招架不住。仗着二人身体灵便，往前一蹿，正砸在后脊背上，往前扑出好几步去，几乎栽倒。东方弟兄直不敢再与韩天锦、于奢二人交手。也就打算着要跑。

这时忽听正南上一声喊叫，说："员外爷，不要惊慌，小可到了。"东方亮一听，原来是那个穷汉到了，暗暗欢喜，准知道这个人本领高强。连忙说道："贤弟快些上来。"喊叫了半天，再找那个穷汉，踪迹不见。你道这是什么缘故？原来是蒋四爷一听那个穷朋友到了，先就迎将上去，切近一看，那穷人手中，提着一口刀。蒋爷说："朋友，你先等等动手，随我前来，有句话说。"蒋爷把他带到擂台后面，说："朋友，你认识不认识我？"那人说："不认识你老人家。"蒋爷说："我姓蒋名平字泽长。"那人说："你就是蒋四老爷呀！久仰，久仰！"蒋爷说："你知道这二位员外，是做什么的人？"那人说："不知。"蒋爷就把他们私通王爷造反，盗冠袍带履的话说了一遍。那人一听，吓得颜色更变，连忙说道："小人实在不知他是个反叛，如今既蒙老爷指教于我，我天胆也不敢与老爷们交手，我快些遁去就是了。"蒋爷说："你可别走，我先问你，跟什么人学的武艺？"那人说："我的师父姓吴，叫吴永安。"蒋爷说："外号人称双翅虎，对与不对？"那人说："正是。"蒋爷说："这可是活该你应当时来运转了。我们这里，有你一位师兄弟，如今已然作了官了，少刻你们见一见，你有什么难心之事，我们大众与你设法，你可千万别走。"那人说："既有这样机会，我不走了。"蒋爷说："我也不过去动手了，我们找个高处，看他们拿人罢！"刚找了一个高阜，忽见东南上，跑来了两个人直奔擂台而来，一看不是别人，正是史丹、龙滔，都是肋下佩刀，腰内还掖着绳子。

这二人是天彪给他们送的信。小爷等他们大众上白沙滩去后，这个热闹，谁不去看，除了更夫，余者全走了。小爷出东门一看，有三辆太平车在那里等着，过去一问，是蒋四爷打发来的。小爷说："我就姓龙，你们把车赶到东门里去，等着我来。"

回身直奔清净庵，先见他两个妻子，说：“我们天伦打发他三辆车来，接你们回家，不然少刻就有官人前来，封门抄家，省得把咱们封在里头。”东方姣、东方艳二人一听，说：“我们先告诉娘亲去。”三人一同见了老太太，就把少刻就要封门抄家的话说了一遍，又把外面三辆车等着接大众上常州府的话说了一遍。老太太一闻此言连连点头说：“好，这就是我们娘儿们出头之日了。你们多带些金银细软，等我把晌午功课①做完，我们一同起身。”姣艳二人，点头出来，到东西屋内，收拾细软的东西。”天彪也帮着一包袱一包袱的扛在车辆之上。大家收拾完毕，不见老太太出来。天彪问：“怎么她老人家功课还没完哪？咱们快快走罢。”东方姣说：“她老人家功课不完，谁也不敢过去。”天彪轻轻进去一瞧，高声喊叫，说：“可了不得了，老太太上了吊了！”姣艳二人闻听此言，连忙赶至上房，天彪把老太太卸将下来，大家痛哭一阵。东方姣说：“这里有她老人家一个寿木，把她装殓起来，我们再走。”大家将棺木搭来，把老太太装殓停妥，将盖儿盖好。天彪带着婆子，给龙滔送信，出来上车，回家去了。史丹、龙滔二人，拿了绳子，直奔白沙滩，到了那里，闯将进去。东方亮、东方清见有两个近人来了，连忙说道：“史龙二位，快些个帮我们动手。”二人连连答应，说：“使得，使得。”东方弟兄只顾说话，不料一个受了一腿，一个受了一镖，噗咚噗咚，俱都摔倒在地。要知二人生死如何，且听下回分解。

---

① 功课——指拜佛，念经。

第九十六回

亲姊妹逃奔商水县　师兄弟相逢白沙滩

且说东方弟兄，见着打更的头目，只顾说话，稍一疏神，东方清肩头上，被于奢叭嚓打了一镖，栽倒在地。又被韩天锦在头颅上狠命一脚，踢了个脑浆迸裂。东方亮见兄弟已死，心如刀绞一般，打算着要逃命，不料被金枪将于义，在腿上噗咚打了一镖，身子往后一栽，摔倒在地。于奢、韩天锦抡腿又要打将下去，于义拦住说："留他的活口。"史丹、龙滔哪里肯容他起来，过来用绳子将东方亮四马倒攒蹄的捆好。蒋爷也赶奔前来，此时一看，已没有东方亮的余党。

这时，徐良在台上远远看见有三个人直奔西北，看着面熟，当时想不起是谁。前面两个俱是武生相公打扮，后面一个是壮士打扮。按说徐良眼睛最毒，只要见过一次，隔过三年二载，都是想得起来的。这三个人就是面熟的，又一细想，忽然想起来了。见后头那人身上背着一张弹弓，是金弓小二郎王玉，前头两个定是两个姑娘。原来王玉同着打擂的一齐出来，趁乱之际，一抽身复又回去，直奔红翠园，见了二位姑娘，先问妹子玉仙打算怎么个主意。姑娘说："就是我昨天那个主意。三哥，你出西门打听打听他们擂台事情，吉凶如何。"王玉出了西门，可巧正碰见臧能。臧知府纱帽也歪了，玉带也折了，教一个班头背着他飞跑。王玉问擂台情况，臧能就把擂台上事情，始末根由说了一遍。王玉说："大人疾速逃走要紧，不可久待。"知府教人背着回衙去了。王玉回到红翠园，就把知府的话，又加上些个厉害言语，说总镇带来多少兵将，也是拿大哥来了。姑娘一听，也就无法，只可同着他逃难去罢。王玉又说："要走我们还是得快走方好。"玉仙说："姐姐，咱们要同着三哥走路，他是个男子汉，我们大大不便，要依我的主意，咱们女扮男装。"金仙说："使得!"两个姑娘摘了头上钗环，洗去脸上脂粉，耳朵眼用白蜡捻死，薄底靴子塞上棉花，蹬好靴子，穿上汗衫衬衫，箭袖袍，戴上武生巾，带上些散碎银钱，肋下佩刀，链子锤链子槊单有两个红绿口袋，二位姑娘俱都带好，另包了三个包袱，全是金珠细软、替换衣裳。王玉背上弹弓，挎上弹囊。姑娘吩咐婆子丫环，各自逃生去罢。二位姑娘同王玉一出西门，看擂台之人东逃西奔，四下乱跑。玉仙迎着打听，那人告诉别往那边去，擂台上的台官被人家活活的打死了，东方亮被人拿住了，东方清被人打死了。姑娘闻听此言，怔了半天，王玉催逼快走，玉仙无奈，直奔西北。心中一想，姐姐她从了王玉，明是兄妹，暗是夫妻，自己如今孤孤单单，无依无靠，活着也无意思，死去倒也干净。我倒想拼出这条命去，见姐姐不大愿意，必然是怕死，再说王玉又是个外人，只可另行打算便了。直往前走，天色已晚，迎面一片大苇塘，全是旱苇，玉仙见有从里面出来之人，回头说："三哥，咱们从哪股道过去？天色可是已晚了。"王玉说："就从这苇塘穿过去，外边可绕了道了。"玉仙说："这个苇塘没有道路，还不定有水没水。"王玉说："二弟没走过这里，你看那不是出来的人吗？"王玉在前，玉仙跟着金仙，身临切近，果然里边是挺宽的道路，远看是苇叶搭着苇叶，乱哄哄的，进了苇塘，由南往北，走到里面，共有五条岔路口，全都可走。这片苇塘周围有两顷多地，叫赵家苇塘。三人一进苇塘，不料山西雁早就认出他们，料着三个人必要逃窜，自己远远跟下来，不敢身临切近，怕被金仙、玉仙看见，皆因惧怕两个丫头的链子家伙。容他们进苇塘，他赶将进来，走在五个岔路口，心中一盘算，不知他们走哪股岔路，眼看天色要晚，听冯渊说他们要奔商水县，必从正北出去。一横心别管对与不对，往正北追赶。出了正北苇塘一看，再找三个人，踪迹不见。一想他们没从正北，必从正东，不然就是东北，自己一扭身，又要进苇塘，忽见艾虎从里面出来。小义士在擂台上，见三哥由正北下去，就知道三哥必然有事，他也就追下来了。跟着徐良进了苇塘，也走正北，出了苇塘，二人正碰在一处。艾虎说："你上这里作什么来了？"徐良就把金仙、玉仙改扮男装，同王玉三个人逃窜，追至此处不见了的话说了一遍。艾虎说："天色已晚，这两个丫头也成不了什么大事，我们先回去罢。"徐良点头，复又从苇塘旧路出来，直奔擂台。

且说蒋爷见拿住东方亮，大家会在一处，马龙、张豹、胡小纪、乔彬、于义过来，都与大众见礼。于义过来把东方亮那支镖起出来，收在兜囊之内。展爷见众人全不打了，只有于奢、韩天锦二人拿着两条大腿乱磕，当玩意儿一般，倒打起来了。蒋爷教邢如龙、邢如虎把他们劝住，二人把两条腿一扔，过来见礼。总镇大人过来请罪，连四个偏将童仁杰、童仁义、张成、董茂，皆因未拿获三个人，全上前来请罪。蒋爷说："你们何罪之有？还有许多事情，非大人不能办理。"白雄见蒋爷这套言语，这才放心。蒋爷叫他派兵将团城子里面男女俱都放将出来，把门封锁，然后至里面查点财产，东西开写清楚，听候旨意。叫展爷带领四员偏将兵丁等捉拿知府，把晃绳上马匹解将下来，叫他们大众骑上，投奔知府衙门。又叫总镇派人，把擂台上家伙，金银锞锭，查点明白数目，暂且交总镇衙门。所有擂台前死的这些人，全叫拉在一处，准其尸亲①认尸。是团城子余党死了白死；是瞧热闹的，给一口棺材，二十两埋葬银；是看热闹的若带重伤，给银十两，轻者五两；是团城子里人不给。团城子余党，挖一个大坑一埋。又找挂号的那个小官，早就遁去。展南侠连总镇，并留下这

① 尸亲——亲属。

些兵丁，全照蒋爷这套言语办理去了。

蒋四爷复又回身问那穷汉说：“我们的事已完，问问足下，贵姓高名，有什么难心之事，说将出来，我们好与你分忧解恼。”那人未曾说话，一声长叹，将要说他的事情，忽见外面艾虎、徐良进来。蒋爷问两个人上哪里去了，徐良就把金仙、玉仙同王玉逃窜的话，对蒋四爷说了一回。蒋爷道：“让他们三个人去罢，我们先办这个事要紧。”复又问穷汉，那人含泪说：“我乃湖广武昌府江夏县玉麟村人氏，姓刘名士杰，外面人称义侠太保……”艾虎说：“你等等，你们乡亲有一个范仲禹范大人，你可认识？”那人听到这里又一声长叹，说：“那个人再不要提起，丧尽天良。”蒋爷问：“怎么见得？”刘士杰说：“我父亲在时，开着一个广聚粮店。皆因那年恩科，范大人一家三口，一贫如洗，是我父亲借给他们盘缠，还有一匹黑驴。不想他进京，得中头名状元，由中状元之后，就算到我们家里报了一回喜信，后来连片纸没见。至今听说他得做了尚书，我们是音信不通。众位请想，岂不是丧尽良心么？”蒋爷说：“这内中必然有事。你为何弄得这般狼狈？”刘士杰说：“从小的时节，我不爱习文，尽好习武，请了几位教师，都是平常，可巧我们铺中新来了一个打杂的伙计，这人年过六旬开外，极无能的老头子，谁也看不起他。这日我在铺中吃饭，叫他盛饭，他把碗拿起来给我摔成粉碎，还说：‘伺候老掌柜的可以，你怎么配叫我盛饭！’我也没动气。那日我刚倒好了茶，他拿起来就喝，我也没动气。他连试了我几次，那日晚间才说了实话，他是一身的功夫，所以，我的本领全是此人教的。”徐良问：“此人到底姓什么？”刘士杰说：“姓吴，叫吴永安。”冯渊过来说：“原来是师弟到了。”刘士杰问：“师兄贵姓？”冯爷说：“我姓冯，你听见过没有？”刘士杰说：“你就是圣手秀士冯渊大哥吗？”冯爷说：“正是，方才我说你像我们本门中招数，还是我这眼力不差。如今师傅还在与不在？我由十四岁离开师傅，只如今音空信杳，你必然知道师傅的下落。”刘士杰听他是师兄，先给师兄磕头，然后又道：“武艺学会，我师傅就故去了，埋在我家坟墓之旁。我师傅就有一个侄子，名叫吴贵，外号人称精细太保。以前见过的时节，就知道他与人家护院，后来我去找他送信，哪知找寻不着。及至回来，连我们铺子，带我们家，失了一把天火，烧得片瓦无存。只可寻亲觅友度日，半年光景，这日到江夏县城内找一笔账，不料见着我的师兄吴贵。他在县衙当了一个班头差使，把我收留在他家内，住了半年有余。他有一个从小收留下的干兄弟，复姓尉迟名善，由九岁捡了来的，长到十九岁，那一身的功夫，全是他教的。到了十九岁上，那尉迟善常常的调戏邻人家女子，人家告诉我师兄，就打了他一顿，两个人从此结仇。后来又有一个邻家之妇，是个淫妇。他那晚住在这妇人家中，又被吴贵看见，次日回来，吴贵把他捆上一定要杀，是我苦苦的哀求，这才饶了这厮，把他打了一顿，整整的两个月才好。不料他伤一好，不将恩报，反将仇报。这日我同着我师兄从外面回来，天有三鼓，回家一看，我嫂嫂、侄女尽被他杀死，留下名姓逃出去了。我师兄急得口吐鲜血，只得报官相验。第二天，东门杀死一个妇人无头，第三日杀死一个妇人无右手，县老爷升堂，与我师兄要案犯，把我师兄活活的气死。县老爷又要能人办案，快壮两班班头把我公举出去，把我师兄的差使给了我。我粘着①闪批文书在山东见过他一次，没把他拿住。如今我又奔在此处，连一点影子皆无。”蒋爷说：“你粘着闪批文书，你不会上各州县要盘川去呢?”刘士杰说：“我一概不懂。”蒋爷说：“我自有主意。”不知如何办法，且看下回分解。

---

① 粘着——贴身放置。

第九十七回

金弓二郎带金仙单走　莲花仙子会玉仙同行

且说刘士杰说了他的来历，大家听着实在可恨。蒋爷说：“无妨，你与我们冯老爷是师兄弟，我们也是奉旨办案拿贼，我们合在一处，免得你受多么大的苦处。”冯渊说：“我给你见一见众位老爷们。”带着刘士杰，一一相见了一回。相见已毕，蒋爷叫官兵搭着东方亮，带着刘士杰，所有众人，俱奔公馆而来。公馆门外顿时间轿马盈门，合着南阳府全城文武，大小官员，俱都奔公馆来了。展南侠也就回来，告诉蒋爷大众，知府携印脱逃，臧能之妻，在后面吊死。总镇从团城子到来，告诉蒋展二位，放出四个人去，把前后门封锁，若有私自出入者，立即锁拿。此时冯渊给刘士杰换了一套簇新的衣服，这一穿戴起来，真是英雄的气象。冯渊也很欢喜，省得大众看不起他，这可算有了臂膊了。总镇大人要接大众上衙门去，不用住公馆了。到了次日，掩埋尸首，查点团城子里面东西上账簿，带往京都。赔补美珍楼的家伙钱，从酱园里捞出来的周瑞尸首和从红翠园土坑内起出的赫连方尸首，也埋在白沙滩，赔了一缸酱钱。东方亮之妻，埋在他们坟茔内，玉面猫熊威、赛地鼠韩良挖将出来，用棺木成殓，总镇大人派抬夫送回他们原籍去了。蒋爷带着刘宏义之子刘士杰见了白雄，又打听范大人事情。白总镇是他妻舅，他焉能不知道哪，自从中状元之后，先去的喜信，乍得状元没钱，也知道刘家的富足，暂且不用还银，等得了户部发给，寄去银二百两，后得工部侍郎，寄去银五百，二次全没见回信，家人也没有回来。第三次寄银子，叫心腹家人去的，复又回来告诉，老掌柜的故去了，家里失了一把天火，后人不知去向。白雄说："我姊姊、姊丈一闻此言，整哭了三天。"刘士杰这才知道，范大人不是丧尽天良。白雄一见刘士杰，问明来历，就送他衣服靴帽之外，还送有银子一百两。后又打木笼囚车，押解伏地君王入都。

且说群贼由擂台上逃跑，到了晚间，周龙、张大连、黄荣海三个人，乱打呼哨，哨来哨去，慢慢的贼人复又聚在一处，就没见三尺短命丁皮虎。黄面狼朱英没在他们一处打擂，头一天他就奔宁夏国，与王爷送信去了。众贼聚在一处，面面相觑。大家议论团城子事败，全坏在这个老西一个人身上，我们如今投往何方才好？还是小韩信出的主意，说："我们投宁夏，潼关不好过去，不如奔姚家寨找晏贤弟去，好与不好？"周龙、周凯、常二怔、胡仁、房书安、黄荣江、赫连齐异口同音说上姚家寨。到了次日晌午，才遇见了皮虎，说金永福、金永禄从擂台上下来，即扑奔陕西去了。金头活太岁王刚、柳飞熊、陈正、秦业蹿下台来，聚在一处，全投奔朝天岭去了。

再说金弓小二郎王玉，带着金仙、玉仙走到苇塘，奔的是正东那股岔道，直到出了苇塘口，往后一瞧，只见金仙，不见玉仙，金仙教王玉回苇塘找玉仙，王玉说："咱们在此处等等罢，也许在里面小解小解，我怎么去找去呢?"金仙说："也倒有理，咱们就在此等候等候。"等了半天，不见玉仙出来。金仙仍是叫王玉去找，王玉进了苇塘，往里一蹲，其实愿意不见玉仙才好，故此往那里一蹲，耗了半天，这才出来，就对金仙说："没见了。她也许前边走了，你我未能留神，也许她错了路，她知道我们奔黑虎观去，不如我们上黑虎观等她去罢。"若论金仙与玉仙可是亲姊妹，人性不大相同。玉仙是个精明强悍之人，烈性胜似男子；金仙生的忠厚，不善言辞，是个没主意的人。见王玉这么一说，虽不愿意，自己又无主意，只得点头，跟着王玉上黑虎观去，这一来可对了王玉的心思了。皆因他与金仙私通之后，他用言语戏弄过玉仙两次，玉仙说过他："你得陇望蜀，你可小心首级。"故此王玉对她怕在心内，如今见玉仙一丢，正合他心意。他带着金仙奔黑虎观，他暗暗盘算，作为是他在外头打听囚车几时到，纵然到了，他回去也不提起，等着听见京都的准信，剐了东方亮之后，再告诉金仙，大事已完就算无法了。他好带着金仙投奔朝天岭，一夫一妻，过日子去。

再说玉仙跟着姊姊正往东走那个岔路，忽见由西岔路出来一人，穿一件湖色道袍，酱色背心，白袜青鞋，杏黄丝绦，背插宝剑，蓝缎九梁巾，面如傅粉，眉清目秀，齿白唇红，彼此对瞧了一眼。那道人目不转睛，尽瞧着玉仙，就顾不得走路了。玉仙一见好生面熟，想是在哪里会过一般，忽然想起来了，容那道人将脸一转，玉仙在他肩头上拍了一拍，低声说："随我来。"玉仙就顾不得姊姊与王玉，直奔塘西去了。出苇塘的西口，路南有个树林，二人进了树林，找了块卧牛青石坐下，玉仙说："小泉，你还认得二姑娘不认得了?"原来这个就是莲花仙子。因他同着张鼎臣与白菊花逃奔姚家寨，那日晚间住店，见南街上有个美貌妇人，晚间要同晏飞借那熏香盒子前去采花，白菊花不借，二人口角分争，张鼎臣在旁劝解，到了次日，纪小泉不辞而别，自己单走下来了。张鼎臣与晏飞一看莲花仙子不知去向，二人也没找他，就奔姚家寨去了。纪小泉自己一人越走越有气，恨白菊花不念活命之恩，借熏香盒子他都不借，怪不得人说他意狠心毒，自己这一走，可奔团城子去了，心内仍是想着玉仙。这日正走苇

塘，忽见对面有一个武生相公，瞧着面熟，也是想不起来，刚一转脸，被人家拍了一拍，他就跟着走至西口外头。进了树林，忽听他自称二姑娘，心中一动："你莫不是团城子的二姑娘罢？"玉仙说："你还认得我？"纪小泉赶紧双膝点地，问道："你老人家为何这般光景？"玉仙听他这一问，不觉凄然泪下。就把团城子的事情，始末根由，细说一遍。纪小泉一闻此言，忽然心生一计，连忙问道："二姑娘你这女扮男装，意欲何往？"玉仙又把金仙同王玉上商水县黑虎观的话说了一遍。纪小泉本是寻花问柳之人，当时机变最快，说："二姑娘，我大伯父、二伯父待我如同亲儿女一般，这件事情我愿效劳，不用上商水县，我有个地方，二姑娘找一个所在等着。我把木笼囚车劫来，你老人家爱奔哪里，就奔哪里。"玉仙一听纪小泉的话，比王玉强得多，说："真有此胆量也不用你一人前往，我们两个人前去。我就怕他们的人多，我死不要紧，倘若连累于你，我于心不安。"纪小泉说："侄儿万死不辞！"二人把主意定好。如何劫夺木笼囚车，且听下回分解。

第九十八回

抢囚车头回中计　劫法场二次扑空

且说纪小泉要帮着玉仙劫夺木笼囚车，他本为的是就中取事，玉仙听他说出万死不辞的言语，自己更觉着喜爱于他。遂问道："我们在哪里去等才好?"纪小泉说："我们奔信阳州管辖的地方。那里有个孤峰岭，岭下有个洞，叫烟云洞。洞前有段沟，叫石龙沟。由南阳上京，总得打此经过。这个地方最幽僻，只要囚车一到，伸手可劫。"玉仙闻听，十分欢喜，两个人一同扑奔孤峰岭而来。当日晚间找店住下。一男一女同行，若要是真正烈女，再遇着真正君子，也还可以，类乎玉仙与纪小泉这样的男女，焉能保得住清白，二人就于当夜晚间，做出了苟且之事。这一来，纪小泉把死豁于肚皮之外。书不絮烦。这日到了石龙沟南面，有个小镇，叫孤峰镇。二人找店住下，就说是叔侄。玉仙也改了姓纪，有人问他就叫纪玉，小泉是他的亲侄儿，小泉也扮了一个武生相公的形象。二人虽是一男一女，这一打扮，还是真像两个官宦的少爷，行事又慷慨，终日小泉出去打听囚车的信息。

这日天交晌午的光景，小泉回来告诉玉仙说："囚车明日不到，后日准到。"到了次日，吃完早饭，小泉又出去打听囚车，离此只有数里之遥，给了饭钱出来，就在石龙沟偏北，有个小树林内一等。天到日色平西，就见官兵在前，都是些老弱残兵，扛着刀枪棒棍，三三五五乱走，谁也不留神这两个是劫囚车的。见囚车后面有几个骑马的，一个是本地守备，姓阴叫阴兆武，他是行伍出身，外号人称大刀阴兆武。酱巾搯袖，蛮带扎腰，面如冬瓜，骑一匹豹花马，马上挂着一口青龙偃月刀，上首是邢如龙，下首是邢如虎，后面骑马的是张龙、赵虎，紧后面有两个步下的，是韩天锦、于奢，一个拿着一条铁棍，一个拿着铜棍。韩天锦、于奢走的透乏，在石龙沟南面树林内歇息去了。又皆因天气暑热，还有十几匹马拉在后头，是开封府的班头韩杰、杜顺带着十数个伙计。这些人将走到小树林外，忽见树林中蹿出两个人来，说："作死呀！"把那些兵丁吓了个胆裂魂飞，撒腿就跑。阴兆武闻听喊声，一抬腿，先把偃月刀摘将下来，就奔了玉仙来了。玉仙早把一对链子槊手中一提，阴兆武用的青龙刀，头一手就是青龙出水，玉仙往旁一闪，让过刀头，一抖左手链子槊，正打在手腕之上，右手一抖链子槊，又打在肩头之上，反斛①斗坠马，仗着伤不重，爬起来就跑。邢家兄弟，一拉刀就上，这两个人，不偏不倚每人右手上受了一链子槊，撒手扔刀，掉头就跑。张龙、赵虎、韩杰、杜顺早被纪小泉杀得弃囚车而走，那些兵丁谁也不敢上前，转眼间尽剩了囚车。玉仙一见，欢喜非常，先过去奔囚车，那赶囚车的早就逃命去了。

玉仙、纪小泉来至囚车之前，玉仙叫了一声："哥哥，都是你不听妹子之言，至有今日之祸。"那囚车里面之人，蓬头垢面，满脸是血迹。玉仙把链子槊收起来，拉出刀，与纪小泉用刀剑把囚车一劈。纪小泉说："你老人家慢动手罢，我大伯父不是花白的胡子么？这可是黑胡子。"玉仙细细一看，说："哎哟，不好了，中了他们的诡计啦！"纪小泉说："你细看看。"玉仙说："不对，是假充做我哥哥。"玉仙拿着刀就杀，那个囚犯人说："爷爷

---

① 斛（hú）——旧量器，五斗为一斛。

且慢，我有几句话容我说完。”纪小泉说：“别杀，让他说。”那人说：“我本是南阳府问成死罪之人，那日牢头进来净找有胡子的，谁愿假充东方员外，半路之上遇救，也把前罪免了；半路之上不遇救，到京也把前罪免了。我们都不愿意。有一位蒋四老爷，他便硬把我装在囚车之内，爷爷要把我放了，我指你一条明路。”纪小泉说：“杀了你也是无用，你说什么个明路？”那人说：“东方员外走的是小路，你们还可赶的上哪，如若追赶不上，到京都枫楸门外，那里劫脱法场，伸手可得。”玉仙就依了他这个主意。纪小泉说：“便宜你这老头子罢。”二人回头就走。原来这都是蒋爷出的主意，听见冯渊说他们要在商水县劫囚车，故此设了一个假的。真的东方亮，发髻里头给他按上迷魂药饼，多少人护送，小四义，刘士杰，南侠，请着冠袍带履，所有大众，保护差使，用的是一辆太平车，走小路入都。那边护送囚车的人，遵着吩咐，遇到有人劫车扔下就跑。张、赵、邢家兄弟连守备走后，韩天锦、于奢一见破囚车，问明情由，把囚车打碎，那犯人才出来，谢了二位站殿将军，独自去了。这二人也就投奔京师来了。

且说玉仙与纪小泉，依了犯人的主意，就奔京都小路而走。一路之上，并没碰见，沿路打听，并没人知道。那日行至枫楸门外，在关厢路北，找了个店暂且住下。可巧那店有一个东跨院，上房三间，路西另有一个小门，南面的墙临街，就住在这里，打听差使。吃完了早饭，纪小泉进城打听，天色平西，方才回来，告诉玉仙说：“开封府真有能人，差使今日早晨进城，不是囚车，就是寻常的车。包丞相大概明日奏明，早晨就降旨意，在晚膳后标进去。”玉仙说：“咱们打听明白，哪时出来哪时劫。”莲花仙子点头说：“咱们既来在这里，绝不能误事。”二人把主意定好，

就在店中等信。

且说蒋爷押解着差使到了京都开封府，叫差役把东方亮搭下车来，班房内看押。展爷请冠袍带履率领着众人进去，就是刘士杰不能进去，也在班房等着听信。众人来到里边，见包公行礼，展爷把冠袍带履往上一献，公孙先生把包袱打开。包公正了正官服，参拜万岁爷物件，大家全都跟着行礼，然后用香案供奉。包公复又坐下，问大众怎么把冠袍带履取来，展南侠把始末根由，一五一十地回禀了一番。包公叫公孙先生打折本，以备明日五更奏明万岁。随吩咐升二堂，带东方亮审问，一摆手大家出来，二堂等候。

蒋爷出来，先把东方亮迷魂药饼起将下来，然后用铁链子把他锁上。忽听内面吩咐下来："带东方亮！"蒋爷带着他进了角门，来至二堂。东方亮双膝跪倒，俯伏在地。包公在上面把惊堂木一拍，说："抬起头来。"东方亮抬头一看，这开封府如森罗殿一般，包公居中落座，类若冥府阎君，怎见得，有赞为证：

堂威振，东方亮细把包公看，难免贼人心中有些动摇。分明是五殿阎君居中坐，令人一见怎不发毛。戴一顶，三山帽，明珠嵌，镶异宝，细丝叠，金龙绕，如意翅，花儿巧，正面上，有绒桃，原来是颤颤巍巍一顶金镶貂。穿一件，品级袍，锦簇簇，绒绕绕，蟒翻身，龙探爪，穿五云，海水闹，八吉祥，水上飘，寿山福海一件紫罗袍。玉带横，玲珑妙，白璧身，蓝田照，刀口细，巧匠雕，恰正是一条银龙串满腰。皂缎靴，底不薄，包毡篆，灰土少，走金阶，步御道。论骨格，神威奥，文根本，武将貌，两额阔，立眉梢，目光正，三山妙，土形满，福不小，方海口，大耳朝，满部刚须颏下飘。性最直，多刚暴。菩提心，怜忠孝，恶逆子，把权奸恼，一任你皇亲国戚势大如天，犯之时也不饶。

且说东方亮揭去迷魂饼，忽然心中明亮，见包公端然正坐，恰似森罗殿一般，就觉身不摇自颤，体不热汗流。又见包公把惊堂木一拍，问道："你就叫伏地君王么？暗地勾串贼匪，盗去万岁爷冠袍带履，家中摆设藏珍楼，害死两个校尉，暗地私通襄阳王，种种皆是不赦之罪，快些招将上来。"东方亮一想，不招不行，如若不招，也怕经不住三拷六问，倒不如一口招承免得受刑，或者有自己的朋友前来救我，也是有之。他就招了：藏珍楼是上辈所遗之楼，楼内虽放着冠袍带履，是白菊花所盗。私通襄阳王，是朱英传信，虽是种种不法，全不干他的事情。包公叫他画招，他就画了招供。把他钉镣收监，叫先生打好折本，包公退堂，预备次日五鼓，奏闻万岁，呈进冠袍带履。

再说这日玉仙正要叫纪小泉出去打探，忽听外面一阵大乱，店家过去说："二位相公，不看热闹去吗？"小泉问："看什么热闹？"店家说："明天这西门外头，杀反叛呢，今天瞧热闹人都去了。"小泉说："明天剐人，为什么今天全去看？"店家说："你们不知，有胆子小的，是今天去看，胆大的是明天去看，明天一者人多，二则地面哄得太厉害。"小泉问："今天看什么？"店家说："看搭棚的，设立公案桌，栽上桩子，拉上绳网，明天马步军队，都在那里把守，全是弓上弦，刀出鞘，外面人想进去，一个也不能。"小泉说："我们不爱看那个热闹，今天倒可以得便，少刻我们瞧瞧去。"一摆手店家出去。玉仙与小泉商议，是今天从牢狱救出来哇，还是明天劫法场好哪？小泉说："今天晚上不行，一则隔着一道城，二则牢里人太多，咱们没到过里头，里面道路不熟，倘若哥哥与大众收在一处，大家一嚷，倒坏了事啦。若要劫牢反狱，非得人多不行，倒不如我们还是劫法场。可别容他到法场，一到法场，不容易救了。"玉仙先要到法场看看，小泉不教她去，说：“开封府人有往团城子去过的，倘若叫人认出来，大事全坏。”玉仙被他一拦，也就不去了。小泉亲身去了一趟，半天方才回来。玉仙问他法场的情形，小泉说：“你老人家也不用打听，也不容他到法场，一到法场，就不好救了。此时城里关外，乱跑官人，全为明天护法场的差使。”玉仙又问：“你看那些官人，像有本事没有？”小泉说：“难道你没瞧见那些官人吗？杀一个全跑了。”玉仙说：“可惜那些钱粮给他们吃。”当夜早早安歇。次日五鼓之时，外面吵吵嚷嚷，玉仙起来拾掇利刀，带上链子槊，纪小泉挂上宝剑，先出来把西边小门关上，怕店家过来，复又进来，在屋中听信。听有马匹来回的乱跑，又听见说总没见差使到，纪小泉和玉仙在房中急得乱转。又等了半天，只得出去打听打听，开了西边小门，到了前面，店面已是大开，此时天已红日上升，往外一看，街上之人全站满了。外面营兵全是卒巾号坎，扛的是长短家伙，纪小泉打听说：“差使还没到么？”那人说：“不但差使没到，连城还没开哪。我们传的是五更天的差使，这个时候城还不开，也不知道是什么缘故。往常城门早就开了。”正说话间，从正东飞跑上来了一个骑马官人说：“闲人闪开，差使到了。”纪小泉往回里就跑，进了东院，关上小门，叫玉仙，二人奔到那墙下，听见墙外破锣破鼓的声音，二人往墙上一纵，玉仙往外面一瞧差使，“哎哟”一声噗咚摔下墙来，纪小泉一看吓了个胆裂魂飞。要问什么缘故，且听下回分解。

第九十九回

玉仙纪小泉开封行刺　芸生刘士杰衙内拿人

且说玉仙与纪小泉纵身上墙，往外一看，见那护杀场的，弓上弦刀出鞘，马步队围着差使，前面有人打着破锣破鼓，就见有四个差役抬着一个荆条框子，上面插着个招子，就见里面有胳膊、有腿，脑袋上面，鲜血淋漓。玉仙一见，就知不好！可巧墙外边有个人与护法场的人说话，说："二哥，我与你打听一件事，这差使准是在城里头剐的罢?"那人说："不错，是开封府包丞相的主意，怕在城外头剐，有他的余党抢差使。城里头剐他省了大事了，少刻到法场，把他脑袋一挂，身子一扔，就算没有事了。"玉仙听见他哥哥已死，早就摔下墙头。纪小泉也就蹿身下来，把玉仙腿盘上，挼了半天，才悠悠气还。她把牙一咬，说："好包黑子呀，黑炭头，我与你势不两立!"纪小泉说："不可高声，倘若被人听见，那还了得，有什么话，我们房中去讲。"玉仙哭哭啼啼，叫纪小泉搀着他，来到房中，坐在炕上，大放悲声。纪小泉苦苦的相劝，说："你要大声一哭，叫外面听见，反为不美，我们打算报仇就是。"玉仙说："我要不到开封府，我这口怨气难消。"纪小泉说："我陪着你去杀。"玉仙这才把眼泪止住，对着纪小泉说："海角天涯，你奔你的生路去罢，我今晚杀得了包丞相，那是该他阳寿将终我；杀不了包丞相，他手下能人甚多，我就死在开封府了。"纪小泉说："你也不犯说这样绝话。我们今晚要去见机而作，不怕今天不成，还有明天，明天不成，还有后天，只要哪时得手，就务必结果他的性命，替我伯父报仇。"玉仙点头说："我总不忍连累于你。"纪小泉说："我言在先，我们生，生在一处，死，死在一处，绝无半字虚言，倘若我说话不实，必招横报。"玉仙听他言语，很觉欢喜，复又议论，倘要把他杀了，我们投奔何方？纪小泉说："要结果他的性命，不如到黑虎观找我大姑娘去。"玉仙说："她必定要上朝天岭。"纪小泉说："你们总是亲姊妹，焉能离得开，只可你同着她上朝天岭为是。"玉仙说："你意欲投奔何方？"纪小泉说："我是海角天涯到处为家，没有准一定的所在，我可不上朝天岭。"玉仙说："你不上朝天岭，我也不能上朝天岭。你能舍生忘死给我哥哥报仇，我也不忍抛下你一人单走哇。我们一同到黑虎观，见着我姊姊，把我报仇的事情对她说明，让她跟王玉上朝天岭，我跟着你，你说投奔何方，我们就投奔何方。"纪小泉一听，满心欢喜，依着玉仙就要上法场看看哥哥的首级去，纪小泉把她拦住说："去不得，那里号令着一个人头，你过去看看倒不要紧，你一看不能不哭，你一落泪，那些看木笼的兵丁看见，一盘查你，你再一个张口结舌，又是不便。你若实系想念，等咱们到开封府行刺完毕之时，盗走木笼，回到家中葬埋去，那倒可以。"玉仙一笑，说："到底一人不过二人智。"小泉出去开了小门，叫店家烹茶打脸水。早饭吃完，小泉要去往开封府探道，玉仙点头，叫他快些回来。小泉出离店外，直奔城门，到开封府前后，全都看了一遍。认明来踪去路，复又奔到西关法场，一看高竿之上挂着木笼，木笼里面就是东方亮的脑袋。果然搭了一个席窝棚，有官人在那里看着，也有许多人围着瞧看木笼。自己转身回来进了店中，见着玉仙，就把自己外面所看之事，说了一遍。二人又议论谁杀人，谁巡风，玉仙叫小泉巡风，她去杀去，小泉点头。

天有二鼓之半，玉仙倒换了女装，为是蹿房跃脊利便。小泉更换了夜行衣靠，背上宝剑，带了应用东西，姑娘也背上链子槊，吹灭灯烛，二人将门倒带，蹿房跃脊，出离店外直奔城墙。又对着护城河内没水，直到城墙下面，爬城进去，从马道下来，纪小泉在前，玉仙在后，穿街过巷，直奔开封府的西墙。纪小泉蹿将上去，正遇见打更的，小泉过去一握脖子，把打更的提在僻静所在，往地下一摔，把剑亮出来，那更夫苦苦哀求饶命。纪小泉问："你们相爷现时确在什么所在？只要对我说明，饶你性命。"更夫说："我们相爷在西花园子书房内面安息。别进这个垂花门，那面有个大门进去，见抄手游廊，路西有一个瓶儿门，进瓶儿门，有太湖石，就在太湖石后，东西配房，北上房五间，那就叫西书房。"小泉听明，说："待等事完之时，前来放你。"随手撕他的衣襟，塞在口内，有一棵槐树，把更夫放在树后，二人扑奔那边大门去了。进门一看，果然是抄手游廊，东西俱是两个瓶儿门，当中是个厅，玉仙往西一指，扑奔正西去了。从瓶儿门蹿将进去一看，果然是个花园子，里面许多太湖山石，见北面五间厅房，挂着堂帘，里面灯烛辉煌，门外东西摆列四张椅子，椅子上坐着两个人，一个是白芸生，一个是艾虎。

原来在城里头剐伏地君王，不是包公的主意，是蒋爷的主意。旨意下来，把东方亮凌迟处死，团城子改为一座庙宇，所有他的田亩，以作抄产，里面抄出来的东西，陈列器物珍珠金银全行入库，以备荒年赈济；另换知府，案后仍然再访拿白菊花与带印脱逃之臧能，追捕东方亮的余党；冠袍带履，交给陈总管收四仪宝库；所有拿东方亮之人，俱得升赏。蒋爷亲身回禀包公，若剐东方亮，非城内行刑不可。包公依了蒋四爷的主意，只管吵嚷在枫楸门外去剐，其实在十字街，大解了六块，头颅号令法场。到了晚间，蒋爷正与展爷商议，此时邢如龙、邢如虎、张龙、赵虎、韩天锦、于奢，连韩杰、杜顺两个班头，俱都回到开封府，先回明蒋爷，半路上假囚车被人劫了去，就把怎么劫的话，说了一遍。蒋爷算计着，虽然剐了东方亮，还怕有事，晚间就派了大众，分出前后夜来，也有屋内坐更的，也有院中看更的，也有来回巡查的。蒋爷又把刘士杰的事情对相爷回禀了一遍。相爷另给他一套文书，无论走在什么州县地面，文武衙门，准他讨盘缠。这一道文书，要在身上一粘，无论走在那里，或办差，或要钱，不费吹灰之力，比江夏县的文书，大差天地相隔。蒋爷又把刘士杰带过来谢了相爷，后来艾虎、徐良、卢珍、芸生要与他结义为兄弟。刘士杰也点头应允，只可等着明天，看了个好日期再拜。此时刘士杰，跟着巡查刺客。玉仙到的时节正是艾虎、芸生坐更，在相爷书房外面椅子上坐着。

芸生看见由墙头上倏地过来了一条黑影，假装着没看见，特意说："老兄弟，你多留点神，我先告告便。"艾虎说："大哥请便。"芸生就奔太湖山石那里，假做告便。其实一回来，先把飞蝗石掏将出来，见玉仙还在那里趴着，打量着芸生真没看见她哪。芸生拿着飞蝗石，对着玉仙打将出去。"叭"的一声，正打在玉仙腮颊之上，玉仙一扭脸，背后拉刀，紧跟着又是一块飞蝗石，又打在玉仙肩头之上。这两块石头，打的玉仙吃一大惊，一扭身就蹿上墙去。芸生说："有贼。"艾虎一听，也就拉刀往下就追。玉仙顺着游廊直奔正南，刚下游廊，奔四面的矮墙，说了一声："风紧扯滑。"她为的与纪小泉送信。就见飕的一响来了一枝镖，只不知道这支镖从何而至！低头一看，墙下面有一个人，又给了她一刀，吓得不敢站住，出了开封府直奔城墙，由马道蹿上城去。后面是艾虎苦苦不舍，追她到城墙之下，也打算由马道追上城去，追的玉仙一急扳了一块城砖，对着艾虎就砸。要问艾虎生死如何，且看下回分解。

第一〇〇回

艾虎三更追女寇　于奢夜晚获男贼

且说玉仙上了城，见艾虎苦苦的追赶于她，扳起一块城砖，就“叭嚓”一声，砸将下去。也幸亏艾虎的眼快，往旁一闪，躲过城砖，倒把小义士吓了一跳，再往上一瞧，那个女贼踪迹不见。后面芸生也就赶到，艾虎要追，芸生把他拦住，二人同回开封府。

且说玉仙上城，刚要下去，又不舍纪小泉，自己心中想道，我嚷风紧扯滑，他怎么会没来呢？沿着城墙看了一看，还是看不见，心想，这纪小泉为我的事舍死忘生，倘若他要有点不测，如何对得起他？这时，忽见正东上来了一条黑影，飞也似直奔城墙，身临切近，正是纪小泉。玉仙这里一击掌，下面也一击掌，纪小泉蹿上城墙来。玉仙问：“你因何落后？我正放心不下，要寻找你去。”纪小泉说：“你说风紧扯滑，我可听见了，不能出来。我这里有种物件，你来看，比杀包文正还强哪。”就怀中拿出来递给玉仙。玉仙接着来一看，说：“哎哟，此物你从何处得来？”纪小泉说：“你奔了西院，我上了过厅，原来是个穿堂。那穿堂之内，东西都是屋宇，全是荷叶板门，东面有块匾，是印所二字。我心中一动，就用投簧匙，投他小锁，投开了门。进了里面，晃着千里火，见屋中有个竖柜，我把竖柜上小锁头扭下来，还有封条，全给他撕了。上面柜中，尽是公事，下面柜中，内有印色盒子，我把印匣上锁头拧开，把里面印信拿出来。这个时候，你在外面喊叫风紧，我不能答言，慢慢出来，也没人看见。我料你必是回店去了，赶在这里，听你击掌。你虽不能把包公杀死，我今得了他一颗印，别看他是个当朝宰相，没有印也不能做官。”玉仙说：“虽然得着他一颗印，是你得来的，我还得多少给我哥哥报点仇才行。”纪小泉说：“你要报仇，有一件可报的事情。”玉仙问：“哪件可报？”纪小泉说：“穿堂后头，就是他妻子所住的地方。那院内并无男子，你我前去把他妻子杀死，算报了仇了。要杀包丞相，只怕有些费事，看着他的人太多。”玉仙说：“那也使得。”纪小泉说：“今日天气可不早了，不然，明天咱们再去罢。”玉仙一定要去，纪小泉只得跟随。

玉仙她把印揣好，二人复又下了城墙，扑奔开封府，仍从西墙进去，直奔后面，走到穿堂，玉仙还往印所瞧了一瞧。出了穿堂，将要扑奔正北，前面有一段长墙，另有四扇屏门，此时已然关闭。二人刚往墙头上一蹿，就见后面五间上房，两耳房，东西配房，刚要下来，不料东边角门，出来了一个人，一声怪叫，霹雳相似，说：“有贼了。”一个箭步蹿将上来，抡起铁棍向着纪小泉打来，纪小泉往旁一闪，当的一声，哗喇哗喇，打的墙头上砖瓦乱落。纪小泉、玉仙蹿下墙头，往西就跑。金铛无敌大将军于奢这一喊叫，西院的人俱都听见了。卢珍、于义、刘士杰、白芸生全从西墙上来。这回艾虎可没来，皆因头一次，白芸生一追玉仙，艾虎也跟着追下来了。刘士杰一镖没打着玉仙，又一刀也没砍着。他见艾虎、白芸生全都追了女贼去了，他倒蹿进墙来，在包公书房台阶底上，保护包公。然后艾虎、白芸生、展南侠、蒋平全给包公道惊来了。蒋平见刘士杰说：“你作什么在这里站着？”刘士杰说：“我怕贼人的伙伴多，我们人都追下那个女子去了，倘若再来一个，包公这里岂不担惊？我故在此保护包公。”

蒋平说："这才叫见识哪！"倒把艾虎、白芸生嘱咐了一遍："你们遇见这个事情，总要留看家的要紧。"然后进里面，与包公道惊。包公一摆手，大家出来。蒋平问："这个女贼，你们看出是谁没有？"艾虎说："我看出来了，就是三哥怕的那两个丫头。可不知道是金仙还是玉仙。"蒋平说："管他什么仙，我们总以防范为是。"刘士杰仍然出来，还是白芸生、艾虎守着包公。

工夫不大，又听东院一嚷，艾虎没来，就是白芸生等全从西院上墙一看，这回可是两个人。大家全都蹿下墙，亮出兵刃，往上一围。又见从南墙上蹿过三个人来，是展南侠、邢如龙、邢如虎，就也往上一围。玉仙用刀乱砍，邢如虎用刀，展南侠用剑，往上一迎，"呛啷"一声，把玉仙刀削为两段。玉仙蹿出圈外，一回手把链子槊拉出来，对着南侠一抖，展爷急速用剑敌住，再用宝剑一削，可就削不动了。玉仙把一对链子槊抡开，如同流星相仿，五尺以内，进不来人，随使随走，口中说道："扯滑。"她就蹿上南房去了。邢如龙、邢如虎也就蹿上房去，玉仙下南房，奔西房下去，邢如龙一追也上西房，他本是一只眼睛，不甚得力，玉仙使了个犀牛望月的架式，一抖右手链子槊，正打在邢如龙肩头之上，噗咚栽下墙来。邢如虎赶上，把他扶将起来，摸了摸肩头之上，肿起一个大包。再说纪小泉见玉仙一走，便打算逃窜性命，他也惧怕南侠这口宝剑。好容易蹿出圈外，也往南房上一蹿，大家要追，南侠说别追。纪小泉单脚刚一落房屋，于义飕的就是一镖，没打着，刘士杰一镖也没打着，南侠不叫追，也是要拿暗器打他，南侠一袖箭①也没打着，这三枝暗器，难为纪小泉躲闪，论说都是百发百中。也是他活该，走了也就没有事了，

① 袖箭——藏在袖中的箭。

他偏又掏飞蝗石，对着于义打来，倒没打着，于奢从下面飕的一声，打上来一丈长的一个暗器，就听当啷一声，把小泉右腿打折，哎哟一声，栽下房来。众人一看，全都哈哈大笑说：“倒有一宗撒手锏，没听见说会有撒手棍。”浑人使的浑招数，这一下撒手棍，真把纪小泉打下来了，并且把腿打折一条。大家过去把他捆上，站殿将军托人上房拿棍。于义蹿上房去，连暗器都找着，先把棍扔给他哥哥，自己蹿下房来，把袖箭和镖交给展熊飞与刘士杰。此时后半夜坐更的也全醒了。冯渊、徐良、胡小纪、乔彬、马龙、张豹、韩天锦、史云、龙滔、史丹（史丹皆因在团城子作内应有功，蒋展二人回禀了相爷，包公把他前罪已免，如今也在开封府效力）全都过来，一闻听拿住刺客，冯渊把纪小泉往起一提，连大众奔西书房，回禀包公拿住刺客之事。

包公业已安睡，听到拿住刺客，复又起来。就在这个时候，有更夫飞也相似跑来，气吁吁的说道：“可了不得了。”展爷忙问：“什么事情?”更夫说：“我们有个伙计叫王三，有两个贼，一个男贼，一个女贼，把王三捆住了，嘴内堵着东西扔在大槐树后头。我过去给他解开，摸出口内的东西，他说：见贼来了两趟。我们拿灯各处一照，穿堂内印所门大开，老爷们快快去看看罢!”蒋平和大家一听全是一惊，急忙派几个人预备灯火，奔至印所，用灯一照，门是大开，又见里面竖柜柜门子大开，印匣里面印信踪迹不见。蒋平怔柯柯地说：“这事可怎么个办法? 空有咱们这些人，将相爷的印信丢失，该当何罪?”众人说：“只有见包相爷回说。”蒋平说：“先前没咱们这些人，也不丢东西，如今人多，反倒把印信丢失，你们随着我请罪去罢。”众人跟着蒋平到西花园。有未跟过来之人，都来打听。蒋平把丢印事情一说，大众一听，也痴呆目瞪了。徐良说：“大概贼人去还未远，总是找去为是。”蒋平说：“不行，她这二次来谁也没在后面追着她，谁知她准往哪里去了？无影无形的，有一个准方向也好办哪。”徐良说：“何不问问刺客？他必然知晓。”蒋平说：“这个刺客，你认得他是谁？据我想他必是团城子里的人。”徐良说：“不是，这人我不认得。”冯渊说：“此人我倒认得。”蒋平说：“他叫什么名字？”冯渊说：“我不知他叫什么名字。我从糕饼铺拿住白菊花，扛至树林，我一更换衣冠，就是他给我一飞蝗石，念了一声无量佛，把白菊花救走了，我把熏香盒子可也丢了。还有一个老道，与他在一处，还怕他也来了哪。”蒋平复又派人，前后巡查。又问纪小泉说：“朋友你贵姓？”纪小泉说：“不必问我姓名，行刺盗印，全是我一个人。也不用你们三推六问，我敢作敢当，爱杀爱剐，任听其便！”

此时包公里面传出话来，要见展蒋二位护卫。二人进去，面见相爷请罪，说把印信丢失。包公闻听一惊，相爷问：“这刺客现在哪里？”蒋平说：“现在外面。”包公吩咐一声，将他带来。蒋平出去，把刺客往内一带，搭将过来。纪小泉右腿已折，在包公前也不能跪下，就在地下歪着一坐，可是捆着二臂。包公在灯光之下一看，这个人长的眉清目秀，随问道：“小偷儿，本阁有什么不到之处？为何前来盗我印信①？”纪小泉说：“包丞相不必细问，我速求一死！”包公说：“你就是求死，也得把印信招将出来。”纪小泉说：“我把印信盗在手内，一时慌忙我扔在墙外去了。”包公说：“本阁这里焉容鬼混！”吩咐看夹棍，外面差役进来，将贼人夹起来，用十分刑，蒋平一看纪小泉一语不发，气绝身死。这一死，要问印信的下落更难。且看下回分解。

---

① 印信——盖着印章的信件。

第一〇一回

包公开封府内丢相印　徐良五平村外见山王

且说相爷见刺客死去，吩咐用凉水喷醒，仍然不招，相爷只得退堂，吩咐护卫细细拷问。蒋爷遂到校尉所，连用几次的非刑，纪小泉这才受不起了，自己暗叫：玉仙事到如今，我可顾不得你了，想罢说："老爷们在上，事到如今，我不能不招了。石龙沟劫夺囚车，实是东方亮的妹子。枫楸门外要劫法场，也是东方亮的妹子，不料在城内剐了东方亮。如今行刺盗印，也是他的妹子前来，叫我给她巡风，不料我被捉拿，她就拿印逃命去了。"蒋爷问："她奔什么所在?"纪小泉不肯把她上黑虎观的事情说出来，就说："她拿着这印信，奔朝天岭去了。"蒋爷说："此话当真?"纪小泉说："我要不招，你就把我打死，我也是不招；我既是招了，若有半字虚言，情甘认个剐罪。"蒋爷吩咐，把他钉镣收监。

开封府内大家议论纪小泉说的话，实与不实。冯渊言道："我那日晚间，听他议论此话不虚，还有朝天岭那人姓王。"徐良说："他叫王玉，外号叫金弓小二郎。"冯渊说："对了，他们商议在商水县劫囚车，准是没上商水县去，在石龙沟劫的，石龙沟没劫着真的，他们才入都劫法场，入都又没劫着，才生出这个主意来了。"蒋爷说："只有明天，回禀相爷，去几个能人，探探朝天岭去便了。"刘士杰与邢如龙、邢如虎三个人过来说："请问四大人，朝天岭去过没去过?"蒋爷说："没去过，你们三人可曾去过?"全回说："没到过那里，就是听人家说过。"遂向蒋爷说：

“外面有十里的水面，通着马尾江，南北有两个岛，一个叫连云岛，一个叫银汉岛，有个寨叫中平寨，水内有水轮子，有个滚龙挡，下面都有刀，这个挡不分日夜的乱转。上山四十里的山路，上边才是山寨。”冯爷说：“任是什么人也不用打算进去，这朝天岭非得有会水的，有惯走山路的才行，这个山路最险，外人不用打算进去。”蒋爷一听说：“这还了得，这样说起来，非我去不行。”正谈论间，包公上朝，话不絮烦。相爷早朝已毕，回至相府。展爷与蒋爷进去，禀明了纪小泉所招的言语。相爷就派他们，至朝天岭探听信息。蒋、展二位出来，议论派什么人看家，可巧二义士韩彰从外面进来。大家见礼已毕，韩二爷先就打听开封府有什么事情没有。蒋爷就把丢冠袍带履，拿白菊花，冠袍带履可是请回来了，拿白菊花，至今未获，昨晚又丢印一节详情，说了一遍。韩彰一听此言，也是一怔。南侠、蒋爷只得带着他进去参见包公，然后出来。蒋爷与南侠议论，叫韩二爷看家，南侠又怕韩二爷一个人势孤，又把邢家弟兄留下，说：“你们务必留神看守相府才好。”三个人点头遵命。蒋爷又叫徐良过来，说：“朝天岭既然是山路，又最险，你先去把你父亲请出来，要论走山路，谁也不似他能走。”徐良说：“我去把我父亲请来，咱们在哪里相会？”蒋爷说：“你先走，我们后走。你们爷儿两个，到潼关打听，我们过去了，你们就往前面追赶。我们要是未到，你们爷儿两个人就在那里等着，咱们一路前往。”

徐良拿了自己应用的东西，带上盘费，辞别了大家，出离了开封府，走出了西门，奔山西大路，在路上晓行夜住，一路无话。

那日到了家中，家人见少老爷，全都过来行礼。徐良到里面，先见了母亲，跪下磕头。老太太见徐良回来，十分欢喜，行礼已毕，叫他坐下。徐良问：“母亲，我爹爹往哪里去了？”老太太说："上陕西去了。"又说道："自从你上京去以后，你爹爹睁眼泪，合眼泪，只要拿起酒杯就哭。可巧那日出门，遇见他的一个总角之交①，是个道家，姓阎叫阎道和，他有个师兄姓吕，如今这吕道爷，在陕西地面置了一座庙，叫上清官。这阎道爷，见你父亲类若疯颠之状，苦苦劝解，叫他上陕西去散散心，故此你父亲跟着这阎道爷上陕西去了。"徐良说："孩儿来得实系不凑巧，如今京都有要紧的事情。"老太太问："什么事情?"徐良就把始末根由的话，对着老太太告诉了一遍。老太太说："这可不巧，再者，他又没准日限回来。"徐良说："这上清宫，可不知在什么地方?"老太太说："那庙我可知道地方，出潼关到了马尾江，有座大山，山上有三段梁，由山下往上去，有个青石梁，有个红石梁，有个白石梁，就到那上清宫了。"徐良说："只可孩儿找他老人家去罢，并且也是陕西地面，我找他老人家，再上潼关找我四叔去。"老太太又问："我儿在外边定下亲事了?"徐良说："你老人家怎么知道?"老太太说："前者你父亲走后，有一位在辽东作过武职官，如今告老，叫尚均义的，有过书信，说他的女儿，乳名玉莲，给了你了。"徐良一闻此言，双膝跪地，说："母亲恕孩儿不孝之罪，未禀明父母，在外面私自定亲。"老太太说："此事，我儿办的甚好。为娘的也看见过尚家的书信，是你身临险地，人家救了你的性命，又把姑娘给你，又有石家的媒保，他上辈又是做官，这可称得起是门当户对，为娘的十分欢喜。"徐良磕了三个头起来，立刻告辞，依着老太太教他住一晚，明天再走。徐良一定要走，叩别娘亲，自己出门，直奔陕西来了。仍是夜住晓行，到潼关说明来历，方才出去，投奔马尾江。

那日过了马尾江，望见正西一座大山，往西北全是山连山，

① 总角之交——幼年就相识的好朋友。

岭套岭，真不知套出有多远去。自己也不认得从哪里走，又怕多赶了路程，也不知准有多远才到。可巧遇见一个农夫打听，人家指告说，由此往西，山下有一段闹热街面，过了这条街，就是山口，进山口往上走，有三段大梁，就是上清宫。那人说："你顺着我手看，论说这里就看见了。"徐良顺着他手一瞧，果然就看见了，在西南半山腰中，周围全是松树，环抱着一个庙宇。徐良道："借光。"自己赶奔正西来了。虽然说看见可是看见了，要走一时可不能得到，常言说的好，望山跑死马。徐良到了闹热街面，觉得腹内饥饿，路北有座饭店，找了一个座位坐下，把过卖叫过来，要菜要饭。过卖说："客官不喝酒么?"徐良向例不喝酒，过卖说："没从我们这里走过罢?"徐良说："我这是头一次。"过卖说："没从我们这里走过，那就是了，要从我们这里走过，不能不喝酒。"徐良问："这是什么缘故?"过卖说："我们这里叫五平村，这里有十八家烧锅①，出一宗酒叫透瓶香。不敢说天下第一，其味最美，有两句口号说：'路过五平村，不饮村中酒，枉在陕西走一走。'你老人家如要不信，我孝敬你一瓶尝尝好歹。"徐良就叫过卖看一瓶来。过卖的答应下去，把饭菜搬放在桌上，徐良自斟自饮，左一杯，右一盏，越喝越香，吃完一瓶，又要一瓶，不知不觉就喝了三瓶。复又叫过卖看酒，过卖说："客官，你素常不十分喜爱喝酒，这三瓶可也就足够了，这酒的后劲甚大，迎风便醉。"徐良一定要叫他看一瓶来，过卖只得又与他看了一瓶。把酒喝完用饭，徐良吃得饱了，见天气不甚太晚，谅来赶得到上清宫去。付过饭钞，徐良出了饭铺，进了山口，进青石梁，迎面来了一只老虎。要问徐良怎样，且看下回分解。

---

① 烧锅——酿酒的作坊。

第一〇二回

青石梁上杀猛兽　阎家店内遇仇人

且说徐良酒已过量，进了山口，走到了青石梁，忽然起了一阵怪风。这一阵风，吹得徐良毛骨悚然，这透瓶香的酒本就怕风，被风一嗖，就觉着两腿发软，二目发黑，身不由自主，来回的乱晃。徐良暗暗的吃惊，说声不好，这就叫醉了罢？打算过这三段大梁，只怕有些难。正在心内犹豫之间，忽见石上蹲着一只斑斓的猛虎，二目如灯，口似血盆，把尾巴绞将起来，打得山石吧吧的乱响。徐良见这斑斓的猛虎，把酒全都吓醒了。那只猛虎蹿山跳涧，奔过来了。山西雁把大环刀一拉，右手掏出一枝镖来，等着猛虎，看看临近，徐良先把左手的镖，对着猛虎的胸膛一抖手，正打在虎的前胸，跟着挥大环刀往虎前心一扎，说的迟，那时可快，把刀扎进去，赶紧往外一抽，自己一躲闪。那虎一扑徐良没扑着，反倒中了一镖，受了一刀，噗咚一声，摔倒在地。若论虎的气性最大，又往上一蹿，够一丈多高，唔的一声吼叫，复又摔倒在地。那虎摔了三四回，方才气绝身死。此时徐良隐在树后，不敢出来，直等到老虎气绝了后，方敢过来。这只猛虎虽死，仍是睁着两只眼睛。山西雁倒觉着后怕起来，又一想，这上清宫是去好，还是不去好？正在犹豫之间，见打山洞里，蹭蹭蹭蹿出几个人来，全是高一头阔一膀年轻力壮的人。每人手中提定虎枪虎叉，过来都与徐良行礼，说：“我们全是猎户，奉我们太爷之谕，在此捉虎，不料壮士爷你把老虎治死。我们全在山洼山洞藏着，看见你老人家一到，就把虎治死了，是怎么把它治死的?"徐良说:"不要紧,我闹着玩儿来着,就把那虎结果了性命。"众猎户齐声夸赞,又问:"你老人家贵姓?"徐良说:"姓人。"猎户说:"任壮士,到底是怎么打的?"徐良信口开河,说:"我打它一个嘴巴,把它打了一个筋斗,又给它一个反嘴巴,又打了它一个筋斗,然后一撒手,一个掌心雷,就把那老虎劈了。"猎户一闻此言,更透着敬奉了,说:"这位壮士爷还有法力哪。"徐良说:"你们这里有多少老虎,待我去与你们除尽了。"猎户说:"就是两只虎,那一只公虎由我们拿住,皆因在阎家店外,把那虎一剥,这只虎就出来,伤人不少,在山里伤人也不少。我们奉太爷之命,捉拿此虎,不料又伤我们猎户五六个人。你老人家把虎打着,可算与我们除了害了,同着我们走罢。"徐良说:"上哪里去?"猎户说:"你不认得字么?"徐良说:"略知一二。"猎户说:"认识字,进山口时节难道没看见告示么?"徐良说:"我进山已然喝得大醉,全没看见。"猎户说:"我们太爷贴的告示,谁能打着这只虎,赏银五十两,我们太爷还要这张虎皮,再给银五十两,前后共银一百两。我们同着壮士领银子去。"徐良说:"慢说一百两,就是二百两,我都不要。"猎户说:"你既不要银子,见见我们阎掌柜的去罢。"徐良却情不过,只得跟着他们,复又奔山口而来。后面猎户,把虎捆好,搭着出山。

这一出山口,把信息传与外面,顷刻间瞧看热闹之人不少。只见扶老携幼,连男带女,一传十个,十传百个,转眼之间,拥拥塞塞,全是异口同音:"瞧这山西人,两个嘴巴,一个掌心雷打的老虎。"也有瞧徐良的,也有看虎的。顷刻间到了阎家店,从店内出来十几个伙计,拥护着两位店东,那二人俱是七尺身躯,全是宝蓝色的衣服,壮士打扮。猎户给见了说:"这是打虎的壮士爷。"徐良与那二人彼此见礼,徐良总没说出自己真名真姓,就告诉人家姓人。一问二位店东姓阎,是亲兄弟二人,一位叫阎勇，一位叫阎猛。猎户把那只虎仍然挂在店外，叫众人瞧看。店东把徐良领至里面，进上房屋中落座，叫伙计献茶，然后问徐良是怎么把这只虎治死的。徐良也不能改口了，只有说："两个嘴巴，一个掌心雷打死的。"阎勇、阎猛二人连连夸赞，真是世间罕有之能。回头吩咐，叫猎户别把虎挂在店外，倘若再招虎来，那可不是当耍的，教他们搭着上县去罢。外边猎户答应，真搭着老虎上县报官，不提。

店东当时吩咐一声看酒。徐良说："酒我可是不吃，吃醉了，遇见老虎，就不能治了。"阎勇说："我们敝处可没有什么出色的土产，就是透瓶香酒，普天下哪里也不行。如今兄台已把老虎打死，也没有别的事了，天气已晚，也不用走了，就住在咱们店中，明天再走。今天咱们尽醉方休，兄台如不嫌弃，还要结义为友哪。"徐良无奈之何，只可点头。顷刻间排列杯盘，徐良当中落座，阎家兄弟执壶把盏，每人先敬了三杯，然后各斟门杯，有店中人来回斟酒。徐良素常虽不喜欢吃酒，今日这酒真是美味，不怪人家夸赞，自己也想开了，今日放量开怀，明日仍然是不喝。左一杯右一杯，三人吃着酒，就谈论些个武艺，马上步下，长拳短打，直吃到天交二鼓，把徐良吃了一个大醉，身躯乱晃，说话的声音也就大了，东一句西一句，也不知说些什么。人家要与他豁拳行令，别瞧徐良是那样聪明，这些事他是一概不会。阎家兄弟见徐良真醉了，徐良说："我可实在不行了，你们别让我喝了，老西的脑子内，都是酒了。"阎家兄弟说："既然这样，你就歇息去罢。"徐良问："我在哪里安歇？"阎家兄弟说："后面有三间厅房，前后的窗户，最凉爽无比。"徐良说："很好。"叫伙计提着灯笼，徐良一溜歪斜，阎家兄弟搀着他，这才到了后面。三间上房，前后俱是窗户，迎面一张大竹床，两张椅子，一张八仙桌，就叫他在此屋内睡。徐良问："后面有女眷没有？要有女眷，我可不敢，如没有女眷，我可要撒野了。”阎勇问：“兄台，怎样叫撒野？”徐良说：“我把衣裳脱了，凉爽凉爽。”阎勇说：“听兄台自便，后面并无女眷，我们不陪，少刻与兄台烹一壶茶来。”徐良说：“很好。”就把衣裳脱下来了，赤着背膊，连镖囊、花装弩、袖箭、飞蝗石囊、大环刀，一并全用他的长大衣襟裹上，头巾也摘下来，自己一斜身，就躺在竹床之上。酒虽过量，躺下仍然睡不着，翻来覆去，心中着火一般，酒往上一涌，躺着不得力，复又坐起来了，坐着不得力，复又出来到院子走走。到院内被风一吹，心中很觉得爽快，心中稍微安定，只觉得一阵困倦。这可要到屋内去睡，将要上阶台石，忽见有一个黑影儿一晃，自己又一细瞧，踪迹不见，心中一动，莫不成吃醉了酒，眼都迷离了？自己晃晃悠悠，来到屋中，往竹床上一躺，把两只眼睛一闭，枕着他的衣服就沉沉睡去。

别看徐良这一趟出去，可不承望吓跑了两个刺客。你道这两个刺客是谁？就是梅花沟两家寨主，一个叫金永福，一个叫金永禄，皆因擂台上吓跑，直奔陕西朝天岭去。行至朝天岭，见着王纪先与王纪祖，就把团城子的事情，对着他们学说了一遍。王纪先说：“贤弟原来为我们涉一大险，不知王玉弟他怎样了？”永福、永禄二人，全说不知。王纪先派人打听王玉的下落，这两人回梅花沟。因是这一天正在店内，忽听外面一阵大乱，说：“出了打虎的壮士了。”金永福、金永禄也是出来看看，一见正是徐良，把金永福、金永禄吓了一个胆裂魂飞。二人回到店中一议论，这可是仇人，今天来在咱们的所在。金永福问金永禄：“你打算怎么样办理？”金永禄说：“前去行刺。”金永福说：“我也打算这个主意。”金永禄说：“我去。”金永福说：“不能，还是我去。”二人谦让了半天，这才一路前往。晚间天交二鼓，二人换了夜行衣靠，背着单刀，奔阎家店而来。到了阎家店，跃墙而进，但不知徐良睡在什么所在，两个人到后院西房的后坡，将要往前边一纵，正遇徐良出来，就把这二贼吓跑，复又蹿到后坡去了。二人低低言说：“这个老西，他是看见咱们，还是没看见咱们?”金永福说：“他又不是个神仙，你看他那样形色，好像吃醉了酒的光景。必是他打虎有功，阎家兄弟拿酒把他灌醉了。他如真吃酒醉了，那可是鬼使神差，该给咱们绿林的人报仇了！你给我巡风，我进去杀他。”金永禄点头。二人等了半天，当当当，正打三更，二人复又蹿到前坡，急忙又蹿回去了。你道这是什么缘故？原来店中伙计，奉了店东之命，泡了一壶茶，与徐良送茶来了。伙计拿着茶，到屋中用灯一照，徐良在竹床之上已经睡熟，又不敢惊动于他，就把那茶壶放在那八仙桌上。伙计拿了灯笼正要一走，那灯忽然自己灭了，把伙计吓了一身冷汗，往外撒腿就跑。伙计心想，又没有风，怎么这个灯无故灭了，别是闹鬼罢？到了前边，告诉掌柜的，这个事情诧异，被阎勇骂了一顿，吓的他也就不敢往下再说了。

再说金永福、金永禄他二人，又等了半天，仍然到了前坡，悄悄的听着，像是打呼声音，料着徐良大概睡熟了，二人蹿下西房，永福在前，永禄在后，将到阶台石，永福把刀亮将出来，永禄也把刀拉出来，二人往屋中一蹿，要一齐下手。忽见那竹床往上一起，床下有人说：“刺客到了。”徐良由梦中惊醒，睁眼一看，果然有两个人往外就跑。徐良蹿下床来就追，追在院内，忽见有两条黑影蹿上西房，自己要往房上一追，一想手无寸铁，又没拿着暗器，赶紧回来取刀，进至屋中一找，镖囊衣襟踪迹不见。不知这些物件哪里去了，且听下回分解。

第一〇三回

因酒醉睡熟丢利刃　为找刀打架遇天伦

且说徐良睡梦中，只觉竹床往上一起，下面有人说："刺客到了，刺客到了。"自己猛一惊醒追出去，没追上刺客，反倒把东西全都丢了，连连喊叫店家快掌灯火来。此时阎家弟兄仍然在前边饮酒，伙计说："客人在后面嚷起来了。"阎家弟兄立刻叫伙计点灯，直奔后面，伙计进了后面，先把灯点上。徐良一把就把阎勇揪住说："你原来是外忠内不实乞人，好好赔我的东西。"阎勇说："你且撒手，你丢了什么？"徐良说："我的衣服镖囊倒都不大要紧，没有了我的大环刀，如同没有我的性命一般。"阎猛过来说："你撒开，你说我们偷了去，就算我们偷了去了？"徐良这才放开。阎勇问："倒是什么时候丢的？"徐良就把丢刀的话，学说了一遍。阎勇说："你明明看见两个人从房上走的，怎么说是我们偷的？再说世界之上有恩将恩报，哪有恩将仇报之理？你给我们这一方除害，感激不尽，怎么反倒偷你哪？再说就是偷你，要偷金银财宝，你那衣服有什么用处？"徐良说："这个事情，你们要明偷，知道我也不答应，你才用酒把我灌醉，预备两个人，把我的东西偷去了，又把我叫醒哪，不是你们定的计是谁？"阎猛说："我们真要偷你的东西，我们不会用酒将你灌醉，把你杀了么？"徐良说："我要不是打虎，你们就把我杀了。谁不知道我在这里打虎住在你们阎家店，明日不见我出去，谁肯答应？故此你们才设出这个法子来。"把阎家弟兄急的乱跳，说："你去打听打听我们阎家店，几时作过这个非理之事。你再想想，莫非这里有你的仇家，也是有的。”徐良说：“我乃山西人氏，这里焉有仇家？”阎猛说：“这也难以定准。”徐想了一想，问：“你们这一带都叫什么地方？”阎猛说：“叫马尾江，三千户，五平村，桃园，八宝村，断头峪，梅花岭，梅花沟，朝天岭。”徐良说：“别说了，梅花沟在你们这里？”阎猛说：“在这里。”徐良说：“得了，我真是有了仇家了。”阎猛问：“是谁？”徐良说：“梅花沟有个金家店，有个金永福、金永禄，你可认得？”阎猛说：“不错，有个金永福、金永禄，是两个山寇，我们素不来往。他们知道，我们阎家是一大户人家，他们倚仗他是山寇，他们不在山上，占了咱们的边界开店，可也没有听说什么意外的事情。他那店中尽住黑门的人。”徐良一恭到地说：“二位，可是实在得罪，明天借一套衣服借一口刀，我去找他们两个人去。不用说准是他们两个人。”阎勇说：“壮士乃是山西人，怎么会与他们有仇哪？”徐良说：“等明天我找着他们之后，回来我再告诉你们这细情。”阎家弟兄连连点头。

到了次日，阎勇给他拿一套衣服，一口刀，也是行家使的利刀。徐良收拾停当，就要起身，阎家弟兄苦苦相留，才吃完了早饭。阎勇送他出了店，叫他看见马尾江，一直往北过了断头峪，往西是三千户，往西北是银汉岛。靠着银汉岛，下面就是梅花岭，那边就是梅花沟。徐良记在心内，辞别店东，直奔正北，过了断头峪，往西走下来，见一片住户人家，房子一层一层，门户一个挨着一个。由后街往西，走在西边，自己心中纳闷，此处怎么住着这些个人家。再说房屋都齐整，走在紧西头见有一段长墙，里头有一棵小桃树，树上有一根青竹竿，上面挑着自己的镖囊，只见被风吹的来回乱晃，自己猛然心惊，大概这准是金永福、金永禄家里。顺着长墙，由西往南一拐，走在南边，复又往东，才看见这个大门。见门外有数十个家人，徐良气哼哼的来至门口，见是广梁大门，有两条板凳上，坐着数十个人。有人问道："你上这里找谁?"徐良瞪着二目，说："你们这里，可是大王爷家?"众人一听，这人口出不逊，也就没好话对他，说："不错，我们就是大王爷家。"又一看徐良那个相貌，说："你有什么事情?"山西雁说："快叫你们大王爷出来见我，给我大环刀，别无话讲。如若不给，我要闯将进去，鸡犬不留。"那些家人如何能答应他这套言语，说："青天白日，你是个疯子罢!"徐良说："我倒不疯，就是叫你们大王爷出来还我的刀，不然你们这些乌八的休要想活命。"家人见他一骂，就先过来了两个，说："你姓什么?"徐良说："告诉你们大王去，我叫祖宗。"家人一听，气往上冲，这个过来揪他，那个就要扳腿。揪他的，被他咯噔一挡，又一拳，噗咚一声摔倒在地。那扳腿的，被他一脚踢得咕噜咕噜的乱滚。那几个如何答应，往前一拥，倚仗人多势众，大家一齐动手，如何揪得住徐良，他用了一个扫堂腿，大众全都扫倒了。众人说："这老西是一个行家，告诉咱们员外去罢。"徐良仍然是大声嚷说："叫你们大王爷出来见我。"家人往里就跑，可巧门内有个人细声细气问道："外面有什么人？为何这等喧哗?"从人齐说："少爷快出来罢，外面来了一个疯子，他说咱们是大王爷家。"那人说："要是个疯子，理他作甚?"从人说："不一定准是个疯子。"那人从门内出来，戴一顶白缎子武生巾，白缎子箭袖袍，五彩丝蛮带，薄底靴子，葱心绿衬衫。面如粉团，五官清秀。见了徐良问道："什么人？敢在我门首撒野!"徐良说："你祖宗！快叫你们大王爷出来见我。"少爷一听，气冲两肋，骂一声："你是哪里来的狂徒？敢在此处撒野!"往上一蹿，左手一晃，右手就是一拳。徐良一见，就知道他是个行家。二人一交手，绕了十几个弯儿，徐良一腿，将他踢了一个筋斗。山西雁往旁边一闪，说："你还得练去哪，快叫你们老大王爷出来见我。"

那人说："狂徒，你在此等候，我少刻就来。"上里面取兵器去了。家人也齐说："你在这里等着！"少时那人提了一条花枪出来，对着徐良就扎。徐良一闪就把他的枪杆往怀中一带，将要抬腿踢他，忽听里面大吼一声，说："什么人？待我出去看看。"徐良一听这个声音，吃惊非小，果然一见面，是他老子徐三老爷。徐良撒手扔枪，双膝跪倒，说道："你老人家，因何在此处？孩儿叩头。"

原来徐庆跟着阎道和到了上清宫，见了吕道爷，很为开心，就此住了二十余日。又透着在山上闷倦了，阎道和又同着他逛马尾江，顺着马尾江绕到三千户，说："到我哥哥家走走。"徐三老爷问："你的哥哥是谁？"道和说："我哥哥叫阎正芳，当初做武职官，皆因奸臣当道，辞官不做，现在家内。"徐三老爷同着阎道和来至阎正芳大门首，叫他家人进去回话。不多一时，阎正芳从里面出来，徐三爷见这位老英雄，年过六旬，花白胡须，精神足满。阎正芳与徐三爷见礼已毕，请徐三爷到里面入厅房落座，这才对问了来历。人家那里待承酒饭，住了两日，阎道和回庙，阎正芳把儿子叫出来，与徐三爷行礼。徐三老爷见他眉清目秀，齿白唇红，一问叫阎齐，外号人称玉面粉哪吒。徐庆很爱，问他所会的是什么功夫？阎正芳说："这孩子实无出息，什么都不肯练。"徐庆说："老贤侄，你施展施展我看看，怪聪明的一个孩子，怎么会不行哪？"阎齐无奈，只得打了一趟拳。徐三爷一看，哈哈大笑，说："这叫什么本事？差的太多。阎大哥要舍得，把这孩子与我，别耽误了他这个年岁。"阎正芳说："我求之不得。"立刻叫他儿子阎齐与徐庆磕头，拜三老爷为师。从此，徐三爷就在阎正芳家内住着，教徒弟早早晚晚学练本事，那也作脸，很为高兴。阎齐跟着师傅练本事，比跟着父亲学练又强着一个层次，到一个月后，更觉着透长，就是力气不佳。这日出来碰着徐良，如何是徐良的对手。家人进去告诉徐三老爷，徐三老爷与阎正芳一同出来，他一看原来是他的儿子徐良。徐良见他父亲，双膝跪倒。徐庆叫他起来，说：“你们怎么打起来了？”徐良也不敢说，阎齐也不敢说，然后把徐良叫过来，与阎正芳见礼，说：“我这孩子比你的孩子差的太远，你看他这个相貌！”阎正芳说：“男子汉大丈夫讲什么相貌。”徐良跪下磕头。阎正芳叫他起来，又把阎齐叫过来，与哥哥磕头。阎正芳说：“若论你侄子长的倒好看呢，又没有能耐。这才叫将门之后哪！”徐良告罪说：“兄弟实在不知，我要知道是兄弟，我天胆也不敢。”阎齐说：“小弟要知道是哥哥，我再也不敢与你交手。”遂说着往里一让，进大门走垂花门，直奔厅房，入厅房落座，阎齐与徐良二人垂手站立。阎正芳教看座位，说：“贤侄你从远路而来，请坐说话。”徐良谦让了半天，方才坐下。徐庆说：“你什么事上这里来？”徐良把万岁爷丢冠袍带履，拿白菊花，开封府闹刺客丢印，一五一十，说了一遍。徐庆一听，说：“竟有这等事？我可得走。”阎正芳说：“亲家不用走了，大概四老爷必奔潼关，潼关总镇与我交厚，派人去到那里打听，若是四老爷到了潼关，请他上这里来，到朝天岭岂不甚近。”阎正芳拦阻不住，徐庆一定要走，带着徐良就要起身。徐良说：“孩儿不能走。”就把丢刀、见着镖囊的话，说了一遍。阎正芳对阎齐道：“还不快与你哥哥拿出哪。”阎齐说：“我不知道，不是我。”阎正芳说：“不是你，倒是我？还不快拿出来哪。”阎齐说：“不是孩儿，必是她！”阎正芳问：“是谁？”阎齐附耳一说，阎正芳一怔。要问这个人是谁，且看下回分解。

第一〇四回

见爹爹细说京都事　找姐姐追问盗刀情

且说阎正芳一听徐良丢刀，疑是阎齐把他的刀盗来。阎齐不承认，说："是她！"又附耳低言说了几句。阎正芳一怔，说："不能罢？"阎齐说："大概准是她，没有别人。"阎正芳说："徐贤侄，不用着急，我叫你兄弟问问去，再作道理。"回头叫阎齐，说："你上后面去问问。"列位你道这个她是谁？原来阎正芳有个女儿，名叫英云，有一身好本领。她母亲郑氏，此人是神弹子活张仙郑天惠的姑母。郑天惠兄弟二人，兄弟叫郑天义，有个妹子乳名叫素花。郑天惠母亲去世，继母王氏，也是一身功夫。这素花是王氏所生，与郑天惠、郑天义是隔山。英云与素花她二人，朝朝暮暮在一处，学练本事，都是王氏所教。这二位姑娘练的武艺，能打暗器袖箭、镖、飞蝗石，又能识字，看兵书战策，她姊妹二人，眼空四海，目中无人。阎齐是她们手下败将。阎正芳要是一时高兴，与她们比试，俱不是手，也是一半让着她们，为的她们练习高兴。二位姑娘可就纵起性来了，常常耻笑天下男子不如姑娘。二位姑娘起的外号，一个叫亚侠女，一个叫无双女。不但精习武艺，还学习针黹①，品貌端方，性如烈火，恨不得眉皱就要杀人。这英云见了父母都有些不惧，倒是素花时常劝解，亚侠女也就听她妹子之言，渐渐也就听她父母的教训了。方才前边

① 针黹（zhǐ）——针线。

阎齐所说的她，就是他那个姐姐。

阎正芳叫他上后头问去，阎齐走到娘亲屋中，婆子说："少爷来了。"郑氏老太太说："叫他进来。"阎齐进来，见了老娘，深施一礼，往旁边一站。郑氏问："我儿有什么事情？"阎齐就把前边师兄怎样来的，怎么丢的镖囊与大环刀，见我们后院挂着镖囊，说了一遍。老太太叫婆子到后院看看，有这个镖囊没有？婆子答应，到后院就把镖囊取来。老太太一看，又问："阎齐，你可准知道是你姐姐呀！"阎齐说："除了她没有别人。"老太太叫婆子把小姐屋中的丫头找来。不多一时，伺候英云的丫头来了。这个丫头叫五梅，见了老太太行礼，郑氏问道："昨天晚间你小姐上哪里去了？"五梅说："昨天晚间小姐身体不爽，天有初鼓①时在楼上教我伺候着睡了，我在楼下睡的，今日天到巳刻方才醒来。"郑氏说："你可看见你小姐出门去没有？"五梅说："小姐身体不爽，焉能有精神出门？老早的就睡觉了。"老太太说："既然这样，你去吧。"丫头去后，老太太对阎齐说："教你师兄别处去找吧。"阎齐说："不行，他的镖囊分明在咱们家，怎么能叫他往别处去找哪？"老太太一听气往上冲，说："既然问过丫头昨晚你姐姐没出门，怎么你一定说是你姐姐做贼？这是什么好事哪！"阎齐说："老娘，那么问丫头不行，要打她，威吓着她，那才说实话哪。"老太太说："既然这样，你就再去找她来问。"阎齐答应，就奔了小姐的院子，不敢进门，扒着屏风往里瞧，可巧被小姐瞧见了，说："外面是阎齐么？"回答："是。"小姐说："我这院子也是你常来的地方！有什么事情探头缩脑的？"阎齐说："我找丫环来了，与你何干？"小姐说："你这样大的小子，找丫头什

① 初鼓——头更。

么事情?”阎齐说：“老娘叫我找她，不是我的主意。”小姐说：“老娘叫她有什么事情？我去见老娘去。”公子说：“很好。”小姐往外就跑，阎齐先跑至老太太屋中，说：“我姐姐来了。”姑娘进来，给老娘道了一个万福。老太太叫她坐下，姑娘问道：“母亲叫丫头进来，有什么事情?”老太太未及开言，姑娘见阎齐在老太太身后藏着，指着阎齐说：“准是你这孩子搬动是非。”阎齐说：“你好好把东西给人家罢，人家找上门来了。一个姑娘家，偷人家的东西，有什么脸面见人!”姑娘一听此言，气冲两肋，要追着打。被老太太把她拦住，叫姑娘复又坐下，说：“到底是件什么事情?”姑娘说：“母亲要问这件事情，我也不能隐瞒。皆因女儿昨日，听见外面一阵大乱，说有了打虎的壮士。女儿把楼窗开了瞧看，只见那扶老携幼，男女老少，来往之人甚多，全是异口同音，说这个壮士，两个嘴巴，一个掌心雷，就将那老虎打死了。我越想越不信有此事，故此我假装有病，早早睡觉，打发丫头下楼。我换了衣服，开了后楼窗户，到了我们店中。我打量此人，顶生三头，肩长六臂，原来也是个平常人物。我一赌气，把他的衣服盗来，必是阎齐这孩子说的，我也不隐瞒。”老太太说：“姑娘疾速把人家东西拿出来，那可不是外人，是你兄弟师傅的儿子，人家找上我们的门来了。你既拿了人家的衣服物件，为何又把镖囊挂出去?”姑娘说：“母亲，打算你女儿真出去做贼哪？偷了人家的东西，必然是严密收藏，怕人知道。我是特意挂出去，只要他找来，我定要领教领教他这个掌心雷。我也不管他是师兄，是师弟，我也不能把衣服还他。阎齐你与他说去，他要东西，一丝一毫也不短少他的，就是要领教领教他这掌心雷是怎么个打法。”阎齐说：“你就会坐在家里说这现成的话。我怎么对他说去?”姑娘说：“依了我两个主意，我就把东西给他，要不依着我这两个主意，不用打算要出一点东西。”阎齐问：“哪两个主意?”姑娘说：“叫他过来，我们二人比量比量，他胜了我，就把衣服给他，拳脚刀枪暗器，姑娘一一奉陪；要是胜不了我，甘拜下风，我也把东西还他。如他不敢与我较量，叫他从前边一步一磕头，给我磕到后院，我也把东西还他。就是这两个主意，叫他自己挑选去罢。”连老太太说了半天，姑娘说：“非如此办法不行。”阎齐只得气哼哼说：“我就去说去。”阎齐直奔前边而来。

阎正芳见阎齐去够多时，方才回来，忙问：“可是她不是?”阎齐说：“谁说不是她呢?”先把镖囊拿出，给他父亲一看，随后给与徐良。阎齐对阎正芳说：“请父亲出来说话。”爷儿两个人，到了外边，徐良在窗户内，用耳往外听着，正是阎齐向阎正芳说：“姑娘两个主意，或比试，或磕头，不然这东西，全是不给。”阎正芳也是着急，这姑娘素常养的骄纵，大概自己去说，也是不行。徐庆在屋内说：“亲家有什么话，到屋内来说罢，怎么背地里说话？难道说，我们父子还是外人？莫非姑娘爱那口刀哇？只要她爱，我做主就教小子给她。”阎家父子进屋内说：“不是。”徐良说：“兄弟、伯父，你们不用为难，方才你们说的话，我已然全都听见了，要教比试，天胆我也不敢，我只可就是磕头。”徐三爷问：“怎么教磕头比试?”阎齐见被徐良点破，事到如今，不能不说，只可一五一十的说了一遍。阎正芳在旁，也是为难，说道：“亲家，也不怕你耻笑，我们这个姑娘，实在是养的骄纵，全不听父母的教训。”徐庆哈哈大笑说：“我这位侄女，必然本领高强，技艺出众，若非本事高强，焉敢与人较量。这样姑娘，我是最爱惜的。咱们老兄弟，英雄了一世，儿女们必得豪强，要是软弱无能的儿女，要他则甚？姑娘要打算和你侄儿论论武艺，据我想这件事情，可以使得。咱们不是外人，我的儿子，如同你的儿子一样，你的女儿，如同我的女儿一般，就叫他们比试比试，也不要紧。要是外人可不行，这必是姑娘听见咱们小子会使掌心雷，心中有气，少时把小子带过去，叫他姐姐打他几拳，踢他几脚，出出气就算完了，这件事教我想着极容易的。”阎正芳大笑道：“亲家真是一个爽快人。”徐良说：“爹爹，这件事可使不得。我情愿磕头，也不敢比试。”阎齐说：“使不得，不能叫哥哥磕头。”徐庆说：“不用听他的，我的主意叫他比试，如不遵父命，即刻就杀。”徐良一听无奈，说：“天伦，孩儿要与人家姑娘较量本事，叫外人知晓，岂不耻笑。”徐庆说：“不是外人，要是别人，我也不叫与人比试。”阎正芳说：“正当如此。”徐良无奈，方才点头。正在这个时候，家人进来报道：“李少爷到了。”忽见从外面进来二人，一个是穿黑褂，面如锅底，一个穿的是豆青色衣襟，面如瓜皮。到了屋中，与阎正芳见礼已毕，正芳引两人与徐庆见礼，说：“这个叫巡江太尉李珍，是我的外甥男；这个叫细白蛇阮成，是我的徒弟。”二人过来，与徐庆磕头，徐三老爷把他们搀住，又与徐良、阎齐见过礼，然后落座。阎正芳说问：“你们二人，从何而至？”二人说：“皆因我们盟兄郑天惠，他师叔一死，与他师傅、师兄前去送信，依着他本不肯去送信，是我们二人劝他，免得日后倒教他们问住。无奈之何，他才上徐州府把灵封起来，我们替他看守。一去总没回头。我们二人找他师兄，无影无形。他师傅全家丧命，我们回来，他已然把师叔埋葬了，人已不知去向。”徐良正要告诉他们，后面婆子请大爷。阎齐出去，复又进来对正芳说：“我母亲问问方才那件事情，怎么办法？”徐庆说：“不用问你父亲，我做主，大家一同上后面去，我还正要见见姑娘哪。”说毕大家投奔后面，徐良与姑娘动手。不知后事如何，且看下回分解。

第一〇五回

亚侠女在家中比武　山西雁三千户招亲

且说徐庆的主意，要到后头与姑娘比试。徐良虽不愿意，又不敢违背父命，只得点头应允。李珍、阮成二人不知什么事情，有阎齐告诉了二人这段情由，两个人都说："我们今天可来着了，平时她会欺负咱们，这可叫她领教领教罢！"原来这两个人也是素花、英云手下的败将，如今一听姑娘要与徐良动手，全都愿意看着姑娘输了，他们好趁愿①。众人随往后边去。李珍、阮成问徐良："你知道我们盟兄事情吗？"徐良说："我知道。"就把白菊花镖打总镇，郑天惠投开封府，后上鹅峰堡讨药，受白菊花一镖，白菊花打死师妹，摔死师母，逼死师傅，郑天惠怎么发丧，如此这般，说了一遍。二人一听，咬牙切齿说："天下竟有这样丧尽天良之人！天地间就没有个循环报应不成？"徐良说："别忙，报与不报，时辰未到，恶贯满盈，自然必有个分晓。"随说着，就到了后面，一看五间上房，东西配房，极其宽大的院落。正芳引了徐庆，见了亲家母，然后把徐良叫过去，与伯母行礼。李珍称舅母，阮成称师母，行礼已毕，皆因天气炎热，就在院中看了座位。郑氏冲着徐庆说："我的小儿太庸愚不堪，蒙老师朝朝暮暮，劳心劳力，实在我们夫妻感激不尽。"说毕，深深与徐三爷道了一个万福。徐庆一生，最怕与妇人说话，人家说了多少

① 趁愿——称心称愿的意思。

言语，他一语也不答，也就作了一个半截子揖。郑氏又与徐良说：“这位贤侄，刻下作的是什么官？”徐良说：“我是御前带刀四品护卫。”老太太说：“如今到我们寒舍，必是找你天伦来了？”徐良说：“正是。”就把相爷失印的事情，说了一遍。郑氏回头又与阎正芳说：“看这位贤侄，堂堂相貌，仪表非俗，真称得起是将门之后。你我女儿之事，可曾对徐公子提过没有？”阎正芳说：“提起咱们姑娘，她有多大本事？如居井底，不知井外乾坤多大，她会三五个招数，哪里敢称与人家比试，无非叫徐侄男替咱们教训教训她，从此就也不狂妄了。”徐庆说：“千万不可那样言讲。就请出姑娘来，叫小子过去，让姑娘打他两拳，踢他两脚，就算完了。”转面来又对徐良吩咐：“少刻你姐姐出来，打你几下，踢你几下，不许你抢上风。你打她一拳，我给你一刀；你踢她一脚，我也是给你一刀；你踢她一个筋斗，我把你乱刀剁了。”徐良说：“阎大爷你瞧，我还活得了活不了啦？我要碰着我姊妹一点，我就是个剐罪。”阎正芳说：“别听你父亲言语，全有我一面承担。”阎正芳叫婆子请姑娘，由东院把姑娘请出来。

姑娘来的时节，是穿长大衣服，珠翠满头，环佩丁当，看看临近，阎正芳叫她见过徐叔父，然后见大哥。徐良说：“不能，这是姐姐。”后来一问，两个人，全是二十二岁。姑娘生日，比徐良大五日。李珍、阮成也见过姑娘，然后上阶台石。老太太是在廊檐底下坐着，他们大众，在院内坐着。姑娘来在老太太身后一站，徐三爷说：“侄女，就是为你兄弟说会掌心雷，姑娘心中有些不乐，你就更换衣服，快来打他几拳，踢他几脚，我就爱看姑娘们玩拳踢腿。”姑娘净等着这句话哪。老太太说：“姑娘换衣服，与你的哥哥领教领教去罢。”阎正芳也说：“徐侄男脱衣裳，文不加鞭，武不善坐，动手非得利落不成。”徐良从见姑娘之后，低着脑袋一语不发，越想越不好，打量这姑娘本领若要是小，绝不敢与男子交手，倘若自己不是她的对手，现任一个四品护尉，输给人家一个姑娘，非死不可。赢了人家，也没有什么滋味。实是心中难过，阎正芳又催他换衣服，又想男女授受不亲，难以为情，哪里肯脱衣裳。阎齐过来一定要他脱，徐良不肯，就把袖子挽起来，衣襟吊好。此时姑娘身临切近，却脱了长大衣服，摘了花朵簪子，又用一块鹅黄绢帕，把乌云罩住，系了个麻花扣儿。身上穿一件桃红小袄，葱心绿的中衣，西湖色花汗巾，大红缎子弓鞋。窈窕的身体，行动类若风摆荷叶一般，细弯弯两道眉如新月相仿，水灵灵一对星眼，鼻如悬胆，口似樱桃，牙排碎玉，耳挂金钩。对面一看徐良，两道白眉，眉梢往下一耷拉，形如吊客，一身青缎衣襟。抱拳连连说："姐姐手下留情。"徐庆说："小子，我告诉你的言语，你可牢牢紧记。"徐良答应。

两人留出行门过步，往当中一凑，将要挥拳比武，姑娘微微一笑说："我问你有几个首级①？"徐良往后倒退身躯，一摸脖子说："就是一个。"姑娘说："你要是一个首级，就不用与我动手了。"徐良说："怎么？"姑娘说："昨日晚间，你在店中吃醉了酒，在床上睡觉，有刺客去，你怎么醒的？"徐良说："皆因床往上一抬，底下有人说，有了刺客，我才醒的。"姑娘说："若要不是那人将你叫醒……"徐良说："我就死于那刺客之手了。"姑娘说："你可知道那人是谁？"徐良早已理会，说："莫非是姐姐救我的性命？"就深深一恭到地，说："姐姐，咱们不用动手了，你是救命恩人，要没有你，我早已死多时了。"原来姑娘到阎家店，由东夹道往前一走，就遇见金永福、金永禄将要下房来。徐良可巧出去，她就钻入房中，那灯也是英云吹的，后来见刺客要结果徐良的性命，姑娘一想，这个人打死虎，与这一方除害，自己在

---

① 首级——脑袋。

这里，见死焉能不救呢？这才把床往上一抬，大声一嚷："有刺客到了。"姑娘想着，要与徐良较量，看他这个掌心雷怎么使法，故此这才就把衣服抱走，第二天用青竹竿挑出镖囊去，特意招他前来。又一看他这大环刀，就知他是一条好汉。如今交手，提起昨晚的事情，徐良连连与姑娘道劳，不敢与姑娘交手。小姐说："不交手也使得，你把掌心雷发出来我们看看。"徐良说："实在不会。"姑娘说："你不会，那虎到底是怎么治死？"徐说说："我先打它一镖，后砍它一刀在胸膛之上，方才结果虎的性命。那是我信口开河，姐姐何必认真。"徐良一定不动手，徐庆说："就陪着你姐姐走个三两趟，还不行吗？"徐良无奈，说："姐姐手下留情。"姑娘也不答言，二人这一抡拳比武，施展平生武艺，蹿奔跳跃，闪转腾挪，蹿高跳矮，形若耗子，恰似猿猴，身躯滴溜溜乱转。姑娘用了一个进步连环腿，将徐良腿兜住，住上一挑，徐良噗咚坐在地下，说："姐姐，我输了。"姑娘一笑，也没到屋中穿衣裳，直奔东院去了。徐良说："好本事，比我强够万分了。"阎正芳说："贤侄，除了你伯母不懂拳脚里的事情，剩下哪个不是行家？你赢了她几手，她不认输。嗣后你让她这一招，她还不知道。可见得本领差的太多。总是贤侄容得让得，称得起量大宽洪。"回头又叫阎齐："告诉你姐姐去，她早就输给人家了，叫她别自夸其能，她身上还带着土呢！连要你哥哥的衣服。"徐庆说："算了，只要侄女不生气就得了。"阎正芳同着大众，仍然奔前面厅房，同着徐三爷刚走不远，婆子又把他请回去，说："安人请说话。"阎正芳叫李珍、阮成，陪着徐家父子，前边厅房内去坐。

阎齐上他姐姐院中，丫环正给小姐打来脸水，姑娘很觉着洋洋得意。阎齐进去，说："姐姐你算赢了罢，把人家东西，还给人家罢！"姑娘说："不算我赢了，还算我输了？不是苦苦求饶，教他带点伤儿我才罢手。"阎齐说："你拿东西来呀！"姑娘说：

"短不了他的物件。"叫五梅把箱子打开，把衣服、袖箭，飞蝗石口袋，大环刀，全都交给阎齐。阎齐把衣服裹着刀，往怀中一抱，说："姐姐，你看你肋下，是哪里来的土哇?"姑娘一看，说是方才蹭的。阎齐又说："有土也蹭不到那里去，你再看你右胁，你两个膝盖的左右中衣上，难道这几处，也都是蹭的?"姑娘一瞧，纳闷说："怪呀!"阎齐说："论动手，你早输给人家了，别不害羞了!"姑娘一听，羞得满脸通红，哇的一声就哭起来了，往里间屋中一跑。五梅说："大爷这是何苦？我家小姐高高兴兴的，满让你看了出来，也不便说呀!"阎齐抱着衣裳，直奔前面，到了厅房，徐良在那里磕头哪。原来是安人把员外叫住，与员外提姑娘的事情，说："你我的女儿，如今已然二十二岁了，终身尚且未定，咱们这里，找不出一个门当户对的人家来。看这个徐公子，虽然貌陋，现任的官职，我虽不懂得武艺，见他也不在咱们女儿以下。我打算要把女儿给他，不知你意下如何?"阎正芳说："我一见徐良，就有这个意思，倒怕你不愿意。如今你既有此意，这是很好的一门亲事。"夫妻二人商量妥当，方才出来。见了穿山鼠徐三爷，就将女儿要给徐良的话说了一遍。徐庆哈哈大笑说："亲家，我那小子，长得十分貌陋，如何比得过姑娘去，你要愿意，我是求之不得。"阎正芳道："亲家，不必太谦了，你我就是一言为定。"徐庆最是性急的人，叫小子过来，与你岳父叩头。山西雁暗暗着急，自己明明知道，在二友庄定下了一个，再要定一个，人家焉肯给作二房，日后人家岂能答应？说："爹爹你老人家出来，我有几句言语。"徐庆说："小孩子，人家父母与你定亲，你说使不得，你知道什么，过来与你岳父磕头。"徐良无奈，只得过来，与阎正芳磕头行礼已毕，大家道喜，将要摆酒，外面号炮惊天，家人进来报说："襄阳王反到这里来了!"要问后事如何，且看下回分解。

第一〇六回

徐家父子观贼队　乜氏弟兄展奇才

且说徐良，刚把亲事定妥，忽听号炮惊天，众人一怔，本来生在太平年间，听着这事，当作新闻。刚要派人出去打听，忽有家人进来，说："不好了！襄阳王反到此处，会同朝天岭之人，就在梅花沟扯起大旗，要招安咱们这几个村子。外面也有不降的，也有降的。"阎正芳听说气往上冲，说："众位，如今我们这里造反，你们大众去罢，逃生要紧，我是至死不能降反叛的。"徐庆说："他们谁爱走谁走，我是不走了。"又听外面声音更大了，阎勇、阎猛、阎安、阎兴、阎海、阎泰，全是阎正芳的侄儿，有短衣襟，有长衣襟，各执兵器，大家迎风而入，见了阎正芳，一齐行礼。有叫叔父的，有叫伯父的，齐说："如今梅花沟造反，你老人家降不降？"阎正芳说："我不能降贼。不知你们心意如何？"众人异口同音说："我们打听你老人家，我们全死在这里，也不能降贼。"阎正芳说："亲家，此事怎么办法？"徐庆说："亲家，我就管打头阵，出主意我可不行。我是个浑人，若论打仗，千军万马，我都不惧。"此时徐良和阎齐，与他们小弟兄们见礼。阎勇、阎猛见徐良在这里，也是纳闷，过来问他的衣服下落，阎齐告诉大众一遍。徐良害羞，不肯让他再说，就在徐庆面前说道："孩儿东西全有了，还有半袋多镖，没还给孩儿。"阎正芳说："叫阎齐取去。"徐三爷说："那就不用取了，就作为定礼罢。"阎正芳说："既然这样，咱们大家上庙齐人。"众人点头。原来门外已有好几百人了，都听阎老员外的吩咐。阎正芳就把不降的话说了一遍，大众全都愿意，俱跟着上庙。

庙叫北极观。进庙一撞钟，可着三千户的男子全到，有二十二个会头。阎正芳对他们讲说，此时有徐三爷在此，不久的又有开封府的护卫老爷们前来，保护咱们这一方的生灵。众人一听，无不欢喜。就是与他们交手，没有兵器。众人各自去寻找，也有长短家伙，也有铁锹木耙，也有挠钩木棍铡刀，用大竹竿子绑上包袱，就算大旗。拿出锣鼓来，阎正芳的主意，若要紧打鼓，谁也不许往后退，若要敲锣，谁也不许往前进，传将下去，大家全都知道此信。此地叫三千户，虽不够三千户的人家，也有二千有余，老叟顽童中年汉，全凑在一处，就有好几千人。此时又有八宝村、断头峪、桃园这几处的人，全是年富力强二、三十岁，各人扛定家伙，跟着会头，俱要求见阎老员外。阎老员外把他们会头全请进来，先与徐三爷见礼，说："这就是开封府护卫大人，攻打朝天岭的前站。"众人一听，无不欢喜，把信往外一传，那几村人，如同有了主帅的一般。

正在说话之际，有人进来说：梅花沟连梅花岭一带，有两三千人。用石头筑起一段墙来，还有一个辕门，扯起许多纛旗①，内中有两杆大白旗，上写着是"改山河扶保真主"，那边写"灭大宋另整乾坤"。另有两杆大纛，上面写着两个斗大的金字，还有写乜字的旗子，当中一杆大纛旗上，写着：赵王驾下天下都招讨兵马大元帅八路总先锋王。所有他们那里的人都换了衣服，在他们墙子上，四面八方，全插着红旗，上面有白字写着，是"招安四方"四字。又写着"无论士农工商，知天命愿降王爷者，量才录用，倘有出色文武艺，之外或数学或算学，只要有别创异格之能，立封显爵"。徐良说："这可真是要造反哪！我先探探虚实

---

① 纛（dào）旗——古代军队里的大旗。

去。”正要前往，忽听有人进来报说：“梅花沟有人来下书。”阎正芳吩咐，叫他进来。

不多一时，前边走着一个，后边跟着一个，前边那个翠蓝箭袖袍，狮蛮带，薄底靴子，肋下佩刀，面似烟熏。后面跟定梅花沟金家店的伙计。前边那人见着大众，深打一恭，众人全都站起身来，唯有徐庆昂然坐在那里不动。阎正芳连忙问道：“未曾领教，尊公贵姓？”那人说：“我是王爷驾下的旗牌官，姓王名信。王爷在宁夏国，不久兴师，先派两个前部，正印先锋官姓乜，一个叫乜云雕，外号显道神；一个叫乜云鹏，外号巨灵神，奔到朝天岭，约会五家寨主，要把左右邻一齐打尽，杀奔潼关。现有朝天岭大寨主，是王爷的招讨大元帅。为因朝天岭与贵处俱是唇齿之邦，不忍伤害许多生灵，故此修下一封书信，派我前来，定要见着阎老员外，将书投递。老员外若肯归降王爷，免死许多的生灵，还可以保住全村的性命，王寨主情甘愿意，把元帅印付与阎老员外执掌。”说毕，把书信往上一递。徐庆听这旗牌前来劝降，与徐良使了一个眼色。徐良绕在来使的身后，把大环刀拉出来，对着来使脑后，噗哧一刀，咕咚头颅坠地，尸首往前一栽。徐良杀了这个旗牌官，把金家店的伙计吓得跌了一个筋斗，跪在地下，苦苦哀求。徐三爷说：“别杀他，杀了他没人前去送信。”徐良说：“便宜你，回去送信去罢。回去时节，你可务必说明，你那伙计，是我杀的，不与阎家相干。我姓徐叫徐良，外号人称多臂人熊。你记住了没有？”伙计说：“我记住了。”徐良说：“多少给你留下点记号。”大环刀一过，削了一个耳朵。那人撒腿就跑。遂吩咐把那个尸首搭将出去，徐良说：“咱们疾速快去，如不然，怕他们带人前来，就不好办了。”

阎正芳同着徐庆带领众家小弟兄，教家人预备兵器。别的会头，也有会本事的，总而言之，有本领的在前，无本领的在后，出离三千户的后街，就听见咕咚咚连声炮响。来在梅花沟的对面，就看见了人家那里列成阵势，明显一字长蛇，变化二龙归水。戈戟森森，器械鲜明。两杆白缎子大旗，上面书写黑字。写的是：改山河扶保真主，灭大宋另整乾坤。当中有一杆大座纛旗，写着是：赵王驾下天下都招讨兵马大元帅八路总先锋王。当中另有两杆大旗，写着前部先锋，还有两个斗大的“乜”字，左右两杆红旗，左边是左先锋，一个斗大的“金”字，右边是右先锋，一个斗大的“金”字。徐良一看，就认得那“金”字旗下，是金永福、金永禄，“乜”字旗下，是两个穿黑挂皂之人，全都身高一丈，俱是镔铁包额，青缎扎巾，双飞火焰，两朵绒桃，青缎小袄，牛皮靴子。一个面如血盆，一个面似瓜皮，每人扛着一条虎尾三节棍。每人腰中，盘绕着一根十三节鞭，在那里催军。

原来这两个就是显道神乜云雕、巨灵神乜云鹏。二人本是在宁夏国占山为王的两个野人，受了王爷的招安。如今就派这两个人，作前部先锋官。由宁夏国带了五百人来，还有他们山中几十个喽兵，拿着王爷的书信，先见了王纪先、王纪祖，将王爷书信投递。两家寨主一见书信，并且还有许多金银彩缎、白玉珠宝，王爷并没见过面，就封了一个天下都招讨兵马大元帅八路总先锋，那纛旗认标，俱由乜云鹏、乜云雕带来，当时就找了长竿，穿了纛旗。两家寨主冲着宁夏国，谢了王爷之恩，收了礼物。依这乜云鹏要出去扫灭那些村子，抢掳东西。两个寨主说：“三千户有一个阎员外，那老儿不是好惹的，先去招安他们，若要阎正芳一降，王爷又得一员虎将，倘若不降再洗他们的村子。”遂即修了一封书信，乜云鹏派他的旗牌官王信前来下书。乜云雕、乜云鹏也就告辞下山，尽山路就是四十里，也有墩铺，五里一墩，三里一铺，走在山下，有个临河寨，有两个寨主，姓廖叫廖习文、廖习武，二人是亲兄弟，一文一武，是王纪祖的两个表兄。

由临河寨上船，至中平寨，有一家寨主，姓杨名平滚，外号人称入河太岁。有四员偏将，吩咐下去，扎住滚龙挡，撤去卷网，另用船只，迎接乜家弟兄。过了中平寨，开了竹门，绕过银汉岛，弃舟登岸，奔梅花沟，至金家店，见金永福、金永禄，立刻齐队，放三声号炮，叫大众搬石块，叠墙子，立辕门，插纛旗。少刻金家店伙计回来，被人家削了一个耳朵，鲜血淋漓，见着金家弟兄、乜家弟兄，就把王信被杀的话，细说了一遍。乜家兄弟，闻听此言，就要传令。金永福说："且慢!"就把徐良的一身本事，对着乜家弟兄细说了一遍，嘱咐他们出去万一遇见此人，千万小心在意。乜家弟兄微微一笑，说："也不是我两个人夸下海口，不怕他项长三头，肩生六臂，要活的生擒过来，要死的结果性命。"遂即往下传令叫列队。连声炮响，画鼓齐敲，有宁夏国五百兵，俱是受过训练的，闻鼓声一响，就列成一字长蛇大阵，纛旗认标，空中飘摆，他们弟兄四个人各归本队，俱在各人门旗之下，也往对面观瞧。那些庄兵拿包袱当作旗子，扛着长短的家伙，可也有长枪大刀，有多一半锹镢等类，还有些挠钩铡刀木棍，站立得也参差不齐，乱挤乱碰，吵吵嚷嚷，当中单有一伙人倒是虎势昂昂，都有兵刃。永福、永禄见着山西雁，不敢出队，就是乜家弟兄挺身蹿将出来。见那边出来了两个，阎正芳要出来，阎勇、阎猛两个侄子把他拦住，这二人每人一条枪，就迎上去了。乜家弟兄用虎屋三节棍，往外一捉，一反手就结果了阎家弟兄的性命。徐良见二人已死，就要出来与乜家弟兄交手。这段节目，且听下回分解。

第一〇七回

众好汉过潼关逢好汉　大英雄至饭铺遇英雄

且说乜家弟兄将一出来，阎正芳就要过去，阎勇、阎猛哪肯叫老人家过去，不料二人过去，就死在三节棍下。老英雄一见两个侄子已死，如同刀扎肺腑，要过去与两个侄子报仇。阎齐哪肯教天伦过去，说：“老人家不可，待孩儿过去给我两个哥哥报仇。”徐庆在旁说：“你不行，待我过去。”山西雁也没言语，飞也相似，就奔了战场。看看临近，那边有人叫：“小心哪，这个可就是白眉毛。”画鼓齐敲一阵，以振军威，乜家弟兄招呼来人通名，棍下受死。徐良说：“两个叛贼要问，老爷乃是御前带刀四品护卫，姓徐名良，字世长，外号人称山西雁，又叫多臂人熊，知我的厉害，快些过来受捆。你们两人，叫什么名字？结果了你们时节，我也好上我的功劳簿。”二人通了名姓。徐良说：“你们二人，是一对一个呀，还是一拥齐上？”乜云鹏说：“你一个人，我们是一拥齐上；你一千个人，我们也是一拥齐上。”徐良说：“这倒对劲。我最喜欢一个人宰两个人。”山西雁净为的是逗着他们说话，他好就中取事。随说着身临切近，说：“这可要得罪你们了。”这二人哪里知道他的厉害，忽然一低头，锦背低头花装弩，对着乜云鹏打去。乜云鹏也算躲闪的快当，刚一扭脸，噗哧一声，正打在腮颊之上，若要不是有牙挡着，就从左边腮颊穿出去了。贼人一低头，哎哟一声，疼痛难忍，把弩箭拔出来，鲜血直流，咬牙切齿，把徐良恨入骨髓。二人一齐摆虎尾三节棍，往上扑奔，一个是撒花盖顶，一个是枯树盘根，叫来人首尾不能相顾。可巧遇见徐良大环刀，往上一迎，“呛”的一声，把虎尾三节棍削成两节。腿下面棍到，徐爷往上一蹿，扫堂棍扫空，又一翻手，连肩带背打下来了。徐良用刀往上又一迎，“呛”的一声，把三节棍削成节半棍。二人往下一败，全打腰间把十三节鞭解将下来，复又回来，把十三节鞭一抖，仍是一上一下，举起就打徐良。山西雁将要用大环刀，找他们的十三节鞭，就听身背后一声喊叫，类若霹雳一般，回头一看，是金锴无敌大将军于奢，手中一条凤翅流金锴，后面是霹雳鬼韩天锦，一条混铁棍，二人一齐喊叫：“闪开了！”山西雁只得让他们。再看后面蒋四爷、展南侠、白芸生、艾虎、卢珍、刘士杰、冯渊、双刀将马龙、张豹、金枪将于义、大汉史云、龙滔、史丹、胡小纪、乔彬等，俱在那边与徐三爷相见。徐庆又与他们大众，给阎正芳等见礼。

原来蒋四爷他们由开封府起身，南侠带着开封府的文书，一路之上晓行夜住，饥餐渴饮。那日正走，忽见后面有二人骑着两匹马，飞也相似赶下来，却是一老一少。远远的那个上年岁的人说：“前边那几位人，有蒋四老爷没有？”蒋四爷回头一看，他并不认得那老者，蒋爷说：“什么人找蒋四老爷？”那老者滚鞍下马说：“四老爷一向可好？老奴与老爷磕头。”蒋爷说：“是什么人？我怎么不认识你？”那人说：“你老人家见着我家少主人，就认识了。少主人，把马快些催催罢，咱们赶上老人家了。”那马到来，蒋四爷一看，不是别人，正是自己的徒儿到了，这就是在鲁家村收的那个鲁士杰。少爷下马，过来与蒋爷行礼。蒋爷说：“你从何处而来？”鲁士杰眼泪汪汪，说：“我，我爷干了。”蒋爷说：“死了？”小爷说：“对了，就叫死了。”蒋爷说：“什么话！哪有说干叫死了的呢？倒是得何病症而死？”小爷说：“连脑袋都死了。”蒋爷不问他了，问家人说：“鲁成你说罢，这孩子说话，我实在听不明白。”鲁成说：“我家主人皆因受伤之后，当时不甚理会，过了一个月后，仍然是呕血，吐了半载有余，就故去了。家中发丧，诸事已毕。我家少爷常在家中惹祸，无奈之何，有我家员外的亲族都知道我们少爷与你老人家磕过头，教老奴随着前来，只要找到你老人家，就好办了。到了开封府一打听，说你老人家奔潼关来了，我们主仆自京都直奔潼关大路，可巧走在这里，我瞧着像，我才冒叫一声，原来正是你老人家。”蒋爷说：“好，我正要写信找你家少主人上开封府，趁着他这年岁，也该学练本事了。不料我的事忙，开封府相爷把印丢失了，我们又得上陕西。你们来得正好，就跟着我们上陕西去罢。”蒋爷把鲁士杰带过来，与大众见礼，说：“这是我的徒弟，名叫鲁士杰，外号人称小元霸。”所有大众，全给磕上一回头。就是史云倒与他磕头，皆因愣史他是艾虎的徒弟。大众一看，蒋爷这个徒弟，面黄肌瘦，仅有骨头没有肉，正是一个童子痨的形象，焦黄的面皮，竖眉圆眼，小鼻子，溜尖的嘴，上嘴唇长，下嘴唇短，两腮无肉，直是一个雷公样子。大家看着，无不暗笑，难得蒋四爷这个徒弟，怎么挑选来着，师徒品貌，会不差往来。师傅瘦，徒弟比师傅还瘦，别看这个形象，哪知他力大无双，人送他的外号叫小元霸。带着他一走，虽有马匹，也就不能骑了，到了晚间，住店最能吃饭。展爷问他会什么本事，他说：“一概不会。”

到了次日，至潼关，蒋爷同着展南侠，把开封府文书拿出来，二人拜会潼关总镇。总镇大人姓盖叫盖一臣，外号人称红袍将。到帅府递了蒋展二位大人的半全帖，不多时，听里面咚咚咚三声大炮，大开仪门，迎接二位护卫，见面彼此对施一礼。蒋爷见这位大人，红袍玉带，金樸①头，白面长髯。此人打吃粮当军

① 樸（fú）——古代一种头巾。

起首，升的总镇爵位，全凭跨下马，掌中枪，一层层挣来的前程。要讲究出兵打仗，对敌冲锋，排兵布阵，逗引埋伏，熟读孙武十三篇，广览武侯的兵书，若论攻杀战守无一不强。总镇潼关咽喉要路，非这样的总镇，焉能把守得住？蒋四爷一到，总镇亲自出来迎接，把二位让到书房，叙了些寒温。展爷把开封府的文书拿出，叫盖一臣看了。盖总镇说："原来京都竟有这等样的事故。"立刻吩咐，把众护卫校尉，请进来待茶。众人至里面，一一相见。蒋爷打听徐良，总镇说："已然过去二三日了。"又问："王爷是怎么过去的？是明过去的，还是巧扮私行混过去的哪？"红袍将一声长叹说："王爷是明混过去的，到了这里，我还迎接王驾哪。我问王爷意欲何往，他说：'奉旨催宁夏国贡献。'我说：'万岁爷怎么没明降谕旨？'他说：'你瞧孤过关不实，你专折本入都，我在这里等着，旨意到，我再过关。'二位请想，他是万岁爷的亲叔父，谁敢抗阻他老人家！我只可连说：'不敢，不敢！'他说：'你净在孤身上留神，有那样心思，多在私行的身上盘查盘查才是。我也看出来了，你是个大大的忠臣，等我到宁夏国回来面圣之时，我必要提叙提叙你这个好处。'我打量着我这官也不能久待了，不料他敢情是反了。"蒋爷说："大人早晚总要留神才好。"总镇大人待承了一顿酒饭，次日方才起身，第二天到三元县打尖。蒋爷他们吃酒，总要多耽误些时刻，他们不吃酒的，先吃完了饭，都要出去消散消散。

于奢与韩天锦两个人，刚出饭铺，就瞧见鲁士杰在饭铺外头，瞧那天棚柱子上拴着一匹红马，鞍韂鲜明，鲜红的颜色，鬃尾极其好看。鲁士杰问："这是谁的马？"霹雳鬼说："瘦小子，你爱人家的马呀？"鲁士杰一抬头说："大小子，你管我哪！"于奢在旁说："你们两个人，须别叫他大小子，我也不矮呀！叫他个黑小子还可以。"士杰说："你也是大小子。"于奢说："我不瞧你小，我把你劈了。”士杰说：“我还要劈你哪。”于奢说：“你有多大膂力？”过来一揪，被小爷把他腕子拿住，往怀中一带，于奢往前一栽，几乎没栽倒在地。于奢往怀里一抽，小爷又这么一送，一撒手，噗咚一声，仰面朝天，栽倒在地。于奢自己羞得面红过耳，说：“瘦小子真可以，咱们两个人再试试。”小爷说：“慢说是你一个人，就是你们两个小子也不行。”韩天锦说：“咱们试试。”果然两个人一齐过来，被小爷把他们两个腕子拿住。这二人见鲁士杰手指头细长漆黑，类若两只爪子，小爷一用力，就如五个钢钩把二人腕子钩住一般。论说二位站殿将军，膂力不小，禁不住小爷这一揪，往怀中一带。于奢、韩天锦也往怀中一带，鲁士杰连一丝儿也不动，二人就知道势头不好，说：“你撒开罢。”小爷绝不肯撒开他们，容他们往怀里劲力带足，借着他们自己的力气，仍是往两下里一送，一撒手，这二人噗咚噗咚，全都栽倒在地。瞧看热闹的人不在少，内中单有一个人哈哈大笑，说：“好大膂力。”于奢、韩天锦栽倒，本就羞的难受，又对着这些个人无知，叫了一阵好儿，这两个站殿将军，如何搁得住，正要找一个出气之人，爬起来对着赞好之人就骂。那个大笑之人也是一个不容骂的人，说：“你们两个人，被人家栽倒，因为何故骂我？”于奢说：“我们是自己弟兄，闹着玩的，与你何干！为何你在旁边狂笑？你要不服，来来来，咱们较量较量。”那人说：“你惹不起人家，要欺压于我，谁人受你欺负？”于奢说：“我就会欺负你，你不服，你来试试，小子，怕你不敢！”那人一听，微微一笑，说：“量你有多大本领！”那人生得是细条身材，白脸面，一身蓝缎衣襟。于奢过去，就是一拳，那人用二指尖，往肋下一点，于奢噗咚摔倒在地。要问此人是谁，且听下回分解。

第一〇八回

乜云鹏使鞭鞭对锴 徐世长动手手接镖

且说于奢皆因被鲁士杰栽了一个筋斗，他打算着要拿那人出气，不料刚一过去，被人家用二指尖往肋下一点，他就摔倒在地，并且是心内明白，但是不能动转。韩天锦说：“这小子，可真是岂有此理！你会什么本事？来来，咱们两个人较量。”那人说：“量你有多大能耐？”韩天锦过去，打算要揪他，不料也被人家用二指一点，也就摔倒在地。鲁士杰说：“你这小子，因为什么把我的两个哥哥全都治倒？咱们两个人较量较量。”那人一笑，说：“小辈，别看你能摔他们两个筋斗，我要叫你往东倒，你要往西一倒，算我学艺不精。”这鲁士杰更不行了，也就过来。那人说：“你有多大膂力，把腕子交给你，也拉我一个筋斗，方算可以。”鲁士杰把他腕子一揪，往怀中用平生之力一带，那人用左手，顺着鲁士杰的胳膊一摸，小爷就觉半身麻木，被那人用二指尖一点，小爷也就栽倒在地，不能动转。外面瞧看之人，越聚越多，全都哈哈一笑说：“真是强中自有强中手，能人背后有能人。那个精瘦小孩儿，会胜那两个大身量的，这三个人，又不是那人的对手。”

里面，蒋爷刚才吃完了饭，叫他们捡去家伙算账，忽见外边进来之人说：“就是那边饭座上的人，都被人家给戳死了。”艾虎就问：“那位大哥，你说什么被人戳死了？”那人说道：“你们还不出去瞧瞧去哪，你们一同的人全死过去了。”艾虎一听，往外就跑，后面跟着众人出来一看，果然于奢、韩天锦、鲁士杰三个人俱躺在地下，可睁着眼睛，不能转动。蒋爷先就问那个人，你将我们三个人打倒，是什么缘故？那人答言说："是我打的，如不服，就过来较量较量。"一班小弟兄正要上前争论，话言未了，史云过去，给那人一拳。那人又是照样用二指尖一点，也就栽倒在地。蒋爷心中暗暗忖度，此人这身功夫，受过明人指教，这叫闭穴法，俗话说叫点穴，曾听见北侠说过会这套功夫，以前白玉堂拿北侠，在妙莲慧海庵遇尼姑，救汤孟兰五个，就教北侠用指尖一点，五爷站在那里如受了定身法的一般，工夫不大，北侠就给他解过来了。其余就是神行无影谷云飞会。其名叫十二支讲关法，按十二个地支，子丑寅卯，无论夜晚白昼，总得知道天到什么时辰，按人周身三百六十骨节，点在什么穴道上，这一点无非就把人的穴道闭住，或躺或站，一丝儿也不能转动，就是不容易学。蒋爷已明此理，知道他是点穴法。艾虎等不知此术，就要抽刀动手，展爷过来一拦，连蒋爷说着，四人才不动手。四爷说："世间有句话：'理字无多重，三人抬不动。'你们乌合之众都要亮刀，莫非杀人就白杀么！有话说话，不要动粗鲁哇。不用你们，全有我哪。"蒋爷过来，与那人说："朋友，咱们远年无冤，近日无仇，我们这三个人，要是得罪了尊公，我给磕头赔礼，有什么话，我们少刻再说，你先将他们放转过来。"那人说："使得。"就见他过去，用手一拍，韩天锦、于奢、鲁士杰一翻身，坐将起来，说："好小子，真有你的。"展爷把他们拉将过来。蒋爷知道这闭穴工夫一大，日后必要作病，故此先叫那人把闭穴法给解了。蒋爷又问道："朋友贵姓？方才我们三个人，俱是浑人，难道你还看不出来么？若有得罪尊公之处，我替他们赔礼。"那人微微一笑，说："我姓沈，叫沈明杰，居住马尾江，正西有道岭，叫梅花岭，在岭正南，叫奇霞岭，岭下有个村子，叫避贤村。我家有七旬老母，因我老母终日用饭，非肉不饱，我故此每日上一趟三元县，与我老母买肉。”蒋爷说：“古人云：人到七十古来稀，你能终朝走这么一趟，不嫌絮烦，可见你的一点孝心。忠臣孝子，人人可敬。”沈明杰说：“尊公何必这般过奖。未曾领教，你老贵姓?”蒋爷说：“姓蒋名平字泽长，原籍金陵人。”明杰说：“莫不是人称翻江鼠么?”蒋爷说：“正是。”沈明杰说：“原来是蒋四兄台，请上受小弟一拜。”说毕行礼。蒋爷把他扶住，又见那人二十余岁，口称自己是蒋四兄台，连忙问道：“这位弟台，何以能知劣兄?”沈明杰说：“我提一个人，四老爷就知道了。”蒋爷说：“但不知是哪一位?”沈明杰说：“洪泽湖高家堰隐贤庄有一位姓苗的，那位老先生，你必然认识。”蒋爷说：“那是我的苗伯父。怎么，弟台认识此人么?”沈明杰说：“那是我的师傅。”蒋爷说：“这可真不是外人了。请弟台①过来，我与你见见几个朋友。”先见展南侠，然后大众俱都一一相见。蒋爷说：“我们大家，里面说话去罢。”沈明杰告诉过卖，看着这匹马。伙计说：“你老只管放心，丢失不了。”

至里面落座，蒋爷要请他饮酒。沈明杰说：“刚才吃过，正然要走，遇见他们三位比较膂力，我在旁边失声一笑，他们一骂我，我可实有得罪他们三位。”蒋爷说：“全是自己人，不是外人。请问沈贤弟，如今我苗伯父还在与不在?”明杰说：“已经故去三载有余了。”蒋爷说：“原来他老人家归西去了，可惜！可惜！”明杰问道：“如今我师兄苗正旺，四哥你可知晓他在哪里居住不知?”蒋爷说：“不知，正要与你打听打听。”沈明杰说：“这个——”自己一怔说：“四哥，我要知道，怎么与四哥打听呢?”蒋爷说：“他们父子行事，实系古怪，帮着我拿住吴泽，救了我们公孙先生，颜大人要请他父子出来，与他们打折本奏明万岁，

① 弟台——尊称。

候旨意下封官。至隐贤庄一找，他们父子已是形迹不见，由那时就隐遁了，至今不见下落。”原来沈明杰分明知道他的下落，特意反问蒋四爷，等到下文慢表。沈明杰说：“你们众位意欲何往?”蒋爷就把开封府丢印，上朝天岭找印的事说了一遍。沈明杰说：“众位若奔朝天岭，离我家中不远，倘有用着小可之时，小弟情愿效劳。我可不能在此久待，还得回去，预备我老母晚饭去哪。”沈爷把过卖叫过来说：“他们共算了多少饭账，全是我给。”蒋爷说：“那可不能，你吃了多少钱应当我们给才是。”沈明杰说：“我的钱文已然会过了。”两下让了半天，仍是自己会自己的。蒋爷又细问了他的住处，沈爷又说一遍，告辞，出离饭铺解马匹乘跨回家去了。

蒋爷大众也就起身，直奔朝天岭。过了马尾江，远远往朝天岭走去，忽听见号炮连声。蒋爷说：“这是哪里开兵打仗哪?”又见许多行路之人往回里乱跑，众人说：“你们别往那里去了，朝天岭反了，有开封府的护卫带着民团与朝天岭打仗呢。”蒋爷说：“正好，我们此去也是要打仗去。”众人方得知晓。蒋爷等往前紧赶，看看临近，就看见那边旗鐪招展，队伍交杂，这边民团拿包袱当旗帜。蒋爷一眼就看见徐三爷在那里指手画脚，与南侠说：“盖总镇说徐良一人过关，怎么三哥也在这里?”大众直奔前来，见了徐三爷。韩天锦与于奢说：“咱们三弟在那里与贼交手哪，我们过去，换替换替他去。”于奢说：“大小子你敢过去么?”韩天锦说：“除非你不敢过去!”原来他们走路，自己全都带着各人的家伙，二人一说，撒腿往前就跑，直奔杀场。天锦说：“三弟闪开了。”徐良刚把那二人三节棍削折，忽听后面于奢赶上前来。乜家弟兄，两条十三节鞭，哗啷一抖，两条怪蛇相仿，天锦迎着乜云雕，于奢迎着乜云鹏，这十三节鞭，论兵器之内，最厉害无比。逢硬就折弯，共十三节，全是钢铁打造。环子套环子，真得受过明人的指教，打的出去还得收的回来，或收锁人家的兵器，或进人家的家伙，拍砸搂扫，皆是招数，单刀、双刀、宝剑、双锏、单鞭，遇十三节准输。最怕的是铛、三节棍、锁子棍、狐狸鞭，只这几宗兵器可赢十三节鞭，还得是大行家。如今乜云鹏，见于奢这柄雁翅铛，又带于奢晃荡荡，一丈开外的身量，心中就有些惧敌。使了个泰山压顶，砸将下去，于奢并不横铛招架，往后一撤步，十三节鞭打空，将往怀中一抽。于奢用铛往下一拍，只听呱当一声响亮，铛的雁翅把十三节鞭挂住，尽力往怀中一带。云鹏吓了一跳，也是尽力往怀中一带。于义赶奔前来，飕的就是一镖，乜云鹏一歪身躯刚刚躲过，于义拧枪就扎，此时十三节鞭和铛便也就两下分开，然后奔于义，乜云鹏用扫堂鞭一扫，于义跳过，复又打将下来。雁翅铛又到，金永福、金永禄看见乜家弟兄要吃苦，这二人就蹿下来。他们两个本是飞贼，不会使长家伙，每人一口单刀，赶奔杀场。此时韩天锦吃的苦却不小，皆因乜云雕盖顶搂头，往下一砸，韩天锦用铁棍，使了一个横上铁门拴的架势，不料那十三节鞭，逢硬就折弯，就听“哗啷”一声，把那几节正碰在韩天锦脊背之上。天锦叫喊说：“哎呀，小子真打么?”乜云雕也不言语，照样儿哗啷又打了一下。可倒好，乜云雕也不改招数，韩天锦也不换架势，鞭一打，棍一挡，韩天锦就得挨一鞭，整整受了十余下，疼痛难忍。徐良看不过，复又蹿将上去，说：“二哥你躲开罢。”韩天锦方才下来。乜云雕不知徐良的厉害，也是照样往下一打，徐良刀往上一迎，“呛啷”一声，把鞭削去两节，照样又一打，又削去两节。乜云雕无奈撒腿败阵。徐良哪里肯舍，乜云雕跑不甚远，回首就是一镖。徐良“哎哟”一声，噗咚栽倒。要问生死如何，且听下回分解。

第一〇九回

四品护卫山谷遇险　站殿将军战场擒人

且说徐良把乜云雕的十三节鞭削去一半，乜云雕就跑，徐良就追。乜云雕一回手，把暗器掏出来，往外就打，早被徐良看见，慢说这是白昼，就是夜间，都能接人家暗器的。徐良一伸手，把暗器接来，往后一仰，噗咚栽倒在地，把镖还转过来，使那个打暗器之人无疑。乜云雕一见他这样栽倒，就知把他打中，遂即转身回来，要结果他的性命。忽见徐良使了个鲤鱼打挺，一翻身说："来而不往非礼也！"飕的就是一镖。乜云雕他哪里防范着有这么一个招数？也亏得自己躲的快当，一矮身躯，砰的一声，正打在他抹额之上，吓的贼人胆裂魂飞，撒腿就跑。徐良紧紧一跟，乜云雕不敢归队，扑奔正西，进了山口过山梁。徐良仍然是追，二人直跑的力尽，气喘吁吁，汗流浃背。跑出总有五六里路，忽然透出平坦所在，四面皆是大山，是一个小村庄的样子，有二三十户人家。就见临近那所庄院，是柴扎竹篱，门外站着一位武生相公。看着二人临近，那人就进门去了。看那人的相貌十分俊秀，怎见得，有赞为证：

山西雁，正自追赶贼一个，忽然间，对面之人要进门。武生打扮多俊俏，恰如同，读书之辈带斯文。头上带，武生巾，翠蓝色，扣顶门，掐金线，配流云，牡丹花，十样锦，嵌官玉，白而嫩，真乃是，素净的身分无瑕无痕。箭袖袍，紧着身，绣花边，镶片锦，银红色，簇簇新，腰中系一根杏黄色的丝绦把穗儿分。皂朝靴，足踏稳，色毡底，溶溶粉，却又将，时款尊，端端正正并无泥土又无灰尘。肋下剑，龙口吞，镶什件，是镀金，挽手穗，两下分，令人瞧，心发怔。能诛邪，斩妖氛，但离匣，惊鬼神。杀人不带血光痕。美芳容，正可人，年纪幼，威颜振，眉清秀，目有神，土星端，耳有轮，双腮带傲恰似涂朱的嘴唇。观看此人是清而秀，一转身躯要进他的门。

乜云雕被徐良追的无处可跑，往西一拐，那人刚进去，正要关门，乜云雕把篱笆门推开进去，央求那个武生相公，在院中暂避一时，让徐良追赶过去，然后再逃窜性命。不料徐良早在篱笆墙外，听见他们里面说话，一纵身就从篱笆墙外蹿进去了，脚一落地，原来那武生相公，就在那里等着呢。那人一抬腿，徐良就摔倒在地。武生相公用膝盖点住徐良后腰，把带子解下来，四马倒攒蹿将山西雁捆好。徐良说："那一个是贼，我是办案追贼的，相公为什么把我捆上？"那相公微微一笑，并不答言，扬长而去，少刻有家人出来，把徐良看上，暂且不表。

且说疆场之上，仅剩了乜云鹏被雁翅铛围裹，后来金家弟兄到了人家那边，这边众人也杀将过去。蒋爷主意，就是鲁士杰没上去。此时，蒋爷也问明白了徐庆与阎家结亲之事，很觉着喜欢。白芸生、卢珍刚一过来，就敌住金永福、金永禄，乜云鹏对着艾虎，用十三节鞭抡开就砸，艾虎七宝刀往上一迎，呛的一声，把十三节鞭削去两节。乜云鹏回身就跑。一晃他那鞭，就是号令，五百兵忽喇往上一裹，长短的家伙，往上一递。这一阵好杀，如同削瓜切菜，挨着就死，碰着就亡，转眼间，横躺竖卧，尸横满地，血水直流，带着重伤的，死于非命不少。金永福被刘士杰一镖打倒。韩天锦把他往肋下一夹回头就跑。金永禄被于奢用铛杵打了一个筋斗，栽倒在地，于奢一弯腰，也就把他夹于肋下往回里就跑。乜云鹏一声令下收兵，就见那边当啷一棒锣鸣，众兵丁如风卷残云，归奔梅花沟去了。蒋爷说："鸣锣收兵！"这边的全都回来。蒋爷这一来，就有出主意的人了，叫大众分一半人，回家中去取镢镐，这一半人搬石块叠墙子。那一半人取来镢镐，挖战壕创立辕门。人多容易做，转眼之间，就叠了半截墙子，挖了几尺深的战壕，仗着是平坦之地，工夫不大，俱都挖好。蒋爷教给他们，站墙子传口令，按军规营规的号令一般，叫阎芳给他们预备灯笼火把，换替着吃饭，换替着巡更、站墙子，然后就在里边一座大庙，作了他们的公所。拿住的金永福、金永禄，带上来细问他襄阳王的事情。这二人并不隐瞒，就将王爷的事情，一五一十说了一遍。又问他们朝天岭的地势，这二人也不隐瞒，一五一十全都说了。又问："玉仙可曾到了没有？"回说："没有到。"蒋爷一威吓两个人。这二人说："我们已然被捉，问我们什么说什么，不说也是死，说了也是死，我们不说，白受些刑法，索性有什么说什么倒好，只要求老爷们，给我们一个快刑。"蒋爷又问："白菊花在你们这里没有？"金永福说："不但不在这里，我们连认识他都不认识。"蒋爷说："也不杀你们两个，只等我们把大事办完，还放了你们两个。只要你们改邪归正，就算好人。"又派人把这二人看起来，不叫缺少他们的吃喝。

安顿已毕，大众就在庙内吃饭，都是阎正芳预备。蒋爷说："阎员外，上朝天岭的道路，你可去过没有？"阎正芳说："一概不知，谁也没往里边去过。"蒋爷又问："这后山，可能上的去？"阎正芳说："上可是上的去，就是绕的道路太远，非由汝宁府过去不可。走后山六十里路，到山顶之上，三十里路，有个交界，叫苗家镇，立着个交界牌。山上的人，不许私过交界牌往下，下面不许过交界牌往上。这交界牌，上面是山上的人看着，下面有苗家镇的人看着，如要私过交界牌，准其拘拿。"蒋爷问："这是什么缘故?”阎正芳说:“这苗家镇,有我们亲戚,是我们一个连襟①姓苗,叫苗田雨。他们姓苗的人甚多,全是打猎为生,他们常常打野兽,有用三眼铳的时节,山上听见三眼铳一响,就疑着有官兵抄山,因为此事,打过好几回仗,山上全都吃败仗。我们亲戚出来给说合着,立了一个交界牌,此后不许犯界。若要上这后山,非从此处不能过去。”蒋爷说:“除此之外,别无便道了么?”阎正芳说:“除此之外,别没有便道了。”蒋爷说:“既然这样,今日晚间,从前边探探他这个岭去。”阎正芳问:“谁可探去?”蒋爷说:“我去探去。”阎正芳说:“从哪里去探?”蒋爷说:“由前边水面去探。”阎正芳说:“不行,十里地的水面,谁能有那么大的水性?”蒋爷说:“慢说十里、二十里我也能去,谁叫我这护卫上多加出水旱二字来。”阎正芳说:“就让四老爷水性行,他们还有许多的消息儿哪。”蒋爷说:“方才金永福不是说过了么?就是那滚龙挡,卷网水斗子,全不要紧的事情。”巡江太尉李珍、细白蛇阮成两个人说:“我们同你老人家一路同往如何?”蒋爷问阎正芳:“他们二人水性怎样?”阎正芳说:“我是一概不晓,打量着可以。”蒋爷又问:“你们两个人,在水中能看多远呢?”李珍、阮成二人齐说:“能看一丈五六”,蒋爷说:“不行,看一丈五六不算水性。”二人说:“我们虽看的不远,凫②水十里地,绝不能乏。”蒋爷说:“那可就行的了。”艾虎在旁说:“四叔,我也跟了去。”蒋爷说:“你在水中又不能睁眼,去作什么?”艾虎说:“又不是在水中打仗,睁眼何用?我也能凫十里地的水,力不乏。”闹海云龙胡小纪说:“我也去。”蒋爷说:“咱们这几个人去,谁也不能顾谁。”大家点头。蒋爷说:“瞧瞧徐良回

① 连襟——姐姐的丈夫和妹妹的丈夫之间的关系。

② 凫(fú,同浮)——在水里游。

来了没有？”众人说：“没回来哪。”蒋爷说：“他往哪里去了？”于义说：“我见他追下那个使十三节鞭的人去了。”

忽见从外面进来了两个人，是阎福、阎泰。二人对阎正芳说：“叔父，我们把阎勇、阎猛两个哥哥的尸首找回来了。”阎正芳一听，心中好惨，说：“苦命的两个孩儿，倒是怕我出去有险，不料你们两个人反死在沙场。”蒋爷说：“老哥哥也不必悲伤了，等我们进京之时，必然奏闻万岁。”阎正芳说：“那倒不必，也是他们两个人命该如此！”遂即吩咐，把他们尸首用棺木盛殓起来，暂且在家内停丧，等着把朝天岭的事情办完，然后再发丧开吊。蒋爷说：“事不宜迟，咱们探朝天岭的起身罢。”又告诉阎正芳与展南侠，派他们这些人前后夜值更。正说之间，有人进来告诉说，梅花沟墙子上，先前有许多灯笼，方才全都撤将下来，黑洞洞有许多船只，把他们渡进银汉岛那个竹门去了。蒋爷说：“这就好办了。方才要早知道他们渡河，咱们应当掩杀他们一阵，还可又杀他们不少。这必是山中见咱们拿住他两名贼寇，心中惧怕。他们这一进山，省得咱们晚间多加防范了。虽然如此，可别懈怠，仍然还是上墙子坐更，传口号防范，可别中了他们的计策。”阎正芳点头。蒋爷与展南侠借那一口宝剑，展爷把两刃双锋交给蒋四爷。蒋爷问：“你们几个人，有水衣没有？”李珍、阮成、胡小纪齐声说：“有。”艾虎说：“我没有。”蒋爷又问：“你有油布没有？”艾虎说：“我没有水衣，哪里来的油布？”蒋爷叫阎正芳给找一块大大的油布来，不一时取来，交给艾虎，为的是好包他的夜行衣靠与白昼的衣服。艾虎把夜行衣包好，七宝刀挎在腰间，蒋平、李珍、阮成、胡小纪，都带了自己应用的东西，辞别大众。南侠嘱咐，千万小心。蒋爷说：“不劳嘱咐。”出离庙外，一直往东北绕过梅花沟，又扑奔西北，来至水面，大众换了水湿衣靠。探朝天岭这段节目，且听下回分解。

第一一〇回

蒋平率大众削刀破挡　李珍与阮成被获遭擒

且说蒋四爷带领大众，来至朝天岭的水面，艾虎把长大衣服脱将下来，剩下汗衫中衣，赤着双足，把脱下来的衣服全拿油布包好，把刀别在腰中，背着包袱。蒋爷等把水衣换好，也是用油布把衣服包好，把宝剑别上，先就跳入水内，试试水性如何。蒋爷见那水势狂荡，复又翻将上来，告诉这几个人说："可要大大小心，水势过狂。"众人说："不劳四叔嘱咐，自己小心自己为是。"一个个俱都跳入水内。好容易凫来凫去，才凫到了银汉岛的岛口。这口子一边是连云岛，一边是银汉岛，那两个岛口当中，就是竹门，此时竹门紧闭，竹门之下，全是柏木桩子，桩子之上，全有利刃刀头。唯独那竹门之上，也没刀头，也没桩子，因为是他们行船出入必由之路。倘若别有不知的船只，要奔竹门，碰在柏木桩子上，下面又有刀，又有桩子，就能将船只损坏。蒋爷看得真切，往上一翻身子，露出水面，几个人也都上来。蒋爷低声告诉："千万要走当中，别往两下歪，小心碰在桩子刀上。这一进了竹门，可就不能说话了。"众人说："我们多加小心就是了。"蒋爷在先，鱼贯而行，一个跟着一个，钻入水内。进了竹门，一看前边这个滚龙挡，晚间一看，犹如一条乌龙相似，咕噜噜的乱转。原来可着闸口多宽，这个滚龙挡就够多长。木头心子上面包着铁，这挡上面有一百二十把鲇鱼头的刀，上面有十二个大轮子，轮子上边也有刀头，又有十二个拨轮子，上面有水斗子，水斗子的水，往下注在水磨上，水磨一转，拨轮子就转，拨轮子一转，管轮子就转，管轮子一转，那横挡就转，若要出入船只之时，把水斗子掖住，那滚龙挡就不转了。那挡有两根大毛连铁链，上有转心活滑子，这两根铁链直通在上面，南边那根在银汉岛上，有九间勾连搭的房子，里面有四把大花辘轳，有一根铁梁，那链子在梁上挂着。北边那根毛连铁链在连云岛上，同南边一样，也是九间房子，也有四把大花辘轳，一根铁梁，那链子也在梁上挂着。他们每出入船只之时，把辘轳一松，水斗子一掖，那滚龙挡没有水斗子往下注水，自然的不转，松铁链往下一沉，他们的船只，听其出入。等着无事之时，将两边的辘轳，一齐往上一绞，仍然是把那滚龙挡按放旧位，把水斗子掖棍一撤，那滚龙挡又转起来了。那挡一转，这挡上的刀，上面蹭着水，都是斜摆着鲇鱼头的劈水刀，下面不能到底。底下有卷网就离劈水刀不远。南北西三面，这卷网上下，全有墙子，若要收滚龙挡之时，必先放卷网，若要提滚龙挡上去，也得把卷网提将上去。如今蒋四爷到，见滚龙挡乱转，下面一块卷网，若从卷网上头过去，正碰在滚龙挡的刀上，若从卷网底下过去，正碰在南北西三面墙子上。蒋爷回身，把大众一拦，钻出水面，叫艾虎把七宝刀给胡小纪，叫李珍带着艾虎，皆因他水中不能睁眼之故。蒋爷低声告诉胡小纪，用宝刀砍卷网的四面转心滑子，然后把滚龙挡的刀削折，可别全削折，留半截，我们就过去了。胡小纪点头，二人复钻入水中，胡小纪在北，蒋老爷在南，先把卷网的南北两个转心滑子，用刀剑削折，吧嗒一声，卷网沉入水底。到滚龙挡，把鲇鱼头劈水刀，叱哧咔嚓，全都削折，那挡仍然还是乱

转，把管轮子上刀头，也尽削折，奔中平寨。蒋爷在水中拉了阮成一把，阮成告诉李珍、艾虎，复又钻入水里。

过滚龙挡，又到两个岛的二道山口。类若一个大桥相仿，三个瓮洞，桥上边就是中平寨。这座寨正迎着水面，明五暗十的房子。两旁边有雁翅托，寨内有一家寨主，名叫入河太岁杨平滚，有四员偏将。那寨的门外，当中有一个架子，上面有一个大灯，是一个圆筒，类若帽盒粗细，照彻着前边竹门里头，水面若有细作前来，好结果他们的性命。白昼换上千里眼。几个人奔到中平寨下，不敢往上瞧看，扑奔当中的桥洞，将要出去。原来那边可着三个桥洞，全是卷网，仍然用宝刀宝剑削得粉碎，然后把南北两块也都砍得粉碎，五位分波踏浪，踩水直奔正西，在水凫了有两箭之遥，才将上身露出来，回头一看，中平寨西面，全有来往巡更之人。听了听天交四鼓，蒋爷见这水面上，来往全是小红灯笼，都是些小巡船，一个船上，三四个人，一个灯笼，一面铜锣，预备着捞网子挠钩。又往正西一瞅，临河寨还离甚远，就听见也是梆锣响。蒋爷与他们商议，说："咱们暂且先回去罢。"艾虎问："怎么?"蒋爷说："方才破他的卷网、滚龙挡，工夫甚大，到临河寨还有一二里地，由临河寨到上面还有四十里路，至大寨，天光也就亮了，咱们往哪里藏躲？若是被人识破机关，咱们几个人如何杀得出去？不如咱们今天暂且回去，明日再来，过滚龙挡、卷网全都省了事了。"艾虎说："就是回去，咱们也到那边看一看临河寨再走。"李珍、阮成、胡小纪全都愿意。蒋爷只得点头，复又扑奔正西。好容易到了，见那些船只一行行、一排排不计其数，躲着那船只上岸，脱水衣，换白昼服色。艾虎换了夜行衣，把宝刀从胡小纪手中要来。艾虎告诉蒋爷："胡小纪不会蹿高纵低，叫他给我们看衣服罢。”蒋爷说：“既然这样，你就在此处，找一个山窟，告诉胡小纪，千万别离开此处，众人都在这里会齐。”

蒋爷、艾虎、李珍、阮成四个人扑奔正西，身临切近，见周围全是虎皮石墙，有栅栏门坐北向南，门外，东边五间房子，西边五间房子，里面有坐更之人。此时栅栏门已经关了，上面全有五股倒须钩，钩的叉头冲天。蒋爷四人全都蹿上墙头，一看，院子甚大，有东西房，一排一排，房屋甚多。原来这临河寨，有二百人，全是水旱都能的喽兵，晚间有在船上的，有在寨内的，全是廖习文、廖习武两个人的调动。又有明三暗九三层正房，就分为前中后三寨，在这三层的后面，有一个高台，高够三丈六尺，上立一根竿子，上面有一个顺风旗子，若要上船瞧风都往这里瞧看。旗下有一个四方大刁斗，这刁斗足可以容得下十二个人，晚间另有软梯，上面有坐更的，白天上有瞭望的。这四个人见里面头层上房，灯光闪烁，别的屋中也有灯光。四人蹿将下来，往四下一分，直奔上房。蒋爷、艾虎在前，李珍、阮成二人在后，见后面也是大覆窗户，二人把窗棂纸戳了一个窟窿，往里窥探。见有两个人，一文一武，全是白脸面，在那里对坐说话，约有三十多岁，旁边站着数十个人，俱是喽兵的打扮。一人说：“今日之事，实在是想不到，若论宁夏国来的这五百人，虽不能一人敌十，足可以一人敌五，不料我们两家金寨主被人活捉去了。两个乜先锋，丢了一个，如今也不知去向，可见三千户，真有能人哪。怎么一时之间，就有开封府的兵，帮着他动手，这也就奇怪了。”那人说：“这样看起来，今天这头一战就不吉祥。若不是你这个主意，把乜先锋连那几百人放进竹门，今天晚间，要是三千户一起营，还怕得打一个败仗哪。靠起现叠的墙子，又挡得什么人？现今把他们调进我们寨中，准能保住性命。如今乜先锋见我们大寨主去了，也没有回信。”先前那人说：“准是被大寨主留在大寨了。今晚我们这里，还得防范才好哪。”那人说：“我们这里不能来，头一件中平寨他先进不来，纵然就是进来，绝不能到我们临河寨。别处山路，又不通这里。再说今天我们三寨主，带着两个女扮男装的是谁？正在宁夏国兵丁渡河之时，他们也乱挤上船上，我想又不是好事。”那人说：“怎么，你还不知道哪？那两个就是团城子伏地君王东方亮两个妹子，你没听见说，她把开封府的印盗了来哪。”蒋爷与艾虎在外面全听了一个真切。后面李珍、阮成也都听见。正在这个时候，忽听后面那刁斗上当啷啷一阵小锣乱响。里边廖习文、廖习武听见小锣一响，俱都站起身来，往外就走。众人也跟着往外就走，出屋门，下阶石，往东西两下一分。此时蒋爷与艾虎俱都蹿出东墙之外，李珍、阮成忽听后边刁斗小锣一响，心中一惊，又见里边的人从屋中出来，二人将要走，不料习文、习武就到了后边，习文说：“有人！”习武一回手，将刀亮出来，就奔了李珍、阮成，二人也就亮兵器，阮成刚一拉刀，“噗咚”一声，就摔倒在地。单剩李珍一个人与习武交手，跟出那数十个人过来，将阮成捆上，四马倒攒蹄。李珍动手，绕了三四个弯儿，未分胜败，也不知哪里来了一只暗器，“噗咚”一声，正打在左腿之上，“噗咚”一声，也就摔倒在地。习文说：“捆上！”那几人又过来，将李珍捆上。又听那刁斗，换了大锣声音，当啷啷一阵大锣响，这里一声令下，大呼“拿人”，各屋中的喽兵，此时也有睡着的，旁人将他叫醒，顿时一阵大乱，齐声喊叫拿人。此时艾虎与蒋爷，他们的腿快，全蹿出墙外，先奔山窟窿，找胡小纪来换水衣，将水衣换好，就是不见李珍、阮成回来。转眼间，忽听锣声震耳，喊叫拿奸细呀，并且连方位都说对了，说往正东走了，往正东追赶。你道这是什么缘故？皆因是这个刁斗下，指着他们暗令子，人要在北边，是打小锣，人要在南边，是晃铜铃，人要在东边，是打大锣，人要在西边是打鼓。也算蒋爷身法快当，进去之时，全没看见，后来李珍、阮成往后一绕，刁斗上才看见了，筛小锣，如今筛大锣，开寨门，喽兵抄家伙，直奔正东。这一围裹上来，要问蒋爷、艾虎、胡小纪怎样脱身，且听下回分解。

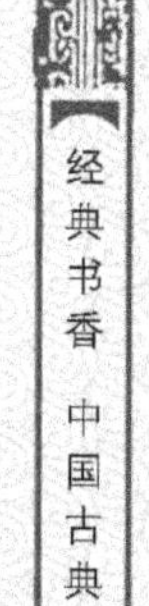

第一一一回

金仙一怒杀老道　寨主有意要姑娘

且说蒋平、艾虎、胡小纪，见喽兵扑奔前来，艾虎随手就要拉刀迎将上去。蒋平一拦说："我们先下水去，你我共三个人，倘若被捉，岂不误了大事。"艾虎说："他二人既然被捉，我们要回去，可不是道理。"蒋平说："我自有主意。倘若李阮二人被他们拿住，咱们那里有两个押帐呢。"艾虎点头，三个人同走，蒋平拿着李珍、阮成的两套水衣，钻入水中去了。喽兵打着灯笼火把，虽是眼前大亮，远方可看不真切，故此蒋平他们下水，谁也不能看见。再者这三个人钻入水中连一点声音也无，众喽兵扑空，廖习文、廖习武找了半天，只得复又回来。廖习文吩咐把拿的两个人带上来，细细拷问。喽兵答应一声，把李、阮二人五花大绑捆定，就是松着两条腿。喽兵早把那枝袖箭拔出来，交给廖习文。原来这二人，全是廖习文拿住的，论说他可是文人打扮，每遇动手，他也不会蹿高纵低，若要交手，他左手有一根檀木拐，全凭右手袖箭。他这袖箭，是两个筒儿，要一交手，专打来人的两目，用一枝就打一枝，若论他腹内文才，也是甚好，这后面的刁斗，就是他的主意。此时把李珍、阮成往上一推，喽兵说："跪下，跪下。"李珍、阮成二人焉能与山寇下跪，哼了一声，说："哪个，跪下？休要多言，如今我二人既然被捉，速求一死。"依着廖习武，把他们推出去砍了。廖习文又说道："待我问问！"转面向李珍说："你们二人同哪个一伙来的？大概独自你们两个人也到不了此处，必还有别人，只要你说了真情实话，我必开发你们一条活路。”李珍说：“事到如今，我们也不隐瞒，实是同着三位护卫前来。提起来，大概你们也都知道。一位是翻江鼠蒋平，一位是小义士艾虎，一位是闹海云龙胡小纪。”廖习文又问：“你们两个人，叫什么名字？”阮成说：“大丈夫行不改姓，坐不更名，这位是我哥哥姓李名珍，外号人称巡江太尉。我姓阮名成，名号人称细白蛇。”廖习文说：“难道你们没走中平寨么？”阮成说：“正走的是中平寨。”又问：“怎么过的滚龙挡？”阮成说：“被翻江鼠给你们损坏了。他们三个人，是来探山，我们两个人，是寻找朋友。”廖习文说：“你们找那位朋友，姓甚名谁？”阮成说：“找的是徐良，那是我师傅的门婿，就因为保护三千户的村子，与你们那个使十三节鞭的交手，如今不知下落，我们找他来了。”廖家弟兄一听，滚龙挡损坏，二人吃惊非小。廖习武说道：“不把他杀了么？”廖习文说：“不可，也不管滚龙挡损坏没损坏，我们既拿住他们总是奸细，解到大寨主寨里为是。”廖习武说：“也是个主意，我解着他走。”廖习文说：“使不得，等至明日早晨，再解他们走不迟，此时要走，还怕他们有伙计在路上等着，遇见反为不美。”廖习武就依他哥哥之言，叫众人看守李珍、阮成，暂且不表。

说书一张嘴，难说两家话。再提金弓小二郎王玉，带领着东方金仙，由团城子逃走，出了苇塘，等了半天玉仙。王玉哄着金仙说：“玉仙头里走着，也是有的，我们上黑虎观等去罢。”金仙无奈，跟着奔庙。晓行夜宿，非止一日，行到黑虎观，天有初鼓光景。叩门，小老道出来，把他们让将进去，直至鹤轩，一打听赵元贞、孙元清，全没在庙中。王玉叫小老道拾掇东跨院，他们就搬在东院去住，当日晚间，也没叫预备酒饭。次日早晨起来，金仙给老道二十两银子，叫他们给预备饭食。吃完早饭，叫王玉出去打听哥哥与妹子的信息。王玉出去，晚间回来，告诉金仙说：“石龙沟有人劫了囚车。”金仙说：“可不知道是什么人劫的？”王玉说：“明天出去，再细细打听。”到了次日，去了一天，也没回来，到了第三天，王玉方才回来，就把京都城里头剐的东方亮述说了一遍。金仙一听，放声大哭，说：“哥哥是死了，妹妹又丢了。”絮絮叨叨地念道。

可巧这个工夫，小老道过来送茶，这些言语，全被他听见了，方知晓金仙是一个姑娘，自己也没顾的送茶，复又回去。这个老道叫清风，他有个师弟叫明月，今年一十九岁，颇通人事，自从知晓此事，整整的盘算了两天。到第三天晚上，又往东跨院暗地窥探，如要看出他们的破绽，把他们拿住，总得与我说些好的。将一奔窗户，他是不会本事，脚底下一发沉重，弄出声音，金仙在内就问：“外面是什么人?”连问了数声，小老道并不敢答应。金仙一掀帘子，往外一看。小老道一瞧，此时她就是女子的打扮，用手一揪，说：“这可得了，我等师父回来，告诉我师父，你敢是一个女子哪。你同王三爷是怎么件事情？我要给你们嚷了。”金仙一听，气往上冲，一抬腿，“噗咚”一声，就把小老道踢了一个筋斗，那链子锤就在腰中围定。小老道一嚷，金仙摘下链子锤，对准脑袋，“吧哧”一声，就把小道打了个脑浆迸裂，死于非命，王玉往外一看，说：“你这是何苦?”金仙说：“他要喊叫，我不结果他，等待何时?”王玉说：“这也没有别的法子，我们走罢。”二人立刻拾掇包裹行囊，带上兵器。金仙仍是女装打扮，等到天亮，再换男子衣服。二人不管死尸，跳出墙外，将要扑奔正西，忽见由东边来了一条黑影，看看临近，低声一叫：“是姐姐么?”原来是玉仙到了。

皆因得了开封府的印，二次又去行刺大人，被大众追跑。不知纪小泉被捉，仍从马道上城，由城墙外面下去，直奔店中，蹿房而入，开了扦管，推门至屋中，把印掏出来，换上男子衣服，静等着纪小泉。候至天色微明，并无音信。自己想：天光一亮，原来两个人住店，怎么剩了一个人，他们要一盘查，我无言对答，不如逃走为是。就把行李包好，所有的东西，连印俱都带上，将门倒扣，仍是蹿墙出去，顺着大路，直奔商水县而来。自己走路，暗暗伤惨，心中想念纪小泉，大概是凶多吉少，孤身一人，又不能救他，只落得孤孤单单，只可就是投奔黑虎观来。到了商水县，至饭铺打尖，问过卖黑虎观在什么地方，过卖指告明白。玉仙吃完了饭，开发清楚饭账，离了此铺，扑奔黑虎观。到庙之时，天就不早，远远的看见由墙上蹿出两个人来，近前一看，是姐姐。二人对叫一声，金仙站住，两个人见面，拉住手对哭了一场。王玉在旁劝解，二人收泪，玉仙给王玉道了一个万福，他还了一揖。王玉说："此处不是讲话之所。"寻了一个树林里面坐定。背着王玉，玉仙告诉金仙，私通纪小泉的话，又把劫囚车得印，纪小泉被捉，一五一十细说了一遍。又问金仙的来历。金仙就把姊妹失散，到黑虎观，并怎么杀死小道，述说了一回。玉仙说："事到如今，怎办方妥？"金仙又把玉仙这些言语，告诉王玉一回。王玉问："她如今是怎么个主意呢？"金仙说："她也无法。"王玉说："这可一同到朝天岭罢！"玉仙点头，又将印拿出来，三人观看了一回，仍然交给玉仙。由此起身，到了白昼之时，金仙换了男子衣服，一路之上，晓行夜住，到了朝天岭正是那些兵丁过河进竹门的时节，他们方到，也跟着上了船，进了竹门，过中平寨，又到临河寨奔大寨，四十里路，一段一段的，都有人迎接三寨主。进了头道寨栅门，到了中军大寨，王玉

叫喽兵先领女眷上自己后院去等候，亲自至大寨，见王纪先、王纪祖行礼。又见上面坐定一人，面似蓝靛，熊眉虎目，有王纪先引见了，就把宁夏国王爷那里派来的先锋官，姓乜叫乜云鹏，怎么开兵打仗，怎么金家弟兄被捉，那位乜先锋不知去向的话说了一遍。又向乜云鹏说："这是我们三盟弟，外号人称金弓小二郎王玉的便是。"彼此对施一礼，然后落座。王纪先说："三弟上南阳府，为何这时方才回来?"王玉就把始末根由，如此这般细说了一回。王纪祖又说："如今开封府印信，贤弟得在手中了?"王玉说："不在小弟手内，还在玉仙手中拿着哪。"王纪先说："金仙，算是从了你了，这个玉仙，你们在一处，大概也从了你了罢。"王玉说："大哥不知，这个人性情古怪，虽是女流之辈，皱眉就要杀人，我虽私通她姐姐，与她连半句错话都不敢说。"又问："此人品貌本领如何?"王玉说："若论品貌本领，普天之下难找第二个。"大寨主说："我今正少一个压寨夫人，要求三弟，与她姐姐提说提说，有她姐姐做主，大概准行。"王玉说："这件事情，小弟可不敢应承。"大寨主说："你哪里是不敢应承，分明是你们二人暗地有情，你先不愿意。"王玉说："我们二人若有一分一厘私情，必遭横报。"王纪先说："三弟言重了，我乃是一句戏言，你就这等着急。我也不是一定非要此人不可，我是要见见此人，难道说还不行么?"王玉说："等我慢慢与她说着去。"说毕告辞，回奔自己东院，见着金仙、玉仙，她们已经换了女妆。这山中寨主，本没有压寨夫人，就是王纪先有两个侍妾，在后面居住，有几个丫头、婆子。王玉现从她们那边，借了两个丫头、婆子，服侍金仙、玉仙。

且说王玉进屋内，金仙迎接，至晚间方才提说，大寨主有意要收玉仙作压寨夫人的话。金仙说："哪怕不行罢。等明天我慢慢探她的口气，但能应允，倒是一件好事。”到了次日，王玉奔了大寨，与王纪先、王纪祖、乜云鹏一同用早饭。忽见廖习武从外面进来，见大众行礼。众人都让座，廖习武说：“拿住两个奸细，请寨主发落。”又提损坏滚龙挡一节，大家一闻此言，呆怔怔发愣。王纪先直气得破口大骂，叫把二人带进来，喽兵把二人推到屋中。王纪先一见，气冲两肋，吩咐推出去砍了。不知二人生死如何，且听下回分解。

第一一二回

臧能苟合哀求当幕友　玉仙至死不嫁二夫郎

且说王纪先叫把李珍、阮成推出去斩首。王纪祖说："且慢，这两个是三千户阎正芳的徒弟，据我看这两个人也是无能之辈。如今三千户住着可是有能耐之人，就是翻江鼠的水性，天下数着第一。那滚龙挡，准是此人损坏，少刻待小弟看看去方好。这两个人，暂且免杀，拿他们作个押帐，倘若咱们金家弟兄未死，说明了两下对换，比杀了他们不强么?"王纪先说："既然这样，把他们赦①回来。"王纪先本打算要问问他们，由京都来了多少人，可巧这时杨平滚到，王纪祖一声吩咐，把两个细作押在后面。杨平滚到了面前请罪，皆因他坚守不严，失于防范。王纪祖叫他坐下，细问那滚龙挡怎么伤损的。杨平滚说："滚龙挡上面所有的刀，俱剩了半截，轮子上的刀，也剩了半截，共坏了四块卷网。"王纪先说："那就不好了，你们晚上连白昼多加防范才好。"杨平滚说："还有一件事情，巡船带进两个人来。如今带在寨栅门外，听候寨主爷令下。"王纪祖就问："是两个什么人?"回答："有一个是南边口音，带着个从人，那蛮子口口声声说是南阳府的知府，姓臧叫臧能，拿着洛阳县姚家寨二位寨主爷的书信，求见寨主爷，望寨主爷吩咐。"二位寨主，俱是一怔，说："我们与此人素不来往，不如打发他去罢。"王玉答言说："二位哥哥不可，这

① 赦——赦免。

个人我在团城子见过一次。此人怀包锦绣，腹藏经纶，我们这山上，正缺少这么一个幕友。”王纪先一听，吩咐一声“请”，外面一主一仆，进了大厅。臧能就要下跪，王玉站起来，用手把他搀住，说：“不敢当。”臧能一看王玉说：“王贤弟，久违久违。王贤弟带我见一见寨主爷们。”王玉带着他，全见了一回礼。给他看了一个座位。王玉问他的来历，臧能就把书信拿出来，递将上去。王玉接过来，交给王纪先，王纪先并没打开观看，叫臧能说他的来历。臧能说：“我皆因交结东方亮，赔上了我一个知府，我妻子悬梁而死。我拐了皇上家的印信，无处可奔，逃在姚家寨，晏贤弟也没在那里，他说他们地方窄狭，交给我一封书信，投奔到你们这里，望寨主爷收留，我必当效犬马之劳。”王纪先听他说话谦恭，心中有些不忍，说：“我乃是占山之人，你乃做官之人，你若在我们山中，祸福不定，倘有不测，那时你悔之晚矣。依我说，还是投奔你们做官的人去罢。”臧能说：“大王爷，你是襄阳王爷的招讨大元帅，王爷也知晓我这个人。你现在不比先前，不久王爷的大兵一到，必有些个行文稿件、来往书信，你非用我们文人不可。大王爷你自己酌量。”王玉在旁说道：“大寨主暂且将他留下。他在我们山寨之中，大大的有用。”王纪先这才把他留下。杨平滚告辞，回他的汛地去了。

王纪先吩咐摆酒。臧能这人，他是个读书的，可惜用歪了，作了一任知府，如今居在山贼之下，并且山贼又是个浑人，并不懂得敬贤之道，他就低头忍耐，心中想道：这一时你们看不起我，等着得便，出一个惊天动地的高招儿，你们全寨之人，才宾服于我呢。这叫既在矮檐下，怎敢不低头？喝酒就坐了一个末席。饮着酒，他专能看眼色行事，酒过数巡，问王纪先说：“兄台身居帅位，又是八路总先锋，王爷一到之时，合兵一处，就得逢山开路，遇水搭桥。若论升虎帐之时，令出山岳动，言发鬼神惊，执掌生杀之大权。若论两下交锋打仗，总要仰面知天文，低头识地理，用兵讲的是攻杀战守，就是安营下寨，都要明地理，靠山近水，选平坦之地，不能受水火之灾。然后讲的是排兵布阵，斗引埋伏。不然有句常言道，‘一将无谋，累死千军；一帅无断，白丧万师。’所有的兵书战策，不知寨王爷所读的哪家战策?”王纪先听他这番言语，早有十分爱惜，说：“臧先生，实不相瞒，我是连一个字都不认识。不然，方才那封书信，我连瞧看也没瞧看。”臧能说：“小弟不才，倒看过孙武十三篇①，武侯兵书。”王纪先说：“不料先生有此天才，失敬失敬。”让先生上座。臧能说：“不敢，用我为谋士倒可以，我可不敢上座，常言帅不离正位。”遂叫他换了王玉那个座位。王纪先说。“现时我就有一件难心之事，在先生面前领教领教。”臧能说：“不是我学生说句大话，有什么难心之事，只管对学生说来。”王纪先将要说，一翻眼，又对着王玉问说：“昨天晚间，我与你说的那件事情，行与不行?”王玉说：“话已然提明白了，我还没见着回信哪。”大寨主说：“烦劳三弟，你去打听打听。”王玉只得站起身来，告辞出去。大寨主复又对臧能把金仙私通王玉，自己要收玉仙作个压寨夫人，怕她不从，请他给出个主意的话讲了。臧能微微一笑说：“这有何难!”大寨主一听这句话，如得珍宝一般，连忙领教。臧能说：“无论她怎么不从，我学生会配一样藏春酒，别管她是怎么不从，只要把酒吃将下去，她是欲火上焚，见着男子，她是腾身自就。我这酒，当初孝敬过安乐侯爷。”大寨主一听，欢喜非常，又问：“若配此酒，可得立刻就成?”臧能说：“至少

① 孙武十三篇——《孙子兵法》。中国最早的兵书，共十三篇。

也得三天，方能有酒力。”王纪先说：“就是三天，也不为迟。”

正在说话之间，王玉回来，大家让座，斟上酒。大寨主又问：“三弟，我那事怎么样了？”王玉一皱眉说：“不行，她姐姐苦苦相劝，她说她与纪小泉私通，立志至死不嫁二夫，若要说急了，她非死不可。”臧能在旁哈哈一笑，说：“无妨，我自有道理。”王玉说：“领教先生高明主意。”王纪先说：“方才已经把此事告诉了先生，难道说见见她还不行么？要趁我心意，再行设法，要不趁我的心意，也就不用费事了。”王玉说：“怎么个见法哪？”臧能说：“她手内不是有开封府的印么？就说大寨主没看见过，叫她给大寨主亲身送过来，作为看印，恭而敬之，正颜厉色。等至三天，我将酒配成，作为请她吃酒。还有一件大事，寨主千万派人去水寨留话，纪小泉倘若到来，叫他们水寨不用报将进来，结果他的性命，千万别叫玉仙得信。”王玉连连称赞先生高明，复又辞席去了。王纪先说：“我这里还有一件为难事，先生给出个主意。”臧能说：“还有什么事情？”王纪先就把李珍、阮成破滚龙挡的事情说了一遍。臧能说：“此人不可杀死，我写一封书信，送到三千户，与他们两下交换，容他们先放我们的人，然后再放他们，随着给他一暗器，也就把他们结果了。大寨主请想，此计何如？”王纪先说：“好可是好，只是小人意见，咱们就依了臧先生这个主意。”王玉出去工夫不大，复又回来，说：“印是她自己拿着，亲来交给大哥一看。”寨主说：“好！”复又吃酒，直吃到掌灯时候，方将残席撤去，大家又叙了一回闲言。臧先生催王玉请姑娘来一见。王玉来到东院一问金仙，金仙说：“我妹子方才连饭也没吃，总说身体不爽，她说打算明天再见大哥罢。”王玉说：“不可，那边还有多少人等着瞧看此印，大哥打发我请来了。”金仙无奈，复又出去，奔西上房，见玉仙在炕上躺着想事，有万种的愁肠，乜斜着泪眼，如有所思。见姐姐进来，拭泪站起，让金仙坐下。金仙说：“妹子，王寨主等着，要看那颗印信，你怎么还不起来？”玉仙不肯起来。金仙苦苦相劝，这才起去，梳洗打扮，慢腾腾打扮，三鼓多天，方才拾掇好了。前边又是臧能出的主意，叫王纪先派了四个丫头，四个婆子，打着八盏嵌纱红灯，一对一对，迎接玉仙来了。玉仙早就把里边衣服，用汗巾扎住了腰，暗中就把链子槊掖在腰中，倘若他们要霸占自己，一翻脸就拉链子槊，拼着这条命，与他们较量较量。原来玉仙早就听出姐姐那言语，此处大寨主没安着好意，自己心中想着，已经配了纪小泉，他若有命，作个长久夫妻；他若无命，绝不改嫁别人。金仙在前，玉仙在后，对对红灯，前边引路。王玉先来送信，王纪先等一见金仙露面，后面就是玉仙，大众迎出厅外。大寨主一见玉仙。恰若天仙一般，打扮得齐齐整整。轻摇玉体，慢款金莲，怎见得，有赞为证：

大厅前，又带着灯儿下，但见她，俊美风流体相幽，金仙在前，玉仙在后。打扮的袅袅婷婷齐整整，恰如同，花朵儿一般，枝叶儿更柔。一步步，往前走，带羞惭，低着头，灯儿前，月儿下，犹把那海棠般神情漏，疑是神仙降九州。乌云巧，鬓儿厚，髯起个，雁子巢，伸的下，一只手，积珠翠，光华有，黑漆漆鬓发生光何用搽油！红鹤鹭，色若石榴，对领衫，花洋绉，上边镶，堆花绣，重叠叠，边儿露，一书形，袖盖袖，敢则这个外号名叫楼儿上的楼。系香裙，腰儿柳，步儿挪，莲足漏，丢秀秀，二寸九，底儿窄，尖儿瘦，行也风流坐也风流。吐莺声，娇音嫩语朱唇抿，笑盈盈，与寨主爷台前来磕头。

且说玉仙行至阶台石下，要与寨主爷行礼，王纪先把她拦住，请至厅中落座，大众看着，无不喝彩。玉仙把印拿出来，交给金仙，金仙交给王玉，王玉往上一递，臧能此时也把那印拿出来，放在桌上一比。大寨主刚一看印，外面一阵大乱。喽兵进来报道："寨栅门外草堆失火。"众人一惊，俱都出来看火。要问此火是谁人所放，且听下回分解。

第一一三回

朝天岭上得宝印　连云岛下见水衣

且说玉仙把印一献，臧能也把印拿出来，刚要一比，喽兵进来报道："寨门外失火。"众人一听，都要到外面观看。外面喽兵乱嚷，声如鼎沸，立刻吩咐掌灯火，大寨主、三寨主、金仙、玉仙一齐出来，一看烈焰飞腾，喽兵喊成一处。原来是蒋爷暗用调虎离山计。蒋爷头天回去，直到中平寨外，过了竹门，扑奔银汉岛，上了岸，更换衣襟，直奔三千户辕门。进了大庙，见着众人，就把探山寨的话一五一十学说了一回。大家一听，好生厉害，又听丢了李珍、阮成，定是被他们捉住了。阎正芳一听，暗暗着急，又不好声张出来。蒋爷说："按说我们一同前去，他们被捉，我们没有一走了之的道理。皆因寨内他们人多势众，我们一交手也得被捉。他二人既然被捉，咱们这里还有他们两个人，明日写封书信去，与他们调换。"大众一听，倒也合乎情理。徐庆问："你们去了半天，也没有到中军大寨么?"蒋爷说："水面离中军大寨还有四十里路，我们走在那里，天光一亮，我们藏躲在哪里？故此未敢上去。要到大寨，非明天不可。"阎正芳吩咐摆酒，众人吃酒不提。到了次日，展爷催蒋四爷，写书信调换。蒋爷又一议论，说："索性等至今天晚间，到大寨探明虚实，然后再与他们调换。我说句丧气话，倘若二人没有命了，与他们调换，岂不是上当?"展爷也就依了蒋爷的主意。

到了晚间，吃毕了晚饭，天将昏黑，蒋爷带着胡小纪、艾虎起身。忽见外面有人报将进来说："咱们墙子外面，有两个人，一人姓胡，一个姓邓，求见你老人家。"蒋爷吩咐叫他们进来。二人往里一走，蒋爷一见，又来了一对膀臂：原来是分水兽邓彪、胡列。蒋爷问："你们两个人，从何处而至？"那二人提到开封府，听见丢印的信息，赶着奔到这里来的。蒋爷说："你们来得甚巧，这里正缺少会水之人，你们带着水衣没有？"二人齐说："带着哪，这可立刻就走。"蒋爷仍然借南侠的宝剑，艾虎拿了阮成的水衣，大家嘱咐小心。众人说："不劳叮嘱。"一齐出庙，过了辕门，绕过梅花沟，来至水面。大家换上水衣，把自己的衣服，拿油布包好，斜背在背上，蹿入水内，分水踩水，直奔竹门，进了竹门，由滚龙挡底下过去。过了中平寨，忽然迎面来了一只船，由北往南，又有一只船，这边问："是谁？"那边答应："是我。"又问："小心。"那边说："留神。"二船一错，彼此过去。蒋爷在水中一拉胡小纪与邓彪、胡列，一指对面那只船上，三个人彼此会意，容那只船临近，蒋爷同着众人往上一蹿，船上人刚要喊叫，噗哧噗哧，四个人落在水中，全都废命。艾虎也就上了船，说："四叔，你好大胆子。"蒋爷说："活该咱们应当少走几步。"大家都在船上，拨转船头，直奔正西来了。艾虎说："倘若要碰见人家船一问，咱们有何言对答？"蒋爷说："你不用管，跟着走罢。"果然正往前走，就见来了一只船，对面船上有人叫问："是谁？"蒋爷说："是我。"那人说："小心。"蒋爷说："留神。"二船一错，彼此过去。艾虎说："四叔心眼真快。"直到西岸，不敢奔人家船只去，偏了正北，找了一个僻静的所在，就在船上把水衣脱将下来，换好自己衣襟，仍然是找了昨天那个山洞，把水衣寄在山洞之内，却顺着山边，往上就跑。施展夜行术，蒋平、艾虎、胡小纪、胡列、邓彪五个人，看看来到寨，蒋爷叫胡小纪、胡列、邓彪三个人在此等着。蒋爷、艾虎一歪身，蹿上了东墙，往下一看，还有一道寨栅门。蒋爷看见有五堆草垛，打了个手势，奔上房而来，蹿上房去，趴在房檐，往下观看。正是里边说："玉仙少刻就来。"臧能给出主意，说："玉仙要是把印拿出来，大众给她一路鬼混，可别叫她再拿回去了。"大众点头。蒋爷同艾虎上房，奔到东墙之外，告诉胡小纪、邓彪、胡列说："你们按着旧路，在前边等我们去罢，若等不上，你们先下水回去。"三个人答应往正南就走。蒋爷同艾虎复又进来，叫艾虎上草垛，蒋爷在大房后头一趴，故此金仙、玉仙刚到屋中，掏出印来，大众一看，正在此时火起，喽兵报将进来失火的言语，众人出去看火，就是金仙、玉仙在后。蒋爷见人出去，一纵身蹿在前坡，千斤坠飘身下去，往屋中一蹿，一伸手由桌案之上将印拿了。转身就跑，刚一上房，见玉仙嚷道："不好！这火是人放的。"蒋爷蹿到后坡，直奔东墙，飘身出来，就看见艾虎在前，蒋爷就奔下来了。听后面锣声震耳，灯球火把，照如白昼一般，喊说："拿呀！拿呀！看道的听真，传信与临河寨，叫他们拿人，别放走了他们偷印的。"这一个信，实在真快，就听见当啷啷一阵锣响，往下一打信，各处接锣接话，转眼之间，就到了临河寨。廖家弟兄一得信，立刻齐队，也是一阵锣鸣，众喽兵抄家伙齐声喊叫拿人。你道玉仙怎么知道这火是放的？皆因她跟着金仙一出来，众寨主是男子，全往前奔，玉仙她出来用鼻子一闻，里面有硫磺火硝的气味。说："姐姐，这火是人放的，你闻有硝硫气味的。"金仙一闻，说："不错。"玉仙告诉大众，自己一返身，先到屋中一瞧，印信全都不见，等大众回来，众人一急，王纪先才往下传令，转眼间就到临河寨。

再说蒋爷得印后，追上艾虎，又追上前边的三个，一看满山遍野俱是灯火，锣声不住。艾虎说："四叔你得着印了没有?"蒋爷说："得了。"艾虎说："这可要不好，他们传信快当。"蒋爷说："咱们走着瞧罢，此时定法不是法，到那里见机而行。"正往前跑，忽见前边有一条黑影，说："要跑随我来。"蒋爷问："前边是谁?"那人说："不用问，我不是贼，你们打算奔临河寨，可走脱不了。"艾虎说："你到底是谁？留下名姓。"那人说："不用问。我绝不能陷害你们，准保带你们出山。"再问一语不发，在前边直跑。依着艾虎不跟着他走，蒋爷说："事已至此，且跟着他走，看他如何。"说罢就跟着他一走，走来走去就入了山谷之中，全是走的高高矮矮、曲曲弯弯之路，众人跑的汗流浃背，渐渐的就离灯火透远了，再看灯火就看不见了，仗着天边有月色，大家也跑不动了，那人也走得慢了。直走到斜月西沉，天光要亮，艾虎说："天光一亮，咱们就看见那个人是谁了。"蒋爷说："不用等着天光大亮，这就看不见那人是谁了。"果然再往前边一看，那人踪迹不见。艾虎说："这个意思，准要不好。"蒋爷说："你们听，这是什么?"就听见哗喇喇水声大作，往南一拐，前边一段大梁，另有一股小路，大众走在大梁的上头，往外一看，喜出望外。原来是连云岛的山上，往南看就是竹门的外头，往东看就是马尾江的江面。蒋爷说："真是天假其便。"艾虎说："那前边走的准是山神爷，把咱们带到此处来了。可惜一件，咱们那水衣可不能回去找了，咱们这衣服可全都要入水湿了。"蒋爷说："你别不公道了，满让把咱们的衣服湿了，又值几何!"下了连云岛，艾虎的眼快，低声说："四叔，别过去了，那边有人。"蒋爷说："无妨，那是一个人枕在石头上睡觉哪，怕他什么?"身临切近一看，止不住大笑哈哈，原来是水湿衣，拉开放在一块石头上，好像一个人伸着腿在那里睡觉。蒋爷一瞧，他们的水衣全在这里堆着，实在猜不着那人是谁。大众只得穿上，走到南岸，上来又换了他们的衣服，直奔三千户，进了辕门，回到庙中，把印往上一献，众人给蒋爷贺喜。展南侠一看说：“四哥，得来的是一颗假印。”众人一怔。若问真印的下落，且听下回分解。

第一一四回

钟太保船到朝天岭　众寨主兵屯马尾江

且说蒋爷回来，把印交给展爷，南侠接来一看，说："蒋四哥，你不是这等疏忽之人哪，你也久在开封府伺候相爷，来往行文书稿用印时节你也在旁边瞅着。"蒋爷问："到底是怎样？"展爷说："假的。"众人皆是一怔。蒋爷说："我终日打雁，被雁啄了眼了！见桌上放着印，我就拿起来，几乎没叫人家看见。也罢，事已至此，我今天晚上再去一次。"艾虎说："还是我们大家跟着。"蒋爷说："不用了，晚间要去，就是我只身一人。"蒋爷心中纳闷，又一看那印上篆文，忽然心中明白了，对艾虎说："你看见朝天岭他们屋中所坐之人没有？"艾虎说："看见了。"蒋爷说："里面坐着一个瘦小枯干的文人是谁？"艾虎说："我看着眼熟，不认得。"蒋爷说："就是拐印脱逃的臧能。"这一说连艾虎也想起来了。蒋爷说："这印是南阳府的印，也不是假的。此事怪我疏忽，拿的时节应当瞧瞧才是，皆因那个玉仙醒悟的太早，我得着印就蹿出来了。"蒋爷又一翻眼说："是了，我明白了，这个真印有人得了去了。"展爷问："是谁？"蒋爷就把从寨中出来，与大众会在一处，前边有人说话，叫跟着他走，绕山边小路，走了一股便道，出来就是连云岛地面的奇遇讲了一遍。又说："我们的水衣在那边放着，他拿来给我们放在连云岛的底下，我们换上才回来了，这印准是那个人拿去了。"展爷说："怎么不通姓名哪？"蒋爷说："这个人实在古怪。"展爷说："要是那人拿去，就是今夜再去也是无用的了。”蒋爷说：“别管是他拿去不是他拿去，我今晚上总得去一次，一半看印，一半看看咱们这两个人，若要与他调换，不用说是不行，皆因这内中有个臧能，这小子是个坏人。再说，我们徐良哪里去了？也不见回来，一点音信皆无！”展爷也是着急，唯有阎正芳着急烦恼的厉害，丢了一个徒弟，失了一个外甥，又不见了一个门婿。正在烦闷之间，忽见家人进来，在阎正芳耳旁低声说了几句言语。阎正芳说：“不用不用。”徐庆问：“亲家什么事情？”蒋爷、南侠也都问他。阎正芳叹了一口气，说：“我们姑娘听见朝天岭造反，她要与贼人打仗，不然她要上后山。”徐庆说：“那可去不得，再说前边是水，他们怎能过去？”阎正芳说：“她要上她姨夫家绕上后山去，还有一个姑娘哪，是她舅母跟前的。姓郑叫素花，两个人，朝朝暮暮老在一处，大约这又是她们两个人商量的主意。”徐庆本是浑人，有个浑招儿，说：“亲家，我告诉你一个招儿，你就说咱们小子上山去了，姑娘她要去，可怕碰见，姑娘们定然就不去了。”阎正芳一听，这倒有理，立刻叫家人带回信去，依着徐三爷的主意说。

家人走后，大家等待吃早饭。蒋爷是愁眉不展，心中盘算，低着头一语不发。正在这个时候，忽听咕咚咚号炮连声，乡中人报将进来，马尾江来了无数的大船，水中纛旗乱摆，当中一个大座纛旗，四个角上有四个字，是君山太保，当中有个白月光儿，内中写着一个钟安。蒋爷一摆手，那人出去。说：“展大弟，这可好了，咱们臂膀来了。”立刻会了大众，带阎正芳连会头一众出了镇门，往东南一看，大小船只，顺于水面，纛旗认标，空中飘摆，船上喽兵全不是喽兵的打扮，一色卒巾号衣，长短器械，鲜明耀眼，光华夺目。长枪一排，全是长枪，短刀一排，全是短刀。一个个威风凛凛，杀气腾腾。正当中是一个大虎头舟，后面有二十只麻阳战船，有二十只飞虎舟，四十只兵船，剩下尽是来往的小巡船。飞叉太保在大虎头舟纛旗下一张虎皮金交椅上面，端然正坐。要看他这个打扮，实在不透威风，戴一顶方翅乌纱，大红圆领袍，腰束玉带，粉底官靴，面如白玉，五官清秀，三绺长髯，手中捧定令字旗，金批箭，在他两旁，雁翅排开，全都是他君山中各寨的寨主。

你道这钟雄，因为何故来到此处？皆因蒋爷等由开封府起身之后，有谏议大夫、八位给事中，连衔具奏，是风闻的折本，襄阳王是时在宁夏国作乱，不久杀奔潼关，潼关乃咽喉要路，请旨调拨君山之人防守潼关，以备不测，请旨定夺。万岁准奏，发帑银二十万，派铁岭卫护卫去宣圣旨，带领帑银二十万，到君山开读。钟雄带领众人迎接圣旨，捧旨官开读已毕。摆香案供奉圣旨，收了帑银。捧旨官告辞，送出君山，然后回来，点派水旱喽兵，传各寨寨主，又叫亚都鬼闻华守山，自己率领神刀手黄寿、花刀杨泰、铁刀大都护贺昆、云里手穆顺、八臂勇哪吒王猄、削刀手毛保、老家人谢宽、金头蛟谢忠、银头蛟谢勇，水底藏身侯建、无鳞鳌①蒋雄这些人，教他们各带衣服器械。水寨中，带领惯习水战的喽兵四百名，旱寨中带四百名。须备一只大虎头舟，二十只飞虎舟，二十只麻阳战船，四十只兵船，各寨的寨主，各有管辖。按五营前后左右中分五哨，五队按五行旗子，金木水火土。东方甲乙木，蓝旗；南方丙丁火，红旗；西方庚辛金，白旗；北方壬癸水，黑旗；中央戊己土，黄旗。到了夜间，换了灯笼，也是按方位的颜色，唯独正北壬癸水可不能使黑灯笼，用白

① 鳌（áo）——传说中海里的大龟或大鳖。

灯笼加黑腰箍儿。浩浩荡荡，直奔潼关而来。到了马尾江，刚要奔潼关，见有报事的，报将进去，说：“启禀主帅得知，对面江岸上，有展大人、蒋大人同众校护卫，连本地三千户的练长，求见主帅。”钟雄当即传令，预备巡船。说：“请!”一声令下，靠船三声炮响，每船上六棒锣鸣。水路行船，行五坐六，茶三饭四。船开之时，是五棒锣，靠船之时是六棒锣，喝茶是三棒锣，吃饭是四棒锣。若要齐队是掌号三遍。队伍不齐，按军法施行。打上仗是擂鼓，撤队是鸣锣。变化各样阵势，全仗着掌号的调队，也是一字长蛇、二龙归水、三才、四门、五行、六合、七星、八卦、九宫、十门斗底。那君山的兵丁，素常演练的阵式是刀斩斧齐，全都是钟雄亲自训练的，一个个兢兢业业，皆因他法令森严，违令者立斩，绝不宽恕。其中单有老家人谢宽，训练的一百人，叫飞腿短刀手，可不会演阵，全是高来高去，一人敌十之勇，如今带在大虎头舟上，作为是钟雄的小队。刚一靠船。就见巡船把蒋爷众人先接到大虎头舟上，众人上船，南侠、蒋爷、徐庆与钟雄见礼，又与众寨主行礼，然后同着来的众人，一一见礼，不必絮烦。见礼已毕，大家落座献茶。蒋爷一打听钟雄的事情，飞叉太保就把奉旨前来潼关防守的话，细说了一遍。反问蒋爷因何至此，蒋爷也把他们的来历细说了一遍。又问三千户的事情，阎正芳也就一五一十地说了一遍。钟雄说：“徐护卫追下人去，难道就不知去向?”蒋爷说：“不知。”钟雄又问这山里头的地势。蒋爷将怎么损坏滚龙挡的话说了一回。钟雄一听，山路四十里，就不好办理。蒋爷又提山中得来的假印等事。钟雄说：“四老爷打算如何办理?”蒋爷说：“今天晚间，我还是要去。”钟雄说：“既然得了一颗假印，他们必有防范，那颗真印，只怕难找。”蒋爷说：“无妨。”又把那带路的人，对着钟雄说了一回，也许是那人已把印得去了。钟雄说：“小弟打算明天与他们开兵打一仗，看看事体如何，逢强智取，遇弱活擒，四大人你看如何?”蒋爷道：“倒也很好。”说毕告辞，仍然用小船把他们渡将过去之后，钟雄写战书，差派水底藏身侯建，驾着一只小舟，拿一枝无头箭，一张弓，直到竹门之下，对准上面喽兵说：“我奉大宋国朝四品客卿招讨先锋之令，前来下战书与你们寨主，定下明日正午，两下开兵打仗，来者君子，不来者小人。”说毕，将箭射将进去，回来缴令。明日打仗如何，且听下回分解。

第一一五回

王纪先大获全胜　钟太保败阵而回

且说朝天岭上失火，把两个印信俱都丢失。玉仙一急，教寨主给她找印，众人追赶了半夜，印也丢了，人也没拿着。玉仙一赌气，上寨东去了。众寨主全都是面面相觑，问臧先生，这事怎么办才好？臧能说："论说咱们这山寨犹如铜墙铁壁一般，外有滚龙挡，水有中平寨，旱有临河寨，山路四十里，又有墩铺，怎么会有人到咱们这上头来？哎呀！有了。只要把后面拿住的那两个人带过来问问他们，定是他们的余党。"立刻派喽兵到后面，把李珍、阮成带过来。喽兵答应，去不多时，进来回话，说："大事不好了，李珍、阮成那两人，被人家救出去了，并且杀死我们七个伙计。"王纪先一听，大叫一声，往后一仰，几乎气死。哇呀呀呀的嚷叫了半天，说："岂有此理！明天与三千户，决一死战！"众人在旁边劝解。

次日，刚才吃毕早饭，忽听山下连声炮响。喽兵过来报说："马尾江来了许多船只，是君山飞叉太保钟雄，准是替大宋国前来与我们开兵打仗，特来报知。"王纪行先一摆手，喽兵出去。传令要众人至中平寨，亲看来人的动作。大众出来下山，到临河寨上船，奔至中平寨，支上千里眼，往外面观看。就见那边船只，刚靠马尾江的东岸。王纪先见那边，齐齐整整纛旗飘扬，船上的人，虎视昂昂，耀武扬威。王纪先看毕，暗暗的摇头。与众人说："你看他们君山，水旱八百里，真乃是名不虚传。"正在议论之间，忽见有一只小舟，扑奔竹门，把话说完，将那支箭射将进来，上面绑定战书。喽兵捡拾过来打开，教臧先生读了一遍，原来是定下明日正午，两下里要开兵打仗。王纪先说："好，明日正午，与他们决一胜负！"喽兵告诉了侯建。侯建驾船回来，上虎舟回禀钟雄，将下战书，他们的回言说了一遍。到了次日早晨，用了早饭，暗暗将密令传将下去，然后三声炮响，将二十只麻阳战船列开，四十只兵船，分于左右，当中的大虎头舟上，钟雄披挂齐整，于捧令旗令箭。四员偏将，两旁站立。后面是八臂勇哪吒王锭督押后队，在二十只飞虎舟上。众船只离竹门约有一里之遥，刚要派人过去讨战，忽见里面三声大炮，竹门一开，一行行，一溜溜，一对对，一排排，从里面出来了许多船只。当中是一只龙头凤尾的舟船，里面是大寨主王纪先，两旁四只大船，一只是王纪祖，一只是入河太岁杨平滚，一只是廖习文，一只是廖习武。就是杨平滚那只船上，身后站着四员偏将，余者也是兵船，惯习水战的，俱都是身穿短袄，花布手巾缠头，全是二十多岁，年力精壮，一排长挠钩，一排钩镰枪，一排分水锎，一排双手刀，透着威风杀气。王纪先见钟雄，四凤亮银盔，烂银抹额。两朵素绒桃，后面单有一朵朱缨飘洒。穿一件冰凌刻丝鱼鳞甲，九吞八扎，内衬素罗袍，上绣朵朵团花，下绣海水姜芽。狮蛮带八宝攥成。肋佩纯钢二刃双锋宝剑，绿鲨鱼皮剑匣，金什件，金吞口，蓝挽手走穗飘垂。前后护心镜，光华灿烂，遮枪挡箭，犹如雨注秋水漾清泉。绊甲绦九股攥成。背后五根护背旗，白缎地上绣金龙，被风一摆，旗尖乱动。脊背后单有一个皮囊，插着八

杆飞叉，叉头宽够三寸五，叉杆长有六寸，叉杆上拴着一个红绢子条儿，在两肩颈旁边飘洒。来人并不知是什么物件，若要用它，一回手把叉抽出来，打出去百发百中，来人就得受伤。故此人称他是飞叉太保。再瞧下面，当中是鱼踏尾片片龙鳞，两扇征裙遮住马面，白缎子底上绣团花，大红中衣，五彩花战靴镫于足下。身高七尺，面如团粉，眉清目秀，鼻直口阔，大耳垂轮，三缕长髯。左手抱定令字旗、令箭。身后一人，捧定一杆五钩神飞亮银枪。左有黄寿、杨泰，右有贺昆、穆顺，俱是手提大刀，一个是青龙偃月刀，一个是钩镂古月象鼻刀，一个是大砍刀，一个是三尖两刃刀。王纪先一见，暗暗夸奖。钟雄看王纪先，大红缎子扎巾，赤金抹额，大红缎子箭袖袍，绣大朵团花，半副掩心甲，狮蛮带，肋佩钢刀，面似姜黄，红眉金眼，一部黄胡须。身后一人，与他扶着一支巨齿金钉狼牙槊，手中也并没有令旗、令箭。船两边站着些喽兵，是王纪先的小队，一排短刀手。

二船相隔不远，钟雄早就抱拳带笑说："对面来的，敢是朝天岭的王寨主爷吗？请了。"人讲礼义为先，树讲花果为原。王纪先见钟雄满面春风，一团和气，不能这一见面就要打仗，也说道："请了，前面敢是君山的寨主？寨主请了。"钟雄说："久闻王寨主之大名，如雷贯耳。你居住朝天岭，称孤道寡，任意逍遥。如今你归顺王爷，大事一败，玉石皆焚。依我的金玉良言，急流勇退，保住身家性命，也不失朝天岭的所在。倘若痴迷不醒，大事一败，悔之晚矣。你若要受万岁爷的招安，我作个引见之人，阖山的喽兵归降大宋，那才称得起是识时务者，日后可以挣个荫子封妻。"钟雄话言未了，王纪先一听，气满两肋，说：

“好钟雄，满口乱道！你也受过王爷的厚恩，可惜王爷失了眼力。按说王爷待你可也不薄，一旦之间归降大宋，怕死贪生，你怎么对得起王爷千岁？你今日既敢前来，咱们决一胜负。”钟雄说：“你做贼下之贼，我用好言相劝，你是善言不听，悔之晚矣。”王纪先说：“不用饶舌。”就见那船往前走动，回手接他的狼牙槊，两只船头已经临近。钟雄一回手，就把飞叉拿将过来，对着王纪先就是一叉，听见嘣一声，正中在胸膛之上，那叉当啷一声，撞将回来，掉在船板之上，把钟雄吓了一跳。一回头叫人预备五钩神飞枪。当时往下传令，顷刻间鼓声大作，所有的船只，一齐走动，画鼓频敲，各船上一齐动手。钟雄这边一掌号，全都跳入水中，水战的水战，旱战的旱战，顷刻之间，钟雄这里，就打了败仗。君山之人这一败阵，朝天岭的兵将往下追赶。钟雄叫鸣金收兵，朝天岭也就鸣金收兵。皆因有个缘故：君山的策应从两旁出来，往上一攻，八臂勇哪吒王猄，带领了二十只飞虎舟，前一排四十人，全是搬山弩箭，净打朝天岭船上之人，后一排四十人，全是小梢弓无羽箭，往水内射朝天岭水内之人。朝天岭这才鸣金收兵。所有水内之人，朝天岭的人奔西，君山的人奔东。朝天岭的兵，俱奔竹门，一查点，寨主一名没伤，喽兵之内，共死去二十余名，除此之外，有十几个受伤的，全入中平寨去了。众人俱都欢喜，把宁夏国五百名兵留在中平寨，乜云鹏也留在中平寨，大寨主、二寨主仍然奔大寨，下令犒赏喽兵，就不把君山之人放在眼内了。

再说钟雄收兵之后，聚集众寨主，查点数目，死了十几个喽兵，受伤的数十个，就在船上养伤，众家寨主俱都不愿意，说：

“这一战总是赢他一阵为是，这一来挫损军威，岂不被他们朝天岭之人洋洋得意?”钟雄微微一笑说：“你们焉能知晓，用兵之计，真真假假，虚虚实实。”原来这朝天岭打这一仗，钟雄先下一道密令，许败不许胜，众人俱都不解其意。忽有人进来通报，蒋四大人求见。钟雄说：“请!”蒋爷进来，同着南侠、金枪将于义、金铛无敌大将军于奢。原来打仗之时，蒋爷同南侠、阎正芳等一干众人俱在岸上，瞧见的明白。胡小纪、邓彪、胡列三个人，钻入水中，抢上朝天岭的三个喽兵去。大众见君山打了败仗，依着艾虎、冯渊、白芸生、卢珍、韩天锦、于义、于奢、刘士杰这些人，要抢朝天岭的船，帮着君山打仗。蒋爷把他们拦住说：“这是钟雄用兵之计，你们不可下去。”后来见鸣金收兵，大众回三千户，到庙里，胡小纪、邓彪、胡列换衣襟，把三个喽兵捆上带进来，蒋爷问话。蒋爷见三个兵丁，水淋淋的衣服，倒捆二臂跪在地下，苦苦的哀告求饶，蒋爷说：“只要你们三个说了实话，饶你不死。”三人异口同音说：“我们不拘什么言语，只要我们知道的，不敢隐瞒。”蒋爷说：“你们寨中那个东方玉仙，前天夜间，拿出来的那一个开封府印，到底丢失了没有?”喽兵说：“不但那一个印，连臧知府的印，全都丢失了，到如今也不知晓是什么人盗去。”蒋爷又问：“还有我们两个被捉的人，在你们寨中，是死了还是活着哪?”喽兵说：“被捉的那二位，更可怪了，本打算要与你们调换，不料就在丢印的那一夜间，把两个人全都丢了，并且还杀死我们七个喽兵，至今也不知道是谁?”蒋爷一听，暗暗欢喜，对着阎正芳说：“大哥听见了没有？这你可放心了罢，定是叫咱们自家人救了。可不知是谁?”阎正芳也是欢喜。

蒋爷心生一计，同着南侠，与于义、于奢带着三个喽兵，出庙奔水面，叫船只渡将过去，上大虎头舟，见钟雄细说拿住喽兵之事。钟寨主一闻此言，当时叫人，将拿住的喽兵带将进来，细问山中道路，问明之后，把喽兵囚在后船之上。钟雄与蒋四爷，耳边低声议论打朝天岭的主意，非如此如此不能成功。蒋爷大笑，说："好计，好计。"要问议论什么主意，且听下回分解。

第一一六回

钟雄下战书打仗　臧能藏春酒配成

且说钟雄问明白了朝天岭山中的道路，把三个喽兵押在后船之上，又与蒋四爷低声说了一个主意，然后蒋四爷告辞，就把于奢、于义留在君山的船上。仍用小船，把南侠、蒋平渡在西岸，暂且不表。单说钟雄叫人预备文房四宝，写了战书，次日叫无鳞鳌蒋雄驾小船送往朝天岭，仍到竹门之外，叫那里喽兵接书，仍然用箭绑上战书，射将进去，说我们立候回音。喽兵说："此书须呈与我们大寨主知晓，此处来回，有八十里路之遥，你们先回去，在你们寨中听信去罢。"蒋雄真就拨转船头回来，面见钟雄交令，他把他们那边的言语说了一遍，钟雄一摆手，蒋雄退去。

且说朝天岭王纪先得胜回山，犒赏喽兵，把君山的人没放眼内，仍然与王玉商量玉仙的事情。王玉说："寨主哥哥，此事若要说得她心甘意愿，只怕不行。她仍然要与哥哥要那颗开封府的印哪，她说印倒不要紧，她净思念那个盗印之人。她与纪小泉海誓山盟，不改其志。一定要办此事，非依臧先生主意不可。"王纪先又与臧能议论。臧先生说："配藏春酒，很容易的，只要派人出去买药。"王纪先问："但不知配此药需用多少银两?"臧先生说："当初安乐侯爷配那药，使用四百纹银，如今寨主要配此药有十两足够。"寨主哈哈大笑，说："若能将酒配得，事成之后，我大大的谢先生。"臧能说："但愿大寨主随心合意，谢我倒是一件小事。"到了次日，开了一个方子，教喽兵出去买药。喽兵走后，又有喽兵进来报说："君王来了一封战书，请寨主爷观看。"呈上来，接书放在案桌之上，叫臧能一念，上写着："字奉朝天岭大寨主得知：昨日两军阵前，小可苦苦相劝寨主弃暗投明，谁想你不纳忠言，定要决一胜负。皆因天气已晚，两下里杀了个平平。寨主若肯率兵归降，实乃众生灵的万幸。寨主如系不肯，再要交锋，务必要决一胜负，定于初五日，咱们两下里一赌赛。若能胜我们君山，我情甘意愿将君山水旱八百里让与寨主执掌，若寨主胜不了君山，你便怎样？再说君子一言既出，驷马难追，是吾钟雄绝无改悔。特修寸纸，立候寨主回音。"王纪先听毕，将案桌一拍，哈哈哈大笑。说："好钟雄，乃吾手下之败将，还敢出此狂言。烦劳老先生与他写一回书，就在初五日巳刻与他对敌。"臧先生连说："不可！"王纪先问："什么缘故不可？"臧能说："兵乃凶器也，最不利疲乏。他是由君山来到此处，喽兵一路，正在劳乏之际，若要容他歇过五日，岂不叫他们锐气养足？但依我愚见，给他回书，明日交战，趁他正在劳乏之际。可以杀他个全军尽灭。"王纪先一闻此言，鼓掌大笑说："先生真小量之人也。他也是寨主，我也是寨主，他们要正大光明，咱们就得光天化日，不可行那短见之事。再说咱们朝天岭的喽兵，与君山喽兵交手，一可敌十，百能胜千，何用此浅见之事？略一施威，即可以杀他们个全军覆没。我主意已定，先生不必更改，急速写来，写上初五日，我要打了败仗，这朝天岭让与钟雄执掌。"臧能暗暗一声长叹，他就知王纪先是一勇之夫，终究不能成其大事，只得写了回书，叫杨平滚派人送给钟雄。钟雄接进来书之后，暗暗欢喜，说："贼人，中吾之计也。"遂传密令，调动喽兵，寨主一算，当时正是初二日，等至初五日，一战成功，朝天岭唾手可得。

再说朝天岭王纪先，净思念玉仙的事情，把两下里打仗那个大事，没放在心上，就催着先生配酒。光阴迅速，到了初三晚上，一问臧先生的藏春酒可曾配好。臧能说："藏春酒，明晨清早可用。无奈一件，寨主可料理后天打仗的事情？明天要请这位东方姑娘吃酒，只要将酒吃下去，晚间就是洞房花烛，后天怎么与他们交锋打仗？依我愚见，等后天得胜回来，作为是庆功的酒宴，再请东方姑娘，也使这位小姐无疑，岂不是两全其美吗？寨主请想此事如何？"王纪先说："话虽有理，奈我思念玉仙，度日如年，明天先办明天的事，后天再说打仗的事情。"臧先生一闻此言，也是暗暗地叹惜，看出来王纪先这番光景，断断的成不了大事。寨主叫臧先生写请帖，请玉仙于明日午刻赴宴，叫臧先生把请帖写好，交给王玉，立刻去请。王玉拿着贴子，先告诉了金仙，此事就瞒着玉仙一人，除她之外，人人尽知。拿着帖儿，夫妻到了西屋里，玉仙迎接让座，婆子献茶上来。玉仙问说："三哥，有什么事情？"王玉把帖子拿出来说："我大哥明日敬备午酌，请妹妹至大寨吃酒，一者在妹妹前请失印之罪；二则后天定下与君山打仗，聘请妹妹出去相助。"玉仙一怔说："山中有多少位寨主，俱是能征惯战，况且我有多大的本领？"王玉说："皆因我大哥久慕妹子之芳名，本领高强，技艺出众，胜如男子。还是聘请你们姊妹二人出去，与君山交手。"玉仙瞧着帖，思想了半天，说："内中大概准有别的情由罢？"王玉说："妹子不必多疑，内中并无有别的意思，若有别的意思，我还能不与妹子说明哪！"玉仙说："既然这样，明日我叨扰大哥就是了。"王玉一听，欢欢喜喜，告退出去。金仙又夸奖了半天大寨主的好处，怎么个好法，怎么忠厚，怎么仁义待人，说了半天，也就退出，归回上房去了。

玉仙心中总是犹疑，这件事情不妥。可巧她屋中这个婆子，有个外号叫张快嘴，问说：“小姐，你怎么愁眉不展，是什么缘故？”玉仙说：“大寨主明日请我吃酒，我总怕他们宴无好宴，会无好会，我总想他们这里必有缘故。”这个婆子实系嘴快，说：“小姐，你还不知道哪？”玉仙说：“我不知什么事情。”张婆子说：“我们这个山寨之上，大寨主要收你做个压寨夫人。”玉仙一听，暗暗忖度，想着王纪先必是这个主意，那你不是枉用机关①么！你打算请我喝酒，我酒不过量；你打算动手，你不是我的对手；你打算用花言巧语，我心比铁石还坚。你不是枉用机关么？复又问那婆子：“你怎么知道此事？”婆子说：“有一位臧能先生，他会配一宗藏春酒，这酒喝将下去，无论什么人，迷住本性，能够腾身自就。”玉仙说：“此话当真吗？”婆子说：“我焉敢与小姐撒谎！”玉仙一听此言，气冲两肋，说：“臧能，你欺我太甚！”自己一思想，若真有这样酒，我就难讨公道。婆子说：“此事可别说是我说的，我可担架不住。”玉仙说：“你放心，绝不能把你说将出来。”玉仙自己打定主意：若要一时之间将酒吃下去，那时节悔之晚矣。三十六着，走为上策。主意已定，就问婆子：“这后山，通着什么所在？”婆子说：“这后山，通着汝宁府。可就是不好下去，并且不属咱们山寨管辖。”玉仙说：“有几股道路？”婆子说：“就是一股路，连个岔道也没有。”玉仙想这一走，寻找莲花仙子纪小泉，到京都开封府若能将他救出来，双双远遁他方。主意打好，并不言语，暗暗收拾包裹行囊，把自己应用物件等，都已收拾停妥。天色微明，自己把包裹背在身上，仍然是男子的打扮，往外间屋里一走，见婆子那里睡觉，心中一动：按

① 机关——心机，算计。

说婆子送信有功，不可结果她的性命。只怕我一走，她若告诉别人，必要追赶于我，我的道路又不熟，必遭他人毒手。这可说不得了。一回手把刀拉出来，对着婆子脖颈，噗咚一声，红光崩现。这个婆子，皆因为多嘴之故，要了自己的性命。玉仙将包裹背将起来，暗暗的出了东寨，奔了后寨，见有把守后寨的喽兵，不敢出后寨之门，跃墙而过。顺着那一股盘道，这一走，把玉仙走的汗流浃背，喘息不止。小路实在崎岖，本来她是三寸金莲，穿上靴子，垫上许多的东西，直走到晌午，才走了二十余里路。又饥又竭，又是两足疼痛，想要讨一碗凉水喝，皆都没有，又无住户人家，哪里讨去！只可就是随歇随走。

走到苗家镇，已经日落西山的时候。你道这三十里路，怎么会走了一天？皆因是左一个山湾，右一个山环。比六十里还远，全是高低坑坎不平之路，故此走到这个时候，才到交界牌。见石碣之上，刻着是苗家镇南界。正看着，路东有五间房子，出来了几个人，手内都拿着兵器，问玉仙："你是什么人？从何处而来？快些说明来历，不然将你绑上，见我们大寨主爷去。"玉仙说："我就是你们大寨主爷打发我下来的。"喽兵说："你意欲何往？"玉仙说："寨主爷差派我，有机密大事，不便告诉你们。"喽兵说："也许有之，拿来罢。"玉仙问："拿什么来？"喽兵说："执照。"玉仙说："寨主没交给我执照。"喽兵说："那可不行。"玉仙说："不行便当怎么样？"喽兵说："没有路条你不能过去，回去与大寨主要路条去。"玉仙一听，气往上冲，未免出言不逊，喽兵说："把他捆上，见大寨主去。"玉仙把肋下刀往外一亮，转眼间，吡哧噗哧就杀死七八个，跑了四五个。玉仙并不追赶。回手把刀收起来，大摇大摆下山。赶到苗家镇这边的交界牌，可巧正赶上看交界牌的吃饭之时，玉仙轻轻的过来，连一个知道的人没有。再往前走，一路平坦之地，有一带住户人家，全都是虎皮石墙，石板房屋。有一座广梁大门，玉仙想，往下走还有三十里路，难以行走，不如在此借宿一宵，明日再走。想毕，过来正要叫门，忽见里面出来一个管家，约五十多岁。玉仙一恭到地，说："老人家，今因天气已晚，欲在此处借宿一宵，必有重谢。"管家说："我可不敢自专，我与你回禀一声。"转身进去，不多一时，从里面出来两位老者，说道："相公要在我们这里借宿，请罢。"玉仙这一进去，就是杀身之祸。要问如何废命，且听下回分解。

第一一七回

玉仙投宿大家动手　员外留客率众交锋

且说玉仙来在苗家镇借宿。出来两位老者，全是鸭尾巾，一个是古铜色大氅，一个是宝蓝大氅，都有六十多岁，出得门来上下一打量玉仙，说："相公要在我们这里借宿，有的是房屋，请进来罢。"玉仙说："今日天气已晚，在二位老人家这里借宿一宵，明日早行，必有重谢。"老者道："行路之人，赶不上站道乃是常理，何必言谢。"玉仙见面时，先打一恭，这又施了一礼，说："二位老爷贵姓?"回答说："小老儿叫苗天雨。"那个老者说："小老儿姓王，叫王忠。"玉仙进了大门，往西一拐，四扇屏风，一排南房，没进垂花门，南房就是书房，把玉仙让将进去。玉仙见此光景，虽是山谷之人，屋中排列些古董玩器，倒也幽雅清静。让座献茶，苗员外问："这位相公贵姓?"玉仙说："小可复姓东方，单名一个玉字。"苗员外问道："听相公讲话，不像此地人氏。"玉仙说："我乃南阳府人氏。"苗员外说："相公意欲何往?"玉仙说："投奔汝宁府。"苗员外一笑，说："看尊公这般人物，怎么从山上下来?莫不是与王寨主同伙不成?"玉仙说："实不相瞒，我乃安善良民，被他们掳我上山，我执意不从，偷跑下来。行至此处，天已不早，故此在老员外这里借宿，还怕他们追赶于我哪。"员外说："相公但请宽心，我看你也不像山上王寨主的样儿，他们要追赶下来，全有我一力承当。打量东方相公未曾用饭么?"玉仙说："我从山上下来，焉有用饭之所，求员外赏我一碗水喝，足感大德。”员外说：“这有何难。”吩咐一声看茶，然后备酒。玉仙说：“讨杯茶吃，我就感激不尽，如何还敢讨酒?”苗员外说：“相公何必太谦。”将酒摆上，两个老者陪着他吃酒，轮杯换盏，两个老者不住的打量玉仙。总见她说话动作有些坤派。把玉仙瞧的也觉发毛，仍然还是说话。少刻苗员外告辞出去，不多时复又进来。少时复有家人到门口探望，一个来一个去，瞧的玉仙愈觉发毛。心中忖度，是这两位老者看出破绽来了？若要被他们看出女扮男装，可要大大的不便，自己总得多加小心方好，如此一想，酒也不敢往下多喝了。吃毕饭，苗员外叫家人预备被盖。天有二鼓，员外说：“请相公安歇睡觉罢，今天也是一路的劳乏，咱们明天再谈。”玉仙说：“二位老人家，也请安歇去罢。”二位老者出去。玉仙一想，他们却打量于我，倘若措手不及，那还了得，不如自己用些个防备才好。正在思想之时，忽见窗棂之外，有人把窗棂纸挖了一个窟窿。玉仙问：“外面是什么人?”有人答言说：“是我们。”玉仙又问：“你们是谁?”外面说：“本宅中的女眷。”玉仙也就不敢往下问了，只好将灯烛吹灭了，慢慢地就更换了衣襟，仍然换了女装，把链子槊掖好，绢帕罩住乌云，把刀放在床榻之上，盘膝而坐。就听院内来往之人不断，出入之人俱都打着灯火。忽然又听到苗员外出来问：“门户关好了没有?”家人答应说：“俱都关好了。”又见苗员外把书房帘儿一启，用灯往屋中一照，说：“相公睡熟了没有?”玉仙一着急，把被子往身上一拉，假装躺下，一语不发。苗员外说：“既然相公睡熟，我也不便惊动了。”抽身回去。玉仙以为苗员外未能看见，心中想道：这个人总是好人。正在盘算事情之时，忽听外边一阵大乱，有男女的声音，说：“东方玉仙，你好大胆子，如今偷了开封府的印信，你往哪里逃走?”玉仙一闻此

言，吃一大惊，提着刀蹿下床来，把帘子一掀，说："闪开了！""磕嚓"一声响亮，先把桌子扔将出去，自己也就随着桌子，蹿在院内。见头一个是苗天雨，挽着胡子，短打扮，手中提着一杆长银枪。第二个是王忠，也是挽着胡子，短打扮，手中提着一杆花枪。有两个姑娘，每人一口单刀，还有四十余岁的一个妇人，手内也是一口单刀。你道这些人是谁？全是本宅的亲眷，阎英云与郑素花。

这日郑素花上阎英云家中，就听见姑母说，英云许配了徐良。正对着阎正芳没在家，与朝天岭打仗，二位姑娘议论，要与山贼前去交手。阎正芳带回信去，不叫她们前来，随后就是阎齐家去，到家中见着姐姐、老娘和素花姐姐，就一提朝天岭的事情，连蒋四爷怎么拿住山上两个人，怎么破滚龙挡，两次探朝天岭，怎么得印是假的，李珍、阮成两个被捉，君山打败仗，方知他们没死的话说了一回。老太太问："这印是怎样假法？"阎齐又把金仙、玉仙的事说了一回。说毕，在家不能久待，仍然回庙。二位姑娘把话听在心里，二人一议论，英云假说上舅母家去，瞒哄老太太，把自己应用的东西，俱都带好，同着素花，由家中起身，直奔石佛岭，就到了郑素花家中。也是一个小山村，有几十户人家，叫郑家村，树木甚多。英云见了舅母行礼，前文表过，又是舅母，又是老师。素花见了母亲行礼。王氏说："我正放心不下，朝天岭开兵打仗，道路荒荒，你姑母那里，事情怎么样？"素花就把姑父母那里的事情细说了一遍，要同着英云到后山上杀贼去。说："他们定于初五日开兵打仗，我们到后山上，杀他们个首尾不能相顾，此时特来告诉母亲。"原来走在路上，姊妹二人早就把这个主意商议好了。王氏一听，说："那可不行，去不得的。"二位姑娘一定要走，王氏拦自己姑娘可以，这个英云又明知道她的性傲，纵然当面把她拦下，她也一定要偷着去，更是反为不美。王氏无奈，问："素花，你们要上朝天岭，你姑母知道不知道哪?"二位姑娘本是定妥的主意，瞒哄王氏，故此才说："这还是我姑母叫我们二人去的呢!"王氏总是放心不下，说："我同你们去。"又问："你们从后山上去，投奔哪里?"二位姑娘异口同音说："奔苗家镇。"一个说找二姑母去，一个说找二姑姨母去。王氏说："你们胆量实在不小哇!"叫素花："去，把你三外祖寻来。"不多一时，就把王忠寻到。此人保镖为生，外号人称叫飞天豹子，保镖时，镖旗插出去，上面画着一个飞豹，扎撒两个翅膀，是汝宁府五路总镖头，皆因如今上了年岁，有人请也不出去了。又无儿无女，就是孤身一人，王氏这一身本领，全是此人所传。如今请到家中，大家相见，一问什么事情，王氏本来是请他看家，王忠放心不下，要同着她们一路前往。王氏拾掇了应用的东西，包了两个包裹，将门倒锁，托邻居照应。王忠到家中提了一枝花枪，把她们的包裹，穿在花枪之上，与她们担着，还带着些干粮。他走的这道路，不是大路，尽穿山路而走，晚间住宿，就是投山村借宿。走了一天半的光景，就到了苗家镇。这飞天豹子与苗天雨，论亲戚还算长着一辈，奈因先前是盟兄弟，不以亲戚论，仍论他们把兄弟。到家中，苗天雨迎接出来，一见二位姑娘，又见王氏与大盟兄，倒很觉欢喜，让至里面，女眷归到后边，见了郑氏老太太行礼。老太太见着侄女、甥女，爱如珍宝一般，皆因这位老太太无儿无女，直不知怎么亲爱才好。凡是女眷，遇见娘家的人最亲，有句常言：人活九十九，预备娘家作后手。叫二位姑娘挨着她一坐，问她们的来历。苗老太太一听，吓的浑身乱抖，说："孩子，你们别上山去。冲锋打仗，那是男子所为，非你们姑娘所办之事。"皆因这位老太太不会武艺，故此胆小。正说话之间，苗天雨同王忠进来，也就问了姑娘一番。苗天雨拦阻二位姑娘说："不到我家中来，我就不管了，要由我家中上山与贼交战，倘若有险，我担架不住。你们要杀他个措手不及，可也使得，有我们两个老头子上山，足可以胜得了他们。"二位姑娘听见，就有些不愿意，旁边有王氏说着，无奈之何，二位小姐对使了个眼色，也不用商量，不约而同，等着初四日晚间，偷跑上山。

苗家预备酒饭，二位姑娘得便把主意定妥，初四日夜间上山。可巧玉仙前来借宿，也是皆因婆子传话说的，英云一听这投宿的由山上下来，心中就是一动，暗暗与素花说："大概许是那个玉仙，她说叫东方玉，准是她。咱们得便，看看她去。"先教家人把员外从屋内请出来，英云告诉了苗天雨一番，二位老者本就有些疑心，看她动作不像男子。后来让她睡觉之后，就是英云、素花、王氏在窗外，听见她在屋中掏链子槊的声音，故此她问是谁，就答道本宅中的女眷。然后还怕不实，教苗天雨假装出来问门，故意往她屋中一看，这可看出破绽来了。她那一蒙头睡觉，正对着苗天雨进去，倒作为没看见她，复翻身出来，告诉姑娘，大家脱长大衣裳，吩咐家人抄家伙，掌灯笼火把，预备锣。苗天雨、王忠在前，二位姑娘与王氏在后，喊叫捉拿东方玉仙。屋内一掀帘子，先扔出一个小饭桌子来，苗天雨用枪一拨，叭嚓坠于地下。随后就是玉仙出来，王忠迎上去，就是一枪，玉仙往旁边一闪，用刀往旁一砍，跟着往前就进步，苗天雨对着玉仙后心，抖枪便刺。玉仙一翻身，用刀往外一架，就见背后飕的一声，却是英云蹿上来，对着她脑后，朝下就砍。玉仙缩颈低头，一弯腰躲过这一刀，素花把刀往玉仙肋下就扎。玉仙用刀往外一挂。王氏在旁，飕的就是一镖，玉仙一扭脸，贴着脖颈边过去，那枝镖几乎打着。王氏说："好女寇，真快。"赶上前去，就是一刀，玉仙躲过。此一时刀枪齐上，并且有家人把大街门开了，一筛锣知会各处猎户，叫在本家中抄家伙，帮我拿贼。玉仙一看势头不好，一扭身蹿上屋去，由后坡蹿将上来。二位老者一拄枪，也就蹿上屋去，二位姑娘和王氏随后上房，一齐追上来。玉仙一急，把刀一扔，拉链子槊。苗天雨用枪一扎，玉仙单槊一挂，那槊正打在苗天雨面门之上，噗咚栽倒在地。要知老者生死如何，且听下回分解。

第一一八回

英云素花双双得胜　王玉金仙对对失机

且说玉仙把链子槊拉出来，苗天雨用枪一扎，玉仙用左手的链子槊往外一挂那条枪，右手的链子槊，对着苗天雨的面门一抖，叭嚓一声，皆因苗天雨上了几岁年纪，手迟眼慢，这一链子槊，打了一个脑浆迸裂。众人见苗天雨已死，一个个咬牙切齿，众猎户也全都赶到，虎枪虎叉，大枪杆子大刀，往上一齐乱扎乱砍，玉仙这一阵链子槊，叭嚓叭嚓，打躺下有数十余人。郑素花一拉英云，低声告诉英云几句话，亚侠女点头。素花蹿将上去，对着玉仙迎面就是一刀。玉仙用左手链子槊一挂，素花先把刀抽将回来，玉仙右手链子槊，对着素花就抖。素花往后一撤步，一歪身闪躲过去，玉仙又用右手槊，对着她打来。素花又一歪身，早已闪过，净等她双槊齐打，才破她的这个招数哪。玉仙不知是计，以为敌人不敢还手，把双槊往外一齐就抖。素花左手早就提着一个鸡爪飞抓，净等着她双槊齐打。玉仙果然把双槊一齐打来，素花用左手的鸡爪飞抓，对着她的链子槊往下一撩，连飞抓的绒绳带链子槊的链子全都裹在一处，一时之间，不能分开。二位姑娘，彼此往自己怀中一夺。英云蹿上前去，用刀背对着玉仙脊背，叭嚓一声。玉仙眼前一发黑，噗咚一声，趴倒在地，吐了一口鲜血。二位姑娘过来，把玉仙捆上。英云先将她手中链子槊夺将过来。众猎户见苗员外早已死去，所有之人全是哭哭啼啼。

叫众人将苗天雨尸首抬在院内，进了上房，放在床榻之上。然后又把玉仙搭来，丢在院落之中。后边老太太一听员外废命，扶着丫头婆子哭将出来，走到前厅，见苗天雨头颅已碎，哭的是死去活来。连英云与素花、王氏、王忠等，俱是放声大哭。王氏说："全是我们来的缘故，我们若是不来，焉有这样丧事。待告诉二位姑娘，将这女贼活活祭灵就是了。"英云说："使得。"忙出去，在玉仙腿子上，哧溜哧溜割下两块肉来，第二个就是素花，说千万可别要她的命，连男带女，你一刀我一刀，将玉仙割了个鬼哭神号。然后英云开了她的胸膛，将心掏将出来，用碟摆上，供在苗员外面前，作为祭礼。叫人抬老员外寿木，装殓完毕，天有四鼓，叫猎户把玉仙尸首，抬将出去，抛弃山涧之中。出去工夫不大，那向个猎户慌慌张张跑进来说："王员外，可了不得了，我们抬着尸首，正要扔在山涧，从山上下来了两个人，是一男一女，我们扔下尸首就跑，远远听见他们抱尸痛哭，说是他妹子。咱们早做准备，不然可怕他们找上门来。"王忠一闻此言，立刻提枪，英云、素花、王氏叫家人与众猎户掌灯火。

还未出门，就听见外面喊叫："是什么人杀我的妹子？要无人答言，就将你们这村子，杀一个干净。"王忠蹿将出去，见男女二人，都背着个大包裹。你道这二人是谁？一个是金弓小二郎王玉，一个是金仙。皆因初四日早晨有辰刻的光景，并不见西屋内有动静，打发丫环过去一瞧，丫环回来告诉说杀死了婆子，那小姐不知去向。金仙亲身过去一看，就知玉仙逃走了。回来把话告诉王玉，王玉赶紧奔到大寨，对寨主提说此事，正逢臧能把藏春酒配好，将酒抱过来与大寨主观看。王纪先一听，直气得二目圆睁，说：“三弟，你不用瞒我，分明是你暗暗的将她放走，你与我找来，不伤你我兄弟的情面；若找不来，由此你我就要反目。量她就是逃出山去，一个女流之辈，也去不甚远。”王玉一听，诺诺而退，说：“小弟找去就是了。”回到本寨见了金仙，一说这段情由，金仙说：“依你的主意怎么办?”王玉说：“依我主意，从后山追她罢。”金仙说：“不如你我二人，以追她为名，找着她也一路同走，找不着她，远遁它方，寻个安身之所，也不想位极人臣，也不想紫袍金带，只要吃一碗安乐茶饭。”王玉也就依着金仙这个主意。拾掇了东西，带上应用的物件，背了一个包裹，告诉丫头，可不许你把风声泄漏，如要走露消息，回来我先结果你的性命。丫头连连点头说不敢。二人由后寨出来，守寨的喽兵说：“三寨主意欲何往?”王玉说：“我们有要紧的事情，不许你们声扬。此事无论是谁，不许告诉。”喽兵说：“我们不敢。”二人下了山，顺着盘道，直奔苗家镇而来。越走天就越晚，走到苗家镇南，就有四鼓，只见交界牌前，横躺竖卧，俱是被杀身死的七、八个人。王玉好生纳闷，不知是什么缘故。金仙说：“你看前面是什么人?”金仙一问，猎户扔下玉仙就跑。王玉、金仙身临切近，看是个女死尸，剁的可怜，还是大开膛，细细一看，方才认出来是玉仙。金仙抱尸大哭，王玉也哭了半天，将金仙劝住，说：“咱们上村中去骂，大概准是被村中之人所害，村中可有个不好惹的人。”金仙问：“是谁?”王玉说：“此人叫苗天雨，外号人称坐山雕，咱们山中，连输过他三阵，大概妹子死在他的手内了。”

二人议论，到得苗家镇，在外面一骂，就见由广梁大门蹿出来几个人，头一个就是王忠，二人放下包裹，遂即亮刀。王忠抡枪就扎，王玉与他单刀对花枪，两个人战在一处。那边是金仙与英云、素花、王氏交手。众猎户掌定灯笼火把，一齐喊叫拿贼。金仙一看势头不好，虚砍一刀，蹿出圈外，撒腿就跑，众人就追。金仙回手，将刀一扔，将链子锤从腰间解将下来，一扭身回来，将链子锤哗啷哗啷的乱抖。大家一齐喊叫，这个女贼，也是这种兵器。郑素花又将鸡爪飞抓亮出来，迎将上去，净等着她双锤往上一抖的时节，好拿鸡爪飞抓抓她的链子。金仙哪里知道她的厉害，果然双锤并在一处，对着素花一抖，叫素花鸡爪飞抓绕在一处，二人彼此一对夺，英云在后，又是一刀背，"叭"的一声，金仙噗咚趴倒在地。英云立刻过来就捆。王玉一看势头不好，打算着要逃窜性命。忽见由山下来了一伙人，全都亮着兵器，往上就闯。头一个就是小义士艾虎，第二个是公子卢珍，第三个是刘士杰，第四个是开路鬼乔彬，第五个是马龙，第六个是张豹，大家一齐向前投奔。你道这些人因何到此？皆因蒋爷与钟雄议论，附耳低言，说的那话就是派些人，从后山上来，初五日由后山上去，听见前边炮响，在后山放火，杀他个首尾不能相顾。蒋爷问："谁愿意去？"这几个人愿意去，遂带着焰硝硫磺引火的物件，全从汝宁府奔到此地。将到后山，一看天色已晚，不敢耽延时刻，来到苗家镇，见那里正在动手。头一个就是艾虎眼快，一见是金弓小二郎王玉，说："这可是活该，我看你往哪里去！"把刀亮将出来，往上一闯，王玉本就无心恋战，他那口刀又被削为两段，撒腿要跑，迎面叫卢珍用刀砍在肩头之上，噗咚一声栽倒在地。大众也就将他捆上。王忠过来，见了众人，问了

姓名，艾虎等自通姓名。王忠一听，不是外人，先叫姑娘回避。二位姑娘早就把这对链子锤先拿了去了，然后叫人把金仙抬到院中，姑娘俱都回避。

王忠让艾虎大众到家内，艾虎等并不推托，到了家中，至上房一看，停定一口棺木。艾虎等俱是一怔，忙一打听，何故这里有一口棺木。王忠就把苗天雨死的原因，诉说了一遍。艾虎一听，实在难过，算好把玉仙结果了性命。又问金仙他们因为何故到此？王忠说："我们不知，大概准是要逃窜性命。"艾虎问王忠："你老人家，怎么也到此处？"王忠就把怎么要上后山打仗的话，说了一回。艾虎说："这就不用了。我们奉蒋、展二位大人之命，从后山上去，听见炮响，放火烧他们个首尾不能相顾。事不宜迟，我们这就起身。"王忠问："拿住的这两个人，便当怎样？还是结果他们的性命，还是送在当官？"艾虎说："你们要打算与苗老员外报仇，就拿他们祭灵，如不祭灵，就把他们交当官处治。"王忠说："已然有了一个祭灵的了。"艾虎说："既是如此，就交在当官。"商量已毕，艾虎告辞。王忠说："你们几位道路不熟，我同着你们一路前往罢。"艾虎说："你们这里有事，不可同我们前去。"王忠说："这里事情不要紧，交给他们办理就行。"艾虎说："要是老英雄与我们同走，大事更好办了。"王忠告诉明白家中的女眷，提了一口短兵器，同着艾虎六位一路起身，家中叫他们看着男女二贼。出离苗家镇，往山上直走，天明辰牌光景，到了后寨门，不敢上去，静听炮声响动方敢上去。时光不大，就听见号炮惊天，这七个人奔后寨门，遇见看后寨的老喽兵，问说："你们从何处而至？"话犹未了，就作刀头之鬼。艾虎杀了一个，王忠也杀了一个，转眼之间，杀了个干干净净。又往前走，遇有房屋就点起火来，遇人就杀，直到中军大寨。迎面遇见臧能，将要逃命，早被艾虎一把揪住，举起宝刀要剁。若问臧能的生死如何，且听下回分解。

第一一九回

小英雄火烧朝天岭　众好汉大战马尾江

且说艾虎见着臧能，一把将他扭住，把刀就要剁。臧能双膝点地，苦苦求饶。艾虎说："你是恶贯满盈，还要逃窜性命，焉得能够！"卢珍说："贤弟且慢，这个人留他的活口才好。"艾虎说："咱们把他放在什么所在？"张豹说："我扛着他走。"就把臧能按倒，四马倒攒蹄往起一捆，张豹往肩头上一扛。大众各处放火，所杀的人倒不甚多，皆因是阖山的喽兵俱都下山打仗去了。待各处火光一起，全奔大寨栅门，往下走，还有四十里路呢！把个张豹累的喘吁不止，说："我不能扛他了，咱们把他杀了罢。"艾虎说："已然扛了这么远，为何又把他杀了呢？大家换替扛着罢。"沿路之上各店铺的人，遇着就杀了，见着屋子就放火。走到临河寨，天有晌午的光景。众人一看就剩了一只船，艾虎上去，把船上之人结果了性命。大家上船，到了中平寨，又从中平寨抢船。此时竹门大开，就听见军鼓大震，火炮连声，两下正杀在难解难分之时。

说书一张嘴，难说两家话。再说朝天岭就从失了玉仙，叫王玉去找，也并未见着回信，后来得知王玉与金仙也跑了，无奈之何，总得料理第二天打仗的事情。王纪先净是生气，臧能劝解说："寨主总是料理大事要紧，只要成了大事，要什么样的压寨夫人没有？"王纪先无奈，也就只得是如此了。臧能的主意，初四晚间，叫他们下山，省得明早下山，走四十里地上前打仗，未免的疲乏。今日下山，走这四十里地，一夜之间，也就歇过来了，次日一开竹门就打仗，岂不甚妙？王纪先说：“先生真是高见。”就留臧能看守大寨，其余喽兵，尽都下山。头一天驻扎临河寨，次日五鼓起身，众喽兵饱餐战饭，辰刻齐队，连廖习文并廖习武俱都上船，至中平寨。杨平滚带着四员偏将，早就预备停妥，大寨主一到，就是三声信炮。这一出竹门，水上排列船只，好不威严。再看君山那边船只，早就摆列得齐齐整整。原来展南侠、蒋四爷、白芸生、邓彪、胡列、闹海云龙胡小纪，初四日就奔到君山的船上。三千户守村的是阎正芳、徐庆、韩天锦、龙滔、姚猛、鲁士杰、史丹、阎齐。如今鲁士杰跟着蒋四爷学了八手锤，这八手锤，教了够三千多遍，才学会了两三手，实在太笨，可有一件好处，只要记住了，永远不忘。也是活该，这庙中后殿佛像的旁边，挂着一对镔铁轧油锤，一问和尚，他也不知道是何年月日挂的。鲁士杰拿着可手，就与和尚讨过来了，如今也把他留在这里，看守三千户。蒋爷与钟雄商量妥当，到次日一队分两队，两队分四队，前后的接应，两旁的护哨，俱已将人派好。号炮一响，两下里亮队，这一阵可不似先前，退后者立斩，只许胜不许败。那边竹门一开，钟雄这里一声令下，头一只大虎头舟迎将出去。

两下里相隔不远，钟雄在船上，与对面答话，说：“王寨主请了。”王纪先说：“钟寨主请了。”钟雄说：“王寨主果不失信。”王纪先说：“奇男子大丈夫焉有失信之理！”钟雄说：“前日与寨主修下战书，今日决一胜负。我有言在先，要打了败仗，情甘意愿把君山让与寨主执掌，王寨主要输给与我，便当怎样？”王纪先说：“我要打了败仗，把这座山让与你执掌。言而不信，如畜类一般。”钟雄说：“我要败了，不让君山，非为人类。王寨

主传令罢，我可要得罪了。”话犹未了，一回手，当就是一飞叉，正叉在王纪先半副掩心甲上，将叉撞回来，坠落在船板之上。钟雄身后就是王铩，唰、唰、唰唰，所有的暗器，全都打将出去，俱是空费徒劳，打在王纪先身上，俱都被撞将回头。众人知道，王纪先必是金钟罩。两下船只，往一处一凑，这一阵好杀，也有在船上动手的，也有钻入水中在水内交战的，转眼之间，就有死于非命的。真称得起强存弱死。杨平滚的船往外一撑，杨平滚手中提定一对三尖刺，正要过来与钟雄交手，钟雄手中提定五钩神飞枪，也要与他较量。皆因王铩蹿到王纪先那只船上，二人交手，杨平滚也要过来与钟雄交战，不料后边“嘣”的就是一刀，杨平滚的头颅坠于船上，那只船上，一阵大乱。钟雄一见，好生诧异，又见那人与偏将交手，转眼间，那三员偏将俱死在那人之手。那三个偏将，一个叫刘成，一个叫马泰，一个叫方天保，全死了。那个人又杀喽兵。钟雄见那人骁勇无比，杀了许多喽兵，复又蹿到廖习文船上。廖习文对着他，发出一枝袖箭，那人一矮身躲将过去。扫堂刀就砍在廖习文的腿上。廖习文栽倒在地，被那人回手一刀，就结果了性命。廖习武见他兄弟一死，气冲两肋说：“文俊，你反了吗？怎么杀起自己人来了？”一摆双锏，跳到这只船上，早被那人一抬腿，踢下船去。在水内，被胡小纪、胡列、邓彪把他捉住，扭往君山后船来了。朝天岭打了败仗，喽兵死的不计其数，后边王纪祖催船接应，迎面遇见金头蛟谢忠，银头蛟谢勇。谢忠蹿上船去，王纪祖一抖三股叉，谢忠翻个筋斗，跳入水中去了。王纪祖一抖身，跳在谢勇的船上，抡叉就砸。谢勇未被杆叉打着，一翻身跳入水中去了。王纪祖又奔了蒋雄的船，也是一抖叉，蒋雄就坠落水中去了。又与侯建交手，也就在三两招数。侯建也被打入水中去了。王纪祖哈哈大笑，自觉连赢了四阵，以为都不是他的对手。他焉知晓是中了人家的计策，别看都跳入水内，打算要在水内拿他。迎面之上，来了一只小船，船面站着两个人，前面那人说："好乌八的，不要猖狂，老西来也。"原来是徐良到了。

前文说过徐良被捉，那武生相公把他捆好，那人扬长而去。少刻，出来几个家人，把山西雁搭到书房外头，不多一时，那武生相公扛着乜云雕从外面进来。那乜云雕本是央求那武生相公，容他在院内暂避一时，相公说："你随我来。"叫他在茅厕内藏着，先拿住徐良，后拿的乜云雕。那相公实在不知二人是谁，皆因听徐良说："他是贼，我是拿贼的。"因此把乜云雕拿住扛进来，也就扔在徐良对面。相公问徐良："你方才说你是拿贼的，在哪里当差？姓甚名谁？"徐良说："我姓徐名良字世长，山西人氏，御前带刀四品护卫。"相公一听，连忙亲解其缚，说："我提个人，你可认识？姓蒋名平字泽长，外号人称翻江鼠。"徐良说："那就是蒋四叔。"那人说道："原来是老贤侄。"徐良说："你就是大叔了。不知大叔贵姓？"那个人说："我姓苗叫苗正旺，外号人称生面小龙神。"徐良说："你老人家，就是当初在高家沿治水拿吴泽的那个大叔么？"苗正旺说："正是。"徐良说："你老人家因何在此处居住？"苗正旺说："皆因救了公孙先生，拿住吴泽，是我天伦怕大人奏事，万岁封官，我们急急隐遁①了。我有个叔叔在朝天岭后山苗家镇居住，因此我们搬在此处，叫避贤庄，我天伦就死在此处。不料贤侄到此，千万恕我不知之罪！但不知贤侄到此，因为何故？"徐良就把开封府丢印，到此找天伦，朝天岭造反，追下乜云雕的话说了一遍。苗正旺说："原来还有这么

① 隐遁——避开。

件事情，我住在荒村之内，一概不知。贤侄请在这里住着，我自有道理。”徐良说：“我展大叔、蒋大叔在三千户还等着我呢，我不回去，他们放心不下。”苗正旺说：“无妨，我自派人与他们送信。”徐良无奈，只得在他家内住下。苗相公预备酒饭，款待山西雁。徐良是滴酒不闻，就是用饭。用饭之时，苗相公叫家人别缺了那个人的饮食。苗正旺与徐良谈了半夜的光景，问徐良所学所练，山西雁把自己所学的一一说了一回。苗正旺说：“我要在贤侄身上，学习一宗暗器，不知贤侄肯传不肯传?”徐良说：“只要我所能者，任其所学。”苗正旺说：“你把锦背低头花装弩，教给与我。”徐良点头应允，每日晚间，教导与他。白昼也有在家的时节，也有不在家之时。这天早早的用饭，苗正旺说：“贤侄我同你瞧瞧热闹去，该你成功之日了。”徐良纳闷，就同着他，带了自己东西，出门到了河沿。苗正旺用手一招，自来一只小船，二人上去，摇摇摆摆，未出山湾就听见一阵轰隆轰隆连声大炮。徐良问：“何处交兵?”苗正旺就把今日对敌的话，细细说了一遍。徐良此时，恨不能肋生双翅，飞到那里才好。绕了半天，方才绕到马尾江。徐良说：“苗大叔，我在水内打仗可不行。”苗正旺说：“水中打仗，非得跳船，这只船跳在那只船，那只船跳在这只船才行。似你这身体灵便，水中打仗极其容易。”这句话把徐良提醒，迎面就看见王纪祖连赢了四阵，他一纵身，蹿过王纪祖这只船上，王纪祖用三股叉对着他一抖，徐良把大环刀往上一迎，当的一声，把叉削为两段。王纪祖吓的胆裂魂飞，急忙往别的船上一蹿。这时忽见水中纵上一个人来，徐良一看，并不认得。此人约有二十余岁，黄白脸面，细目长眉，一身水衣，手中拿定单拐，正在那王纪祖往船上一蹿，尚未站稳，那人手执单拐打去，当的一声，正打中王纪祖膝盖以下，贼人噗咚落水。

蒋四爷此时正在水中杀那边喽兵，忽见西边来了一个人，穿着一身水衣，尿泡[1]蒙头，一只手拿定单拐，一只手拿定一个铁锤，乱杀朝天岭之人，死的人不计其数，又拿了王纪祖。王纪先见兄弟落水，对徐良就是一槊，徐良用刀一迎，将槊头削落。白芸生蹿到纪先的船上，砍了一刀，王纪先槊杆一迎，芸生撒手一扔刀，一抬腿跌在纪先的手上，王纪先也就丢槊，二人揪扭，纪先力大，把芸生举起来。要问后事如何，且听下回分解。

① 尿泡——指猪膀胱。

第一二〇回

破朝天岭事人人欢喜　报陷空岛信个个伤悲

且说王纪先力大，白芸生力微，半截槊磕飞刀，芸生踢飞他的槊，二人揪扭，王纪先把芸生举起来，扭项一看，就见山上，烈焰飞腾，山上四十里烟云滚滚，黑雾迷漫。王纪先一看断了他的归路，暗暗叫苦。说时迟，那里快，就在他举着芸生一怔的光景，徐良连发了三枚暗器，俱都碰回。用力一摔芸生，就见红光崩现，死尸摔倒于船板之上。列位听明，可不是芸生废命，是王纪先死了。皆因他把芸生举起来微一怔的工夫，芸生急中生计，一回手抽出鱼肠剑来，对着王纪先胸膛之上，扎将进去，王纪先死尸栽倒船板。芸生蹿在这只船上，此时就剩下了一个乜云鹏。他又换了一十三节鞭，一看势头不好，有用之人尽行死去，净剩了些喽兵，又见后寨火光冲天，明知事败，三十六着，走为上策。欲要逃走，焉能得够。迎面正遇见艾虎摇着船，上面卢珍、刘士杰、马龙、张豹、乔彬，船上扔着臧能。乔彬一纵身，蹿过来，被乜云鹏一抡十三节鞭，打落水中去了。艾虎说："不好，救人！"早有胡列在水中把他一驮，救往君山后船去了。艾虎刚把船一靠，乜云鹏也抡十三节鞭就打。艾虎刀一迎，"呛"的一声，削去了三节，这十三节鞭，长共有一丈三尺，削去三节，长还有一丈，又一提鞭，那船一歪，连船带人，全都翻入水中。原来下面，蒋爷带着胡小纪、蒋雄、侯建、谢勇全在水内等着扛船，见仅剩了乜云鹏这只船，大家全在一边，往起一扛，将船翻了，就把乜云鹏捉住。然后大众俱都蹿上船来。蒋爷为的开发那些喽兵的活命，就喊："所有朝天岭的喽兵听真，你家寨主俱已被捉，也有废命的，你们要知时务，弃暗投明，保你们一条生路，倘若执迷不醒，那时悔之晚矣。"众喽兵闻听此言，全都跪在船上，抛弃兵刃哀告求饶。蒋爷收服了朝天岭那些喽兵，然后钟雄鸣金收兵。众人合兵一处，查点君山人马，死去的五、六十人，带着重伤的也有二、三十人，俱在后船调养。徐良过来见礼。所有水里拿住人的，俱来报功。蒋爷说："徐良，你上哪里去了？"徐良把始末根由，细说一遍。蒋爷说："你苗大叔，现在哪里？"徐良说："方才就在一只小船之上，如今也不知去向。"徐良猛一抬头说："来了！苗大叔，你老人家快来罢，我四叔正要请你哪。"说话之间。苗正旺一笑，说："徐良你看，那朝天岭的寨主，刀枪砍在身上不怕，身边必有宝物在里面套着，还不取去哪。"徐良这才醒悟，立时驾一只小舟，追将过去，到朝天岭那只大船上一找，王纪先尸首踪迹不见。问那船上两个喽兵："你们寨主的尸首，哪里去了？"喽兵说："方才有一个人把他扛下船去，不是在那里剥衣裳么？"徐良赶紧奔到小船上，叫他们撑到南岸下船，奔至王纪先那里，再看他的里边衣服，踪迹不见。徐良心中一着急，就见一人肩头上扛着东西，飞也相似的走，只见一个后影儿，穿一身破烂的衣裳，身量不甚高，一直投奔正南。徐良撒腿就追，可就是追他不上，一拐山湾，就已踪迹不见。

徐良垂头丧气回来，此时蒋爷把苗正旺让在船上，大家见礼。说了这几年的光景，蒋爷一听，苗九锡已然故去。叹惜了半天。苗正旺说："四哥，方才水中那一个使拐的，你可认识他是何人？"蒋爷说："不知。"又问："你们那开封府的印，可得在手中？”蒋爷才将没得着的言语，说了一遍。苗正旺哈哈大笑，说：“可惜，你这翻江鼠哇，如今你们将朝天岭一烧，这印就说在那里，也不去找？”蒋爷闻听，这话内有因，说“必然是你们知道，不然绝不能这样问我。”苗正旺一笑，叫自己的家人去请，不多一时，驾一小船，来了二位。一个是沈明杰，还有那个使拐的，身后还有李珍、阮成，四人一同进来见了蒋四爷。此时阎正芳、徐庆等也带了一干人，前来道喜，全与苗正旺一见。蒋爷说：“这位我们认识，叫沈明杰。”苗正旺说：“正是，外号人称笑面郎君。这位姓吕叫吕仁杰，外号叫抄水雁子，是我的徒弟。此人是上清宫吕道爷的侄子。”全都一一见了。沈明杰将开封府的印献给蒋四爷。蒋爷问他们这印的来历，沈明杰说：“我与那吕贤弟，俱在朝天岭教廖习文武艺，暗器是我教，水性是我吕贤弟教，我们就在山上住着，故此我们上山容易。你老人家进去，我就看见了，我从后窗户钻进去，就把开封府的印拿了起来，我藏在桌子底下去了，你从前面进来，把臧能的印拿去。故此你老人家不知是我拿去。”苗正旺又问道：“他怎么不来？”明杰说：“他不来么？”苗正旺说：“找他去，他不来不行。”蒋爷说：“又是谁？真隐有高人哪。”正旺说：“他算是我个师弟。”去不多时，把这个人找来，倒又认识的，此人就是神行无影谷云飞的徒弟焦文俊。他由尼姑庵救了妹子玉姐，第二天与他师傅会在一处，要将尼姑庵杀个干干净净，被师傅劝住了，雇了驮轿车辆，连他老娘与妹子，找苗正旺，安置在这里。谷云飞离了避贤庄，谁也不知道他准往哪里去了。如今他妹子，又许了吕仁杰，他带着老娘，就在吕仁杰同院居住。苗正旺几个人商议，就知道朝天岭是一个国家大患，不定哪时，必有人前来抄山，他们就作为内应。君山与蒋爷一到，吕、沈二位他们里边就得着信了。把徐良安置在苗正旺家内，他们大家议论主意，盗印的盗印，救人的救人。将李珍、阮成两个人救出，安置在沈明杰家里，也不叫他们出来，等初五日，这才带着他们与众人相会。焦文俊来到，也是蒋四爷带着他，全都见礼。徐良说："苗大叔，有个人剥脱王纪先的衣服飞跑，我也追不上。不知那个人是谁?"焦文俊在旁说："那就是我师傅。"徐良说："这就是了。不知山贼里面套着什么宝物?"苗正旺说："他身上里面套着一副狻猊[1]铠，你若先前过去，也就得到你的手中了，如今后悔也是晚了。"这谷云飞本是瞧看徒弟来了，可巧遇见这边打仗，自已看看，如若这边不能胜，他就好拔刀相助，见这边已经得了胜，再看王纪先不是金钟罩，身边必有宝物护体，无心中得了这副狻猊铠。自古至今的宝物事情出现，一物必有一制，专诸刺王僚之时，就是鱼肠剑刺透狻猊铠。谷云飞得铠不提。

单说钟雄得来的船只、东西物件无数，就是山中物件，一丝不能到手，全被火中烧化。钟雄犒赏三军。款待大家酒饭，艾虎又将后山拿住金仙、王玉，杀死玉仙的话，学说了一遍。大家一听，很觉欢喜，就叫钟雄暂行奔潼关听旨意升赏，所有拿住的众人，择日回京之时，俱都带往京都，听旨意发落。

等到第四日，有苗家镇十几个猎户抬着金仙、王玉，见蒋大人、展大人回话，蒋爷将两个人留下，重赏猎户。又有潼关总镇知道这个信息，带领四员偏将兵丁等前来。到了船上与大众见礼，问了大众破山之事，蒋爷一一学说了一遍，总镇听了连连夸奖。又与蒋爷说：王爷不久就要到潼关，大众要走，必须给留下些人才好。蒋展二位一议论，既要留下，总要能打仗才好。正在

---

① 狻猊（suān ní 音酸尼）——传说中的一种猛兽。

未能定准留下谁人之时，忽然喽兵进来报说："四大人，外面有陷空岛之人。名叫焦虎求见。"蒋爷说："叫他进来。"焦虎随命而入，见了卢珍跪倒说："公子，大事不好了，我们陷空岛被一伙贼人占了。老爷一腔热血都吐出来了，到如今不知生死。"卢珍一听，噗咚一声，栽倒在地。要问陷空岛怎样丢失，且听下回分解。

第一二一回

卢员外陷空岛交手　展小霞五义厅施威

且说焦虎报信，陷空岛丢失。皆因白菊花在南阳府，与张鼎臣、纪小泉同奔姚家寨。半路，纪小泉一人私自单走，这二人也没找他，就奔了姚家寨。这天正是姚武的生日，大家与姚武拜寿，白菊花同着张鼎臣与群贼见礼，然后到里面，见他姐姐，复至外面落座。姚家弟兄打听他的事故。白菊花就把他怎么被人家追的望影而逃的话一一诉说了一遍，又提徐良是怎样的厉害。姚武说："不妨，他们要是陷空岛人氏，我们正好报仇。"白菊花问："怎样报法?"姚武说："我们家中有一个从人，是陷空岛的，他说那里地方宽阔，里面尽多积粮，十年吃不完。趁此时节，那里无人，正好前去抢岛。"白菊花问："此人是谁?"姚武说："此人姓韩叫路忠，皆因与陷空岛有仇，如今在我家里。他给出了一个主意，叫我们抢陷空岛，胜似姚家寨。"白菊花说："把这人叫来，我问问实与不实。"不多一时，韩路忠到，白菊花一见，生的是瘦小枯干，青白面皮，兔头蛇眼，鼠耳鹰腮。白菊花一问，他就将怎么宽阔，里面积粮，足有十年吃用，三面是水，一面是山，里面各处都是埋伏，纵有万马千军，不能攻破此山，如此这般说了一遍。白菊花一听此言，说："这可是活该!"过完了生日，就打点包袱行囊，预备驮轿车辆马匹，扎拴包裹。粗重物件一概不要。正要起身，忽见报将进来，说："晏舅爷，外面有人找。”白菊花出去一看，是火面判官周龙、玉面判官周凯、张大连、皮虎、黄荣江、黄荣海、赫连齐、王刚、柳飞熊、陈正、秦业、常二怔、胡仁、房书安等人。白菊花贝群贼，大家行礼。往里一让，见了黑面判官姚文，花面判官姚武，有认得的，有不认得的，众人相见，姚文说：“众位弟兄，从何处而至？”周龙就把上南阳府打擂，遇见徐良，力劈王兴祖，拿住东方亮，打死东方清，细述了一遍。姚文说：“你们来得正好，这徐良莫不是陷空岛徐庆之子么？”周龙说：“正是。”姚文就把要抢陷空岛的话，告诉大众一遍。众人一听，齐都欢喜，愿意前去助一臂之力，齐说：“大哥要把这事办好，可算给咱们绿林报过仇来了。”姚文说：“这仇是准报了。事不宜迟，咱们这时候就起身。”按人数把马匹全都备好，活该陷空岛有此大难。一个个乘跨坐骑，把大门倒锁。一路之上，晓行夜宿。这日正到松江府，找了一个客店住下。到掌灯的光景，韩路忠先去探信，过了虬龙桥看了看，那边有三只船，上面俱都点定灯火。韩路忠暗暗欢喜，转身回来，直奔店中。韩路忠说：“这才是极巧的机会，我到虬龙桥，往常有四五十只船那里靠着，今天那里停着三只船，咱们先去将这船抢过来，大家上船，再奔陷空岛，那就省事了。”众人一听，皆大欢喜，说：“可有一件，咱们这车辆马匹还能上船么？”韩路忠说：“那车辆马匹就一概不要了。”饭钱店钱俱已给清楚，复又上了车辆，直奔虬龙桥而来。仍是那三只船，先告诉女眷们不可下车，白菊花、火面判官周龙、周凯，三个人把刀亮出来，一纵身，噌噌噌往船上一蹿。可巧船后边有个拉尿的，那人正在那里走动，忽见影影绰绰，来了一伙人，蹿上船来，吓得他噗咚跌入水中去了。船上男女一齐问道：“是什么人上船？”连问数次，这里并不答言，直奔船舱外面站定，出来一人杀一个，出来二人杀一双，转眼之间，吆哧咔嚓一阵乱杀，噗咚噗咚全都扔下河去。可怜那老叟孩童，中年汉少妇长女，尽都结果了性命。叫韩路忠把女眷全都接下船来。车内的东西全都搬在船上。车辆马匹任其自去。然后大家上船，直奔陷空岛。不多一时至岛上，叫韩路忠带路，叫妇女们等着，大众一齐过去。过了通天玉犼，韩路忠告诉众人，不可错走，找玉犼的白点而行，至卢家庄，到卢方门首，有韩路忠带领众人直奔五义厅。打更的看见，一问是谁，这里就亮刀杀人。这一杀更夫，可就乱了，那锣当当的一阵乱响，又乱杀那些更夫，那些更夫又一乱跳乱蹿，犹如惊天动地一般，暂且不表。

且说卢方辞官不做，在家中纳福，先是在紫竹院与老夫人一处安歇，如今有了儿媳，有些不便，搬在五义厅安歇。这日夜得一梦，梦见白五老爷由外面进来，告诉此外不可居住。问他因为何故？白玉堂说："你急速搬出此地，如若不搬，有大祸临身。"又问："是件什么事情？"白玉堂说："你来看。"忽然间见那座五义厅倒塌下来。卢方惊醒，乃是南柯一梦①，吓了一身冷汗。这日吃完晚饭，到安人屋中告诉这段情由，行至院中，一声痰嗽。婆子说："员外到。"安人吩咐请。卢方进屋落座，安人问："老爷，可曾用过饭了？"卢方说："饭倒是吃过，昨日晚间，夜得一梦，大大不祥。"安人问："所得何梦，这等惊慌？"卢方把梦中言语细说了一回。安人说："梦是心头想，你是思念五弟。方有

① 南柯一梦——淳于棼做梦，梦到大槐安国做南柯太守，享尽荣华富贵，醒来才知是一场梦。通常比喻一场空欢喜。

此梦。”卢方说：“不然，五弟死后，他谁也没给托梦，他与我托过一梦，已经应验，他叫我早离陷空岛，方免大祸临身。”安人说：“如今又不做官，有什么大祸呢？”卢方说：“天有不测风云，人有旦夕祸福。再说我这几日，肉跳心惊，不知为了何事？”正在说话之间，忽听外面锣声乱响，说声：“不好，你可曾听见？”安人说：“必是哪里失火。”卢方说：“这不是失火的声音，这是四面八方一齐响亮，怎么是失火呢？”夫人一听，果然不错。叫婆子出去看看。婆子一出来，碰见焦虎问：“员外现在哪里？”婆子说：“现在屋中，有什么事情？”焦虎说：“没有工夫告诉你哪。”急跑至屋中，见了员外，说：“大事不好了！不知哪里来了那些群贼，把五义厅占了。”卢方一闻此言，吓了个胆裂魂飞，幸而好卢方衣服靴子兵刃全在紫竹院安放着呢，立刻叫安人开箱子拿靴子。安人先就吓得魂不附体，如何走得上来，倒是婆子把箱子打开，拿出靴子来。卢方先把长大衣服脱下，用抄包将腰扎住，脱去厚底云履鞋，穿上靴子，由墙壁上把刀摘下来，抽出鞘外。止不住眼泪往下直流，说：“我这一辈子打算用不着你了，到如今想不到还得用你。”焦虎在前，卢方在后，一回头告诉婆子，请少奶奶预备兵器，与贼人交手。婆子答应，往后面就跑。卢方问：“贼从什么地方进来的？”焦虎说：“由前边来的。”卢方又问：“他们怎么进得通天玉犼？”焦虎说：“不知，大概总有我们陷空岛里头的奸细。要是没有里面之人，万也到不了五义厅。”由月样门往五义厅前一跑，就见里面有男有女，把更夫杀得可怜。只有一件好，群贼不往别处去，却是韩路忠说的。离五义厅两箭多远，东西南北就不晓得有什么埋伏了。故此群寇谁也不敢离了五义厅这个地方。此时卢方一到，说：“你这一伙强贼，该死的奴才，从何处而来？”卢方刚往上一蹿，迎面就是黑面判官姚文，手中一条铁棍，卢方刚一摆刀，从背后蹿出一人，说：“老员外且慢动手，待我拿他。”卢方一看，是焦得良，乃是焦虎的大儿子。二儿子叫焦得善。焦得良手提一杆花枪，往上就扎，被姚文单手用棍往外一嗑，当啷一声，一翻手叭嚓一棍，焦得良闪躲不及，死于非命。这焦姓原是卢方家的义仆，全是受卢姓之厚恩，如今出了这样之事，焦得良一死，焦得善就要上去，破口大骂，说：“好贼人，你们是哪里来的？”卢方把他一把揪住，因他是个小孩子，如何能与贼人对手。卢方往上一蹿，摆刀就剁。姚文也打算单手棍一抡，磕飞这口利刃，焉能得够。卢方把刀一抽，姚方一反手要砸卢爷。卢方一低头，跟进去用刀就刺，姚文用棍一撩，“当”的一声，震的卢方虎口生疼。老英雄将心一横，把死扔于肚皮之外，这口刀上下翻飞。众贼一见，怕姚文不是他的对手，姚武、周龙、周凯、张大连、白菊花等诸人一齐上去，把卢方围住。卢方并不惧怕，也不力乏，东挡西遮，观前顾后，一个人与大家交手。也亏得焦虎与得善父子两个，在卢方一左一右保住了，卢方这才未曾受伤，累的汗流浃背，喘吁不止。暗暗心中忖度：怎么少奶奶还不出来？皆因少奶奶她在后院，忽听一阵锣鸣，叫婆子出去打听，不多一时，有前边婆子慌慌张张进来说：“少奶奶大事不好了！五义厅被贼人占了，员外爷出去与贼人交手，吩咐也教少奶奶前去助战。”小霞一闻此言，带领四个丫头：金花、银花、铜花、铁花，俱都换了利落衣襟，短打扮，各带袖箭，这些人无事之时全跟着少奶奶学会的袖箭，有打得准的，也有打得不准的。找了一个胖大的婆子，把安人背起来。这婆子也拿了一口单刀，众人从里面往外一闯，来至五义厅前，叭叭叭一阵袖箭，打的群贼头昏脑昏，自来就闪开一条道路。焦虎拉着卢方往外就跑。到了通天玉犼，卢方一回头，见群贼又把少奶奶围住，卢方一急，一张口哇的一声把一腔热血全都倒将出来，眼前一阵发黑，往前一栽，被焦家父子一搀，卢方就觉渺渺茫茫，二目往上一翻，浑身冰冷。要问卢方生死如何，且听下回分解。

第一二二回

焦虎自己奔潼关送信　蒋平派人到各处请人

且说卢方出来，见贼人围住小霞，心中一急躁，把一腔热血倒将出来，眼前一黑，几乎栽倒，被焦家父子搀住。卢方此时，人事不省，撒手扔刀。焦虎把卢方背将起来，焦得善捡刀，过了通天玉犹，展小霞也就随后跟来，群贼哪里肯舍，紧紧的一追，就有生坏心的，要把小霞劫住。那婆子背着老太太先走，少奶奶在后，走通天玉犹。焦得善告诉他们，脚找白点，方能过去。群贼仍然追赶，也就过了通天玉犹。前面焦虎背着卢方正走，迎面碰见丁大爷、丁二爷，带领四五十人前来。二位丁爷因何得知？皆因是拉尿之人，掉在水中，在水内远远望见，群贼在船上杀上，又过陷空岛去了。这个人会水，他奔茉花村，与丁兆兰、丁兆蕙送信。丁家弟兄带领众人，撑船过芦苇荡，到陷空岛弃舟登岸，遇见焦虎，一见卢方仅有呼吸之气，叫焦虎先背上茉花村去。又见小霞，也叫她们上茉花村去。丁家弟兄把群贼挡住，用湛卢剑乱削贼人的兵器，群贼败走。丁家弟兄带领众人，追至通天玉犹，那里韩路忠叫揭翻板，他们就过不来了。群贼过去，丁当乱揭翻板，丁家弟兄无奈，只得回去。忽见从山窟窿里蹿出一个人来，见丁家弟兄，双膝跪倒。这二人一瞧是费七，说：“你作什么来了？”那人言道：“我家四老爷现在潼关，速去找来，可以治这伙群贼。我等在里头，以为内应。引贼来的是我家逃走家人，叫韩路忠，并不知这伙贼的名姓。”丁家弟兄一听，说：“同我们上船罢！”同奔茉花村，进书房把卢方搭坐软榻之上，丁兆兰遂写了一封书信，叫焦虎上潼关请蒋平去。

焦虎带着书信，到潼关，说明来历，过了潼关，到马尾江，蒋平把他叫进去，问明情由。卢珍听见，先就昏过去了，大家把他唤醒过来。众人放声大哭，展熊飞在旁劝解说：“蒋四哥，咱们大家回去设法，往里夺回就是了。”蒋平说：“你焉知晓此岛失之易，得之难。”此时徐庆仍是在啼哭。蒋平说：“三哥，此会子哭也是无益，把陷空岛夺回来，才对得起大哥呢。”蒋平叫南侠、徐良、于义三位拿着开封府的印信先奔京都，见包公禀明此事。叫艾虎上卧虎沟请沙龙去。把拿住的这一干贼人，交在潼关，好好的看守，听候旨意，千万多加小心，也别断了他们的饮食，可也别教他们的余党抢回去。君山之人，就在此处驻扎。所带之人有徐庆、胡小纪、胡列、邓彪、李珍、阮成、史丹、吕仁杰。把徒弟鲁士杰留在这里，他与于奢、韩天锦对劲，叫于奢教他，熟习那八手锤，浑人对浑人，倒好学练。余者众人，都在这里守护潼关。卢珍不必说总要回去的，白芸生也要跟着一路前往。展熊飞问道：“蒋四爷，这韩路忠与陷空岛有什么仇恨?”蒋平说：“这个人盗陷空岛的东西，我把他打了一顿，他才行出这样事来。”展南侠说：“务必先把这贼拿住，碎剐万剐，方消心头之恨！。蒋平说：“要拿先是拿他。”

蒋平带领众人，直奔茉花村。晓行夜住，那日到了茉花村，有人报了进去，丁家弟兄迎接出来，大家见礼。蒋平先打听卢方病的生死轻重，回说现时请医调治，不致有性命之忧，众人这才放心。到里面书房，见卢方昏昏沉睡，蒋平心中一惨，徐庆放声大哭，卢珍哭得死去活来。卢方在软榻之上，微睁二目，见着蒋平，十分欢喜。蒋平过去说：“大哥不必忧心，好好保养精神，有吾等在此，准能结果贼人的性命，把我们陷空岛夺将回来。难道说你还不放心么?”卢方点了点头，再问也就不说话，把双睛一闭。徐庆过去说：“你可别死呀，你要死，咱们两个人一同死。”卢方并不答言，卢珍跪在那里尽哭。蒋平说：“你只是哭，叫你天伦不好受，想主意报仇就是了。”卢珍方才止住眼泪。一问陷空岛连一点信息全无。又等了几天，北侠同定黑妖孤智化、云中鹤魏真来到。原来是智化出家之后，同着魏真瞧看北侠去了，正在大相国寺那里，听了这个凶信，连魏道爷一同赶来。进门先看卢方，见卢方昏迷不醒，心如刀割一般。卢方微微睁了睁眼睛，蒋平说：“倒不必与他说话了，他心中难受。”请大众退至厅房。北侠、智化打听情由，丁兆蕙把此话细说了一遍。又问蒋平的事情，蒋平把潼关的事情，也就说了一回。智化说：“我自从出家之后，在寺中，外面的什么也听不见。”后来议论破岛之事，蒋平说：“教我三哥前边引路。”徐庆说：“我知道的那道路，谁也不知，到后山奔子午窟，这如今可用着了，就是有些难走。”智化说：“不论好走不好走，只要有认得道路之人就好办了。”徐庆说：“打算几时去破贼人?”蒋平说：“咱们再等等人，现时人还不够哪。”果然沙老员外到了，同着孟凯、焦赤，带着秋葵、凤仙、甘兰娘、甘妈妈，女眷全让在后面去。老员外一见卢方，泪如雨下。蒋平劝解半天，也至上房屋中，一同落座。本打算第二天前去破岛，有午时光景，南侠、于义，徐良从外面进来，同着一个黑面的和尚。大家全都一怔，见那人身高九尺，背阔三停，面如锅底，类若北侠一般。南侠先给引见，这就是冯老爷的叔丈，号为生铁佛，与大众一一相见。蒋平先问开封府的事情，展熊飞就告说，印信呈于包公，剿灭朝天岭的事情，拿住王爷手下的前站二贼，连新来拔刀相助之人，所有大众，与君山立功的

花名，包公全都入折本，奏闻万岁。天子降旨，所拿一干人犯，俱都在潼关正法，所有众人，仍在潼关驻扎，等拿获王爷之后，另加升赏。丢陷空岛的事，可没奏闻。包相爷格外给了一纸文书，准其在松江府调兵。韩彰一听了这件事情，一定要来，哭的死过去了几次，我没让他来，开封府无人保护包公，就剩邢家弟兄，如何行哪，我好容易把他拦住。蒋平说：“很好，你们来得正好，我们打算今日晚间前去夺岛。”展爷说：“四哥多等候一半天再去。”蒋平问：“什么事情?”展熊飞说：“我的贱内，她听见此事，也一定要来，并且有冯渊未过门的妻子尹小姐，也在我们家中住着呢。皆因是生铁佛与他姐姐带着他甥女入都，完其姻事，不料冯渊出差，就找到我家中去了，一提却不是外人，就在我家中住着。这位尹小姐听了此事，亦要前来相助，帮着我们拿贼，他们明日准到。”蒋平说：“可以。”南侠说：“我先看看卢大哥去。”蒋平同着到屋中，见了卢方，卢方睁眼看了看南侠。蒋平说：“卢大哥，展护卫帮着夺岛来了。”卢方点了点头，并不多言。展熊飞知道必是心中难受，转身也就出来。到了外面，家人进来报：“沈爷到。”沈仲元从外面进来，大家见礼。蒋平问沈仲元从何而至，沈仲元说：“我要上三教寺见欧阳哥哥，还没到三教寺，先到大相国寺，才知这里事情。我由大相国寺而来，我先看看老哥哥去罢。”蒋平说：“这是可真凑巧，也没想着你到。”沈仲元到屋，看了看卢爷，心中也十分难过。叫了半天，卢方连眼也没睁。沈仲元也打听了一回，蒋平对他一一说了一遍。

到了次日，展太太到，女眷们一听，丁大奶奶、丁二奶奶迎接出去。姑奶奶到家，焉有不迎接之理？连尹青莲俱都迎接进来，全有展太太给一一见过，女眷全都入后院去。忽见一个人从外边跑进来，放声大哭说：“老员外爷现在哪屋里呢?”蒋平说：

“你别哭了，他才睡着，有人一哭，他心中慌乱起来了。”这人就是费七，见着大众，磕了一回头。蒋平问：“陷空岛里的事情你可知道?”费七说：“里面的事情，我无一不知，我特意前来送信。”蒋平说：“我们今日晚间就要去破岛。”费七说：“不可！后天是姚文的生日，他们相中了一个地方，在玲珑岛的底下绿荫别墅那里，大家全与他贺寿，要是进去，就可以把他们堵在那里，一个也不能跑。”蒋平说：“你先回去，大员外死不了，你只管放心罢。”费七说：“老爷们二更天足可以进去了。”蒋平说：“二更天准到。”费七说：“是从前山进去，是从后山去?”蒋平说：“一半前山，一半后山。”费七说：“我把前山通天玉犼的翻板放好了，后山独木桥他们可是撤了，不能现安。”蒋平说：“你回去罢，那就不用你管了。”费七回去不提。

到了后天，大家吃完了晚饭，徐庆等换上夜行衣，带上兵器。徐庆、白芸生、艾虎、卢珍、智化、徐良、魏真等人，从后山而入。余者众人，全是二官人预备船只，大家上船，女眷们上了后边那只船，由芦苇塘过去，行至陷空岛，丁家兄弟的家人，连男带女，足有一百余人，陆续上山，过了通天玉犼，穿过五义厅，直奔绿荫别墅。徐庆从子午窟进来，大家全会在一处。到了绿荫别墅。众人一齐嚷拿贼。里面姚文、姚武、白菊花以及姚文的妻子晏赛花、姚武之妻子、丫头婆子，俱在那里欢呼畅饮。忽听外面一乱，房书安说：“不好了！”大家就脱衣服抄家伙，一出门迎面遇见两个僧人，一黑一紫，一个拿着一条铁棍，一个拿着一根禅杖。姚文、姚武往上一拥，两根棍并举，姚文用棍对北侠就打，北侠用尽平生之力，横着一挡，姚文擎受不住，先撤一只手，那只手也拿不住了，将棍老远丢将出去。不料沈仲元往前一跑，那棍正打在沈仲元太阳穴上，沈仲元呜呼哀哉，归阴去了。

后面人全都一怔，还没结果贼人，先损自己一人。北侠一气，一回手叭一声，就把姚文打死。姚武迎战生铁佛，二棍一碰，当的一声，震得姚武虎口生痛，三五个回合就被生铁佛结果了性命。周龙被徐庆一刀杀死。周凯用刀向吕仁杰砍去，吕仁杰用左手拐一迎，右手的铁锥噗哧一声，正扎在周凯的左眼，回手一拐，结果性命。白菊花一见势头不好，回身就跑。小英雄尾随紧追。要问淫贼生死如何，且听下回分解。

第一二三回

众英雄复夺陷空岛　白菊花被杀风雨滩

且说白菊花一跑，众贼无心动手，三尺短命丁被于义一镖，正中太阳穴，立时丧命。王刚、柳飞熊遇战北侠，三五个回合，先打死一个王刚，后打死一个柳飞熊。陈正、秦业二人围住刘万通，被他未战数合，俱在棍下废命。常二怔过来动手，被魏真一宝剑劈为两半。胡仁死在智化之手。张大连被蒋平一刺，扎在嗓上，结果了性命。黄荣江、黄荣海被展熊飞用宝剑先削了兵刃，然后结果了性命。房书安被邓彪、胡列两人围住，不能取胜，虚晃一刀，撒腿就跑。上了山顶，刚要往后山跑，迎面碰着徐庆，一看这个没鼻子之人，气往上冲，一抬腿把这房书安踢倒，咕噜咕噜滚在半山腰中，可巧有个大山窟窿"噗咚"一声，坠落下去，大概也就死在里头了。柳旺的刀被丁兆蕙用宝剑削为两段，丁兆兰过来一刀，结果了性命。赫连齐刚要跑，被卢珍在后面追上，一刀结果了性命。晏赛花手中一对铁蒺藜，迎面遇见秋葵，用浑铁棍一碰，"当啷"一声，两人正在酣战，紧接着又上去几个人，是展太太、展小霞、兰娘儿、凤仙、尹青莲，众人往上一围。还有姚武的妻子，使一对绣绒刀，大家乱杀一阵，战够多时，尹青莲一镖，就先把姚武的妻子打死。然后众人战晏赛花，晏赛花十分骁勇，难以取胜，展小霞乘其不备，将手一扬，一枝袖箭正打在晏赛花咽喉之上，噗咚栽倒。此时大家正在气愤之际，遇见就杀，碰着就砍。又

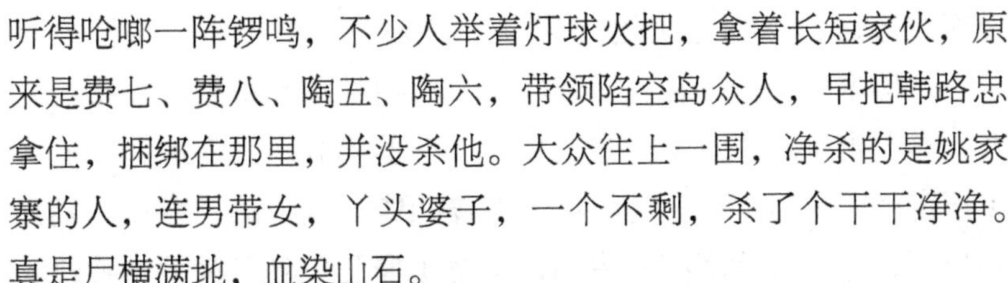

听得呛啷一阵锣鸣，不少人举着灯球火把，拿着长短家伙，原来是费七、费八、陶五、陶六，带领陷空岛众人，早把韩路忠拿住，捆绑在那里，并没杀他。大众往上一围，净杀的是姚家寨的人，连男带女，丫头婆子，一个不剩，杀了个干干净净。真是尸横满地，血染山石。

且说白菊花舍命的一跑，后面这些人，哪里肯容他逃跑？跑到前边，一片是水，其名风雨滩。白菊花心中想道，他们全不会水，不如跳入水中，暂避一时。也是他恶贯满盈，阳寿该终。要往前跑，前面人多不敢去，往后跑，后面独木桥又撤去了，明知这滩是一片死水，又不通别处，只可在水中暂避一时，倘若不行，就要死在水内。徐良说："好乌八的！又下水去了。"艾虎赶到，往水内要蹿，徐良一把揪住，说："你的水性焉能行呢？咱们在这里等人罢。"果然少刻全到，李珍、阮成、吕仁杰、北侠等也都到了。徐良嚷叫："何人会水？下去拿人。"吕仁杰先跳入水中，李珍、阮成随后也跳入水中，蒋平也到了。吕仁杰赶到白菊花面前，白菊花用刀就砍。在水中砍人最难，吕仁杰往上一蹿，使了踩水法，露出身子，白菊花用刀一砍，吕仁杰用左手拐一架，右手就是一铁锥，将他左眼砸瞎。白菊花哎哟一声，紧跟着又是一铁锥，把白菊花右眼砸瞎，复用拐，打在右手之上。白菊花本打算自杀身死，被拐一打，撒手丢刀。阮成、李珍两人过来把他二臂一拧，拉上岸来，众人乱刀一剁，也是他一世到处采花，不知伤了多少少妇闺女，报应循环，命该惨死。将他剁完之后，天也要快亮，派人前去，到茉花村送信。蒋平派人告诉卢方。卢方听说，心中大喜，病体若好了一般。众人将他抬回陷空岛，他要与大众行礼道劳，蒋平把他拦住，说："众人也不能在此久待。"所有杀死之人，全抛弃在山涧之内，活捉的韩路忠，当着卢方之面，将他凌迟处死，尸首丢在山涧之内。沈仲元尸首，用棺木盛殓，等甘妈妈走的时节，叫甘妈妈带回。蒋平与众人，俱要告辞。卢方不叫走，说："等着我的病体痊愈，你们大家再走就是。"蒋平没走，北侠告辞回庙，云中鹤、智化、刘万通也要起身。忽然间潼关信到，宁夏国襄阳王到了潼关，扎营下寨，特来报信。蒋平说："这可不能不走了。"所有之人，全都奔潼关。卢方也不能拦阻了，大家告辞。

非止一日，到了潼关。原来这里早就打上仗了。皆因是蒋平走后。襄阳王在宁夏国得信，乜云鹏、乜云雕已死。信到宁夏国，襄阳王直气得浑身乱抖，几乎把王爷气死。宁夏国的国主说："王爷何必这般大怒，就此兴兵就是了。"襄阳王亲带人马，整整的五万，全是宁夏国之人。襄阳王手下将官："镇八方王官雷英，黄面狼朱英，金鞭将盛子川，三手将曹德玉，赛玄坛崔平，小灵官周通。宁夏国的大将曹雷，有万夫不当之勇，统大兵直奔潼关而来，安营下寨，号炮三声，扎下大营。这里探马，早已报进潼关，总镇盖一臣升帅府厅，与钟雄议论军务大事。先派人八百里加紧上陷空岛送信，后派人在城上多设灰瓶炮子、滚木檑石。聚齐众将，钟雄亲身率领人马，出城另扎一营。又有蓝旗报道，襄阳王下战书，明日打仗。钟雄给一回书，明日正午开兵。先与盖一臣送信。盖一臣带领偏裨牙将，预备战马，明日五鼓，饱餐战饭，掌号齐队。就听那边也是号炮三声，两下里一亮队，真是盔滚滚遮天映日，甲层层万道寒霞。纛旗认标，空中扬摆，两杆黄门旗，黄曲柄伞下，是襄阳王。五龙珍珠冠，黄袍金甲，玉带皂靴。上首有一员大将雷英，四员偏将：盛子川、曹德玉、崔平、周通。左边单有一哨人马，红门旗、大坐纛，一员大将身高一丈开处，红袍金甲，面如赤灰，红眉金眼，手中提定八

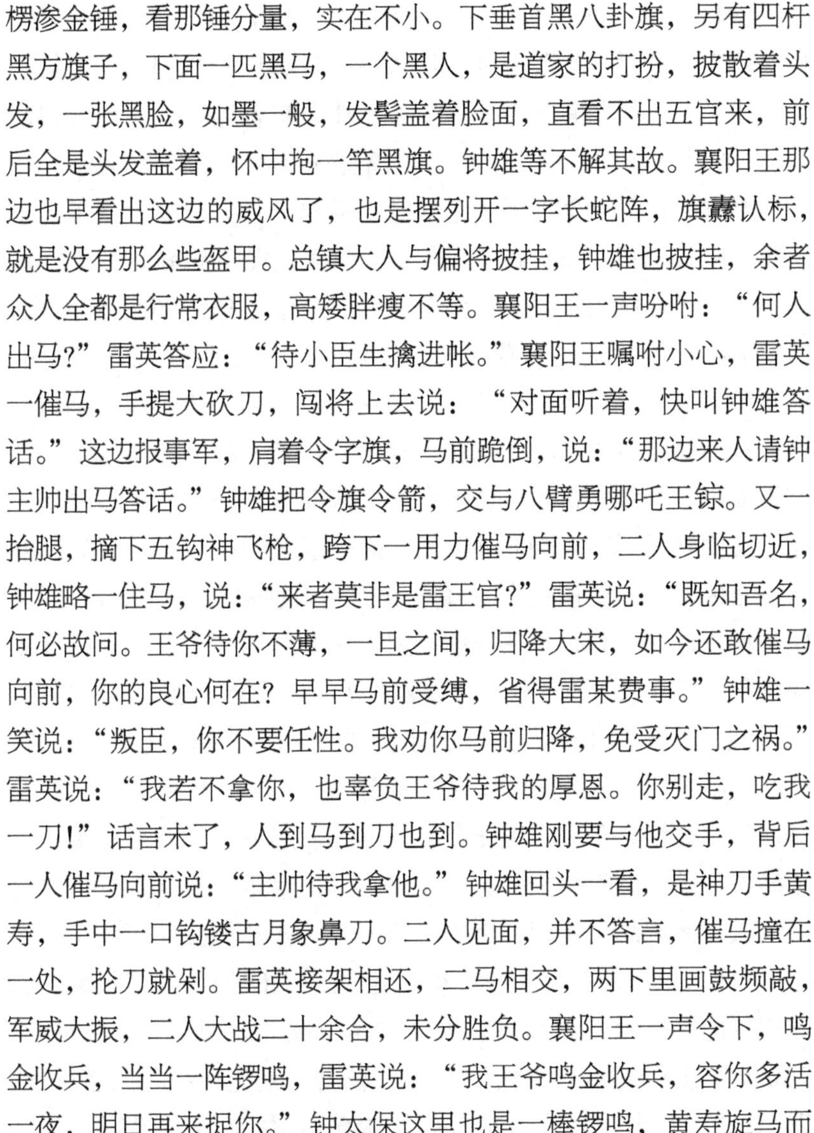
楞渗金锤，看那锤分量，实在不小。下垂首黑八卦旗，另有四杆黑方旗子，下面一匹黑马，一个黑人，是道家的打扮，披散着头发，一张黑脸，如墨一般，发髻盖着脸面，直看不出五官来，前后全是头发盖着，怀中抱一竿黑旗。钟雄等不解其故。襄阳王那边也早看出这边的威风了，也是摆列开一字长蛇阵，旗纛认标，就是没有那么些盔甲。总镇大人与偏将披挂，钟雄也披挂，余者众人全都是行常衣服，高矮胖瘦不等。襄阳王一声吩咐："何人出马?"雷英答应："待小臣生擒进帐。"襄阳王嘱咐小心，雷英一催马，手提大砍刀，闯将上去说："对面听着，快叫钟雄答话。"这边报事军，肩着令字旗，马前跪倒，说："那边来人请钟主帅出马答话。"钟雄把令旗令箭，交与八臂勇哪吒王琮。又一抬腿，摘下五钩神飞枪，跨下一用力催马向前，二人身临切近，钟雄略一住马，说："来者莫非是雷王官?"雷英说："既知吾名，何必故问。王爷待你不薄，一旦之间，归降大宋，如今还敢催马向前，你的良心何在？早早马前受缚，省得雷某费事。"钟雄一笑说："叛臣，你不要任性。我劝你马前归降，免受灭门之祸。"雷英说："我若不拿你，也辜负王爷待我的厚恩。你别走，吃我一刀!"话言未了，人到马到刀也到。钟雄刚要与他交手，背后一人催马向前说："主帅待我拿他。"钟雄回头一看，是神刀手黄寿，手中一口钩镂古月象鼻刀。二人见面，并不答言，催马撞在一处，抡刀就剁。雷英接架相还，二马相交，两下里画鼓频敲，军威大振，二人大战二十余合，未分胜负。襄阳王一声令下，鸣金收兵，当当一阵锣鸣，雷英说："我王爷鸣金收兵，容你多活一夜，明日再来捉你。"钟太保这里也是一棒锣鸣，黄寿旋马而回，两下撤队，各自回到营中。犒赏三军，准备明朝打仗，至晚间传口号巡更。

次日五鼓，饱餐战饭，巳牌时候，掌号齐队，照头一天一样，两下里全是一字长蛇阵。那边是金鞭将盛子川出马。这边一声吩咐："哪位将官出马?"头一个姓吴叫长道，说："末将出马。"拍马向前，手中一条枪，对着盛子川心窝就刺。盛子川用豹尾金鞭，往外一磕，吴长道就撒手丢枪。二马一凑，盛子川一翻手，吧拉一声，正打在背脊之上。吴长道坠落鞍鞒，死于疆场之上。盛子川回去报功。总镇又问："哪位出马?"偏将林维说："末将愿往。"那边是曹德玉出来，外号人称三手将。二人见面，问了姓名，催马交手。林维使一杆花枪。曹德玉使一根水浇竹节鞭。别看林维气力虽单，枪法来得巧妙，二人战了四五回合，曹德玉就跑。林维一贪功，往下就追。曹德玉一回首，巴拉就是一镖，正中林维咽喉，翻筋斗落马。盖一臣又问："何人出马?"有人答言说："末将愿往。"总镇一看，此人姓宋，名叫宋升，手中使一柄青龙偃月刀，拍马向前。那边是赛玄坛崔平，穿黑挂皂半部刚髯，手中使竹节鞭。二人鞭对刀，走了十余合，不分胜负。崔平旋马便走。宋升一追，追了个首尾相连，崔平往旁边一带马，一翻背膊，这就叫回马鞭，正打在宋升胸膛之上，翻身坠马，死于疆场之上。钟雄一看势头不好，连输三阵，与总镇盖一臣商议，盖一臣气往上冲，要亲身出马。后面一员老将说："总镇大人，杀鸡焉用牛刀，待末将擒他。"盖一臣说："老将军小心了。"此人拍马向前，手使一柄巨齿飞连大砍刀，来至战场。那边周通出马，手使枯骨鞭，说："来将通名受死。"老将军说："我乃大宋国潼关总镇麾下先锋官，杨寿中是也！你叫何名?"回答道："我乃小灵官周通的便是。"杨寿中说："无名小辈，过来受死。"二人战有二十余回合，不分胜败。别看他上了年岁，银髯飘摆，打上仗，就最奸诈无比。也是活该，二马一冲过去，复

又旋马回来，往当中一凑，马失前蹄，被周通一鞭打死。周通回去报功。钟雄一看连伤了四员大将，如何是好？正在为难之际，韩天锦一人当先，并不答言，拉棍往外就跑。对面雷英出马，也未曾通名问姓，二人交手。韩天锦向他顶门，用棍砸将下去，雷英翻身落马。欲问生死如何，且听下回分解。

第一二四回

襄阳王被捉身死　万岁爷降旨封官

且说潼关这边，连伤四将，全是现任职官。总镇一看这番光景，也觉招架不住，打算亲自出马。这边站殿将军，拉棍跑将出去。那边是雷英出阵。一个是在马上，一个是在步下，韩天锦用尽平生之力，太山压顶往下一砸，雷英用刀横着往上一迎，他如何架得住天锦这一棍？二臂一软，连刀杆子带棍，往下一砸，砸了个脑浆迸裂。总镇见了，十分欢喜，吩咐一声催军，画鼓乱敲，以振军威。韩天锦也不懂得那些事情，仍然拉着棍，在那里乱骂。雷英这一废命，襄阳王很觉着有气，伤了他一员大将，又问哪位出马？仍是金鞭将盛子川催马向前。他见雷英被这厮一棍打死，算计主意，逢强智取，遇弱活擒。自己一催马，韩天锦举棍就打，盛子川用膝盖一夹马肚，那马斜着一抢上垂首，韩天锦这棍空磕，力气使的太大，当一声，砸在地上，往前一栽，盛子川一翻背，用鞭对着韩天锦打将下来。不料韩天锦一棍打空，也是在气恼之间，用右手一扫，吧一声，正抡在那马后胯之上，盛子川的鞭，刚一粘背脊，他就从马后摔下去了。韩天锦一翻身，叭一棍，将他砸的骨断筋折。这边是仍催打军鼓。那边三手将曹德玉带马出阵，韩天锦是个浑人，想出一个浑招数来，马还未到，单手用棍，向着马腿就是一棍。曹德玉拍马向前，还未能近身，刚要带马斜着一跑，竟然躲闪不开，“咔嚓”一声，马的前腿已折，曹德玉早就甩蹬蹿下马来，不敢交战，往回里就跑，被

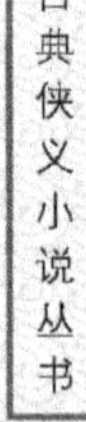

韩天锦追上，一棍打死。总镇一声令下，鸣金收兵。韩天锦还算懂得，拉棍回身就跑，刚一回队，也不会说什么，就奔于奢那里。鲁士杰也赶过来，说："大小子，你连杀了他们几个?"韩天锦说："杀了三个。"忽见那边红门旗往两旁一闪，咕咚一声炮响，闪出一员大将。钟雄说："哪位将军出马?"言还未尽，韩天锦拉着棍，又跑出去了，他本是大浑小子，打算是出去就赢哪，可巧正遇见敌手了。

原来，宁夏国的曹雷见王爷这里连输了三阵，他拍马冲上阵来，见又是韩天锦出阵。天锦见这个人，如若跳下马来，也有一丈开外身躯，金盔金甲，烈焰袍，狮蛮带，绣花战靴，面如赤炭，红眉金眼，双插雉尾，翎①飘一对狐球，跨下一匹胭脂马，鞍韂鲜明，合着一对八楞紫金锤，勒马带锤，临场讨战。韩天锦一到，曹雷说："来将通名。"韩天锦答言："我叫爷爷。"曹雷说："匹夫满口乱道!"韩天锦举棍就打。曹雷使双锤，用尽平生之力，往外一架，就听"当啷"一听，韩天锦撒手扔棍，震的虎口疼痛，往后退出好几步去。曹雷锤沉力猛，要不是马快，韩天锦性命休矣。曹雷得手旋转马来一瞧，天锦早就败下阵去，并不追赶，复又叫阵。钟雄问："哪位出马?"神刀手黄寿拍马向前。二人见面，通了名姓，神刀手黄寿把刀就剁。曹雷用单锤一挂，"当啷"一声，撒手扔刀，二马一错，曹雷把右手锤往左肋下一夹，伸右手把神刀手黄寿从马上抓将下来，往地下一摔。喽兵过来，将他捆上。仍又过来讨战。这边花刀杨泰出马，二人交手。杨泰使的是青龙偃月刀，刚往上一递，他也是照样，右手锤往外一挂，花刀杨泰不能抵挡，撒手扔刀，又被他提过去，往地上一

① 翎（líng）。

摔。喽兵捆起来，搭往那里去了。复又叫战，铁刀大都督贺昆、云里手穆顺，一个在马上，一个步下，二人一齐出阵。马上的是一口阖扇板门大砍刀，一个是一口单刀，穆顺跟着贺昆马后，心想着要暗算敌人，马临切近，早就看见贺昆刀对着曹雷顶门就剁。曹雷用左手锤一挂，右手锤往下一砸，贺昆用刀一架，擎受不住，撒手丢刀，眼看着锤落下来了，一着急滚鞍落马。叭的一声，将那马砸的骨断筋折，丧在疆场，贺昆爬起来要跑，刚一起来，被曹雷手下削刀手擒住。穆顺往起一蹿有一丈多高，手中刀往下就剁，曹雷把左手锤往鞍韂上一挂，右手锤往外一磕，当啷一声，把穆顺的刀磕飞。曹雷一探身躯，伸手就把穆顺的腰带抓住，往上一提，横担在马鞍韂上，旋马便回，要到襄阳王前去报功。金铛无敌大将军于奢，拉着铛出来，大叫："叛贼休走！于将军爷到了。"曹雷回头一看，一撒手把穆顺往地上一摔，叫人绑起来，一旋马，与于奢碰在一处。见于奢身高一丈开外，黄袍黄脸，手提雁翅铛，不容分说，往上就递。曹雷不慌不忙，用锤一挂，当的一声，将铛磕开，用那锤一指说："黄脸大汉，你要归降我王爷千岁，不愁封侯之位。"于奢说："放你娘的屁！王爷也没有我将军大。"曹雷问："你是什么将军？"于奢说："我乃站殿将军于奢是也，我若归降你也使得，与你借宗东西。"曹雷问："借什么东西？"于奢说："把你脑袋借给我。"曹雷一听，气往上一冲，撒马抡锤。于奢用雁翅铛对着他胸膛一扎，曹雷用左手锤往外一推，贴着铛杆，右手锤对住铛杆往上一捞，就听当啷一声，将铛头砸弯回来了。于奢出世以来，没吃过这样苦头，把两只手虎口震裂，前手实拿不住铛杆，就剩一只手，拉着铛往回里就跑，那铛就像耙子一般，把地耙了两道大沟。曹雷又见那边出来一骑马，上面一个小孩子，有十五六岁，穿着一身红衣裳，拿

着一对镔铁轧油锤，说："我杀你来了！"用单锤往下一砸。曹雷倒不忍伤害于他，心想着用单锤一带，将他带下马去。焉知晓两锤一碰，颇觉沉重，刚刚的挂开顶门，就碰了自己的肩头一下。紧跟着那柄锤打下来了，小爷用了个十分力，曹雷用平生之力，锤碰锤，往外一磕，当啷一声，并没磕动，锤到顶门，往下一落，叭嚓一声，把曹雷砸了个脑浆迸裂，栽下马来。小爷说："杀了一个，还有谁来？"就见右哨，黑八卦旗一分，轰隆一声炮响，出来了一个黑老道，黑衣服黑马，黑头发盖着黑脸，身后背定宝剑，头挽道冠，手中抱定黑旗子，马临切近，一抖黑旗子，小爷落马。那边王v撒马而出，迎面先就是一枪，老道一闪身，一抖黑旗子，王v落马。又出来两个步下的，谢忠、谢勇刚要施展暗器，被老道一抖黑旗子，二人栽倒在地。谢宽又出阵，老道一抖黑旗子，也躺下了。忽然起一阵大风，襄阳王鸣金收兵。钟雄这里，也撤队回去。

钟雄与盖一臣进帐，议论军情，阵亡四员偏将，叫人家生擒了九员大将，如何是好？非等蒋四大人到不行。次日与襄阳王下战书，第十日开兵打仗。第八天上蒋四爷到，大家相见，钟雄先行打听陷空岛的事情。蒋平把前后之事说了一遍，随着就问潼关之事，钟雄就把那边有个妖道，怎么生擒咱们之人，怎么阵亡了四员副将说了。众人一听，全是焦急。徐良说："我今天晚间，到他营中探探虚实再讲。"艾虎、白芸生、刘士杰、吕仁杰、沈明杰、卢珍全都要跟去。蒋平、展昭说："千万小心。"用完了晚饭，天将二鼓，徐良说："四叔要是见里面火光一起，你们立刻点起兵将，杀奔前去。要是我们里头不得手，可就不放火了。"蒋平说："是了，你们总要谨慎方好。"

大家俱换夜行衣靠，出了辕门，直奔对面而来。这几天那边也挖了战濠，也打起半截墙子，上面有人巡更。徐良一飞石，打下一个人来，众兵只顾看那人纳闷，这七个人，全都蹿将过去，绕至右营，从中军帐后扎了一个窟窿，往里一看，见一男一女，二人对坐谈论军务，却是铁腿鹤赵保与九尾仙狐路素贞。他二人由团城子被人家赶出来了，遂投奔了襄阳王这里。路素贞想了个法子，怕自己一露面，有人认得，因此抹了一脸黑，披散着头发。那个旗子，就是迷魂帕。二人跟着王爷出队，见曹雷已死，正是西北风，自己出阵，连拿了九将，收兵之后，犒赏三军。依着王爷要杀九将，崔平、周通与赵保苦苦的讲情，劝这几人归降，用凉水灌过。九人执意不降，现时幽囚后寨。都知道第十日，方开兵打仗呢。这日晚间，夫妻二人正讲论九将的事情，赵保说："他们在后寨幽囚，总不是好，倘若有人进来救出去，我们岂不白白费力。"路素贞说："我们有这迷魂帕子，他们有什么样的能人，全不怕，等是日打仗，杀他们个全军尽没。我已改妆成神仙，他们都猜不着我们这个戏法。"外面徐良一拉大众说："里面言语，你们都听见了没有？"众人说："俱都听真。"徐良说："我们到后寨，先救九将，然后放火，我与老兄弟盗她这个旗子，要动手之时，可全都把鼻子堵住。"众人点头。奔至后面，果然单有一个帐房，里面九个人，都倒缚二臂，垂头丧气，一个个一语不发。徐良众人把二十名兵丁尽都杀死，解了他们的绳子，说了来历，九位各抄家伙，又告诉他们堵住鼻孔，直奔路素贞这里来。艾虎在前边一嚷说："后营失火！"路素贞抓帕子，同赵保往外一跑。迎面被艾虎给了一刀，赵保一闪就跑。路素贞过来，一抖迷魂帕，被艾虎一刀，正砍在旗杆之上，旗子落地，路素贞就跑。徐良先捡旗子。依着艾虎要追，徐良拦住不教追。赵保早被吕仁杰一铁锤，把眼睛砸瞎，又被沈明杰一刀杀死。众人扑奔后面，叫谢宽、谢忠、谢勇、沈明杰、吕仁杰给他们硫磺焰硝，千里火筒，上后面点草垛去。大家定下主意，全在金顶黄罗帐那里会齐。余者众人，奔黄罗帐而来，迎面遇见巡更的人就杀，到黄罗帐五层围墙，就是黄寿、杨泰、鲁士杰不会高来高去，教他们三个人在外等着，余下之人，蹿将进去。到黄罗宝帐门首，往里一看，襄阳王正同着崔平、周通议论后天打仗一事，又看旁边，有许多御林军校。徐良候至众人齐都来到，往里一蹿，乱砍众人，崔平、周通拉肋下宝剑，过来要与这几个人对敌，徐良把迷魂帕子一抖，二人立刻栽倒在地上。襄阳王刚要一嚷，被徐良一抖帕子，王爷就栽倒在地。白芸生把襄阳王往背后一背，用抄包把臀一兜，在自己胸前系了个扣儿。此时御林军、崔平、周通尽皆杀死，大家转身往外一走。就听满营中一阵大乱，四面八方锣声乱响，后边火光冲天，钟雄的营内号炮冲天，众将杀奔前来。把宁夏国的人，如同砍瓜切菜一般。展昭、蒋平两队人马，从左右夹攻来，盖一臣由当中杀来。这一场大战，只杀得天翻地覆，滚汤泼雪，转眼间尸横满地。血水直流，悲哀惨切，鬼哭神嚎。这一阵非寻常可比，直杀到天光大亮，红日东升。宁夏国的兵丁，跑脱了十不存一。路素贞趁此时乱兵之际逃窜，后来配了宁夏国王为妾，余者有名将官，无一名漏网，俱死在乱军之中。钟雄、盖一臣回归大营，查点人数，伤了二三十名兵丁，得来的刀枪、盔铠马匹、锣鼓帐房、金银财帛、粮草等物不计其数。拿来的襄阳王，蒋平给他发髻内放上迷魂药饼，解往京都，将迷魂帕子用火焚化。君山之人，暂且驻扎潼关。蒋平等押解襄阳王入都，进开封府见包公回话。将襄阳王钉镣收监。

次日包公上朝，奏明天子，万岁看明奏本，降旨钦封钟雄为副招讨，盖一臣为正招讨。所有开封府去打仗出力之人，征剿有功，加升二级。钦封刘士杰、鲁士杰、吕仁杰、沈明杰、小四杰六品校尉。君山出力之人员，实授五品校尉，于义赏三品护卫将军。襄阳王交开封府审问，亲供回奏。至次日包公入朝，替递谢恩折子，然后请罪，因襄阳王缚上堂口一气身亡，故此请罪。天子降旨，襄阳王已死，以往免究，死后按散宗室例埋葬。宁夏国打来降书顺表，年年进贡，岁岁来朝。徐良奉旨完姻，冯渊奉旨完姻。阎正芳、王忠不愿为官，赏了些金银彩缎。潼关所有得来的东西，尽都赏赐兵丁，兵器等物入库。钟太保仍回君山，于义、于奢入都当差。为国死去的沈仲元、熊威、韩良，赏给四品俸禄，奉旨回原籍入葬。从此国家安定，文忠武勇，军民乐业，五谷丰登，天下太平。

续小五义

上

经典书香

中国古典侠义小说丛书

（清）不题撰人 著

团结出版社

图书在版编目(CIP)数据

续小五义/(清)不题撰人著.—北京:团结出版社,2016.9(2025.7重印)

ISBN 978-7-5126-4417-5

Ⅰ.①续… Ⅱ.①不… Ⅲ.①侠义小说-中国-清代 Ⅳ.①I242.4

中国版本图书馆CIP数据核字(2016)第202580号

出　版:团结出版社

(北京市东城区东皇城根南街84号　邮编:100006)

电　话:(010)65228880　65244790(传真)

网　址:www.tjpress.com

E-mail:zb65244790@vip.163.com

经　销:全国新华书店

印　刷:三河市明华印务有限公司

开　本:150mm*217mm　1/16

印　张:41.5

字　数:483千字

版　次:2017年1月第1版

印　次:2025年7月第4次印刷

书　号:ISBN 978-7-5126-4417-5

定　价:99.80元

前 言

北宋襄阳之乱后期，包拯门生颜查散率众义士破铜网阵，群雄经过重重劫难，大破铜网阵，反王赵珏逃至宁夏国；后大内更以殿内天子的冠、袍、带、履皆被盗，包拯奉旨带展昭、蒋平缉拿盗贼白菊花，后在“小五义”的协助下，大破藏珍楼，夺回天子衣冠、盗贼白菊花伏法，擒住叛首襄阳王……

《续小五义》是《三侠五义》和《小五义》的续书，又名《忠烈续小五义传》、《三续忠烈侠义传》，故事情节承接《小五义》。《续小五义》同《小五义》一样，公案故事在书中很少了，侠义群雄已成为书中主角，多为行侠仗义、除暴安良的故事。

本次出版，对原书中一些错漏、笔误和疑难之处，分别做了校勘、修正和注释，以便于读者阅读。由于时间仓促，水平有限，其中难免疏漏之处，望专家、读者予以指正。

编 者

2016 年 3 月

三续忠烈侠义传序

天地间唯忠烈侠义最足以感动人心。学士大夫博览诸史，见古人尽一忠烈，赐尊之敬之；见古人行一侠义，则羡之慕之。读正史者概如是，读小说者何独不然！今岁秋间，友人石振之刻有《续忠烈侠义传》，即世所称之《小五义》也。传中所载，人尽忠烈侠义之人，事尽忠烈侠义之事，非若他书之风花雪月，仅足供人消遣者比。嗣复欲刊刻三续，商之于余。余曰："善！凡简编所存，无论正史、小说，其无关于世道人心者，皆当付之一炬；其有关于世道人心者，则多多益善。使忠烈侠义之书一续出，人必争先快睹，多见一忠烈侠义之书，即多生一忠烈侠义之心，虽曰小说，于正史不无小补。"因劝之亟为刊刻，以公诸世云。

光绪十六年岁次庚寅嘉平七日，燕南郑鹤龄松巢氏撰。

叙

史无论正与稗，皆所以作鉴于来兹。坊友文光楼主人购有《小五义》野史，欲刻无资。余阅其底稿，忠烈侠义之气充溢行间，最足感动人心。人果借此为鉴，则内善之心，随地皆是。因分俸余卅金，属其急付剞劂。书既成，故乐为之叙。时光绪庚寅孟冬。

伯寅氏志

目　　录

第 一 回

冲霄楼智化逢凶化吉　王爷府艾虎死而复生

上部《小五义》未破铜网阵，看书之人纷纷议论，辱承到本铺购买下部者，不下数百人。上部自白玉堂、颜按院起首，为是先安放破铜网根基。前部篇首业已叙过，必须将摆阵源流，八八六十四卦、三百八十四爻①相生相克，细细叙出，先埋伏下破铜网阵之根，不然铜网焉能破哉！有买上部者，全要贪看破铜网之故，乃是书中一大节目，又是英雄聚会之处，四杰出世之期，何等的热闹，何等的忠烈！当另有一种笔墨。若草草叙过，有何意味？因上部《小五义》，原原本本，已将铜网阵详细叙明。今三续开篇，即由破铜网阵单刀直入，不必另生枝叶，以免节目絮繁，且以快阅者之心。近有无耻之徒，街市粘单，胆敢凭空添破铜网、增补全图之说。至问及铜网如何破法，全图如何增添，彼竟茫然不知，是乃惑乱②人心之意也。故此，本坊急续刊刻，以快人心。闲言少叙。

眼前得失与存亡，富贵凭天所降；

乐枯高下不寻常，何必谆谆较量。

且说黑妖狐智化与小诸葛沈仲元，二人暗地商议，独出已见，要去王府盗取盟单。背着大众，换了夜行衣靠，智爷百宝囊

---

① 爻（yáo）——组成八卦的长短横道。

② 惑（huò）乱——迷惑。

中多带拨门撬户铜铁的家伙，进王府至冲霄楼。受了金枪将王善、银枪将王保两枪扎在百宝皮囊之上，智爷假说扎破了肚腹、肠子露出，满楼乱滚，诓王善、王保出来，沈仲元同智化结果了两个人性命，二番上悬龛①，拉盟单合子。幸好百宝囊扎了两上窟窿，预先解下来，放在下面凳子之上，就只背后背着一口刀，爬伏在悬龛之上，晃千里火照明。下面是一个大方盒子，沈仲元说过是兵符②印信。上头有一个长方的硬木盒子，两边有个如意金环，伸手揪住两个金环往怀中一带，只听见上面“咔嚓”一声，下来了一口月牙式铡刀。智爷把双眼一闭，也不敢往前蹿③，也不敢往后缩，正在腰脊骨上“当啷”一声，智爷以为他腰断两截，慢慢的睁眼一看，不觉着疼痛，就是不能动转。列公，这是什么缘故？皆因它是个月牙式样，若要是铡草的铡刀，那可就把人铡为两段。此刀当中有个过龙儿，也不甚大，正对着智爷的腰细，又遇着解了百宝囊，底下没有东西垫着，又有背后背着这一口刀，连皮鞘带刀尖，正把腰节骨护住。两旁边的抄包，尽教铡刀刃子铡破，伤着少许的皮肉，也是鲜血直流。智爷连吓带气助着，不觉疼痛。总而言之，智化命不当绝，可把沈仲元吓了个胆裂魂飞。急晃千里火，只见里边尘土暴起，赶紧纵上佛柜，蹿上悬龛，以为智爷废命，原来未死。智爷说：“沈兄，我叫刀压住了。”沈爷说：“可曾伤着筋骨皮肉？”智爷回答：“少许伤着点皮肤，不大要紧。”沈爷道：“这边倒有个铁立柱，我抱着往上一提，你就出来了。”智爷连说：“不可！不可！我听白五弟说过，

① 龛（kān）——供奉神佛的小阁子。
② 兵符——古代调兵遣将的符节。
③ 蹿（cuān）——向上或向前跳。

每遇这样消息，里头必还套着消息。”沈爷说：“难道你就这样压着不成？”智爷说：“你先下楼去找你师兄的宝剑，或欧阳兄的宝刀，拿来我自有道理。”沈爷说：“你在这里压着，我一走，倘若上来外人，你不能动转，岂不是有性命之忧，我如何走得？”智爷说：“我要该死，刚才这两次就没有命了。再说生死是个定数，你不要管我，你取刀剑去为是。”沈爷无可奈何下了悬龛，只得依着智爷的言语，出了楼外往正南一看，方才见那楼下之人，也有出来的，也有进去的，口中乱喊：“拿人！千万不可走脱了他们。”沈爷不知什么缘故，不顾细看下面，一直扑奔正西。正要将软梯放下，忽然见西北来了一条黑影，渐渐临近，见那人闯入五行栏杆，细看原来是艾虎。

你道艾虎从何而至？皆因他在西院内解手，暗地里听见智化、沈仲元商量的主意，等着他们换好夜行衣靠，容他们走后，自己背插单刀，也就蹿出了上院衙，施展夜行术，直奔王府而来。来至王府，不敢由正北进去，知道沙老员外他们埋伏在树林之内，若教遇见，岂肯教自己进去。也不敢由东面进去，知道也有巡逻之人。倒是由顺城街马道上城，自西边城墙而下。脚踏实地，一直的奔木板连环，由西北乾为天而入，进得天地否，脚踏卐字式，当中跳黄瓜架，直奔冲霄楼而来。渐渐临近，一看全是朱红斜卐字式栏杆，一层一层，好几个斜马吊角，好几个门，不分东西南北。他焉能知晓，按五行相生相克，全是两根立柱，上有大莲花头，这就算个门户。栏杆全是披麻挂灰朱红的颜色，莲花头儿可是分出五色：青、黄、赤、白、黑。行家若是进来，由白莲花头而入，就是西方庚辛金，再走黑莲花头的门，不管门户冲什么方向，再找绿莲花头的门，然后是红莲花、黄莲花。白莲花正到里面即是金，金能生水，水生木，木生火，火生土，土生金。如若走错一门，白莲花奔了绿莲花，就是相克①。金能克木，走三天也进不来。艾虎如何能晓得相生相克？进了西方庚辛金，走的东方甲乙木，绕的中央戊己土。绕了半天，心中急躁，他也有个主意，用手一扶栏杆，“蹭”往上一纵，竟自跃在五行栏杆里边去了。恨得他咒骂起来，不知这是什么地方。随手背后拉刀，把栏杆“咔嚓”乱砍了一回，赌气把刀插入背后，回手掏出飞爪百练索，搭住栏杆，往上就导。导上约有七八尺高，上面有人叫他说：“下面可是艾虎？”他就紧握飞爪百练索，眼看上面栏杆，往上问道：“沈大哥呀？”沈仲元说：“不错。”你道艾虎怎么管他叫大哥？先前叫大叔，此时是打甘妈妈、兰娘他们论起。沈仲元说：“艾虎，你这孩子怎么来了？”艾虎说：“你们的主意，我早听见了，我见一面分一半，我师傅不要功劳，那功劳算我的。”沈仲元说：“你师傅都叫铡刀铡了。”艾虎说：“你说什么？”沈仲元说：“你师傅都叫铡刀铡了。”艾虎一声哎哟，一撒手，咕咚一声，躺在地下，四肢直挺，死过去了。沈仲元吓了个胆裂魂飞，赶紧放软梯到二层。放二层的软梯到了平地，把艾虎往上一抽，朝脊背拍了几掌，又在耳边呼唤，艾虎才悠悠气转。艾虎睁开二目，坐于地上放声大哭。沈仲元说：“师傅又没死，你为什么如此？”艾虎说：“你不是说我师傅叫铡刀铡了么？”沈仲元说：“原是个月牙铡刀，把他压在底下，不能动转。”艾虎说：“你为什么不说明白了，叫我哭得死去活来？”沈仲元说：“你没等我说完，你就死过去了。你这孩子，造化不小，不是遇见我，你性命休矣。”艾虎问：“怎么？”沈仲元说：“你拿绒绳挂

① 相克——我国古代关于五行之间相互作用和影响的说法。

住栏杆，必然拿胳膊肘撑住，跳身上去，那上头有冲天弩①，定射在你胳膊之上。那弩箭全是毒药煨②成，遇上一枝，准死无疑。”艾虎说：“我师傅现在哪里?”沈仲元说：“就在冲霄楼上。你来的甚巧，你师傅打发我取宝刀宝剑，我正怕走后上来王府之人，你师傅有性命之忧。你去找宝刀宝剑，我回去看着你师傅。”艾虎说：“我得先去看看我师傅，然后去取。”沈仲元说：“你先取来，然后再看不迟。”艾虎说：“我总得先看看师傅，然后再去取。”沈仲元无奈，先帮着艾虎爬上软梯，自己也到了上面。卷上软梯，二人又上了三层软梯，把三层的卷起，同到楼门，晃千里火，艾虎先就蹿上去了。隔扇一响，智化连忙问道：“是谁?”艾虎答应：“师傅，是我。”智化哼一声说：“怪不得圣人云‘愚而好自用，贱而好自专。’你这孩子，多般任性，连我在冲霄楼上，都受了两次大险。”沈仲元说：“他来的正巧，或者教他看着你，我去取刀剑，或者教我看着你，他去取。”智爷说：“既然这样，教他去取。”艾虎说：“师傅还用取刀剑?我把这铁柱一抱，你老人家就出来了。”智爷说：“胡说！哪能这么容易，快去取来。”艾虎说：“我可是见面分一半，师傅你不要功劳，可算我的。”智爷说：“你把刀剑取来，横竖有你点功劳就是。”艾虎无言，飘身下来。沈仲元当路放下两道软梯，带他出五行栏杆，脚踏乒字式，艾虎就要跑，说：“我师傅要有点舛错③，冲着你说！”沈仲元说：“你放心，快去快来。”

艾虎出了南门，走火风鼎，出离为火，至木板连环以外。自

① 弩（nǔ）——剑。

② 煨（wēi）——用微火慢慢地煮。

③ 舛（chuǎn）错——差错。

己一愣，心里思忖：也不知义父与云中鹤他们现在哪里，王府地面甚大，哪里去找？忽然听见东南方杀声震耳，火光冲天。艾虎直奔前去，绕过前边一片太湖山石，只见搬山探海、千佛投降相似灯笼火把亮子油松，照如白昼。艾虎就知道是大众在此动手，背后拉刀，杀将进去，吡嚓磕嚓乱砍。王府的兵丁闪开一条道路，艾虎闯了进去。

镇八方王官雷英、金鞭将盛子川、三手将曹德玉、赛玄坛崔平、小灵官周通、张宝、李虎、夏侯雄，迎面之上，是北侠欧阳春、云中鹤、南侠展熊飞、双侠丁兆蕙、钻天鼠卢方、彻地鼠韩彰、穿山鼠徐庆。内中还有一人，说话唔呀唔呀的，手中提一杆没缨的枪，枪缨全叫火烧去了，此人名叫圣手秀士冯渊。这些人均陷在冲霄楼的下面，盆底坑的上头，被上面雷英用火攻烧的无处躲避。四条地沟，有一百弓弩手，早教雷英调将出去，盖上木板，还怕不坚固，又压上石头，派兵丁在上面坐定。里头的人，要想出去，比那登天还难。圣手秀士冯渊，带领众位闯了四面，正南正北正东正西都有木板盖着，干自着急，不能出去。卢爷叹道："五弟呀，五弟，你活着是个聪明人，死后应当是个聪明鬼，我们大家与你报仇雪恨，你怎么不显一点灵？莫不是生有处，死有地，大家应当死在此地！"徐庆骂骂咧咧说："你有灵有圣，应当下一场大雨才是。"二官人说："就是下雨，怎能到得了这里！"云中鹤说："无量佛！我有了主意。只要大家命不该绝，随我走，就可以闯将出去；若是大家命该如此，这回可不用打算出去。"北侠说："计将安出？"云中鹤说："随贫道来。"北侠跟在后面，大家鱼贯而行，扑奔正南。云中鹤在前直走，到了上面压木板之处，云中鹤回头叫道："欧阳兄，助贫道一臂之力。"北侠点头，所苦者地道窄狭，不能并立二人。北侠从魏真肩头之上，伸过一只手去，云中鹤用手叭叭叭连拍木板，就听上边有人说：“老二你瞧，他们底下人拍这个板子呢。正在我坐的石头底下。”魏道爷又换了个地方，叭叭叭又拍几下，上面人言：“我这屁股底下，可没有石头，又挪在这里响呢。”魏道爷用宝剑尖认定了这个地方，用力往上一扎。列位请想，这口宝剑能切金断玉，何况是二三寸厚的木板，焉有扎不透的道理。就听见哎呀一声叫唤，噗咚一声响动，正扎在那人屁股尖上。道爷把宝剑抽回，北侠也用力朝上一推，上面那块木板一起，云中鹤纵上来，用宝剑乱砍众人。北侠等也就蹿上来，一阵削瓜切菜相似，把那些弓弩手砍的东倒西歪。也有漏网之人，飞奔八封连环堡之内，将信息传于搬柴运草之人，又报于雷英。雷英一闻此言，气冲两肋，大吼一声，率领众人出冲霄楼，杀奔前来，正遇北侠，大家杀在一处。

王府各处兵丁，尽行来到，各举长短的单刀，点着火把灯笼，喊杀连天。正在杀得难解难分的时节，正北上一声大喊，只见那人手中刀上下翻飞乱砍众兵丁。原来是艾虎取宝刀宝剑来到，见北侠众人与王府人正在交手，宝刀宝剑乱削长短家伙，就是金铁锏①、四条鞭不敢削，因它甚粗，怕伤了自己的宝物，其余兵刃，挨着就折，逢着就伤。正在动手之间，艾虎由正北闯进来了。北侠是夜眼，早就看见艾虎杀将进来，遮前挡后，手中一口刀，闪砍劈剁，乱砍众人，好似生龙活虎。北侠又是恨又是爱，恨的是他没见过大阵，倘有疏忽，那还了得！爱的是初经大敌就是这般骁勇②。只见他杀奔前来，用左手将北侠一拉，杀奔正北去了。北侠暗暗纳闷，也就杀将出来。离动手处甚远，艾虎

---

① 锏（jiǎn）——金属制成，长条形，有四棱，无刃。

② 骁（xiāo）勇——勇猛。

方才说道："义父，我师傅现在冲霄楼，被月牙式铡刀压在底下，教我前来寻找义父，将你老人家的刀，拿去解救我师傅。"北侠一闻此言，吃一大惊，说："你说此话可真！"艾虎说："孩儿焉敢撒谎。"北侠说："既然如此，将我刀拿去。但有一件，你也知道，我全仗这一口刀。你救了你师傅，赶紧回来，倘若来迟，我使你这刀不顺手，我要死在他们手里，如同死在你手里一样。"艾虎连连点头，将自己刀交与北侠，把七宝刀换将过来。北侠二番又杀将进去。艾虎得了七宝刀，暗暗欢喜，心中思忖："久后义父出家，此刀落在自己手内，走遍天下哪有对手！今日我先试它一试。"复又奔到兵丁的身后，一声大叫说："反叛看刀！"众兵丁回头拿长短兵刃一迎，艾虎就这么一过，吡嚓磕嚓削了不少兵器，洋洋得意，救师傅去了。艾虎正要扑奔木板连环，迎面之上来了两个人，挡住去路。艾虎细看，却是翻江鼠蒋平、白面判官柳青。若问两个人怎样出得地沟，且听下回分解。

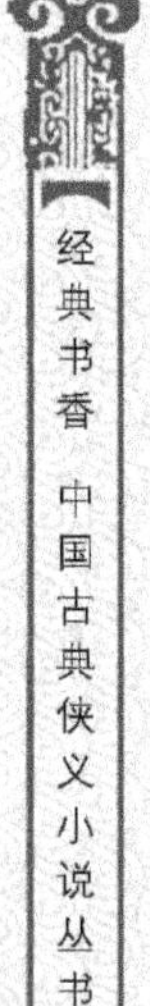

第　二　回

云中鹤宝剑穿地板　蒋四义牙齿咬绳索

且说蒋四爷、柳青，本是在地道之中，四马倒攒蹄，寒鸭浮水式，被四个王官捆了个结实。皆因蒋爷通出自己的名姓，说姓蒋名平字泽长，小小外号人称“翻江鼠”。又说：“这位是常州府武进县玉杰村人氏，姓展名昭字熊飞，人称南侠，御前带刀四品护卫，万岁爷亲赐御号，叫‘御猫’的就是此公。我们今天奉大人之谕来破铜网，冲霄楼是拆了，我们连官带兵并侠义来了好几百万人。我们两个人虽然误中诡计，我们伙计此时也就把王爷拿住了，要知时务，随将我们放了，保住你们全家性命，连祖上骨殖①都不至抛弃坟外。”王官闻听，哈哈一笑，说：“我当你们是无名小辈，原来是现任的护卫，拿你们报功去罢。”说着举刀就砍。那个王官急急拦住说：“且慢！你看这个瘦鬼，咱们将他的小脑袋砍下来报与王爷，雷王官他们岂肯深信；不如拿住活的，报与王爷，倒是一件美差。”众人都说：“正该如此。”这二人说：“你们看着，我们去报。”那两个人说：“你们报功是个美差，那可不行，你们看着，我们去报。”那个人说：“不用争论，大家一同上去。且把他们放在一处，两个人头对着头。”四个王官扑奔东南，拉着一根铁链。那人说：“先把消息上好，不然咱们一蹬翻板，也掉下去了。”众人说有理有理。只听见吱喽喽一阵铁滑

① 骨殖——尸骨。

子响，各处翻板的插管俱都插好，王官拉铁链推翻板而上。蒋爷听见四个人上去，扑通扑通的四声，蒋爷冲着柳青哈哈一笑，说："老柳，你可好哇！"柳青怒道："病夫，瘦鬼！我这条命断送在你手内！我要同着大众前来破铜网，杀王府一人，我就算与五弟报仇，你偏邀我盗王爷盟书，立这宗丧气功劳。如今被捉，顷刻就死，难道你还乐得上来？"蒋平又大笑，说："老柳，你大喜。"柳青说："对，出大差就是喜。"蒋平说："咱们绝处逢生，岂不是一喜？"柳青说："还有活路呢！据我说要想活命，除非是认母投胎，另世转来。人家常说，'宁死在阵前，不死在阵后'。同着大众破铜网，总然死了也有人把尸首背回去；死在这个地窨子①内，谁人知晓？"蒋平说："你是吓糊涂了？这明摆着就要出去，怎么说是死呢？我听见四个王官上去一个一扑通，上去四个四扑通，准是熏香香烟未尽，四个人上去闻见躺下了。"柳青说："就是熏过这四个人去，你我捆着，也是出不去的。"蒋平道："只要四个人躺下不去送信，你我如同没捆着一样。"柳青问："我倒要领教领教。"蒋平道："亏你还是九头狮子的徒弟哪！若是一个人倒翦②二臂捆着，有个金蝉脱壳之法可以解得开绳子，若是四马倒攒蹄捆着，那可没有法子。这是两个人四马倒攒蹄，一个人滚过来给那一个咬绳子，只要咬断了一人，这个再给那个解开，岂不是与没捆着一样么？"蒋平说毕，柳青哈哈一笑，说："病夫，真有你的！"蒋平道："既然这样，你滚过来罢。"柳青说："还是你滚过来。"蒋平道："你连这么点亏都不吃？你滚过来咬绳子。"柳青说："不能！偏叫你滚过来给我咬绳子。"蒋平

---

① 窨（yìn）——地下宣。
② 翦（jiǎn）——同剪。

说："你太不吃亏了，我就滚过去。"说毕，一翻一滚，就到了柳青身旁。柳青把身子一歪，蒋平的嘴拗①着柳青的膀子，用牙咬断绳子。柳青双手一伸，翻身站起，说："哈哈，好病鬼！我这条命几乎断送在你手，活该我命不当绝。哥哥，你在此等着我，我破铜网阵去了。"说毕就走。蒋平喊道："老柳，柳兄弟，好柳兄弟，千万别走，你给我解开罢！你一走，我可就苦了。"柳青回头说："我要与你解开，你又要出主意。"蒋平连声说："我再不出主意了。"柳青这才与蒋平解开。蒋平伸双手纵身起来，直奔东南，要捯铁链而上。柳青先把铁链揪住说："你先等一会，你上去把盖儿一盖，把我闷在里头，你为的好报前仇，你先让我上去罢。"蒋平说："那样行事岂不是匹夫！"说罢，二人一笑。柳青在先，蒋平在后，捯铁链而上。柳青低头一看，说："四哥，真有你的，四个王官果然叫熏香熏将过去。"蒋平说："如何？我听见四个人上来俱都躺下了。"二人亮出兵刃，噗哧噗哧，尽都结果性命，然后出来。就听见正东上杀声震耳，二人杀奔前来。看看临近，尽是王府的兵丁，执定灯球火把，亮子油松，照如白昼。里头是北侠、南侠等，有王官雷英、胜子川、曹德玉、崔平、周通，使的是金银铜铁四条鞭，张保、李虎、夏侯雄，各拿兵刃乱杀一阵。蒋、柳二人，由正西杀奔前来，正遇艾虎。蒋平问："你从何处来？"艾虎就将他师傅压在铡刀底下，教他取宝刀来的话，说了一遍。蒋平催他快救师傅去，艾虎点头，直奔正北去了。蒋、柳二人大喊一声："叛贼，四老爷来了！近前则死，退后则生！"叱嚓磕嚓一阵乱砍。王府的兵丁，焉能是蒋、柳二人的对手，也有把军刀磕飞的，也有带了重伤的，也有死于非命

① 拗（ào）。

的。北侠等看见蒋、柳二人杀将进来，暗暗欢喜，会在一处一同与王府人交手，暂且不表。

单提小义士艾虎，得了宝刀，一直的奔连环木板而来，仍进离为火，走山水蒙，脚踏卐字式当中，直奔冲霄楼而来。至冲霄楼下，在五行栏杆之外，早有沈仲元在那里等候。见着艾虎，忙问："可曾将宝刀借来？"艾虎说："已将宝刀借来。"沈仲元说："好！快跟我上去。"将艾虎带进五行栏杆，由楼柱子上放下软梯，二人爬软梯而上，上一层卷一层，来到三层上面，把软梯卷起，直到正当中隔扇。进了里面，晃千里火筒，艾虎先就上了佛柜，蹿上悬龛①，手拿着七宝刀，说："师傅，我把义父的刀借来了，是怎样的砍法？依我的主意，这不是立着一根铁柱子么，横着一剁，把这个铁柱子剁折，师傅就好出来了。"智化连忙说："不可！不可！若要那样剁法，不如先即往起一扳，省许多事情，又借宝刀何用？"艾虎说："你老人家说怎么办法？"智化说："你把刀尖贴着我的腰，从铡刀的刃子里头插将进去，七宝刀的刃子冲上，一点一点的削他那个铡刀。削到铁柱子上，可就别削了，我打这半边就可以爬出来了。总是别动这根铁柱子才好。"艾虎依了这个主意。沈仲元站在佛柜之上，晃着千里火筒，照着亮子。艾虎将宝刀贴着智化的右胯，刀刃冲上，插将进去，又怕伤着师傅的皮肉，问道："师傅，伤着你老人家无有？"智化咬着牙说："不要紧。"眼看着鲜血淋漓，焉有不痛之理！艾虎用力往上一挑，"呛"的一声，铡刀下来了一半。又削来削去，削在当中铁柱子那里，艾虎不敢往下再削，就告诉师傅已然到了铁柱子那里。智化叫艾虎躲闪开，智化爬伏身躯，牙关一咬，往东一蹭，

① 龛（kān）——供奉神佛的小阁子。

仍把皮肉划了一下，往下一纵，站在佛柜之上，仰面一声长叹，说："厉害呀！"连艾虎与沈仲元都有些凄惨。艾虎就问："师傅，把这铁柱子扳起来，你老人家出来，省多大事，不叫扳，是什么缘故？"智化笑道："当初有老五之时，影绰绰听他说过，每遇消息里头，若有立柱铡刀落将下来，上面必定套着消息。此事也不可深信，也不可不信，总是防范着好。"沈仲元点头道："贤弟言之有理，古语说'君子防未然'。"智化问艾虎取刀的经历，艾虎就将取刀之事细说一遍。艾虎又问："师傅，怎么叫'消息'，里头套着什么消息？"智化说："你把刀交与我，咱们试验试验。"遂用力将七宝刀对着铁铡刀的立柱儿一剁，"呛啷"一声，将铁柱砍为两段，就见上面黑洞洞一宗物件坠落下来，"当啷"一声响亮，地裂山崩相似。三位爷早吓得由佛柜上蹿将下来，直奔门口，尘土暴烟，迷人双目，千里火都全无光。艾虎、沈仲元倒吸一口凉气，智化说："如何？方才一扳这个柱子，这个横梁岂不把人压个骨断筋折。"沈仲元点头道："幸亏你听五老爷说过。"智化又问沈仲元："这里还有什么消息？"沈仲元皱眉言道："我原是王府的人，知道这上头什么消息也没有，想不到这里头消息层见叠出，我往下也不敢说了，除非是我上去拼我这条性命。"艾虎说："师傅，他净藏私，不肯说。"沈仲元说："我若知道不说，教我死无葬身之地！"智化说："不可起誓，知礼者不怪。你不算算，你们王府的人，逃的逃，跑的跑，降了大宋的降了大宋，难道你们走了之后，人家没有准备不成？"沈仲元说："是了！这都是我们走后，人家后来安的消息，我们怎么能知道？"艾虎说："沈爷也不用上去，师傅也不用上去，待我上去。"智化说："住了，小孩子家老往前抢，哪里用得着你呢。"艾虎不敢多言，诺诺而退。智化说："还是我上去。"教艾虎急速将七宝刀送去与你义父。艾虎说："等你老人家将盟单盗下来，我再走。"智化说："不用！先去送刀，把刀交与你义父，赶紧回来，咱们会同着回上院衙。倘若你交刀工夫甚大，我们就不等你；若是你送刀急速回来，咱们仍在此会聚，盗盟单有你一半功劳。"艾虎一听，将眉头一皱说："我前脚一走，你们后脚将盟单盒子一背，我如何赶得上？"沈仲元在旁说："你只管放心，我们焉能作出那样事来？你师傅无非怕你同王府的人尽自打仗，耽延工夫，教你疾去快来。"艾虎连连点头，回身便走。仍然是沈仲元前边带路，出了冲霄楼奔西北，一层层放软梯下来，带出五行栏杆。艾虎脚踏卐字式，直奔正南前去送刀。

沈仲元一人上来，智化晃千里火，仍然蹿上悬龛，把刀由背后抽将出来，戳上面天花板，并无别的声音。爬过铁梁，再把盟单匣子往起一抄，一点动静没有。原来这楼上，是镇八方王官雷英，由长沙府回来见他干老被蒋四爷盗去，雷震对他说明，教他弃暗投明、改邪归正，他不但不听，反绝了父子之情，把雷震气走，自己入山去了。雷英回到王府，各处多添许多消息。在卧龙居室假设王爷，在冲霄楼上安月牙铡刀、铁梁，全是后添的消息，沈仲元焉能知道。智化把盟单匣子拿住，下了佛柜，教沈仲元晃着千里火，智化将盟单匣子打开，说："费了好大的事，舍死忘生，今番必要瞧看明白再走，不然再有点舛错，岂不是往返徒劳。"沈仲元点头称善。打开匣子，里面有一块黄云缎子包袱，将包袱打开，内中若一本缘簿相似，皮面上贴着个签子，写的是"龙虎风云聚会"。沈仲元说："不必看了，众人名字均在其中。"复又包好。智化将自己刀背好，又将自己百宝囊复又带上，用抄包把盟单匣子裹好背于背后，约会沈仲元一同下楼。沈仲元说："何不等艾虎？"智化说："话已对他说明，谁能紧自等他。"沈仲元也就同着智化出楼，直奔正西，放软梯下去，出五行栏杆仍奔正西，走泽水困小门，出兑为泽大门，直奔正北府墙而来。就见东南上火光冲天，智化就知是大家正在动手。忽见一条黑影赶奔前来，沈仲元细看，原来艾虎到了。艾虎自从离了冲霄楼，出了八卦连环堡，寻找义父前去交刀。来至动手的所在，自己拿着七宝刀，心满意足，要试试宝刀的好处，抖丹田①一声喊吓，说道："贼人闪开了。"并不杀人，叱嚓磕嚓一阵乱削，就听见叮叮当当，把这些人的刀枪，削得乱纷纷东飞西折。王府的众人异口同音说："厉害呀，他们哪找的这个兵器呀?"艾虎杀了一条路进去，把北侠一拉，二番又杀将出来，找僻静所在，将师傅的话对北侠说明，将刀交与义父。欧阳爷二番杀将进去。

艾虎追上师傅说明交刀之事，三人一同蹿出府墙，将要奔上院衙，迎面来了一人，亮刀挡住走路，把三人吓了一跳。要问来者何人，且听下回分解。

① 丹田——指人体脐下一寸半至三寸的地方。

第　三　回

武总镇带兵围府　襄阳王率众逃生

且说迎面来了一人，亮刀拦住去路，哼了一声：“是什么人？少往前进。”艾虎眼快，高声叫道：“来者可是三哥？”对面答言：“正是老西①。老兄弟，还有什么人？”艾虎道：“是我师傅。”山西雁徐良过来见礼，说：“原来是智叔父。”又见沈仲元，说：“师叔，你们三位怎么要回去了？”沈仲元说：“你在此等候，里头动了手了，倘若里头有逃走了的，你在此守定，千万别教他们走脱。”徐良问：“你们三位上哪里去？”智化说：“我们请大人去。”徐良问：“请大人作什么？”智化说：“铜网阵已破了，这就要拿王爷了。破铜网是私事，拿王爷是官事，非有大人不成。你可好好把守此处，不可稍离，防着贼人漏网。”徐良点头。

智化同沈仲元穿树林而过，直奔上院衙而来，到上院衙蹿墙而入，正遇见大众来往巡更。智化先到自己屋中，将抄包解将下来，又将抄包打开，把盟单匣子放于桌上，叫手下从人看守。智化、沈仲元、艾虎三人，俱都脱了夜行衣服，换了箭袖袍，系上丝蛮带，肋下佩刀，前来面见大人行礼，说：“回禀大人得知，此时铜网阵已破，请大人知会同城文武官员，请旨拿王爷。”大

① 老西——指山西人。

人点头，立刻吩咐公孙先生外面传话，知会①同城文武官员，至上院衙门听旨。公孙先生出去，派人知会同城文武官员。三鼓②多天，上院衙门外轿马盈门，按院大人升会客大厅，同城文武官员进见。襄阳的总镇姓武，叫武魁，带领属员，文官是藩臬两司，带领文官属员，至大厅参见代天巡狩天使钦差按院大人。行礼已毕，分班站立。大人身后站定智化、沈仲元、艾虎、龙滔、姚猛、史云、邓彪、胡列、韩天锦、马龙、张豹、胡小纪、乔彬、朋玉、熊威、韩良，两旁有二位文墨官员，就是公孙先生、赛管辂③魏昌。大人对着两旁言道："本院本是奉旨出都，察办荆襄地面，并察看外藩留守襄阳赵千岁谋反的虚实。现今王府内设摆铜网阵，御前带刀右护卫白玉堂为国捐躯，坠网身死，本院尚未修本入都，皆因未能准见王爷的虚实。前番拿住王爷的余党，审供切实，今晚本院先派行侠仗义之人破铜网，然后本院请旨拿王爷入都复命。故此知会众位大人一同前往。"总镇大人武魁答言："卑职伺候大人。"颜按院说："武大人，火速派马步军队围困王府，不要走脱一人，倘若王爷余党有漏网者，大人听参。"武魁答应，转身退将出去，点起马步军队，围困王府。文官各带本衙署的捕快班头。大人吩咐外边预备轿马，带领着大官人智化、沈仲元、韩天锦等，连公孙先生，请定旨意，灯火齐明，直奔王府而来，暂且不表。

且说北侠与艾虎换了自己的七宝钢刀，又杀将进去，乱削大众的兵器，众人齐说："又来了哇，这倒仿佛是他们自己家里头

---

① 知会——口头通知。

② 三鼓——三更。

③ 辂（lù）。

一样，爱出来就出来，爱进去就进去，由着他们的性儿来回走，我们可受不的，这兵器伤了多少了。”正说话间，二官人一宝剑，结果了张保的性命。卢方一刀，将夏侯雄杀死。云中鹤拿宝剑正要削雷英的朴刀，李虎前来接救，抡刀照着魏真后脊背砍来。魏真道爷可算得眼观六路、耳听八方，正与雷英动手，忽听后面“嗖”的一声，将身急忙一闪，躲开了李虎这一刀，一抬腿“砰”的一声，就把李虎踢了一个跟头。李虎身不由自主，当啷啷撒手扔刀，“噗咚”一声正扒在徐庆的面前，徐庆抡刀就剁，“咔嚓”一声，红光崩现，又叫冯渊赶上扎了一枪。王府内死了三个王官，一阵大乱。顷刻之间，尸横满地，血水直流，也有带着重伤的，也有死于非命的，也有满地乱滚爹娘混叫的，也有跪在地下苦苦救饶的。唯有盛子川、曹德玉、崔平、周通这四个人的兵器未伤，皆因彼等是金银铜铁四条鞭，又重又粗，宝刀宝剑皆不敢削，怕伤了自己的宝物。因此上反倒轻纵了四个反叛。雷英那口刀终是不行，被北侠七宝刀削为两段。柳青赶上拦头就是一刀，雷英一弯腰，“砰”的一声，将头巾砍去了半截，把雷英吓了一个胆裂魂飞，撒腿就跑。大家乱杀之际，也顾不得追赶雷英。

王府兵丁越聚越多，阖①王府各处兵丁俱都凑来。正在乱杀之时，忽听见正西上“当啷啷”一声锣鸣，一片灯火齐明，有人大声喊叫：“雷王官有令，我兵退下。”又听正西大众喊道：“我兵退向西南、西北，别闯了正西大队，是君山救应到了。飞叉太保钟寨主，带领君山水旱二十四寨的寨主和五千喽兵，如今见了王爷，说明要立头功，我们府内人退下。”众人一声答应，如风卷残云一般，分两股尽自退往西南、西北去了。这边北侠、云中

① 阖（hé）——全，整体。

鹤、二官人与冯渊、柳青等，一闻此信，个个面面相觑。依着徐庆，要闯将上去，被众人拦住，气得破口大骂："好钟雄囚囊的，人面兽心、反复无常的小人，原来假意投降大宋，说是帮我们，如今又随了反叛了。咱们要拿住他，把他剁成肉泥，方消心头之恨。"北侠说："别忙，等他临近，叫钟雄答言。"又向蒋四爷说："老四，全是你的不好，人家带领君山人来，拔刀相助，你不肯重用他们，偏教他们扎在城外，等着拿人。必是金枪将于义、黄寿他们挑唆钟雄，谅钟雄太保绝不能做出这样事来。"蒋平说："此话真假难辨，也许是王府他们的诈语。"北侠问："怎么见得?"蒋平说："钟雄由君山带来不过二百兵丁，扎在小孤山，如今怎么会有五千多人?"北侠一听，说："也倒有理。你们在此等候，待我向前看看虚实。"大家点头称是。北侠往前观看虚实，一头跑回来，哈哈大笑说："众位，咱们中了他们诡计了。你看前面灯火虽然一片，连二十个人也没有，竟都是把那些个灯火挂在树上。"众人不大相信，来至跟前，果然见是把那些灯笼都绑在树上。约有十数个人，俱都是老弱的兵丁。冯渊奔上前去用枪挑了两个，骂道："好混账羔子，可恶透了，冤苦咱们了。"那几个老弱兵丁一齐跪下说道："非是我们的主意，我们已然都是这样的岁数了，你们要杀，我们就求死，你们要不杀，我们也活不了几年啦。"蒋平说："我们也不杀你等，只是一件，方才那些个动手的人，都往哪里去了?"那些老弱兵丁说："我们就管看灯笼，别的事情，一概不管，就是把我们剐了，我们也一概不知。"大众无奈。

众人正欲往西南、西北方向追赶，忽听外面一阵大乱，灯球火把，照如白昼，就见由正南上闯进许多人来。头一个就是铁背熊沙老员外，后面是孟凯、焦赤、山西雁徐良、白芸生、卢珍、

韩天锦。几个人往前飞奔，口中嚷道："大人亲身请旨，捉拿王爷，现在会同同城文武官员在府外。"大众一听，就顾不得追赶那些兵丁，全都扑奔府门来了。来至府门，颜按院大人的轿子将到府门之外，后边有许多的马匹，两旁许多灯火，照如白昼。大人下轿，众人过来参见，颜按院问铜网阵之事，南侠、北侠一五一十说了一遍。大人又问王爷之事，二人也就将脱壳之法，树上假设灯笼，众人逃窜，正要追赶，忽见大人驾到等情回了大人一遍。大人一闻此言，即刻叫总镇大人武魁过来，吩咐将马队围住府墙，带步队进府拿人，拿获王爷者，重重有赏。武魁连连答应。大人带着公孙先生，直奔银安殿，然后武总镇一声令下，步队发一声喊嚷："拿王爷呀！"西面八方，各处搜查，遇着就捆，逢人就拿，碰着就绑，撞着就锁，顷刻之间，把王府的兵丁人等拿了无数。也有爬墙出去，被马队拿住不少，就是不见襄阳王与雷英，并两个世子殿下赵麟、赵凤，盛子川、曹德玉、崔平、周通、王府宫官等这些人，俱①也不知去向。直到东方发晓，天光大亮，并不见襄阳王。大人急躁，连蒋平带南侠、智化等百般追问拿住的王府兵丁，并无一人知晓王爷的下落。所有破铜网的一干人，连颜大人带来的人，总镇大人带来的偏裨②牙将与兵丁等，围着王府，没有一处不搜到的地方，就是不见王爷，大众好生气闷。红日已然上升，蒋、展二人来见大人，颜按院言道："今日拿不住王爷，本院不好入都复命。趁着四门未开，大约王爷不能出城，先派人四门送信，不许开城。然后着地方官晓谕阖城③内

---

① 俱——各个，全都。

② 偏裨（pí）——古代称任副职的将官。

③ 阖（hé）城——全城。

庵观寺院，大小铺户，连住户人家，一体清查。若有拿获王爷者，献来赏银一千两；有人送信者，赏银五百两；若要隐匿不报者，全家处死。”大人这道谕一下，阖城震动，声若鼎沸一般。四门不开，城里关外军民人等无不纳闷，并且有城内地方官按户细细搜查。要问襄阳王的下落如何，且听下回分解。

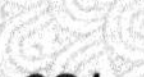

第　四　回

看盟单智化逃走　专折本展昭入都

且说此时四门紧闭，清查保甲，襄阳城内，尽都查到，并无王爷与群寇的下落，只得禀报大人。此时破铜网的一干人俱都派人取白昼的衣服，脱了夜行衣，换上箭袖袍，肋下佩刀佩剑，在大人旁边伺候。早有蒋平回明大人，将王府内死人俱都垛于后面，带伤的任他逃窜，拿获者俱派官人看守。有外厢地面官报将进来，并无王爷下落。大人复又派蒋、展、卢、韩四人至城墙上面，问城外钟雄可见王爷否？四人领命去了。大人又派金知府，带领着主稿文案先生，会同公孙先生、魏昌清查王府仓廪府库、各处陈设，俱都上了帐目，回禀大人，不在话下。

且说蒋平等四人，由马道上城，往外一看，人烟甚众。君山的人、待要进城的人、连做买卖之人，乱成一处。四人在城楼请钟兄答话。少刻，钟雄到来，问不开城缘故。蒋平与他说了一遍，并问可见着襄阳王没有。钟雄回答："连王府一名兵丁都没见，空守一夜，并未见人出来。"蒋平无奈，只好同着三位回见大人。大人一听，一声长叹，无计可施。还是蒋平给大人出主意：城门不可久闭，不如开城，四门派人把守，进来之人不必盘查，出去之人必须细问，并且要认得襄阳王的在那里把守。倘若彼等在城内窝藏，开城后必要混出城去，那时节，被守门认得襄阳王的，将他拿下，岂不为妙。颜按院连连点头，立刻派认得王

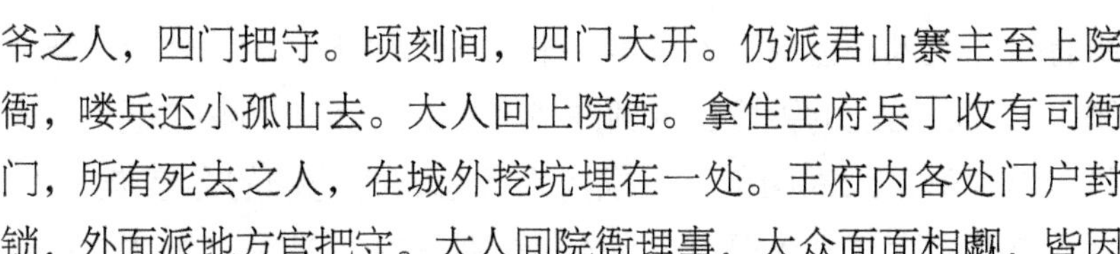

爷之人，四门把守。顷刻间，四门大开。仍派君山寨主至上院衙，喽兵还小孤山去。大人回上院衙。拿住王府兵丁收有司衙门，所有死去之人，在城外挖坑埋在一处。王府内各处门户封锁，外面派地方官把守。大人回院衙理事，大众面面相觑，皆因没拿住襄阳王之故。

忽见智化、沈仲元后跟艾虎，智化手捧一物，来至大人面前说："回禀大人得知，王爷虽然未能拿获，现有王爷府内盟单，乃是沈仲元沈壮士盗来，请大人过目。"大人一见，哈哈大笑说："乃是沈壮士的头功。"公孙先生接来，放在桌案之上，打开一看。沈仲元往前抢行半步说："回禀大人得知，盟单乃是智壮士所盗。"并将如何遇险，如何被铡刀压住，禀告了一遍，说："此乃智壮士用性命换来，小民焉敢冒认盟单是小人所盗。"智化在旁说："沈壮士，我先前已曾言过，如能将盟单盗下来，我绝不要些许的功劳，我若要一丝之功，教我死无葬身之地。前番已对你说过，怎么在大人面前又让起来了？"沈仲元说："你舍死忘生几次，我若图你的功劳，居心何忍？况且还有你徒弟借刀之功，我决不要此功劳。"大人说道："你二人不必谦让，本院打折本时，言明智壮士盗盟单，沈壮士、艾虎巡风。"智化还要往下争论，大人把脸一沉："本院主意已定，不必往下再讲。"智化诺诺而退。

公孙先生把匣子打开，取出黄云缎的包袱，将麻花扣一解，露出里面盟单，皮面上写"龙虎风云聚会"，展开一看，上面写："天圣元年元旦日吉立。"头一位就是王爷的名字，霸王庄马强与马朝贤，邓家堡的群贼，连君山带黑狼山、黑水湖、洪泽湖，吴源、吴泽等俱在上面。王府内的那些个王官名字也在其内。大人看盟单，早有展南侠与蒋平过来给大人行礼，求大人格外施恩，所有投降之人在盟单上的名字，求大人撤将下来。沈仲元、圣手秀士冯渊、君山的钟雄，带领许多寨主，分水兽邓彪、胡列、魏昌，俱都跪在大人面前，恳求大人天恩，将他们的名字撤下来。大人点头应允，众人退下。大人教公孙先生、魏昌打折本，白玉堂死在铜网之内，一并奏明万岁，收服君山钟雄另有夹片，襄阳王逃走，不知去向，大人另有请罪言语，也单有夹片，破铜网众人一干花名俱都修在折上。底稿整写了一天工夫方才写好，请大人过目。大人看毕，公孙先生、魏昌誊好折本，派展护卫入都。忽然外面有人报将进来："智壮士把自己所有物件带走，不知去向，留下了一个给大人请安的禀帖。"大人一闻此言，仰面朝天，一声长叹，说："智壮士，乃是本院将你逼走。"蒋平在旁说道："智化不愿为官，与魏真说明，情愿拜魏道爷为师兄。如今他这一走，必然是回家祭扫坟茔①，辞别亲族人等，大事一毕，出家当老道，跳出三教外，不在五行中，大概他准是这个意思。"大人也无可奈何，说："只是一件，若论功劳，属智壮士，他这一走，折本上若将他撤下，显着本院不公，如不将他撤下，万岁倘若封官，又不知他的去向，这便如何是好？也罢，折本已然打好，听万岁爷的旨意就是了。"

你道智化为何走了？皆因大人的主意，写他盗盟单，不写沈仲元盗，自己有心往下再说，见大人面带沉色，只得诺诺而退。回到自己屋内，写了一个禀帖，留在此处。随将应用物件、珍珠算盘、量天尺、天地盘子，还有几本道书，俱都带好。没敢走上院衙前门，怕有人碰见，由后门逃走，混出城去，直奔黄州府黄安县。晓行夜住，饥餐渴饮，直奔自己门前而来。这

---

① 坟茔（yíng）——坟墓。

日来到门首，家下人等迎接进去。次日叫家人预备祭礼，买了些金银锞锭①纸钱等类，自己亲到坟上烧钱化纸，奠茶奠酒，心中祝告祖墓坟茔，无非是要出家的言语，不必细表。又在坟地间游玩半天，看了会子坟茔的树木，自己倒觉得好生凄惨，又叹息半天。看坟的人请智爷吃茶，智化随到阳宅内吃了几杯茶，仍然叫人引路归家。次日又往亲友家住了几天，这才想着要去找云中鹤。自己带上散碎银两盘费，仍然还是壮士打扮，肋下挎刀，将应用的东西，连夜行衣，俱都包裹停妥，肩头上一背，暗暗偷走。

一路晓行夜住，这日正往前走，听见过路之人纷纷议论，提说颜按院大人入都。智化忽然心中一动，说："且住，此时尚未到魏道兄庙中去，大概他也不在庙中。我在大人跟前不辞而别，还不知大人怎样办法。大人乃是国家之大员，性情与平人不同。倘若一时之间怪我不辞而别，定要写我盗盟单，那时万岁爷封官，找不着我的下落，又没人上去谢恩，总然是蒋四哥、展大哥也不能护庇于我。万岁一怒，是为抗旨不遵，这便如何是好？也罢！魏道爷亦是入都，此时我到庙中，弟兄也是不能见面，不如到京都走走，在风清门外找店住下，且听大人见驾之时，万岁怎样降旨。如若封官，我就出去谢恩，如不封官赠爵，我再回三清观，寻找魏道爷不迟。"主意已定，直奔京都大路。

这日正往前走，忽然前面来了许多驮轿车辆，远看尽是穿孝的男女。前面有两匹马，马上之人全是六瓣甜瓜巾，青铜抹额，箭袖袍，狮蛮带，薄底靴子，肋下佩刀。一个是黄白脸面，胡须不长；一个面黑，浓眉阔目。智化暗说："却不是别人，是开封

---

① 锞锭（kè dìng）——作货币用的小金锭或银锭。

府两名校尉张龙、赵虎。若要叫他们二人看见，又得费话。”抽身直奔树林，隐起身来。早被赵虎看见，一催马追赶下来，连声喊叫：“智大爷，往哪里藏?”智化明知藏躲不开，只得转身迎出，一躬到地，说：“你们二位上哪里去?”赵、张二人翻身下马，彼此各施一礼。赵虎问智化：“破了铜网，盗了盟单，你怎么跑掉？你可小心点，万岁爷找你呀！”张龙说：“别吓他了。”智化问：“他们怎么知道我的事情?”张龙说：“有我们展大爷折差进京，开封府来交包相爷替递。”智化说：“我打听打听，皇上怎么明降谕旨?”张龙将皇上召见颜大人，所有破铜网阵之人，一体进京陛见，俱已升赏。案后访拿襄阳王的余党，交各州县严拿，若能拿获，解往京都交开封府审讯明白回奏。现今已拿住的王爷余党，就地正法，凌迟①处死。外藩留守，着金辉署理。府内抄出陈设银钱物件，交金知府衙门入库。生擒府内兵丁，全行释放。白护卫为国捐躯，加一级，赏恤典银一千两，着金华府藩库拨给。白玉堂之子白云瑞，此时还在怀抱，三岁赏给四品荫生②，待出学时，着开封府带领引见，另加升赏。万岁降旨，着开封府派妥员护送白夫人、公子，到襄阳接骨磁坛，准其穿城而过，回原籍葬埋，一路上驰驿前往，逐细告诉了一遍。智化听罢，暗暗称赞：“真乃有道明君！”随问道：“后面就是白五太太?”张龙说：“正是。”智化说：“带我过去见见。”

张龙引路，来至驮轿前，智化向着白夫人一躬到地。五太太在轿内抱定公子，叫家人将公子抱下，去与智伯父叩头。

---

① 凌迟——一种残酷的死刑。
② 荫生——封建时代由于父祖有功而给予子孙的官职。

智化再三拦阻，白五太太说："我家老爷死后，多蒙众位伯叔父与我家老爷报仇，本当至府道劳才是。"智化说："不敢当！"又说了些谦恭言语，转身退下。赵虎拖住智化死也不放，叫他一路同行，智化无奈，只得跟随。

众人正要起身，忽见前面又有一宗奇事，且听下回分解。

第五回

赵校尉当面行粗鲁　李钦差暗地用机谋

且说智化见白五太太一身重孝，抱定公子，心中好惨，说了几句言语，急速退下，又被赵虎拉住死不放，说：“我们开封府实在没人，但分有人，不会派我们两个人护送白五太太。我想五老爷在时，与王爷为仇，这一路之上，万一遇见襄阳王的余党，我们两人如何能行？可巧遇见你，没别说的，你跟着我们辛苦一趟罢。把五太太送到原籍，一同回来，准保平安，别说不遇见仇家，就是遇见仇家，有你老人家，大约无妨，不枉你与白五老爷好了一场。”张龙在旁，亦是这等说法。智化无奈，只得点头应允。赵虎一回头，把他手下从人叫来，说：“把你那匹马拉过来，叫智大爷骑。”从人说：“我骑什么呢？”赵虎说：“你先将就走这几步，等至晚间到驿站上再与他们要一匹。”从人无奈，将马匹拉过来，给智化骑了，同张、赵二位，三个人并马而行。一路之上，赵虎与智化打探破铜网之事，智化一五一十学说了一回。这日晚间，应当住在上蔡县地面，看看临近，早有前站下去找办差的，预备公馆。张龙、赵虎、智化至公馆，承差过来报禀：“请老爷们下马。”三位下了坐骑。公馆原本是一座大店，驮轿车辆，直进店内。丫环婆子下了车，抱公子，搀夫人下驮轿，进上房，打脸水，吃茶，不必细表。夫人吩咐下来：虽然奉旨出京，驰驿前往，是三间房、一桌酒席。除此之外，另要住房、用酒饭等，俱都如数开发钱文。叫办差的来告诉明白此事。虽然上房三间，一桌酒席，可算应差，夫人外赏八两银子。办差的赵升哪里敢受，五太太的管家说："我们到处皆是如此，少时把你带上去谢赏就是了。"办差的一闻此言，连连夸奖："白五老爷在世时节是盖世英雄，五太太亦是这样宽宏大量。"

且说张龙、赵虎、智化在西屋住下，洗完脸，早有人把茶献将过来。依着赵虎就要教他们备办酒饭，智化说："别忙，天气尚早。"赵虎说："咱们随喝随说话，今天尽醉方休。"正说话之间，忽听外面一阵大乱。赵虎叫从人出去看看外面何事，从人出去不多时，进来说："老爷，不好啦！外面来了钦差[1]大人，他要住咱们这个公馆。"赵虎问："什么钦差大人？"从人说："查办黄河李天祥李大人。"赵虎一闻此言，大吼一声，说："好囚囊的，怎么配住咱们这个公馆！待我出去会他。"说着就往外闯，智化一揪没揪住。

赵虎蹿出去，来至店外，就见办差的在那里跪着。李天祥轿子打住，李天祥趴在扶手上探出身子来，摇晃着脑袋，说话唔呀唔呀的，是南边人的口音，此人就是六堂会审艾虎的时节，他本是与马朝贤一拜，教艾虎认真假马朝贤，就是他的主意。马朝贤一死，他也不敢贪赃了。后来得了工部侍郎，现今出京查办黄河两岸。自从一出京城，逢州府县，把地下的土都要铲起三尺，一路之上，怨声载道。如今正要回京，

---

① 钦差——由皇帝派遣，代表皇帝出外办理重大事件的官员。

由此经过。他本是奉旨钦差，亦是驰驿①前往，也来在上蔡县，就叫办差的给他预备公馆。办差的上前回话，说："在上蔡驿给大人预备下公馆，离此还有二十里路。小人此处预备的差使，乃是伺候白五太太所住。"李大人不答应，说："我不管五太太不五太太，我要在此居住。"办差的说："我们全凭着滚单札子②办差，再说五太太亦已入了公馆。总是屈尊大人贵驾多行几里，奔上蔡驿罢!"李天祥说："不行，我乃是奉旨钦差。"办差说："五太太也是奉旨。"李天祥说："唔呀，你这混账东西，分明狡辩，与我打!"办差吓的双膝跪下，苦苦哀求。正遇赵虎出来，一问办差的，赵升就将李大人言语述了一回。赵虎道："你起去，交给我啦。呔！李天祥。"李大人在轿内认得是赵虎，言道："赵校尉请了。"赵虎道："我听说你们要住这个公馆?"李天祥说："我住与不住，与你何干?"赵虎说："你奔上蔡驿多好呢！如若不然……"说着就将袖子一挽，赶奔轿子前来。李天祥知道事头不好，幸而张龙赶来把赵虎一拉，说："还不退下去。"又向着李天祥一躬到地，说："大人不必动怒，方才这是我无知的拜弟。卑职闻听大人要在此处下马，卑职乃奉包丞相之谕，护送白夫人接灵，行至此处，本县就给预备公馆。大人又要住在此处，其实就将五太太搬出来也不大要紧，只是请问大人一件事，白五老爷是忠臣，是奸臣?"李天祥说："那是大大的忠臣。"张龙说："大概忠奸二字也不是自己辩论的，自然有个

① 驰驿——快速到达此地。
② 札子——信件。

众人皆曰忠自是忠，奸自是奸。方才大人说过白五老爷是个忠臣，如今他的公子才两三岁，入店之后，已然是睡熟了，若教白夫人让店，必得将公子抱将出来。倘是借此为由受了风寒，得病还是小事，万一若有好歹，倘有性命之忧，比不得五老爷尚在，又比不得有三位两位少爷的人家，白家就是这一条根，若有疏失，只怕连大人心中都过意不去。大人如肯施恩，只当就看在白公子面上，不但五太太感念大人的好处，连去世五老爷都感念大人深恩。大人如不愿奔上蔡驿，此店后面房屋，约有三十余间。大人如再不愿意居住，本街上还有大店，另找一座，就怕铺垫不齐。再不然，只得叫白五太太搬出来就是了。"李天祥说："岂敢！这等沉重我可不敢担。再说我与他一殿称臣，就是素不相识，我也不作这伤德之事。方才那位说话，要像三老爷言语一样，何必费这么大事情。我就在后面居住，慢说还有三十余间房屋，就是只有三五间屋子，也未为不可。烦劳三老爷，替我与五太太道劳就是了。"张龙复又深深一躬。

若论张龙，也说不出这样一套话来，全是智化教给的。赵虎先一出来，智化、张龙随后也就出来了。智化一瞧赵虎要打架，就告诉张龙："你快过去劝劝。"张龙说："打了也是白打。"智化说："你们浑人浑到一块了。此时你打了他，他也不与你一般见识。明天他入都，折子就上去了，说你们包相爷纵放属员，勒索驿站，殴打钦差，就是这个考语上去，轻者都得罚俸。"智化随机教给张龙一套言语，这就叫骂人不带脏字。

张龙、赵虎、智化三人一同进店奔到西屋中，趴着窗户瞧看。办差的在前引着大轿直奔后面，就听见叮儿当儿全是驮子上的铃儿所响，一驮子一驮子，约有五六十驮子，前前后后有许多家人保护，谅情是黄白之物。后面还有两个人并马而行，到店前下马进来，二人都是身高七尺开外，一个是黄缎子六瓣壮帽，豆青色箭袖袍，鹅黄狮蛮带，月白衬衫，青缎子薄底靴子，闪披墨绿色英雄氅。面似淡金，两道浓眉，一双怪眼，狮子鼻，阔口，半部黑髯将搭胸前，肋下佩刀。一个是皂青缎子头巾，皂青箭袖袍，薄底靴子，狮蛮带，英雄氅，肋下佩刀。面似锅底，熊眉阔目，胡须不长。人是一黑一黄，马也是一黑一黄，马上捎着两个长条包袱。智化一看，就知道是两个夜行人。暗暗心中纳闷："李天祥是奉旨钦差，怎么带了两个贼？莫不是带的金银钱财太多，这是保镖的？"又问张龙："你可认识这两个人？"张龙说："我不认识。"智化说："你可否过去打听打听？"张龙说："那可行的了。"智化说："等他们消停消停。"遂要来酒饭饱餐一顿。

将残席撤去之后，张龙说："我到后面打听去了。"智化说："可别莽撞。"张龙说："不能，跟李天祥的那些人，我们见天都在朝房见面，找两个相熟的打听打听，便知分晓。"去不多时，笑微微的回来说："真有你的！我找着李天祥两个跟班的，一个姓宋叫宋信，一个姓谢叫谢机。听他们两个人说，李天祥有个表弟姓潘叫潘永福，做过兰陵府知府，这两个大汉，乃是潘永福收服的。两个人在他府内，一半护院，一半帮着办案拿贼。可巧李天祥瞧他表弟去了，见着这两个彪形大汉，他就与表弟借来，一路之上，保护他入都。"智化问："姓什么？"张龙说："他们是亲兄弟两个。姓邢，一个叫邢如龙，一个叫邢如虎。"智化说："李天祥不一定是要他们保护着他入都罢！我想内中还怕有别的情事。”张龙说：“那我可不知道了！”智化说：“我有主意，等他们吃完饭，我过去听他们背地里说些什么言语。”

等至二鼓①时候，智化把衣服掖将起来，把袖子一挽，由东边夹道过去，直奔后院。李天祥住的屋子是个大后窗户，智化把窗户纸戳了一个小窟窿，往里面一看，正是李天祥把邢家弟兄请进来，待承酒饭。酒席筵前，原来是商量着叫两个人上开封府行刺包公。智化一闻此言，吃惊不小。若问邢如龙、邢如虎怎样上开封府行刺，且听下回分解。

① 二鼓——二更时候。

第六回

英雄户外听私语　贪官屋内说谎言

且说智化看这二人神色不正，来至李天祥屋子后面，窥见房内摆列一桌酒席，李天祥居中坐定，一黑一黄两个人在旁坐着。李天祥说：“二位贤弟。”那两个人说：“小人焉敢与大人称兄唤弟！”李天祥说：“哪里话来！你们两个人是当世英雄，终究是国家栋梁之材。我还有大事奉恳二位，不知二位胆量如何？”邢如龙、邢如虎一齐说道：“我二人受大人的厚恩，碎身难报。若问我们的胆量，学会一身来无踪迹去无影之能，叫我们上山擒虎，下海捉龙，只要大人差遣，万死不辞。但不知大人所差何事？”天祥说：“我实对你二人说罢！我的老师是当朝庞太师，与开封府包公那黑炭头有铡子之仇，至今未报。屡次的上折本，万岁爷偏心护庇，总未降包公之罪。我看二位堂堂仪表，必然本领高强，技艺出众，特邀二位一路前往。你们要能结果包公性命，必定高官得做，骏马得骑，我老师必定保举二位做官，奉送纹银一万两。不知二位意下如何？”邢如虎大吼一声，说：“杀包公！”李天祥慌忙站起拦住，作惊道：“别嚷！此是机密大事，不可高声。”又叫家人出去外面看看有人没有。家人出来一看，复又进屋中说：“外面无人。”焉知晓他只瞧了前头，没看后院。李天祥又问：“我说到包公，二位何故这般的动怒？”邢如龙说：“我实对你老人家说，我们在黄河岸上，作的是绿林买卖，听见绿林中

人传说，我们天伦①死在包公之手，可又不知确实否。如真死在他手，岂有不与父报仇之理?”李天祥说：“只要是开封府的事，我无一不知。”邢如龙说：“先父姓邢单名吉字，先作绿林，后来出家，当了道士。”正说在这里，李天祥答言：“此事我是深知。原来邢道爷就是二位的令尊。皆因你们令尊好下围棋，常常陪着我庞太师弈棋。那日包公派展熊飞行刺庞太师，总是太师爷造化大，可巧这天出去会客，姓展的到斜月轩见着你们天伦，未容分说，就将他结果了性命。你天伦一半丧在包公之手，一半丧在南侠之手。若论男子生于天地之间，父仇不报，算甚人物。”邢如龙说：“我若不杀黑炭头，誓不为人!”李天祥说：“明天我在商水县写一封书信，你二位到我家中，务必白天将开封府路径探好，至晚间方好行事。若要什么应用物件，只管与我少爷去要。我就假说染病，在商水县等候。见了你们二位回来，或事成，或事不成，我再入都。”

智化听到此处，把舌头一伸，转身便走。来到了屋中，见张龙、赵虎，说：“我这趟可将他们的消息全听来了。我明天可不能同着二位上襄阳了。”就把天祥差派邢如龙、邢如虎上开封府行刺的话，说了一遍。赵虎一听，破口大骂，说：“咱们别容他们去行刺，连李天祥一并拿住，叫本地方官将他们解往开封府。”智化说：“不行，就凭一句话，如何就将他们拿住?总要见他们的真赃实犯，才可将他们拿住。再说，包公怎么派展大哥错杀邢吉，是什么缘故呢?”张龙说：“不是那回事。那是李天祥捏造的言语，为的是用假话激发他二人，好尽心竭力，前去行刺。”智化道：“是了，原先倒是怎么件事情?”张龙说：“说起话长。有

---

① 天伦——指父子、兄弟等关系，这里指父亲。

个黄老寡妇，她有两个女儿，叫金香、玉香。玉香给赵得胜之子为妻，过门之时，叫金香顶替，赵家一瞧不是，两下里一闹，金香乘乱跑回家去，两亲家揪扭着击鼓鸣冤。包公升堂一问，女家报男家害了他女儿，男家说他用金香顶替。包公传金香到案一看，金香一则长得丑陋，二则是个疯子，上堂来她说：'咚咚咚！哎哎哎！监监监！哇哇哇！妈呀，上头坐着佛爷。'这一句话包公便一晕摔下公位，从此包公中了邪啦。后来大相国封扶乩①，那几句话我还记得哪：'心地不提防，上堂觉渺茫。良医无妙药，友到便有方。'当时谁也不明白，后来才知道横着一念一拐弯，便是'心上良医到便有方'。可巧展熊飞来了，半路上碰见邢吉的徒弟小老道拐骗衣箱，展熊飞听他们说，邢吉有一本书叫《阴魔录》，庞太师请他去害包公。展熊飞夜入庞太师府，正遇老道作法，被展熊飞瞧见。作法最怕人瞧，老道用符咒一催，摄魂瓶崩碎，打死邢吉，包公病也好了，拿问玉香原案，后来展南侠作了官，怎么是他害的呢？分明假造的言语。"智化说："这事我如何知道？明天我跟下这两个去，他们必想着开封府此时无能人。他不去行刺便罢，如要真是行刺，不是我说句大话，他二人走脱一个，拿我是问。"赵虎也不敢让智化一路同行了，反倒给智化行礼，嘱咐前去要小心着。智化说："明天我也不见五太太了。"

次日五鼓②，智化就等候李天祥起身。忽听外面有了动静，智化悄悄地先就出了店门，在前途等候。不多一时，远远就望见李天祥的轿马人等。智化就在他们前后左右，他们打尖③之时，

① 扶乩（jī）——一种迷信活动。

② 五鼓——五更时。

③ 打尖——吃些东西充饥。

智化也用饭，等他们起身，智化又跟下来了。至晚间，果然住商水县中。午时就有前站先下来，见商水县办差的，把官话私话，都说明白了。李天祥到的时候，不用费事。要是官话私话说不明白，本地知县担架不住。智化看着李天祥轿子进了公馆，邢如龙、邢如虎押解驮子，也走进店中去了。智化方才转身，在他的公馆至近的地方找店住下，预先告诉店家："我今天行路劳乏，要早些安歇。我也不要茶水，你们也别惊动于我。"伙计点头出去。智化随后就把双门一闭，把灯火吹灭，在床榻上盘膝而坐，闭目合睛，吸气养神。直到天交二鼓之半，住店的俱都安歇了，智化也不换夜行衣服，自己出了屋子，把双门倒带，由窗户纸伸进手去把插管插上，"飕"的一声蹿上房去，蹿房跃脊，直奔李天祥公馆。由后界墙穿过去，寻得李天祥上房，仍是在后窗户用指尖沾口津，在窗户纸上戳一小窟窿。往里一看，见李天祥拿着一封书子，叫从人预备四封银子，吩咐一声："有请邢壮士。"家人答应，转身出去。不多一时，邢如龙、邢如虎打外面进来。李天祥起身说道："二位贤弟请坐。"二人说："不敢，大人请坐。"李天祥道："我有话讲，坐下细谈。"二人方才落座，从人献上茶来。李天祥说："明天我可不走啦，就在此处听候佳音。我这里有书信一封，你们二位千万要好好收藏。你们进风清门十字街，打听有个双竹竿巷，路北大门，问明李宅，尽管问我的名字，李天祥李大人是在这里居住不是？如若问对之时，此信尚不可递进去，必要见了我儿子，当面投递。我儿必将你们请进去。我儿名叫李黾①。到我家之后，要什么应用的东西，叫我儿给你们预备。我这里有二百两白银，可不是酬劳你们，这是给你们二位作路

① 黾（miǎn）。

费。事成之后，保二位做官，让老师奉送你们二位白银一万两。”二人齐说道：“不敢领大人赏赐，我们去杀包公，一半是与我们自己报仇，如果事成之后，大人提拔提拔，我们就感恩不尽了。大人在此等候，我们进城，见天色行事，天气若早我们就出来探道，当日晚上就入开封府，把他头颅砍下，用油绸子包好，不露血迹，我们跃城而过，就连夜回奔大人公馆。大人早早见着黑炭头脑袋，亦好放心。”李天祥说：“全仗二公之能。二位早早歇息去罢，明天早晨起身，也不用过来见我，我在此处听好消息就是了。”说毕，对着邢家弟兄二人打了两躬。邢家弟兄倒觉有些过意不去，捧着银子，拿着书信，李天祥送出门首，千叮咛，万嘱咐，这个事情，总要谨慎方好。智化见两个人出来，急忙抽身欲回转自己店房，忽然望前窗户上一看，但见雪白窗户纸上头有一个小月牙孔，倒把智化吓了一跳，究竟总是夜行人知道夜行人的规矩，智化一看这个小窟窿，就知前窗户那里有个大行家，必在外头窥探屋中之事。智化一矮身躯，施展夜行术，直奔正西往墙头上一纵，就见有一条黑影，往西南一晃，再细看，已踪影不见。智化倒觉心中纳闷：这条黑影是什么人，这样快的身法？此人比我胜强百倍。意欲追赶，又不知往哪里去了，只好回店。蹿进墙去，回到自己屋内，并不点灯，仍是盘膝而坐，闭目养神，等至天明起身不提。

且说邢如龙、邢如虎抱着银子，拿了书信，到了屋内。不提防有一宗物件，吧嚓一声，正打在邢如虎脖子上。邢如虎哎哟一声，回头一看，什么也瞧不见。说：“哥哥，这事可奇怪了，哪里来的一块石头，正打在我脖子上。”开口要骂，被邢如龙拦住说：“不可，由外面打不进来，里边也没人，这店中闲房太多，也许是仙家老爷子，好闹着玩，打你也是有的。千万可别口出不逊，要是冲撞着他们，那可不好哇！”邢如虎说：“哪有这些事故！”将银子放在小饭桌子上，先就把书信贴身带好，又叫店中预备酒菜。二人越想越高兴，直吃的大醉，叫店家把残席撤去，二人头朝里沉沉睡去。第二日早上起来，直奔京都开封府前去行刺。不知后事如何，且听下回分解。

第 七 回

拼命的不干己事　逃生者移祸于人

且说邢如龙、邢如虎受了李天祥重托，头天晚间饮酒大醉，次日早晨起来，叫外边人将马匹备好，把银子分散带着，一看饭桌上银子，剩了两封，短了两封银子。如虎说："哥哥，怎么剩了两封？必是店家偷去了。"邢如龙说："不能，店家敢偷？既然开店，难道就不知店内规矩，就是寻常旅客，他也不敢动一草一木，何况这是公馆。"邢如虎说："不管那些，没了与他要，不是他也得他赔。"邢如龙说："不可！咱们在大人跟前说下大话，连咱们自己的东西尚管不住，倘若咱们一闹，岂不是叫大人放心不下？我们只当少得了些个。拿着那些个也觉路上太重，我们办大事要紧。"邢如虎无可奈何。两个人将这银子收拾好了，出了店门，早有人把马拉出伺候。二人乘骑，一直扑奔京师大路，哪晓得智化早在那里等候了。智化或前或后，跟踪行走，隐约听见说丢了银子，智化心中纳闷：怎会丢了银子？什么人偷了他们的东西？

智化正疑惑间，前面一骑马，由西南往东北，撒开腿大跑。马上坐着一个人，青缎壮士帽，青布箭袖袍，薄底靴子，皮挺带，肋下佩力，黄脸皮，骑的一匹玉顶甘草黄彪马，手中执打马鞭。智化一看这人就认得，心中暗想道："他这是从哪里来的？"此人原来是江樊。皆因他跟随邓九如在石门县拿住自然和尚、朱二秃子、吴月娘。和尚总没有清供，枷了打，打了又枷，又怕刑下毙命，实系没法。如今江樊上开封府，领教包相爷主意。江樊保护邓九如上任，相爷嘱咐他，若邓九如稍微有点舛错，拿江樊全家问罪，故此江樊尽心竭力。邓九如派江樊上京，教他越快越好，请教了包相爷的主意，叫他连夜回来，江樊才借了这匹好马，不分日夜赶路，哪晓得为这一匹马，几乎送了自己的性命。那日正往前走，用力打了两鞭，那马四足飞开，如鸟相似。江樊也是心中得意，不料后面有一个人跟下来了。邢如龙、邢如虎、智化均皆看见。这匹马可称得起千里马，后头跟下一个千里脚来。看此人三尺多高身量，酱紫壮士巾，紫色小袍子，腰中皮挺带，青铜搭钩，三环套月一双小薄底靴子，腰中牛皮鞘子，插着一把小刀，长有一尺五六寸，刃薄背厚。此人面似瓜皮，青中透绿，眉毛两道高岗，两只小圆眼睛，黄眼珠，薄片嘴，芝麻牙，高颧骨，小耳朵，两腮无肉，细腰窄背，五短身材，类若猴形。虽是两条短腿，跑上比箭射的还快些，先前离马甚远，后来就把那匹马赶上了。见他双手一揪马尾，把两足一踹，双手往怀内一带，脚沾实地，就由马的旁边撒腿往前跑下去了。看看跑过马头，就见他往起一蹿。那马一眼咤①，正走着好好的，忽然一见这光景，往起一站，江樊就从马后胯掉了下来。算好，马真通灵性，四足牢扎，一丝不动。江樊掸了掸土，拉着马，气哼哼地问道："呔！你是干什么的？"那人叉着腰一站说："此山我是开，此树是我栽，要打山前过，留下买路财，牙嘣半个说不字，一刀一个不管埋。今天你寨主走在此处，这个地方虽不是寨主爷所住

① 咤（zhà）。

的地面，皆因我有紧急之事，看见你这一匹马，脚底下倒也走的爽快，你将这马与我留下，饶你这条性命，逃生去罢。”江樊听说，哈哈大笑，说：“原来你是断道劫人的吗?”那人道：“然也。”江樊道：“看你身不满三尺，貌不惊人，你也在此打劫于我？我不忍杀害于你，我有紧急事件。按说将你拿住，交在当官追问，你大概别处有案，我作一件德事，放你去罢。”智化远远听见，暗暗发笑，知道江樊是口巧舌能之人，本事稀松平常，就是能说。焉知这个矮人不肯听他花言巧语，一定要马。说：“善言好语，你也是不肯与你大王爷这匹马。看你肋下佩刀，必然有点本领，要胜得你大王爷这一口小刀，爷输给你这颗首级，如不能胜爷这口利刃，连你这性命带马全算我的了。”江樊说：“好朋友！你容我把马拴上，我们两人较量较量。”那人说：“使得，容你把马拴上。”江樊就在一棵小树上把马拴好，回头说道：“依我说，我们二人算了罢，不如留些好儿罢，改日再较量。你不看，论身量你六个也不行。”那贼人哈哈一阵狂笑，说：“你过来受死罢。”就见江樊飕的一声，把刀亮将出来，饿虎扑食相似，来的真猛。那贼一回手，抽出他那口短刀，并无半点惧色。此时邢如龙、邢如虎也就来至跟前，停马瞧看。倒是智化远远的隐着自己的身子，替江樊着急。明知江樊不是那人对手，自己又不好露脸，恐怕邢如龙、邢如虎的事情不好办。那个贼人，打量江樊拿刀过来，必是要动手，原来不是。江樊一回手，又把刀插入鞘内，深深与贼人作了一揖，说：“寨主爷，实不相瞒，我是任能耐没有，受了人家的重托，与人家办点要紧的事。我是最好交朋友的人，我要不是紧事在身，这一匹马情愿双手奉送。无奈我受人重托，你容我到京内把这件事办完，你在此等候，我把这匹马送与你骑，绝不食言。我若口是心非，叫我死无葬身之地。”贼人听了一笑，说：“你打算我是三岁娃子，受你哄骗，如若将你放过去，你还叫我在这里等着，你看通京大路有七八条，你还能走这里来？你别饶舌罢。”江樊见那人话口太紧，他就索性与人家跪下大哭，苦苦哀求放他过去，令人听着替他凄惨。他本生就的伶牙俐齿，他没把贼的心说活，倒把邢如龙、邢如虎说得替他难受。邢如虎说：“哥哥，这个人敢是窝囊废，不然，我们给他讲个人情罢。”邢如龙说：“依我的主意，咱们少管闲事。”邢如虎说：“我们见了合字①，还不是三言两语就没事了。”邢如龙说：“我也是见他哀告，怪难受的。”

二人就下了马，南边有株树，把马拴上。两个搭讪着过来说：“朋友，算了罢。”贼人翻眼一看，说：“你们二位，说什么来着？”邢如龙说：“我们可是过路的，看他哀告怪可怜的，瞧着我们的面上，把这号买卖抛了罢。”江樊一听，有了台阶啦，他又向着这两个人哭哭啼啼，苦苦求怜。这二人本是浑人，最见不的人一托。他二人说：“全有我们哪！他不答应，叫他与我们试试。”回头又与贼人说：“得了，放他去罢，瞧我们了。实对你说，我们也是合字儿。”贼人一听道：“你们也是合字儿。”二人答言：“全是线上朋友。客见孙氏抛诉，合字苏软也要抛，胎罢，龙儿看合字盘让了罢。”你道他说的是什么话？原来是贼吊坎哪。“合字苏软要抛”是“我心一软也要哭”，“胎罢”是“高高手让他过去罢”，“龙儿”是“马”，“看合字盘”是“赏我们一个脸，不用要了”。邢如龙说了这套话，把矮子肺都气炸了，说：“你们

---

① 合字——占卜，算命。

还是绿林，哪有向着外人道理！不若我把马得了来，你们二位若要，我奉送你们，倒是全绿林的义气。怎么反与外人讲情？”邢家弟兄被矮子问住了，闹了个恼羞成怒。邢如虎说：“与你这么说，是给你个脸儿。”矮人说：“要是不给脸哪？”邢如虎说：“连你都走不了。”矮人哈哈一阵狂笑，说：“这倒好了，你们两个人可有名姓没有？”邢如龙说：“要问你寨主爷，我叫黑风邢如龙，那是我兄弟，他叫黄风邢如虎。小辈你叫什么名字？”那矮人说：“要问你大王爷，居住五华山鸳鸯岭。姓皮，我叫皮虎，外号人称三尺短命丁。你们两个人既是帮外人，我问你是单打单个，还是两打一个呢？”邢家弟兄齐说道：“你们一千一万人，也是我们两个人一齐上，你一个人，也是一齐上。”皮虎说：“好，你二人过来受死。”先就亮出刀来。邢氏弟兄丢英雄氅①，挽袖子，掖衣襟，将包袱内银子担在马背上，一回手拉刀。江樊在旁苦苦相劝，说：“使不得！使不得！为我的事情，怎么你们两下反目，这倒不好了。”皮虎说：“这倒没你的事了。”江樊在旁看了他们两个动起手来，顷刻间杀了个难解难分，两长加一短。矮人本事更绝，这口短刀，上下翻飞，身体灵便，跳高纵远，脚底下连一点声音皆无。江樊看他们杀的正在难解难分之时，过去把树上自己的马解下来，将身一纵上马，大叫一声说：“那二位解围的恩公，论说你们二位为我与矮贼交手，我应当帮着二位，才是道理，但因我事在紧要，我可少陪了。”说毕，吧吧几下马鞭子，胯下一蹬劲，那马似飞地跑去了。邢如龙、邢如虎回头一看，好！真懂交情。智化远远的瞧着，暗笑江班头真是机灵鬼。皮虎

---

① 氅（chǎng）——外套，大衣。

见江樊跑了，更觉气上加气，心中一想，量小非君子，无毒不丈夫，自己学会一趟滚堂刀，类如地堂拳一般，是在地上乱滚，净取人的下三路，轻者带伤，重者即死。邢家弟兄只见皮虎刀法改换门路，噗咚一声躺在地上，邢如龙打算捡个便宜，抡刀一剁，皮虎躺在地下咕噜咕噜滚起来了。邢家弟兄一看，吓了个胆裂魂飞，眼睁睁招架不住，大概要想逃命，有些个费事。要问邢家弟兄生死如何，且听下回分解。

第 八 回

使心用意来行刺 安排巧计等拿贼

且说邢如龙、邢如虎，这就叫多事。皮虎一施展这趟滚堂刀，二人真魂都吓冒了。皮虎这一趟刀，是有高明人传授。他还有一个哥哥，叫三尺神面妖皮龙，两个人是一般高的身量。皆因他二人身矮力小，他师傅才教给他们一手功夫，每一施展这个招儿就抢上风，非有大行家方能破得。他们就这满地一滚，可有门路，全仗肩、肘、腕、胯、膝沾地，横着把小刀子在那膝盖下或扎或砍，要是碰上，虽然不能死，也得残废。此时邢家弟兄，撒腿就跑。皮虎说："我当你们有多大本领，替别人充勇，我定要追你二人的性命。"皮虎苦苦直追。邢家兄弟一直扑奔正北，跑来跑去，好容易前边有一座树林，二人进树林，也不敢站住。皮虎腿短，跑得却快，眼看就跟进来了，邢如龙就知道不好，跑又没他快，动手又不是他的对手，只可拼命奔跑。皮虎将到树林当中，不提防由正西来了一块石子，正打在右腿节骨上，噗咚一声，栽倒在地。邢如虎回头一看，皮虎躺在地下了，叫道："大哥，这厮摔倒了。"二人忙跑回来要剁皮虎。皮虎他不知被哪里来的一块石头打了一个跟头，自可认着丧气，一瘸一点地跑出树林，直奔东北逃生去了。邢家弟兄也不十分追赶，也是纳闷，不知道他怎么栽了一个跟头。就是智化见皮虎与邢家弟兄一交手，倒觉着高兴。这叫做鹬①蚌相争，渔翁得利。要是皮虎杀了邢家

① 鹬（yù）——鸟的一种。常在浅水边或水田中啄吃小鱼、贝类等。

弟兄，省得自己上开封府去了，若是邢家弟兄杀了皮虎，地方上除去一个祸患。不料邢家弟兄败下去，后来皮虎苦苦的一追，转眼间一看，变出两个皮虎，再看就看不见了。智化正心中纳闷，就见皮虎一瘸一点跑出来，邢如龙、邢如虎在后面紧追，追赶没多远，也就不追了。邢如龙说："我们这就是万幸，管闲事，差一点没废了性命，咱们这一路上可什么事情也别管了。"智化隐住身子，看着二人上了坐骑，扬长而去。

智化仍是在后面跟着，一路无话。到了风清门进城之后，见日已西坠，找一个小店，吃过了晚饭，写了个柬帖。等到二鼓之半，带上刀，揣好柬帖，出屋将房门倒带，纵身上房，出离店外墙，由城墙上去，由马道下去。到开封府，正打三更，蹿墙进去，找寻包公的书斋。原来包公已沉沉睡去，屋中半明不暗点定一盏灯。智化把窗棂纸捅了一个窟窿，往内窥探，见桌案上灯烛花结成芯，李才扶桌而睡。智化暗叹：总是包公造化不小，鬼使神差，我要不同张龙行走，怎知此贼前来行刺。暗暗把门一推，并没拴着，把帖掏将出来，往八仙桌子上一放，转身就走，仍将双门倒带。

智化一走不大要紧，把包兴儿吓着了。这天包兴叫李才支更①，恐他贪睡误了事情，又再三嘱咐。李才说："我绝不睡，哥哥你歇息去罢。"包兴到外间放倒头和衣而卧，睡到四更，猛然惊醒起来，疑着李才必然睡熟，慢慢下地，扒着里间屋子门缝，往里一看，果然李才睡去。就进去在李才身背后轻轻拍了他一下，李才由梦中惊醒。包兴说："你还是睡了罢？"李才说："没有。"包兴说："你还说没有？多是嘴硬。"李才说："情实没有，我刚一眯胡。"包兴说："灯花那么长，你还一眯胡呢！"李才说：

① 支更——值夜。

“觉着刚一闭眼。”包兴一回头，见桌子上有一个半全帖子，问李才这个帖子是什么人递进来的。李才说：“不知道哪！许是先前就有的罢。”包兴道：“胡说。”包公睡醒问道：“什么事先前就有的？”包兴、李才二人彼此害怕。包兴过去，先把幔帐挂起。包公披衣而坐，问道：“什么物件？”包兴不敢隐瞒，说：“桌子上有一个半全帖子，门户未开，不知什么人投进来的？”包公说：“呈上来我看。”李才执灯去了烛花，包兴呈帖子，包公接将过来，展开一看，上面写：“天生无妄之人，有无妄之福，就有无妄之祸。相爷忠君爱民，尽有余力。明日晚间，谨防刺客临身。门下慕恩人叩献。”包公看着上面言语，心中暗暗忖度，事情来的奇怪，把旁边包兴、李才吓的浑身乱抖。包公并不理论此事，叫将此帖放在书案之上。包公起来，净面整服冠，吩咐外厢预备轿马。包兴伺候包公入朝。可巧这天早朝无事，不必细说。包公下朝，用了早饭，饭毕吃茶，又办理些公事。天交正午，包兴、李才心中捏着一把汗，明知今天晚间有刺客前来，先前有展护卫在衙门中，有壮胆的。如今开封府乏人，焉有不怕之理。见相爷却不提说今晚之事，包兴疑为把此事忘了，又不敢过去提，李才望着包兴使眼色、努嘴，教他提起昨晚之事，包兴摇头，也是不敢说，无奈何搭讪着给相爷倒了一碗茶，才低声说道：“晚间那个柬帖……”还要往下说，包公瞪了他一眼，哼了一声，把他那半截话也吓回去了，诺诺而退。包公性情永远不许提刺客二字，包公总讲，忠臣招不出刺客，总是贪官污吏才能招出此等事。包公自已正大光明，又无亏心之事，见智化柬帖，毫不在意。

此时天已过午，包公午歇。包兴趁着这个工夫，将柬帖袖出来①，告诉李才别离老爷左右，伺候听差，我出去教他们晚间防

① 袖出来——从袖子里拿出来。

范捉拿刺客。李才答应说："很好，你快去吧。"包兴出来，由角门奔校尉所，启帘进室，见了王朝、马汉。王、马二位赶紧站起身来，说："郎官老爷请坐，今天怎么这样清闲自在？"包兴说："我是夜猫子进宅，无事不来。你们这差使所管何事？"王、马二人齐说道："我们所有不明白的差使，望郎官老爷指教，怎么今天倒问起我们来了，岂不是明知故问么？"包兴道："怕你们不知所司何事，我好告诉你们。"王朝说："侍候御刑，站堂听差，侍候上朝等事。"包兴又问："还有何事？"回答："捕盗拿贼。"包兴说："你们还知道捕盗拿贼那？把贼拿在衙门来行刺来了。"王朝问："何出此言？"包兴说："你来看。"王朝接将过来一看，吓的胆裂魂飞，说："此物从何而至？"包兴就将昨天晚间之事，对着他们细说一回。又问："别位护卫老爷又不在家，你们二位看看怎么办好？"王朝说："我即刻派人，晚间在包相爷两旁埋伏着拿贼就是了。"包兴说："你们也晓得，相爷若有舛错，我们该当什么罪过。"王朝说："这个我们知道。你老人家请回，伺候相爷去罢，我们晚间预备。"包兴把半全帖拿将过去，回内不提。王朝、马汉叫韩节、杜顺两个班头到里面，就将昨天晚间有人送信，说今天晚间防备刺客的话说了一遍。两个班头一闻此言，急速出去，挑选伙计，俱要手灵眼亮、年轻力壮之人。当日晚间吃毕晚饭，各带短刀、铁尺、绳索等物进来。王朝、马汉过来，点了点数目，共四十个人。叫他们提上灯笼，俱用柳罐①片盖上，用的时节把柳罐片摘下来，立刻就亮了。王、马二位，也忙着吃罢晚饭，带领四十个差役和二名班头，慢慢进了包公住居的跨院。就在书房前面，另有三个西房。王朝在东，马汉在西，每人带了二十一个人，用香头火把窗户纸戳出梅花孔，分一半人，往

① 柳罐——用柳条编成的斗状汲水器。

外瞧看，恐防困倦，到时节再换那一半人。包公在书房之内，听着外边有些动静，明知道他们防范刺客，也不拦阻他们，自己拿一本书，在灯下观看。包兴、李才两个人也有防范。此刻有二鼓多天，包兴约会李才，先把书房隔扇闭好，后又将横闩上上，从那边搭过一张八仙桌子顶上，桌子上又放着一把椅子。包兴低声告诉李才说："当初听白玉堂说过，要是大行家，早也不出来，晚也不出来，等至三更天前后才来。他们要是进来，就从这横楣子上进来，我站在桌子上面椅子上看着。贼要一爬横楣子，我就先看见了。我要看见，我好喊叫他们拿贼。"李才说："哥哥，到底是你有招儿。"包兴说："什么话呢！咱们守着高明人，听他们讲究过。"说话之间，忽听外面正打三更，包兴说："到时候了，我们上去罢。"包兴爬上桌子，又上了椅子，站在桌子上面，够不着横楣子，上了椅子，又太高了些，只可弯了腰，把横楣子撕了一个洞，往外看着。李才上了桌子，把隔扇开了一个大孔，趴着往外直瞧。包公正在灯下看书，听着他们在那里踢蹬噗咚，也不知做些什么，抬头一看，倒觉好笑。笑的是他们胆子又小，又是义仆的气象，总怕老爷有失，真要是有本事刺客，他们挡得住吗？

开封府的事，暂且不提。单说两个刺客，头天进城，到十字街下马，打听双竹竿巷李天祥的宅子，到了门首，说明来历，门上有人回禀进去。不多一时，李天祥的儿子李黾说请。二人把马上包袱解下来，有人带路，来至内书房，见了李公子要行大礼。李黾把他们搀住，知道是天伦派来的人，不敢怠慢。问二人名姓，他们将姓氏名字，怎么来历，一一说明，又将书信往上献。李公子接过来，拆开看明书信，置酒款待二人。次日晌午，邢如龙、邢如虎换上李天祥家人的衣服，奔开封府趟了一回道，俱都看明。复又回到李家，用了晚饭。到二鼓之半，李黾问二位壮士所用何物。二人齐说：“就用油绸子一块，再用包袱一块，我们两个人杀了包公就不回来了，拿着他的脑袋去见老爷去了。”李公子说：“但愿二位壮士大事早成，二位高官得做，骏马得骑。”二人换上夜行衣靠，将白昼的衣服尽都包好，随身背起。待杀了包公，跃城而过，明天走路之时就可换上白昼衣服。收拾停妥，李公子每人敬了三杯酒，说了些吉祥好话。正打三鼓，二人出屋，转眼之间，蹿上房去，一溜烟相似，二人踪迹不见。李黾心中想道：二人此去，大事必成。

单说邢如龙、邢如虎直奔开封府，一路并没遇见行路之人，到府墙根下，纵身蹿上墙去，由上面蹿到院中，寻找包公卧房。二人往两下一分，东房上一人，西房上一人，蹿在前坡，趴在房瓦之上，瞧看屋中，二人一怔，见屋内烛影照定，有人趴在横楣子上，还有人扒着隔扇往外看。二人正在犹疑之间，腿腕子全叫人揪住了。扭头一看，每人身后一个人，将他们揪住，不能动转。要问拿刺客这两个人是谁，且听下回分解。

第　九　回

擒刺客谷云飞奋勇　送禀帖黑妖狐有功

且说智化头一天把禀帖搁下，第二天早早把晚饭吃完，饭钱店钱均已给了，看看快关城门，出店进了城，找了一座茶馆，进去吃茶，直坐到喊堂之时。出了茶馆，又在大街上游玩一回，天已交二鼓，方到开封府的西墙，就蹿将进去。他原就知道包公的书房，离书房不远，有一株大树，智化盘树而上。此树极其高大，四面八方，全都看的明白，又且枝叶茂盛，要想看见他却有些费事。此时天交三鼓，就知道行刺之人看看快到。不多一时，远远望见有二条黑影，由墙上蹿将下来，直奔书房的后身。智化见两个人往两下里一分，一个往东，一个往西，心中为难，他们是两个人，自己是孤身一人，又不会打暗器，若会打暗器，先打下一个来，剩一个就省事了。倘若抓住一个，那个再跑了，可就有些不便。只可先奔东边，这一个还近些，然后再拿那个。智化下了树，邢如龙正在东屋上前坡，智化蹿上后坡，到房脊那里，往上一探身子，见贼人趴在房上，净瞧着包公的屋子纳闷。忽然间，又见从西房脊后头，露出一人，把智化吓了一跳，以为是他们一同行刺来的哪！智化往下一矮身，怕那人看见。原来那人倒不怕智化，看见时，双手往上一招，冲着智化，一打手势，指了指智化，指了指自己。又伸了两个指头，是你我二人。又用双手一比，是两只手掐刺客腿腕子。智化方才省悟。心中暗道：这是谁？又不认得。智化又是欢喜，又是纳闷。欢喜是有他帮着我拿

刺客，刺客就不能跑了，纳闷的是不认识他是谁。自己也把双手一招，又一点头，那人早就溜到刺客背后。智化也就爬过背后来，见那人面貌，好似蒋四爷。两下里把刺客腿一掐，这一掐不打紧，就听底下屋内一阵大乱。包公屋内也有“哎呀、噗咚”声音。东、西厢房里，王朝、马汉带领着四十二人。王朝瞧见西边房上有人，马汉是看见东房上有人，先过来一人蹲着走，后过来一人是爬着。王朝告诉众人摘柳罐片，以为马汉那边没瞧见，马汉也叫摘柳罐片，疑王朝那边没看见，却原来两边俱都看得明白。包兴他是趴着横楣子往外看的真确，东西厢房上先过来两个人，趴在房上往屋里瞧。包兴将要嚷，一瞧，又过来了两个，心中暗道：今日来了多少刺客？就大声一喊：“有了贼了！”一迈腿，忘了他在椅子上，整个往下一摔，正摔在李才身上，椅子往下一翻，咔嚓噗咚。包公一惊，正要翻书。“哧”的一声，把一篇书撕下来了。外边喊叫“拿贼呀！”房上已将两个刺客扔下来了。王朝、马汉带领众人往上一围，裹住了两个刺客。房上拿贼的二人也跳下房来。一个是智化，那位是倒骑驴的神行无影谷云飞。皆因瞧看徒弟，与山西雁大众分手，正打算上陕西汝宁府寻找苗九锡，路过商水县，遇见李天祥，见邢如龙、邢如虎形迹可疑，自己盘费也没有了，遂找店住下，要想晚间与李天祥借盘费。至二鼓多天，到了李天祥公馆，听见他们要行刺包公。自己心中一动，谁人不知包公是应梦贤臣，就有意前去搭救。且先试试两个刺客有多大本领，就打了他一飞蝗石，方知二人没甚能耐，又拿了他们一百两银子，路上作盘费。路上又遇见三尺短命丁皮虎，也是给了他一飞蝗石，他的心思与智化两样，他怕刺客死，刺客死了，他便不能在包公面前显手段。他救了邢如龙、邢如虎二人，就暗地跟了下来。早瞧见智化是拿刺客的，智化可没看出他来。

谷云飞当下把邢如虎扔下房来，自己也跳下，始终没撒手，攒着他腿腕子翻过来、翻过去乱摔。口中还嚷道："唔呀，翻饼烙饼，翻饼烙饼。"把刺客摔的坑吃坑吃的，又不敢言语，甘受其苦。包公在屋内听着奇怪，怎么饼铺掌柜的也来了。智化也照样将贼摔下房来，也打算将他翻来翻去的，到底智化手里的力气不成，将一翻，邢如龙缩回一条腿去，那只腿一蹬，智化也就撒手了。邢如龙一挺身躯站起来，亮刀对着智化就砍，智化用刀相迎，二人战在一处。谷云飞嚷道："我要是净烙饼，你心内也不服，我先撒开你，让你歇息歇息。"智化一听着急说："你别撒开他，将他捆上。"谷云飞说："我忘了，现在再捆也不迟。"哪知邢如虎一挺身躯，便跳起拉刀在手，咬牙切齿，冲着谷云飞就是一刀。他见谷云飞手内没有兵器，以为这一刀下去，准把他劈为两半。焉知晓刀砍下去，人却没有了。王朝、马汉带着众人，打着灯笼，拿着单刀、铁尺，全要动手。智化明知道众人没甚本事，刺客眼是红了，别看他两个人本事也有限，要杀王朝、马汉和那些个班头，就仿佛大人逗小孩子一般，一转身就得死几个。随即喊道："二位老爷、众位班头，不用你们帮着动手，这两个小贼交给我们拿他吧，你们上书房门口保护相爷要紧。"王朝这才答应一声，会同马汉带领众人直奔书房而来。此时智化与邢如龙动手，不分胜败。智化心中急躁，恨不得将邢如龙拿住，好帮着那人再拿邢如虎，奈因不能一时就将邢如龙拿住。倒是那边"当啷啷"一声，把邢如虎刀踢飞了，他就扎撒着两只手，一个箭步，蹿出圈外，要想逃性命。谷云飞嚷道："唔呀跑了。"智化闻听跑了，一着急，说："别叫他跑了。"谷云飞道："邢老二你别跑哇，他们说，不叫你跑了呢？"连那打灯笼之人瞧着都是暗笑，又是纳闷。这个人，又不知从何处来的，手中又没拿着兵器，瞧着刺客那口刀神出鬼没，可又砍不着那蛮子①，他一转眼，倒把刀踢飞了。他只喊说“不叫你走呢”，他可也不追，眼瞅着刺客一跺脚纵上房去，单脚刚一着阴阳瓦垄，蛮子说：“你下来罢！”那刺客真听话，“噗咚”摔下来了。就见蛮子过去，用脚一踢说：“你别动了，你这歇歇罢！”那刺客也真听话，就一丝儿也不动。复又过来，冲邢如龙说：“你兄弟在那里歇着，你还不歇歇么？”智化虽然在此动手，也曾看见，暗说真是高明。邢如龙哪还有心肠动手，打算三十六着，走为上策，虚砍一刀，转身就跑。刚一转身，就见蛮子在迎面站着，用手一指，说：“别走。”要往西跑，蛮子早在西边等着。自己一想，这还不便宜，对着蛮子就是一刀，并没见他躲闪，只一抬脚，正踢在邢如龙右手腕子上，这口刀就拿不住了，“当啷”一声，落于平地。邢如龙回头就跑，智化就追，蛮子就嚷说：“姓邢的，你教我好看不起你。你们二人是亲弟兄，一个被捉，一个要跑，纵然逃了性命，你还活的了多少年？你们事成之后，高官得做，骏马得骑；事情败露，应当同赴其难，各各受死才是。按说大丈夫生而何欢，死而何惧之有！岂不闻伯夷、叔齐②不念旧恶？”包公一听心想：饼铺掌柜的还晓得《四书》？智化听见了也想：此公倒是文武兼全之人。蛮子又说：“你别走哇，走了不是朋友，何况你也走不了。就便是交朋友还得有官同做，有难同赴，何况你们是亲弟兄呢！”邢如龙跑到墙下，正要越墙而去，被蛮子这话说的好觉无味，一跺脚说：“也罢，我不走啦，你们过来，要杀要剐，任其自便。”

① 蛮子——古代对南方民族的贬称。

② 伯夷、叔齐——古代人名。指殷末孤竹国君的两个儿子。

智化说："罢了，这是真正英雄。"叫官人过来，把他扯了一个筋斗，四马攒蹄，将他捆上。邢如虎先就有人将他捆好，众人说道："全拿住了。"

王朝、马汉、马快班头给智化道劳。智化过来，问那人贵姓高名，仙乡何处，怎么知道刺客的来历？谷云飞将自己的事情，一五一十说了一遍。众人过来，也与谷云飞道劳。此时包公叫包兴开门，请校尉。包兴、李才两人，把桌子椅子搬开，开了隔扇，站在台阶石上高声叫道："相爷有请王校尉，马校尉。"二人答应一声，跟着包兴进了书房，见相爷道惊，自己请罪。包公问道："外面贼人是谁拿获的?"王朝就将智化、谷云飞拿贼之事，回禀一番。包公说有请二位壮士。王朝出屋，说："有请二位壮士。"二人答应，随着王朝至书房。见相爷双膝跪倒，口称："小民智化，参见相爷。"蛮子说："小民谷云飞，与相爷叩头。"包公说："二位壮士请起。"吩咐看坐，二人不敢坐。包公让之再三，方才坐下。包公看智化仪表非俗，看谷云飞身不满五尺，瘦弱枯干，面如重枣，短眉圆眼，类若猿形，衣衫褴褛，什么人也看不出那身功夫来。包公说："多蒙二位壮士贵驾，助一臂之力，事结之后，必保二位做官。"这二人说："小民不愿为官，但愿相爷贵体无恙。"包公一声吩咐："将两个贼人绑进来!"众班头将他们五花大绑，身上的包袱，早就解将下来，推到屋中，至包公面前立而不跪。众人说："跪下!"两个怒目横眉，仍然不跪。包公见两个人一黑一黄，非是良善之辈，一声吩咐，将狗头铡抬来，要将二贼铡为两段。若问二人生死如何，且听下回分解。

第　十　回

诚心劝人改邪归正　追悔己过弃暗投明

且说两个刺客见包公，站而不跪。原来预先就商量好了，邢如虎说："哥哥，我听见他们说了几句言语，你就不走啦？"邢如龙说："我怎么能舍你逃生？只可你我生生在一处，死死在一处。"邢如虎说："既然这样，咱们见了他们，也不必与他们磕头。"邢如龙说："就是磕头也不能饶咱们，不如先快乐快乐嘴，见面大骂他一场，也无非是个死罢。"邢如虎说："使得，再过二十年，又是大汉一条。"两个人主意定妥，故此见了包公立而不跪。二人暗暗一打量，包公在上面，端然正坐，戴一顶天青色软相巾，迎面嵌宝玉；天青色缎子袍服，斜领阔袖，上面绣五彩团花；厚底青缎子朝靴，乃是一身便服。又往面上一看，恰若乌金纸，黑中透亮，两道剑眉，一双虎目，海口大耳，一部胡须遮满前胸，犹如铁线一般。这位爷虽是文职官员，却是武将相貌，虎势昂昂，端然正坐。二贼一瞧，毛骨悚然。包公一见两个刺客，用手一指，说："本阁有什么不到之处，招你们起这不良之心？来！把那三品御刑狗头铡抬将上来。"王朝、马汉答应一声，速到御刑处，把狗头铡抬入书房。吩咐撤去蟒套龙服，将二人拿下。邢如龙、邢如虎一见这个御刑式样，好生可怕，怎见得，有《赞》为证：

书房内，一声吩咐人答应。这御刑，令人观瞧不敢抬头。奉圣旨，放粮之时将它造，为扬天下镇陈州。王与马，神威抖；撩

起袍，挽上袖；吩咐搭，往上走；书房搁，声音丑；令人观瞧把心儿揪。虽然怕，又要瞅。见王朝，一伸手，猛翻身，把龙衣抖。神见也忧，鬼见也愁。铜叶子裹，钢钉儿凑，刃儿薄，背儿厚。分三品，龙虎狗。审出口供，把真刑抖。虎龇牙，龙须抖，这狗头铡尖嘴棱腿吐着个舌头。见王朝，一低头，铡刀背，拿在手。有马汉，往前走，但见他，双眉皱。奔刺客，就要揪，当时间把邢家弟兄二人魂魄吓丢。

且说包公见了两名刺客，也未审问他们，就吩咐预备狗头铡要铡两个刺客。智化、谷云飞全闪在一旁。智化背后，有人一拉，智化回身出去一看，原来是江樊。他与智化行礼，智化说："你还没走哪？多有受惊。"江樊问："受什么惊？"智化说："你遇见劫道的皮虎，还不是一惊么？"江樊说："你怎么知道？"智化就把前番怎么见着之事说了一遍。江樊说："你老既知道更好啦。方才我听说拿住刺客，我进来一看，原来是他们两个人。他们本待我有恩，你老人家在我们相爷面前请个人情。要是铡完了时节，我就预备两口棺材，表表他救我之情。"智化说："你既有这番意思，我着实爱惜这两个人，心地忠厚，绿林之中，诚实之人甚少，他无非受了李天祥蛊惑给他父亲报仇，又许他们做官发财，故此前来行刺。他与皮虎交手救了你，看起来，可算得好人。我进去给他说情，相爷要赏我一个全脸，碰巧连他们的性命都保住了。"正说话之间，院子里把芦席铺上了，眼看着把两个人推出来。智化说："众位慢动手，我到里面给他们两个人讲个情，看看如何。"随进了书房见包公，跪倒说："相爷大人，暂息雷霆。"包公说："智壮士请起，有话慢讲。"智化就将半路碰见白五太太，李天祥要夺公馆，自己在背地里听李天祥蛊惑这两个人，说他天伦①的原由，因此上为父报仇，又且报答李钦差待他们的好处，半路又怎么救了江樊的话说了一遍。末了说："相爷请想，为父报仇是孝，报答李天祥是义，救江班头是恻隐之心。虽然前来不利于相爷，总算两个是好人。相爷若肯格外施恩，饶恕他两个人死罪，他二人虽肝脑涂地，死不敢辞。小民大胆谏言，请示相爷天裁。"包公听罢点头，说："原来还有这么一段情由那，倒是本阁将他们错怪了。"遂吩咐把两个推回来。王朝答应一声，复又把邢如龙、邢如虎推回，二人仍然挺身不跪。包公说道："方才本阁未曾问明你二人，到底因为何故前来行刺？"二人说："我们是杀父之仇，不共戴天，父仇不报，畜类不如。"智化在旁说道："你二人真是浑人！你们受了李天祥蛊惑，冤你们前来行刺，这叫个借刀杀人，你二人却信以为真。前者他与你们说话，我却在外面听着。说你们天伦被展熊飞所杀，是与不是？"邢如龙、邢如虎一齐说："不错。可还有一件事，我们那银子，也是你盗去了罢？"谷云飞在旁说："是我，不要错赖好人。"包公暗说："这可倒好，不打自招。"邢如龙又问道："我们天伦到底是怎么死的？"智化又将阴魔录砸碎摄魂瓶，他乃是自己把自己打死的话说了一遍。又道："你要不信我这话，当着相爷、众位校尉老爷们问一问，是真是假。"包公言道："智壮士所说，分毫不错。你们二人，原来就为此事前来行刺，本阁也不深怪你们，念你等是一对孝子，放你二人去罢。如若不改前非，再将你们捉获，绝不宽恕。尔等来为二人松绑。"王朝、马汉过来，把绳解开。这二人倒觉一怔，智化说："还不给相爷谢救命之恩！"邢如龙、邢如虎方双膝跪下，齐说道："小人见识不明，险些害

① 天伦——家人，亲人，此处指父亲。

死相爷。我们身该万死，蒙相爷开恩，不结果我们性命，实如再造。”智化在旁说：“你们何不求求相爷，就在开封府讨点差使，报答相爷。俗话说：宁给好汉牵马随蹬，不给赖汉为父为尊。”邢如龙说：“我们受人的重托，要是投在相爷门下，岂不被人说是反复无常的小人。”智化说：“你们真是浑人！你要尽忠竭力，也须分个忠奸，跟了忠臣留名千古，跟了奸臣遗臭万年。别听说庞太师要保举你们为官，连他自己此时尚且闭门思过，他如何能保举你们二人？”邢家弟兄一听，十分有理。邢如虎说：“哥哥，咱们就求求相爷。”二人磕响头碰地苦苦哀求。包公无奈，也就点头，将二人收留下。这就叫但行好事须行好，得饶人处且饶人。邢家弟兄要没有半路救江樊的事，也就没有活命了。包公要不收下两个刺客，到下回书天子丢冠袍带履也就不好办了。全是前因后果，人不能得知。

闲言不必多叙，单说包公叫邢家弟兄更换衣服，此时谷云飞告辞，包公要保举他，谷云飞一定不愿为官。包公赏他银两，他执意不受。相爷知道这个人性情古怪，只好赏一桌酒席，令校尉相陪。又问智化襄阳城的事情，王爷的下落。智化回答襄阳破铜网之事，王爷的下落实在不知。此时天已不早，智化等告辞出去，至校尉所。王朝、马汉陪定谷云飞、智化、邢如龙、邢如虎吃酒，众人开怀畅饮一回。大家安歇。

到了次日，包公上朝不提。单说智化保举了邢家弟兄，倒觉着后悔，思量起来，人心隔肚皮，万一两个人变心，又守着相爷更近，要作出意外之事，自己如何担待得住？只得日夜相守，查看他们的动作。谷云飞回店拉驴不表。包公下了朝，将至书房，就有人报将进来，说鼓楼东边恒兴当铺内，杀死七条人命。包公一闻此言，吓了一跳。要知什么缘故，且听下回分解。

第十一回

班头奉相谕访案　钦差交圣旨辞官

且说包公下朝至书斋，刚才落座，就有人进来回话：“鼓楼东边恒兴当铺，昨夜晚间有夜行人进铺，杀死两名更夫，五个伙计在柜房被杀身死。今早祥符县亲身带领忤作①人役，至铺内验看尸身，验得被杀者刀口赤色，是夜行人所杀。验道时，由东墙而入，盗去约计百两有余。连学徒的李二小带管事的，俱都带至开封府，以候相爷审讯。”包公一听，又是一场无头的官司，遂问道：“祥符县知县可在外面?”回答说：“现在外面候相爷传唤。”包公说：“请。”差人答应一声，转身出去，不多一时，县台来到书斋与相爷行礼，口称：“卑职陈守业参见。”包公说：“免礼。”问恒兴当铺之事。陈知县复又禀告相爷一回，把管事的与学徒口供、验尸的验格，一并献上。包公看了看，问道：“贵县将当铺之人可曾带到开封?”答应说：“现在外面，候老师审讯。”原来陈守业是包公门生。先前的知县徐宽，如今升了徐州府知府，现今换任陈守业，也是两榜底子，最是清廉无比。这案官司，可为难了，人命又多，故此详府。包公吩咐：“把管事的带进来”。有人答应，出去不多时，将管事的带进书房叩头。包公看此人，青衣小帽，慈眉善目，倒是做买卖人模样，并无凶恶

① 忤作——旧时官府中检验命案尸体的人。

之气。见了包公，口称：“小民王达，与相爷叩头。”包公问他铺中之事，回说：“昨夜晚间，贼人进来，我们在前边睡觉的一概不知。后柜房连学徒共是六个人，杀死了五个，就是学徒的没死，他连那贼的样儿，什么言语，都听明白了。”包公吩咐带学徒的。差人把王达带出，带学徒进来。包公看他十八九岁，拿绢帕裹着脑袋，进来跪下。包公问：“你叫什么名字？”回答：“姓李叫二小。”包公问：“学了几年？”回说：“三年有余。”又问：“你脑袋受了伤了。”回答：“不是，我是偏脑痛，我要不是这个病，也被他们杀了。”包公问：“什么缘故？”二小说：“我们后柜房没有炕，我在柜上睡觉。皆因我脑袋痛，怕风吹，有一点风儿就痛的钻心，眼睛一翻就昏死过去。杀死的那个姓李的是我叔叔，他给我出了一个主意，教我在柜底下睡，省得门口风吹我脑袋。我就依着他这个主意，睡在柜底下。有三更多天，我脑袋痛得睡不着，就听见院内打更的说：‘哎哟有贼！’咔嚓噗咚一声，大半是把打更的杀了。又听见‘叭噔’一响，窗户洞开，就从外头进来两个人，手内拿着东西晃，就像打闪一样。看他们拉刀出来，叱嚓咔嚓！一会的工夫，就把五位掌柜的都杀了。里头屋内是首饰房，他们进去把锁剁开，就听屋内哗啷作响，大概拿了不少东西。我也不敢言语，把我吓瘫了。他们出来说：‘咱哥们，明人不做暗事，把咱们弟兄的名姓，与他写下了。’那个黄脸的就说：‘写咱们哥俩不要紧，反正到处为家。咱们常在草桥镇路大哥家住着，若有个风吹草动，路大哥比咱们身份重，别教路大哥担了疑忌。难道说前两天咱们没告诉当铺那话呢？教他慢慢想滋味，你我也不算作得暗事，有能耐，尽管叫他们访咱们去。’那黑脸的就说：‘有理有理！’然后两人走去啦。”包公听罢，问说："你们铺子可有什么事情，你知道不知？"二小说："我知道。前三四天头来了两个人，当了一支白玉镯子，他要当五十两，我们给他二十两。两个说话不通情理，教写定五十两，我们给添到三十两。两个人口出不逊，说：'写不写罢！'我们说当不到。他说：'你敢说三声不写？'我们掌柜的说：'慢说三声，三十声也敢说！'他们说：'你们小心着点！我们三天之内，来收本钱。'这才走的。杀人的那两个贼一晃火亮儿，我瞧出他那样儿来了，就是当镯子这两人。"包公问："他们可说姓什么没有？"二小道："始终没说姓什么。"包公一想昨天晚间之事，那两人一黑一黄，别是邢如龙、邢如虎罢？一声吩咐，教将邢如龙、邢如虎和智化一并叫进来。三人进来，两旁一站，包公问李二小："你认的那两个贼人相貌不认的？"二小说："认的，再等一年我也认的。"包公道："你说一黑一黄，比我这两个人怎么样？"二小说："比这二位矮多着呢，也瘦弱些。"包公吩咐：叫王达把他这学徒的带回去，照常挂幌子做买卖。死尸用棺材成殓，暂不下葬，城外找一个僻静处厝①起来，完案之后，准其抬埋。王达与学徒叩头出去。包公又着知县和马快，分头缉访贼人下落。知县告退。包公叫包兴把两名班头韩节、杜顺叫将进来，二人进来与相爷叩头。包公就把恒兴当铺的事，对他们说了一遍，教他们带数十个伙计，至草桥镇访这个姓路的和这一黑一黄的两个贼人。并说："本阁与你们一套文书，准你们在草桥镇要人相帮。"相爷亲自赏他们盘费，又言破案之后重重有赏，二人叩头转身出去。包公教主稿将文书用印后交给韩节、杜顺。发放已毕，韩节、杜顺到

---

① 厝（cuò）——放置。

外，挑了十二名伙计，都是高一头宽一膀，在外久管拿贼办案，手明眼亮之人。各带单刀、铁尺、绳索等物件，等着领了盘费，悄悄起身。余者班头，在城里关外暗查探访，暂且不表。

单说李天祥之子李黾打刺客走后，就是提心吊胆，整整一夜没睡。五更多天就派人到开封府门首探听消息，天亮回禀道：包丞相仍然上朝。李黾就知道大事没成，复又派人打听两个刺客的下落。等了两天，方才知晓邢如龙、邢如虎降了①开封府了。这才赶紧修下一封书信，派人连夜上商水县与李天祥送信。李钦差一闻此言，吓得他心胆俱碎，明知这一进京，性命难保，不入都也不行啦。心想：我虽死可别把这些财帛丢失。遂找了镖行的人押着这些驮子送往原籍去了。自己壮着胆子，入都交旨复命。算好，包公并没递折本参他。万岁爷也未降旨说他办理不善，也未说他办理甚善，无非是“知道了，钦此。”李天祥自己羞愧，告终养辞官，暂且不表。

单说韩节、杜顺带领十二名班头，巧扮私行，直奔草桥镇而来。到了草桥镇时节，找了一座大店住下。这个草桥镇，今非昔比。先前太后带着范宗华住破瓦寒窑，自从太后入宫，万岁发银十万，重修天齐庙，设立了宝座。万岁要封范宗华官职，皆因他不称其职，教他自己要一个差使。他说三辈子当地方，就要当个地方，可是天下的地方，全属他管，要这么一个天下的都地方，万岁爷就赏他四品天下都地方，为的是他与知府平行，故此才赏他四品前程，四品俸禄。天齐庙周围香火地连庙都属他管，家道由此陡然而富，就是无儿。本地有个路家，是个破落户，名叫路

---

① 降了——此处为向开封府投降。

云鹏。他有两个哥哥，一个叫路云彪，一个叫路云豹，全作小武职官。皆因他弟兄常打官司告状，两个哥哥搬往异乡去了。他跟前有个儿子，叫路凯，一个女儿，叫路素贞。全学了一身好功夫。皆因路云鹏认的人杂，都是绿林中人传授他们的本事。路素贞这本事更透着出奇，是她干娘教的，她干娘是谁？就是前套《小五义》上，闪电手范天保的妻子喜鸾、喜凤。因为路云鹏贪图范家是财主，就把自己儿子过继范家。后来范宗华死了，路凯披麻戴孝，如同父母亲丧。出殡后，范家又没有亲族人等，又没人争论，公然他就把四品都地方袭了。过了三年之后，慢慢有人劝解他，教他认祖归宗，他心一活，就把范家好处忘了，自己仍然改为姓路，这个天齐庙周围香火地，还是属他。家大业大，家内有的是钱银，文武衙门不敢碰他，军民人等人人惧怕，公然就成了一个恶霸。重利盘剥，折算人口，占人田地，夺人买卖，抢买抢卖，霸占房屋，欺压良善，种种恶事，任意胡为。就后路云鹏一死，更为无法无天。人给送了个外号，叫他活阎王。若要和他打官司，更不行了，他去二指宽的帖子，教把这个人押一个月，衙门里就不敢押二十九天半，他说不教送饭，这个人就得活活饿死。但他有般好处，不贪女色，连老婆都不娶，家中就是他妹子路素贞带着个丫环，两个婆子，除此以外，别无妇女。如今，他妹子已经是二十岁了，也没许配人家，总是高不成，低不就。论他妹子品貌，却是十分人才，又是一身好功夫。二十岁的人，已通人道，常常背地埋怨哥哥，不作正事，有误自己青春。每见少年男子时节，就透出些妖淫气象，故此人给她送了个外号，叫她九尾仙狐。

看看到了三月二十八，就该开天齐庙的日子，路家单有账

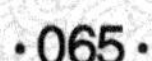

房，赶庙的各行买卖全得上账房挂号。有历年间准占的地方，有现占的买卖，估衣①细缎，珠宝玉器，金皮两当，针篦②两行，大小买卖前几天就乱成一处，都要上这里挂号的。这些事路凯自然一概不管。这日路凯正在书房坐着，忽然打外面进来两个朋友，全是山东莱州府人氏。一个姓贾叫贾善，外号人称金角鹿；一个姓赵叫赵保，外号人称铁腿鹤。两个人进来，与路凯行礼。路凯让座，叫人献上茶来，问道："二位贤弟，一向可好？"二人说："托赖哥哥之福。"又问："二位贤弟从何而至？"贾善说："由京都而来。"路凯说："京都可作好买卖？"贾善说："哥哥别提啦，我们在京都，这个祸可闯的不小。"路凯说："咱们弟兄多，怎惧个祸么？"二人一齐说道："我们这个祸，好几条人命。"赵保说："我那支白玉镯子，在咱们这里当，那时拿上去，都是五十两。在京本打算不做买卖，心想把镯子当了，就够盘费。焉知晓他们只给三十两，我们口角纷争，话赶话，说三天之内收他本钱，闹了个骑虎势。话说出来了，不能不办。那日夜晚之间进了恒兴当铺，杀死两个更夫，到柜房一顺手又杀了五个，得了些个首饰，本要留名姓，又怕连累哥哥你，我们是常往你这里来，万一风声透漏，岂不是与你招祸么？"路凯哈哈大笑，说："就是这个事情！再比这事大着点，劣兄也不惧，你们好小量人。"吩咐一声："摆酒，咱们喝酒罢。"二贼说："酒我们是不喝了，话已对你说明，我们得躲避躲避。"路凯说："你们走在哪里都不如在我家里便当，你们哪里也不用去。"二贼无法，就在路凯这里

---

① 估衣——出售的旧衣服。

② 篦（bì）。

吃酒，欢呼畅饮，过了两天，就到开庙日子，贾善、赵保会同路凯，更换衣襟，商量着要到庙上走走。路凯吩咐十数个家人，叫他们拿着口袋，为的是在庙会摊子打地分钱。刚才要走，忽见一个家人跑进来，喘吁吁的连话都说不上来，说："大爷可了不得啦，咱们庙上这几年，也没有打把式①的。今年来了两个人，在此打把式，我们问他挂了号没有，他说：'不懂的'，与他要地钱，他不但不给，还骂人。"路凯一听气往上一冲，说："你们好生无用，不会打么?"家人说："我们瞧着这两个家伙，怕打不过他。"路凯说："多丢人哪!"言还未了，跑进五六个人，头破血出，齐说道："大爷，有人扰庙。"路凯说："待我去。"随带贾善、赵保匆匆赶去。这一去要把天齐庙闹个地覆天翻。这段节目，且听下回分解。

① 打把式——练武术。

第十二回

龙姚二人卖艺闯祸　姑娘独自奋勇拿人

且说路凯家中，有许多豪奴与路凯送信，说把式场打坏人了。路凯一听，肺都气炸，说："好小辈，敢在太岁头上动土！"随带贾善、赵保，三个人带领十数人上庙。又告诉家人，知会那些闲汉，教他们上庙。一传这信，就有四五十人，一个个摩拳擦掌，狐假虎威，一窝蜂似地跟着路凯直奔庙外。就听前边一阵大乱，又见人众四散奔逃。原来天齐庙一开，人烟众多，也有烧香还愿的，也有买卖东西的，也有逛的。这庙几年工夫没有打把式的，忽然一来，都要瞧看瞧看。从前把式一到就得去路家挂号，给许多地钱。路家一高兴，就来帮场。大半打把式的有多少有本领出色的，只是一半生意，一半武艺。这几年生意把式上庙，路家来了，就赶跑了，为的是显路家的能耐，一半也是敲山震虎，使本地人惧怕他。把式一传信，不敢上这庙上来了。哪知这二人不是打把式卖艺的人，是跟随颜按院大人当差使来的，一个姓姚叫姚猛，一个姓龙叫龙滔。皆因智化私自走了，蒋四爷与大众商量明白，大众散走入都，一半找智化，一半打听王爷的下落。大人发给盘费银两。龙滔、姚猛是亲戚，二人商量，一路同走，倒不是要寻找智化、王爷，要到家内瞧瞧，怕的是以后留京当差，不易回家了。二人就在步下行走，也没有马匹，走到草桥镇，就该岔路信阳州。这二人本是浑人，走着在树林稍歇，就此睡了，把所有东西都丢了。净剩身上衣服、刀锤没丢，人家拿着太重。腰间围着皮囊铁钻子没丢，在腰内围着呢。这两个人一醒，面面相觑，身边净存些碎银子，不上一两了，相对抱怨会子，也就认丧气站起就走。到了第二天，龙滔说："到了信阳州交界上，咱们就不挨饿了。自可两个人赶路。"早晚打了打尖又走，可巧正走在天齐庙，一看人烟稠密，姚猛说："龙大兄弟，这里好一个地势，咱又没有盘费，何不在此想几个钱，也省得满处商借，岂不省事？"龙滔说："怎么个找法？"姚猛说："你不会本事么？人学会艺业还不许卖哪！"倒是姚爷把他提醒，回说："对！人穷当街卖艺，虎瘦拦路伤人。"两人凑了凑钱，还有二三百钱，就在庙西边找了一块地方，教龙滔在那里等着。不多一时，姚猛买了一块白土子，夹着一块板子来到，龙滔纳闷："要这物件做什么？"姚猛说："好往板子上施展咱们的錾子①。"龙滔说："有理。"姚猛去借枝笔来，在板子上画了一个人形，画了五官肚脐眼，闲人立刻就围上了。龙爷要先练，又不会说打把式生意话，口里就说："我们是异乡人，不是久惯卖艺的，皆因无钱使用，吃饭要饭钱，住店要店钱，我们会粗笨的气力，众位别当看打把式的，只当周济周济我们。"说完就练，就是自己的刀，三刀夹一腿，砍了半天，外头也搭着人多，也真有夸好的，收住了刀要钱。哗唰哗唰的钱，见了不少。姚爷抡了一路锤，也见了些个钱；又打錾子，立起板子来，冲着画的那个人打眉毛，打双眼，三支全中，大家喝彩，钱更找多了。看的人又扔钱，要打肚脐眼。这个时候，外头进来四五个人，全是歪戴帽子，斜眉瞪眼，问道："谁叫你们摆的这个场子？"这二位哪里会说柔软话，说道："用你管！"那人说："你们挂了号没有？"二位说："我是不懂的。"那人说："不挂号，收哇。"这二人见一转眼工夫就挣了这些钱，叫收哪里肯收，三句话不对头，就打起来了。这些人如

① 錾（zàn）——凿石头或金属的小凿子。

何是这二位对手，一转眼的工夫，这几个人就是头破血出。那几个恶奴就说："你们可别走哇！"撒腿就跑。看热闹的人说："你们快收拾起钱来走罢，他们可不是好惹的。"姚猛说："他们要是好惹的，我们也就走了，既不是好惹的，我倒要惹惹。"龙滔随即把钱拢了一拢。外头一阵大乱，看打把式的人，胆小的全都跑了。就听外边说："在哪里呢?"有人答言说："没跑，在这里呢!"路凯、贾善、赵保三个人先进来，回头告诉家人，不要动手。路凯问道："你们两个人就是打把式的吗?"姚爷说："不错，你小子是作什么的?"赵保说："你是什么生意人，怎么见面口出不逊?"龙滔说："放你娘的屁，什么叫生意人，你没打听打听二位老爷。"赵保说："什么老爷，舅舅打你。"往前一蹿，就奔了龙滔，上面一晃，紧跟窝里发炮就是一拳。龙滔伸手一抄腕子没抄住，二人就打，不过三五个回合，就教铁腿鹤一个横踩子脚踢在龙爷身上，龙爷一歪身躯，噗咚摔倒在地。龙爷本没多大能耐，要是使刀，还得他先动手，他会使那迎门三不过的三刀夹一腿，要是猛鸡夺素，还可以抢上风。要论拳脚，如何行的了。这一躺下，姚猛就急啦，就往前一蹿，伸手就抓赵保。赵保如何肯教他抓，双手往上一分，就使了一个分手踩子脚，"当"的一声，就踢在姚猛身上，"崩"的一声，姚猛晃了两晃："哎呀！好小子，你再来。"赵保当腰"当"又是一腿，又踢在身上，姚猛仍又晃了两晃，说："小子再来。"赵保又是一腿。姚爷单臂用力，冲着贼磕膝盖。"叭"就是一掌，赵保"哎哟"一声，摔倒在地。金角鹿奔将过来就与姚猛交手。三弯两转使了一个水平，用他头颅冲着姚爷一撞，姚爷往后一仰，单臂用力，就给了贾善一拳。这个贾善，怎么人称金角鹿，皆因他会使一个羊头，将身往上一撞，凭着身子，拿脑袋往上一撞，若要教他撞上，总得躺下。遇见姚猛，他这个苦头吃上了！姚爷虽不是铁布衫、金钟罩，天然

皮糙肉厚，自来的神力，他如何撞的动！随即就给了他一拳，“崩”的一声，贾善栽了一个筋斗，躺在就地。姚爷赶上去要踢，贾善使了个鲤鱼打挺，纵起身来。旁边早有路凯说：“出家伙砍他。”那边赵保爬起，就把刀亮出来。龙滔也把刀亮出来，施展他那三刀夹一腿，把赵保砍了个晕头转向。这边贾善也拉刀对着姚猛就砍，姚爷拉出那把腰圆大铁锤，等着贾善的刀到，将锤往上一迎，“当啷”一声，贾善就把虎口震裂，撒手丢刀回头就跑。那边赵保倒不顾龙滔，过来对着姚爷后脊背，用刀就扎。姚爷一回身，用锤横的一撩，赵保那口刀也就拿不住了。“当啷”一声，坠落于地。幸好有路凯过来挡住姚猛。路凯来的时候，本没带着兵刃，一弯腰将贾善那口刀来捡起，奔了姚爷，用刀就剁。姚爷拿锤一招，路凯的刀早就抽将回去，绝不叫他锤碰上。斗了两三个回合，只听那边“噗咚”一声，龙滔叫贾善一头撞了一个筋斗。姚爷一发怔，这么个工夫，不料身背后叫铁腿鹤冲着他的腿腕子给子一脚，姚猛腿一软，“噗咚”往下一跪，正在路凯面前。路凯用刀要剁，忽然他背后有个南边口音说：“唔呀，混账王八羔子，难道你还敢杀人吗?”随着就是一刀。路凯躲过，见那人一色大红缎子衣襟，壮士打扮，也未问姓名，两个人就交手。

原来此人是圣手秀士冯渊，他同着艾虎、卢珍三个人一路前来，一半寻找智化，带找王爷的下落。走着找着，艾虎叫他两个人先走，说：“我要找一个人去，前途若等不上，京都再见。”因为艾虎与冯爷不甚知交，自己要上扬州府找他师傅去，故此单个行走。卢珍同着冯渊一路走，可巧走在草桥镇打尖，正要来酒饭，店家多话说：“你们二位不瞧热闹去!”冯渊就问：“瞧什么热闹?”店家说：“这地方有一座天齐庙，十分热闹，二位逛逛这个庙再走。”二人吃完饭，直奔正西，到了天齐庙外，就见那边人众东西乱跑，喊说：“杀砍起来了。”冯渊赶到人丛中往里一挤，正遇着路凯举刀要杀姚猛，又见龙滔也教人捆上了。冯渊一急，拉刀一骂，剁将下去，与路凯两个人交起手来。姚猛也叫人捆上啦，贾善拿着龙滔的刀，赵保拿着自己的刀，三个人战冯渊一个人。冯渊随动着手，边骂骂咧咧，并不惧怕。三个战了多时，不分胜败。忽然，打正南上又闯进一个人来，细声细气说道："你们因为何故杀的难解难分？到底所为何事，我先打听打听，说明白了然后动手。"冯渊喊说："唔呀，大哥帮着拿他们，咱们的人全教他们绑上了。"卢珍一听，往那边一看，何曾不是，也把刀亮将出来。原来卢珍走进庙门，回头不见了冯渊，转身寻到这里。卢珍把刀亮将出来，闯将上去。卢珍那个本领，可就强多了，转眼之间，把大众杀的前仰后合。路凯一着急，打算要用莽牛阵，一拥齐上。将要一声吩咐，又见正南上一阵大乱，众人喊："姑娘来了。"见那些人齐往两旁一闪，从外边进来了一位姑娘，瞧见他们大家动手，叫一声："哥哥们躲开，让我拿这个狂徒。"卢珍不肯奔她，想男女授受不亲。冯渊见她有二十多岁，乌云①用一块鹅黄绢帕扎住，玫瑰紫小袄，油绿汗巾扎腰，桃红的中衣，大红的弓鞋；满脸脂粉，并没带什么花朵，耳挂金勾，蛾眉杏眼，鼻如悬胆，口似樱桃，生得虽然美貌，却带妖淫的气象。冯渊把刀一剁，姑娘并不还手，一闪身躲过，一抬腿正踢在冯渊的膀子上，冯渊撒手刀飞，姑娘往下一蹲，一个扫堂腿就把冯渊扫倒。吩咐把他捆起来，然后扑奔卢珍，与公子爷交手。两个人杀在当场，战在一处。要问胜负输赢，且听下回分解。

---

① 乌云——此处指头发。

第 十 三 回

天齐庙外大家动手　把式场内好汉遭擒

且说九尾仙狐路素贞，一见公子卢珍长的品貌端方，心中就有几分喜爱他。公子见冯渊也叫人拿住了，叫道："反了！"把自己平生武艺施展出来。恨不得一刀就将路素贞杀死，然后拿那几个蛮子就不费事了。明明知道这个姑娘武艺超群，公子爷这口刀上下翻飞，闪砍劈剁，遮避拦挂，上三下四，左五右六，神出鬼没，削耳撩腮，这一路万胜花刀，砍的九尾仙狐没有还手的工夫，只可招架而已，全仗着掩避躲闪，招架腾挪。姑娘就知道势头不好，暗一忖度，今天要输于这厮，连哥哥一世英名付于流水。自己心中一害怕，心一慌，手眼身法步全不跟趟。卢珍公子看了一个破绽，一抬腿，正踢在姑娘右腕之上，姑娘"哎哟"一声，一撒手，钢刀"当啷啷"坠于地上。

卢珍这口刀往上一递，就在姑娘后脊背那里，要是稍一用力，这口刀就扎进去了。是卢珍一点恻隐之心，不肯杀害她的性命，微丝一停手，把姑娘吓了一个粉脸焦黄。姑娘见卢珍不肯扎她，心中暗想，这个人是成事君子。可是人无害虎心，虎有伤人意，说的可慢，那时可快，就这么一转眼的功夫，卢珍就见姑娘一回手，手中有一红赤赤的物件，冲着公子面前一抖，卢珍就觉着一晕，眼中一发黑，"噗咚"一声，人事不知，栽倒在地。姑娘说："哥哥，快将他捆上，抬回家里去，可别杀他。"路凯答应一声，叫带来的那些个人，将他们四个抬回家去。瞧热闹的众人，一哄而散。

单说路素贞拾起刀来，先就回家去了。路凯押解大众，赵保、贾善拿着龙滔等人的家伙，直奔路凯家中而来，把这几个人押在书房门口，他们大家进了书房。贾善、赵保问：“大哥，这几个人怎么办?”路凯说：“把他们杀了吧。”贾善说：“不可，我看这几个人不俗，咱们先问问他们的来历，然后再杀不迟。再者妹子说不教杀那个相公。我瞧这几个人，也不像咱们本地人，又有一个南方蛮子，不是绿林，定是鹰爪孙，问问他们的来历为是。”路凯说：“不错。”刚要带这几个人细问，家人进来报：“崔大爷到。”路凯说：“请。”到来之人姓崔名龙，外号人称镔铁塔。就是前套《小五义》上，绮春园掌柜的。叫艾虎追跑啦，后来又到孤树岗。开兴隆店的是他兄弟叫崔豹。后又遇见老西徐良，艾虎没拿住他，哥俩由梁道兴庙中，受了徐良的暗器，哥俩失散，崔龙投奔襄阳王去了。王爷事败，遇见黄面狼朱英，把王爷的事情告诉他，叫他各处约人，仍帮着王爷谋反，故此他奔此处来约路凯，投王爷共成大事。路凯三人迎出书房之外。路凯与崔龙见礼，又与贾善、赵保一见，提起来全都慕名。当时崔龙瞧了捆着的几个人一眼，也不能细看是谁。冯渊一见崔龙，暗暗欢喜，说：“这就不怕。”此时卢珍已缓过气来了，“哎哟”一声，喊叫：“好丫头!”睁开眼一看，这几个全是四马倒攒蹄在那里捆着呢。冯渊低声说道：“趁着家人都不在这里，我告诉你们一句话，回来就说我们都是王爷府的，我回来与他吊坎①。他要问你们时节，你就提叫甄卢，你叫龙猛，你叫姚滔，你们两个，是后人的王

---

① 吊坎——指过去那些吃江湖饭的人的一种术语，这种术语有两个目的：一个方便，另一个保密。

府。珍兄弟，你是我带的绿林投王爷。记住了，咱们可就有了命了。”大家点头，也不知道他是个什么主意，事到如今，由着他办去罢。就听人家里头屋内说话，问了会子好，问他来意。这个说：“路老大哥，我来找你来了。”路凯说：“什么事情？”崔龙说：“现时襄阳王……”说到这里一怔，说：“路大哥，我说这个话，可犯禁哪，你把手下从人斥退了罢。”路凯说：“我这手下没有外人，有什么话只管说。”崔龙说：“我进来时，看见那边捆着几个人，是什么缘故？”路凯将要回答，就听外头说：“唔呀，崔大哥，似乎我们这个朋友就不认得了，眼眶子太高了哇。”崔龙说：“这是谁说话呢？”路凯说：“大半准是认得大哥，快出去瞧看。”崔龙出来一看，冯渊说：“崔大哥，你还认得小弟呀！”崔龙说：“冯爷呀！路大哥，怎么把他捆上了？不是外人，这是王爷府内集贤堂的朋友，怎么得罪了哥哥，把他们都捆上了？”路凯就把前项事说了一遍。崔龙说：“没什么大不了事呀。”路凯说：“没有。”崔龙说：“既然这样，都是自己人，看在小弟面上，把他们放开罢。”路凯一声吩咐，把他们四个人解开，大家起来。冯渊先过来，与崔龙见礼问好说：“崔大哥，这本家，大概也是合字线上的朋友。”崔龙说：“不是！”路凯一听，就知他们也是绿林的人，全会说行话。崔龙与路凯引见冯渊说：“这是圣手秀士冯渊冯爷，这是活阎王路凯路爷。”又叫冯爷把那些朋友给见见。冯爷就把那三位也与路凯见了，又与崔龙见了。路凯又叫贾善与大众见了一回，方才让座，家人献茶。

崔龙问冯渊，可知王爷的事情？冯渊说：“我们同王爷的王官等，与北侠、南侠大众交手，不料事败，王爷一走，我们全找不着了。我们正是四下里找寻王爷，如今不知下落。方才走在这里，在庙上与路大哥闹起来了。多亏崔大哥到，不然，我们也不敢说自己的真事。你老人家来，是我等的万幸。”崔龙说：“你们不知王爷下落，我倒知道。皆因我走德安府，遇见朱英朱爷。”冯爷问：“就是黄面狼?”崔龙说：“是他。王爷一看事败，带着世子殿下连雷英等，由影堂柜子底下，下了地道。这地道直通到城外头四里多地的杏花店，那里有王爷一座花园子，打花园里头出来，那有车辆马匹，起身奔了宁夏国。宁夏国国主见着王爷，让国与王爷，王爷不坐。那国国主，念当初赵光美老王爷时候，杀到宁夏国城门，人家情愿写降书降表。依着别位带兵大臣，就要攻破城池，杀他们个干干净净。老王爷不准，留下了他们宗庙社稷①，准其纳降。老王爷回朝，老贼赵普有一误不可再误之说，老王爷回府自缢身死。宁夏国一闻此信，也不纳贡，训练兵马等着与老王爷报仇。襄阳王爷在襄阳练兵，他就有书信前来，有日兴师，给他一信，愿效犬马之劳，以作前站先锋。如今王爷到他国中，他情愿让位，王爷不受，愿帮助人马，以雪前仇。雷英与朱英商议，聘请天下山林的朋友、海岛中英雄，谁愿帮助王爷，情愿平分疆土，裂土分茅。如今，请的是南阳府伏地君王东方亮，陕西朝天岭金毛狮子王纪先，翠麒麟王纪祖，金弓小二郎王玉，姚家寨黑面判官姚文，花面判官姚武，周家巷火判官周龙，桃花沟病判官周瑞，土龙坡飞毛腿高解，金凤岛金箱头陀邓飞熊，太岁坊伏地太岁东方明，紫面天王东方清，这是几大处的人。还有许多水旱哥们，我已记不清楚。我先到路大哥这里来，请大哥先到南阳府团城子东方亮那里聚会。他们定下了五月十五在白沙滩摆擂台，选拔人才，候着王爷兴兵的日子。冯兄你不知晓，这就是已往从前。”

---

① 社稷——“社”指土神，“稷”指谷神，古代用社稷代表国家。

冯渊等听了，暗暗的欢喜，想不到涉一大险，倒得着王爷的下落了。冯爷说："好好好！我们这就有投奔了。"路凯吩咐一声"备酒"。冯爷要告辞。路凯拉住说："冯兄不可，借着崔兄这个光儿，咱们得多亲近亲近。冯兄若要嫌弃，兄弟就不敢高攀了。"冯渊说："哪里话来，辅佐王爷登基之后，你我还是一殿称臣呢！"路凯说："不必推辞了。"冯渊说："我要不走，可得叫我这两哥哥先走。我们还有几个朋友，找王爷不知下落，早早给他们送上一信，也好叫他们放心哪。"崔龙说："既然要走，在这里吃几杯酒再走，也还不迟。"龙滔、姚猛说："我们不饿，早早走罢。"冯渊说："你们见着他们，叫他们上这里来，也不是外人。"两个人答言说："是了。"姚猛说："我们那个兵器，还给我们不给？"路凯说："焉有不给之理。"教家人把他们的兵器给他们。冯渊说："把我和甄大兄弟的兵器，也都给我们罢。"路凯点头，就叫家人一并拿来，交与冯渊、卢珍，两个人俱带上。龙滔、姚猛俱已告辞，大家要送，冯渊拦住，说："连我还不送哪。"两个人径往外走，冯渊嚷着说："二位哥哥，我告诉你一句话，要是见了神火将军韩奇，一枝花苗兄弟……"随说着可就走出来了，谁也不疑他这里头有别的意思，并且他提的，都是王府之人。说着可就到了龙滔身旁，低声说："见本地官，三更天派差人来接应咱们。"说完往回里走，嚷道："可教他们快来呀！我们在这里老等，他们不认识道，还是你们两人带着上这里来。"连路凯也帮着说："对了，带着朋友们上这里来吧。"大家让座，顷刻间罗列杯盘，路凯亲身执壶把盏。酒过三巡，菜过五味，大家慢慢地谈论起来。冯渊问："贾、赵二位兄台，大概准是合字罢？"二人一齐答言："全是线上的。"冯渊问："做哪路买卖？"二人说："现打井字里来。"冯渊问："井字必是大油水买卖？"也是活该，鬼使神差两个贼人就把恒兴当铺的事情，细说了一遍。冯渊一想，这才真是机会哪，虽然受一大险，头一件大快人心的事，得着王爷的下落；二件事，破了京都七条人命的案子。自己向着卢珍使了一个眼色，用酒苦苦的一劝路凯、崔龙、贾善、赵保，打算着用酒将他们灌醉，等官兵一到，大家会在一处，并力捉拿贼人。这一段热闹节目，且听下回分解。

第 十 四 回

素贞有心怜公子　卢珍无意要姑娘

且说冯渊打发龙滔、姚猛知会本地方官去了，然后回来归座，酒都摆齐。饮过三巡之后，又套出贾善的命案。与卢珍使一眼色，苦苦劝他们大众吃酒。冯爷很觉着欢喜，心想，也不枉自己弃暗投明，给北侠叩了头，跟随大人当差，这趟差我算立了二件功劳了：得了王爷下落，破了恒兴当铺的命案。这一来连我师傅脸上都有光彩。正在自己盘算事情，外面有人请路大爷说话。路凯辞席出来，不大时候，进去把崔龙请进里间屋内说话。到了里间屋中，靠个月牙桌，有两张椅子，让崔龙坐下，说："烦劳大哥一件事情，就是那个姓甄的在庙上，是我妹子将他拿住。我看着我妹子先前输与他，他要把刀往上一递，我妹子就性命休矣。他不肯伤害我妹子，可见得这个人诚实。方才是后面的婆子过来，一句话倒把我提醒了。我妹子如今二十多岁了，终身大事尚且未定。我看这个姓甄的，品貌端方，骨格不凡，日后必成大器。我请兄台作个月下老人，可又不知道这个人定下姻亲没有？若是他没定下姻亲，才是天假其便。"崔龙连连点头："只要是他没定姻亲，我管保一说就成。"说毕，两个人过来归座。崔龙说："冯贤弟，甄大兄弟定下亲事没有？"冯渊往上一翻眼，说："唔呀，我这个朋友是新交的，我还不晓得那。兄弟，你定下姻亲没有？"一边又冲着卢珍使眼色，教他说没有。冯渊早就明白，必然是那个丫头看中了卢爷。教他说没有，假意应承下来，好诓她手中那个物件，她要没有那宗东西，拿那丫头就不费事了。焉知卢公子不是那种人物，他心内也明白冯渊的意思，可就不能点头应承。冯爷问了几句，卢珍无奈，说："我早已定下亲，都过门啦。"皆因卢公子天然生就侠肝义胆，正大光明，不肯作亏心之事。冯爷暗暗一急，心中说，这个人太无用了。卢爷这一句话不要紧，路凯大失所望。冯渊他倒憨着脸，搭讪着说道："我兄弟成了家了，我倒没定下姻亲，崔大哥问的有因哪，莫不成有什么大喜的事情？可不是我不害羞哇，圣人云：'不孝有三，无后为大。'我倒托托众位，要是有对事①的，给我提说提说。"说毕哈哈大笑。卢公子恶狠狠瞪了他一眼。崔龙回头瞧着路凯笑道："怎么样？"路凯一皱眉，暗暗的摇头。冯渊一心要诓姑娘的那个东西，紧跟着说："二位，你们这是打哑谜，有甚话怎么不明说。"崔龙无奈，就把话实说了。冯渊又说："唔呀！那我也不敢说了，我是甚等之人，怎么敢高攀？"这句话一说，闹的路凯倒没主意。崔龙又说："据我瞧冯大爷不错。"冯爷又跟着说："不可不可，我是什么人物哪！联姻之事总得门当户对，女貌郎才，方可成配。鸾凤岂配鸱鸮②，蓬蒿岂配芝草。大哥不必往下再说了，再说小弟竟无驻足之地了。"这一套话，叫崔龙、路凯更有些搁不住了。崔龙又说："路大哥，要据我说，妹子年岁大了，我们不久得跟着王爷打天下去，妹子一人在家也不便，随营带着更不便了，不如把妹子终身定妥，便完去了一件大事。"路凯被崔龙这套话，说的心中有些愿意，崔龙又紧紧催逼。路凯说："也罢，就是这样办罢！"崔龙说："这是月下老人赤绳系足。我

① 对事的——爱管事的。
② 鸱鸮（chī xiāo）——鸟类的一种。

的媒人，谁的保人？烦劳贾、赵二位作保人罢，这是好事。”贾善点头，赵保摇头说：“我向来不管这个事情，众位可别恼。”这里有个缘故，赵保常往路凯家里来，通家之好又不避讳，常常见着姑娘，在一处说话，他见路素贞说话的时节，有些个眉目的意思，他总打算要托人说这个姑娘，总未能得便，自己又不能出口。今在酒席筵前见崔龙苦苦的给冯渊说合，心中好生不乐，如今教他作保，他岂肯出力？不但不管，他还打算把这亲事打退了才好，这是闲话。崔龙一求不行，只可又问贾善说：“贾大哥可愿作个保人？若要不肯时节，媒人保人都是我的。”贾善说：“保人是我的就是了。”崔龙说：“路大哥，媒人保人都有了。”路凯说：“这就是了。”崔龙说：“冯爷，你也不用拿话激发我们了，什么鸾凤蓬蒿，这个那个了。据我瞧这就算是户对门当。冯爷以后跟着办成了大事，官职再不能小，这不算户对门当！别怔着了，冯爷快取定礼呀！”冯爷随身带着一个玉佩，拿将出来，交与崔龙。崔龙双手奉献与路凯。崔龙说：“礼不可废，冯爷这里来，你们叙一回亲戚之礼。”二人离席，复又见一回亲戚之礼。崔龙说：“你们这就是妹丈郎舅了。”路凯才冤，这一回作了个舅爷。见礼后，复又归席。崔龙众人给两下里道了一回喜。

崔龙对着冯爷说：“大事已妥，你是怎么谢媒人？”冯渊说：“现成有我舅爷的酒，我与哥哥敬上三杯。”说毕，大家同场大笑。冯渊又说：“还有一件为难的事情，我们不能在此久待，明天我们就要找王爷去了。还要跟着王爷择日兴师，随着王驾征伐大宋。三年五载几十年也不定，能把宋室江山夺得过来夺不过来在两可之间，何日方能迎娶，也要问明哥哥一个日限才好。行营之中，可不许娶亲。”崔龙说：“这话可也说的有理。”望着路凯说：“哥哥你想怎么样？”路凯一皱眉说：“只可教我们亲戚多住个把月，择日拜堂就是了。”冯渊说：“不行，我们但得一时知道王爷下落，恨不能肋生双翅，见着王爷方好。再说，王爷一时离不开我的。”路凯说：“论我们敝族，原有我两个叔叔，如今又搬远了，没有亲戚，不然，找人查点一个好日子，就把这事办了，也完了一件大事。再说，我们也要上南阳府。”冯渊说：“何用找人，我就会择日合婚。”崔龙说：“这可更省事了。”随叫他们把皇历取来。冯爷接过历书查看，可巧今日就是黄道吉日。冯渊说：“今天就是很好日子，要错过今天，向后半个月都没有好日子，并且都有妨碍。”崔龙与路凯说：“早也是办，晚也是办，就趁着今天这个吉日，让他们拜了堂，不怕我们跟着王爷打仗，行营之中，也可把妹子带上。她那一身功夫，亦可以建功立业，岂不作女中之魁首。若要不拜堂，那可就不行，有许多不便之处。”路凯本是个没主意的人，这么一说，自己倒透着有些为难。赵保在旁边尽说破嘴，说：“这个事情本不可这样办，再说路大哥这大个家当，也得叫街坊邻舍知道，必须鼓乐喧天，让妹子坐坐花轿哇。”崔龙说：“这不是那个事情，冯爷单身一人，又没住处，鼓乐喧天，花轿搭到那里去？不然必须冯爷找房，从新立一分家，这边预备些个嫁妆，无非要那个体面。多耗费了银钱倒是小事，全因有王爷大事在身，不然焉能这么急速办理？要说今天在家里拜堂，这也有个名色，叫招赘，古来如今都有的。”路凯问：“可以使得？”崔龙说：“使得。”路凯说：“使得，就这样办理罢。”崔龙说：“事不宜迟，就与后头送信去罢。”路凯点头叫与后头送信，叫婆子服侍姑娘穿戴衣服，二鼓后拜堂，合卺①交杯。嘱咐明白，复又回来，叫众家下人预备香烛及天地桌子。自己拿

① 合卺（jǐn）——成婚。

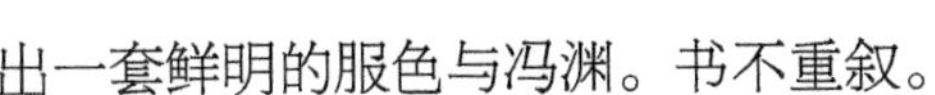

出一套鲜明的服色与冯渊。书不重叙。

卢珍在外书房安歇，此时贾善、赵保告便出去，找僻静所在，二人说话去了。崔龙帮着路凯忙乱事情，卢珍看左右无人，与冯渊说：“你怎么作出这个事情来了？当面我又不好拦你，拿着你我弟兄，怎么要他的妹子？”冯渊笑说道：“你还不明白？你以为我真要她这样老婆哪！我是要拿她哪。先前那个丫头拿着个东西一晃，你就躺下了，我使这个主意，好诓她那个东西，若非这个招儿，拿不成她，准叫她拿了。”卢珍一听说：“这就是了。你可得口能应心，别贪恋美色不办正事。”冯渊说：“那我算什么东西！我若口不应心，叫我死无葬身之地。”卢公子说：“非也，非也。”冯爷又说：“你要听着后头有声音，你可就接应我去，我的本领有限，可别教我受了他们的苦哇。”正说话之间，家人进来说道：“请姑老爷沐浴更衣。”冯爷跟着家人进了沐浴房，沐浴完了，换上新衣服出来。有路凯、崔龙同着他到天地桌前，就见丫环打着宫灯，后面婆子扶着姑娘，盖着盖头来到，同冯渊拜了天地，然后一同进了喜房，喜房就是素贞姑娘屋子。撩去盖头，合卺交杯。冯渊也好借此因，不出屋子。婆子退出。路素贞在灯下一看冯渊，吃了一大惊，当时低垂粉面，暗暗自叹，又不好说明。怎么哥哥这样误事，是自己有意许配武生相公，怎么哥哥把我许了这个蛮子？本领又不好，品貌又不强，岁数又大。怎么这般糊涂，就把我终身许了这厮！莫不是婆子说话不明？此时又不好分辩，再说这一拜堂，大事已定，纵然我心中不愿意，也不能更改了。莫不成是我命该如此！也罢，只可找他讲话，抓他一个错处，结果他性命。他要一死，我要再找终身依靠，可就由我自己主张了。要问姑娘怎么拿冯渊错处，且听下回分解。

第十五回

夫妇非是真夫妇　姻缘也算假姻缘

且说夫妇拜堂之后，男女俱没安着好心。皆因路素贞见冯渊，很不高兴，她心想抓一个错缝子，得便把他杀了。冯渊看姑娘那个样儿，明知姑娘不喜欢他，冯渊反笑脸相陪过去，一躬身到地，说："小姐，鄙人姓冯，我叫冯渊。我是久侍王爷当差的，不料与王爷失散，若非王爷上宁夏国，我也不能到此，你我总是姻缘。若非月下老人把赤绳系足，你我焉有夫妻之分。今天白昼，看见小姐武艺超群，可算是女中魁首，你我成就百年之好，我还要在姑娘跟前领教，习学习学武艺，不知姑娘可肯教导于我否？若肯教导于我，我就拜你为师，实是我的万幸。"姑娘一听冯渊说话卑微，心中又有几分回转，暗道：这个人，虽不如那个相公，性情却柔和，看他这般讲话，要找他的错处只怕有些难找，真要了他的性命，自己又觉心中不忍，不如我就认了我这薄命就是了。此时就有些回嗔①作喜，说道："相公请坐，何必这等太谦。"冯渊说："我非是太谦，因见姑娘这身本领，慢说妇女队中，就是普天下之男子，也怕找不到一二人来。鄙人不敢说受过名人指教，马上步下，高来低去的，十八般兵器，我也略知一二。搁着王爷府的那些人，谁也不是我的对手。现在遇见姑娘半

① 嗔（chēn）——生气。

合未走，撒手扔刀，我糊里糊涂就躺下了。”姑娘听到此处，“噗哧”一笑，说：“要是动手一糊涂，焉有不躺下之理。”冯渊说：“还有一件事要请姑娘指教。你与我那朋友交手，是什么暗器？我连看也没有看见，他就躺下了，人事不知。使暗器的，我也见多了，总没见过这宗暗器。”

冯渊苦苦的一奉承，姑娘要杀冯渊的意思，一点都没有了。再说冯渊品貌，不一定是丑陋，无非不如卢珍。姑娘听问暗器，也就和颜悦色站起来，说：“郎君要问我那暗器，不是奴家说句狂话，普天下人也没有。那是我师傅给的。”冯渊说：“你师傅是谁？”姑娘说：“我师傅不是男子，是我干娘。我干父姓范，叫范天保，外号人称闪电手。除非你，我也不告诉。我干娘是我干爹侧室，把本事教会我，又教我的暗器，她是专会打流星。她有个妹子，叫喜凤，我这本事，也有她教的。她替我求告我师傅，把我师祖与我师傅护身的那宗宝物给我。先前我师傅不肯给，我又苦苦哀求，方才把这宗东西给了我。”冯渊问：“是什么东西？”姑娘说：“五色迷魂帕。就是一块手巾帕，拿毒药把手帕煨上，有一个兜囊，里面装着手帕，手帕上钉着一个金钩，共是五块，五样颜色，不然怎么叫五色迷魂帕。这个钩儿在外头露着，我要用它时节，拿手指头挂住钩儿，往外一抖，来人就得躺下了。可有一件不便，要使这物件的时候，先得拿脸找风，必须抢上风头方可，若抢不上风头，自己闻着，也得躺下。”冯渊一听，连连赞美不绝，说：“姑娘，你把这东西拿出来，我瞻仰瞻仰，这可称是无价之宝。若要是这药没有了，你可会配？”姑娘摇头说：“师傅给我这东西时候，永远不许我用错，非是看看待死，至急至危，方许我用它。使它一回，我师傅损寿五年。缘故是配这药里有个未出娘胎小孩子，还得是个小子，用他脑髓和他那个心，这两样为君。群药倒不要紧，无非就是贵，总可以买出来。这心和脑髓难找，不定得几条人命。开妇人膛一看，不是小子，白费两条性命，不然怎么不叫我使用！今天我上庙，在家里就听见信，说把式场打架的人扎手，我方带上，可巧用着此物了。”冯渊说：“唔呀，唔呀，这个真是宝贝！拿来我看看。”姑娘此时想着与他是夫妻，与他看看有何妨碍，过去把箱子打开。冯渊此时说热，搭讪着就把长大衣服脱了，就看见大红幔帐，绿缎子走水帐帘被金钩挂起，里边衾①枕鲜明，异香扑鼻。帐子上挂着一口双锋宝剑，墙上还挂着一口刀。冯爷先把兵器看准了地方，用的时节好取。素贞一手将帕囊拿出来，说：“郎君，可别闹那个气味。”冯渊见物一急，顺手一抢，姑娘往回一抽手，身子往后一撤，双眉一皱，说：“啊，郎君莫非有诈？”冯渊方才醒悟，接得太急。赶着赔笑说：“你我这就是夫妻啦，至近莫若夫妻，有什么诈？你也太多心了。”姑娘说：“别管多心不多心，你等着过个月期，成亲后你再看罢。”说了奔箱子那边去，冯渊涎着脸说：“我偏要瞧瞧！”刚要追姑娘，素贞早把这宗物件扔在箱子里，拿了一把锁，“咯噔”一声，就把箱子锁上。回手一推冯渊说：“我偏不叫你瞧。”冯渊一闪，说：“不叫我看，我就不看了。”外头婆子说：“天快三鼓，姑老爷该歇觉罢。”冯渊说：“天不早了，该困觉了。”姑娘点头，自己解妆，簪环首饰全都除去，拿了块绢帕把乌云拢住，脱了长大衣服，解了裙子，灯光之下一看，更为透出百种的风流。要换了浪荡公子，满怀有意杀姑娘，到了这

① 衾（qīn）——被子。

个光景上，也就不肯杀害于她。焉知冯渊心比铁还坚实。姑娘让冯渊先睡，冯渊让姑娘先入帐子。姑娘上床，身子往里一歪，冯爷这里“噗噗噗”，把灯俱都吹灭。姑娘说：“怎么你把灯都吹了？我听说，今天不该吹灯。”冯爷说：“吹了好，我素有个毛病，点着灯我睡不着。”姑娘说：“我听说不利。”冯爷说：“这叫阴阳不忌百不忌。”说着话奔到床前，一伸手拿住剑匣，就把宝剑摘下来，往外一抽。姑娘是个大行家，一听这个声音不对，问道：“你这是作什么哪？”冯渊并未答言，用宝剑对着姑娘那里，一剑扎将进去。姑娘横着一滚，这剑就扎空了，然后姑娘伸一腿，金莲就踹在冯爷肩头之上，踹的冯爷身子一歪。姑娘趁着这时，跳下床来，先就奔壁上摘刀。冯渊又是一剑，姑娘闪身躲过，总是姑娘自己屋子，别看没点灯，地方总是惯熟，摘刀往外一抽，口中说：“了不得了，有了刺客了！”外头婆子说：“头一天怎么就打着玩哪。小姐别嚷了，头一天看有人笑话。”姑娘又嚷：“不好了，有了刺客了，快给大爷送信去罢。”冯渊见姑娘亮出剑来，明知不是她的对手，一启帘子，跳在外间屋中去了。迎面有一个婆子喊道：“姑老爷，这是怎么了？”这个“了”字未曾出口，早被冯渊一剑砍死。姑娘也打里头屋内出来，口中说道：“好野蛮子，你是哪里来的？把姑娘冤苦了。”

冯渊蹿出屋门到院中，忽见打那边蹿过一个人来，口中骂道：“好小辈，我就看出你们没好心，果然不出吾之所料。贾大哥，我们把他拿住。”冯渊一看，原来就是贾善、赵保。方才说过，贾善、赵保外头说话去了。原来赵保不死心，把贾善拉到外面商量，说姑娘要嫁他。贾善说：“这可不行了，生米煮成熟饭了。”赵保说：“我有法子，只要哥哥助我一臂之力，我自有主意。”贾善问他怎么个主意。赵保说：“你与我巡风，我等他们睡着，我把冯渊一杀，姑娘就是无夫之妇了，我要再说与她，岂不就容易?”贾善说：“也倒有理。”两个贼人商量好，就这么来到姑娘这院内，正遇冯渊杀婆子。两个贼人一听诧异，往东西两下一分，忽见冯渊打屋内蹿将出来，赵保赶将上去，骂声小辈，摆刀就剁。贾善也就赶将上来，用刀就扎。冯渊本领有限，手中使着又是一口宝剑，寻常使刀尚可，如今使宝剑又差点事情。拿贾善、赵保倒没放在眼中，怕的是姑娘出来。幸而好姑娘这半天没出来。是什么缘故?姑娘听外头有贾善、赵保的声音，料定二人把冯渊围住，在院子内动手哪。高声喊道：“哥哥，可别把刺客贼人放走。”立即拿钥匙开了锁，打开箱子，取五色迷魂帕，因这么耽误些功夫，总是冯渊命不该绝。冯渊无心与两个贼人动手，蹿出圈外，撒腿一直往前边跑来，打从上房后坡蹿上房去，跃脊①蹿到前坡，奔西厢房。刚到外书房院子，就听喊声大作，见从书房里头，头一个是路凯，第二是崔龙，第三个是卢珍拿着刀，紧追两个人出来。冯渊叫了一声：“卢大哥，随我来。”仍是蹿房跃脊，出了大门之外，一直向南，前边黑雾雾一座树林。冯爷穿进树林，走了十数步远，不料地下趴着个人，那人一抬腿，冯爷“噗咚”就倒在地，那人摆刀就剁。要问冯渊生死如何，且听下回再表。

① 跃脊——跳跃。

第 十 六 回

冯渊巧遇小义士　班头求见杨秉文

且说冯渊成亲，入了洞房。此时书房内，又预备一桌酒席，卢珍在当中坐，上首是崔龙，下首是路凯，喝着酒说闲话。盘问卢公子在家乡住址，怎么交的朋友，后来在哪里认识。卢爷本是正派君子，哪里撒的惯谎，未免上言不搭下语，就说不上来啦。崔龙一怔，有些诧异，路凯早听出来了，言语不相符，与崔龙使了个眼色，搭出他外面去说。卢珍听见后面有了动静，故意装醉，把桌面一拍说："好话不背人，有什么言语当着卢爷说来。"崔龙问："你到底姓什么?"卢珍说："你公子爷，姓卢单名珍字。陷空岛卢家庄的人氏。"路凯问："钻天鼠卢方，是你什么人?"公子爷说："那就是我的天伦。"伦字一出口，卢珍把桌子，冲着路凯一翻，路凯往旁边一闪，"哗啷"的一声，把碗盏家伙摔成粉碎。路凯一个箭步，早就蹿出房门去了，崔龙也跟出去。卢爷拿刀追出来。那两个人还得寻着刀去。后院的人正赶奔出来，路凯问道："什么人?"贾善、赵保说："了不得了！这个冯渊，刺妹子来着。"路凯说："对了，中了他们的计了。"叫家人点灯笼火把，抄家伙拿兵器，家下一阵大乱，"呛啷啷"锣声大震，灯球火把照如白日一般，大家喊叫拿贼。姑娘随即也赶到，说："哥哥你做的这都是什么事情?"路凯说："追人要紧。"大家追出门外，前头是冯渊，后头是卢珍，后面尽是众贼紧紧追赶。

冯渊入树林内，摔了一个筋斗，明知是死，原来不是别人，却是艾虎。皆因艾虎要上黄州府找师傅去，不料半路之上，遇见了张龙、赵虎、白五太太，说了他师傅跟下刺客上京都，保护包相爷去了。艾虎方才知晓，自己也就不用上黄州府，辞别了张、赵二位，奔了上京的大路。可巧走在半路，遇见人便打听，有钦差大人过去了没有？人家说："早过去好几天了。"艾小爷一急，怕误了赶不上见驾。如何能得个一官半职的哩，自管连夜一赶，恨不得一时飞到京内才好。晚间二鼓，正走在树林外，见有人由北往南跑，小爷先就进了树林。可巧冯爷进来。艾虎不知是冯爷，先趴在地下，容他到时一踢，冯爷被踢倒在地。艾虎刚举刀要剁，亏了细细的一看，不然冯爷命不在了。艾虎看见冯渊，叫了一声："大哥呀！"冯爷说："是哪位？"艾虎说："小弟艾虎。"冯爷说："你可真吓死我了，我没有工夫细说，我们拿贼。"正说之间，卢珍赶到。冯爷说："卢大哥，艾兄弟来了，你我三个人行了，与他们动手。"卢珍问："姑娘的那个东西，可曾到手？"冯渊说："要是到手，我就不跑了。"卢爷说："你真没用，使了多大心思还没到手。"艾虎问："什么东西？"冯爷说："贼人来了，咱们抢上风头，那丫头没法子。她那东西，叫五色迷魂帕，非得顺风而使，逆风使，她自己就躺下了。"艾虎一听，说："好厉害。"迎面上，路凯、崔龙、贾善、赵保，后跟路素贞，许多家人，执定灯球火把，各拿长枪短剑木棍锁子棍等，一拥进了树林，往上一围，大家乱杀一阵。冯渊喊："咱们奔西北，可别奔东南，丫头纵有那阴功东西，可也使不上，混账王八羔子！"姑娘一听，真气得双眉直立，杏眼圆睁，不恨别的，尽恨冯渊直喊。自己纵带着五色迷魂帕，也使不上。他们三个人抢上风头，

自己要是一用，本人先得躺下。只可凭本事，与他们交手。

正在动手之间，正北上又是一阵大乱，灯球火把，亮子油松，也有在马上的，也有在马下的，人喊马嘶，看看临近。此时众人动手，可就出了树林之外。皆因艾虎三个人总抢上风头，抢来抢去，就退出了树林。艾虎一看黑压压又来一片，马上的，步下的，各执军器，灯球火把，亮子油松，照耀的大亮。忽然间，先有二个人闯到，头一个是大汉龙滔，第二个是飞錾铁锤大将军姚猛，紧跟着开封府班头韩节、杜顺。又见前面一对气死风灯笼，上写着草桥镇总镇。原来龙滔、姚猛二人，出离路凯门首，一路问信，有人指点找到总镇衙门，刚到衙署之外，远远有人招呼说："龙大爷慢走。"龙滔一看，来了数十个人，单有两个抱拳施礼说："龙大爷不认识我们，方才多有受惊。"龙滔一看，并不认识这几个人，问道："二位怎么认识小可？二位贵姓？"那人低声说："我叫韩节，那是我兄弟，他叫杜顺。我们奉开封府包相爷谕，京都恒兴当有七条命案，我们下来探访差使，在天齐庙把式场，见你们几位都叫路家拿住了。我认得你老人家，阁下不是上开封府找过韩二老爷，后来你卖艺，我们冯老爷送你银子，我故此认得你老，大概你不认识我们。我们怕你几位凶多吉少，我们上总镇大人这里投文，借兵破案捉贼，救你们众人。不想二位到此，你们是怎么出来的？"龙爷就把冯爷认识崔龙的话，学说了一遍。韩节说："这可是巧机会，我们一同去见总镇大人杨秉文罢。"说完，四人一同见大人投文，各说自己之事。大人不敢怠慢，立刻点马步军，将到三更，大家起身，直奔路家而来。

走在半路，有探事的兵丁报说："前面有路家男女连家人等，与三位在树林外动手哪。"龙滔、姚猛一听此信，大喊一声，杀将进去。总镇杨秉文，立刻传令，叫马队在外一围，不准走脱了一人。自己跨下马，提着一条长枪，带着兵丁，见人就拿，逢人就捆。开封府的韩节、杜顺，带着伙计们，拿着单刀铁尺，跟着龙滔、姚猛杀进来了。冯渊、艾虎、卢珍三个人一看，是自己人到来了，精神倍长。龙滔等刚一进来，就撞见姑娘，不敢过去与路素贞交手，怕她有妖术邪法。冯渊喊："咱们的人在西北与她动手，可别往东南，须要面向着东南。"高声一喊，果然大家都听见了。浑人就属姚猛，手中鸭圆大铁锤，丁当乱碰。大众家伙碰上就飞，撞着就得撒手。路凯这些家人，见官兵一到，马步队一围，人人害怕，个个胆惊，无心在此动手，要打算逃命，又撞着姚猛这般厉害，谁敢向前？要跑又跑不出圈去，满让跑出圈外，也被马队拿住。马上就是长家伙一抖，长枪就挑，一个逃不着。路凯家人，拼命一跑，马上人拿马一冲，就冲一个筋斗，马兵下来就捆。

总镇大人是后进去的，提着一条梅花枪，碰着路家家人时节，不是枪扎，就是杆打。单只一件，他认不出来哪是路家的人，哪是龙滔、姚猛、韩节、杜顺一同的人。故此高声嚷叫说："呔！哪边是官面的人？咱们可别杀错了。"龙滔说："这边三位全是咱们自家人。"冯渊喊："咱们在西北，都是自己人，你可别往东南，你上西北来罢。"杨秉文不知道是什么缘故，他心想着：我们都在西北，贼人全在东南，东南上没人挡着，怕他们打东南上跑了，自己到东南上挡他们，自料凭着手中这条枪，足可以挡住这些人。他焉知晓九尾仙狐路素贞那个厉害？姑娘动了半天手，未能伤着一个人，五色帕又施展不出来，全叫这个假丈夫给嚷嚷的。可见着杨总镇在东南上，路素贞一回手，就从帕囊里把那一块大红的手帕提将出来，冲着杨总镇唰喇一抖，杨总镇就觉着眼前一黑，“哎哟”一声，摔倒在地。金角鹿贾善回头一看，只见杨总镇摔倒在地，一翻身蹿将回来，摆刀就剁。姚猛也看见了，一着急就把手中铁錾子往外一发，就听“嘣”的一声，着在贾善肩头之上，“哎哟”一声，贾善就摔倒在地。众兵丁哗啦往上一裹，将贾善绑将起来，把总镇搀起来，拼着死命，往外一闯。冯渊喊：“往西北!”路素贞又不能抖那绢帕，只可赶上去，要杀那些兵丁，早被艾虎截住。艾虎与路素贞交手，可算称得起棋逢对手，杀个难解难分。此时路凯的家人，虽不曾全被差人拿住，所剩数十个人，也就往外乱闯，逃命去了。路凯、崔龙一瞧，仅剩他们这几个人，心中就有些害怕。头一个是崔龙，只不敢动手，冲着龙爷虚砍一刀，往南就跑。自己越想越害怕，别说不能得胜，满让赢了冯渊他们，路凯也不答应。他是个媒人，闯出这样大祸来，自己抹脖子，都对不起路家，只可逃遁他方便了。当下砍倒两名步下的兵丁，那马上的兵丁一追，他又把那马上的砍下马来，自己逃生去了。单提路凯借着人家兵丁灯光一看，连他妹子只剩下三个人，暗暗着急，只得约会妹子逃命。焉知姑娘想出一个主意来了，从怀中掏出纸来，把自己的鼻子堵了个结实，把迷魂帕冲着大众一抖，不管上风下风，众人全得躺下。姑娘把绢帕一抖，不知大众性命如何，且听下回分解。

第十七回

贼女空有手帕难取胜　侠客全凭宝剑可擒人

且说路素贞无奈，想出一个急见势①来，把自己鼻子堵上，往他们这边一栖身子，右手把刀遮挡大众的兵器，左手一抖五色迷魂帕，什么叫上风下风，闻着就得躺下。正然要抖，西南上一阵大乱，“噌噌噌”蹿进好几个人来。头一个是御猫展熊飞，第二个大义士卢方，第三个徐庆，铁臂膊沙老员外，孟凯、焦赤、云中鹤魏真。这些人一露面，艾虎、卢珍、圣手秀士，三个人精神倍长。这么巧，这几个人从何而至？是因大人接着圣旨，入都复命。大人未曾起身，这是大人的前站，不仅是他们这几位，还有文官主簿先生公孙策，带着许多从人，都是乘跨坐骑。一路之上，各州县通知明白，叫他们预备公馆。可巧这天又是徐庆的主意，将到四鼓，他就叫外头备马，众人无奈，只得同着他起身。走在路上一看，方知起早啦，也就无奈。正走着，瞧见这边灯球火把，赶奔前来，教从人一打听，方知道是这么件事情。几位下马，叫从人与公孙先生在那边等着。这几位爷各执兵刃杀奔前来。头一个是展南侠，众位跟随，往前一冲。展爷一进来，就见了艾虎等人。冯渊就喊说：“众位大人到了。几个贼是要紧案犯，千万可别把他们放走了。”展南侠方才知道有要紧的案子。路素贞听见他们口称大人，心想：只要把这迷魂帕一晃，管叫你一个

① 急见势——应急的动作。

个噗咚噗咚乱倒。忽又听冯渊那里嚷："这丫头抖迷魂手帕哪，大家捏着鼻子与他们动手罢。"这一句话，就把大众提醒了，那些兵丁一齐喊道："捏鼻子呀！捏鼻子！"这一下，把路素贞吓了一个胆裂魂飞，全仗着这手帕赢他们，不料叫他们这个主意败了机关，怎么好？那边路凯就说："我们走罢。"这句话未说完，自己那口刀早就教云中鹤魏真削为两段。回头就跑，将一走，又被飞錾铁锤大将军将一錾子钉在腿上，"噗咚"摔倒在地，兵丁过来，将他拿住。路素贞一瞧事情坏了，撒腿就跑，总还是她的腿快，倒跑出去了。铁腿鹤赵保心神意念全在路素贞身上，他见素贞一跑，他就跟着跑下来了。可巧迎面遇着魏道爷，魏道爷用手中宝剑先把他的刀一削，然后向着他的头颅一剁，还算是躲得快，把他的头巾砍去一半，也就逃命去了。到底还是同着路素贞一路前往，下书再表。

大众一看，跑的跑了，拿住的拿住了，大众会在一处，艾虎等过来见礼，然后问各人的来历。龙滔、姚猛说他们丢东西卖艺。冯渊说他们进庙，怎么遇见姑娘，被捉后，又遇见崔龙，说姑娘入洞房，诓手帕，怎么得着王爷下落，如此如彼。展爷大喜，说："只要得着王爷的下落，就好办了。"又问艾虎。艾虎将怎么遇见张三叔、赵四叔与白五婶娘，自己不上黄州府找师傅，直到京都的话，说了一遍。又问韩节、杜顺，两个班头说京都恒兴当铺怎么出了无头案，奉相谕上草桥镇找姓路的。到天齐庙一打听，是范家儿子姓路，原本是路家孩子，贪着天下都地方范宗华的家业。范宗华一死，家业都归路家了。这路凯任意胡为，仍认祖归宗。他认的无赖朋友，家内准窝着作案之贼，我们上庙探他去，可巧遇着龙大爷被捉，我们情知势孤，这才找杨总镇借兵。话犹未了，冯渊接言说道："京都这案，你们准知道是谁作的？”回答不知。冯渊说：“就是同着路素贞跑的赵保。”如此如彼，学说了一遍。展爷说：“方才那位总镇大人，不是躺倒了吗？”众位回道：“此时慢慢苏醒啦。”众兵丁过来报功：兵丁内死了四个，有六个带伤的。拿着他们活的是四十二个，带重伤的十几个。展爷说：“你们总镇大人此时不能传令，可认得展某？”大家跪下磕头，异口同音说：“认识大人。”展爷说：“我替你们大人传令，活的带伤的全解往衙门，连这两个贼头，一并交衙门，我们带着上京。死去的，叫地方派人掘坑掩埋。”吩咐已毕，那边从人与公孙先生也都过来。再看总镇大人晃晃悠悠过来与大众见礼，展爷见了总镇大人，就把他发放之事，说了一遍。杨总镇连连点头。展爷又说：“大人索性带兵把路家一抄，所有东西物件，尽行抄出，上账簿封门，若要有人，还将他们拿住。”说毕，总镇大人带兵前往，单有兵丁头目，带着展老爷上总镇衙门。天已大亮，总镇方回，将抄的东西物件账目，与展爷一看，带往开封府。路家里面，连丫环全然都跑了。展爷说：“那也不必细追。”叫总镇预备一辆大车，就把路凯、贾善锁在车上。叫开封府的班头，同龙滔、姚猛、艾虎等一起走，冯渊、卢珍二人，到店里取包袱，给饭钱，也就押解着车辆入都。

路上无话。直到开封府，艾虎等见着师傅，冯渊等都与智化行礼问好，各言自己来历，又把邢如龙、邢如虎带过来与大家相见，说了他们的缘故。班头韩节、杜顺进里面见相爷，把拿住路凯、贾善的话回禀了一遍。艾虎大众等着展爷来到，一同面见相爷。天到晌午时节，展南侠、卢方、徐庆、魏真、沙龙、孟凯、焦赤，至开封府下马，小爷等过去行礼。智爷把邢家弟兄带过来，说了他们的来历。徐庆说：“智化贤弟，你才会哪。事情办完，你走去了，大人为你不入都，教我们大家各处寻找于你，原

来是你先跑到这里等着来了。哎哟，可是你不在这里等着，相爷不就没了命了！”这句话说的邢家弟兄脸上发赤，也不敢多言，就低着头。忽见包兴进来，与众人行礼。随着说道：“相爷在书房等候，请你们众位老爷相见。”众人到里面见包公，无非问了些襄阳的事，又问了些天齐庙的事，又说些开封闹刺客的事，又提说谷云飞不愿为官，异样性情。俱都说罢，叫众位外厢伺候，包公就将升堂，当差的众人，堂口伺候。

包公升堂，两旁边校尉站班。包公吩咐：“将路凯带上来。”问他不法的情形，他尽把这事推在崔龙、贾善、赵保的身上。随后又把贾善带至堂口，包公问他恒兴当铺杀人事情，他全说了：提说当镯子，要当五十两，当铺只写三十两，我们两个人一恨，第四天晚间，赵保杀死两个更夫、五个掌柜的，拿了他们百余两首饰，尽是赵保所为，小的与他巡风①。相爷也没用刑具拷打，就把他们钉镣收监，等拿住崔龙、赵保，再定罪名。发放已毕，赏赐班头，批文书，案后访拿崔龙、赵保。又于草桥镇行文：路凯房子入官查收；所有东西，该地方官入库；天齐庙另招住持方丈，周围香火地不属路家所管，归庙中作香火之资。所有拿获路凯家人，一概责放。当铺所杀死之人，等赵保到案方准埋葬。诸事已毕，包公退堂。

单提颜春敏先接着圣旨，一概事情按旨意办理。金知府署理外藩镇守的差使，所有王府拿住的贼人，神手大圣邓车，钻云雁申虎，一个是行刺，一个是盗印，把两个贼就地正法，人头用木笼装起，在襄阳西门号令。所有拿住的兵丁，大人俱释放。此时有路彬、鲁英由陈起望来，入上院衙，求见大人。有人将他们带

① 巡风——察看动静。

进来，见大人行礼，跪在大人面前请罪。二人一齐说道："奉蒋四老爷谕，在我们家中看守着彭起。彭起头上按着个迷魂药饼，早晚把他两羹匙米汤，灌来灌去，日限甚多，他吞吃不下，一摸这人，浑身冰冷，四肢直挺。大着胆子，把迷魂药饼取下来，彭起那老儿，气绝身死，我们也不敢抬埋，请大人示下。"言还未尽，大人仰面朝天，长叹了一声说："可惜呀，可惜！便宜他就是了。你们两个人也不用走了，跟随本院入都，听旨意封官。"两个人叩头。大人派差人上陈起望，把彭起尸首提出来，扔弃山涧，叫鹰餐鸟啄。差官领命前往。蒋四爷拦住路、鲁二位，要那个迷魂药饼，路彬、鲁英就把那迷魂药饼给了蒋爷。

此时，又有差人进来回禀：五太太奉旨，迎接骨磁坛，不日来到。大人吩咐首县，在上院衙外高搭祭棚，设上骨磁坛，请高僧、高道超度①五老爷亡魂。大人率领文武官员，众侠义等，亲身上祭。五太太带领公子白云瑞，至祭棚参拜骨磁坛，奠茶奠酒，烧钱化纸已毕。接着见大人，大人亲身出衙，劝夫人几句言语，教督催着公子尽力读书，然后送银两，以作奠敬。夫人请古瓷坛起身。大人入都，有本城文武官员给大人预备轿子。所有破铜网众人，俱跟大人同行。君山钟雄，就带着于义、于奢，其余众人回山，文职官员送出一站。次日起身，蒋爷等分作三路，前站展爷、魏真、徐爷、卢爷、沙、焦、孟七位先走。大人轿子，是徐良、北侠、芸生、熊威、韩良、朋玉、韩天锦七位护着。一日正走至一片苇塘，忽然蹿出一人，口喊冤枉，冲着轿内就是一刀。要问大人生死如何，且听下回分解。

---

① 超度——佛教和道教用语，指念经或做法事使鬼魂脱离苦难。

第十八回

黑树冈范天保行刺　金銮殿颜大人辞官

且说徐良、北侠等保着大人轿子，前呼后拥，头里执事排开，雨墨的引马，从人跟随俱在轿后，两旁有接站的官兵护送，众英雄换替着保护。正走在一块大苇塘，周围都是些树木，地名叫做黑树冈。忽然从苇塘里出来一人，穿了一身破衣服，腰扎抄包，一双趿鞋，口喊冤枉，往轿前一扑。雨墨将要下马，轿子还未打住，那人就到了轿前。原来那人手中拿着一口刀，不甚长大。到了轿前，左手一掀轿帘，右手用力扎将进去。此时保大人的，是熊威、韩良、朋玉、韩天锦。这四个人本领不强。你道这个刺客是谁？原来就是闪电手范天保，那回叫四爷追跑了，由水中逃了命，不敢回家，隔了两日，晚间方敢回转家内，不料门户封锁，叫官人看着。他又不敢上鲁家村去，无奈何，到亲戚家隐藏。亲戚慢慢给打听明白，方知道鲁士杰的干老，是翻江鼠蒋平。知蒋四爷跟着大人当差，自己就投奔襄阳来了。可巧半路遇见黄面狼朱英，二人就找了一座酒楼，朱英就把王爷在宁夏国，怎么聘请天下山林海岛的英雄，与王爷共成大事的话，说了一遍。范天保听在心里，也把自己的事学说了一遍。朱英说："巧了，你要找蒋平，我与你一路前往，你杀蒋平，我与你巡风，然后我杀大人，你与我巡风。"范天保一听，说："这事真巧，有了膀臂了。你杀大人何用？"朱英说："你真糊涂，颜春敏是王爷大大的仇人，谁要能杀了贪官，王爷得天下与谁平分。"天保说：

"要是那样，我一人即可杀他们两个，你与我巡风。"二贼议论好了，会了酒钞，就奔到黑树冈，打听颜按院打此经过。二贼商议，这个地势正可动手，怕跟大人的手下人多，现买了一件破衣服，装作喊冤，趁他们不提防，一刀将大人杀死。他们纵有保大人的人，无头就不行了。二贼商量好了，就在苇塘一等，他们从暗处望明处，看得明白，瞧着大人轿子临近，范天保望外一蹿，一喊"冤枉"，谁也想不到他是行刺的。不料他把轿帘一掀，"噗哧"一刀，只听"哎哟"一声。韩天锦喊："了不得了！有人把大人杀了。"熊威、韩良、朋玉三个人忙亮刀，容他们把刀拉出来，范天保也就跑了，三个人就追。

范天保正走，忽见一人挡住去路。一身皂青缎衣襟，黑紫脸面，两道白眉，一双阔目，四字口。手中那口刀，刀把上有一个环子，一摆手中刀，拦住去路，口中说："乌八日的，别走，爷爷在此久候多时。"原来山西雁正在车上坐着，同赛管辂魏昌一辆车上说话。后来一看，这个地势周围树木丛杂，那边又有一块大苇塘，徐良就与魏先生说："这个地方可有点不好。"先生问："怎么不好？"徐良说："白天还不要紧，晚间是藏贼的所在。"先生说："我们念书的人哪懂得这些事情。"徐良就看见苇塘内有两个人影，在里头乱晃。徐良跳下车来，往前紧走了几步，正遇着范天保，徐良蹬一个箭步，就把他去路挡住。范天保不知老西那个厉害，把刀[1]就剁。徐良把刀往上一迎，只听"呛啷"一声，就把范天保这口刀削为两段。范天保出世以来，没见过这宗兵器，把刀一扔，回头往苇塘里就跑。依着朋玉、熊威，要往苇塘内追。北侠赶到，大叫不要追赶，咱们先瞧看大人要紧。这三个

① 把刀——拿刀。

人返身回来。徐良顺着苇塘追贼人去了。北侠带着芸生，又把轿夫叫将回来，收拾轿帘，看了看大人。这一刀，正扎在肩头之上，鲜血淋漓。北侠拿出点药来，给他敷上，嘱咐了几句言语，把那件蟒袍，给他往上提了一提，仍然叫轿夫搭起就走，里面还是哼咳不止。可笑那些护送兵丁，只管执着长枪大刀，瞧见刺客出来一砍大人，各各吓的南北乱跑，不顾拿人。见刺客跑了，大家仍又聚在一处，仍然保护大人前往。连熊威也是纳闷，又见主管雨墨也不深看大人受伤的情形，并且连马都没下，还嘻嘻直乐。你道这是什么缘故？原来这个轿子里，不是真正钦差。这全是蒋四爷的主意，第二站分三路行走，叫金知府从监内提出一个被罪的人来，叫他假充大人，一路无事，就把他死罪免了，要是遇祸，也是他命该如此。果然，在黑树冈正遇此事。不然，雨墨他有不急的么？总是蒋爷有先见之明。到了驿站，重新又换一个做大人，一路也是无事。大众到京，大人也到了。

山西雁追了一路，也没把贼人追着，彼此全都大相国寺见大人。大人是头天入都，住大相国寺，第二日见驾。蒋四爷大众先到开封府，见着智化。蒋爷说：“贤弟，你可算是神龙露头不露尾。”智爷行礼说：“四哥别过奖我了。”蒋爷说：“但是你见大人不见？若要封官，看你做官不做？”智爷说：“这也就无法了。你们先见相爷罢。”又与邢家弟兄见了。蒋爷把智爷拉在一边，低声说道：“你好大胆子！这是两个刺客，你敢保举他在开封府当差，二人要是一变性情，你不料想是什么罪？”智爷说：“对呀！我也是一时糊涂，过后也觉有些害怕，不然，我怎么尽看着他们不敢离开。这几日光景，我已看出两个人性情来了。四哥，你只管放心，决没意外之事。”蒋爷说：“既然这样，很好很好。我们见相爷去了。”大家到里面见包公。包相爷说道：“索性把邢如虎、邢如龙两个人的名字，也提在折本之上，破铜网有功，保举两个做官。”蒋爷连连点头，谨遵相谕。包公又问：“钟雄由君山带多少人来?”蒋爷说：“回禀恩相大人得知，钟雄由君山就带了两个人来，余者全是钟雄手下从人。”包公吩咐四爷，把君山三人带来一见。蒋爷先把那邢如龙、邢如虎带至大相国寺，面见颜大人，说明了相爷的吩咐。这两个人，跪下与大人叩头，求大人施恩。蒋爷在旁边就把相爷说求大人保举两个人为官的话说了一遍，大人点头，吩咐叫他们起去。蒋爷又说相爷要见君山钟雄他们三个。大人复又点头，教蒋爷带钟雄等至开封府听候相谕。蒋爷随即带着钟雄、于奢、于义，至开封府里面书房见相爷。包公见钟雄，面如白玉，五官清秀，三绺短髯，翠蓝袍，四楞巾，厚底靴子，很是清高儒雅。又看金铛无敌大将军于奢，身高一丈开外，面如淡金，头如麦斗，膀阔腰圆，包公一发欢喜。再看于义，武生相公打扮，白面如玉，恰似未出闺门的少女，与白护卫品貌相仿。包公问他们的名姓。蒋爷在旁，替他们回禀：“这个叫钟雄，这个叫于奢，那个叫于义。”包公道：“本阁听说，你文中进士，武中探花，退隐居住君山，可算你是聪明反被聪明误。”钟雄叩头，口称：“罪民一念之差，身该万死。”包公说：“及早回头，总算是个名士，回相国寺，候万岁旨意便了。”三人叩头，跟蒋爷出来。有一个差人，捧着一个帖儿，说：“四老爷，智大爷派我在这里等着见你老人家，这有一个贴儿，说一看便知。”蒋爷接过贴来，一怔，说：“不好，大半又要走星照命。”打开帖一看，何尝不是。上写着：“字奉蒋四哥得知，小弟智化所以在开封多住几日，为伴着邢家弟兄，如今你们众位已到，小弟卸责，书不尽言，容日再会。”蒋爷见了字柬，一跺脚叹了一声，说：“智贤弟行事实系古怪。”只得同着钟寨主到大相国寺，见了颜大人，就把相爷见了钟雄的话说了一遍。又将智化留的这帖子给大人看了。大人也叹息了半天。然后大人叫先生打折本，预备明日投递，所有众人，俱都写在折本之内。卢、韩、徐、蒋四个人，辞官不做，也在折本之内写明。折本打好，大人过目已毕，天已五鼓。大人上朝，至朝房前住轿，少刻包公到，过去见了老师，行师生之礼，至朝房内谈话。不多的工夫，天子升殿，文武百官在品级山前行礼。朝贺已毕，文东武西，分班站立。颜大人的折本，黄门官传递，陈总管接过，在案上展开，天子看了，降旨封官。又下了一道旨意，今日晚膳①后，所有破铜网的人，俱在龙图阁陛见。这段节目，且看下回分解。

① 膳——饭。

第十九回

小五义御花园见驾　万岁爷龙图阁封官

且说颜大人见驾，递折本，万岁御览。万岁爷降旨，颜春敏察办事件，办理甚善，赏给礼部尚书。颜大人又奏，在襄阳为王爷事，呕心吐血，请旨开缺①。万岁不准，赏假百日，安心调理，假满赴任当差。颜大人不敢再辞，只得叩头谢恩。万岁爷又赏些金银彩缎，大人复又谢恩。御前四品带刀护卫展昭加一级，赏给三品护卫将军，又赏金银彩缎。卢方、徐庆准其辞官，由后人接续当差，也赏金银彩缎。韩彰、蒋平辞官不准。韩彰赏给四品护卫。蒋平加一级，水旱三品护卫将军，赏给金银彩缎。颜大人替代谢恩。所有一干众人，今日晚膳后，在龙图阁，勿用穿带官服，着龙图阁大学士、开封府府尹包拯，带领引见。降旨已毕，群臣皆散。

包公至朝房，着派南侠、蒋四爷，教给他们大众见万岁爷的礼节，千万不可似上次失仪。又着公孙策，开下大众的花名册，连大众的外号籍贯开写清楚，投递御前黄门处。蒋、展二位，领相谕回大相国寺内，教给大众见驾规矩礼节。总而言之，叫他们少说话，多磕头。后来又一议论，把小五义弟兄叫来。蒋爷说："倘若万岁喜欢，要看练武，又知道你们有一身功夫，大概许要看看你们有什么技艺。不如把你们本事写上，倘若天子高兴就许

---

① 开缺——指旧时官员职位空缺。

要看看。”展爷在旁点头，说：“四哥你真想得周到。”一问芸生，什么熟惯，就是单刀。又问艾虎，也是单刀。一问卢珍，也是刀。一问徐良，也是刀。蒋爷说：“你们诚心哪。这个上去一趟刀，那个上去一趟刀，天子也就看絮烦了。你们得改个样儿，就让芸生使刀。卢珍是会舞剑。艾虎你将就打一趟拳罢。”艾虎点头。又问徐良：“你怎么样？”老西说：“也不是侄男说句大话，十八般兵器，你老人家提什么罢。”蒋爷说：“准是件件精通？”徐良说：“件件稀松。”蒋爷说：“你除了这个以外还有别的能耐没有？”徐良说：“别的能耐也有。你老人家写一手三暗器。”蒋爷说：“何为一手三暗器？”徐良说：“不用问，用的时节，现招儿。”蒋爷说：“这可不是闹着玩的。”徐良说：“侄儿知道，无非有个剐罪等着哪。”蒋爷又问韩天锦：“你会什么？”大傻小子过来说：“我呀，我会吃饭。”蒋爷说：“问你会什么本事？”天锦说：“会打杠子。”蒋爷说：“你跑到皇上那里打杠子去？”徐良说：“找剐呀！我哥哥要出大差。”又问天锦：“二哥，你会什么本事，好写上。”天锦说：“就是打杠子、吃饭。打杠子得来钱好吃饭。”蒋爷说：“你走开罢，别气我了。”天锦赌气往西去了。蒋爷告诉公孙先生，写花名册时，写芸生头一个使刀。二个卢珍会舞剑。三个艾虎会打拳。四个徐良会一手三暗器。五个韩天锦力大。展爷问：“力大怎讲？”蒋爷说：“聪明不过帝王，伶俐不过光棍。天子一瞧力大，见他那个人物，也就知道是个笨货。再我知道，天子圣意，最爱长的俊美人物，把他们貌陋的，排在后面，看来看去，看在后面有貌陋的，满让不爱看，也瞧完了。”展爷笑问：“你怎么知道？”蒋爷说：“我们三个人见驾的时候，见我大哥也喜欢，见三爷亦乐，见了我这个模样，就一皱眉，问相爷何为叫翻江鼠。我那时显我能耐，我说我水势精通，险些没把我剐了。后来叫我捕蟾，不然我怎么知道老爷子最喜体面的。”展爷听着大笑说：“四哥虽是多虑，也倒有理。”随叫公孙先生把花名开写清楚，先递将进去，然后带领大众，在后宰门伺候听旨。

京都地方，有点什么事情，人所共知，一传十，十传百，都要看破铜网之人。一路之上，瞧看热闹的人越聚越多，也俱跟至后宰门①。当差的太辅宫官也都出来瞧看，见着展南侠、卢、韩、徐、蒋过来讲话。展爷大众也给他们道个吉祥，他们齐说：“你们大众见了万岁，准要升官，出来与你们道喜。”正说话间，由里面出来两个小太监，全都在十八九岁年纪，手执蝇拂②，口中喊道：“开封府的老爷们哪。”蒋爷同展爷一看，知道是御前③差使。赶着向前抱拳带笑说：“二位老爷吉祥。”答道：“咱们二人，奉总管老爷之命，前来瞧看你们齐备了没有。万岁爷用膳已毕，你们都把人带齐了。”蒋爷说：“俱已齐备，我们在此候旨。”两个人进去，又见王朝、马汉二位赶到，说：“蒋展二位大人，相爷问把他们大众的礼节全都演习好了么？”蒋爷点头：“俱都演习好了。”里面传出信来：“万岁爷摆驾龙图阁，快带众人进去。”随即答应，进了后宰门，走昭德门，穿金锁门，玉右门，奔御花园门，可就进不去了。单有展南侠、蒋四爷可以进去。他们二位是御前的差使，就是展爷一人至龙图阁下面听差。蒋爷这里看着大众。包公早就进来，在龙图阁三层白玉台阶之下候驾。不多一时，有许多太辅宫官由里面出来，嚷说：“圣驾到！”后来又出来

---

① 后宰门——旧时大臣等候皇帝接见出入宫廷的门。

② 蝇拂——驱除蚊蝇的用具。

③ 御前——在皇帝面前。

一伙，照前番一般也是嚷说：“圣驾到！”第三次出来的人不敢嚷，皆因离圣驾太近。

不多一时，万岁爷坐定亮轿，由里面出来。包公就在御路之旁，双膝点地，口称：“臣包拯见驾，吾主万岁万万岁。”圣上在轿内传旨：“卿家平身。”天子亮轿直上龙图阁。万岁爷下轿，龙案后落座。包公复又参拜一回。陈总管前来，把大众花名册呈将上去。天子一看，大众的功劳，籍贯外号，有不愿为官的，也俱都开写上边。列位，可有一件必得说明，万岁的面前递花名，怎么敢把外号递将上去？皆因那是宋朝年间，与我国大清不同。如今慢说万岁爷的面前，就是告示上要是有个外号，就得躲避躲避，也不论你有多大的英雄。再说如今谁敢在万岁爷面前施展武艺！还有抡刀抡枪的，奈是如今与古时不同。这是闲言，不必多叙。天子一看花名，头一个就是智化，盗盟单，诈降君山，救展护卫，论功属他第一，就是此人不在，不愿为官，自己隐遁①。再看就是北侠，此人也是不愿为官，只愿出家削发为僧。再看魏真，是个老道。双侠不愿为官。接下是沙龙、孟凯、焦赤，白面判官柳青，小诸葛沈仲元，降旨意，就把这几个召将上来。御前的往下一传圣旨，下面有展南侠同着太辅宫官，至御花园门首，把这几个人带将进来。至三禅上面，陈总管过来，一拉北侠的衣襟，大众一字排开，肘膝尽礼。天子往下一看，有陈总管过来替他们报名。天子一看北侠，一身紫缎衣襟，碧目虬髯②，面如重枣，与神判钟馗一般无二。又看魏真，一身银灰道袍，银灰九梁巾，面如美玉，眉细目长，三绺短髯。双侠丁家弟兄都是一身翠

---

① 隐遁——隐居。

② 虬髯（qiúrán）——两腮上的胡子。

蓝的衣服，武生巾，双垂灯笼穗。弟兄二人全是玉面朱唇，二人一般高的身体，难得品貌也是一样。再看沙龙，土绢袍，鸭尾巾，面如紫玉，满颌花白胡须。孟凯穿红，焦赤挂皂，柳青、沈仲元全是宝蓝的衣服，就是一个胖大，一个瘦弱。天子看毕，知道这些人都不愿为官，万岁也不强迫。北侠特旨在大相国寺出家，拜了然和尚为师，御赐的法号叫保宋和尚。万岁意见，北侠虽则出家，仍可叫他保护大宋，然后在商水县重修三教寺，着北侠摩顶受戒之后，至三教寺为方丈。魏真赏给金簪道冠，道袍丝绦，水襟云履，庙中无非赏赐些白米。双侠赏义侠银牌两面，当面取来，着陈总管挂在二人胸膛之上，此外尚有金银彩缎。柳青、沈仲元、沙、焦、孟尽赐些金银彩缎，叩头谢恩退下。旨意下，又召龙滔、姚猛、史云、路彬、鲁英、熊威、韩良、朋玉、马龙、张豹、冯渊、邓彪、胡列、邢如龙、邢如虎，大家至龙图阁见驾，天子一见，龙心大悦，见这些人高矮不等，丑俊不同，万岁一体全封为六品校尉之职。领旨谢恩，退出龙图阁。

天子复又召白芸生弟兄五个，往下传旨，不多一时，带将上来。陈总管一拉芸生，叫他双膝点地，肘膝尽礼。这五个人，却又古怪，他们鱼贯而跪，一个跟着一个，不像别人上来，一字排开。这是蒋爷的主意，把那相貌长的不受看的，全掩藏在后面。万岁一见芸生，回思旧景，想起白玉堂在龙图阁和诗来了。什么缘故？皆因芸生相貌与白玉堂不差。又是玉堂的侄子，对景伤情。又看他这外号，叫玉面小专诸。万岁知晓，必是他侍母甚孝。天子先有几分喜爱。常言道：忠臣必出孝子之门。又见他会使刀，万岁一时高兴，要看他武艺如何。顷刻降旨，着芸生试艺。陈总管过来告诉："万岁降旨，叫你试艺。"芸生望着陈总管叩头，说："小民的兵器，现在御花园门外，有人拿着呢。"陈总管立刻遣御前宫官，至御花园门去取。不多时取来，交与陈总管。陈总管离龙案远远屈着单膝，往上一捧刀，让万岁爷看了一眼，转身把刀交与芸生。芸生随即就把袖子一挽，衣服一掖，把刀往身后一推，往上叩了一个头，两手往后一背，一手搭住刀把，一手搭住刀鞘，使了一个鹞子①翻身，天子只顾瞧芸生在那里跪着，忽然往起一蹿，手中提着一口明晃晃的利刀，只不知道从何处抽出来的。见他这一趟刀，真是神出鬼没，上三下四，左五右六，闪砍劈剁，削耳撩腮。龙图阁的殿前金砖墁地上，铺着绒毡子，芸生蹿高纵矮，足下一点声音没有。这趟刀砍完之后，气不涌出，面不改色，仍然往旁边一跪。天子说："果不愧是将门之后。"天子又看卢珍，粉红脸面，一身荷花色衣襟，细条身材，一团壮足之气。天子降旨，着他试艺。也是叫人至御花园门首，取那口宝剑，交与陈总管，往上一呈，复又交给卢珍。要问卢爷在万岁驾前什么舞法，且看下回分解。

① 鹞子——雀鹰的通称。

第二十回

猛汉险些惊圣驾　于奢一怒犯天颜

且说天子降旨，着①卢珍舞剑。卢珍就学大爷那个法子，打脊背拉兵器。卢珍本是跟着丁二爷学的这套功夫。先前时节，一手一势，后来，一件快似一件，类若一片剑山相似。直是一条铁链，把卢公子裹了个风雨不露。连天子带众人，无不夸赞。卢珍收住了剑之后，也是往旁边一跪，气不涌出，面不更色。然后露出艾虎。天子见他一身皂青缎衣襟，身材不高，生就虎头燕额，粗眉大眼，鼻直口阔，纯厚体态。天子一见，降旨叫他试艺。这个不用取兵器，就把衣襟一掖，袖子一挽，往起一蹿一丈多高，然后脚站实地，真恰如猫鼠一般，连一点声音都无。打完了这趟拳，收住架势，也往旁边一跪。天子赞不绝声。然后再叫徐良，万岁一瞧，就有几分诧异，一身皂色衣襟，倒是壮士的打扮，黑紫脸面，两道白眉，眉梢往下一耷拉，真恰似吊客一般。又看他乃是徐庆之子，外号叫多臂人熊，又叫山西雁。天子一看他这相貌，就几分不乐，看花名，他是一手三暗器，万岁爷纳闷，何为叫作一手三暗器？莫不成一只手能打三种暗器去，总是天下之才。就往下传旨，着徐良试艺。陈总管过来，告诉徐良。徐良问总管：“小民怎样试法？”总管说：“咱家不懂得，你怎么倒问起

① 着——让。

我来?”徐良说：“我能把三种暗器一手发出，前面可得有东西挡住，不然也看不出准头来。万岁这里，可有射箭的箭牌没有?”总管说：“有。”徐良说：“你老人家把后头托上板子，我自有打法。”总管立刻派人，顷刻间，就把箭牌取来。徐良一看，高有七尺，宽有尺四，木作的边框，底下有个木头垫子，用纸糊着，上面粘了一层白布。总管叫人把后面托上板子。过来对徐良说：“咱家全依着你这个主意，你看看可打的中。要是打不中，再给你换宽些的去。”徐良说：“要是打这个白牌还打不中，那就不叫多臂人熊了，那就叫狗熊。求你老人家奏明万岁，在这白牌之上，分三路，上中下，用红笔点上三个点儿，我三枝暗器，全要打中红心，方算手段。”总管说：“你过于闹事哩！依咱家说，打中白牌，就算不错。”徐良说：“净牌我不打。”总管无奈，只得给他奏闻天子。天子一听，更不愿意。万岁爷明知徐良说的话太大，遂把旁边逍遥管沾着朱砂墨往箭牌上一点，无非只有针尖大小。慢说他打，就是瞧也瞧不见哪。万岁又一想，他若打不中红心，连他父亲一世英名也都付于流水，再说也耽误了他这几个朋友。天子遂降旨，派陈总管在箭牌上戳上三个红心。陈总管领旨，叫人搭好箭牌，自己过去，提起逍遥管，把朱砂墨研了许多，总管也是与万岁一样想头，暗想徐良说的话实系太大，我若把这个点点小了，他打不中时节，必然抱怨与我。我若把这点儿点大，又屈了他的才干，又怕万岁不愿意。又一想，总是点大一点为是，谁教我与他父亲有交情呢！想定这个主意，用笔蘸着朱砂墨，噗哧往箭牌上一戳，待笔涂圆也就有小核桃大了，连点了三个，天子一看，早明白这个意思，这叫自来的人情。总管放下

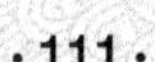

笔，还叫徐良看一看，说："你瞧瞧大小如何？"徐良说："这要再嫌小，就是狗熊啦。"吩咐叫人将牌搭在正南。徐良一看，雪白的箭牌上，配着上中下三个红心，早把自己暗器拾夺好了。你道他是什么三暗器？原来是两长夹一短，收拾两枝袖箭，装上一枝紧背低头花装弩。万岁往下传旨，着徐良试艺。陈总管过来，告诉徐良："叫你试艺。"就见徐良站起身来，冲南一点头，双手微换，微然听见点声音："噔噔噔"，谁也没顾得看那边，净瞧着徐良。重新又往北瞧了一瞧，再看他，一丝也不动。万岁又传旨："着徐良试艺。"总管过来说："万岁有旨，叫你试艺。"徐良冲着总管叩了一个头，说："已然打在箭牌之上，怎么还叫我试艺？"陈总管往对面一看，果然两长夹一短，正打在红心当心，暗暗吃惊，怎没瞧见打，全钉在箭牌之上，只得奏闻万岁。天子一看，果然不差，两枝袖箭，一枝弩箭，正打在红心当中。天子夸将好俊暗器，这样暗器，可称得起古今罕有。

又一看花名册，叫霹雳鬼，天子看见这个外号，倒嘘了一口凉气。往下面一瞧，见韩天锦也没等旨意，他就起来了，挺肚撑胸，两只眼睛瞪圆，看着天子。把个陈总管老爷吓得浑身乱抖，过来一揪天锦，叫他跪下。天锦说："我不得劲。"总管说："不管那些，你总得趴下。"天锦只得趴伏在地。总管离开，他又是照旧挺着肚子，看着万岁。天子并不嗔怪于他，知道他是浑人。总而言之，傻人有个傻造化。天子见他这个名下，并没有别的本事。天子想他这个力大，可怎么试演呢？天子降旨，由他施展施展，也就一并封官。总管过来说："万岁叫你试艺。"天锦问："叫我试什么？"总管说："我知道你会什么！你到底是会什么？"

天锦说："我会吃饭。"总管说："胡说！你会什么本事？"天锦说："我会打杠子。"总管说："呔！你还说什么，幸亏离万岁甚远，若是叫万岁听见，那还了得！你不论练点什么，也好做官，不然人家都做了官，你可不能做官。难道你任什么也不会吗？"天锦一急，说："唔呀，唔呀！我怎么任什么不会！嘿嘿嘿，你瞧他们会本事不是，我能把他们抓住，扔在房上。"总管说："那可使不得。"天锦说："这可怎么好呢！"他一眼就把那白玉栏杆看见了，说："我把这栏杆扳折了罢。"总管说："哎哟，那可使不得，拆毁禁地，你该什么罪过！"正说之间，万岁倒想出一个主意，看这龙图阁，是坐西向东，这座殿明是五间，暗是十五间的宽阔。靠着南北墙下，有两个白玉石头座子，上面有两个铁鼎。天子说道："韩天锦力大，此处有个铁鼎，可不知他可举的起来？昔日秦孟贲与秦武王赛举鼎绝膑，这段故事，包卿可记得？"包公回奏："臣一一尽记。"总管听见说："万岁叫你举鼎，你可举得起来？"天锦问："什么叫做举鼎？"陈总管暗道，怪不得他说净会吃饭，果然全不懂得。用手一指那边铁鼎说："就是那个叫鼎。"天锦说："就是那个小玩艺儿？是一只手举是两只手？"总管说："两只手还怕不行哪，你先过去试试。"总管带定天锦，直奔正北。天锦往起一站身躯，更透高大。万岁十分喜悦，就要把他封一个站殿将军之职。思忖如有外国朝贺，或筵宴外国的时节，要叫他们看着大邦人品出色，可惜再有一个才好。此时天锦已把铁鼎抱到。总管的主意，把鼎耳子上绊住丝绳。天锦套进一双臂膀，双手一抱两个耳子，就将铁鼎抱起，冲着万岁，转了三个圈，方把铁鼎放下。天子一笑赞道："天锦可比昔日之孟贲。”忽听他大声说道：“谢主龙恩。”天子一怔，这才封官：芸生四品左护卫，徐良右护卫，艾虎、卢珍御前四品护卫，韩天锦站殿将军。万岁知晓，这五个人是盟兄弟，又知道，俱是将门之后，天子亲封为小五义。连包公带大众一齐谢主龙恩。总管派人拿着刀剑袖箭弩箭，又叫天锦把铁鼎安放旧位。忽听御花园门首，有人喊冤枉。要问是何人喊冤枉，且看下回分解。

第二十一回

于奢得命二次举鼎　天子一见复又封官

且说天子夸奖韩天锦可比昔日孟贲，他就谢主龙恩。他如何懂得，却是有老四提醒他，叫他谢恩。从此就是御赐的外号，叫赛孟贲。封官已毕，总管叫天锦将鼎安放原处，天锦摇头不管了。总管一着急，说："你不管，谁挪得动这个大物件。"正在这个时刻，御花园门首，有人喊冤。天子一闻，龙颜大怒，降旨将喊冤之人，绑至龙图阁。御前人答应一声，不多一时，将人绑到。天子一见，此人身高一丈开外，面似淡金，头挽发髻，一身豆青色衣襟，薄底靴子，五花大绑。见万岁之时，双膝点地，说冤枉。天子问："这是什么人？敢在朕的御花园门首喊冤。"包公跪倒说："臣启陛下得知，此人乃是君山钟雄手下之人，姓于名奢，外号人称金铛无敌将。"你道这于奢，因何故在御花园门首喊冤？皆因同定钟雄、于义，三个人在一处，看见他们头一起不做官，下来俱有赏赐，大家给道喜。二起得了官职的下来，也是道喜。三起小英雄们上去，谁练什么本事，也有人下来送信，把本事俱都练完，封什么官职，外面也都得信。就是韩彰替天锦提心吊胆，后来得着信息，天锦得了站殿将军之职，众人全给韩彰道喜。蒋爷说："到底是傻好傻好？"于奢就与钟雄说道："你看出这个意思来没有？"钟雄说："看出什么意思？"于奢说："别瞧你们是念书的人，我都瞧出这个意思来了。"钟雄说："你看出什么意思来了？"于奢说："咱们不是受过万岁招安了吗？分明把咱们骗进京来，要咱们性命。”钟雄说：“胡说！你还要说些什么？”于奢说：“你们要不信，只怕悔之晚矣。如果有意招安咱们，怎么不封官哪？人家都封官，我们没信儿。”钟雄说：“也得大家封完了，才到咱们。”这于奢说：“到了咱们，这就推出去剐了，咱们算活活上他们一个大当。咱们要不早做准备，到临死时节，可就怕悔之晚矣。”钟雄说：“胡说！这要按当差之说，你为惑乱军心。”于奢说：“你们要不听我的话，咱们连万岁爷大驾都见不着。依着我咱们索性闹出一个大祸来，绑上去见见万岁，然后再剐，死也落一个开开眼。”钟雄拦住说：“你再要说，我就把你绑上了。”于奢便不敢多言，他早就安了一个主意，慢慢凑到御花园门，怪叫了一声“冤枉”。于义过来，就踢了他个筋斗，就把他五花大绑捆起来了。于义、钟雄二人把手往后一背，叫：“蒋四大人，把我们二人捆绑起来，听候圣旨。”蒋爷言道：“家无全犯，一人作罪一人当。”

果然旨意下来，就把于奢绑至三禅之上，跪倒身躯，往上叩头，口称冤枉。天子问包公，方才知道他叫于奢。问于奢：“有什么冤枉？在朕面前，快些奏来。”于奢跪奏：“罪民居住君山，受万岁龙恩，改邪归正。今有韩天锦举鼎得官，他的武艺与罪民差的甚多，罪民怕不能面见万岁龙颜，只怕少刻降旨，把我们推出去斩首。罪民方斗胆喊冤，必然将罪民绑将进来，到底是见着万岁爷一面，纵死九泉亦瞑目。”天子言道：“既然招安你们，焉能又杀害汝等，朕焉能作那不仁之事。你说天锦武艺不佳，也罢，铁鼎现在此处，你若能将它安放旧位，朕就将你喊冤之罪，一概赦免。”于奢叩头：“罪民领旨。”天子传旨松于奢之绑，御前金瓜武士过来解绑。于奢谢恩站起身来，将丝绦往肩头一套，双手一抱铁鼎的耳子，用平生之力，他这鼎一举，比韩天锦差不多，看这光景，也不费力。前走三步，后退了三步，绕了个四面二返，又回到万岁爷面前，点了三点，复又奔了正北，安放石头座子之上。自己来到龙案前，双膝点地。天子大乐，原想着天锦那个身躯，再找一个与他高矮不差的，也封他为将军。今一见于奢，二人一般高，本领又好，立刻降旨说："御花园喊冤之罪，一概赦免。朕也封你站殿将军之职。"于奢谢主龙恩。旨意下，召钟雄、于义。不多时到了上面。陈总管拉他们的衣襟跪倒，肘膝尽礼。天子见钟雄，青布四楞巾，迎面嵌白玉，翠蓝袍，丝绦，皂靴，面白如玉，五官清秀，三绺短髯。见于义一身白缎绣花衣服，与昔日白玉堂相貌一样，天子又是一惨。唯独封钟雄的官，天子为了难：君山八百里的寨主，官职封小，他不愿意，官职封大，他又没有功劳，何况他又中过文武进士。天子封他为三品客卿，这个差使最体面无比，是为客官。王公侯伯督抚提镇钦差等，都是平行。仍回君山，听调不听宣。于义皆因相貌与白玉堂相同，赏给护卫之职。君山各寨寨主，赏给六品校尉虚衔，待等日后与国家出力，另加升赏。所有喽兵，每人赏给一分军粮，按营伍中一样。升赏已毕，钟雄、于义、于奢三人谢恩，离龙图阁，奔御花园门首。小五义有人给拿着东西，也就下去，至外面大家道喜。天子复又封主簿先生公孙策，加官一级。魏昌赏给了一个主簿。包公替代谢恩。对于智化，天子降旨：着上书房御书匾额一块，四个字，是"介休遗风"。御赐侠义金牌一面，另有金银彩缎。智化虽然隐遁着，差官送往黄州府家内，悬挂匾额。龙图阁所封之官，明日不用带领引见，午门望阙[1]谢恩。所有众人赏两个月假，回家祭祖、完姻。两月假满，回都任差。襄阳王

① 阙（què）——泛指帝王的住所。

府外藩留守衙，着总镇带襄阳知府金辉，加升一级。襄阳王仍然案后访拿。拿获襄阳王者，赏银千两，给一个千户职分。襄阳王手下所有的余党，拿获一人者，赏银百两。所有各州城府县，拿获襄阳王余党，就地正法，不用解京。封官已毕，万岁坐亮轿，回凤翔宫。包公由前面出来，奔朝房坐轿，回开封府。所有众人，俱都离了御花园门首，出玉右门，走金左门，奔昭德门，到后宰门。当差使的与大众道喜，然后这才回至开封府衙内。府内差官连公孙先生与魏昌，俱都出来道喜，一个个至里面见相爷。包公说："万岁赏两个月假，假满回都任差。明日你们大众也不必面圣谢恩，万岁有旨，叫你们午门望阙谢恩。"大众就依了相爷言语。

次日，包公代递谢恩的折本，大众在午门外谢过恩。早朝①已毕，包公回开封府。大众围着北侠进来，辞了包公，奔大相国寺削发为僧。包公看着北侠，心中发惨，有些不忍叫他去的意思，连万岁爷都不能拦住，这还算是特旨出家，只得吩咐一声："叫校尉护送欧阳义士至大相国寺去罢。"北侠复又与包公行礼，然后大家众星捧月相似送北侠至大相国寺。方丈早已知晓此事，撞钟擂鼓，层层正门大开。大众进来，至佛殿参拜神像，嗣后北侠与师父叩头，大众与了然长老行礼。了然和尚合掌当胸，念声阿弥陀佛。此时了然和尚有百岁光景了。和尚说："徒儿，暂且陪着众位施主朋友谈话去罢。"北侠同着众人到了客堂，便有小和尚献出茶来。蒋爷说："咱们由此一别，再要见着欧阳哥哥的时节，可就不是这个体态了。从此跳出三教外，不在五行中，修一个万年不坏的金身。"北侠说："四弟，你这是何苦！无非我没

① 早朝——皇上理政。

有你们那个福分，你们众位日后荫子封妻，全都可以挣一个紫袍金带，我如何比得了你们众位的造化！”蒋爷说：“兄长，你这一出家紧戒的是杀、盗、淫、妄、酒、贪、嗔、痴、爱，对与不对？”北侠说：“正是。”四爷说：“杀是不宰杀，杀人不杀？”北侠说：“要是杀人，还戒什么！”蒋爷大笑说：“不杀人，你那刀可就无用。先前艾虎打那场官司，几乎废命，你的官司赢了。后来艾虎认你为义父，你许下他的，日后出家，传授他你这口利刀。如今你就出家了，你这刀算无用之物了，该叫艾虎来授刀了。”北侠说：“老四，你把一千年的事都记着哪。”蒋爷说：“什么话呢，许下人，想死人。艾虎还不过来与你义父磕头？”艾虎欢欢喜喜将要过来磕头，北侠说：“且慢，当着众位在此，我可不是舍不得将这把刀给艾虎，皆因他的年岁太小，怕错用此物，倘若错用，连我都怕有横祸临身。既是老四这样说着，我要这刀也是无用。”回头告诉小和尚，预备香案。不多一时，小和尚把香案备齐，旁边放了一张椅子，将刀供在香案之上，点起蜡烛，北侠把香点着说：“众位在此稍坐。”众人答应，在旁看着，这刀是怎样交法。就见北侠将香一举，插在炉内，双膝跪倒祝告说：“过往神祇①在上，弟子欧阳春得了这口宝刀，杀人无数，总未错用此物。如今交与我义子艾虎，只看他的造化如何。”说毕叩头。然后叫艾虎过去，大拜二十四拜。北侠将刀拿起，在旁边站立说：“儿呀！今将宝物交付与你，你可晓得此刀的来历？”艾虎跪着说：“不知。”北侠说：“此物出在后汉，是魏文帝曹丕所造。此刀正名叫‘灵宝’，皆因它纹似灵龟，俗呼叫做七宝刀，能切金断玉，不论什么样的兵器，削上就折。可有一件，这宝物是有

---

① 神祇（qí）——“神”指天神，祇指地神。泛指诸神。

德者得之，德薄者失之。倘若错用此物，必遭天诛地灭。再说你年纪尚轻，初通人道，你可晓得万恶淫为首，百善孝为先。若要犯了这个淫字，连我都有意外飞灾。所有我嘱咐你的言语，必须牢牢谨记，倘有妄杀无辜的时节，你自己起誓。”艾虎说：“我要错用此物，必遭天谴雷击。”然后才把这口利刀交与艾虎。小爷复又与义父叩头。艾虎得刀，大众道喜。小爷一一叩头，然后撤去香案，大众复又落座吃茶。艾虎把刀一带，自觉心满意足。依着北侠，要在庙中侍奉他们的斋饭①，大众再三不肯，复又到后面辞别了老方丈。蒋爷等又给托付了托付，然后大家出来。北侠送至庙外，洒泪分别。这一来不要紧，引出白菊花一段节目，且看下回分解。

① 斋饭——和尚的饭。

第二十二回

更衣殿盗去冠袍带履　凤翔门留下粉漏菊花

且说北侠把刀交与艾虎，大家告辞，回奔开封。见了包公，又回禀一回。然后大家出来，谁走谁不走，大众一议论：云中鹤独自归庙。艾虎、韩彰、韩天锦、沈仲元、沙龙、孟凯、焦赤这些人俱回卧虎沟，韩天锦、艾虎成亲。大官人、二官人同着卢方、卢珍等大众上百花岭完姻[①]去了。徐良跟随天伦徐庆，回山西祁县祭祖。余者众人归家祭祖。蒋爷家眷在京都，展爷家眷也在京都。邢如龙、邢如虎两人不走。蒋爷许他们把天伦尸首由庞太师府中取出，在京都地面看块静地安葬。蒋爷又问冯渊："冯爷，你是怎么?"冯渊说："我是早就没有坟了。"蒋爷说："你们家连坟都没有?"冯渊说："坟我不知在哪里，皆因小的时候，父母双亡，十二岁练的本事，十四岁入的绿林，入了绿林，谁还管坟?"蒋爷说："你作了官，也该打听打听。"冯渊说："不好打听，只可买点纸钱遥祭一番便了。"蒋爷说："倒也有理。"果然就买了些钱纸，冯渊遥祭了一回。蒋爷、展爷到庞太师府见了管事的，回进去，取老道邢吉尸骨。庞太师也是无法，只得叫他们取将去，叫人带着到文光楼后太湖石前，起了灵柩，先有棺木盛殓，至今未坏，把墙拆了一段，拉将出来。早就预备了一块静地，就拿邢吉单身立祖。埋葬已毕，奠茶奠酒，烧钱化纸，然后

---

① 完姻——完成婚姻大事。

开发抬夫的钱文。诸事已完，大家回归开封府见相爷，回明此事。然后大家出来，正遇张龙、赵虎到开封府门外下马，从人接去，掸了掸尘垢，先到校尉所见南侠、蒋爷，然后见王马二位。蒋爷把冯渊、邢家弟兄带着一见，二位不能久待，要到里面交差。包公问他们一路事情。二人把襄阳接骨磁坛，按院大人给了些银两，到家中发丧办事，诸多平安等报禀一番。包公叫先生打本，次日奏明万岁。

包公回府，过了数日光景，就是天子万寿。前三后四，文武官员，穿吉服朝贺。正在第三天光景，包公下朝至府，包兴回话，圣旨下，请老爷接旨。包公一怔，问何人押旨，包兴说："陈总管老爷。"包公一听就知道是大内之事。刚然可巧，包公未脱去官服，赶着出来接旨。至大堂之下，陈总管已经下马。包公跪倒说："臣包拯见驾，吾皇万岁万万岁。"陈总管说："二堂开读。"大众转到二堂。总管说："圣旨下，跪听宣读。"包公跪倒。总管打开圣旨念道："奉天承运皇帝诏曰：昨夜三更之后，更衣殿将朕冠袍带履请出，预备今日早晨呈用。今日早晨，朕用早膳后，降旨入库，更衣殿门窗户壁，一概未动，将冠袍带履①丢失。也不知是被贼人外边窃去，也不知是被大内看守之人盗去，今将更衣殿首领值班的与散差，交开封府审讯亲供。如不是大内之人所盗，着开封府府尹，带领校尉至更衣殿验勘，钦此。"圣旨读罢，往上谢恩。包公把旨接将过去，香案供奉，然后方与陈总管见礼，说："总管老爷吉祥。"总管也是抱拳带笑说："包相爷请了。"落座献茶。陈总管就说："包相爷，你看又出了这个事情啦，好容易清静清静，先前白五老爷这个闹法还了得。这更衣

① 冠袍带履——帽、袍、鞋。

殿，可比不得御花园，这更衣殿离着万岁爷寝宫甚近，相爷你还是先审咱家带来的人哪，你还是先跟咱家去验看？”包公说：“总是先去验盗，若是从外面来的人，就不必追问他们了。”陈总管说：“很好。”外厢备马，包公就带南侠、蒋平入宫。跟着总管来的那些大内之人，又都回去听信。

众人到朝房下马，陈总管带领包公，同着蒋爷、展爷一道一道门户走了半天，方到更衣殿。陈总管用手一指说：“这就叫更衣殿，随咱家在里边验盗。”展、蒋二位，连阶台石都不敢上，就在台阶底下站住。包公跟着陈总管到里面，四面八方，瞧看了一回，并没看出什么情形。总管说：“包相爷，你看这贼人还是从外面进来的不是？”包公说：“此事须着展护卫、蒋护卫二人验看。”总管说：“既然这样，他们二位因何不进来？”包公说：“没有圣旨，不敢私入。”总管说：“哎哟，你们这个礼也太多了，待咱家替万岁传旨。万岁有旨，宣展、蒋二位护卫，入更衣殿验盗。”外面二人答言：“遵旨。”二人进来，都抬头往上一看，两个人彼此一笑，然后再往别处一瞧，瞧看了半天。二人齐说：“总管老爷，此贼是打外面来的。”陈总管哈哈大笑说：“相爷，别看你能白昼断阳，夜晚断阴，怎么也没瞧出一点什么来，你看人家一瞧便知。你们二位看着，从何而入？”二人齐说：“从横楣而入，从横楣而出。”陈总管说：“万岁若问，有什么凭据？”展爷说：“总管不信，派人搬过梯子来，教他们上去，把横楣一挪就开。再说夜行人进来，是爬着进横楣子，心口正贴着底下的横凳，别处俱有浮土，这个底凳来回出入，必然蹭了个干净。”总管一听，合乎情理。蒋爷说：“总管请看这一件就明白了，周围俱都糊裱的严紧，这横楣子四周全都崩了缝子，总管请想，不是横楣子开了，焉能四面露缝？”总管连连点头说：“有理，有理！”

派人搬梯子上去一瞧，横楣子两边，连一点浮土也没有，上面一看，果然窗凳上俱有浮土，底凳上没有。陈总管说："下来罢，把梯子搬开。"又吩咐一并看看，外面什么地方进来的，蒋、展二位答应，用手一指："总管请看，由此处而入。"总管一看，果然靠东墙底下有些个灰片。蒋爷叫道："总管老爷，你看这宗物件，是旧有的，是新有的？"陈总管一看，在那凤翔门的上坎，有一朵小菊花，一个根儿，配着三个小叶，俱是拿白粉点成。陈总管说："先前没有。"连包公也看见了，只不知什么缘故。就见展、蒋两个人，低声说了半天话。展爷过来，用他袖子一撣，那个白点点就的菊花踪迹不见。过来在相爷跟前回话说："这就是盗冠袍带履那个贼，他把万岁爷的物件盗走，还敢留下一个记认。"包公与陈总管说："总管奏事，我还是在外面候旨，还是明日早朝候旨？"陈琳说："咱家一并全都替你奏明白，你就赶紧派人拿①贼要紧。"包公说："既然这样，我们就回开封府去了。"陈总管派人，将包公送将出去，随即至寝宫奏闻万岁。

包公回至开封府，下马入内，至书房，单叫二位护卫书房面谕。蒋爷、展爷进去，包公吩咐："如今万岁丢失冠袍带履，可没赏限期。此贼总要火速捉拿，若不火速捉拿，万岁圣怒，连本阁都担待不住。"二位护卫连连点头，待包公摆手，这才撤身出来。到校尉所，众位过来，全都打听此事。蒋爷一看，并无外人，就把验盗缘故对着大众学说了一回，又派差人出去，叫马号备马。开封府所管的地方，是一厅二州十四县。随即备文到厅州县各衙，立刻知会那一厅二州十四县的马快班头。单说开封府那些马快班头，先叫将进来。二个头目韩节、杜顺面见大人，站立

① 拿——捉。

两旁。蒋爷说："万岁更衣殿，丢失冠袍带履，是被外面贼人所盗，贼人好大胆量，在凤翔门上，用白粉漏字，漏下一朵小小的菊花，上头配着一个根儿，三个叶儿。你们久惯办案拿贼探访差使。粉漏子漏下一朵小花，这是哪路贼人？你们必然知晓他的下落。"众班头一齐跪倒说："下役们实实不知。"蒋爷说："你们知情是这样说话呀！相爷赏一个月限，三十天此案不破，小心着腿。"叫他们外厢伺候。复又回头叫张、赵、王、马。蒋爷说："四位老爷你们可都是绿林的底儿，用粉漏子漏出一朵小花，这是哪路贼人？"列公，方才说了半天粉漏子，这个粉漏子，到底是什么物件？就说念书的小学生，就有作这个玩意儿的。用钱买一个小油折子，除去皮儿，用锥子外面扎上窟窿，扎出一个小王八的样儿，里头挖出四方槽儿，装上定儿粉把窟窿这半页抿合住，要与谁闹着玩的时节，冲着衣服一拍，就是一个小王八，越是青蓝的衣服，更看得真切，就是这么一个比样。贼的粉漏子，做的无非比这个巧妙些就是了。一问王、马、张、赵，王、马、张三位满面含羞。老赵他可不怕那些事情，说道："我们在土龙网放响马的时候，这些个晚生下辈贼羔子们，还没出世哪。要问前几年的事，我们还认得几个，这如今后出世的，我们焉能知晓？论起来，这都在重孙子辈哪！"说这话，不大要紧，那旁邢如龙、邢如虎就恶狠狠瞅了老赵一眼。蒋爷说："赵四老爷不必着急，圣人云知之为知之，不知为不知。"赵虎说："你又来闹这四书啦，我如何懂得？"蒋爷说："你不知道可也无法。冯大老爷呢？"冯渊说："唔呀！不用你说，我替你说了罢。我是绿林，应当知道绿林的事情。无奈我在邓家堡、霸王庄、王爷府这三处，整整十六年。我是外头的事一概不知，我要知道不说，我是混账王八羔子。"蒋爷说："没有起誓的道理。"又问："邢大老爷、邢二老爷，你们二位也是绿林出身，弃绿林的日子还不多，大概有个耳风。”二人一听，就有一些慌张的意思。邢如龙说：“兄弟，咱们不知道，对不对?”如虎说：“大人别疑着我们不说哪，我们实是不知。”蒋爷一看，明知邢家弟兄知道此事，不肯说出。蒋爷忽然想起一个主意来了。要问什么主意，且听下回分解。

第二十三回

开封群雄领相谕　徐州大众去投文

且说蒋爷问邢如龙、邢如虎，早看出那番意思来了。蒋爷说："你们二位不必着急，咱们大家认真探访就是了。"众人点头答应。蒋爷告诉韩节、杜顺，那一厅二州十四县差人到来时节，你们就告诉明白他们一个月限期，大家认真探访。说毕，蒋爷拉着展南侠，到展爷屋中。各人单有各人的屋子，邢家弟兄在东跨院住，王、马、张、赵住东屋，冯渊住耳房。蒋、展一走，大家散去。

到了展爷屋中，蒋爷说："展贤弟，你看出点意思没有？"展爷说："没看出来，四哥你看出点缘故没有？"蒋爷说："看出来了，就是邢家弟兄。"展爷说："可别血口喷人哪。"蒋爷说："我到后头听听，他们背后什么言语，你在这里等着，听我的回信。"蒋爷就到了东院。邢家弟兄住的屋子，是个大后窗门。蒋爷就在后窗户那里，侧耳一听。邢如龙说："蒋老爷问你时节，你怎么变颜变色的？我只怕你说出来。"邢如虎说："依我的主意，不如说出来好哇。"邢如龙说："胡说！你不想想，他是咱们的什么人？咱们若说出来，把咱们钉镣收监，还不定把咱们剐了呢？"邢如虎说："他是要咱们的命呢。小五义要在城里头，拿他还算什么！要是那时候将他拿住，相爷升堂一审，他看见咱们在两旁站着，他一恨，还不拉扯咱们哪？"邢如龙说："审他的时节，咱们不会躲躲，总是不说为是。"蒋爷一扭身子，来到南侠屋里，把邢家弟兄所说之话，学了一遍。展爷吩咐家人，把邢家二位老爷请来。家人答应，去不多时，就把邢如龙、邢如虎二人请到，蒋爷说：“二位请坐。”邢如龙说：“不敢，有二位大人在此。”蒋爷说：“咱们这差使，就是一台戏。谁是大人，谁是小人？你们往上再升一步，咱们就是一样。这私下，就是自己哥们。我请你们二位问问，你们懂得当差的规矩不懂？你们这差使，应办什么事情？”二人说：“不知，在大人跟前领教。”蒋爷说：“应当捕盗拿贼。大内这个贼可说是要紧案子，一个月拿不住，天子一怒，相爷要罢职。相爷就答应咱们了么？咱们的官职，焉能还在？我怕二位不懂，但是能够知道贼的一点影儿，可是说出来为妙，要是知道不说，日后查出，可是罪上加罪。若要是至亲至友，一家当户，不怕就是亲手足，亲叔伯父子，若要先说出来，可免自己无祸。我怕你有一点不明白的地方，当时害怕，隐匿不说。若要拿住贼的时节，叫他拉扯出来，那时谁也救不了谁！”邢如虎说：“哥哥你可听见了没有？”如龙说：“我听见了，这可怎么好哪？”如虎说：“咱们说了罢，该怎样，怎样就结了。”蒋爷说：“这不对了吗？你们二位要有什么罪名，我与展老爷要教你们担一点罪名，叫我不得善终，这你还不敢说么？”二人一齐说道：“我们说将出来，这个罪名不小。实对你们二位大人说罢，这个人姓晏叫晏飞，外号叫竹影儿，又叫白菊花。”展爷说：“他是晏子托之子，陈州人，对与不对？”邢如龙说：“对。”蒋爷说：“你们慢慢的说来。”邢如龙说：“这个人是我们师兄，我们师兄弟共是四个人，他是大爷。我二师兄，有个外号叫神弹子活张仙郑天惠，陕西人。连我们哥俩共是四个。我们虽是师兄弟，与仇人一样。”蒋爷说：“你们不用先推干净，没你们事情还不好么？”邢如虎说：“不是我们推干净，提起来话就长了。我们师傅是鹅峰堡的人，姓纪叫纪强，外号人称银须铁臂苍龙。我有个师妹，叫纪赛花，一家就是三口。我们师傅收了他，把自己平生武艺一点没剩教与他，他方肯养活我们师傅一家三口。我们师傅后来又收了我们三个，他不许师傅教给我们本事，怕我们学会了，压下他去。我们师傅一生，就是耳软，不敢教给我们本事了。若不听他的言语，怕他不给银子，一家三口难以度日。又皆因我们师傅双目失明。我们有个师叔，是扬州人氏，外号人称花刀纪采。头年来师傅家里拜寿，见着我们三个徒弟，问我们学会了什么本事，我们说任什么不会，就嘱咐我们好好的学本事。到第二年，又来拜寿，又问我们，仍是任什么不会，皆因多吃了几杯酒，与我们师傅闹起来了。一赌气，把我们三个人带往扬州去了。我们三个人的本事，都是跟师叔练出来的。教我们二师兄暗器，打弹子。我们两个人太笨，教给我打八步电光锤，我们始终不会。这就是我们师兄弟是仇人的意思，这是已往从前的言语，该我们什么罪名，求大人施恩。”蒋爷说：“你们休提罪名二字，儿作儿当，爷作爷当，何况是你们师兄，更不干你二人之事。”蒋爷又问：“这白菊花到底有什么本事？”邢如龙说：“他的本事，可算无比。头一件，有一口紫电宝剑，切金断玉，兵刃削上就折；双手会打镖，百发百中；会水，海河湖江，在里面能睁眼识物。”蒋爷说：“现在哪里居住？”邢如龙说：“在徐州府管辖，地名叫潞安山琵琶峪。山后有一湖，名曰飘沿湖。”蒋爷说：“只要有了他的准窝巢，就好办了。”邢如龙说：“还有一件，若要拿他，至潞安山琵琶峪，找姓晏的不行。”蒋爷说：“改了姓了？”邢如龙说：“他早就改了姓了，他姓他外婆家那个姓，复姓尉迟，单名一个良字，就在琵琶峪里，起造了一座庄户，连庄客都是他自己招来的。人家也都不知他细底，都称他叫尉迟大官人。都知道他上辈做官。

他出去作一趟买卖，满载而归。他对人家说：山南海北，山东山西，全有他的大买卖，他去算账去了，人就信以为实。他又拿着钱不当事，乡下人见不得有点好，所有他们那些庄客，无不敬重他。要拿他时节，千万别打草惊蛇。”蒋爷听毕说：“那事我自有主意。你们二位说出了他的住处行迹，还算一个头功，跟着我们见相爷去。”邢家兄弟点头。展爷、蒋爷、邢家弟兄，全到里面见相爷。至书房，先叫包兴回将进去。说：“请。”展、蒋、邢家弟兄到里面，与相爷行礼。蒋爷将邢如龙说的话对相爷说了一遍。邢校尉过来，与相爷行礼请罪。包公摆手：“二校尉何罪之有，如今说出贼人的窝巢，本阁还要记你们二人大功一次。”二人谢过相爷，垂手在两边侍立。包公着派南侠、蒋爷，上潞安山捉拿贼寇，所带什么人，任他们自己挑选。蒋爷说：“回禀相爷，卑职带定邢校尉、冯校尉，数十名马快班头，讨相爷一角公文，到那里见机而作。”包公教二位护卫到外面自己挑选班头。蒋、展二人答应一声，四人出来，叫班头韩节、杜顺挑选了十二名都是年轻力壮的差人。蒋爷又问韩节、杜顺，开封所属一厅二州十四县的班头，可曾到来。韩节、杜顺说：“回禀大人得知，自从大人吩咐衙役之后，他们一厅二州十四县，马快班头俱都到此处听差。长班告诉他们，也无论远近，他们自己与自己州县送信。”蒋爷说：“这就是了。”仍回校尉所。

忽然见帘儿一启，从外头进来两个人。蒋爷一看，是张龙、赵虎。原来赵虎贪功，他知道蒋爷奉相谕上潞安山，对张龙说：“三哥，你看见没有，如今这官多少好作！先前卢、徐、蒋他们倒还钻山扒杆，下河拿蛤蚂，这如今倒好啦，行刺的也作了官了。现在你我看守御刑这些年，咱们这校尉就老了。如今他们新收了当差使的，这一趟又是好事，这一去焉有不把白菊花拿来的哪，这一拿住白菊花，所去之人准是加级记录。”张三爷说：“人家本事比咱们强。”赵虎说：“咱们也不甚弱，见相爷讨差，叫他们将就着点，咱们沾他们一个光儿罢。论拿呀，你我如何拿得住，总得是他们拿住，进京见相爷，递折本时节不能说没有咱们两个人。”张三爷无奈，被赵虎拉着见相爷。赵虎讨差，包公明镜，知道他两个人无能，又料着有展、蒋二位，绝不教他们吃苦。包公应允，故此二人出来，见四老爷回话。蒋爷见赵虎、张三爷进来，让二位落座。赵虎随说道：“相爷方才把我们两个人叫进来，吩咐我二人，说你们拿白菊花人太少，把我们两个人派出来，跟随你们二位听差。”蒋爷说：“此话当真?”老赵说：“谁还为这个撒谎。”蒋爷说：“我们的人足用，我见相爷问问去。”老赵一把将蒋爷揪住，说：“蒋爷不是那么回事情，是我们自己讨的差使。”蒋爷说：“这不结了。我这个人，一生就怕人与我撒谎。”又见公孙先生托定一角公文进来，大家迎接先生，让座。先生说：“你们拿着这角公文，见徐州府知府。此人姓徐叫徐宽，是相爷门生，有什么事他好去办。”蒋爷把文书交给展爷，吩咐外面备马。蒋爷、展爷、邢如龙、邢如虎、冯渊、张龙、赵虎，带定从人，由马号中备了十几匹马，把大众的东西扎在马上，告诉那十二名班头自己领盘费银两，教他们与首县祥符县要马去。王朝、马汉送将出来，说：“你们几位多辛苦罢，我们在京都耳听好消息。”众人一齐答言说：“托福！托福！”大众上马，往徐州府投文，拿白菊花。且听下回分解。

第二十四回

官查姚正说道路　地方王直泄贼情

且说众人在开封府外上马，离了风清门下关厢，忽见后面十二名马快班头与县中要了马赶奔前来，大家会在一处，晓行夜住，饥餐渴饮，这日到了徐州府的东关。蒋爷叫从人前去找店，就找下一座福兴店。蒋爷叫冯渊、张、赵、邢家弟兄，带领班头，店中等候听信。蒋爷与展南侠带一名从人，拿着二人名片进城，到知府衙门投递名片。不多一时，见层层正门大开，知府里面迎接出来。展、蒋二位早就下马，从人掸了掸身上的尘垢。知府看看临近，见他是方翅乌纱，大红圆领，粉底官靴，面白如玉，五官清秀，三绺长髯，见展爷、蒋爷，深深一躬到地。蒋、展二位答礼相还。往里一让，至书房落座献茶。知府说："不知二位驾到，有失远迎，望乞恕罪。"蒋、展二位一齐答言道："岂敢。"知府又说："京都包老师相爷他老人家一向可好？"蒋、展二位答言："一向甚好。"知府说："二位到此，有何见谕？"蒋爷说："大人屏退左右。"知府答言，教从人退出。蒋爷说："这里有一角公文，大人请看。"展爷献将出来。知府把公文拆开，从头至尾一看，就见他那乌纱翅颤颤乱抖。言说："这样贼人，大概不好捕捉，请问二位大人还是调兵，还是差捕快班头去拿？"蒋爷说："若要调兵，风声太大。倘若风声走露，贼人逃窜，岂不是画虎类犬！若用班头，又有多大本领。纵然见面，如何捉拿得住？事在两难，我们慢慢计较。这里有知晓潞安山道路的人没有？”知府道：“有，敝衙中，有个官查总领姚正，他时常往山中办差，向来道路纯熟。”蒋爷说：“既然这样，将他叫来。”知府叫外面从人说：“你们把姚正叫来，大人们问话。”

不多一时，就见进来一人，头戴六瓣壮士帽，青布箭袖，皮挺带，薄底快靴，赤红脸面，两道立眉，一双圆目，直鼻方口，花白胡子，过来与知府见礼。知府说：“这是蒋、展二位大人，过去叩头。”那人冲着蒋、展行礼说：“下役姚正，给二位大人叩头。”蒋爷说：“起来，你是官查总领，这潞安山道路，你可熟识？”姚正答言：“山内道路下役一一尽知。”蒋爷问：“此山离城多远，共有几个山口，里面有多大地面，后山有几股道路可以出山？”姚正说：“回禀大人，出了徐州西门，离五里地，有个镇店，叫榆钱镇，出西镇口，紧对潞安山东山口，直进山口，就是一股道路。往上走就是琵琶峪，北边有四个山湾，南边有四个山湾，若走山湾，仍然还是这一个山口，不然为什么叫琵琶峪，皆因它类似蝎子。这八个山环，就似蝎子腿形象，这个山口，就是蝎尾。后山无路，有一个大湖其名叫飘沿湖。”蒋爷问：“这尉迟良住在什么地方？”姚正说：“他自己盖的一片庄户紧靠琵琶峪西边，他那后院西墙下去就是飘沿湖。”蒋爷问：“尉迟良他是何等人物？”姚正说：“下役就知道他是官宦之子，都称叫他尉迟大官人。此人是个富户财主。”蒋爷说：“你准知是官宦少爷？”姚正说：“不准知，他是新搬来的，要是在此处生长起来的，下役就准知道他的根底。这个人是异乡搬到此处。”蒋爷说：“此人的原籍是什么所在？”姚正说：“下役不大深知，有说南阳府的，又有说陈州的。”蒋爷说：“这就不差往来了。我实对你说，这是盗万岁爷冠袍带履之贼。我们奉相谕前来。所以将你叫到，问你道路，怕的是风声走露，贼人知晓逃窜，故此办事，总得严密方可。但不知如今尉迟良可在他家内没有？烦劳你打听打听。若在家中，大家好去，千万不可打草惊蛇。”姚正说：“此刻在家与不在家，下役亦不深知，前去探听明白，再来回话。”蒋爷说：“既然这样，你到东关福兴店找姓张、赵、冯、邢的几个人，把他们带到榆钱镇暗暗找下一个公馆，千万告诉明白店东，别教他走露风声。你想想看，住在哪个店好，我们同着你们老爷随后就去。”姚正翻眼一想说：“有一个三义店，店房宽阔，店东又是在我们衙门里当差，就在他那里甚好。”姚正撤身出去。

知府要与蒋、展二位摆酒。蒋爷一拦，说：“你这里可有出色的能人没有？”知府说：“我们这里就是总镇大人，此人是行伍出身，耳闻此人本领高强，技艺出众，马上步下，无一不精，再说要兵要将，非此人不可。”蒋爷问：“此人姓什么？”知府说：“姓冯，叫冯振刚，外号人称单鞭将。”蒋爷一听说：“既然这样，烦劳大人，将此人请来，大家一见。”知府复又把外边人叫来，把自己名帖，请冯总镇至衙，有商办的公事。从人答应出去。知府与蒋四爷打听些京都事情，又问些襄阳事情，叹惜了白五老爷一回。皆因是徐宽当初作祥符县知县，连颜查散代范仲淹打官司都是他手中之事，皆因办此两案有功，包公才保举他作徐州知府。正在说话之间，从人进来回话，总镇大人已请到了。知府说：“请至书房，大家相见。”不多一时，由外面进来。总镇心中还有些恼意，他焉知道刻下知府正陪着展、蒋二位说话，焉能迎接他去。总镇到里面，知府早就站起身来，深深一躬到地，说：“未曾远迎兄台，望乞恕罪。这是京都来的二位大人，这位就是此处的冯总镇。”总镇与蒋、展二位各各见礼，通过姓名，大家落座。蒋、展二人一看总镇大人，类若半截黑塔相仿，心中暗暗夸奖。总镇说道：“不知二位大人驾到，有失迎候，望乞恕罪。

不知二位大人有何吩咐？”蒋爷说：“所为潞安山中有一贼人，我们请大人商办此事。”总镇说：“此贼有什么案件在身？”蒋爷说：“这里一角公文，大人请看。”随即将文书递过去。总镇打开一瞧，便问道：“二位大人要捉拿此寇，用多少兵将，小弟赶紧预备。”蒋爷说：“大人先调二百步队，全要巧扮私行，暗藏兵器，上榆钱镇，在三义店相近的所在伏下。还得跟着入山，堵住贼人门首，我们到里面去拿。倘若贼人逃窜，步队外面捉拿。如若捉拿不住，大人可要听参。”总镇连连点头称“是”。蒋爷说：“大人就去预备，我们在三义店公馆专候。”总镇也知道事关重大，随即起身告辞，点兵去了。

再说蒋爷会同知府，乘上外面预备马匹，随带本衙中马快班头，到店外下马。店东出来迎接，口称大人，方要行礼，教蒋爷把他拦住，使了个眼色，到店门里头，蒋爷说：“我们的事情，你都知道了罢？”回说：“小人们俱听我们姚头提过了。”蒋爷说：“你可嘱咐伙计，不许在外面吵嚷此事。要是机关泄露，把你拿到开封府，先拿狗头铡铡你。”店东说：“小人天胆也不敢。”蒋爷嘱咐完了，走至里面，早有张龙、赵虎、邢家弟兄、冯爷，连十二名马快班头迎接出来。蒋爷就叫五位校尉，与知府一见。彼此行礼已毕，大家到五间上房落座，店中伙计打脸水烹茶。赵虎告诉，姚正怎么把他们大众接到此处。蒋爷问：“他往哪里去了？”赵虎说：“他打听白菊花的下落去了。”知府吩咐店中预备早饭，大家饱餐一顿。少时外面进来一人，肩头上扛着一个人。大众看了，原来是姚正。见他把那人“噗”的一声摔在蒋爷面前，屈单膝打千①说：“下役交差。”蒋爷说：“你怎样这般猛壮，

① 打千——旧时的敬礼。

这是什么人?”

原来姚正把公馆找好，把众人带来，自己直奔潞安山山口，就见前面树下，一块大青石头上坐着一个人，一个酒瓶子，放着几个果子，自己拿着那个瓶子，嘴对嘴，正喝到得意之间。自言自语在那里说鬼话哪，说：“活该！怪不得人家常说一饮一啄，莫非前定。今天早晨，连一文钱都没有，可巧这般时候尉迟大叔打南阳回来，见着他就是活财神爷，磕了一个头，就给了三两白花银。又一说，又给了有二三百钱，你说吃什么。要不是遇见他呀！我今日这个罪过，可知道了。人歇工呀，挂兑！”说毕，哈哈狂笑。姚正过去一拍他的肩头，说：“老三，一人不吃酒，二人不赌钱，怎么一个人喝上了?”原来这个就是琵琶峪的地方，名叫王直，小名叫三儿。他回头一看，说：“姚头领来了。咱们白得来的酒，你先吹喇叭。”姚正问：“你这里哪有喇叭?”王直说：“你全然不懂，嘴对嘴喝酒，就叫吹喇叭。”姚正一想，在这里问他，拿不定说不说，要带他去回话，他若不走哪?他一喊，琵琶峪的人出来，我带不了！有咧，我把他带的远远的，我扛起来就跑。又叫：“老三，你这里来，咱们说句话，咬个耳朵。”王直站起来，走了几步，说：“你说罢。”姚正说：“你再走几步。”又走了不远，姚正说：“你再走几步，我与你咬个耳朵。”一连说了好几次，就到了潞安山口外头。王三说：“你到底什么事情?”姚正把腿往底下一垫，上头一靠，“噗咚”一声，就把王直靠了一个筋斗，把他腰带解下来把二臂一捆。王直说：“捆上来咬耳朵?”姚正并不答言，扛起来就走，直到公馆，进子店门问伙计：“大人们在哪里?”回答：“现在上房。”扛着奔上房，启帘进来。见蒋爷，姚正说：“回禀大人，这就是琵琶峪的地方，山中之事，他一一尽知。”蒋爷叫人将他扶起来，将他带子解了，跪在面前。

蒋爷问："你叫什么名字？"王直这一吓，把胆子都吓坏了。蒋爷连问他两声："你叫什么名字？"王直才说："我叫王直。我是琵琶峪的地方。你老是甚人？"蒋爷说："你也不用问我，你瞧，那边是你们知府大人，我是替你们大人问你，琵琶峪的尉迟良，你可认得？"王直说："认得。那是我大叔，待我好着的呢！今天打南阳府回来，给我三两银子，二三百钱，时常周济我。刚才我们头儿瞧着我喝酒，还是他老人家给我的钱，你老认得他？"蒋爷说："我不认得他，皆因他偷万岁的东西，我是来拿他。他给你钱就很好。"王直一闻此言，打脑门里冒出一股凉气，连声道："我可不认得他，酒是我自己打的。"蒋爷说："先不提那个，这贼准在家里没有？"地方说："他在家里，也许又走了，我去瞧瞧去。要在家里，我回头来送信。"说着，站起回头就走。蒋爷说："站住罢，你去送信，报答他三两银子好处。"叫差役："把他看起来，可别放他出去，这里有一根带子，把他系上。"蒋爷又把邢家弟兄叫过来，说："你们二位，先到山中探探虚实。"二人一怔，齐说道："我们先就说过，我们二人本事，比他差得多，他又有一口宝剑，他又比我们聪明，倘若叫他识破机关，我们是准死无疑。我们死倒不要紧，怕误了大人的大事。"蒋爷说："不妨，二位附耳①上来。"要问蒋爷说的什么言语，且听下回分解。

① 附耳——听别人讲话。

第二十五回

邢如龙挖去一目　邢如虎四指受伤

且说蒋爷附耳低言，如此这般告诉了几句言语。二人一皱眉，齐说："倘若他不肯听这套言语，如何是好？"蒋爷说："他要不听你们言语，我再教你一个主意。"四爷又说了几句，两个人才说："有理！有理！"他们各带兵器，披上英雄氅，随出公馆去了。邢家弟兄走后，展爷说道："四哥，他们本事可不强哪。这一去，可别闹出舛错来。"蒋爷说："无妨，我自有道理。"正在说话之时，忽见总镇大人从外边进来，还带着两个人。那二人也是酱巾搢袖，蛮带扎腰，大家站起身来，迎接总镇。蒋爷就引着张龙、赵虎、冯渊见了总镇。总镇又把他带来那两个人与蒋爷见了。原来一个都司，一个守备。一个叫张简，一个叫何辉。总镇说："二百步队兵丁俱在就近地面听令。"蒋爷说："还有一件，叫他们头上或用白布或用蓝布包上一块，恐怕动手时节看不清楚，自己杀自己人。"展爷说："不可耽延时刻，总得接应邢家弟兄方好。"冯渊说："待我先跟下他们去，我算二队接应。"赵虎同张龙说："我们算三队。"蒋爷同展南侠说："我们算四队。"叫总镇大人，带领张简、何辉，督定二百兵丁，作为五队。蒋爷说："我教你们一个主意，要是听出里头动手时节，你们大家异口同音，就说天兵天将好几百万人都到了，把要犯贼人门首全都围上，潞安山琵琶峪的官兵尽都塞满山口，外头漓漓拉拉，还有八里多地哪！大家异口同音一喊叫，又借着山音，贼人不战自

乱。”张简、何辉连总镇一齐点头。蒋爷又说：“知府大人带着本衙中马快，连开封府十二名马快班头，接应大家。”安排停妥，大家前往，暂且不表。

单提邢家兄弟，到了琵琶峪，直到大门。此门坐西向东，有两条板凳，上面坐着几个二十多岁的人，都是提眉吊眼、异服奇装，在那里讲话，邢家弟兄走上前来说：“辛苦。”那些人回头一看，问：“找谁？”邢家弟兄说：“找你们大爷。”那个说：“我告假才回来，我还没到里头去哪，我不知道大爷在家没在家，我给你进去瞧瞧去。”邢如龙说：“管家，你告诉你们晏大爷去，就说我们弟兄姓邢，他叫邢如虎，我叫邢如龙，你们大爷是我们师兄，自然他就见我们了。”说罢这句话，那人方才进去。不多一时，里面又出来一个人，往外一探头，又走了。又等半天这才出来一人说：“请！”邢家弟兄往里就走。往南一拐四扇屏风，再往北将进垂花门，就见白菊花降阶相迎，说：“二位贤弟一向好。”邢如龙说：“大哥一向可好？我是买卖忙，总没得到哥哥府上叩头，如今是辽东地面有件买卖，从此过路，特意绕路前来，给哥哥叩头。”白菊花双手把两个人往起一搀，上阶台石，让进厅房，分宾主而坐。邢家弟兄暗一打量，白菊花此时更透着威武。见他白缎扎花武生巾，白缎绣花箭袖袍，上绣宽片金边，五彩丝蛮带，水绿衬衫，豆青色英雄氅，上绣大朵团花。脸似粉团，两道细眉，一双俊眼，鼻如玉柱，口若涂朱，虽然相貌甚美，脸上颜色净白不红，细看又有点斑斑点点的，并且是个吊角嘴。肋下佩一口双锋宝剑，绿沙鱼皮剑匣，杏黄绒绳飘垂。三个人见面之时，就见晏飞满面笑容，落座谈话。问了二人来历，复道：“二位贤弟，远路而来，还是尽为瞧看劣兄，还是另有别事？”邢如龙说：“一者是看望兄长，还有一些小事，可不大要紧。我们无非听过耳之言，说你把万岁爷冠袍带履盗来，可不知是真是假，我们来问问兄长，果有此事没有?”白菊花复又哈哈大笑说：“不错，果有此事。皆因我在酒席筵前，受他人轻侮，我才投奔京都，将万岁爷冠袍带履盗来。总是年轻之过，又不为己事，虽然盗出冠袍带履，此时后悔，也是无用的了。二位贤弟，何以知之?”邢如龙说：“我们听绿林人言讲，不定是真是假，今日闻兄长之言，方晓得是真。按说你把冠袍带履盗将出来，压倒群英，我二人与你贺喜才是。”晏飞说：“我总怕事情做错了。”邢如龙说：“你这惊天动地之事，压倒绿林，怎么说错事？若论我二人，慢说是盗，连看见都不能。借着哥哥你这个光彩，拿出来我们瞻仰瞻仰。”白菊花一笑说：“你们早来几天，可以看见。我实对你们说，那日在南阳府团城子伏地君王东方亮酒席筵前，大家说‘近时没有许多英雄’，内中多有不服之人言道：‘这东方大哥人称伏地君王，谁能到万岁的大内，把万岁爷的冠袍带履盗将出来，与东方大哥穿戴起来，看他像个君王不像?’问了半天，总无人答言。那时是我也多贪了几杯酒，自己承当前往。将此物得到手后，我就送与东方大哥了。今日才由南阳府回归。若在此处，你们看看，又有何妨?”邢家弟兄一听，大失所望，彼此面面相觑。晏飞复笑道：“你们二位与劣兄贺喜，本应当我与你们道贺才是，你们倒真是可喜可贺。”邢家弟兄说：“我们有什么喜可贺?”晏飞说：“你们二位如今不是做了官了？六品校尉，开封府站堂听差，日后岂不是紫袍玉带，耀祖荣宗，也不枉人生一世，这才叫可喜可贺。”邢家弟兄一听这番言语，也是微微一笑说：“原来你知道我们做了官了。”晏飞说：“不但我知，人所共知。你们必然是做此官，行此礼，到此处追取万岁爷的冠袍带履，一行拿我入都交差，是与不是?”邢如龙说：“我们可不敢。

既然你已识破机关，你把所盗之物，献将出来，不但没有你的罪，我们两个人，还尽力保举你为官，方称我们心意，这叫有官同做。”白菊花说：“住了！我盗万岁爷之物，献出了还做官？轻者是剐。”邢如龙说：“你不知道，如今万岁喜爱有本领之人。先前，白玉堂开封府寄柬留刀，御花园题诗杀命，后封为御前护卫。”晏飞说：“快些住口！封白玉堂的时节，万岁有旨：再有这样，绝不宽恕。”邢家弟兄所说言语俱是蒋爷教的，再多说则不行啦，就要告辞。晏飞说：“不行，你们要想出去，把首级留下。”邢家弟兄一着急说：“晏飞你好言不听，我们可要拿你了。”说毕，甩了大氅①，亮刀，蹿在厅内大骂。晏飞也甩了大氅，亮剑出来。要问二人如何抵敌，且听下回分解。

① 氅（chǎng）——大衣。

第二十六回

冯渊房上假言诈语　晏飞院内吓落真魂

且说邢家弟兄，见白菊花亮剑出来，头一个邢如龙劈头盖脸，就是一刀。白菊花一闪，使了个白蛇吐信，宝剑正到面门，邢如龙往右边一歪头，那宝剑正扎在左眼之上，“噗哧”一声，把那一只左眼挖瞎，“噗咚”摔倒在地，鲜血淋漓。邢如虎一见哥哥躺下，恶狠狠把刀剁将下来，白菊花先把宝剑往上一迎，“呛啷”一声，就把邢如虎的刀削为两段，紧跟着宝剑往下一劈。如虎一急，手无寸铁，就有个刀把，对着晏飞打去，晏飞将身一闪，如虎回头要跑，白菊花那口剑，仍是白蛇吐信，对着如虎胸前扎去。如虎不能躲闪，一急，用左手往外一推，就听见“噌”的一声，就把四个指头削落。白菊花一抬腿，正踹在如虎身上，“噗咚”摔倒在地。晏飞回头，叫家人捆将起来，四马倒攒蹄捆好，撂在廊檐底下。

其实一报进来的时节，晏飞就知道邢家兄弟的来意。皆因他盗冠袍带履之时，在京都就知道开封府有什么人。如今听二人一来，就知道为冠袍带履而来。他先派人出来看看，他们身后带了多少人来。那人探头一看，说：“只两个人。”然后请将进去，先说好话，后才翻脸。晏飞此时后悔，先时节忘了问问他们，共总来了多少人，都在哪里住着？此时二人身带重伤，再要问，他们定然不肯说出真情实话。恶贼一转身躯，上了阶台石，冲着邢家弟兄说道：“你们身带重伤，可是自找其祸。我好意把你们请将进来，你们口出不逊，你们两个拉刀，一定要与我较量。若不是师兄弟情分重，我立追你们两个人的性命。我问你们句话，只要你们吐出实言，我就放你们逃命。”邢如虎说：“你问我们什么?”白菊花说：“你们共来了多少人？在哪里居住？说了实话，放你们好走。”邢如龙说：“你要问我们来了多少人么……”邢如虎咬着牙，忍着痛说：“哥哥千万可别告诉他。一问明白，前去行刺。咱们两个人死了倒不紧要，别给旁人招祸。”说到此时，忽听门外一阵大乱，忽又从墙上蹿下一人，一身大红箭袖袍，说话南边口音，说：“唔呀，唔呀！好恶贼，你们乃师兄弟，有这等狠心贼人，挑目削手，快些过来受死。”白菊花早就下阶说：“你是何人?”那人回答：“要问我，乃辽东人氏，复姓欧阳，单名一个春字，人称北侠是也。”白菊花一听吓了一跳。久闻北侠，未见其面。闻说此人有一口宝刀，天下第一英雄，如今这一来，自己打量，非是他敌手，总要仔细方好，又不能不过去。随说道：“欧阳春，你我远日无怨，近日无仇，依我劝你，快些去罢，你我何必翻脸。”冯渊骂道：“混账东西，招刀。”原来冯渊早就到了，远远看着邢家弟兄，进了大门。等得工夫甚大，他也到门前，硬要进来。门上人把他拦住，问他找谁？他说找白菊花。门上人说：“我们这里没有白菊花，倒有黄菊花，还没开哪。”冯渊又复骂人。门上人过去一揪，他硬给了人家一个嘴巴，那人又过去一揪，他又一脚踢了那人一个筋斗。他撒腿就走，贴着墙根直奔正南，往西一转弯，跳进墙来，直奔垂花门南边那段卡子墙，蹿在墙上头，一见邢家弟兄，就成血人一样，再瞧白菊花，手拿宝剑正施威吓。冯渊跳下去，自称北侠，真把淫贼吓住了。晏飞不敢拿剑迎那口利刀，两个人约有五六个回合，冯渊是得理不让人，一刀紧似一刀。白菊花动着手，心中忖度：那北侠是辽东人氏，

这个人说话，是南边口音，再者人称紫髯伯，生的是碧目虬髯，这个人没有胡子，可别冤了他。想到此处，虚砍一剑，蹿出圈外，大声招呼说：“小辈你且等等动手！你说是北侠，因何是南边口音？北侠人称紫髯伯，你又为何没胡子？你怎么是北侠？”冯渊说：“拿你这个混账东西，还用他老人家来？那是我师傅，特把七宝刀交给我拿你，只要我这口刀，杀你如割鸡一样。”白菊花说：“好小辈，你叫什么名字？”冯渊说：“是你冯老爷！”复又把刀就剁。二人又走了三四个回合。晏飞看他这口刀，不像宝刀的样子，大着胆子，把剑盖住他的刀背，“呛啷”一声，冯渊刀头坠地，气得白菊花咬牙切齿。冯渊回头就跑，蹿上房去。白菊花后面就追，也要往房上一蹿。冯渊一伸手，揭了两块瓦，见白菊花要追，对着他面门就打将下去。也算晏飞闪躲的快当，那瓦坠落于地。冯渊就喊：“这真是我师傅来了。”就听有人从外边厢喊叫：“拿贼，拿钦犯！”冯渊说：“就是这个，你拿罢。我师傅到了，这是真正北侠。”白菊花一转身，见这人身高五尺，面目发黑，手中拿一口腰刀，这个可是有胡子，却是一部短胡须，扑奔前来。白菊花说道：“你是北侠？”来者本是赵虎与张龙。他们三队到了大门，就不见邢家弟兄，也不见冯渊，忽然听得冯渊喊叫之声，知道在内动手，二人直闯进来。白菊花听得冯渊一说赵虎是北侠，问了一声：“你是北侠？”赵虎说声“然也！”摆刀就剁，白菊花心想别管是与不是，盖住他的刀背，先试试如何？宝剑刚一沾刀，“呛啷”一声，腰刀削为两段。赵虎一跑，恶贼后面又跟着追。冯渊又一喊：“这才是我师傅哪！”白菊花又是一怔，见张龙一身蓝缎衣襟，黄脸面，半部胡须，手中也是一口腰刀。恶贼问道：“你是北侠？”张龙说：“我叫张龙。”白菊花一笑，全是无名小辈。张三爷用刀一砍，白菊花剑一找他这口刀。

冯渊又喊："他这是口宝剑，别叫他碰上。"张三爷把刀往回一抽，没容他削断。

忽听外面一声叫喊："钦犯①休得猖狂，还不快些前来受捆。"话言未了，纵进二人，一高一矮，白菊花早就看见，头一个蓝缎壮士帽，翠蓝箭袖袍，鹅黄丝带，月白衬衫，青缎快靴。面如白玉，剑眉阔目，准头丰隆，方海口，大耳垂轮。手中明晃晃一口宝剑，光闪夺目。再看那个矮的，身不满五尺，一身枣儿红衣服，拿着一柄三楞青铜刺。小小头颅，两道眉似有如无，一双眼圆丢丢神光闪闪，尖鼻子，薄片嘴，小耳朵，窄脑门，形如瘦鬼一般。晏飞一见，更觉轻视。冯渊再一嚷道："妙个哉！妙个哉！白菊花这可要送你姥姥家去了，北侠没来，南侠到了。展护卫，蒋护卫，这就是白菊花。千万别把混账狠心贼放走，他把两个师弟，一个挖去一只眼睛，一个削去一只手。"白菊花一闻此言，暗暗恨这个蛮子，我要得手之时，把他剁成肉泥，方消心头之恨。不说北侠，又说南侠，少刻还有双侠到来，真不管他是谁！把心一横，焉知晓这可碰在钉子上了。展爷蹿将过来对准晏飞盖顶搂头，劈山剑剁将下来。晏飞用手中紫电剑往上一迎，用了个十分力，只听"呛啷"一声响亮，只见半空中火星乱迸，"当啷啷"，半天工夫，剑尖上响声不绝。把两个人齐吓了一跳，彼此俱都蹿出圈外，低头瞧着自己的宝剑。展爷这口宝剑，一丝没伤。白菊花一看自己宝剑，吓了个魂不附体，原来是把自己宝剑磕了一个口儿，约有荞麦粒大，自己暗暗着急，心痛此剑乃是无价之宝。晏子托临死时节，交与他宝剑之时，再三嘱咐：此剑若在，你性命也在，此剑若伤，你祸不远矣。如今晏飞见宝剑有

① 钦犯——朝庭要犯。

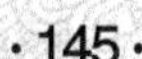

伤，故此心中害怕。你道两口宝剑，凑在一处，怎么单伤白菊花这口宝剑？俗话说：二宝相逢，必有一伤。皆因白菊花的这口剑，是晋时[①]年间的宝物，展爷这口剑，是战国时造就的，故此年号所差，晏飞这口剑敌不住展爷的那口剑。展爷这口剑一得力，准知道碰着紫电剑，自己的剑不能伤损，就把自己平生武艺，施展出来。要拿白菊花，且听下回分解。

① 晋时——朝代。

第二十七回

校尉火烧潞安山　总镇兵困柳家营

且说展南侠初遇白菊花，两口宝剑一撞，展爷明知白菊花的剑软，展爷就把平生之力，施展出来，与白菊花较量。又有蒋四爷在旁边，那柄刺使的也是神出鬼没，并且不与白菊花一对一较量。他尽看着展南侠与白菊花较量，晏飞稍有落空之时，他便把刺往上就递，并且不奔上三路，尽在下三路或钩或扎或刺。按说白菊花这身功夫，真算出色，可惜自己把道路走差，若要取其正路，可算国家栋梁之才。一个人敌住一侠一义，毫无惧色，无非就是剑不碰剑，又想拿自己的剑把蒋爷的刺剁折。蒋爷更是留神的，只管动着手，不求有功，先求无过，焉能教他的宝剑粘着自己的青铜刺？白菊花明知一个敌两个，早晚必败，吩咐家下人，一同齐上。家人下众抄家伙，没有刀枪剑戟，无非厨刀、菜刀、面杖、铁䦆①把子、顶门杠，此时冯渊早就蹿下房来，就把张龙手中那口刀要将过来，挑邢如龙、邢如虎两个人的绳子，叫张龙、赵虎两个人，把他们背将起来。赵虎说："三哥你背着龙，我背着虎，咱们是龙对龙，虎对虎。"冯渊拿着这口刀，上下翻飞，砍的那些家人，一个个东倒西歪，也有带着重伤的，也有死于非命的，大家谁敢拦阻。冯爷一行砍杀，一行护着张赵二人背负邢家兄弟闯出垂花门，直奔大门，眼望那些兵丁来到，才翻身

---

① 䦆（jué）——刨土用的一种农具，类似镐。

回来，也帮着展爷动手。

此时忽听外面一阵大乱，犹如山崩地裂相似。听大众异口同音说："是天兵天将到了，调大兵来的，好几百万哪！都到了门口，将琵琶峪都塞断了。杀呀！拿钦犯哪！"白菊花一闻此言，就无心动手，他就打算三十六着，走为上策。展爷、蒋、冯三个人，围定甚紧，白菊花卖了一个破绽，好容易才蹿出圈外，撒腿就跑。冯渊大嚷："混账东西跑了！"大家就追。展爷在前，蒋爷在后，冯渊无非虚张声势。白菊花奔垂花门，扭项回头，早就见蒋四爷、展南侠追赶下来。晏飞一回手，"叭"就是一镖。展爷是久经大敌之人，将身一闪，蒋爷在展爷身后，看不见前面，见展爷一闪，蒋爷也跟着往旁边一闪，那镖"噌"的一声，就将蒋爷头巾，打了一个窟窿，若不是身材矮小，性命休矣。白菊花一镖，把展爷的暗器，也勾出来了。一缓手，把袖箭装好，"噔"的一声响，正打在大门的框上。晏飞也是久经大敌的人，只管跑着，不住的回头，看见展南侠双手一凑，就知他要发暗器，果然他一伸手，一股寒星飞奔自己喉嗓而来，一闪身，躲过袖箭，蹿出大门。一看前边黑压压的一片兵丁堵住周围院墙，见了他异口同音喊："贼人出来了。"张简、何辉在门的两边。这些兵丁，每人一块蓝布包头，可没穿上号衣号褂，各执短兵刃。只见对面上，总镇大人是酱巾摺袖打扮，面赛乌金纸，手中一柄水磨竹节钢鞭，有鸭蛋粗细，迎门一站，虎势昂昂，犹如半截黑塔相仿。白菊花一瞧，就知道他是总镇。总镇两边，有那二十名长挠钩手。张简、何辉两个人往上蹿，一个是熟铜双锏，一个是齐眉木棍。白贼一想，要与他们走上三合两合，后面那个姓展的就追上了。只见他们锏棍齐奔面门而来，白菊花这口宝剑一磕，"呛啷"兵刃全折，使了一个顺手推舟的招数，"噗哧"一声就把张简的膀子砍落下来。一回剑又是一声响，就把何辉的头巾削去了半边。迎面总镇大人，眼看着伤了二员偏将，自己抡鞭就打。晏飞怕他力大鞭沉，不敢碰他的兵器，使了个乌龙入洞，躲过他这一鞭。众挠钩手全把挠钩往前探，白菊花用剑使了一个拨草寻蛇的架势，吡哧咔嚓，把那些挠钩手的挠钩，全都削折。二十个人往前一扑，白菊花迎面上，遇人就杀。可怜那些兵丁，就有带伤的，也有送命的。晏飞闯出来，到山口，马快班头如何能挡得住他，也就被他砍倒了不少。恶贼出了潞安山，一想上哪里方好，是往周家巷好，还是上柳家营好哪？自己未能拿准主意。忽见后面众人追来，只得顺着山边，往北又往西，窜上山去。只见山下火光大作，烈焰飞腾，万道金蛇乱窜，自个暗暗的叫苦，明知自己窝巢不在了。事到其间，也就无法，反怨恨邢如龙、邢如虎，早知事到如此，还不如把两个小辈结果性命，也消心头之根。走不到二里光景，就到柳家营门首。

且说柳家营前面一带，尽是柳树。庄主姓柳，叫柳旺，外号人称青苗神。先前也是绿林，后来坐地分赃，自己挣的家成业就，洗手不做绿林的买卖了。皆因四十岁无儿，又搭着争下了万贯家私，足够后半世用的了。恰巧弃绿林后生了一个女儿，更要做些好事。他这女儿，名叫姣娘，长到十八岁，聘于宋家堡。头年妻子又死去了，今年正是六十正寿，上他这里来祝寿的甚多。白菊花他们素无来往，然而彼此慕名，正是他生日这天，白菊花同着周家巷火判官周龙，备了一份厚礼，前来与他拜寿。白菊花一来，柳旺就觉着亲近于他，生辰①后，留晏飞住了数十余日，终日上等酒席，待如上宾。来后，两个人结为义兄弟。如今白菊花要上周家巷，皆因后面追来，逃脱不了，故此才直奔柳家营。可巧正遇柳旺在他门首，往潞安山那面瞧看，见杀声震耳，火光

① 生辰——生日。

大作，透着诧异，要派人前去打听。忽见白菊花迎面而来，面现惊惶之色，再看后面追来的人不少，青苗神这个人，最有机变，叫家人先进去开了大门。门前有两个石头鼓子倚着，家人先把石鼓子一挪，等白菊花到了门首，柳旺拉着进了大门，忙叫家人把大门一闭。白菊花正要行礼，柳旺一搀说："此时没工夫行礼，快说是什么事情？"白菊花草草把自己的事一说。柳旺翻眼一想，随说道："必须如此如此的方好。"白菊花连连点头说："此计甚善，只请哥哥救我了。"说着就双膝点地。青苗神把晏飞一搀说："你我自己兄弟，没有那些礼节。"随叫家人带着白菊花去了。又叫家人过来，附耳低言，家人答应，转身去了。

忽听门外一阵大乱，有人在那里叫门。柳旺亲身开门，迎门遇见展南侠、翻江鼠，一齐说道："你是本家主人哪？"柳旺点头说："不错，小可名叫柳旺，但不知你们二位贵姓高名，因为何故，带领这些人到我家中，有何贵干？"蒋爷答言："你要问我们乃御前三品护卫将军。后面还有人你们知府总镇。我们都是奉旨拿贼，如今贼人进了你的门内，快些闪开，容我们捕盗。"柳旺把双手一拦说道："且慢，我们院内没有。"蒋爷远远地看见进了他的门首，皆因有那些柳树挡遮，未能看得很明。柳旺开口就不承认，他一耽延工夫，白菊花再打后头跑了，那时间枉费了许多事情，顾不得与他说话，先叫兵丁："把他这个宅子与我围了。"蒋爷与柳旺说道："你说贼人不在你的院内，我们搜将出来，拿你一同治罪。"柳旺满口应承："老爷们若打我院中搜出贼来，连我一同治罪。可求老爷们一件事，别叫这些个人进去，都一进去，我家中不定得丢多少东西。"蒋爷说："使得。"告诉兵丁："叫你们大人堵门。"蒋、展二位，往里一闯，将到屏风后，就看见白菊花后影儿往厅房里面一跑。蒋、展二人，一齐往门内一闯，两面的绷腿绳往起一绊。要问二人怎样逃躲，且听下回分解。

第二十八回

因贪功二人坠翻板　为拿贼独自受镖伤

且说展、蒋二人将到屏风门外，往厅房上一看，见白菊花往里面跑。二护卫心在白菊花的身上，那里想得到门内有埋伏，只顾往里一跑，两边的绳子，往起一兜，二位就往前一栽。幸亏展爷将刀顺手一划，绳子全断，两旁拉绳的家人，一齐跌倒，蒋展二位纵起身来。蒋爷说："好贼人，中了你们的圈套了。"此时，白菊花早又出了厅房，抽出一只镖来，对着展爷打来，早被展爷躲过。白菊花这一镖没打着，只好又赶奔前来动手，走了三五个回合，转身就跑，直奔厅房。展爷怕一进厅房的时节，门槛又有兜腿绳子。到了房门之外，蒋爷探头瞧了一瞧，里面连一个人也没有，忽见白菊花正从暖阁那里，往后一转。二人赶到暖阁东边，往后一看，后边还有一个后门。此时白菊花已经出后门去了。二人也往后门一蹿。岂知门内是一块翻板。二人要是一前一后，也不致于一齐落下，皆因二人一齐纵身，一齐落脚，就听见"嘣"的一声，那地板就翻转去了。展、蒋二人往下沉，也不知准够多深，撒手把兵刃一扔，双手一拢膝盖，用腰找地。焉知晓"噗咚"一声，将身子沉入水中去了。展爷吓了一跳，随着就喝了两口水。蒋爷一见是水，这可到了姥姥家了，欢喜非常。先往上一翻，就把展爷衣襟往上一提。展爷自从喝了两口水，只觉得晕头转向，叫蒋爷一揪，缓了缓气，就听见上边，“当啷”的一声，柳旺家人们搬过石块，就把那翻板一压。里边人，就是肋生双翅，也飞不出去。别看蒋四爷只管会水，这所在实系厉害，他手提着展爷腰带，自己用着踏水法，在这井桶之中，黑暗暗什么也看不见，只可伸手去摸，摸着了井壁，周围一转，地方倒很宽阔，水约有一丈多深。再往上看，虽然看不见，估摸着约有数丈有余。再摸这井壁子，溜滑如镜面一样，纵然有天大的本事，也飞不上去。摸来摸去，忽听见有流水的声音。原来这井桶子，不是由地下冒上来的地泉，是由飘沿湖借进来的湖水。由飘沿湖挖出一股地道，约够八尺多宽，上头俱拿石头砌好，如同地沟相似，到井桶子这里，只留了六寸宽一个缝儿，就是会水的，掉将下去，偏着身子也不用打算出去。这还怕不牢靠，又打了一扇铜蒙子，都是大指粗的铜条，把它拧出灯笼锦来，预先就砌在这缝儿里头。一者为挡人，二则也免得湖里漂来东西，连大鱼全都挡住。柳旺起的名儿，叫翻板水牢。你想柳旺要这所在何用？皆因他年轻时坐地分赃的时候，制造此物。他也明明知道，所做的事情犯王法，怕的是哪时万一事情败露，有人拿他。若不是人家对手之时，他好把人带到翻板水牢。如系追他甚紧，他还有借水逃命的所在，可也没用着一回。可巧如今晏飞一来，他附耳低言告诉他的就是这个主意。蒋爷摸来摸去，摸到这个借水的地方了，不但窄狭，并且还铜蒙子挡着。南侠说：“四哥，事到如今，你不必顾我了，你自己若能出去，早离险地罢！”蒋爷说：“大弟，你看这样一个所在，如何出得去呢？就是出得去，也没有一个人

走之理。这个柳旺，可实在人面兽心！你我在此，也不知外面之事怎么样了。咱们这可称得是坐井观天了。”展爷说：“四哥，你但能要出得去，你可就出去，别拘泥着我一人。”蒋爷说：“咱们生在一处生，死在一处死。出去的法子，我是一点也没有，就这么一点盼望！”展爷问：“什么盼望？”蒋爷说：“就盼望总镇大人冯振刚，能把白菊花拿住，还得把柳旺拿住，进来满处一找咱们，或者他们家人说了，或者各处找寻，无心间蹬到翻板上，再掉下一个来，那可有出去的机会了。倘若晏飞与总镇一交手，再把总镇引到这里，总镇一贪功，照样掉下来，那可又多一个该死在一处的了。事到如今，也不用打算，只可就是凭命由天了。”展爷、蒋爷在水牢之中，暂且不表。

且说白菊花将蒋、展二位带到翻板水牢之处，在外面看着他二人中计，坠落下去，叫家人用石头压住，自己转身出来。柳旺在那里叫道：“贤弟怎么样了？”回说：“他们已然坠落下来，兄长可曾看见那些人都到了没有？”柳旺说：“他们把咱们周围的墙壁俱都围满了。贤弟你要逃走，我这里单有一股水道，你自可借水而逃。”白菊花说：“不行，我若借水道而走，他们岂肯与你善罢甘休？我与兄长惹的这个祸患，可不小。水牢里是两个护卫，外面还有总镇，那总镇倒不放兄弟眼里，无奈一件：我若走了，就给哥哥留下祸患了。依我说，不如丢舍这份家私，你我逃走了罢。你我弟兄走在哪里，到处为家。”二人正在议论之间，就见冯渊由外面进来，骂说：“好贼人，你们全是一类的东西。总镇大人，快拿贼罢，他们这里议论要跑。”那总镇冯大人一听，手提单鞭，大喊一声闯入院内，大家全撞一处。柳旺的家人，早在旁边拿着一条花枪交给柳旺。冯渊往外一跑，说：“我去叫人去了。”白菊花说：“哥哥先走。”柳旺冲着总镇，就是一枪，总镇用鞭一磕，“当”的一声，柳旺险些撒手。晏飞早由冯振刚左边蹿过来了，总镇一追，“噗哧”一毒药镖，正中肩头。“噗咚”一声摔倒在地。要问生死如何，且听下回分解。

第二十九回

巧装扮私访淫寇　用假话诓骗愚人

且说白菊花正与青苗神商量主意，不料冯渊闯将进来。按说，大门关着，众人全在外面围着，也听不见里面的信息，冯渊使了一个诈语道："里面说话的不是王大兄弟吗？"里面人答言："找我们王三哪？刚才在这里来着，此时没在这里。"冯渊说："劳您的驾，把你请出来，我们说句话。"那人就叫说："王三哥，外边有人找你哪。"不多一时，门内问："谁找我？"冯渊说："三兄弟，你开门吧，我与你说句话。"那人还纳闷，听不出是谁。把门一开，冯渊使了个眼色，众兵往前一拥，那门关不上了。家人将要拦阻，冯渊把刀一亮，那些人便东西乱跑。冯渊闯进大门，正听见白菊花与青苗神商议，就往前一蹿，高声一喊。此时总镇大人进来。柳旺用枪一扎，往外就闯。白菊花从旁边过来，总镇一追，就是一镖，正中肩头，总镇大人摔倒在地。白菊花往外一蹿，将到门首，冯渊正教那些人进来，迎面正遇白菊花。冯渊焉敢与白菊花交手，回头就跑。白菊花也没工夫追他，会同青苗神，两个人扑奔西南。这些兵丁，就有奋勇的还要围裹他们，焉能围裹得住？沾着就死，撞着就亡，转眼之间，就是数十名人在地上横躺竖卧。那些兵丁，谁还敢追，任着两个人飞跑。跑来跑去，天色已晚，回头一看，身后有一个黑影儿在后面远远跟下来了。白菊花低声对柳旺说道："后面有人追着咱们哪。"柳旺说："这便怎样？"白菊花说：

“待我返身回去，别是那个蛮子。”看看临近，晏飞细细一瞧，何尝不是！

且说冯渊心中怕苦了白菊花，又是恨他，又是怕他。忽听兵丁一阵大乱，说：“总镇不好了，让人打死了。”冯渊一急，眼瞧着白菊花往西南去了，一听总镇大人受伤，自己一想：我暗地跟下去，看他下落在何方。天气已晚，他估量大约他们看不见他了。不料白花菊花实系鬼诈，又踅①回来了。冯渊一瞧见白菊花返身回来，回头就跑。白菊花追了半天不追了，仍然归在柳旺一处。冯渊又跟下去了。柳旺又回头追他，冯渊又跑。等到他们要走，他又紧紧跟着。白菊花瞧见前面一个村庄，就与柳旺商量，若是进村，他就无处可找了。果然冯渊要追进村中，又怕白菊花在暗地藏着，无奈何，在村外找了一棵树下歇息，直等到了天交二鼓。冯爷想着又是恨，又是气。垂头丧气顺着潞安山的北山边，就回了公馆。叫开店门，问了问店家：“知府大人与众位老爷，回来了没有？”店中人说：“知府大人回来了，总镇大人受伤，二位邢大人带伤，我们这里张老爷带伤。”冯渊又问：“展大人、蒋大人回来了没有？”回答：“没有。”冯渊又是一惊，往里就走。迎面遇见姚正，冯渊又问了一回，也是如此讲。冯渊一跺脚，说：“唔呀，唔呀，不好了！”来至厅房，看见知府大人低着头，背着手，急的满屋乱转。

原来知府大人赶到琵琶峪，得见总镇大人身受重伤，邢如龙挖去一目，邢如虎削去四指，张简砍去一臂。兵丁杀死十一人，受伤者十五人。拿获柳旺家人八名，逃窜者无数。并未查点柳旺家中的东西，吩咐大门上锁，上了封皮。又派了两上小武职官，

---

① 踅（xúe）——中途折回的意思。

调去五架帐篷，大门外两架，东西北三架。知府衙门两位先生，开封府八名班头，徐州府十六名班头，三十名兵，会同看守空宅一座。若遇有人跳墙出入，立即锁拿。死去兵丁，每人赏棺木一口，令家人认尸，事毕时另有赏赐。受伤者，知府衙门公所调养，另请医家调治，俱是官府给钱。知府回公馆，内外科医生请来约有五六位。俱是异口同音说，张简、邢家弟兄保管无碍，就是总镇大人无法可治。因所受镖伤，尽是毒药，透入皮肤，无法可医。无论内科外科，皆如此说。又不见展、蒋二位护卫，又不知冯老爷哪里去了，一点音信皆无，急得个满屋乱转，故此哼咳不止。忽见帘儿一启，冯渊从外面进来，徐宽勉强赔着笑，连忙问道："可曾见着展大人、蒋大人没有？"冯渊说："唔呀，我还要问你蒋大人、展大人的下落哪！"知府就把所有的事对着冯渊说了一遍。冯渊说："这可不好了。"知府问冯大老爷："难道说没有见二位大人一点影儿么？"冯渊说："从进潞安山琵琶峪，我与二位大人总没离开左右，就见他们追出白菊花之后，我在白菊花家里放起一把火来，前后勾串着一烧，火光冲天，我就跟下两个贼人来了。直到柳家营，倒看白菊花同柳旺逃入村里去了，他们关着门不教进去，我使了一个诈语这才把门诈开。要依着兵丁们说，二位大人进了院子，难道说二位大人还输给白菊花不成？满让蒋大人或许不是白菊花的对手，展大人不能输与白菊花啊。"正说之间，张龙、赵虎从外面进来。冯渊见着大家，彼此对问了一回，全是面面相觑。知府传出话去，无论什么人，有会医治毒药镖伤者，急速请到。大家草草把晚饭吃毕，一夜晚景不提。次日早晨，知府派下人去至柳家营打听，晚间并没有从墙出入之人。

单说赵虎，自己忽然想起一个主意来了。就把官查总领姚正叫在东厢房里。姚正问道："四老爷有什么吩咐?"赵虎说："你是此地官查总领，应当无一不知，无一不晓。"姚正说："下役也不敢说无一不知，大概的事情尽都知晓。"赵虎说："我问你，这白菊花是个贼，你知道不知?"姚正说："老爷，慢说白菊花是个贼，连他叫白菊花我都不知，倒是柳旺，我倒知道他不大甚好。"赵虎说："你既然知道为何不办?"回答说："他不法是在年轻时节，本地又没案件。"赵虎说："你们这一方还有不法之人没有?"姚正说："还有，也是没有作案，无处下手。"赵虎问："住在什么所在，姓甚名谁?"姚正说："出了榆钱镇的西口，别进潞安山边山口，就顺南山边有一个村庄，叫周家巷，东西大街由当中分开，东边叫东周家巷，西边叫西周家巷。在西周家巷西头路北，有个大门，内住着一人姓周，他叫周龙，有个外号火判官的便是。在左近的地面，也没有案，我们大众有点疑心，总没探访妥他，早晚间必要动他，皆因他所来往之人，全不正道。"赵虎又问："他到底是个作什么的?"姚正说："据他说，他是个保镖的。到如今他又不保镖了。"赵虎说："白菊花他们素日可有来往没有?"姚正说："那我可准知道他们素有来往，他们交往还很亲密。我们还常常言讲，可惜尉迟大官人怎么交他?谁知道尉迟良就是第一的不好人。"老赵说："这就得了。你不用管，我自有主意。"说毕，二人出来。赵虎就把跟他那个从人叫来说："我要出去私访去，你仍然给我买那么一身破衣服来。"赵虎私访，前套三侠五义之时，访过七里村一案，又访过白玉堂，巧遇三千两叶子金。包相爷就说他是个福将，他自己就信以为真。如今白菊花、展、蒋全无下落，又想着要去私访，故此与姚正打听得明白，又叫家人买破衣服。去不多一时，家人把衣服买来。赵虎就将本身衣服脱却，穿上了破汗衫破裤子，光着脚，趿拉着破鞋，挽了发纂①，满脸手脚上俱抹上锅烟子。又由墙上揭下几帖乏膏药贴在腿上，拿了一根打狗杆，提着一个黄瓷罐，拾掇好了。

赵爷将往外走，正遇见冯渊，把冯爷吓了一跳，惊说：“唔呀！你是什么东西?”赵虎说：“你是什么东西！玩笑哇。”冯渊说：“可了不得了，赵四老爷疯了。”赵虎说：“你才疯了哪。”冯爷道：“你不疯，何故这般光景。”赵虎说：“展、蒋二位大人，连白菊花俱没有下落。我出去私访，倘若访出下落也是有的。”冯渊说：“你这个样子，还出去私访，谁看见不说你形迹可疑?就是落魄的穷人也不至于这般光景。纵然扮个穷人，像个穷人就是了，何至于浑身抹些个锅烟子，贴些乏膏药?”赵虎说：“我出去私访的时候，你还没有差使哪。”冯爷说：“你满让遇着案犯，叫人家看破，也是个苦，无非又得我们救你。”赵虎说：“哪里用得着你们哪。相爷说过，我是福将。”冯渊说：“好，你是福将，我是腊醋，别抬扛，请罢。”赵虎提着黄瓷罐往外就走。来至店门，把店家吓了一跳，刚要说：“你这乞丐……”那个字没说出来，细一看，是赵四老爷。说：“你老人家是怎么啦?”赵虎说：“你别管我，开店门。”原来这店，自从做了公馆，就是白天也把双门紧闭，有人出入时候现开。若要开着门，怕有人住店来，就得教人住，不然就得争闹。店家开了店门，赵虎出了店，直奔正西。榆钱镇本是热闹所在，来往人烟稠密。大众一看赵虎，无不掩口而笑。本来看着他就形容可笑，并且老赵也真拉的下脸来，放开嗓音一喊说：“行好的爷们，有吃不了的饼饭，穿不了的衣裳，用不了的银子钱，要是给我穷人，我一辈子忘不了你的好处。行好的爷们哪，行好的爷们!”只顾一喊，招来十几条大狗。

---

① 纂（zuǎn）——梳在头后边的发髻

那狗“汪汪汪”的乱咬，赵虎一看，气往上冲。破口大骂：“怪不得说‘人敬富的，狗咬破的’。你当是四老爷真是这样穷？滚开这里罢！你还咬我，我骂养活你的主人了。”狗的主人一瞧老赵那个样，赶紧把狗叫进去，把门一关，不惹闲气。老赵四六句子骂骂咧咧就奔了潞安山的山口，顺南山边直奔周家巷，到了东周家巷，往里就走。这一进村，狗更咬的厉害啦。赵虎用打狗杆抡开，要打又打不着，狗比他快。随着往西过了十字街，便是西周家巷，东西所分者无非南北一条街冲开，在东便是东周家巷，在西便是西周家巷。将过南北这条街，坐北向南，有一户人家。老赵又一喊叫，只见从门内出来一个人，年岁不甚大，青衣小帽，像个做买卖人的相貌。那人问道：“我这里有点残饭给你，要不要？”赵虎说：“我的肚量大。”那人又问：“我这里有酒，你喝不喝？”赵虎问：“必是剩下的酸黄酒。”那人说：“不是，是小花坛女贞陈绍。”赵虎说：“你既有女贞陈绍，为何不留着你自己用？”那人说：“实不相瞒，我们是搬了家了，这就要交代房屋了。我一看他们，剩下了一碗饭，有些盐菜，还有些不要紧东西，有一坛子酒，你要吃，我省的往那边挪了。我瞧你，也不是久惯讨饭的。”赵虎说：“有酒便好，我就是好喝，我要不喝，还落不了这般田地哪。”随说着，把赵虎让到门里，有一个转弯影壁。那人说：“朋友，你在这里等等。”不多一时，从里边拿出一张小饭桌，两条小板凳，又取出一壶子酒来，一碟咸菜，两个酒杯。赵虎把黄瓷罐放下，打狗杆往墙边一立。那人给斟了一杯酒，自己也斟上一杯。老赵不管怎样，拿起便喝，一口便是一杯。那人瞧着赵虎尽乐，便问道：“朋友，我瞧着你怪面熟的。”赵虎说：“我是哪里人，你是哪里人？”那人说：“你不用隐瞒，我瞧出来了，你是开封府赵虎赵护卫老爷。”赵虎说：“不是不是，你错认人了。往常也有人说我像赵虎，大概我与赵虎长的不差，我也姓赵，我可不是赵虎。”那人说：“你不是赵四老爷？可惜！可惜！若真是赵四老爷，那可好了，可惜世界上的事，卖金遇不着买金的。朋友，喝酒罢。”赵虎一听，他话里有话，随问道：“你老贵姓？”那人说：“姓张，排行在大。”赵虎说：“张大爷。”那人说：“岂敢！岂敢！”又说：“赵伙计，你是哪里人？”回答：“咱们是京城里的。”那人说：“京城里做什么买卖？”赵虎说：“开杂货铺。”那人问：“在什么地方？”回答：“在竹杆巷东口。”那人又问：“宝号是什么字号？”回答：“是这个什么来着？我忘了。”那人一笑，说：“是自己买卖，会把字号忘了？”赵虎他一句叫人问住，半天才说：“买卖是我的，我可不管事，单有领东的管事。你问的太急，等我慢慢的想一想，我想的起来。”那人又问：“既是你有个买卖，上这里来做什么？”回答：“上这里找人。”又问：“找什么人？”回答：“有一个同行的欠我钱文，找他来了。”又问：“欠你钱的这个人居住何方，在哪里做买卖？”回答：“在徐州府十字街鼓楼东杂货铺做买卖。”又问：“这个杂货铺什么字号？”回答：“我也一时忘了。”又问：“这个人姓什么？”回答说：“你这人问的怎么这样细微？不亚如当堂审贼的一样。”那人说：“咱们喝着酒，无非闲谈，他到底姓什么？”赵虎说：“这个，他仿佛是姓……”说话之间又问：“你问我什么来着？”姓张的哈哈大笑，说：“你说了半天，尽说了些口头语儿，到底姓什么？”赵虎忽然想起白菊花来了，说：“他姓白。”那人说：“可找着没有？大概是没找着吧。与人家本铺又不认识，总得在外头住店，吃饭要饭钱，住店要房钱，大概是又好喝，又好耍，由京都又没有带多少钱来，此处又举目无亲，人没找着，对与不对？”赵虎说：“你怎么知道我的事情？”那人说：“你不用撒谎了。你是四老爷不是？”老赵说：“是怎么样？不是又怎么样？”那人说：“你若是赵四老爷，有天大一件差美，准保你官加两级。”赵虎问：“到底什么事情？”那人说：“皆因我们这里，有一个火判官周龙，他家女眷上我们家里来了。妇女们说话不管深浅，说昨日他们家来了两个人，一个叫青苗神，一个叫白菊花，叫官人赶的无处可去。这白菊花竟偷了万岁爷的冠袍带履，无处可藏，现时便藏在他们家里。你若是真正赵虎，这件差使，是怎么样的美差？可惜你不是，那便不行了。”赵虎一闻此言，哈哈大笑。心中想道：怪不得相爷说我是福将。如今赵虎得了白菊花的下落，要问怎样办法，且看下回分解。

第三十回

群贼用意套实话　校尉横心不泄机

且说老赵听见这个人说出了白菊花的下落，不觉欢喜非常，便与那人笑嘻嘻地说道："事到如今，我也不用隐瞒，我便是赵虎。"那人说："你算了吧！你这是冤谁呢？你要是赵虎你早说出来了。"老赵说："一见面，人心隔肚皮，我本是巧扮私行，出来私访，访的便是白菊花下落。如今我一见你，是个买卖人的样儿。也是实心眼的人，我故此才把我的真情泄露。"那人哈哈一笑，说："你是真正的赵四老爷，我可多有得罪。"赵爷说："不知者不为罪。"那人复又深深的与赵虎行了一个礼，说："恭喜四老爷，贺喜四老爷。既是你老人家到此，这里也不是讲话的所在，咱们到后边，还有细话告诉你老人家。"赵虎连说："使得使得。"一回脚"当"的一声，便把黄瓷罐打破，打狗杆折断，搬着桌子，拿着板凳，拐过影壁来，有三间上房，把桌子放在屋中。赵虎一看，尽是三间空房，果然就像搬了家的样子。那人拿着酒壶道："我再取些酒来。"赵虎便在房中等着。不多一时，把酒拿来，放在桌上，那人道："可惜你老人家初到此处就是一盅空酒，连些菜蔬也没有，透着我太不恭敬了。"赵虎说："只要我得着钦犯的下落，比你给我肉山酒海吃还强哪。你若不择嫌，咱们哥俩得换帖。"那人说："我焉敢高攀。"二人落座，把酒满斟了两杯，那人忽然站起身来说道：“我有几个腌鸡卵①在那里，可以下酒。”赵虎说：“不用了，我们两个人说话罢。”那人一定要去取。赵虎的那性情，访案得遇，自己一喜欢，哪里还等那人取鸡卵来。自己斟上，自斟自饮，吃了三杯，把第四杯斟上，就觉着晕晕乎乎的，也不知晓是什么缘故，自觉着必然是饿了，怎么头晕，随即站起来走一走，焉知晓刚一站起便觉天旋地移，房屋乱转，身不由自主，“噗咚”一声，便栽倒在地。那人从外面蹿将进来，哈哈大笑，说：“就凭你这个浑人，也敢前来私访，你没打听打听小韩信张大连。慢说你这个浑小子，再比你高明一些的，也出不了大爷所料。”

列公，这人到底是谁？这人是南阳府东方亮的余党。原来白菊花盗取万岁冠袍带履便是他们两个人一路前往。皆因白菊花把冠袍带履交与东方亮，晏飞走的时节是不辞而别的。东方亮怕晏飞挑眼，便叫张大连追下白菊花来了。将到潞安山，便看见山上火光大作，自己便奔周龙家里去了。他将到周龙门首，火判官正在门前瞧潞安山那火纳闷。彼此相见，张大连说了他的来历。少刻，家人回来，告诉潞安山的凶信。依着火判官要跑，小韩信把他拦住，直到初鼓之后，白菊花同着柳旺，上周龙家里来了。是冯渊把他们追进小村，蹿墙跃房，这一家跳在那一家，便跑了。直奔周龙家里来，群贼相见，火判官一问他的来历，晏飞便将始末根由一五一十，细说了一遍。大家用酒饭之时，白菊花说：“我们弟兄二人，还得速速的起身，不然怕再有官兵追至你这里

① 鸡卵——鸡蛋。

来。我姓晏的，连累一个朋友便是了，别再把哥哥连累在内。”周龙笑道：“贤弟此言差矣。古人结交，有为朋友生者，有为朋友死者。劣兄虽然不敢比古人，柳兄尚且把家舍田园俱都不要，何况我这一所破烂房屋，又非祖遗之物，又算得几何？”张大连在旁说：“二位自己弟兄，何必这般太谦？”晏飞说：“倘若有连累兄长之处，实是小弟心中不安。”大家直饮到天色将明，也派人出外打听，官兵并无一点来的动静。张大连又说：“虽然官兵未往周家巷来，唯恐有人暗访。待我出去，到我们空房子那里去看看。倘有面生之人，我好盘问盘问。”大众点头。张大连走出来，到他空房子那里，院中有两个看房之人，忽听外面叫街的乞丐，声音诧异。张大连一出来，就认得是赵虎。皆因他同白菊花盗冠袍带履时节，那日他在街上闲逛，遇见张龙、赵虎送白五太太至原籍，回都交差，张大连知道他是赵虎，如今见着，焉有不认得之理？诓进来，用他的假话诓赵虎的实话。然后就把他让将进里屋来，二次才用蒙汗药酒，把他蒙将过去，把西屋里两个大汉，叫将过来，拿了一条口袋，把赵虎往内一装，把口袋口子一扎，叫一个扛着走，一个看家。二人出了门首，直奔周龙家内而来。

到了里面，进了厅房，晏飞问：“这是什么？”张大连说：“你猜。”白菊花笑说道：“是银子，是钱。”张大连说：“是人，你看是谁罢。”先把口袋口子解开，把口袋撤开，原来是个乞丐花子。张大连说：“晏寨主细瞧，认得不认得？”白菊花细瞧，说：“哈哈，好张兄，怪不得人称你叫小韩信，真是名不虚传，可称得有先见之明。”周龙问：“他到底是谁？”晏飞说：“便是那个赵虎，张兄怎么把他扛来？”张大连便把方才的话，说了一遍。周龙说：“把他杀了，埋在后院，便完了。”白菊花说：“不可，张兄你可曾问，共来了多少人？”张大连一跺脚，“咳”了一声说：“便是忘了问这句了。”白菊花又说：“他们都在哪里住着？”张大莲说：“我也是忙中有错，也没问他。”白菊花说：“活该，我初见邢如龙、邢如虎的时节，也忘了问他在哪里居住，共来了多少人。”柳旺在旁边说道：“既然把他拿住，还怕什么？拿凉水把他灌将过来，将他绑在厅柱之上，拿刀威吓着他，要依我说，世上的人，没有不怕死的。那时节若要一问他，据我想，他不能不说。”周龙说：“问那些有什么用处？”张大连说：“打墙也是动土，动土也是打墙。人没害虎心，虎有伤人意。如今既然把个校尉拿到咱们家里来了，万一有点风声透露，还愁着那些官兵官将不来呀！不如先下手为强，只要威吓出他的话来，咱们夜晚之间，大家一同前往，把他们有一得一，全都一杀，周兄又没有家眷，咱们大家一走，全奔团城子，上东方亮大哥那里，预备着五月十五日在白沙滩擂台上打擂。众位请想，我这个主意怎样？可千万别逢迎，咱们是一人不过二人智。”众人异口同音，全说：“这个主意很好，事已至此，还非这样办不可哪。”立刻叫人取凉水，把赵虎牙关撬开，凉水灌将下去。再把赵虎捆在厅柱上，大众搬出椅子，彼此落座瞧看。

可叹老赵受了蒙汗药酒，迷迷糊糊的驾云相似。待等睁开二目一看，叫人捆绑在厅柱之上，自己衣服已经被他们扯得粉碎，足下的鞋，早便没有了，发髻蓬松，如活鬼一般。往对面一瞧，周龙是赤红脸面，柳旺花白胡须，这两个自己不认得。再瞧那

边，便是白菊花。迎面站着，便是那个姓张的。赵虎瞧见张大连，把肺都气炸了，说：“姓张的，你真是好朋友哇。”张大连说：“没有我在这里，你这条命，早便不在了。皆因我爱惜你这个人物，忠厚诚实。我问你几句话，你只要说了真情实话，把你解将下来，任你自去。”赵虎说：“看你问什么了?”张大连说：“你们共来了多少人，在哪里住着?”赵虎说：“就为这个事情?告诉你可准放我呀!”张大连说：“君子一言出口，驷马难追。”赵虎说：“你过来，我告诉你，可别叫他们听见。”张大连说：“使得。”便到赵虎面前，赵虎说：“你再往前点儿，你把耳朵递过来。”张大连就把耳朵一递，歪着脸儿，就见赵虎把嘴一开，往前一伸脖子，把张大连吓了一跳，说：“他要咬耳朵呢。”复又问他：“你们在哪里居住，共是多少人?”赵虎破口大骂，白菊花一听，气往上冲，说：“似这样人死在眼前还不求饶，反倒破口骂人。只不用问他什么言语了，结果他的性命吧。”说毕，亮宝剑往前扑奔，举剑往下便剁。欲问赵虎生死如何，且听下回分解。

第三十一回

捆厅柱一福将受辱　花园内三小断被杀

且说白菊花亮出宝剑来，要结果赵虎的性命。张大连拦住说："晏贤弟不可性暴，我准知道，赵老爷是个好人。"白菊花便又坐下。张大连说："赵大哥别怪，我晏大兄弟他是个粗鲁之人，你还是瞧着我。纵然你便说出来人多少，在哪里居住，也是一件小事。为什么拼着自己性命，执意不说哪?"赵虎说："你一定要问，我便告诉你，可便宜了你。"张大连说："只当就是便宜我罢。"赵虎说："我们人来的甚多，尽能高来高去的便有三百余人。"张大连说："你别信口开河啦，哪里有这么些人呢?"赵虎说："你如不信，我便不说了。"张大连说："你把有名姓的，说上些个与我听。"赵虎说："你听着，有北侠欧阳春，南侠展熊飞，双侠丁兆兰、丁兆惠，云中鹤魏真，钻天鼠卢方，二义士韩彰，穿山鼠徐庆，四义士蒋平，白面判官柳青，小诸葛沈仲元，铁背熊沙龙，孟凯，焦赤。"说完即问张大连有三百没有。张大连说："哪有三百，共总才有几个人。"白菊花在旁说："不用听他的了，他尽是信口胡说。"张大连听着，也觉不确实，说："姓赵的，你要不说实话，我可就不管了。"赵虎说："谁教你管哪!除过是你，别人问我，我还不说哪。"猛然间听赵虎扯开嗓子连连喊道："赵虎被人捉住了，赵四老爷被人捉了，赵虎被人捉了!"周龙问："这是作什么呢?"张大连明白他的意思，急速便将赵虎的破衣裳扯下一块，把赵虎颏腮一掐，与他口中塞上物件。柳旺也说："他这是什么意思。"张大边说："他们外头必有一同来的伙伴，不然他不能扯开嗓子乱嚷，为的是教他们伙伴听见，好来救他。"白菊花说："还是杀了他罢。"

白菊花正要去结果赵虎的性命，忽然从外面进来了三个人。赵虎虽然塞住口，不能说话，瞧这三个人倒也瞧得清楚。全都是箭袖袍，狮蛮带，薄底快靴，肋下佩刀。一个穿红，一个穿青，一个穿蓝，是两高一短。这三个人相貌实在难看，生的实系凶恶。正当中这人，面如蓝靛，发似朱砂，红眉金眼，连鬓络腮红胡须，身高五尺，宽倒有四尺，还有一件奇文，精细的脖子长有一尺。大脑袋细脖子最难看无比。眼瞅这脖子擎不住脑袋，那个脑袋直在脖子上乱晃，类若是铜丝儿缠的一般，东倒西歪，前仰后合，又是难看，又是可笑。看那两个人倒是英雄的架子。一个面似瓜皮，青中透绿，绿中又透着亮，凶眉恶眼，未长髭①须。一个是面赛淡金，半个面上有块紫记，上长了许多绿毛，粗眉大眼，也没胡须。那个细脖子的先与火判官周龙见礼，然后与张大连相见，回头又看见白菊花，说："原来晏寨主也在此处。"二人对施一礼，又问周龙："这位朋友是谁?"周龙说："与你们二位引见引见。这位是柳家营人氏，号为青苗神柳旺。这位是兖州府人氏，号为细脖大头鬼王房书安。"彼此一一见礼，又说了些久仰大名的客套。周龙又问道："这二位是谁?"房书安说："这就我带出来的两个兄弟，新入我们这个跳板，是亲弟兄两个，过来见见。这便是我与你们常提说的周寨主，这位是追魂催命鬼黄荣江，这位叫混世魍魉②鬼黄荣海，俱是杭州人氏。"二人给周龙行

① 髭（zī）——嘴上边的胡子。

② 魍魉（wǎng liǎng）——传说中的怪物。

礼，接着次第一位一位，全都见过，然后众人落座，献上茶来。周龙问："三位贤弟从何处至此，有何贵干?"房书安说："我带着二位兄弟，特意前来拜望你老人家，然后拜望绿林中众位朋友们，俱都叫他们见识见识。还有一件事，团城子东方大哥立擂台，聘请天下绿林众位哥们前去护擂。我算计着哥哥必然见了请帖了。"周龙说："事情我算知道了，请帖我还未见哪。"房书安说："早晚必到。可是此时出了一个与咱们绿林人作对的，并不把咱们瞧在眼内，你们听见说没有?"张大连问："是谁?"房书安说："五鼠五义之内，有个穿山鼠徐庆，他的儿子名叫徐良，外号人称多臂熊，又叫山西雁。这个人长的貌陋，黑紫脸面，两道白眉，平白一看，就相似一个吊死鬼一般。他的本领，普天之下找不出第二个人来。土龙坡高家店高寨主，叫他杀跑了，桃花村病判官周五寨主，也叫他杀跑了，桃花村成了火场。这个人会装死，又会假受蒙汗药，追人往西北追，他能在东南那边等着。崔龙、崔豹叫他追的无路，好容易才逃了性命。此人诡计多端，见了咱们的人，绝不放过。"白菊花说："房兄别往下说了，休长他人志气，灭自已威风，慢说他一个晚生下辈，便是徐庆，也不放在晏某的心上。"房书安说："我算是多言，我既知道又不能不说，无非告诉列位，如要见着他的时节，小心点便是了。"白菊花说："我若见他的时节，务必把他首级割下来，拿回叫众位看看如何?"房书安说："晏寨主真能如此，可算是给绿林中除了害了。"

房书安只顾说话，猛一抬头，瞧见赵虎捆在柱子上，复又问道："周寨主，这个是作什么的?"周龙便把赵虎的这段情由说了一遍，末了说："问他共来了多少人，在哪里住，他执意不说，正要杀他，可巧你们三位到了，谁顾得杀他哪?"房书安说："就为晏寨主盗来冠袍带履，闹出这么大的事来。且交与我，问问他们的下落。”说罢自己来在赵虎面前，说：“朋友，我与你商量一件事情。”就见赵虎鼓着腮帮子一语不发，尽冲着他点头。旁边有人说：“塞住口哪。”房书安伸手将他口内东西取出，说：“朋友你姓赵哇，你就是赵校尉老爷么？皆因我们晏贤弟盗来万岁爷的东西，也是一时之错，如今后悔已迟，情愿再把东西送回去，无门可入。你可能够与我们作个引线之人，便连我们都弃暗投明，改邪归正。你能应此事不能？”赵虎说：“你便叫房书安哪！我看着你替你纠心。”房书安说：“你替你纠着什么心哪？”赵虎说：“你这个脖子太细，擎不住你这大脑袋，那时脑袋掉下来准要砸你的脚面。”房书安说：“你说话够多么损！”赵虎说：“你这个脖子太不是样子了，精细挺长。”房书安说：“已然长就的，那可没法了。”赵虎说：“我教给你一个招儿，便好看了。”房书安说：“什么招儿？这可要领教领教。”赵虎说：“你量着尺寸，揪住脑袋，剁下七寸去趁着热血一粘，准保就好看了。”房书安说：“我要胡骂你了。瞧着你怪憨厚的，说出话来够多么损。我与你说正经事，别玩笑。”赵虎说：“谁与你玩笑？你们如有真心，我便带你们前去。不是我说句大话，在我们相爷那里，我说一不二。”房书安说：“那便很好了。你带着我们，这便上开封府还是去找别人呢。”赵虎说：“自然先见见别人。”房书安说：“先上什么地方？离此处远哪，还是近？我们好预备些盘缠。”赵虎哈哈一冷笑说：“怪不得你脖子长，你行出这个事，再叫你脖了长出二尺也不为多。”房书安说：“你不用说我脖子。你总得说出实话，他们在什么地方居住，有多少伙伴前来才行。”赵虎说：“你把我解开，我带着你们一起走，也不用你们的盘费。”房书安说：“你不告诉我们地方，可不能去。”赵虎说：“一定要问在什么地方，你不是从你们家里来么，会没瞧见？”房书安说：“没瞧见。”赵虎说：“全在你老娘屋里炕上坐着，还有你姐姐妹妹相陪。”刚说完又喊叫起来：“赵虎被捉了！赵四老爷被捉了！”气得房书安也是混骂，给了他两个嘴巴，复又把他口塞上。可巧外面有人进来回话说：“扬州郑二爷到。”周龙说：“请。”房书安正要拿棍子打赵虎，外面有人进来，就不能打了。赵虎往对面一看，这个人一身青缎衣襟，薄底快靴，面如重枣，肋下佩刀，背着一张弹弓，细腰窄背，双肩抱拢，一团雄壮。周龙往前抢行了几步，那人双膝跪倒，周龙用手相搀，说：“贤弟一向可好？”回答：“兄长，这一向纳福。”周龙说：“贤弟你看那旁是谁？”那人一转身，看见了白菊花，双膝跪倒，放声大哭。晏飞忙把他搀起起来，说：“贤弟为何这等痛哭？”原来此人最正派无比。周龙见此人到来，立刻吩咐家人，把赵虎幽囚在后面空房之中，叫两个人看守着他。家人答应，将他解下柱来，往后面就推。进了后花园，直奔空房。正走之间，忽听“嗖”的一声，赵虎扭头一看，是一条黑影，手中刀兜着家人后脑壳，“磕哧”就是一刀，人头砍落，“噗咚”一声，尸首栽地。要问来者何人，且听下回分解。

第三十二回

活张仙与周龙定计　冯校尉救赵虎逃生

且说姓郑的过去见白菊花，放声大哭。你道这个姓郑的是谁？就是邢如龙所说的，他二师兄神弹子活张仙郑天惠。皆因在扬州跟着师叔，学了一身本领。在扬州拜得盟兄弟，一个叫巡江夜叉李珍，一个叫闹海先锋阮成。郑天惠师叔如今病故，依着郑天惠，不与他师傅送信，也不与他师弟送信，自己承办丧仪，报答他师叔教给他这一身本事之恩。李珍、阮成劝他，一定要给师傅师兄弟送信。他说："两个师弟没有准栖身之所，往哪里送住？只可给师傅师兄送信。"就把师叔的灵柩封起来，投奔徐州。这日要上潞安山的山口，只见天晚，又正从周家巷经过，此人最与周龙交好，皆因火判官最敬重郑天惠这个人物，一者没入过绿林，二则知道他师兄弟俱是绿林，便不保镖，也不与人看家护院，无非自己叫个场子，糊口而已。所有他的朋友，俱是正人君子。今天来到此处，天气已晚，不料进来见着师兄，跪倒放声大哭。白菊花一问，郑爷就把师叔死去的情由说了一遍。白菊花一闻此言，叹惜一声，说："可惜呀！可惜！那老儿也故去了。"郑天惠见这个光景，真气得颜色更变，又不好与他师兄争吵。世上哪有师叔死去连个泪珠儿无有，倒还詈了，反说那老儿也故去了，仿佛有什么仇恨的相似。有心与他分辩两句，他又是自己师兄，当着众人面前，他若不服，二人闹起来，岂不教旁人耻笑？只可拭泪而退，强赔着笑说："师兄不在家中，在周四哥这里，有何事故？”白菊花说：“先与你见见几位朋友，然后再谈我的事情，说出来令人可恼。”白菊花把这些人一一全都引见过了，郑天惠又问：“你说可恼，到底恨的是哪个？”白菊花说：“就是咱们那两个师弟。”郑天惠一听，是邢家弟兄，就知道他们素常不对，又不能不问。只得问道：“他们两人因为何故？”白菊花说：“我实对你说吧，皆因我把万岁爷的冠袍带履由大内盗将出来，又把此物送给了一个朋友。”郑天惠说：“你怎么到万岁爷的那里偷盗物件去了？倘若有一差二错，你也不料一料身家性命如何？”白菊花说：“说得很是，皆因我在酒席筵前多贪几杯，一使性儿，还管什么身家性命。我盗来万岁爷的东西之后，天子降旨，着派开封府包公捉拿我，满让开封府有几个护卫有些本领，天宽地阔，他也没处找我。包公一急，贴了一张告示，若有知晓我的下落者，赏给官做。邢如龙、邢如虎这两个小辈，自行投首，揭了告示，也不知带领多少人，前来拿我。并且有南侠展熊飞，还有翻江鼠蒋平，又有本地的总镇，带领无数兵将，火焚了潞安山，烧了琵琶峪，只害得我有家难奔，有国难投，只得奔到柳兄家来。无奈我逃在柳兄家内之后，他复又知会总镇，兵困柳家营，连累我这个哥哥，弃家逃走。我们又投奔周四哥家里来。他仍不死心，方才你看见，在厅柱上捆着的那个，那就是开封府的赵虎，又把这个人打发来到此处私访，叫咱们张大哥识破了机关，把他诓将进来，问他们的下落，执意不说，正要责打于他，不想你来到此处，暂且把他推在后面去了。”白菊花本是捏造一派鬼话，不肯说出他违理之事，这几句话把个郑天惠气的双眉直竖，二目圆睁，叫着邢如龙、邢如虎骂道：“两个匹夫，真乃是反复无常的小人。”列公，若论郑天惠与邢家弟兄他们最厚，怎么听了白菊花这一篇话，他到骂起邢家弟兄来了？皆因此人是一派的

正气，不论亲疏，谁若行事不周，他能当时就恼。此时若有邢家弟兄在此，他就能当着白菊花结果两个弟兄的性命。随即问道："这两个小辈现在哪里？待我去结果这两个小辈的性命。"白菊花说："皆因不知这二人的下落，方才拿住赵虎问他，他执意不说。"郑天惠说："既然拿住赵虎，怎么不说呢？"白菊花说："要打要杀，他拼着死命也是不说。"郑天惠哈哈大笑道："既是这样，我有主意，略施小计，管叫他说出真情实话。"小韩信在旁道："郑兄台，我们领教领教高见。"郑天惠说："此人推在后面什么地方哪？"周龙说："在后面空房之内。"郑天惠说："周兄，你找一个能言的管家，去到后面，就说他是安善良民，无奈暂居在你们这里。周兄，我可是用计，千万可别恼我呀！"周龙说："此言差矣，自己弟兄，怎么能恼你哪。"郑天惠说："那人需对赵虎说：'因为我不愿为绿林，又不能脱身出去，忽见四老爷被捉，就有心来救，无奈一人势孤。如今瞧见把你推在后面，我把你老送出去，四老爷可得救我，这里我就不能居住了。'如此一说，他必应承，情甘愿意。可不知此人会上房不会？"张大连说："不会上房。"郑天惠说："他若不会上房，就先给他立下一个梯子，他一见这个光景必然更一点疑心的地方没有了，只管跟着他就走，他必然把此人带至他们的所在去。我在后跟随，看他们到什么所在，或是公馆，或是店房，或是衙门。探准了地方，我回来送信，你们众人，谁去谁不去，我也不管。我就把邢如龙、邢如虎，碎剐其尸。是为我哥哥，不要这不仁不义的师弟。"张大连夸赞："好计好计！周四哥，你就派人立刻办理。"周龙回头教他手下从人把周庆儿叫将进来，教他前去行诈。郑天惠说："这个赵虎不知可有人看着他？"周龙说："有两个人看守。"郑天惠说："先把这两个人叫出来，把房门倒锁，把赵虎锁起来，然后派骗他的人去，才好放他，那里有人看着不行。”周龙说：“郑贤弟做事真想得全美。”先叫家人去到后面，叫那两个人回来，家人答应出去。少时周庆儿进来，郑天惠把他的主意一五一十教给周庆儿一回。周庆说：“你老人家教给小的一回，你老人家就不用操心了，小的比你老人家说的还能完全。”此时已快到初鼓，他也并不打灯笼，打量着是一件美差。不料出去的急速，回来的快当，慌慌张张，颜色更变，口中乱喊说：“可了不得了！那个赵虎大半是叫人救出去了。我们家里，三个人被人杀死，血还热哪。绊了我一个筋斗，正趴在死尸上头，弄了我一身血，众位爷们请看。”说毕扎撒着手。大众一看，果然全身尽是鲜血，全都吃惊非小。

你道方才说赵虎看见后面一条黑影，刀到处人头落地，不是赵虎教人家杀了吗？列公，赵虎要是被杀，那还算什么福将？是推他走着的人被杀，不但杀了一个，而且宰了两个。你道这人是谁？却是冯渊，自从赵虎走后，天有未刻光景，张龙不见赵虎，见人打听老四上哪里去了。唯有冯渊知道，就把他的情由说了一遍。张龙一听，吓了一跳，连忙与冯渊行礼，说道：“我们老四是个浑人，不遇见白菊花便罢，遇见白菊花就有杀身之祸。奉恳冯老爷，我们一路前往，他若遇祸，还得求冯老爷解救。”冯渊说：“我劝他再四，他说用不着我们这厢人，他说是相爷封就的，他是个福将。我说很好，他是福将，我是腊醋。他若没有这个话，我要不去，我是混账东西。他用不着我们这厢人，我是何苦哪。”张龙苦苦哀求说：“不用理他，他是浑人，你总看小弟面上。”直急得张三爷与冯渊下了一跪，冯爷这才无法，点头应允，问说：“哪里去找哪？”张三爷说：“我有地方打听。”随即出去，就把姚正找着，料着老四出去必向姚正问路。果然一问姚正，他

便将赵四老爷要上周家巷的话一五一十学说了一遍。张龙复又见了冯渊，说老四上周家巷去了。冯渊连自己的夜行衣包全都带上，挎上利刀。张三爷也带上刀，告诉明白了知府大人，又把知府吓了一惊。展、蒋二位大人影响全无，如今又走了三位，自料这顶乌纱有些不妥。张三爷同冯爷出来，直奔周家巷。打听明白周龙的门首，前前后后一绕，即听里面喊叫了两声"赵四老爷被人捉了。"张龙听见就急了一身冷汗，说："冯老爷，你听，我们老四叫人拿住了，在那里喊哪。求你老人家施恩，搭救他的性命。"冯渊说："我怎么搭救他?"张三爷说："非蹿房跃脊进去不成。"冯渊说："可见你们把兄弟关心，天还未晚，我要进去叫人拿住，谁来救我。"张龙一听无奈，只得等到天将发黑，二人走到后墙，冯渊仍然背着夜行衣包，叫张三爷在此等候。自己才蹿上墙头，见里面是个大花园子，蹿身下去，才过太湖山石，就见有两个人推着赵虎直奔空房。冯渊穿过花丛，抽出刀来，往前一纵身子，"喀哧"就先杀了一个，另一个将要一喊，冯爷刀落，也作了无头之鬼。冯渊过去，说："福将，多多受惊呵！"见赵虎捆着二臂，一语不发，转过身去，似乎要教冯渊解绑的样儿。冯渊用刀挑去绳子，赵虎自己把塞口之物掏将出来，双膝一跪，说："恩公，我算计你该来了，我可算两世为人了。"冯渊说："你是福将。"赵虎说："你再提起那些个话来，我是个狗娘生的。"冯渊一笑，说："我还得把你背出去，你连鞋都没有了。也罢，你穿我这身。"冯渊就把自己夜行衣包打开换上，他的衣服叫赵虎穿上。正待要走，打前面来了一人，冯渊就把赵虎一拉，叫他在太湖石洞内等着。自己由太湖石后绕奔东南，就在来的那个人身后，"喀哧"一刀，将那人杀死。二番回来，至山洞，再找赵虎踪迹不见。欲问赵虎的下落，且听下回分解。

第三十三回

二护卫水牢离险地　郑天惠周宅展奇才

且说冯爷前后杀了三个，回头一找赵虎，踪迹全无，急的冯爷暗暗叫苦纳闷。转眼之间，又怎么踪迹不见哪？料着要是自己的人，没有这么大本领的，要是他们的人，那可了不得了。若自己不来救他，就是他死在这里也不干己事，若要这个时候叫人家杀了，自己抹了脖子，连阴魂也对不起赵虎。自己正在着急之间，忽见正北上有一黑影子，好像一个人背着一个人的光景。冯渊一见，撒腿就追，只听"叭搭"一声响亮，由正西上，打来一块小石头子儿，正坠落眼前。又往正西一看，就见西边约有三尺多高个东西，黑糊糊又不像人，来回乱晃。冯渊一想，这个别是鬼罢，刚才杀了三个人，这就闹鬼？要是活人见鬼，别是死期快到了，我到底过去看看。他往西一追，就踪迹不见。正向太湖石前纳闷，忽听背后"嗤"的一笑，把冯渊脸都吓黄了，扭头一看，"唔呀，敢情就是你老人家，真把我吓着了。"原来是翻江鼠蒋平。

说书的一张嘴，难说两家话。蒋爷、展爷二人俱在水牢之中，南侠全仗蒋四爷提着他的腰带，如不然，往水中一沉就性命休矣。再说蒋爷又得顾着踏水，单臂没有多大膂①力，不大的工夫，单臂一乏，又得换上那只手来。展爷过意不去，说："四哥，

① 膂（lǚ）——脊骨。

想我终是一死，累得你困乏，求你放我下来，或者你能逃得性命，不然，大家都死，无益于事。”蒋爷道：“勿慌，我想着出路了。我问你一件事，你那宝剑，能切金断玉，要砍砖行不行？”展爷说：“慢说砍砖，就是白玉石头，磟碡①磨盘，都能应手而断。”蒋爷说：“若要砍砖时节，可怕剑刃有伤？”展爷说：“每遇断金银铜铁皆不能有伤，何况砖石等物！”蒋爷说：“这就好了。你看这个缝儿虽小，我们不会把他剁的大大的么？要是将这缝儿剁宽，你我扁着身子就出去了。”展爷说：“还是四哥足智多谋。”蒋爷说：“你先用手扒住这铜蒙子，我下去摸剑。”展爷就用指头套住了灯笼锦的窟窿，提着气悬着身子。蒋爷沉入水中用手一摸，摸着自己的青铜刺，接着又摸着剑把。蒋爷往上一翻，使踏水法就露将出来，复又过来，单手提着展南侠的腰带，自己把青铜刺别在腰间，手拿宝剑。展爷右手搂住蒋爷的脖子，左手推着那边的砖壁，蒋爷用剑“叱嚓喀嚓”连铜蒙子带砖一路乱砍。蒋爷砍乏，手中无力，将剑交与展爷，蒋爷提着展爷的腰带。展爷又砍，整整砍了半夜，方才砍透，到了宽阔所在。仍是蒋爷提着展爷，直到飘沿湖。二人一声长叹。整整在黑暗之处呆了一夜，如今复见青天了。看了看，正是红日初升之时。蒋、展二位到了湖岸，这才上来。展爷说：“四哥，若不是你，小弟性命休矣。”蒋爷说：“展大弟，咱们谁也不谢谁。要不是你的宝剑砍砖，我也出不来。要不是我会水，你也出不来。总而言之，你我二人命不当绝。”蒋爷说毕，趁着天气尚早，并没有行路之人。把自己衣服俱②都脱将下来，就在那沙滩地面拧了拧衣服，在那里等干。

① 磟碡（liù zhóu）——一种用石头做成圆柱形的农具。

② 俱——全，一一。

直到天交近午时候，衣服方才半干，只得将就穿戴起来，二人回归公馆，只觉腹中饥饿，二人要待找个地方吃点东西，一者腰中没带着钱文，二则也没有卖的，只得忍着饥饿扑奔公馆而来。可巧正打柳家营经过，正遇着官兵搭着帐房，看空房子。蒋爷过去打听昨天事情，方才知道总镇受伤。

二人回奔公馆，见着知府大人。徐宽一见展、蒋二位，喜出望外，打听二位因为何故今日方归。蒋爷就把自己的事情对着知府学说一遍。知府复与二位大人道惊。展、蒋二位屋内瞧看总镇大人，那意思性命有些难保，又瞧看邢家弟兄二人并张简，也在此处养伤。方才出来，酒饭已尽摆齐，有知府陪定二位用饭。将要端酒杯的时节，蒋爷又问张龙、赵虎、冯渊哪里去了。知府又把赵虎怎样私访，张龙、冯渊随后追去的话说了一遍。蒋爷一闻此言就把酒杯放下，吩咐开饭，连展爷二位饱餐了一顿。用毕，约会展南侠一同前往。此时也就不用更换衣襟，身上衣服俱已干透。二人辞别知府，叫姚正过来问明道路，这才出了公馆，直奔周家巷而来。天气不早，来到周家巷，往后一绕，远远望见张龙靠着一株树，尽望周龙家后墙里面看着。蒋爷叫了一声："三老爷！"张龙忽然吃一大惊，扭头一看，忽见展南侠、翻江鼠二位一到，犹如见掌上明珠一般，往前抢行了几步，抱拳带笑说："二位大人，从何而至？"蒋爷说："我们是两世为人，先打听你们的要紧。"张龙见问，就把赵虎怎么私访，他怎么同冯渊来的话，学说了一遍。蒋爷说："你在此等候，待我们一同进去。"张龙深施一礼。展南侠与蒋四爷一纵身蹿上墙头，飘身下去，一直奔南。就见赵虎与冯渊对换了衣裳，换毕之后，又见从南来了一个人，冯渊把赵虎往太湖石山洞里一拉，他绕太湖山石，奔东南，杀人去了。蒋爷告诉展南侠："你把他背出去，我戏耍戏耍

冯渊。”展爷无奈，直奔山洞，进山洞低声说：“我把你背出去。”赵虎一瞧南侠，说：“我的恩人来了。”出了山洞，往展爷身上一趴，展爷把他背将起来，一直扑奔正北。待等冯渊杀人之后，一找赵虎，踪迹不见，后才遇见蒋四爷，说：“你真把我吓着了，背着赵四老爷走的是谁？”蒋爷说：“那我可不知道，别是白菊花罢。”冯渊说：“你老人家别吓诈我了，这就够我受的了。”蒋爷一笑说：“我们走罢，是展护卫大人。”二人扑奔正北，翻墙蹿将出来，大家会在一处。冯渊打听展、蒋二位大人的事情，蒋爷说：“提起我们的事长，一言难尽。”张龙、赵虎过来与三位道劳。蒋爷说：“别尽在此说话了，快走罢，小心人家赶下来。”众人扑奔公馆。

随走着，蒋爷问赵虎：“你到底是怎样被捉的，里面共有多少人，白菊花在与不在？”赵虎说：“别看受①一大险，他们的事情可全给我听来了。”蒋爷问：“他们的什么事情？”赵虎说：“就为我假装讨饭，遇见小韩信张大连，用蒙汗药酒把我蒙将过去。醒过来的时节，就把我捆在柱子上。本家叫火判官周龙，白菊花与青苗神柳旺全在他家里，后来的三个是细脖儿大头鬼王房书安，混世魍魉鬼黄荣海，追魂催命鬼黄荣江。诓着我，叫我说你们下落。我把他们骂了一顿。又来了一个神弹子活张仙郑天惠，是白菊花师弟，这个人一来，他们把我推到后面，接着冯老爷就到了，展大人也来了。”展爷在旁边说：“四哥，白菊花也在此处，还有群贼，趁着此时还不拿他，等到何时？”蒋爷说：“且慢，我们先把他们送在公馆，然后调兵前来，围了周家巷，还是你我冯老爷进去拿贼。倘若拿不住，跑了时节，外面倒还有人

① 受——遇。

哪。此时你我进去，拿他不住，岂不是打草惊蛇吗？他们一远遁就不好办了。依我愚见，此人总要定计而拿方案。”展南侠连连称善。赵虎、冯渊复又打听，展蒋二位因何事一夜未归公馆。蒋爷也就对他们说了一遍。大家随说着，就到了公馆。店家开门，大家进来，复又将门闭上。大家奔上房，知府大人眼看着天有二鼓还不见大众归回，心中急躁。忽见帘陇一启，大家从外面进来。徐宽赶紧问道：“四老爷出去私访，可曾受险没有？”赵虎说：“我算两世为人，要不是冯渊老爷、展大人、蒋大人到，我命休矣！”知府大人复又与他道惊，又问受险缘故。赵虎一五一十学说了一遍。知府叫他们预备了脸水与四老爷净面。赵虎出去洗脸更换衣服，复又回来，要叫摆酒。忽听房上瓦片“嘎嘣”一响，展昭说：“房上有人。”赵虎说：“待我出去看看。”一掀帘子，往外就跑，到院内往房上一看，上面“嗖”的一声，打下一物，“噗哧”一声，正中赵虎前胸。老赵“哎呀”一声，“噗咚”栽倒在地。要问赵虎性命如何，且听下回分解。

第三十四回

猛赵虎出房受弹　郑天惠弃暗投明

且说展南侠与大家正要用酒，忽听房上瓦片一响，说："有贼!"赵虎愣头愣脑，往外就跑，出来就被一颗弹子打倒。你道房上是谁？原来是神弹子活张仙郑天惠。为因听了周庆儿回来一说，群贼俱是一怔，大家抄家伙直奔后面查看虚实，果然三个家人横躺竖卧，鲜血淋漓。郑天惠蹿上北墙，一眼就望见有几个人，直奔正东。他复又回来告诉周龙："你们众位不用找了，我看见了，待我追将下去。你们众位前厅等我，得了他们下落之时，我前来送信。"周龙说："再去一个人与你同伴如何?"郑天惠说："不用，是我一人倒好。"说毕，随即就出后墙，远远的跟下展蒋众位来了。直到公馆，认准了他们这个地方，自己就把弹兜子从腰间解将下来，系于外面，把衣裳掖好，跳上西墙，往里一瞧，但见上房点着灯火。郑天惠飘身下来，绕到大房的后坡，蹿将上去，跃脊到前坡，往房上一趴，里面说话尽都听见。郑天惠就要抽身回去与群贼送信。不料往回一抽身，脚一蹬，就把房瓦踏碎了一块。焉知里面听得出来，说："有贼!"郑天惠知道人家听出来了，按说走是可以走的了，皆因是在周龙家内，是自己的主意，把赵虎放跑，反倒三个人被杀。要是就这样回去，觉着脸上无光。郑天惠本是心高性傲之人，一横心，命不要了都使得，也不能就这样一跑。回手把弹弓摘将下来，在房前檐上一站，取了一把弹子出来，准备见一个打一个，出来两个打一双，打几个人再回去，见了群贼，脸上方觉好看。头一个恰好老赵跑到庭中，一弹子正打在胸膛之上，打得赵虎满地乱滚。忽见里面“噗噗噗”，把灯俱都吹灭，又听见说：“唔呀，唔呀！待我出去。”郑天惠就把弹子上好，往下要打，没见有人出来，又等了片刻，才听见说：“唔呀，待我出去拿贼。”待要打，又没见出来。复①又听见里面说：“唔呀，我的刀怎么找不着了？唔呀，可有了刀了，这可出去了。”忽听帘板“吧哒”一响，郑天惠恨这个蛮子说了几回，总没出来，把身子往前一探，伸手对准屋门，只等一露面就打。郑天惠只顾瞧着屋门，不料后面来了一人，对准他后臀上，踹了他一脚。郑天惠只顾前面，未曾防备后面，又是往前探着身子，这一脚，焉有不坠落下来之理。你道这踹他的是谁？原来，蒋四爷知道房上有人，就把灯烛吹灭，一拉南侠，低声说道：“你从后面上房。”冯渊正要出去，蒋爷把他一拉，冯渊就明白了，紧嚷出去。为的是使这个贼的心神尽念着底下，就不顾后头了。果然，展爷把后窗户一开，纵身出去，蹿上房，到前面见郑天惠往前探着身子，用了一个横跺子脚，就把郑天惠踹将下去。冯渊听见“噗咚”一声，这才纵身出去，把刀就剁。郑天惠摔下房来，未能纵身站起，眼瞧着刀到，又不能抽刀招架，忙用手中弹弓，往上一迎，只听“吧”的一声，就把那弹弓上的弦打折。郑天惠弹弓弦一折不要紧，这人的性命休矣。此是后话，暂且不提。

屋中蒋四爷嚷道：“别杀害他的性命！”冯渊这才过来，把他绑上。说：“唔呀，这是我拿②住的贼。”展爷也并不争论。屋内把灯火点着，展爷蹿下房来，同着冯渊，把郑天惠推入屋中。赵虎被这一弹子，正打在胸膛之上，“哎呀”了半天，细看时起了

---

① 复——然后。

② 拿——捉。

一个大紫泡，咬牙忍着痛，骂骂咧咧也就跟进来了。他叫郑天惠跪下，郑偏不跪。赵虎在那人腿上踹了一脚，说："我也报报仇。"郑天惠噗咚跪下，复又起来，仍然立而不跪。蒋四爷、知府、展爷进来，俱都坐下。蒋爷说："不用叫他跪，我问问你：姓甚名谁？因为何故前来行刺？"郑天惠哈哈的冷笑说："要问姓晏名飞，外号人称白菊花的便是。前来寻找邢如龙、邢如虎两个小辈，结果他们性命来了。如今我既然被捉，不能报仇，速求一死。"赵虎说："呸，你别不要脸啦，你瞧着人家姓晏的发财呀！你打算四老爷不认得你呢？"你道这郑天惠为什么假充白菊花，皆因自己被捉，明知是死，倒不如替师兄把盗冠袍带履之罪，替他一笔勾销，就算给他洗了这一案，这也算尽了师兄弟的情分。万想不到赵虎认得他，再说展、蒋二位俱都认得白菊花，他如何假充得下去。蒋爷一看这个人，紫面长眉，青缎衣襟，很是英雄气派，一看就爱惜此人，说："四老爷，这个人是谁？"赵虎还未答言，就听屋内有人答话，"哎呀！四大人，你千万别听他说，这是我们的二哥。"又叫道："二哥呀！你因为什么骂我们，反倒冒淫贼的名姓？你不看白菊花狗娘养的害得我们有多苦。哎呀，痛杀我也。"郑天惠一闻此言，透着诧异，听是邢如龙、邢如虎的声音，随说道："原来是两个反复无常的小辈。哪个是你二哥！"屋内说："哎呀二哥，我们是怎么得罪你了？"蒋爷一拦说："二位邢老爷不必往下说，我明白了。定然是姓郑的见了白菊花，受了晏飞的蛊惑，听他一面之词，反倒前来找你们二人来了。姓郑的，我这一猜，准准的不差，是与不是？我先带着你瞧瞧你两个师弟，有什么话咱们回来再说。"带着郑天惠来到屋中，邢家弟兄二人一见郑天惠说道："我们二人，不能与二哥行礼了，你来看！"郑天惠一瞧两个师弟，就如刀扎肺腑。原来是一个扛着胳膊，一个瞎了一只眼睛，看二人仍然还是血人一样。郑天惠一瞧，心中就有几分明白是受了白菊花的蛊惑，连忙问道：“你们到底是为什么弄得这般光景？”邢如龙说：“你听白菊花是怎么说的？”郑天惠就把白菊花告诉他的言语，学了一遍。邢如龙不觉得那一只眼睛的眼泪就落下来了，说：“我们也不用说，让我们蒋四大人告诉你，便知分晓。”蒋爷说：“你上外间屋中来，我告诉你他们这不白之冤，让他们好先保养着他们的精神。”郑爷跟随着出来，到了外间屋中，蒋爷就把邢家弟兄前前后后的事说了一遍。郑天惠方才明白，原来晏飞伤了师弟，反说师弟陷害于他。一跺脚说：“晏飞呀晏飞，你欺吾太甚了！郑某原来错怪两个师弟。大人，我如今被捉，身该万死，如今此事已明，虽死瞑目。大人快些吩咐把我结果了性命，吾就了却了今生之事。”蒋爷一笑：“这也怪你不得，没有晏飞，你也不能如此。并且你两个师弟暗地里常常夸奖你是个好人。蒋某要治了你的罪名，一则也对不起我们邢老爷，二则你此来非出本意。”随说着，就把绑绳与他解了，说：“你愿意帮着白菊花，也听你自便；你要弃暗投明，也听你自便。你愿意帮着我等，有我们展大人在此，连你两个师弟并蒋某一同见了我们相爷，定能保举你个大小官职，岂不是好？”郑天惠叫蒋爷这一套话，说的倒觉脸上发赤，又听着两个师弟齐说道：“快给蒋大人叩头罢，千万可别把这个机会错过。你要做了官，你我弟兄，朝朝暮暮在一处相守，省得你东我西的总不得见面。”郑天惠听了这些言语，概不由己，双膝点地，说：“小人论罪，身该万死。蒙大人开天地之恩，饶恕活命，小民在大人跟前，愿效犬马之劳，肝脑涂地，虽万死不辞。”蒋爷用手搀起，又与展爷相见了一回。蒋爷说：“郑壮士，你愿意助我等一臂之力，咱们是先办国家要犯之事。”郑天惠尚未开言，只见展爷一摆手说：“外面有贼。”原来后窗户上有一窟窿，被展爷一眼看见，说了声有贼，冯渊就跟着嚷说：“有贼，快些拿贼！”就推说赵虎出去拿贼。老赵说：“我够受的了，你们拿去罢。”展爷启帘纵出屋子，一跺脚，蹿上房去，一看就知道是白菊花。

你道晏飞因何故也上这里来了？皆因郑天惠走后，周龙吩咐家人找棺木把三个死尸装殓起来。周龙等回至厅房，房书安说：“虽然杀死三个家人，郑爷这一跟下去准得着他们的下落了。”小韩信连连摇头说：“不好，不好！”白菊花问：“什么不好？”张大连说：“你上回说过，郑天惠与你面和心不和。你上次到扬州看你师叔去，在酒席筵前，你与闹海先锋阮成两个人拌嘴，郑天惠反向着他的把弟，倒怪了你一身不是，你从他那里一赌气走了，对与不对？那还是他朋友，尚且如此。他今一去，见了邢家弟兄这般受伤，决不肯立时下手。这邢家弟兄岂有不把你挖目削手的事对他说明之理。他们要定计前来，你我大事不好。不用别的，他们把计策定妥，回来告诉我们没找着，等他们大众外面到齐了，杀将进来，他在里面，一作内应，咱们大众措手不及，岂不是悔之晚矣！”大众一听，连连点头，全说张爷虑得有理。白菊花说：“事不宜迟，我先跟下去看看，如真有此事，我先杀郑天惠。”说毕，把宝剑就摘下来了。他也是跟着郑天惠身后进来。白菊花到里面时节，郑爷刚叫展爷捉住，绑入屋中。晏飞在窗户后面，用指尖戮了一个窟窿，用一目往里观看，一见展、蒋二人，就吓了一惊，想道二人为何死哪？先听郑天惠替他洗案，不觉欢喜，后来郑天惠降顺了蒋平，要帮着人拿自己了，这才上房走。不料后面展爷等赶来了。要问展南侠捉拿淫贼如何，且听下回分解。

第三十五回

奔南阳府找贼入伙　上鹅峰堡寻师求医

且说展南侠蹿上房去，见了白菊花就追赶下来，后面又有冯渊，也追赶下来。白菊花不敢与展爷动手，怕苦了他那一口宝剑，恨不得肋生双翅，跑至榆钱镇后街，倒不奔周家巷，是什么缘故？皆因怕把展南侠带到周龙家里去，又为的是榆钱镇树木又多，他好穿林而过。他料着展南侠必是大仁大义之人，若进树林，他定然不追赶。果然就跑到树林，窜入树林之内。展南侠果不追赶，同着冯渊转身回来，仍到公馆，还是蹿墙进去，来至上房，面见蒋四爷。蒋爷问："追赶何人？"展爷说："追赶的是白菊花。他不敢动手，穿林逃命。"蒋爷一听说："郑壮士，方才的话未能说完，还是奉恳壮士，帮着我们捉拿白菊花。"郑天惠说："多蒙四大人不杀之恩，我也说过，用我之时，万死不辞。唯有这一件事小民实不能从大人之命。论说我们是师兄弟，情实是与仇人一般，可教他不仁，我可不能不义。我若帮着众位大人拿他，我也拿他不住，我的本领实在不是他对手，大人不信时，可问我两个师弟。"蒋爷说："郑壮士，从此后咱们弟兄不可太谦，再要自称什么小人、小民，我可该罚你了。再说你不肯伤师兄弟情面，我也不能强叫你一定伤了和气，如遇有别的事情时节，再为奉恳。"郑天惠说："这是大人格外施恩，成全小可。还有一件，我虽不去拿他，大人可要早早去奔周家巷方好。他们内中，可有一个小韩信张大连，此人是足智多谋，大人倘若去晚，只怕

他们睡多梦长，若又生出别的主意来，再拿他们，就更要费事了。”蒋爷点头说：“有理有理，承兄台①指教。”展爷说：“四哥，我们商量着谁去？”蒋爷说：“叫姚正请何辉何老爷，叫他调兵，立刻前往。”当时就有下人出去，不多一时，把姚正找来。蒋爷附耳低言，如此这般，告诉姚正。姚正点头领命出去。

蒋爷又同着知府大人说：“总镇大人这伤，非找我二哥不行。要有我二哥在此，总镇大人这伤，一点妨碍没有。无奈要找着我二哥，将药拿来，只怕大人性命休矣。”郑天惠在旁问道：“总镇大人可是受了白菊花的毒药暗器不是？”蒋爷回说：“正是，怎么郑壮士还不知晓哪。”郑天惠说：“这都是晏飞亏心之事，他岂能对我言语？大人不要着急，我自有道理。”大众一闻此言，无不欢喜。蒋爷说：“郑爷，你如能将总镇大人镖伤治好，可算第一之功。”郑天惠说：“我可不会医治。我师傅离此不甚远，晏飞所学这毒药镖，那毒药是我师傅所造，交给了白菊花这个方子，这个解法可没传给他。如今所用药是他拿银子叫我师傅配的，他那里也有，我师傅那里也有。要把此药找来，总镇大人这伤立刻痊愈。”蒋爷说：“老师在哪里居住？”郑天惠说：“鹅峰堡，离此七十里之遥。”蒋爷说：“总镇大人是昨日受的镖伤，要是明天起身上鹅峰堡，从那里回来，可不定总镇大人活的到那时候活不到。”郑天惠说：“无妨，我知道我师傅那毒药的性情，除非打在致命处，立刻就死，如在别处，能活四十八个时辰。若身体健壮，还要以多活一二刻的工夫。”蒋爷随即就一躬到地，说：“恳求郑壮士辛苦一趟。”郑天惠摇头说：“我这么去不行。我先得把我师傅的性情说出来，然后方好办理。论说我可不应说我师傅的不好，

---

① 台——敬辞，用手称呼对方或跟对方有关的动作。

事到如今，不能不说。我师傅一生最爱贪点小便宜，素常我与我两个师弟在师傅面前没有什么敬奉，最不喜欢的是我们三个人，最喜欢我们师兄，是他拿出银子来管我们师傅一家的用度。并且这药又是白菊花用银所配，他又对我师傅说过，凭他是谁，不叫给药。我要空手而去，万万不行。”蒋爷说：“这又何难，拿上几百两银子，只要治好总镇，几千也不要紧。”郑天惠说：“有二百两就行。”蒋爷说：“明日早晨，叫知府大人给你预备二百两银子，明日你就起身，我们这里办晏飞之事。”郑天惠说：“我一人前去不行，无论哪个老爷同我前去方妥。”蒋爷哈哈一笑，说：“郑壮士，你这是何苦！你是怕我们疑惑你拐了二百两银子去了罢。你太多心了，常言道：托人不疑人，郑壮士不必多此一举。”郑天惠说：“不是我多心，我师傅见了我，倘若不给药，岂不误事。无论哪位老爷同我前去，我师傅一见老爷们，那可就准给了。”蒋爷说：“这是何缘故？”郑天惠说：“大人不知，我师傅一辈子就是惧官。见了他，老爷们把话说得厉害点，说：‘你怎么叫徒弟偷万岁爷的东西？应当灭十族之罪。’师傅本来惧官，又一听这个话，必然就把解毒散急速献出。我说此话大人不信，屋中现有我师弟，他们知道。”屋内邢家弟兄一齐答道：“不错，不错。”蒋爷说：“去一个人，又有何难。”正在说话之间，忽见姚正从外面进来，说外面俱已齐备。蒋爷约展爷、冯渊，各带兵刃出了公馆，见着何辉，带兵直奔周家巷。大家到了周龙门首，叫何辉带兵将周龙家围困起来。展、蒋、冯三个人蹿上墙去，跳在院内，先下去开大门。展爷把宝剑亮将出来，把锁砍落，然后开大门。蒋、展二位往后就跑，连外面兵丁带冯渊一齐喊叫拿贼，大家奔到院内一瞧，各屋中全没点着灯烛。蒋爷瞧着就有些诧异，近前一看，各屋全是倒锁屋门，展爷用剑剁开上房门锁，到

屋中一看，全是剩下些粗重的东西，连一个人影儿也不见。蒋爷一跺脚说："展大弟，咱们来迟了，还是应了郑壮士之言。"

你道这些贼人哪去了？皆因白菊花穿树绕林，回转周家巷，仍从房上下来，到屋中见了群寇。张大连先就问道："晏寨主，怎么样了？"白菊花就将郑天惠被捉，降了人家的话说了一遍。张大连说："不出我之所料，还怕少时他们就来哪，咱们大家早作一个准备才好。"白菊花说："他若来时，我就结果他的性命。"张大连说："他一人前来，好办，倘若又照着柳家营一样，兵丁往起一围，那时岂不费事。"房书安说："依张大哥主意，怎么好？"张大连说："咱们大家不久要上南阳府，不如趁此起身，周四哥家内又没女眷，我们大家弃了这座宅子，直奔南阳府，省了许多的事情。"周龙一听，连连点头："就是这个主意很好。"白菊花说："是我连累了周兄。"周龙说："贤弟何必太谦。"大家拾掇备马，连家人全是手忙脚乱，拿东西，带包裹，各拿兵刃，倒锁房门，院内留一个人，待锁上大门，再跳出墙去，至外面，全都上马逃走。群贼一逃，不多工夫，展爷等就到了。展爷一瞧，连一个人没有，与蒋爷商议，只得大家回去，就留何辉带数十兵丁，在此看守空房。蒋、展、冯三位回来，到了公馆，直奔里面，进屋见了知府、张龙、赵虎、郑天惠。知府见面，先就打听白菊花的事情。蒋爷就把扑空的言语对着知府学说了一回，又说："不知道群贼何方去了，只可慢慢地打听下落。"赵虎过来说："四大人，我知道他们投奔何方。"蒋爷问："你怎么知道？"赵虎就把细脖大头鬼王房书安来约会他们上南阳府，帮着打擂的话，学说了一遍。蒋爷说："只要知道他们的准下落，可就好办了。咱们先打发郑壮士起身，这个事要紧。"徐宽说："我已把银子预备妥当，连盘费俱在这里。"郑天惠说："哪位同着我一路前往?”蒋爷一想，他师傅惧官，总得官职大着些才好。回头与展爷说：“大弟，你老人家辛苦一趟罢。”展爷连连答应。蒋爷说：“这时起身，天气太早，二位吃些酒，然后再走。”知府吩咐摆酒，当时罗列杯盘，直吃到红日东升，方才罢盏。

展爷同郑天惠拿了银子，辞了知府大众等，起身直奔鹅峰堡而来。一路上，无非谈谈讲讲，论回子武艺，讲些个马上步下、长拳短打，两个人说的实在投机，直到日落西山，远远望见鹅峰堡，郑天惠告诉展爷：“这前边可就到了。”又约会展爷一同时去，展爷再三不肯。二人找了个树林，展爷把分带在身上的一百两银子交与郑天惠。郑天惠说：“大略着我见了师傅讨药，怕不肯给我，不如咱们二人一同进去省事。”展爷说：“郑壮士，你只管进去说，倘若实系不行，我再见他不迟。”郑天惠只得点头，拿了包裹，提着银子，说：“此处离我师傅门户还远哪，咱们再走几步，你在我师傅那大门西边等我。”展爷点头。二人又走，不多时郑天惠一指说：“这就是我师傅家。”展爷一看，原来是坐东向西一个高台阶、青水砖的门楼，两边白石灰墙，院子不大，里面房屋不多。展爷一拱手说：“我就在这西边等你。”郑天惠点头，展爷看着郑天惠叫门，叫了半天，见里面一个大姑娘出来开门，待郑天惠进去，复又把门闭上。展爷到树林里边，在块青石上坐下等候。左等右等，直到初鼓时候，出树林看看，猛然见由东往西，有两条黑影，前边跑走一人，后面追着一个。要问来者是何人，且听下回分解。

第三十六回

为交朋友一见如故　同师弟子反作仇人

且说郑天惠叫门，里面问："是谁?"郑爷一听，原来是师妹纪赛花，说道："妹子开门来，是我郑天惠到了。"姑娘高声说道："呀，爹爹，娘呀！我二师兄到了。"老太太说："叫他进来。"姑娘开门，道了一声万福。郑爷打了一恭，说："妹子一向可好?"回答说："好。"进了大门。姑娘复①又将门闭上，掀帘进了屋中。原来是三间上房，一明两暗。将进屋门，就见着师母，郑爷跪下道："师母，你老人家一向身体康泰。"老太太说："好哇，二小子你怎么总也不来了?"郑爷说："孩子尽在扬州地面教场子，总未能得闲前来与师父师母叩头。我师父他老人家，眼睛比先前好了些么?"老太太说："你师父那样年岁，如何能好？更不及从前了。你看看去罢，在那里间屋里炕上坐着哪。"郑天惠来到里间屋子，见银须铁臂苍龙纪强在炕上坐着，仍是紫微微的面目，一部银髯飘摆，就是双目不明。郑天惠来至炕沿前，双膝跪倒，口称："师父，孩儿郑天惠，给你老人家叩头。"纪强说："是那位郑二爷，你们快些搀我起来，这不是活活的折受与我么?"郑天惠一闻此言，羞的面红过耳，说："师父，你老人家何出此言？我数年不到，实出无奈。皆因这二年的买卖不好，手中没有积下的钱文，故此在师傅面前孝道有亏，并非不惦

① 复——然后。

念师傅、师母。如今现有镖行的人，找孩子出去保绸缎车辆，投奔辽东。车辆离此还有五里之遥，孩子暂且叫车辆在那里略等。我这儿有白金二百，孝敬你老人家，以作零用。等做了买卖回来时节，再多多孝敬。”说毕，将银子递将过去。纪强闭着眼睛一摸，说：“姑娘你看看，是银子不是?”姑娘说：“爹爹你也不想想，我二哥是什么样的人，他焉能在你跟前撒谎?”纪强说：“我知道他是好人哪，我就常说，这四个徒弟就教着了这两个，要像如龙、如虎两个该杀的东西，到底是丧尽天良，把本事学会，连我的门都不登了。五伦之内，天地君亲师他都忘了，小小岁数，他怎能发达得了。我常提说，就是我二徒弟人又正派，心内又好，就是手内老没有钱，有了钱就想着我，怎么老天爷不加护于他。二小子，你还跪着哪，一路辛辛苦苦的，快上这里歇歇罢。姑娘，你倒是给你二哥烹茶呀!”且说姑娘不多时烹上碗茶来。纪强复又说：“你先喝茶，再叫你妹子备饭。”郑天惠说：“孩儿已然用过了，不必要妹子费事。我也不能在此久待，我还要追上车辆去哪。”纪强说：“你明日再走罢。”郑爷说：“孩子还有一件事，我这是头一次保镖，听见行内人说，现今与先前大不相同，不讲交情，不念义气，说翻了就讲打，并且还使毒药暗器。师父这里有解毒的药，赏给孩儿几包，以防不测。”纪强说：“不行，那是你大师兄拿银子配的，凭你是谁他也不叫给。”郑爷说：“给我几包，就是我大师兄知道，也不能嗔怪你老人家。又不是给了外人，我是他的师弟。纪强说：“不行，要是真受了毒药暗器时节，那还可以给你两包。”郑天惠说：“孩儿路远途长，你老人家纵然有药，也是无用，不如身上带着方妥。”纪强仍是不给。

郑天惠实系无法，只得说出实话，叫声：“师父，我方才说的全是鬼言鬼语，事到如今，不能不说实话。你老人家说白菊花好，他与你老人家惹下杀身之祸，说两个师弟不好，他们全都做了官了，全是六品校尉。”纪强道：“晏飞怎么与我惹下杀身之祸?”郑爷说：“白菊花把万岁爷冠袍带履由大内盗出，我两个师弟同着展大人、蒋大人奉旨到潞安山捉拿他。我师弟劝他献出冠袍带履，保他做官。他一怒，挖了邢如龙一只眼睛，砍落邢如虎一只手，一毒镖把徐州总镇肩头打中，看看待死。孩子也是受了白菊花的蛊惑去杀我两个师弟，不料叫人把我拿住，看我两个师弟份上，不肯杀害于我。师父请想：倘若白菊花被捉，岂有不说出你老人家的道理？官府一追究，你不教给他上房，他焉能入了大内①？你老人家岂不是罪加一等?”纪强听到此处就吓出一身冷汗，说：“此话当真么?”郑天惠说：“徒儿在师傅面前焉敢有半句虚言。”纪强说：“好晏飞，我偌大年纪，你可害苦了我了。”老太太在旁边也是抱怨，姑娘又说：“瞧着他就不是好东西。爹爹，可惜你那本领全教给他了。他要是再上咱们家里来，可不教他进来了。”郑天惠说：“师傅不用急，此时只要把那药拿出来，治好总镇大人，保你老人家无事。如今展大人还亲身同来，现在外面等候，如你老人家不信，我把展大人请来一见，便知分晓。”纪强一听说：“不可，不可，我要治好总镇大人，倘若拿住白菊花，当堂将我拉出来，那时怎么办?”郑天惠说：“现有知府、护卫、校尉、总镇作保，你老还不放心么？再者还有救总镇活命之恩，这银子也不是徒儿的，是知府所赠。有这些人照应，你老人家还怕什么?”这些话，说的纪强方才点头，叫女儿拿药匣来。姑娘由里间屋中，将药匣捧出，交与纪强。老头子自己身上带着一个钥匙，这药匣子上有一个暗锁，只管将药匣子交给姑娘掌

① 大内——皇宫里。

管，可是谁也不能打开。纪强将药匣子打开，摸了两包药，递给郑天惠，说：“儿啊！这有两包药，一包上镖伤之处，一包用无根水送将下去。然后用大鲫鱼烹汤，葱姜蒜油盐酱醋作料全都不要，将鱼煮烂，把鱼捞将出来喝那个汤，把汤喝将下来，自然饮食如常。”郑天惠说：“师父，你老人家再多给我几包。”纪强说：“不行，倘若叫你师兄知道，不答应我。”姑娘在旁说：“你还提白菊花哪，险些都要连累了你这条老性命，还是怕他不成？正经人你倒舍不得给，反倒向着那反叛东西。”就伸手从匣子内，抓了一把，给了郑天惠好几包，郑天惠给姑娘拱了拱手。可叹纪强看不清。郑天惠说：“孩儿给你老人家叩头啊。我就不用请展大人进来了。”纪强说：“不用，千万别叫大人见我。”郑天惠辞别师母，又与纪赛花打了一恭，就听见院子内，有人抖丹田一声喊叫，说：“吠，好郑天惠，反复无常的匹夫！原来你是狼心狗肺、人面兽心，晏某来迟一步，你就拿着晏大太爷的药医治仇人去了。这也是鬼使神差，冤家路窄。不必饶舌，急速出来受死！”郑天惠一闻白菊花的声音，吓了个胆裂魂飞，情知不是白菊花的对手，自己又没有弹弓子护身，若有弹弓在手，打一排连珠弹，慢说一个晏飞，十个也挡敌不住。郑天惠无奈，只得拉刀出来，两下就交手。要问胜败输赢如何，且听下回分解。

第三十七回

镖打天惠心毒意狠　结果赛花丧尽天良

且说郑天惠得药，因多说了几句话工夫，不料白菊花赶到。白菊花本是与群贼乘骑，扑奔南阳府。来至双岔路口，白菊花说："不好，我想起郑天惠这一顺了开封府，他可知道我师父那里有解药，他许买他们的好处，找我师父去讨药。"张大连说："由他去罢。"白菊花说："不能我作恶他行好。你们几位走着，咱们在前途①见。"说毕下了马，说："你们先请，明天在前途相会。"大众又不好拦住他，只得由他去了。大众上南阳府不提。

单说晏飞，可巧他把路走错了，多绕了约有三十多里路。若不然，他到鹅峰堡比展昭在先。但这一到鹅峰堡，天倒已初鼓。到了门首，将要叫门，忽听里面有男子讲话的声音，心中一动：莫不成是郑天惠来了？倒侧身下来，往南走了几步，一纵身蹿上墙去，往里屋中一瞧，见郑天惠那个影儿在窗棂纸上一晃。淫贼飘身下了墙头，把宝剑亮将出来，叫"郑天惠快出来！"郑天惠自己想不出去也是不行，无奈何一声喊叫："白菊花，郑某到了。"咔嚓一声响亮，白菊花往旁一闪，原来是把小饭桌子丢出来了。随着，郑天惠蹿在院内，打算蹿出墙去不与白菊花动手。白菊花久经大敌之人，早就一个箭步挡住他的去路，说："郑天惠拿首级来！"郑爷拼着这条性命，与他决一死战，这口刀上下

---

① 前途——前面的路上。

翻飞，又得防着他那宝剑别碰着自己的利刀。屋内银须铁臂苍龙纪强说道："晏飞，可千万不可与你二师弟交手，他可不是你的对手，看在为师的面上，让他一步。他比你小，有什么话你们两个人屋里来说。"老太太说："你们还要闹哇，你师傅的话都不听啦！"姑娘也说："你是没听见哪？你从今后不用上我们家里来，你要是装聋，我可要拿棍子来，帮我二哥打你去了。"老太太说："女儿，你可别出去。"正在这么光景，就听"呛啷"一声响亮，"当啷啷"刀头坠地。银须铁臂苍龙纪强说："不好，把刀头削了。晏飞你千万可别要你师弟的性命！"又听"噗哧"一声，纪强说："你别要你师弟的性命！"先"呛啷"一声是削刀，"当啷啷"是刀头坠地，"噗哧"，是把头巾削去了半边。郑天惠扎扎手，剩了半个帽子，把刀把都丢出去了，只可蹿出圈外，撒腿就跑，一纵身蹿出墙去。白菊花也就蹿出墙去。郑天惠一直奔正西。展爷在树林内，等的着急，出树林之外观看，恰看见前边跑的郑天惠，手中也没拿兵器，后面正是晏飞追赶。展爷让过郑天惠去，一声断喝："钦犯休走！"白菊花一看是南侠，先就把自己心中高兴打消了一半。展爷把剑就剁，两个人动手约有十数余合，白菊花虚砍一剑，回身就跑，一直跑向正北。前面就是一片树林，白菊花进了树林。展爷并不追赶，这叫穷寇莫追。回头一看，见郑天惠也赶下来了。两个人会在一处，天惠问："大人，没追上白菊花？"展爷说："贼人穿林逃命去了。"复又问郑天惠："你们二人怎么会于这里见着？"郑天惠就把怎么得药，白菊花把他堵住的话，学说了一回，又道："今日不是你老人家，我性命休矣。"展爷说："方才我要同着你到老师家中去，那可把他拿住了，总是机会不巧。"郑天惠说："我还得去告诉我师父师母，不然，我师父师母也要怀念于我。"展爷说："正当如此。"仍叫展南侠在树林等着，郑天惠回奔师父家而来，将到门首，就见师母与师妹，开着门，在那里观看。一见郑天惠没死，姑娘先就问："二哥，你受白菊花伤了?"郑天惠把怎么输给白菊花，展爷怎么把他追跑说了一回。说："我不进去告诉师父了，那面还有人等着哪。"老太太说："不必了，没事你可来。"随带着姑娘关门。

郑天惠扑奔树林，会同展爷投奔徐州，行着路把那药拿山，交与展南侠。展爷说："你带着不是一样的么?"天惠说："大人，此药甚好，一包上镖伤之处，一包用无根水送下去，吐出黑水，用大鲫鱼烹汤，不要油盐酱醋葱蒜姜作料，将鱼捞出去，把汤喝下，与好人一样。"说着便将药摸将出来，交给展爷。正说话之间，可巧前面有一段山沟，就有三四尺宽，里面见些乱草蓬蒿，二人由南往北，从沟东而走。正走之间，忽见沟中"飕"、"飕"的飞出来两宗暗器，"噗哧"一声，正中郑天惠。天惠"噗咚"一声，栽倒在地。展爷将身一歪，躲过那宗暗器，回手抽剑一看，正是白菊花蹿出沟来撒腿就跑。原来白菊花预先就跟下来了，就在郭家坟那里等候，他一见没打着展爷，撒腿就跑。展爷不敢追他，忙看郑天惠死活。原来肩头上中了一镖，自己已将镖取下来，在那里躺着，哼哼不止。展爷连忙喊叫地方，不多一时，地方来到。展爷说："我姓展，御前护卫，你叫什么?"地方说："小人叫刘顺，给护卫老爷叩头。"展爷说："你们这里有个姓纪的纪强，你可认识不认识?"地方说："认识，那还是我纪爷爷哪。"展爷说："这是他二徒弟，叫他大徒弟用毒药镖打了，你找几个人来，取一块门板绳杠，取一碗无根水来。"地方答应，去了半天，打着灯笼，找了几个人来，扛着门板，夹着绳杠，托着一碗水。大家过来，展爷就把药拿将出来，把他肩头衣襟撕开，上了一包，此时牙关不大甚紧，将他搀起来，将一包灌将下去，哇哇吐了半天黑水，身体透软。大家将他放在门板之上，把绳杠穿好，前面有地方打着灯笼，直奔银须铁臂苍龙纪强家来。将到门首①，展爷就听见白菊花在里面哈哈狂笑，展爷低声说："你们暂且先放下，千万不可说话，凶手在内，待我将他拿住。"把大家吓得不敢说话，将门板放下。展爷叫他们吹灭灯笼，自己蹿上墙去，往内一看，吃一大惊。是什么缘故？皆因白菊花镖打郑天惠，被展南侠一追，淫贼一想，虽然郑天惠前来讨药，师父不应给他。到了纪强门首，一纵身蹿将进去，启帘栊②进了屋中。姑娘说："你什么事情？又上我们这里来了，从今以后不用登我们的门。"晏飞说："丫头，你快些住口。"淫贼见了师父师母，并没行礼。纪强说："晏飞，你实在不听话。"晏飞说："老匹夫快些住口，我这晏飞，也是你叫的么？"老头子一听，气得浑身乱抖，说："你是我的徒弟，我不叫你晏飞？"晏飞说："哪个是你徒弟？皆因你行事不周，这才招出晏某与你断义绝情。"老太太在旁说："老头子，你这个徒弟可教着了，破口骂你是老匹夫。晏飞，你可也真不怕造罪。老头子，咱们命中没有这个徒弟。这是何苦，散了吧，散了倒好。"纪强说："好晏飞，你说我行事不周，我是哪件事对不起你？"白菊花哈哈一笑，说："老匹夫，这解药乃是姓晏的拿银子所配，嘱咐过你不叫给别人。如今你见了银子，他又带了一个做官的来，你就把药给了他救我的仇人去了。不想想，要不是姓晏的拿出银子来，养活你们全家性命，大概你们一家大小早已冻饿死了。"姑娘在旁一闻此言，早气得柳眉直竖，杏眼圆睁，说："好白菊花，实在骂苦了我们了，快与

① 门首——门前。

② 帘栊（lóng）——带帘子的窗户。

我滚出去罢！”白菊花说：“好丫头，你也敢出口伤人，要不是姓晏的给你们银子，你也配花花朵朵，穿穿戴戴？你将身许我都报答不过晏大太爷的好处来。”这句话把姑娘羞得满面通红，说：“姑娘不打你，你也不认识姑祖宗是谁？”说着就摘头上簪环，拿一块绢帕把乌云罩住，脱下大衣服，解裙子，到里间屋内取棍。纪强说：“晏飞，我们姑娘得罪你，你可看在我的面上，你走罢，从此咱们也不用师徒相论了。”老太太过来，就往外推着说：“让你妹子一步，也不算吃亏，你给我们留下这个女儿罢，你要不走，我给你叩头啦。”晏飞无奈何，叫老太太推到屋门以外。也是活该，姑娘拿了一根棍，欲追出，老太太叉手一拦，如何拦得住？白菊花在院中，也不肯走，说：“丫头你要出来，可是送死。”也搭着姑娘会些本事，一推老太太，姑娘从旁边纵出来了。晏飞见姑娘出来，回手把剑抽出来，与姑娘两个战在一处。屋内纪强苦苦哀告晏飞，说：“晏大爷，你少许看着老汉一点情面，可千万别结果我们女儿的性命。”老太太是在院中，跪着求饶。白菊听着纪强说的可怜，并且又有老太太叩头，自己也就不好意思再斗，说：“也罢，晏某看在他们老夫妻的面上，饶了你的性命罢！”随说着，又假砍了一剑，直奔墙来，一抖身蹿出墙外。按说姑娘就应不追，这纪赛花性如烈火一般，随跟着也就蹿上墙去，那哪知晓白菊花纵身蹿出墙，原来没走，就在墙根下一蹲，摸出一枝镖来在那里等着。姑娘不追便罢，她要追来，说不得将她打死。不料姑娘真又窜上墙头，往外一探身，白菊花把手中镖往上一抖，只听得“噗哧”一声，姑娘翻筋斗摔将下去，“噗咚”一声栽倒在地，撒手扔棍。老太太眼看着姑娘由墙上摔下来，自己赶到跟前，细细一看，“哎呀”一声，也就跌倒在地。要问母女生死如何，且听下回分解。

第三十八回

三老爷回家哭五弟　山西雁路上遇淫贼

且说姑娘被白菊花一镖，正中咽喉，由墙上摔将下来，仍掉在院内。老太太过去一见，骂道：“好白菊花，天杀的！”随即也就死过去了。淫贼复又回来，还要分证分证这个理儿，二番纵进墙来，低头一看，原来他师妹带老婆子一并全死过去了。白菊花反倒哈哈一笑，说：“丫头，非是晏飞没有容人之量，谁叫你苦苦追赶，自己招死，大概也是你阳寿当尽，你死在阴曹之内，休怨我晏某。”屋中纪强虽然双目不明，耳音甚好，就知道姑娘掉下墙来，准是中了白菊花的暗器，又听老婆子骂了一声“天杀的”，然后也不言语了，必然也是背过气去了。纪强高声叫道：“晏飞你别走，进屋中我有一句话告诉你。”晏飞说：“可以使得。”将进屋，老婆子悠悠气转说：“晏飞天杀的呀，你要了我女儿性命，我们两口子年过七十，膝下无儿，只生得一个女儿，你还给我打死了。老头子，老天杀的，你教的好徒弟，净教他本事不算，你还教他暗器，如今，他把暗器学会能打你我的女儿了，我女儿一死，我也不要活着了。晏飞，你把我杀了罢。”说毕，爬将起来，把晏飞衣裳一扯，说：“你就杀了我罢。”白菊花用手一推，说：“要寻死，难道你不会自己行一个拙志么？”老太太复又爬起来，说：“我要死在你手里，你也好大大的有名。”说完，对着白菊花将身一撞。晏飞往旁边一闪，对着老太太后脊背啪的一声，打了一掌。老太太如何收的住脚，“噗咚”一声，头颅正撞在墙上，撞了一个脑浆崩裂，花红脑髓满墙遍地皆是。老太太一死，白菊花反倒哈哈大笑，说：“老婆子，你一头碰在墙上，你自己触墙身死，可不是晏某要你性命。”屋内纪强听得真确，连连叫说：“晏爷，晏大兄弟，进来。我有两句好话，说完了你再走。”晏飞说：“可以使得，难道我不敢进来不成！”白菊花进到屋中，一拉椅子坐下，说道：“老匹夫，你叫晏某进来，有什么言语，快些说来。”纪强说：“晏飞，我一家三口，倒死了两个，全都丧在你手，一个是你一镖打死，一个是你摔死，你看我双目不明，什么人服侍于我？不如成全了你这个孝道之名罢，以后必然有你的好处。”随说着话，蹿下炕来，就往白菊花怀中一撞，说：“晏飞快些拉剑，我速求一死。”白菊花见他师父这般光景，把宝剑往外一拉，冷飕飕的那口剑就离着纪强脖颈不甚远了。到底是有师徒之分，恶淫贼总觉着有些难以下手，复又把他师父一推，老头子“噗咚”一声，摔倒在地。晏飞说：“你要寻死，何用晏某下手？”纪强说：“晏飞，你不敢杀我，你可别走，等着我死后之时，你再走不迟。”随即自己摸了一根绳子，复又上炕，摸着窗棂格，把绳子穿过来，打了一个套儿，揪着绳子，大声嚷道：“街坊邻舍大众听真，若要是会武艺的，你们要教徒弟时节，千万可别像我，教的这个徒弟，将我平生武艺一丝儿也不剩，又传了他暗器。他把本领学全，才能打死他的师妹，摔死他的师母，逼死他的师父。苍天啊，苍天！只求你老人家报应循环。晏飞呀，晏飞！但愿你小小年纪，一天强似一天，阳世之间，我也难以辩理，我就在阎王殿前与你分辨去就是了。”说罢，把绳子往脖颈一套，身子往下一沉，手足乱蹬乱踹，转眼间就气绝身死，白菊花哈哈一笑：“丫头苦苦相追，教晏某一镖打死；老婆子与我撞头，一头碰在墙上，气绝身亡；老匹夫自己悬梁自缢身死。一家三口，虽然废命，全是你们自招其祸，可与姓晏的无干，晏某去也。”

展南侠在墙头之上，正听见白菊花说他师妹被他一镖打死，师母撞死，师父吊死。展爷一瞧，地下躺着姑娘，这边躺着个老太太，屋里灯影照着窗棂纸，明现老头在窗户上吊着。展爷一想，天地之间，竟有如此狠心之人，就在房上一声喊叫说：“呔，狠心贼往哪里走！”说毕，蹿下墙来。晏飞一看是南侠到了，吓了个胆裂魂飞，只不敢出屋门，一口气，将灯烛吹灭，自己拢了一拢眼光，一回手，先把板凳冲着展爷丢将出去。展爷往旁边一闪，就见白菊花随着那条板凳出来。展爷一见白菊花，手中袖箭，就打将出去。晏飞可称为久经大敌之人，赶着一弯身，那枝袖箭就从耳边过去正钉在门框之上。展爷一袖箭没打着晏飞，只得把宝剑亮出来，二人交手。晏飞总得防着，别碰在展爷的剑上，此时就打算卖一个破绽，蹿出圈外，好逃出自己性命。展爷施了一个探爪架势，白菊花用了个鹞子翻身，蹿出圈外，撒腿就跑，左手一按墙头蹿出墙外。展爷也跟将上去，往外一看，白菊花一直奔西。展爷翻下来，尾随于后。白菊花施展平生的夜行术，展爷在后面也是如此。

白菊花急速奔逃，前面一带树林，料着进树林他就不追赶了，行至林边，一抖身躯蹿将进去。展爷至树林，叫道：“恶狠贼，按说穷寇莫追，非是展某不按情理，今天总得追捉你这淫贼，将你碎剐其尸，也报不了你这逆伦之罪。”随即赶进树林，白菊花复又蹿出林外。心中害怕，暗想：倘若这厮一定不舍，天光一亮，行路人多，再要逃，只怕费事。忽见前边黑雾般一带松林，远远就瞧见松林外蹲着一人。晏飞心中一动，天有二鼓之时，这个人还在这里蹲着，要是他们一同的人，我可大大不便；

要是我们绿林剪径的人，我与他吊个坎儿，他必放我过去，替我挡敌一阵，我就穿林而过，逃出性命。他刚要则声，忽听蹲着那个人哼着声说："前来的是什么人？快些通名上来，老西在此久候多时。"白菊花一听是山西口音，不觉心中一动，暗想：细脖大头鬼王房书安说过，有个山西人与绿林①作对，如要在此处碰着是他，大大不便。此人足智多谋，诡计多端。后面若没有人追赶，我倒不怕。后面那个我就不是他的对手，前边再遇山西雁，只怕我要不好。正在疑惑之间，已然越跑越近，见他是两道白眉，又听得后面展南侠叫道："前面是徐侄男吗？"就见对面那人说："正是徐良。那个敢是展大叔，你老人家追的是什么人？"展昭一听是徐良，不觉喜出望外，连连说道："这是国家要犯，别放走了，千万把他捉住方好。"徐良说："这就是白菊花王八入的？遇见老子就没有你走的了。"

你道这徐良怎么在此？皆因众人奉旨回家，祭祖的祭祖，完姻的完姻。唯独徐良，跟着穿山鼠徐三爷回山西祁县徐家镇。徐庆就因二十多岁打了人命，逃出在外，如今父子荣归，亲族人等俱都临门贺喜，连本县县太爷都来拜望。家中搭棚请客，热闹了十余日，亲友俱都散去，家中透着清静。徐三爷拿起酒杯来喝过三盅，就想起五老爷白玉堂来了。诉诉叨叨，尽哭五弟。哭着哭着，一抬腿"啪嚓"一声，桌子翻了过来，碗盏家伙摔成粉碎。少刻又教摆上再喝，喝个酩酊大醉，一睡就是三天。又教摆酒，喝着喝着，又是啼哭。徐良在家实在难过，想着倒不如早些上京任差罢。这日辞别父母，三老爷嘱咐几句言语，在相爷台前当差，必要实心任事。徐良遵听父训，带着川资银两，一路晓行夜

① 绿林——聚集山林反抗官府或抢劫财物的集团。

住，饥餐渴饮。这日正走在晌午时候，就觉腹中饥饿，找个饭店，到了后堂落座，要了些饭食，见堂官在屋中贴了许多红帖，上面写着莫谈国事。徐良吃着，就问过卖，那写的什么莫谈国事？过卖说："皆因我们这里出了一件新闻的事。"又问什么叫新闻的事？过卖说："离我这里几十里地，有个潞安山，山内有个贼叫白菊花，偷了万岁冠袍带履，开封府大人们，有死有伤的，没人把晏飞拿住。我们这铺子里，吃饭喝酒的，全讲究此事。我们贴上这个帖，也免免口舌。"徐良听在心中，给了饭钱，出了饭店，连夜往上走，暗暗祝告着，只要见着这个贼，就是万幸。将有二鼓多天，就瞧见二人住这里跑，自己一说话，那旁展爷叫他拿人，往上一迎，白菊花"飕"的就是一镖，山西雁栽倒在地。不知生死如何，且听下回分解。

第三十九回

老纪强全家丧命　白菊花独自逃生

且说白菊花教展南侠追定，正然无计可施，前边又被徐良挡住，自已一着急，掏出一枝镖来，一镖先把前边这人打了，剩下一个就好办了。说时迟，那时快，身临切近，“飕”的一声，打出去了。就听那边“哎哟”一声，“噗咚”栽倒在地。白菊花暗暗欢喜。想道：“是人只可闻名，不可见面。要叫房书安一说，世间罕有，真如天神一般。一见面就死我手，原是个无能的小辈。”随即过去，要给他一剑。此时展南侠吓了一大惊，“为什么一见面，徐侄男就受了他的暗器？”展爷正在心中难受，白菊花看看临近，正要把剑去剁，就见徐良使了一个鲤鱼打挺，说声“还了你罢！”把那枝镖对着白菊花打将出来。亏得晏飞眼快，往下一蹲身，就从头巾上“飕”的一声打将过去。后面展南侠又惊又喜。惊的是镖没打着白菊花，奔了自已来了，喜的是徐良没有受伤，反倒又发暗器来了。原来徐良专会接暗器，还是双手能接。他原跟着云中鹤魏真学打暗器，所练就是打镖。跟着学接暗器，魏真教给他白昼接镖，学的精里透精。后来又要学晚间接暗器，云中鹤说：“那我实系不会。”山西雁也就无法。后来自已生发出一个主意，先教会伺候他的小童儿打镖。早晚间苦教，非一朝一夕之功，把两个童儿教会了。徐良教童儿冲着他打镖，那人自然不敢，他说：“只管打来，我可能接。”童儿大着胆子对他打去，徐良一闪身用手接住。后又教他天气似黑不黑时节打自已，只练得一百枝镖连一枝也不会坠地。后来又改月光之下，又改星斗之下，后又到没星斗之时，黑暗中伸手接镖，全仗着手疾眼快。魏道爷才知道自己徒弟已经练成。云中鹤走后，徐良又跟着别人学花装弩袖箭、飞蝗石，故此这才得的外号叫多臂人熊。如今见着白菊花，他听展爷说是国家要犯，他就知道是白菊花。如今要拿着白菊花入都任差，可算大大一个体面，忽见白菊花就是一镖，早往右边一闪，用右手把镖一接，不能就往外打，有个缘故：镖尖冲着里，若要当面把镖倒过去，怕人看出破绽。往后一仰身子，用了一个后桥的功夫，后脊背将一沾地，手内不闲着，把镖倒过来，镖尖冲外，腰间一挺，就“飕”一声，把镖打将出去。白菊花刚刚躲过，吓了一个胆裂魂飞，不是眼快，险些中了自己暗器。打算着徐良过来拉刀动手，却见他回身就跑，连后边的展南侠都不知他是什么意思。原来是徐良的紧背低头花装弩未曾上好，这一跑就把弩箭收拾妥当，一回身说：“白菊花，你真不要脸。你是苦苦的欺侮我老西，我给你磕一个头。”白菊花一想，他给磕头，不定安着什么意思。房书安说这人诡计多端，必要小心一二。正在思想之间，“飕”的一声，花装弩到，他往下一缩脖颈，就从头巾上过去，算来未能伤着皮肉。又往对面一瞧，“飕”的一声，左手镖打将过来，他往左边一闪，刚刚躲过，右手的镖到，他又往右边一闪。紧跟着左手的袖箭、右手的袖箭、左手飞蝗石、右手飞蝗石纷纷飞来。到底被徐良右手飞蝗石到，吧的一声正打在腮骨上，顷刻间外面浮肿，口中鲜血直流，只痛得白菊花咬着牙往口里吸气，心里又是恨，又是怕。正欲一纵身，徐良那口刀对着他顶门就剁。徐良口中骂道：“好白菊花王八入的东西，你没打听老西是谁？”白菊花说：“你不是小辈徐良吗？今日遇见晏某，咱们二人势不两立。”山西雁说：“老西不是徐良，是花儿匠。专扎菊花，不管黄的白的。”晏飞说：“你敢出口伤人，好小辈看剑！”刀剑一碰，闻听“当啷”一声响亮，

又看见半空中火光乱迸，把二人俱都吓了一跳，彼此蹿出圈外，各看自已兵器。徐良看大环刀没伤，自觉满心欢喜。晏飞看他的没伤，也觉着壮起胆来。你道这两口刀剑，碰在一处，怎么俱都没伤？皆因所造这两口刀剑的年月不差往来，都是晋时年间，赫连老丞相所造，故此刀剑刚柔不差往来。再说若用刀剑的招数并没有刀伤刀之理。这二人是白菊花要削徐良的刀，徐良的主意是拿大环刀断他的宝剑，这才刀刃碰在剑刃之上。晚间这二人交手，刀剑上下翻飞，如同打闪一样。展爷此时在旁边瞧看，若要下去帮着，并力捉拿，岂不是有意要抢他的功劳么？这么一想，不肯下去帮他，只是在旁边喝彩。白菊花明知自已要输，打算三十六着，走为上策，自已卖了一个破绽，往前虚扎一剑，徐良刚一躲闪，白菊花一个箭步，早就窜出圈外，直奔正西跑下去了。徐良尾于背后紧紧追赶。展爷在徐良身后也就赶下来了。

那白菊花惊弓之鸟一般，自恨肋下不生双翅，又带着后面徐良直骂："你乌八的，就让你跑上天去，老西追你上天去，你要入地了，老西就踩你三脚。"展爷在后面听着暗笑，人家要上天，他也赶上天去，人家要入地，他可不入地追赶，他踩他三脚。怪不得四哥说过，这孩子连一句话都不吃亏。展爷瞧白菊花蹿入树林去了。听见徐良说："你进树林逃命，老西要是进树林追赶，透着我没有容人之量，皆因我展大叔说你是奉旨捉拿之贼，谁叫你罪犯天庭，这可别怪我了。"先说的很好，后来把这事推在展爷身上，一抖身蹿入树林，又追下来。白菊花先一喜欢，进树林将一缓气，听着他不追了，嗣后来仍是追，自已无奈，就即往前跑出了树林，扑奔西南。究竟这一方离着鹅峰堡甚近，白菊花道路甚熟，忽然想起一条生路。离此不远，有一条大河。心中想着，这老西要是不会水，我借水遁，可就逃了性命，他要会水，今天我这条命大约难保。随往前跑着，远远就望见前面一带就是水，心中欢喜，向前飞奔。徐良在后面，望见临近大河之时，那白菊花回转头哈哈一笑，倒把山西雁吓了一跳，大约必是他前边有埋伏，也就不敢紧追。细细往前一瞧，远远望见前边白茫茫一带是水。徐良也哈哈一笑，白菊花一怔：莫不成他又会水？就听徐良说："你打算要借水遁？你没打听打听，老西我是翻江鼠蒋四老爷的徒弟，若在水中拿你，如探囊取物一般。"这句话又把白菊花唬的不敢蹿入水内，只得顺着河沿，仍在旱地逃窜。追来追去，看看临近，白菊花不入水也要叫人拿住，没奈何哧的一声，钻入水去了。徐良站在河岸之上，说："便宜你，既然你钻入水中去，难道说我一定要到水中拿你不成？那透着我没大量之才，让你多活两天，逃生去罢。"展爷赶到跟前，低声问："侄男，你也是不会水呀？"徐良说："侄男不会水，你老人家水性如何？"展爷摇头。徐良才双膝点地给展爷叩头，问展爷来历。南侠就将万岁丢冠袍带履，奉圣旨相谕前来拿晏飞，邢家弟兄、总镇大人被伤，同郑天惠来讨药，郑天惠带伤，白菊花镖打师妹，摔死师母，逼死师父，自己赶追白菊花的话，学说了一遍。徐良一闻此言，直气的破口大骂。南侠又问徐良的来历。徐良也把自己家中之事，半路在饭店听人讲说白菊花的事情，学说一遍。展爷说："你来得甚巧，你先同着我到鹅峰堡看看郑天惠，待他镖伤痊愈，帮着他葬埋纪强全家之后，我们再奔徐州公馆相会。"山西雁连连点头，就同南侠奔鹅峰堡暂且不提。

单说白菊花在水中，见展徐二人全不下来，自己放心顺水而走，行了有二里之遥，方才上岸，找了一个树林，把衣服脱将下来拧干水在那里抖晾。不料打树后蹿出两个人来，拿着两口刀扑奔自己，把刀就剁，淫贼吓得魂不附体。要问来者何人，且听下回分解。

第四十回

郑天惠在家办丧事　多臂熊苇塘见囚车

且说白菊花在树林内脱下衣服抖晾，心想半夜之间并无人行走，也就把内衣脱将下来。不料树后有两个人，全都拿着刀，赶奔前来。淫贼也顾不得穿内衣，赤着身体，手中拿定宝剑迎面而站，用声招呼："来者何人?"那二人方才站住对面答话："莫非是晏寨主?"白菊花说："正是小可晏飞，前面是五哥么?"对面病判官周瑞说："正是劣兄周瑞。"白菊花又问："那位是谁?"周瑞说："就是飞毛腿高大哥。"白菊花说："二位哥哥等等，待小弟穿上中衣，再与哥哥见礼。"白菊花把一条湿裤子暂且先行穿上，并未穿上身衣服。三个贼见面行礼已毕，二人问白菊花为何这等模样，他将自己之事对着二贼学说一遍，又问高解、周瑞因何到此处。这二人把脚一跺，叹了一声，一个说丢高家店的原由，一个说失桃花沟的故事。白菊花一闻此言说："咱们三个人，同病相怜。你们二位也是受徐良之苦，我今日是初会这个山西雁，一见面，连我的镖就是四宗暗器，末尾受了这一飞石，正打在我腮颊之上。你们二位请看。"二贼一瞧，果然脸上浮肿。三个贼一齐又咒骂徐良一回。晏飞问："你们二位意欲何往?"周瑞、高解一齐道："我们二人在宋家堡会面，在那里见着南阳府的请帖，本打算约会宋大哥一同上团城子，不想宋大哥染病，他不能前去。我二人一路前往柳家营，又见柳大哥门首有许多差官看守他那一座空宅，我们草草打听打听，方知晓你们的事情。我们也不敢走大路，也怕碰见徐良，由小路而行，不料走在此处，遇见贤弟。咱们三人会在一处走路，满让碰见那个狗娘养的也没甚大妨碍。”白菊花说：“从此就要投奔南阳府，我总想这个老西，不肯善罢甘休，倘若跟将下来，你我三个人，仍是不便。依我愚见，不如不管南阳府事，同着我投奔河南洛阳县姚家寨那里去，尚可高枕无忧。”周瑞说：“还是上南阳府为是，别辜负东方大哥下请帖这一番美意。”高解也愿意上南阳府。白菊花无奈何，只得点头。两个人帮着他抖晾半天衣服，穿戴起来，有四鼓多天，三个人直奔南阳府去，暂且不表。

且说展熊飞回鹅峰堡，一路走着，徐良便问道：“白菊花这一跑，但不知他投奔何方?”展熊飞说：“他这一走，无别处可去，必是上南阳府东方亮那里去。”徐良问：“你老人家怎么知道?”展熊飞就把赵虎私访，群贼怎么说的话，告诉徐良一遍。不但他上南阳府，并且五月十五日那里还有擂台呢。再说万岁爷冠袍带履也在东方亮家内。徐良一闻此言，喜之不尽，说：“大叔，你老人家总得急速回去，医治总镇大人要紧。侄男就在此处，把纪家事办完，我就奔南阳府去了。”展爷说：“好，你若先去，我告诉你一个所在。这南阳府我是到过的，在西门外有个镇，叫五里新街。这个地方，从东至西，整整五里长街，热闹非常，你在那里找店住下，等候三五日的工夫。你要出来打听，我们到那之时，找一座大店打下公馆，你若打听明白，咱们好会在一处。”徐良点头，随说着就到了纪强的门首，双门大开，就听里面哭泣声音。叔侄二人进里面，见郑天惠大哭，展熊飞劝他止住悲泪，与徐良二人相见。展南侠不能在此久待，教给徐良一套言语，展南侠由此起身，连夜回奔徐州。

展熊飞回徐州暂且不提。单言徐良叫地方过来，吩咐先预备三口上好的棺木，这里现有二百两银子，叫地方拿去办理。又叫买鲫鱼做汤，多买些金银纸钱锞①锭，书不重絮。天光大亮，俱已买来，把三个人入殓，将三口棺木支起。郑天惠喝了鱼汤，就如好人一般。请僧人超度阴魂，烧钱化纸。徐良写了一张禀帖，论说一家俱是凶亡，应当报官详验，这张禀帖写明阖家②不白之冤，又有护卫大人亲眼得见。一者求本地面官施恩免验，二者求本地面官施恩准其抬埋。着地方送去呈报当官。此时又有徐州府知府的信到，官府有谕，准其抬埋。看看纪强并无亲族人等，孤门孤户，就是郑天惠披麻戴孝，犹如父母亲丧一般。这日晚间，徐良与天惠说："若把老师埋葬已毕，你我二人可同奔南阳府去。"郑天惠一声长叹说："徐老爷，小可本应许展大人弃暗投明，如今一看我师尊之事，我看破世界，纵有众位大人提拔一个紫袍金带，也是不能脱过死去。待我师尊葬埋之后，我要入山修炼去了。虽然不能成仙了道，且落一个无忧无虑、清闲自在，不管人间是非、朝中兴灭。"徐良一闻此言，也觉着好生凄惨。徐良说："既是惠兄一定看破红尘，我徐良也不敢强扭着兄台③帮我们办事。我可至明天不候兄长了，我自己要投奔南阳府去了。"郑天惠点头。到次日，徐良告辞起身上南阳府不提。郑天惠把师

---

① 锞（kè）。

② 阖（hé）家——全家。

③ 兄台——敬辞。

父家内房产，还有三十余亩田地连使用的东西，尽都出卖，俱以发送师父一家三口。又到扬州埋葬师叔，诸事已毕，入山修炼去了。

单表山西雁离鹅峰堡奔南阳府的大路。这日正走之间，忽见前面有一座山，不甚高大，徐良行至山口，但见前面一带苇塘，还有水苇，忽然见那苇塘旱岸之上有打碎的木笼囚车，血迹满地。又细细寻找，就见靠着苇子底下显出衣襟，又细细查看，还有露着手脚的地方。又有许多折枪、单刀、铁尺，水内也有，旱地上也有。徐良一看这个光景，就知准是差使在此处叫人劫去了。又看了看这个山里头道路，大约着准是山上有贼，若要是山中贼寇将差使抢去，大约这个解差之人不是叫他们杀死就是自己逃性命去了。我若不走这里也就不管，既然亲眼看见，焉有袖手旁观之理。再说身居护卫之职，应当捕盗拿贼。又怕白菊花在此藏躲，我要是上去，倘若遇见，岂不是一举两得。主意已定，绕着苇塘，找盘道上山，见前面有一座松树林子，树林内有二人藏藏躲躲，复又往外看觑①。山西雁疑为不是好人，随即蹿进树林，把刀往外一拉，说声："小辈，你们二人是什么东西？"就看见二人"噗咚"跪倒地下。徐良切近一看，见二人在地下趴着，原来是一男一女，俱够六十多岁。两个人一齐说："寨主爷爷，大师父，饶我们两条命罢，我们女儿也不要了，连驴带包袱，全都不要了，望求师父饶我们两条老命罢。"只是苦苦哀求。徐良说："老头子，你睁起眼睛看看，怎么管着我叫师父，我也不是寨

① 觑（qù）——把眼睛合成一条缝，注意地看。

主。”那老头子翻眼往上一看，说：“哎哟！可了不得了，不是你老，我们认错人了。”复又跪下给徐良叩头。山西雁说：“老头子贵姓？方才说你女儿是什么件事情？”那老头说：“小老儿姓张，名叫有仁，这是我的妻子，膝下无儿，只有一个女儿，小名叫翠姐。我们住在徐州府东关，开了一座小店，皆因是我女儿许了石门县吕家为亲，人家要娶，离着道路甚远，因此骑着三匹驴，上面带着包袱行李前去就亲。不料正走在此处，也不知此处叫什么地方，忽然从山上下来二十多人，内中有两个和尚，一个是头陀，一个是落发的。迎面来了木笼囚车，还有许多官兵，他们大家乱一交手，吓得我们也不敢往前走了。山上的人打碎囚车，救了犯罪之人。囚车上救下来的也是个和尚，又有一个年轻少妇。他们把两个武职官也拿下马来，还有两个骑马官人，叫他们杀了一个，拿去一个。护送官兵叫他们杀了五六个，俱都扔在苇塘之内。他们已然上山去了。不料我女儿被他手下人看见，过去在白脸的和尚跟前说了几句话，他们复又回来，把我女儿搀上驴去，连包袱带驴都被他们抢去了。”山西雁一闻此言，把肺都气炸了，说：“张老翁，你不要着急，你们且在此处等我。”张有仁说：“恩公，你要搭救我女儿，凶僧他手下人多，只怕寡不敌众。”徐良说：“不怕，你只管放心，你在此处等等，待我上山看看虚实。”就见那老头两口子给徐良叩头如鸡啄碎米一般。徐良转身便走，拐山弯，摸山角，看看临近，就见一段红墙，必然是庙。将要扑奔庙门，见前面有两个人一晃，慌慌张张下来一人，见了徐良就是一躬到地，说：“你老人家贵姓？”山西雁说：“老西姓徐，有什么事情给我行礼？”那人说：“我在营伍中吃粮当差，我

们的差使连我们大老爷全被和尚抢去。我见你老人家肋下带刀，必是有本领的人。你老要是认得僧人，求你老给我们讲个人情。只要饶了我们两个老爷的性命，今生今世不敢忘你老人家的好处。”徐良听了微微一笑，说：“朋友，你只管放心，我正要找那凶僧算账。你既为你家老爷，随我前来。或者结果凶僧的性命，或者拿住，那时再找你老爷的下落。”那人一闻此言，欢欢喜喜就跟徐良来至山门。徐良一看是准提寺，只见山门半掩。那人说：“我在前面带路。”进山门，往西拐，在徐良脑后飞来一根闷棍，就打在头颅之上。要知徐良生死如何，且听下回分解。

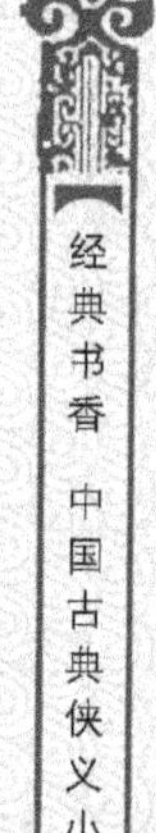

第四十一回

准提寺前逢二老　养静堂内论英雄

且说徐良跟着那人进了山门，早就看出他的破绽来了。头一件，不像当军的打扮。二者看他是两个人，因何过来一人说话？三者他求人救他的老爷，他却头前引路。山西雁将一进庙门，早就看见墙垛子后头隐着一个人，双手拿着一条木棍，兜着徐良脑后打来。徐良单臂把前面引路那人揪住，往回里一带，自己往旁边一闪，“叭嚓”一棍，正打在那人的脑后，万朵桃花崩现，死尸栽倒在地。徐良一抬腿，就把那个打棍子的踢倒。那人将要喊叫，早被徐良把脖子捏住。往起一提，把他携往庙外，拐过墙角，解他的腰带，把他四马倒攒蹄捆将起来，亮出刀来威吓。那人哀告饶命：“我家有八十岁的老娘，无人侍奉，故此才在庙内佣工。和尚叫我办什么事情，我就得与他办去，这是实出无奈，只求你老人家高抬贵手。我若一死，我的老娘也得活活饿死。”徐良说：“不用害怕，你只要把庙内情由说明，这里是什么庙？庙内住的何等之人？如何劫囚车？如何抢人女子？一一从实说明，我就饶你不死。”那人说：“我绝不敢撒谎。这个山叫金凤岭，这个庙叫准提寺。里面有两个和尚。一个叫金箍头陀①邓飞熊，一个叫粉面儒僧法都，手下有二十多个徒弟，天天教他们习

① 头陀——指行脚乞食的和尚。

学枪棍。”徐良问：“方才劫的这个囚车是什么人？”那人说：“这个囚车原由是，石门县九天庙有个僧人，叫自然和尚，内中又有个朱二秃子与吴月娘儿通奸之事，本地知县叫邓九如，没问出他们的亲供，将这案解往开封府，由此经过。我们法师傅有一个徒弟叫飞腿李宾，他得着此信，给庙中送信。囚车将到，我们二位师傅就下山去将囚车打碎，救了自然和尚、朱二秃子、吴月娘，拿了一个千总，一个守备，一个马快头儿，杀了一个马快。”徐良又问：“拿住这些人此时活着呢没有？”回说：“俱都没杀，幽囚后院。”徐良又问：“抢来那个姑娘如今怎样？”回说：“全在西跨院，有几个妇女在那里解劝于她，这姑娘执意不从。”徐良又问：“白菊花往这里来了没有？”回答：“不认得白菊花是谁？今天到来了一伙人，内中没听见说有个白菊花。”徐良问：“这伙人都是谁？”回说：“有柳旺、火判官周龙、小韩信张大连、房书安、黄荣江、黄荣海，后又单来了一个人，叫三尺短命丁皮虎，与我们师傅前来送信。南阳府团城子有个伏地君王东方亮，定准于五月十五日在白沙滩立擂台，请他们前去打擂。”徐良一闻此言，果然庙中人不少，回手要结果那人性命。那人说：“方才你老人家饶恕我了，我这一死，连我老娘就是两条性命。”徐良说：“也罢，不管你说的话是真是假，我将你捆在此处。”撕下他的衣襟，把他口堵住，就把那人托将起来，放于树杈之上，说：“待等事毕之时，我再来放你。”

徐良说毕转身进了庙门，把那死尸提将出来，扔在山涧内。复又进来，直奔里面，过了两层大殿，又看见单有个西院，蹿上东房后坡，跃脊又到前坡，只见五间上房，屋内灯光闪闪，人影摇摇。山西雁近前俯身一看，只见里面高高矮矮，一个个狰狞怪状。上首是火判官周龙，尚有金箍头陀邓飞熊，披散着发髻，箍着日月金箍。面似喷血，凶眉怪眼，狮子鼻，阔口重腮，大耳垂轮。赤着背膊，穿一条青绉绢的中衣，高腰袜子，开口僧鞋。胸膛厚，背膀宽，腹大腰圆，脸生横肉，实在凶恶之极。原来邓飞熊从清境林逃跑，又到了准提寺，这庙中有一位净修老和尚，邓飞熊把老和尚杀死，连火工道人尽都丧命，他就做了庙主。法都由九天庙叫人追跑，也奔准提寺而来，这两人就在庙内相会，彼此全都说了自己来历。法都打发自己徒弟飞腿李宾打听自然和尚的官司，本要约会邓飞熊前去劫牢反狱，不料李宾回来说差使解往开封府，由庙前经过。他们下山，就把差使劫上山来。拿了千总郭长清，守备王秀，马快江樊，杀了班头秦保，追散护送的兵丁。来到山上，叫自然和尚重新更换衣襟，朱二秃子也换了衣裳。吴月娘有他本庙中妇女服侍，艳抹浓妆，穿戴起来，好伺候师傅们，又劝解翠姐顺从和尚。翠姐总想要寻拙志，反被那些妇女捆住了双手。

法都、邓飞熊本要把郭长清、王秀、江樊带上来审问，可巧有火判官周龙等人来到，吩咐李宾暂且把他们押在后面，迎接大众进来，彼此相见。将他们的从人、马匹安顿在后院，方落座献茶。紧跟着三尺短命丁皮虎到，与大家见礼，随即就把东方亮的请帖摸出来与法都、邓飞熊看了，然后摆酒。皮虎问周龙："你们几位，这是要上南阳府么?"周龙点头说："正是。"皮虎说："你们的请帖是赫连齐、赫连方与你们送去的，是与不是?"周龙说："我们没见着请帖。"皮虎说："怎么没见请帖?"周龙就将白菊花的事情学说了一遍。邓飞熊说："怎么还有这样一件事情？"张大连说："连柳大哥、周四哥，全都吃了晏寨主的挂误。晏贤弟上鹅峰堡去，大概一二日准来。"邓飞熊问说："如今虽有东方大哥请帖来到，却连一面之交也没有，久闻东方大哥实系好交友之人。"细脖大头鬼王房书安说："那老哥准准的是好交朋友，普天之下并无第二。"小韩信张大连说："全是你知道。"房书安说："果然我知道，我比你年长几岁。"素日①他二人本就不对，房书安好说大话，小韩信爱拦他，故此他二人不对。张大连听他说大几岁，就问："你知道的事多，东方大哥他的先人叫什么名字？"房书安说："叫你问不住，外号人称九头鸟，名字东方保赤。"张大连说："不错，你知道他先前做甚买卖？"房书安说："先前亦做绿林，可与绿林不同，一二年不定出去做一号买卖不做，若要做一次，就奔京都公伯王侯、皇上大内、大府财主做这一次买卖，饱载而归。真有奇珍异宝价值连城的东西，还有多少陈设。做这一次回来，三五年不用出门，足够用的了。再者他那品行不像咱们，在家内结交官府，谁也不知他是绿林英雄，可称得出入接官长，往来无白丁。"张大连说："你知道得了这些宝物都放在什么所在？"房书安晃着脖子哈哈大笑说："你更问着了我了。所有值钱宝物，他家内有一个楼，叫藏珍楼，俱都放在里面。"张大连问："这第一宝物是什么东西？"房书安说："就是那口鱼肠剑，由战国时专诸刺王僚，直到如今，叫他们上辈由土中得出。这座楼就为鱼肠剑所盖。"邓飞熊说："怪不得房爷说的话大，真

① 素日——平时。

知道事多。”房书安听人一夸赞，话更说大了，说：“张贤弟，你别瞧我年虽小，普天下英雄我认识多一半。”张大连说：“你这话越发大了，绿林你认得一半，大概侠义也可认得。”房书安说：“七侠五义，南侠做官，北侠是辽东人，那时我在辽东地面，北侠小哪，有人带他到咱们店内，要给我磕头拜我为师。我瞧这孩子没有什么大起色，因此没收。五鼠五义更差多了。那几个耗子，不敢与咱们论哥们就是了。”张大连哈哈大笑，说：“有个穿山鼠徐庆，他的儿子如今可大大有名。”房书安却连连摆手，晃着脑袋说：“不行，不行，差得多。徐庆是我把侄，他的儿子不就是我孙子么？”

此句话不要紧，徐良正在房上听着，实在忍不住了，蹿下房来，高声骂道：“你就叫细脖子大头鬼王，趁早滚出来罢！重孙子，孙磨子，我是你爷爷，老西是你祖宗，快出来！老西不把你剁成肉酱，你也不知老西的厉害。”群贼闻听是山西口音，就知是徐良到了，一个个面面相觑。张大连说：“你说此大话，你出去见他罢。”房书安一听是徐良声音，就往桌子底下一钻，说：“你们告诉他，我不在这里。”张大连说：“你招的祸，你出去见去。”回答：“我不能，出去就得死。”徐良在外边叫骂，金箍头陀邓飞熊一看，俱都不敢出去，大叫一声：“什么人敢在我庙中撒野！”邓飞熊正要摘他护手钩，只见三尺短命丁皮虎说：“割鸡何用牛刀，待我前去会会此人。”抖身往外一蹿。徐良正叫房书安，忽见里面一矮子出来，类若猴形，由腰间拔出一把短刀，对着山西雁大叫一声，说：“你是什么人？夜晚入庙，快快说来。”徐良一笑：“你问老爷，姓徐名良，外号人称多臂人熊。你叫什么名字?”皮虎说：“要问寨主爷姓皮，叫皮虎，外号人称三尺短命丁便是。知你寨主爷的厉害，让你快快逃生去罢。”徐良说：“你怎么叫皮虎哪？这个名字不好，改了罢，依我说，你叫皮孙子。”皮虎一听此言，气冲两肋说：“好山西雁，看刀!”徐良把大环刀一亮，就见皮虎往后一仰躺在地下。皮虎他本是这一趟滚堂刀，前番见邢家兄弟时节，就是这一趟滚堂刀把他们杀了一个手忙脚乱，如今又是这趟刀，满地乱滚。看他这刀净往下三路，徐良一着急，想出招数来了，将大环刀刀尖冲地，刀刃冲外，净随着皮虎乱转，他的刀若是碰在大环刀上，那是准折。皮虎一看，破了他的滚堂刀，不敢久战，撒腿就跑。徐良并不追赶，一低头，暗器正打在皮虎腿上，要知皮虎生死如何，再听下回分解。

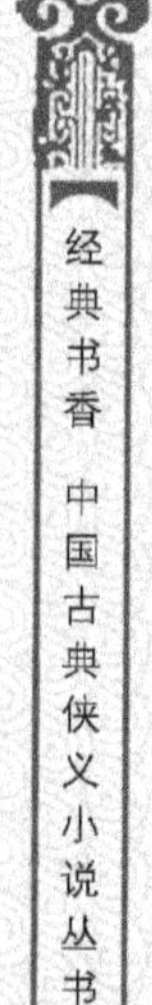

第四十二回

镖打腹中几乎废命　刀伤鼻孔忍痛逃生

且说徐良初会皮虎就破了他的滚堂刀。皮虎不能取胜，往墙上一纵，被徐良一花装弩打在腿上，咬着牙往西一滚就掉在西院去了。徐良也并不追赶，仍然回来，叫房书安答话。房书安在桌子底下，至死也不出来。火判官周龙与张大连两人一商议，二人与他双战，一高一矮，一左一右，叫他首尾不能相顾。主意定好，二人一齐纵身蹿将出来，说："好徐良，你欺我们太甚了。"周龙用刀剁徐良面门，张大连绕在后面，用刀就扎。山西雁早已看见，往旁边一闪，用了一个凤凰单展翅的架势，先把张大连这口刀削折，"呛啷"一声，刀头坠地。火判官就知势头不好，也是转身就跑。徐良也不追赶，仍是要房书安出来。此时邓飞熊又要出去，法都、柳旺二人说："别叫这厮猖狂造次，待我二人结果他的性命。"邓飞熊嘱咐："二位小心了。"法都提了一根齐眉棍，柳旺是一口单刀，二人一齐从屋内纵身，出来的急速，跑得更快。法都的棍对着徐良面门就打，徐良用大环刀往上一迎，就听见"呛当"，就把齐眉棍削为两段，那半截坠落于地。柳旺的刀也到了，徐良照定刀背，往下就砍，亏柳旺抽得快当，不然也就削为两段。二人转身就跑，徐良也不追赶，一伸手就是一枝袖箭，"叭"一声正钉在柳旺肩头之上，柳旺忍着痛逃窜性命。徐良还是要房书安出来。邓飞熊真是不能不出来了，回手由壁上将那一对护手钩摘将下来，大叫一声："山西雁别走！师傅出来会你。”徐良一瞧，正是那头陀和尚出来，又见他这个大肚子，心中一动，少时掏出镖来，冲着他那肚脐儿，给他一镖，倒是很好的一个镖囊。见他提着一对护手钩，说：“多臂熊，我与你往日无冤，素日无仇，你寻到我这里却为何故？”徐良说：“你只要把房书安献出，与你无干。”邓飞熊说：“你叫我献出房书安不难，只要你胜得洒家这对护手钩，咱就把房书安献出。”徐良说：“很好，那么咱就闹着玩罢。”徐良把刀就剁，邓飞熊用单钩往上一迎，只听“呛”的一声，就把他左手那柄钩钩尖削落。邓飞熊吓了个胆落魂飞，再看那柄钩，类若宝剑相似，只得把右手那柄钩往上一递。徐良仍用大环刀，单找他那个钩儿，“呛啷”一声，又已削断。此时邓飞熊也就没了主意，只得用像双剑的钩，往外一扎。徐良用刀一削，又是“呛”的一声削去半截。邓飞熊拿着两柄蛾眉枝子不敢再动手了，也是撒脚就跑。徐良后边跟下来说：“看招！宝贝。”邓飞熊扭项回头一看，徐良一撒手，冲他面门，邓飞熊刚一躲闪，不料什么暗器也没有。只气得他咬牙切齿，复又直跑。连连三次，邓飞熊也就大意了。不料这回仍是说：“招宝贝！”邓飞熊转身一看，徐良将手往上一晃，这支镖冲着肚腹打去，“噗哧”一声，正打在肚脐之内，他就“噗咚”摔倒在地。徐良转身回来，又对着屋门连连大骂，叫房书安出来，如若不然，老西进去杀你们干干净净。黄荣江、黄荣海二人说：“哥哥你快出去罢，不然连咱们都有性命之忧。”房书安那敢出来，连连求告说：“我要出去，就叫他剁成肉泥烂酱。你们二位好兄弟，替咱堵挡一阵去罢。”黄荣江、黄荣海彼此使了个眼色，两个人把桌子往起一抬，将桌子一翻，就把房书安露出来了。这两个人不敢出屋门，把后窗户一踹，二人由窗户逃窜性命。房书安也要从后窗户逃跑，徐良早一个箭步蹿到屋中来了。房书安见

徐良已到身旁，冷飕飕那口大环刀朝着自己往下就剁。房书安连忙一跪，说："爷爷，祖爷爷，祖宗祖太爷爷，你老人家别与小孙子一般见识，只当我是看家之犬，避猫之鼠，偷嘴吃来着，冒犯你老人家，也要生点恻隐之心，不肯打他，何况我是你儿女一般。再说你是宽宏大量之人，你就算我爹爹。"山西雁直气得乱跺脚，说："我不杀你罢，你背地里骂人，实在可恨；我要杀你，你又跪在这里输嘴①，老西最见不得这苦磨之人。我不杀你，不消我心头之气。任你说的多好，我也要宰你。"他复又磕头说："真是你老人家不疼你的儿子了?"徐良说："我不管你是儿子，是孙子。"一狠心，把刀往下一落，就听"哧"的一声，就把鼻子削将下来，鲜血淋漓。房书安回头就跑，也奔后窗，忍着疼痛，蹿出窗外逃命去了。山西雁也不追赶，忽见门外来了约有二三十人，全都拿着家伙，打着灯笼，往里就闯。徐良说："你们全是和尚的余党，我乃御前四品护卫，正是前来办案拿贼，一名也未能拿住。你们这些人来得甚好，我就把你们拿住交在当官。"这句话把大众吓得惊魂失色，又见邓飞熊的死尸，谁还敢过来与徐良动手。大众一齐出门，逃命去了。原来这些人不尽是庙中僧人的余党，也有周龙带来的家人。先有飞腿李宾偷着悄悄地出去给大众送信，还想着以多为胜，焉知晓叫徐良两句话全都吓跑，连李宾也逃命去了。

再说徐良一看，内外并无一人，就想要救翠姐，又要找郭长清、王秀、江樊的下落，只得出了屋子，先把邓飞熊的死尸提将起来往后院便走。到了后院，扔在一个僻静所在，见西北有四扇屏门，单有跨院，看里面灯光闪烁。徐良进了屏风门，就奔上

① 输嘴——认错。

房，里面有许多妇女乱藏乱躲。徐良一听喊叫，说：“你们大众不用藏躲，我也知道你们都是好人家的儿女，只要把吴月娘、翠姐献出来，就饶你们的性命。如今和尚已然被我杀死，你们大众分散他的东西，有亲投亲，有故投故去吧。”众人一听都跪倒，异口同音说：“这就是翠姐，吴月娘与朱二秃子他们在里间屋内喝酒哪。”徐良见翠姐发髻蓬松，捆着双手，就问：“因为何故将她捆上？”妇女们说：“她要寻拙志。”徐良过来说：“姑娘，你的父母俱在庙外，我今杀了凶僧，我这里就找你父母去，等着天亮你们好投亲去罢。和尚已死，千万不可再行拙志。”妇女们过来与她解绑，翠姐跪下与徐良叩头。山西雁到里间内面，果见朱二秃子与吴月娘俱在屋中。二秃子正要开窗逃跑，不料徐良进来，就把二人踏倒捆将起来，撕衣襟把他的口中塞住，就吩咐那些个妇女们：“看着这两个！如若走脱一个，拿你们治罪。你们大众也拾掇东西，天亮方许出庙。”众人齐声答应。

徐良复又出来，往西一拐，单有三间屋宇，门上挂着一个灯笼，有两个人在板凳上坐着。徐良往前一跑，亮出刀来，要杀这两人。这二人一见势头不好，开腿就跑。山西雁并不追赶，进屋一看，郭长清等三人俱在那里趴着，全是四马倒攒蹄。给他们解开绳子，把他们塞口之物，俱都掏将出来，半天才醒了。江樊说：“是哪位恩公前来救我的性命？”山西雁说：“正是小弟徐良。”江樊说：“徐老爷呀，想不到你老人家到此，活命之恩，如同再造。”徐良说：“自己兄弟怎么说起这套言语来了？”江樊引郭王二位与徐良见礼，复又磕头道劳，谢活命之恩。徐良连忙搀住，就告诉江樊，把吴月娘、朱二秃子一并拿住了。又提翠姐之事。江樊问：“那自然和尚可曾拿住没有？”徐良说：“就是未曾把他拿住，也不知他的去向。”江樊说：“这个人还是要紧的。”

山西雁说："我认得那个自然和尚与粉面儒僧法都，咱们不是在九天庙见过的么？那个法都方才可追跑了。"正说话间，徐良眼快，就见由北墙纵下一人，顺着东墙往南直跑。山西雁也往南跑，那人刚一上墙，徐良就是一袖箭正中腿上，"噗咚"一声摔下地来。徐良过来要捆，一看正是自然和尚。高叫："江大哥，首犯来了。"皆因自然和尚在监中幽囚的不成人样，见群贼一来，自己觉着羞愧，独自往后边闲房之内，先养养精神去。有人与他送信说大事全坏，自己打算逃命，不料复又被捉。徐良叫江大哥把他搭到前面来。郭长清与王秀搭起来，往前院行走，将到前院，徐良就见房上有一个人影一晃，山西雁回头一摆手，自己一蹲身，就听见房上叫："邓大哥，邓大哥，这么早全睡了？"徐良说："没睡，白菊花才来么，咱们两个人死约会，不见不散，老西等候多时了。"随说话"叭嚓"就是一镖。要问晏飞的生死如何，且听下回分解。

第四十三回

水面放走贪花客　树林搭救老妇人

且说白菊花同着飞毛腿高解、病判官周瑞三人一路行走，扑奔南阳府。可巧正走在金凤岭，白菊花与二贼商量："天气已晚，咱们到山上瞧瞧邓大哥去。并且还怕周四哥也在这里哪。"周瑞问："是我四哥么？"白菊花说："正是，皆因我们由周家巷起身，还有柳旺哥哥、张大连、房书安，一同上南阳。在半路分手，我上了一趟鹅峰堡，涉了一个大险。他们说在前面等我，也许在此处庙中等着我一路前往。"飞毛腿说："上准提寺呀！我与邓飞熊有仇，我们见面打起来，反累你们相劝。"白菊花说："你们有什么仇恨？"高解说："皆因我得了大环刀的时节，立了一回宝刀会，聘请天下水旱的英雄。他见帖不去，我绝不恼，他不该当着我的朋友辱骂我。到如今我们二人未能见面，早晚见面之时，我们二人得讲论讲论。"白菊花说："这是一件小事。大哥，咱们一同进去，见了邓飞熊的时节，连我带五哥与你们解说解说，叫他给你赔个不是，就算完结了。"高解说："不行，我若上山，岂不是给他赔不是来了么？"周瑞说："你若不肯上去，晏贤弟你辛苦一趟，把邓大哥陪下来，你们二位在这里见见，难道说这还不行么？"白菊花说："就是如此。可有一件，我要一人上山撞着白眉毛，那时候可怎么办？"高解、周瑞齐说："我们在这里等候，我们若遇见往上跑，你要遇见往下跑。"白菊花这才上山，不料真应了他们的打算。可巧没走山门，白菊花蹿墙过来，并没有看出一点形迹，连叫两声邓大哥，没人答应，以为是大家全都睡了。忽听哼了一声，又是死约会，不见不散，就听“飕”的一声，一点寒星直奔喉嗓而来。晏飞是吃过徐良的苦的了，一听是山西口音，就把那一团神看住了徐良。忽见他一抬手，就知他是暗器。果然，见他一发暗器，自己一回脸，当啷啷一声响亮，那枝镖坠落在房上。又纵身蹿下房来，意欲逃跑，早见徐良迎面一刀砍来。白菊花无奈，只得亮剑招架。随动着手，徐良说：“今天看你乌八的往哪里跑？依着我说，早早过来受拴便了。”白菊花尽惦记着要跑，忽然出了一个破绽，蹿出圈外，一直扑奔庙外去了。徐良尾于①背后，跟将下来，出得庙外，直奔山口。白菊花直奔树林，找那两个朋友，到树林高声嚷叫：“二位兄长快些前来，小弟仇人到了。”喊了半天，并不见有人答应。徐良紧紧跟随，哪里肯放。白菊花一瞧这两个朋友不在树林，只恨得暗暗咒骂。直跑到天有五鼓，方才见着前面一道小河挡路，白菊花心中欢喜。徐良在后面，也瞧见了这道小河，就知道今日晚间拿他不住。果然，白菊花行到此间，“哧”的一声跳入水中去了。徐良说：“便宜你这乌八的，放你逃生去罢。”气哼哼往回便走，又到庙中。

此时江樊三人等得着急，总不见他回来，也是替他担心。徐良回到庙中，见着江樊，把追白菊花的故事对他们学说一遍。江樊说：“可惜可惜，总是他们不该遭官司之故。”徐良又下山，到苇塘找着那老夫妇，把他们带上山来，见了翠姐，连他们的驴带包袱，俱都找着。一家三口，全给徐良叩头，等着天光大亮，俱都起身去了。又有那些妇女也都背着包袱与大众磕头，逃命去

① 尾于——尾随于。

了。复又叫江樊下去，找本地方官与此处的地方预备木笼囚车，装上三股差使，知会本地面武营官兵护送。将死尸俱都抛弃在山涧。树上那个人，也放他逃生去了。庙内还有许多妇女的东西，俱都入官。庙中重新另招住持僧人。所有死去的兵丁，棺木成殓，准其本家领尸葬埋，本地方官另有赏赐。江樊的伙计也是用棺木成殓，由本处送往石门县，邓太爷另有赏赐。徐良把此事办完，方才起身，投奔南阳府，暂且不提。

周龙等那些贼陆续全部跑下山来，一直往西北，皮虎乱打呼哨，慢慢大家全都凑在一处，就是不见房书安、邓飞熊、自然和尚。少时，又见黄荣江、黄荣海、李宾，还有三四个伙计，喘吁吁走到跟前说："众位寨主，邓师傅死了，房爷被老西拿住了，不定死活。"大众叹息一回。周龙说："咱们也就走罢，少时他要下来，咱们也是不便。"说毕，大家又跑。张大连说："站住！站住！你们都吓晕了么？"周龙说："什么？"张大连说："上南阳府怎么往北走起来了。"皮虎说："对呀。"复又往南。周龙说："大家可留点神，瞧着那小子。"正说之间，皮虎说："你们瞧前边，那里趴着个人哪，别是他罢？"众人俱都不敢往前再走。又听哼了一声，险些就把大众吓跑。细细听来，却又不像。原来是房书安在那里趴着，皆因自己眼前一发黑，腿一发酸，"噗哧"一声栽倒在地，人事不省。约有二刻光景，被冷风一吹，悠悠气转。皆因他没有鼻子，才哼了一声，就把大家吓了一跳。众人切近一看，却是房书安。他一瞧见大众，不觉呜呜噎噎的哭起来了，说："张大哥，你害苦了我了。"众人听着，又是要乐，又替他惨。乐的是，人要没有鼻子，说话实在难听；惨的是替他难受。张大连说："我怎么把你害苦了？"房书安说："要不是你冲着我说三侠五义，我焉能落得这样光景。"张大连说："你说的他比你

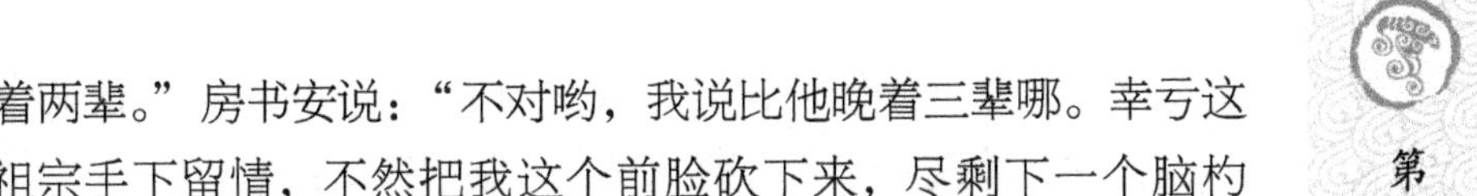

晚着两辈。”房书安说：“不对哟，我说比他晚着三辈哪。幸亏这位祖宗手下留情，不然把我这个前脸砍下来，尽剩下一个脑杓子，还活个什么意思，这可真就是没脸见人了。”张大连说：“咱们闲话少说，急速快走才好。”房书安说：“我可实在的走不动了，哪位最好背我几步。”众人异口同音说：“谁能背你？”房书安说：“别人不行，黄家兄弟还不行么？你们兄弟两个是我带出来的，难道说哥哥就没一点好处不成？你们自己也摸着良心想想。”二人刚才要背，张大连使了个眼色，说：“可了不得了，那个削鼻子的又来了！”说毕就跑。大家一齐撒开腿，把个房书安吓的也是爬起来就跑，直跑了约有一里多地，众人方敢站住。房书安“噗咚”一声，坐在地下说：“哎呀！可累死我了。”又问：“他真来了么？”张大连说：“我瞧着像他，原来不是。”房书安说：“韩信哪，你小心着萧何罢。你有多么损！”张大连哈哈大笑，说：“起来走罢。”房书安还叫黄家弟兄背他，黄家弟兄无奈，只得搀着房书安缓缓而行，大众奔南阳府不提。

再说白菊花由水内上来，又是抖晾衣襟，方才见着高解、周瑞，就气哼哼地说道：“你们二人太没义气了，我被徐良追跑下来，你们不知往哪里藏躲去了。”二人齐说：“我们见着老西追赶，我二人若不是有一山洞救命，也就性命休矣。”白菊花问道：“你们怎么也叫徐良追赶下来？”二人回问：“你是怎么叫他追赶下来的？”白菊花就把庙中之事细说了一遍。这二人又是一番纳闷。原来这二人不是遇见徐良，是房书安往下跑的时节哼了一声，他们疑是徐良来了，这才是阴错阳差。三个人商量赶路，白菊花执意不愿上南阳府去了。他说：“老西既然到这里，必然也是要往南阳府去的。咱们要奔南阳，他也奔南阳，这一走，岂不是碰在一处么？”二人说：“焉有那么巧的事哪？越怕越不好，你这么一个人要是怕他，我们二人该当怎样?”白菊花被这两个人一说，并且他还有一点心事，只得一路前往。

再说徐良奔南阳府，不走大路，尽抄小道而行。为的是那些个叫他追跑的贼人，必然上大路而行，他们若走小路，岂不是又撞在一处。想的虽好，却没遇见。走着路，忽然想起房书安说东方亮家内有座藏珍楼，楼里面有一口鱼肠剑，大概万岁爷的冠袍带履也在楼内收藏。我若到南阳府，一者为请冠袍带履，二则若能把鱼肠剑得在我手，那时可算我的万幸。这口剑也是切金断玉，削铜砍铁，比我这口刀还强呢。我再得着此剑，又有大环刀，也不是自负，走遍天下某家可算第一的英雄了。徐良只顾思想，往前正走，忽听有悲哀惨切之声，往树林一看，有一个年老婆子，在这里拴上了绳子正要自缢。将要往上一套脖颈，徐良嚷叫：“老太太，别在我们这里上吊，这是我所管的地方。”那老妇人听了此话，眼含痛泪说：“我寻死都有人不准，我往那边去上吊，大概就不与你相干了吧。”徐良到跟前说：“不行，我周围管三百多里地那，你若上吊，除非过三百里地外方可。我看你偌大年纪，因为何故要行拙志①?”那老妇人说：“爷台②你不知道，我生不如死。”徐良问：“你有什么难言之事，对我说明，倘若我能与你分忧解恼，也是有的。”那个老妇人说：“爷台，说出来，你也难管人命关天之事。”徐良说：“我偏要领教领教。”那老太太把那一五一十的事情细述了一遍。徐良一闻此言，呆呆发怔。要问那老太太说些什么言语，且听下回分解。

---

① 拙志——愚蠢的做法。
② 爷台——敬辞。

第四十四回

金毛犼[1]爱财设巧计　山西雁贪功坠牢笼

且说徐良问那婆子，因何自缢。那老妇人说："我娘家姓石，婆家姓尹。我那老头子早已故去，所生一子，名叫尹有成，在光州府知府衙门伺候大人。老爷很喜爱我那儿子，前日派他上京，与老爷办事。皆因夫人有一顶珍珠凤冠，有些损坏之处，咱们本地没有能人，派他上京收拾。遂给了他一匹马，赏了他几十两银子盘费。皆因出衙天气就不早了，又因我这儿没出息，喝了会子酒，天气更晚，他拿着老爷要紧的东西，天晚就不敢走了。回到家中，次日早晨起身收拾，不料就在夜晚之间，连马匹带这顶珍珠凤冠尽被贼人偷去，就是老爷赏的盘费没丢。我儿急得要死。我们街坊，有一位老人家，问他昨日出衙门时节，喝酒还是自己一人，还是同着朋友。我儿一生就是好交朋友，进酒铺时节是一个人，后来有一个朋友把他那酒搬在一处，二人同饮，还是那人付的酒钞。"徐良问说："那个朋友姓什么？素常是好人歹人？可曾对他提这凤冠的事情没有？"婆子说："你老人家实在高明，我们街坊也是这样问他。这个人是在马武举家使唤的，名叫马进才。我儿也曾对着他提讲上京给老爷办的事情。我们街坊就叫我儿找他去。我儿去找那人，别的倒没问着，看见他老爷给他的那

① 犼（hǒu）——一种像狗的野兽，能吃人。

匹马，由马武举家出来，另换了一副鞍辔①，有人骑着走了。我儿一追问他这些事情，他反倒打了我儿子一个嘴巴。我儿揪住他上知府衙门去，怎奈人家的人多，反倒把我儿子打了。我儿一赌气，上衙门去，见老爷回话。老爷不但不与我儿子做主，反倒把我儿子下到监中去了。"徐良说："既然有这匹马的见证，怎么老爷会不与你儿子做主？"老婆子说："他们都是官官相护。这个马武举，又有银钱，又有势力。"徐良问："这个马武举，他在哪里住家？"婆子说："就在这南边，地名叫马家林。先前他在东头住，皆因他行事不端，重利盘剥，强买强卖，大斗小秤，欺压良善，可巧前几年有二位做官的告老还乡，他在那里住不了啦，搬在西头住了。东头如今改为二友庄，西头仍是马家林。"徐良问："这个人叫什么名字？"婆子说："他叫马化龙，外号人称金毛犼。"徐良一听，就知道八九准是一个贼。按说自己还有要紧的事，哪有工夫管旁人之事，只是天然生就侠肝义胆，见人之得如己之得，见人之失如己之失，如遇不平之事，就要伸手。便说："老太太，你只管请回家去，我自有主张，保你的儿子明天就能出来，一点余罪没有。你可别行拙志。"那婆子道："你说这话，我也明白。你拦着我不叫我死，只好给我一句宽心话听，这还是素不相识路遇之人，我娘家的人尽自不管。"徐良问："你娘家还有什么人？为什么不管？"那妇人说："我有一个叔叔，当初作过辽东游府。皆因庞太师专权，辞职还乡，在家中纳福。因我母子家业凋零，素不甚来往。今日早晨我去找他，他说：'这个事情非同小可，不见确实，焉能说人偷盗？你暂且回家等着，我慢慢寻问明白，我自有道理。'我一想我叔叔这套话，他要不管，我

① 辔（pèi）——驾驭牲口用的嚼子和缰绳。

儿是准死。我儿既死，我还活个什么意思？故此我才来这里上吊。”徐良说：“你老人家暂且回家去罢，全有我哪。”婆子说：“爷台这话是真是假？有什么方法救我儿的性命？如果真能搭救我儿，慢说是我，就是我去世的夫主，在九泉之下也感恩不尽。”随说着话，眼泪汪汪的，就与徐良下了一跪。山西雁最是心软的人，看老太太这个光景他也要哭，弯着身打一恭，说：“也罢。老太太，我送你回家去罢。”伸手把那根绳子抖将下来，用自己的刀砍得烂碎，抛弃于地，同着石氏回家。那婆子让他到家中献茶。徐良执意不肯，临走时节，紧紧的嘱咐，就怕她寻了拙志。等着妇人进门之后，徐良才奔马家林而来，见着人，打听明白马化龙的门首，绕着他周围的墙，探了探道，预备晚间从那里进去。

此时天色甚早，又到二友庄看了一看，原来是一个村庄，起了二个地名，都是前中后三条大街。庄内只有一个小小的茶铺，带卖烙饼拉面。徐良将就着在那里吃了一顿饭，付了饭钱，也不肯走，假装着喝茶，为的是耗时候。等到初更，堂官要上门了。徐良暗道：“是时候了。”立起身出得店门，直奔马化龙门首。到了后墙，纵身蹿将上去。他并没换夜行衣靠，就把衣襟吊起，袖子一挽，把大环刀插在狮蛮带里。他在墙头上往下一看，是一座花园子景象，就蹿下墙头，往前扑奔。越过两段界墙，正是五间厅房。至后窗户，见里面灯光闪烁，有男女说话的声音。徐良就在窗棂纸上用指尖戳了个月牙窟窿，一目往里窥探，但见有个妇人，年纪四十多岁，满脸脂粉，珠翠满头，衣服鲜明。上首坐着个男子，也够四旬光景，宝蓝缎子壮巾，蓝箭袖袍，黑紫面皮，粗眉圆眼，压耳两朵黄毛，外号人称金毛犼，却是一脑袋黄头发。他这个外号，因头发所取，身高八尺，膀阔三停，不问可知准是马化龙。他那里吩咐，叫婆子把那东西取出来看看。就见婆子拿出一个蓝布包袱来，解开麻花扣儿，里面还有一个油绸子包袱，打开露出一个帽盒，把帽盒打开，里面俱用棉絮塞满——怕的是一路上磕碰。灯光之下，耀眼生光，俱都是珠翠做成。此物虽旧，上面宝石珍珠，可算价值连城，就是有些损坏之处。那妇人看着，哈哈大笑，说："老爷，咱们家中虽然有钱，要买这顶凤冠，只怕费事。这就是咱们马进才的好处。"马化龙说："要没有范大哥在此，也是不行。"妇人说："怎么谢范大哥呢?"马化龙说："我二人那等的交情，不必提谢。"妇人又问："马进才如何赏他?"回说："给他二百银子。"正说话之间，忽见进来一个婆子说："范大爷外面有请。"马化龙回头告诉妇人："将物件收在柜内。"马化龙出去。

徐良想着要盗他这顶凤冠，自己撤身下来，想一个主意，把妇人诓出来，盗他那凤冠，叫他们不知觉，方算手段。正在思想之间，忽听屋中妇女们一乱，徐良复又从刚才所戳的那小孔往里一看，就见那些妇女往外急走，齐说："别嚷，别嚷，这是太太的造化。"方才那个妇人说："待我把金簪子拔下来，插在里头，就走不动了。"徐良一听，就知是有夜行人了。自己虽然没有那种物件，听见师傅说过，夜行人有一宗留火遗光法，尽为的是调虎离山计。无论地下墙上一蹭，自来的冒烟，大片的火光，用手摸着不烫，也烧不着什么物件。前套七侠五义上，双偷苗家集，白玉堂用过一次；双偷郑家楼时节，丁二爷用过一回；邓车盗印，邓车用过一回。如今山西雁一听，就知是这宗物件。自己打算：不管什么人用的这个法子，我先进去，拿他这顶凤冠。不料一扳后窗户却扳不开，原来这后窗户由里面锁了个结实，只可由前边进去，又往屋中一看，却见有人早进去了。但见那人，一身夜行衣靠，背插着一口钢刀，面白如玉，细眉长目，鼻如悬胆，口赛涂朱，伸手把包袱往后一拢，冲着徐良这个窟窿“嗤”的一笑，“噗”一口将灯吹灭。徐良一着急，望后倒身蹿上房去，越脊纵到前坡，见那些妇女仍然还围着花盆子乱嚷呢！就见那条黑影直奔前边去了。徐良怕的是把这物件落在贼人之手，那可无处找了，紧紧的一追。追到前边，也有五间上房，东西有配房。再找那人，已然踪迹不见。

徐良只得上了西房，往前坡一趴，只见上房屋中，打着帘子，点定灯烛，有一张八仙桌子。正当中坐着一个人，身高七尺，一身皂青缎子衣襟，面似瓦灰，微长髭须。下垂首坐的，就是马化龙。只听他吩咐一声摆酒，从人登时之间，罗列杯盘。马化龙亲自与那人斟酒，连进三杯，喝完，各斟门杯。将要说话，忽听从人进来报道：“外面二位复姓赫连的求见。”马化龙吩咐一声“请”，说：“范大哥少坐，待我迎接二位贤弟。”不多一时，就见三个人进来。徐良见这两个人，俱是散披英雄氅，细身长腿，全是贼头贼脑的。到了屋中，那人也站起身来，抱拳让座。马化龙说：“三位不认识，我与你们见见。这位姓范，叫范天保，外号人称闪电手。这二位是亲兄弟。这位叫赫连齐，外号人称千里飞行；这位叫赫连方，外号叫陆地追风。”彼此对施一礼，说了些久仰大名的客套，谦让了半天坐位，复又落座，重整杯盘。马化龙仍在主位。原来这范天保，皆因遇蒋平、柳青，在水内逃跑，找了几处朋友，都未曾住下，这才到马化龙家里。可巧正遇马进才在酒铺套了尹有成的实话，回来报信。就是闪电手探了道路，晚间把凤冠马匹一齐盗来。正是马化龙与他摆酒道劳，不想有赫连弟兄到来。待他与众人将酒斟上，赫连齐就把请帖摸将出来递了过去。马化龙字上不行，叫闪电手念了一遍，方才知道是为擂台的事情。赫连方说：“范大哥，我们就不往府上去了。”范天保说：“我既然见着，何必再请。要去的时节我与马大哥一路前往。”赫连齐说：“范大哥，可曾听说了没有?”范天保问：“什么事情?”赫连齐说：“如今出了一个山西雁徐良，又叫多臂人熊，现今咱们绿林，吃他的苦处的可不少啦。”范天保问：“怎么?”赫连齐说：“桃花沟高寨主那里，大概连琵琶峪、柳家营、周家巷，全都是他，害的这几处瓦解冰消。咱们要是遇着他的时节，可要小心一二才好。”马化龙哈哈大笑，说：“这扎刀死狗娘养的，若咱遇见这厮时……可惜咱不认得他。”赫连方说：“好认，这个人长两道白眉毛。”刚才说到这里，后面婆子往前跑着乱嚷，说：“老爷，可了不得了！后面把凤冠丢了?”众人一听，大家跑出房来，问：“怎么样丢的?”婆子说：“我们瞧见四个花盆里头往上冒烟冒火，出来一回头，就不见了凤冠。”马化龙说：“别是那个山西雁罢？好狗娘养的!”还要往下骂，忽听房上说：“凤冠可不是老西拿去的，我是来与你要凤冠来了。”随说着，蹿下房来。闪电手亮刀就砍，徐良用刀一迎，“呛啷”一声，将闪电手刀削为两段。马化龙往后就跑，说：“待我拿兵刃去。”徐良就追，到后院三间西房，马化龙先进屋内，徐良到门口，用刀往里一砍，叫人家把腕子揪住，往里一带，“噗咚”一声，摔将下去。要问徐良生死如何，且听下回分解。

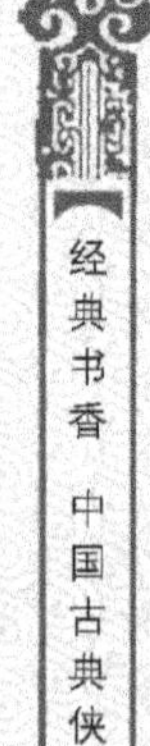

第四十五回

徐良临险地多亏好友　石仁入贼室搭救宾朋

且说马化龙引徐良到三间西房，原来这屋中预先就挖下一个大坑，足够好几丈深。马化龙自己做下埋伏，他本要安翻板，还没安好呢，就是贴着前窗户，有六寸多宽一块板子搭着。马化龙一进门，往北一拐，面向外，脚蹬着六寸多宽的板子，手抓住窗楞，看着徐良的刀往里一扎，马化龙用单手吊住徐良的腕子，往里一带。山西雁知道里面有人，只道借他力，也就往里一蹿。焉知晓脚找不着实地了，"噗咚"一声，摔将下去。马化龙反蹿将出来，到兵器房取了一口朴刀，扑奔前面来了。将到前边，就看见几个人在那里动手哪。自己一瞅，吓了一跳，但见有四个鬼一般的，只看不出是什么面目来，全是花脸，青黄紫绿，蓬松着红绿的头发。有两个，五彩的胡须攥成了疙瘩，为的是蹿奔利落。每人一口轧把刀，围住了赫连齐、赫连方。闪电手此时，也在壁上摘了一口利刀，七个人在那里交手。马化龙先前只不敢过去，总疑惑着这四个是鬼。后来才听见他们脚底下有声音，方才明白这几个是涂抹的脸面。马化龙一声喊叫："你们这几个人是从何而来？快些说出姓名，是因为何事而至？若是为借盘费，只管说来，我是好交结绿林的朋友。"他们可是一语不发。马化龙一声吩咐，叫家人抄家伙拿人。顷刻间家人掌灯火拿棍棒，齐声喝嚷拿人。刚往上一围，那两个有胡须的早就蹿出圈外。赫连齐、赫连方二人一追，前边那两个蹿上墙头。赫连齐、赫连方往上一瞧，也要上墙追赶，就见那两个人一回手，飕飕的就是两只暗器，赫连齐、赫连方二人，“噗咚”、“噗咚”，全都摔倒在地，一个是左膀，一个是右膀中了镖伤。二人一狠心将镖拔将出来，鲜血淋淋。若不亏家人们把他们护住，也就教还没上墙的二人结果了性命。那二人往东西一分，就各蹿往东西配房上去了。闪电手一追，房上的揭瓦就打，范天保躲得快当，“吧哧”一声，打在地下。马化龙着了一瓦块，四个人倒有三个受伤，谁还敢追。家人大众都凑在一处围护着进了屋子，马化龙派人到后面取来止痛散，赫连齐、赫连方俱都敷上，马化龙用酒将药调上，暂且止痛。稍缓了有半个时辰①，方才谈话，议论这凤冠必是这伙人盗去。幸而一桩好，白眉毛山西雁拿住了。那三人一齐问道：“真个把那徐良拿住了？”马化龙说：“拿住了。这可算备而不用，就在后面要安翻板那个屋子里。”大家一听，全都欢喜，说：“这可去了眼中钉，肉中刺。他在底下，咱们怎么把他治死？”你一个主意，我一个主意，有说把他活埋了的，有说不行的——往下填土他借着那土就上来了。赫连方说：“先拿石头砸死他，然后把他捞将上来，乱刀把他剁死，也就算给咱们绿林报过仇来了。”说毕，叫家人打灯笼，一直扑奔后面。一面教家人搬运大小石块来，又叫人先把帘子摘将下来，众人站在门槛外边，拿灯笼一照，再找山西雁，踪迹不见。

你道这徐良哪里去了？原来是他坠落坑中，反眼往上，黑洞洞伸手不见五指。自己想：终日打雁，叫雁啄了眼了，总是一时慌忙。自己往上一蹿，这坑实系太深，纵不上来。又一想：生有处，死有地，少刻他们前来，焉有自己的命在。不如自己早早寻

① 时辰——小时，钟点。

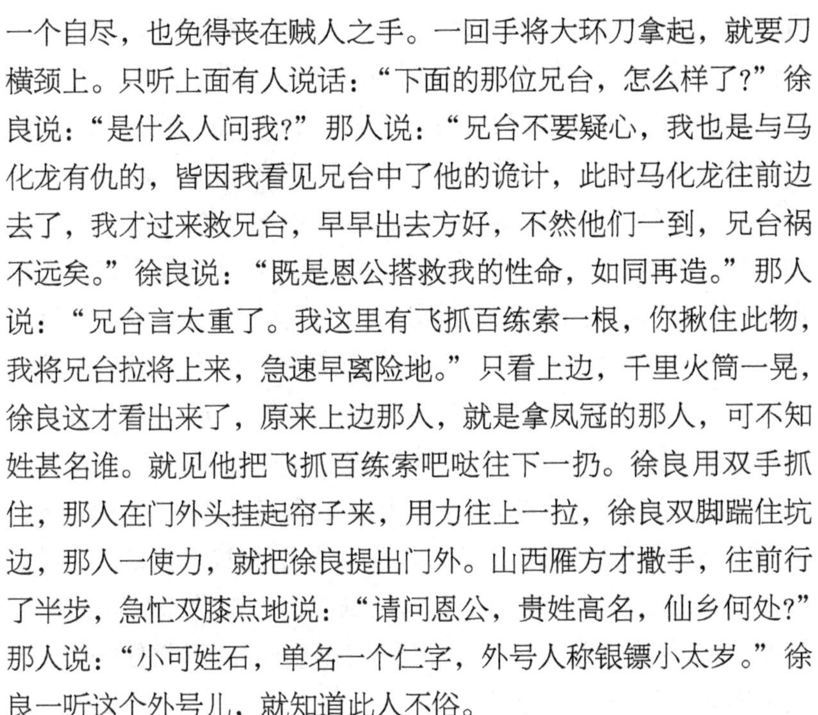

一个自尽，也免得丧在贼人之手。一回手将大环刀拿起，就要刀横颈上。只听上面有人说话：“下面的那位兄台，怎么样了？”徐良说：“是什么人问我？”那人说：“兄台不要疑心，我也是与马化龙有仇的，皆因我看见兄台中了他的诡计，此时马化龙往前边去了，我才过来救兄台，早早出去方好，不然他们一到，兄台祸不远矣。”徐良说：“既是恩公搭救我的性命，如同再造。”那人说：“兄台言太重了。我这里有飞抓百练索一根，你揪住此物，我将兄台拉将上来，急速早离险地。”只看上边，千里火筒一晃，徐良这才看出来了，原来上边那人，就是拿凤冠的那人，可不知姓甚名谁。就见他把飞抓百练索吧哒往下一扔。徐良用双手抓住，那人在门外头挂起帘子来，用力往上一拉，徐良双脚踹住坑边，那人一使力，就把徐良提出门外。山西雁方才撒手，往前行了半步，急忙双膝点地说：“请问恩公，贵姓高名，仙乡何处？”那人说：“小可姓石，单名一个仁字，外号人称银镖小太岁。”徐良一听这个外号儿，就知道此人不俗。

你道这个人，因为什么事，前来盗这凤冠？原来，二友庄的二位老英雄，一位姓石，叫石万魁，外号人称翻江海马；一个叫尚均义，外号人称浪里鲲鱼。石万魁跟前一儿，名叫石仁，就是这个石仁。还有两位姑娘，一个叫石榴花，一个叫石玉花。有两个徒弟，一个叫铁掌李成，一个叫神拳李旺。尚均义跟前两个女儿，一个叫尚玉莲，一个叫尚玉兰。前回尹有成之娘，哀告他娘家叔叔，就是这个石万魁。他虽然告诉她不管，等着慢慢打听打听，叫她先回去家中听信。原来因她是个妇人，怕她嘴不严，倘若走露风声，事关重大，先叫她回家。随后就打发李旺上马化龙家，一左一右，打听这个消息。打听明白，回来告诉果有此事。先派家人，上光州府拿钱打点了监中囚头狱卒，然后约会尚均义到家中计议。这二位老者，先在辽东做官，一位是参将，一位是游府，皆因庞太师专权，辞职还乡。回到家中，就知马化龙不是人类。马武举到底是邪不能侵正，他搬在西头，这边就依石尚二家起了二友庄这样一个庄名。这日晚间，爷五个全都换了衣襟。却是尚均义出的主意，说此去少不了要出人命，方才涂抹脸面。皆因尚玉兰很好的一笔丹青，就把她的颜色取来，二位老英雄连胡须都涂抹颜色。就是石仁没改换形容，也没涂抹脸面。他去盗那凤冠，一到马家之时，就看见徐良进来。他在前窗户那里瞧看，马化龙出来的时节，他就躲在屋檐底下，后来用留火遗光法，把大家诓出来。不然他拿凤冠时节，怎么冲着徐良一笑。他把凤冠得在手内，送回家去，这是由家内复又返转回来，才见着徐良掉在坑中。他把山西雁搭救上来，又把帘下放下，方才通了自己名姓。复又问徐良的姓氏，徐良就把自己名姓说将出来。石仁说："这可不是外人，请到寒舍一叙。"二人蹿出墙来，正要回家，忽见一棵树后，蹿出四个人来，各执单刀，挡住去路。要问来者何人，且听下回分解。

第四十六回

入破庙人鬼乱闹　奔古寺差解同行

且说石仁一听徐良是穿川鼠徐庆之子，可算都是将门之后，邀到家中谈话。将一出墙，走不甚远，忽见树后“蹭蹭”蹿出四个人来，每人一口利刀，一字摆开，挡住去路。徐良眼快，一瞅吓了一跳。有高有矮，有瘦有胖，有丑有俊，全都是绢帕罩住乌云，贴身小袄，腰扎汗巾，原来是四个姑娘，三个俊的，一个丑的。这个丑的就是石榴花，胖大身躯，一脸麻子，蒜头鼻子，厚嘴唇，粗眉大眼，元宝耳朵，扑叉扑叉一对鲇鱼大脚，不够一尺也够九寸七八。那三位俊的是石玉花、尚玉莲、尚玉兰。皆因是四位的天伦上金毛犼家里去，四位姑娘也都凑在一处，带着都有高来高去之能，看看天气不早，都怕天伦有险。一商量说：“咱们何不前去看看。如若咱们老人家寡不敌众，咱们好帮助动手。”这四个姑娘，论本事强就数玉莲，论聪明就数玉兰，论忠厚就数榴花，论随和就数玉花。四人刚走到树后，就瞧见前边来了两个人，影影绰绰的往这边奔，故此不知是谁。这四位姑娘一字排开，把刀全都亮将出来，身临切近。石仁说：“原来是四位妹子，你们急速回家去罢。”四位姑娘一闻此言，就问道：“哥哥，那位是谁?”石仁说：“是我一位朋友，你们不用打听，回家去罢。”四位姑娘答应一声，回转身躯，往家内去了。

石仁同着徐良，到了自己门首，徐良一看是个广亮大门。石仁让着徐良进了大门，直奔厅房，启帘进去落座，叫从人献上茶来。徐良问道：“贵府还有什么人?”石仁便把家内所有之人，当初石万魁所作什么官、因何辞职、娘亲妹子、还有两个师兄，都叫什么名字，一一都告诉徐良一遍。又把尚家事情，也对他说了一回。又把自己姊姊、外甥不白之冤的事情，又说了一番，转问徐良因为何故上马家去？山西雁也把自己怎么上京任差，遇白菊花的事，如今要投奔南阳，请万岁的冠袍带履，白昼遇见尹石氏，晚间奔马家林的话，也就说了一回。石仁说："徐兄长，你我一见如故，再说上辈提将起来，也都认得，如不嫌弃，小弟情愿结义为友，不知兄台意下如何？"徐良说："只要兄长不嫌弃，我是情心愿意。"正说话间，从人把衣服拿将过来。石仁告便，到里间屋中，把白昼服色换了，重新出来。忽见帘笼一启，打外面进来四个画着脸的。将一进门，石仁就要引见。大家说："洗完脸再见罢。"徐良说："哥哥，哪位是伯父？"石仁指着一长者告说："这就是我的天伦。"又把山西雁的事情替他说了一遍。石万魁哈哈大笑说："我攀一个大话罢，你可是老贤侄呀！我问你一个人，铁臂熊沙龙是你什么人？"徐良说："那是我的伯父，是我盟弟的岳父。"石万魁说："你盟弟就是韩天锦与艾虎哪？"徐良说："正是。"石万魁说："新近你这二个盟弟特旨完姻，我们沙大哥遣人来请，我们未能前去，就是礼物到了。"说毕，又与徐良见尚均义，徐良也是过去行礼。尚均义说："我也提一个朋友，云中鹤是你什么人？"山西雁说："那是我师父。"尚均义说："那还是我把弟呢！"然后徐良与铁掌李成，神拳李旺，彼此对施一礼。石万魁吩咐摆酒。

石万魁等四个人，上里间屋中，打脸水洗去颜色，更换白昼的衣服，复又出来。酒已摆就，众人把徐良让在上面，让至再三，徐良坐了二席，尚均义坐了首席，大家巡杯换盏。石仁就把要与徐良结义为友之事，对着天伦说了一遍。尚均义在旁说："正当如此，都是将门之后。还有一件，老贤侄，你定下姻亲没有？"这一句话，把徐

良问得满面通红，一摇头说："还未能定下姻亲。"尚均义哈哈一笑，说："好，既然未定下姻亲，我有两个女儿，我的长女与侄男年岁相仿，颇不粗陋，今许与贤侄为妻，不知贤侄意下如何？再说，恳烦石兄长，作一个媒山保人。"石万魁说："好，我方才一见徐贤侄就有此意，不料你倒先说出来了。"徐良赶紧站起身来，对着二位老者深深一躬到地，说："非是侄男不愿意此事，皆因是奉展护卫所差拿贼，二则没有我父母之命，此时侄男不敢应允。"石万魁说："此事我们赶紧与你天伦写信，候你的天伦回音就是了。"山西雁说："这还可以，二位伯父千万别怪小侄。"石万魁说："尚贤弟，咱们有句话放着就是了。"说毕，重新又饮。石仁问："天伦，这凤冠孩儿已经盗来。你老人家看怎么办理方好？"石万魁就在石仁耳旁，低言悄语说了一遍。石仁连连点头。石万魁立刻吩咐从人预备香案。石仁就与徐良冲北磕头，结为生死弟兄。徐良大，石仁小，二人结拜之后，又重来与二位老者行礼。李成、李旺也过来道喜。直到天亮方撤去残席。尚均义告辞回家，说少刻再来。石万魁写禀帖，拿着凤冠见知府去了。石仁和徐良二人到了书房，倾谈肺腑，讲论些马上步下、长拳短打、十八般兵刃带暗器，谈得是件件有味，说不尽交友投分的意思。这才叫人情若比初相见，到老终无怨恨心。

用完早饭，天交午初，门外一阵大乱。徐良与石仁出来瞧看，原来是许多官人，都拿着单刀铁尺，押解马武举，威吓着直奔衙署。原来光州知府，此人姓穆，叫锦文，有石万魁在府中，递了禀帖，献了凤冠①，报了马化龙的窝主。言说他家内养贼，现有真赃实据，凤冠是由他家内得出。知府一听，不觉大怒，看了禀帖，见了凤冠，立

① 凤冠——古代后妃所戴的帽子，妇女嫁也用做礼帽。

刻派三班人等前去拿马化龙，当堂立等。三班的头儿到了马家林，不敢办案拿人，把他诓将出来，方才动手，锁着他奔知府衙门而来。范天保与赫连齐、赫连方一闻此信，俱都逃窜去了。马化龙正要给那官差的银钱，官差也说得好："这是我们老爷派的差使，谁敢自办？你要亲身见了我们大人倒好办。"马化龙无奈，只得跟着他们走就是了。这知府大人升堂，一作威，问这凤冠的事情。到底是官法如炉，马化龙把这事情推在范天保身上，当堂画供，革去了武举，定了个待质，几时拿住了范天保时节，再定罪名，钉肘收监。发下海捕①公文，捉拿范天保。拿住他时，二人质对。由监中把尹有成提出，仍然还是在衙门伺候老爷，这顶凤冠再不上京收拾去了。石万魁待回家之后，见了徐良，尚均义也到石家商量着，好与徐庆写信。山西雁告辞，过来与石万魁、尚均义行礼，石仁也过来与徐良磕头，李成、李旺与徐良对施一礼。石万魁拿出一百两白金，作为路费。山西雁再三不受，无奈何拿了二十两银子。大家送出门外，徐良投奔南阳去了。二位老者派人与徐庆送信，暂且不表。

单说徐良离了二友庄，一路晓行夜住，总怕误了自己事情。这日正往前走，天气透晚，前边一看，并没有村庄镇店，尽是一片漫洼。忽见天上乌云遮住，劈空冷风飕飕，光景是要落雨，紧走几步，约有一里之遥，就见风中裹着雨点儿点点滴滴坠下来了。徐良心中急躁，这里又没有避雨所在，正在为难之际，见前面有一座破庙。徐良朝破庙奔去，见庙墙俱都倒塌，门可没有了，奔到大殿，隔扇全无，里面神像不整，原来是座龙王庙。供桌上只有泥香炉一个，后面房瓦透天，再看佛龛两边，放着两口棺木，又看后面有一层殿，也

① 海捕——四处捉拿。

是俱都坍塌，也并没有和尚老道。他只就在前边殿中，先与龙王爷磕了三个头，站起身来，把香炉往里一推，暗暗祷告，说："神祇在上，千万别见弟子之怪。"徐良祝告已完，把大环刀往旁边一放，把小包袱从腰间解将下来，往头颅下一枕，就在供桌上仰面朝天而睡。总是行路疲乏，就觉一阵迷迷糊糊，将一合眼，就听见"咯嘣"的一声响亮，徐良猛然惊醒。再看天色已晚，外边的阴云四散，透出朦胧的月色，自觉着那边棺材盖响了一声相似，心中一惊，再看并没什么动静，刚要合眼，这一回可听真确了，是棺材盖"叭嚓"一声响亮。山西雁可就睡不着了，一挺身斜坐在佛龛之上，目不转睛，看着那口棺材。南边那口棺材没事，尽是北边这口棺材咯哧咯哧连声响起来了。徐良虽不甚害怕，也觉心中突突乱跳。徐良说："活人见鬼，别是老西阳寿不远了罢，待我看看这个鬼是什么样儿。"眼看那棺材盖"叭嗒"一声，往上一起，咯哧咯哧就横过来了，往下一滑，担在棺材下半截上，就听得里边吱的一声鬼叫，从里边蹿出一个吊死鬼来。那鬼戴着一个高白帽子，一尺长的舌头，穿着孝衣，拖着麻鞋，拿着哭丧棒，吱吱的乱叫。徐良吓得下了供桌①就跑，那鬼随后一跟，绕佛龛三遭，举哭丧棒对着徐良就打，山西雁就"噗咚"摔倒在地。要问多臂人熊的生死如何，且听下回分解。

---

① 龛(kān)

第四十七回

儒宁村贤人遭害　太岁坊恶霸行凶

且说徐良见鬼，下了佛龛就跑，那鬼苦苦相追。山西雁绕着佛龛，用耳细听，那鬼虽然是两只脚并齐，蹭蹭的乱奔，究竟足下总有声音。论说鬼神走路绝无响动。自己心中方才明白，每遇做贼的，不能高来高去，就是想出这个主意，不是打杠子，就是套白狼，装神做鬼。这个鬼大概必是小偷儿装扮的，若真是鬼，足下断无声音的。徐良猜透了这个情理，跑着跑着，那鬼举哭丧棒一打，徐良故意往地下一躺，把双腿一蜷①。那鬼打空，又收不住自己双脚，正要奔在徐良身上。山西雁使了个喜鹊登枝，正蹬在鬼的身上，那鬼如何还能站立得住！“哎哟”一声，扑咚栽倒在地。徐良听他“哎哟”一声，准知他是个人，更觉放心了。用了个鲤鱼打挺，纵身蹿将起来，劈手把鬼头上揑住，先把他那三尺高的白帽子摘下来，再看他那舌头，是铁丝儿钩在耳朵上类若唱戏所挂胡子一样，此时已然摔掉在地。徐良把他放在一边，把他腰间麻辫子解下来，把他这件孝袍子也给脱下来，见那人里边穿着贴身小袄，束着一根破带子。把他里头那根带解下来，四马倒攒蹄，把他捆好，将他提在佛龛前，往地下一扔。山西雁倒坐门槛，慢慢盘问，说：“你这乌八的东西，大概各处有案。你叫什么名字？害死过多少人？倘若一字不实，我就是打你。”随着把那哭丧棒捡起来一看，那根棍子一头钉着许多

① 蜷（quán）——拳曲。

包头钉，尖儿朝外，类若一根狼牙棒相仿，便叭嚓叭嚓一阵好打，只打得这个小贼苦苦的哀求饶命。徐良说："你到底害死过多少人？姓什么？"那小贼说："我姓吴，名字叫天良。"山西雁说："看你这个样儿，也够有天良的了！"说着叭嚓叭嚓又是一阵乱打。那人说："爷爷饶命，我家有八十岁的老娘，无人侍奉，天天与我要好吃的要好喝的，我又没有本钱做买卖，实出无奈，我才想出这么一个伤天理的买卖来了。只求爷爷手下留情，你若将我打死，我的老娘走也走不动，看又看不见，就是讨饭吃，都找不着门户。就求你老人家积儿积女，我痛改前非，背着我娘挨门乞讨，来供养我老妈。多朝①我老娘一死，我也寻个自尽，再上阴曹侍奉我的老娘去，也就了却我今生之事。爷爷只当看在我娘的份上。"徐良一听吴天良这句话，不觉心中发惨，他本是个孝子，动了恻隐之心，就把他解了带子，说："你从此做个小本经营，方算是好的，倘若不改前非，老西的大环刀不饶。"那人一听，跪下就磕头，说道："爷爷，你说得很好，我做小本经营，哪里来的本钱？"徐良说："我既叫你做个小本经营，我有本钱给你。"随即就把自己包袱打开，把石万魁给的二十两银子拿出来，给了小贼一半，说："我告诉你几句言语，你可紧记：倘或不改前非，遇见我老西，仍是结果你的性命。"那人连连磕头说："不敢不敢。"过去要把他那孝袍子拿起来往外就走，被徐良一把抓住，说："你仍然是不改前非呀。你把这孝袍子拿去，仍然是要装鬼，不然你拿孝袍子何用？"吴天良说："拿到家中染一染，给我妈做件衣服穿。"徐良说："不用，老西还穿哪。"那人说："使得，使得。"把那带子往腰中系妥，一瘸一点的走了。

徐良过去把刀掖上，包袱也系在腰中，他把那孝帽子拿过来，

① 多朝——何时。

往自己壮帽上一套，把那件孝袍子往身上一穿，麻辫往腰间一束，把舌头一挂，往院中一奔。他就在院内，从南往北，从北往南，一路乱跳，嘴内也学着鬼的声音，吱吱乱叫，以为是件得意的事。越跳越高兴，越走越欢喜，自己笑个不了。自言自语地说："老西实在有钱，十两银子买了这么一套玩意儿。"正在高兴之间，忽听庙外有铁链的声音。又听得一声长叹，说："二位在上，学生实在走不动了，你们二位行一个方便，使我歇息歇息再走。"那人答言："可以使得。二哥，头前到了龙王庙了罢？"又一人说："可不是龙王庙了。相公，你要歇着，这可叫你大歇歇罢，这就算是到你姥姥家了。"徐良一闻此言，有些不对头，怎么到了姥姥家了？遂急一纵身，蹿在北边塌陷的墙外，偷眼一看，那三个人，是一犯人两解差。那个犯人，项上一条铁链，没带手铐脚镣，穿着罪衣罪裙，蓬头垢面，走路很艰难，大概身带棒疮。说话的声音，很透着斯文。两个差人，一个背着捎马，里面装着起解的文书，提着一根水火棍，一个掖着一口钢刀。两个长解横眉竖目，俱有虎狼之威。三人直到庙中，进了佛殿。

你道这个犯人是谁？就是前套《小五义》上曾说过的艾虎的盟兄，姓施名俊。皆因艾虎、双刀将马龙、勇金刚张豹保护着施俊回家，施大人病至膏肓百医不效，金氏娘子要上小药王庙求签。施公子本不愿意教妻子去，谅有艾虎、张豹、马龙三个人保护，去也无妨。至小药王庙，太岁坊的伏地太岁东方明，带着家人王虎儿，就看见了金氏。东方明就叫手下豪奴要抢，被王虎儿拦住。说："她是知府的女儿，并且那边还有三个老虎似的保着哪！"东方明意思，不管好歹，就要硬抢。王虎儿再三拦阻，说："你老人家若要是喜欢她，等着相机应计的时候，我自有主意，把这妇人得在你的手中就是了。"东方明才死了这个念头。后来金氏回至家中，艾虎三人也上襄阳破铜网去了。不料施大人故世，施俊在家中发丧办事，这日正到六十天的时节，该烧船轿的日子。可巧这日，金氏娘子与佳蕙坐了两顶轿子，俱穿素服，正从太岁坊经过，东方明正在门首看见，就叫着王虎儿，说："你前番说的这个人对着机会了，与我抢来！"王虎儿连连摆手，说："员外爷，悄言，悄言，进来说话。"东方明入了书房，王虎儿说："员外爷在此等候，我给他们轿夫几两银子，少时就把她抬在咱们家里来了。"东方明就拿出一百两银子，说道："你把大事办成，再给你二百两。"王虎儿出来，直奔施家的坟茔。此时正把船轿排列坟墓之前，又供上了祭品，那些轿夫，都在远远树林内伺候。王虎儿过去，道了个辛苦，说："今日是哪位轿夫头儿抬来的？"有个姓王的，也认得王虎儿，说："王都管爷，今天怎么到这里来？有什么事情？"王虎儿说："王头儿，你这里来，我与你咬个耳朵。"到了那边树后，说："王头儿，我与你商量一件事，你敢办不敢办？"轿夫说："有什么事情，都管只要说来，能办就办。"王虎儿说："没有胆子，不能拿银子。你若能办这件事，有祸出来，有我们替你担待。"轿夫头儿问："什么事？你老说吧。"王虎儿说："施相公那个妻子金氏，你敢把她抬我们家里去不敢？"轿夫头说："谁的主意？"王虎儿说："是我们员外爷的主意。这里有二十两，给你们大众的，单给你十两。"说毕，就把银子一递。王头儿见了银子，笑嘻嘻说道："这还要领赏赐么？只要是员外爷的主意，叫抬到金銮殿上去还抬哪。"王虎儿一摆手，说："悄言，我在头里等你们。"轿夫回去，告诉了伙计。可叹金氏，做梦也不知晓。待等焚化了船轿，烧钱化纸，奠茶奠酒，哭泣了多时，有婆子搀架，进了阳宅，歇了半天。施俊催着女眷转回家去。金氏娘子同着佳蕙先走，每人坐了轿子。抬佳蕙的不提，单提抬金氏的，真个就把金氏娘子抬到太岁坊去了。进了门首，有那些婆子迎接。金氏娘子一瞧，俱不认得，问道："你们这个是什么所在？"那些婆子说："我们这是太岁坊。"金氏一听太岁坊,自己又是一怔,随即问道:“我因为何故到了你们这里?”婆子说:“原来大奶奶还不知道哪!我们太岁爷久慕你的芳名,总没遇见巧机会的时候,如今才遇了一个机会,方把你老人家请到此处。事到如今,你也不必烦恼,这也是前世造定。”那个婆子有意还要往下再说,早叫金氏朝脸上唾了她一口唾沫,说:“你还要说些什么?”那婆子微微一笑说:“大奶奶,你别怪我。你要从了我们大爷,有天大的乐境。你要不从,只怕悔之晚矣!”随说话之间,就上来四五个婆子。金氏说:“我乃是知府之女,御史的媳妇,岂能从你们这恶霸!依我相劝,急速将我快些送回去。如若不然,只怕我天伦知晓,你们满门俱是杀身之祸。”婆子说:“你也不知道,我们南阳府大太爷那里事情一成,就是面南背北,称孤道寡,做了皇上了。这里太爷行二,大太爷做皇上,二太爷还不是一字并肩王吗?他要得了王爷,你就是王妃啦。咱们女流之辈,随夫贵,随夫贱。你那丈夫,一个穷酸,身无寸职,无非托赖祖上之福,暂且还有些银钱。久而久之,把家业花得一空。可惜你这如花似玉之人免不了要受饥寒之苦。你自己想想,我们这话是好是歹?你要不从,肋生双翅,也不用打算出去。”金氏一闻此言,吓得粉面焦黄,自己思忖,既入于恶霸之门,就让出去,也是名姓不香。想毕,把心一横,对着墙壁将身一撞,噗咚一声,栽倒在地。要问金氏生死如何,且听下回分解。

第四十八回

贪官见财忘天理　先生定计蔑良心

且说金氏听婆子这些言语，明知是出不去恶霸的门首，倒不如寻一个自尽，落得干净。拥身往墙上一撞，一个婆子手快，用力一揪。金氏本是怯弱身体，又是窄小金莲，如何站立得住，故此噗咚一声，栽倒在地。众婆子往上一围，往起一搀架金氏，大众又一阵苦劝。金氏明知被大众围住，不能寻拙志，急得将手往回一拳，就向脸上抓了四个血痕。这些婆子把金氏手一揪，乱嚷说："这可要告诉员外爷去！"正说之间，只听一阵环佩丁当，进来了十数个姨奶奶。婆子说："好了，姨奶奶们来了，她把脸抓了。"姨奶奶说："那可不好，也不用告诉员外爷去，你们快把她倒翦上。"婆子过来，就用汗巾子把手给她捆上。金氏双手给一捆，一点主意也没有了。大众围着解劝金氏不提。

且说佳蕙坐在轿内，打算①大奶奶准是先回去了，到门内下轿，直到里面。丫环婆子问佳蕙："大奶奶怎么没回来？"佳蕙说："她的轿子在先，我的轿子在后，怎么她会没回来哪？穿着一身素服，能上哪里去哪！"等了半天，施相公回来，一提讲此事，施俊也觉纳闷，教家人出去问轿夫，这一伙轿夫一概不知。即打发家人出去找，去够多时，锦笺回来，回说："相公爷，可了不得了！大奶奶被太岁坊伏地太岁东方明抢去了。"施俊一闻此言，"哎哟"一声，扑咚栽倒，

① 打算——心想。

就气死过去了。厥了半天，方才醒将过来。直气得破口大骂，往外就跑。书童拦住说："你老人家上哪里去？"施俊说："我找东方明去。"锦笺说："那如何行的了哪，总是上县衙里去好。"施俊一听，点头说："也倒有理。"施俊就奔了县衙来了。来到大堂，把那鸣冤鼓"咚咚咚"打得乱响。就有人过来，把施相公一揪，也有认得的说："施相公，你老因为何故？暂且请班房内坐。念书的人，为何动这等粗鲁，还有不可解的事情吗？"施俊气得话也说不出来，怔了半天，才把发生的事，对他们说了一遍。大家说："相公来得不巧，我们太爷出门去了，要到晚半天回来。"少时又有先生进来，也不教他走，也不教他击鼓，尽缠绕他在班房内。

原来这事里边早已知道了。皆因外边一击鼓，知县在里边书房内就听见了，叫内司出来打听因为什么事情。这位太爷姓段，叫段百庆，因生他时节，他祖母一百岁，家内庆百寿这一天养的，就叫他百庆，他又是赃官，他这名字叫别了，就叫一个段不清。他在里头听见了施俊原由，也不敢升堂，明知施俊是施昌施大人之子，金知府的门婿，邵知府的把侄。明知自己不行，立刻派人上太岁坊请东方明去了。东方明在家内，一见此信，带着王虎儿，骑着马就奔了县衙。在路上，王虎儿就教了东方明一套言语不奔衙门口，奔他们的后门，下马往里就走。皆因他与知县两个人是把兄弟，并且这个段百庆今已经降了王爷，待等王爷攻破潼关，杀奔京都，抢州夺县，必从这里经过，他就在固始县开城献印。东方明已许下他一个宰相之缺。如今一到衙，也不等迎请，东方明就自己进来了。将奔书房，就有内司出来迎接，说："我们老爷在内书房候驾。"前边有人引路，将到内书房门首，就有段不清迎接。二人携手揽腕进了书房，落座献茶。段不清说："二兄长，今天你把施俊之妻抢去，可有此事？"东方明说："不错，明人不做暗事，施俊的妻子，是我抬在家

内去的。”知县说：“唔呀！老兄可不知，施俊之妻是襄阳金太守金辉之女。这施俊是长沙太守的盟侄，在京中京营节度使世袭潼台侯岳恒岳老将军是他姨父，吏部天官是他的师祖。我一个小小七品知县，我是谁也惹不起的。”东方明一听，哈哈一笑，说：“贤弟，你只管放心。慢说这几个人，就是开封府黑炭头，也不放在我的心上。我实对你说，南阳府我哥哥不久就称王道寡，手下能人甚多，你说的这些人，谁敢斜瞅咱们兄弟们一眼，并不用咱们动手，叫他派一两个人来，就追取了他们的性命，你自己酌量办理就是了。”一回头，叫王虎儿：“少刻回家中，取三千两银子，给这大老爷送来。”说毕，站起就走，说：“贤弟，由你办罢。”知县心中好生难为①，说：“长兄你再坐一坐，咱们两个再谈谈。”东方明说：“没有什么可讲的了，怕耽误了你的公事，咱们改日再会。”知县送在门首，东方明仍出后门去了。知县回至房中，倒觉着害怕起来了，这两下里自己全都惹不起。踌躇了半天，叫从人有请师爷，就把刑名师爷请将进来。这位先生姓曹，单名一个高字，进来见知县，身打一恭。曹高问段不清有什么事情，老爷请讲。知县就把施俊击鼓，东方明托情的事，对着曹先生学说了一遍。曹高说：“老爷有什么主意？”段不清说：“我是一点主意也没有，特请先生与我出条妙计。”先生说：“老爷，要依我的愚见，少刻升堂，把施俊带将上来，不容他说话，老爷先就作威说：‘施俊你枉读圣贤之书，不达周公之礼！听说你在外边厢有些不法之处。’他要一听此话，必定暴躁，老爷就办他个咆哮公堂、目无官长之罪，拉下去打他四十板子，立刻把他钉肘收监。赶紧派两个长解，暗暗贿赂两个人，糊里糊涂出一角公文，就把施俊提出监来，当堂起解。告诉明白两个解差，半路行事。待等两个

① 难为——为难。

长解回来交差时节，老爷再赏赐他们些银钱，老爷这可算人情两尽，白得三千银子。施俊一死，他们家里又没男人，也生不出什么别的祸患来。老爷若不依从东方员外，那可不好。他要一恨老爷，他既能派人前去杀包公，也就能派人来行刺老爷。事到临头，只怕悔之晚矣。”段不清一闻此言，连连点头说：“此计甚好，这两个长解，就烦先生叮嘱他们，我先给他们一百两，事成之后，我再给他们一百两。可要办得严密。”先生连连点头说：“老爷尽管放心吧，全交给我了。”

先生出去之后，知县吩咐一声：“升堂！”不多一时，在二堂预备。知县整了官服，从后面出来叫堂坐下，吩咐一声：“把击鼓鸣冤的与我带上来。”立刻把施俊带到堂口。施相公整等了有三个时辰，方才有人进去说：“老爷升堂。”施相公气昂昂，跟定官差，来至二堂。见知县岁数不大，圆领乌纱，瘦如猴形，耸肩缩背，在公位上端然正坐。施俊见了知县这个相貌，就有些不乐，只得身打一恭，说：“父母太爷在上，学生施俊与父母太爷行礼。”知县把惊堂木一拍，把小母狗眼儿一翻，薄片嘴儿一张，说：“啐，施俊你好生大胆！既读圣贤之书，不达周公之礼，不在窗下读书，尽自任意胡为，终朝与匪人同党。论说应当请你老师出革条，革去你的秀才。你别打算本县办不了此事，我足可以替你老师代劳，来！革去他的秀才。”旁边有先生答言，立刻就出了革条。若论宋室的秀才，最尊贵无比，知县不应例打，故此先革去他的秀才，然后就许他动刑了。施俊一见这个光景，就知道这个知县受了东方明之请托。说：“父母太爷不容学生说话，怎么就革去学生的秀才？若要革我前程，我有老师所管。再说，我有什么不法之处，是你亲眼所见，抑还有人说的？如今现有不法之人，你置若罔闻，不容我申诉其冤，反倒先怪我一身不是。”知县说：“今有你太爷所属的地面，路不拾遗，夜不闭户。除了你之外，并无不法之徒。”施俊一听此言，哈哈冷笑：“如今把我妻子都抢了去，还说没有不法之徒！”知县又把惊堂木一拍，说：“清平世界，朗朗乾坤，焉有抢人之理？分明是你捏造。”施俊说：“你受了东方明多少贿赂？我如今可禀明于你，你要不管此事，我还上府中去告。你已知晓此案，我可不算越诉。”知县又把惊堂木一拍，说：“呔！好个大胆施俊，在此咆哮公堂，目无官长。来！拉下去，与我重打四十板子。”施俊跺着脚说：“好狗官！你受了东方明的贿赂，你就灭尽良心，要打你相公爷。除非把你相公爷打死，若要我有三寸气在，小心着你这七品的前程，我与你势不两立。”赃官把脸一扭，差人立刻把施俊拉将下去，脱了中衣，打了四十板子。皂班①原都知他是官宦之子，有此不白之冤，就不肯用十分刑。就是这样，施俊也受不住，只打得皮开肉绽，鲜血淋漓，起来还要分争这个理儿。知县吩咐收监，大家退堂。到了次日，提出监来，当堂起解。有两名长解，一个叫祁怀，一个叫吴碧，叫白了就叫他们是齐坏无比，两个押解施俊起身去了。一天晚间，行至龙王庙，施俊求着要歇，连长解三人到了佛殿。祁怀说：“到你姥姥家了。”施俊说：“我没有外祖母。”长解说：“谁叫你有一个好媳妇招事！死去别怨我们二人，是我们太爷的主意。”施俊说：“二位既在公门，正好修行，饶了我施俊的性命罢。”祁怀哪里肯听，举刀就剁，噗咚一声，死尸栽倒。要问后事如何，且听下回分解。

① 皂班——差役。

第四十九回

二解差欺心害施俊　三贼冠用计战徐良

且说施俊到衙门里，受了四十板，收了监。书童儿锦笺一闻这个凶信，就飞跑往家中送信。此时家内无人，就是佳蕙在家中主事，赶紧叫人出去雇来驮轿，叫书童在家内看家。姨奶奶上京，往岳老将军宅中去，一者是托情，二者上开封府告状去了。万万想不到，施俊第二天就起解①。整走了一天，夜间到了龙王庙，打算要歇息歇息，不料身逢绝地。要哀求二个长解饶恕性命，哪里知道这解差其坏无比，心比铁石还坚，他们焉肯做那样的德事。祁怀把刀一举，也是鬼使神差的，施俊说出这么一句话来："你们二位，既在公门，正好修行，饶了我施俊这条性命罢。"焉知这一句话不要紧哪，就是保命的真言。徐良在外边听着施俊二字，就想起艾虎说过他的盟兄叫施俊，光州府固始县人氏，心想别管是与不是，先打发这两个解差上他们姥姥家去。就把孝袍子的袖子朝上一卷，把袖箭一拢。那个祁怀刚一举刀，只听"噗哧"一声，正打在咽喉，噗咚一声，死尸栽倒在地。把吴碧吓了一跳，瞧着怎么祁怀一举刀就躺下了。正在纳闷，忽闻吱的一声鬼叫，进来一个吊死鬼。解差将要跑，那鬼的哭丧棍叭一声，正打在肩头之上，也摔了一筋斗。徐良不容他起来，将腰带解下，四马倒攒蹄把那长解捆上，这才过来与施俊说话。施俊也是吓得魂不附体。说："你要拉替生？我是杀死

---

① 起解——押送罪犯或货物上路。

的，你是吊死的，莫非你叫我上吊？”徐良说：“兄长不要害怕。”随说着，把舌头往下一拉，说：“小弟不是鬼，我提一个朋友，你就知道了，我是冲着我这个朋友前来救你。”随说着，就双膝点地，说：“请大哥在上，受小弟一拜。”施俊也就跪下，说：“没领教恩公贵姓高名，提我那一个朋友是谁？”徐良说：“小弟姓徐，名良，外号人称山西雁。我的盟弟艾虎外号人称小义士，与你有八拜之交，是与不是？”施俊说：“不错，原来是徐良大哥，我也听艾虎兄弟说过。恩公救我这条性命，恩同再造了。”徐良说：“大哥言重了。但不知施大哥犯了什么罪过？遣在什么所在？”施俊说：“徐大哥，若问我的事情，一言难尽。”就把自己的事，说了一遍，“如今也不知发配什么所在，就走在这里，若不是徐兄长到此，小弟此时已作了无头之鬼了。”徐良一听，连连的乱骂道：“好恶霸赃官！连这两个狗脚，不都教他们在老西大环刀下作鬼，我就不叫多臂人熊了。”回头一看，那名长解趴在那里，连连求饶，说：“好汉爷，饶了我这条性命罢。”徐良说：“方才你要肯饶了我这个盟兄，我此时也肯饶放于你。我要不杀你，怕留下你这个坏种。”正说着话，“噗哧”一声，人头落地。过来把施俊铁链一揪，大环刀一砍，那根铁链“呛啷”一声砍折了，教施俊把罪衣罪裙俱都脱将下来。施俊说：“大哥，你怎么是这样打扮，这是什么缘故？”徐良就把吴天良装鬼的事说了一遍。施俊说：“大哥也不嫌穿这个衣服丧气？”徐良说：“我要不是在这里闹着玩耍，我就早走了，总是哥哥命不当绝。我有一句话，不好出口。”施俊说：“你是我活命恩人，还有什么不好讲的话呢？”徐良说：“我这嫂嫂，既然被人家抢去两日光景，不知她贞节如何？”施俊说：“大哥只管放心，我准知她情性，死倒有份的，绝不至从了恶霸。”徐良连连点头说：“哥哥你先在这里等等。”一回手，就把这两个死尸连人头装在棺材之内，又把罪衣罪裙捎马水火棒全都丢在棺材之内，盖顺过来盖好。回来与施俊商量起身。把孝袍子、帽子、麻辫子包在自己包袱之内,二人出离了龙王庙。那施俊如何能走得动,一瘸一点,走了两箭之遥,施俊汗流浃背。徐良看着这个光景,暂且先找一个树林里面歇息歇息,找了个卧牛青石,二人落座。徐良说道:"大哥,少时再走,我背着你方好。"施俊说:"那还了得,只可我忍着痛走就是了。"徐良说:"我若同着你走,还不能回家去。倘若风声透露,我要去救大嫂子,至太岁坊不能不杀人。倘若有几条人命,那时经官动府,还是哥哥的事情,总得想一个万全主意方好。"施俊说:"哥哥不必太谦,你与艾虎是一盟,我也与艾虎是一盟,怎么管着我内人叫大嫂子。"徐良说:"你比我年长。"施俊说:"咱们务必叙真年庚方好。"徐良说:"我今年二十六岁。"施俊说:"我今年二十五岁,己卯年生的。"徐良说:"唔呀! 我还叨长一岁哪,这可坏了。"施俊问说:"此话从何说起?"徐良说:"我要是上太岁坊,总得把大嫂子背出来。要我是兄弟,还可,我是哥哥,就不能背弟媳了。世界上哪有大伯背小婶的道理?"施俊说:"事到如今,就是活命之恩,怎么还论得了大伯弟媳哪!"徐良说:"不能不能,总有个长幼的次序,不许错乱。咱们慢慢的再定主意罢。"施俊说:"不用想主意,一劳永逸,全靠你老人家救命。"正在说话之间,忽听从北来了几个人,往前直奔,口中乱骂,说:"你恨徐良不恨?"那个人说:"恨不得将刀杀死这狗娘养的,生吃了他的心肝。"徐良一听,却是熟人,先告施俊说:"贤弟,我来了几个朋友,预先定下在此处相会。你可在此处等我,千万别离这个地方,待我回来,咱们两个再走。"施俊点头,说:"哥哥只管放心,我绝不离开此地。"徐良出了树林,就迎上来了,离这几个人远远的一蹲,等到身临切近,再起来答话。

你道这来的是谁? 却是白菊花与病判官周瑞、飞毛腿高解。三个人议论着,要投奔南阳府。依着白菊花,要上姚家寨,这二人一定要上南阳府，晏飞无奈，只得陪伴二寇奔南阳地方。他有点心事，虽然同着一路走，他可不上团城子去。皆因是他每遇到处采花①时节，无论从也是杀，不从也是杀，单单就有一个会在他的手下漏网，且与他海誓山盟，应下把那个送往姚家寨去，两个人作为久长的夫妻。自己随同着这两个人走，情实是为找那一个妇人去。可巧这天走路，三个走着就议论，倘或咱们要是遇见山西雁之时，咱们三个人三马连环，难道说还胜不了他一人吗？高解说："不行，只要有那口大环刀，我们三人就敌不住。"周瑞说："我有一个主意，倘或遇见他，咱们三个人站在三角，每人捡上些石块，他若奔咱，你们两个人用石块打他。倘若奔晏贤弟，我们两个人用石块打他。纵然他会接暗器，他还能接咱们两个人的石头不成。并且咱们这石头，永远打不绝。他一追，咱们就跑，那两个人就追着打他。他要站住的时节，咱们三人，总相隔那么远，一齐围着他打他。他空有宝刀，万不能削咱们的石头，有赢没输，也就叫三马连环。你们二位请想，我这个主意怎样？"白菊花哈哈一笑，说："好可是好，奈非是英雄所为。也罢，咱们如若见着，先按我这个主意办理。你们二位在前边并肩而行，我在后面把镖掏将出来，待等够上的时节，等你二人往两边一分，我这镖要打将出去，只怕他难以躲闪。这就算金风未动蝉先绝，暗算无常死不知。"这二人一听，说："好倒是好，我们在前边可有些个不妥。"白菊花说："无妨，你们在前边也不是太身临切近，我镖要打不着时，咱们三马连环那还不迟。"三个贼人，把这个主意议论好了，沿路走着，就捡了些石块，全都不大小，俱揣入怀内。走路虽透着沉，只要临时用着，可以护命，谁还管沉与不沉。随走着路就骂骂咧咧，高解说："我要遇见狗娘养的，我生

① 采花——奸淫妇女。

吃他心肝，还不解我心头之恨。”周瑞说：“我要遇见球囊的，把他剁成肉泥，方消我心头之气。”三人只顾走路，高解一眼瞧见前边蹲着一个人，说：“别走啦，他在那里蹲着哪！”白菊花身躯往后倒退两步，把高解、周瑞两个人衣襟一拉，叫他们二人并在一处，往前行走，晏飞掏出一只镖，等着身临切近，往外就打。徐良看着他们离自己不远，往起一站，哼了一声，两旁一闪，飕的一声，一只镖到。老西说：“哎呀！完了我了！”噗咚一声，栽倒在地。三人一看，欢喜非常，摆刀剑就剁。要问徐良生死如何，且听下回分解。

第五十回

钦差门上悬御匾　智化项下挂金牌

且说白菊花这只镖打将出去，就听那边，“哎呀！完了我了！”噗咚栽倒在地。三个贼人打算徐良未能躲开，焉知晓早就把那镖接去，往后一躺。三个贼打算真是躺下了哪。摆刀的，摆剑的，徐良往上一挺身子说：“来而不往非礼也。”对着白菊花就打，淫贼吓了一跳，往旁边一闪身躯，原来那镖没打出来，打的不是他，嘣的一声，正打在周瑞头巾之上，把周瑞吓了个胆裂魂飞，也还算他躲闪得快。后来，三个人就把徐良往上一围，四个人交手，那两个使刀的，先把自己兵刃防住。徐良见他们三个人越战越退后，退来退去，忽就见“叭”的一块顽石，打将出来，徐良往旁边一闪，躲过这块顽石，又是一块石头打来，再看吧嚓吧嚓的乱打，可也打不着徐良。山西雁就知道他们定好了的诡计，自己飞也似扑奔白菊花，心想身临切近，与他交手。晏飞回身就跑，见后边那两个人反倒追了自己来了，也是用顽石乱击。徐良情知不好办，也无心与他们动手，自己并不追赶他们，说：“便宜你们贼乌八的！”自己转身回来。也是活该，他们那石头打得已然剩了一二块。见徐良去远，三个人无不欢喜，复又聚在一处。徐良皆因树林内有个朋友，故此无心与他们动手。到了树林回头一看，那三个人已然扑奔正东去了。

徐良进了树林，喊道：“施贤弟！施贤弟！”喊了两声，并不见答应。徐良在卧牛青石上一看，踪迹早就不见，再往四围一瞧，连一个人影皆无。自己想，怎么施俊兄弟这样慌速，不在此等候，往哪里去了？无奈出了树林，往西一看，前面有一个人，背着一个人，来回的乱晃。徐良看见了，撒腿往前就追。前面那个，看见有人追他，也撒开腿就跑。徐良紧紧跟着追赶，气得高声嚷叫说："你是什么人？快些把我兄弟放下。你若不把我兄弟放下，我可不管你是谁，我就口出不逊了。"前头那人站住说："是我。"徐良切近一看，忙双膝跪倒，原来背施俊的是智化。皆因智化在京都小店住着，听见小五义得官，又有一道旨意下来，赏他的金牌、御赐匾额、金银彩缎，自己就先奔回家中。直等到奉旨钦差连本府本县全到门首，智化跪接圣旨，悬挂匾额，钦差官把万岁赏赐金牌，给他挂在胸膛之上。待等查收了金银彩缎，本要在家中预备钦差的酒饭，有黄安县知县蔡福说，早就与钦差大人预备了馆驿①。钦差去后，自己亲身上坟前祭扫，家内搭棚，请邻里乡党、当族亲戚，对大众说明白了自己从此就要出家去了。整整热闹了三昼夜，自后备了自己应用的东西，带上盘费银两，离了自己门首，还是要投奔京都，求相爷递谢恩的折子，自己在午门望阙谢恩。行在路上就看见一差二解，却是施俊。智爷在夹峰山，见过施俊一次，故此认得。见施俊项上有锁，是发遣的形象。自己心中忖度，这个人是宦门的公子，不能作非礼之事，瞧两个解差起意不良，晚间遂跟至龙王庙。拿智爷那样的英雄都吓了一跳——庙内破殿的外面，有一个大白人，见他们一到，就出了破庙往北边一藏。智爷可就住步了，找了一棵树，在后面细细观看，却原来是徐良。心中暗道："这孩子，也不嫌丧气。"就见他先结果了一个，后来在殿内又杀了一个。智爷在外头，里面说话，俱都听得明白，方知道施俊妻子被抢，又遇见贪官。智爷瞧着他们拾掇好了，自己先就回避，见二人到树林，自己在林外，听他们

① 馆驿——供住宿的地方。

一叙年庚，徐良说："哥哥没有背弟媳的道理。"自己暗道，要露面，准叫我背，不如我在暗地，看他们怎么办？就听徐良告诉施俊："我的朋友来了，定的此地约会。"智爷暗笑道："他终朝每日足智多谋，这件事可疏忽透了。你一出去不打紧，若有这两个解差的余党，施相公就得废命。有咧，我戏耍戏耍他，叫他着会急。"遂进了树林，说："施贤侄，你可认识我么？"施俊细看道："莫不是智叔父？"智爷说："正是，贤侄多有受惊。"施俊行礼，说："叔父何以知之？"智爷说："贤侄之事，我俱已知晓，不必再说。此时我先把你背将出去，这树林之中，不可久待。"施俊说："徐良哥哥教我在此老等，叔父若将我背出去，我徐大哥回来，岂不教他着急？"智爷说："不怕，他知道我往外背你。"施俊一听知道，不敢往下再说。智化背着施俊，出了树林往西行不甚远，还不见徐良回来。智爷说："咱们在此稍等你徐大哥。"又把施俊放下。远远听见那里咕咚咕咚，如有人打起来相仿，此时智化又不敢丢下到那边去看，只得等着。工夫甚大，徐良方才回来，智爷背起就跑，闹得施俊也不知什么缘故。又听后边是徐良的声音，算是听着要骂，智爷方才站下。徐良到跟前一看，是智叔父，双膝跪倒，说："智叔父，你可把我吓着了。"智爷说："徐侄男，你有多么慌疏，亏得是我。你有朋友到了，把他让到树林，有何不可？"徐良说："叔父，那是谁的朋友？那是国家钦犯白菊花。"智爷问："什么白菊花？"徐良这才把白菊花事情提了一遍。智爷方才知晓，说："你为何不说明白了？你若说明，我帮你把他们拿住了。"徐良说："我施兄弟是念书的人，提出来怕他害怕。我想那白菊花早晚是我口中的肉。现时倒有一件事情非你老人家不行。"智爷问："什么事情？"徐良说："我施大兄弟的事情，你老人家知晓不知？"智爷说："我一一尽知。"徐良说："侄男打算前去救我弟媳，她在东方明的家中，不定隔着几段界墙，打算往外救他，非背不能出来。我是哥哥,她是弟媳,焉有盟兄背弟媳的道理?你老人家是叔叔,咱们爷三个一路前去太岁坊,杀人是我的事情,救人是你老的事情。”智爷说:“别看我是叔公,我的岁数也不大,背着也是不相符,还是你背的为是。”徐良说:“你老人家怎样推托也推托不了。”施俊在旁说:“智叔父,你如我亲叔伯一般,再者又是活命之恩。”智爷说:“咱们慢慢再定主意罢。”徐良问:“我兄弟又不能回家,咱们先奔什么所在才好?”智爷说:“相近着太岁坊的所在,先找一个店住下,慢慢再想主意。”徐良说:“我背着施大兄弟。”智爷说:“给他穿上点衣服才好。”徐良说:“哪里去找?”智爷说:“我这里有。”打开包袱,拿出一领青衫,又拿一顶软头巾,青纱遮面的面帘。施俊问:“这作什么?”智爷说:“离太岁坊不远找店住下,离你家也不远,若是没有这个青纱遮住面,有人认得你,岂不是反为不美?”施俊说:“倒是叔叔想得周全。我们那里有个金钱堡,斜对着就是太岁坊,那里有个大店,足可以住下。”智爷说:“很好很好。”

施俊穿上青衣,把头巾一戴,拿着那块青纱,等用着时节再戴。徐良把他背起走出树林,智爷在后跟随。走不甚远,智爷接过来背,再走一时,徐良又背。正然走着,忽见前边有一个灯亮射出。听了听,远方更鼓,方交三更以后。智爷说:“二位贤侄,你看前边那灯,必是住户人家,依我的愚见,不如咱们先去投宿,明日早晨再走。天光一亮,若有车辆脚驴,教他骑着,岂不省得背着他走路哪。”徐良说:“叔父这个主意甚好。”智爷来到门首,叩打门环。忽听里面有妇人说话:“深更半夜,这是什么人叫门?”智爷答言说:“我们是走路的。皆因天气甚晚,我们这里有一个病人,要在贵宅中借光投宿一宵,明日早行,定有重谢。”里面妇人说:“我们当家的没在家,我家内又无有别人,你们又都是男子,我可不好让你们进来,别处投宿去罢。”智爷说:“此处又没有多少人家,望大奶奶行一个方便。若不是有个病人，也就不用借宿了。”里面的妇人又答言说道：“你们既然这样说着，我就看在你们这病人的面上，住一夜无妨。”智爷低言告诉徐良说：“人家本家又没男子，少时妇人开门，看见你这相貌，再听你口音不对，兴许他不教咱们在这里住下。你别说话，且装作一个哑巴，我自会变化。”徐良抬头，见里面灯光一闪，出来个妇人，三位一看，吃惊非小。要问什么缘故，且听下回分解。

第五十一回

知恩不报偏生歹意　放火烧人反害自身

且说智爷叫徐良装作哑巴，以免妇人疑心。不料一看这个妇人，好生凶恶：身高七尺，胖大魁伟。头上一块绢帕，把她那一脑袋的黄头发包住，像地皮颜色的脸上，还搽了一脸粉，画了两道重眉。蒜头鼻子，窝扣眼，厚嘴唇，大板牙，乌牙根，大耳垂轮上挂着两个铜圈。穿一件蓝布褂，腰中系着一块蓝油裙。两只大脚，一脸横肉。打着灯笼，年纪约够三十多岁，说话声音洪亮。三位一瞧，就知不是良善之辈。徐良瞧了智爷一眼。智爷想着天气已晚，又没有别的住户人家，满让这妇人凶恶，有自己，有徐良，还怕她什么？冲着妇人，深深一恭到地，说："大嫂，这是我的侄子，冒染了风寒，在铺中做买卖，伙友俱都不愿意，故此把他背回家去，打此经过。天气已晚，就求大嫂行个方便，我们在院里都行。"妇人说："我们这里有两间西房，就是太破烂，你们若是不嫌冷，也算不了什么要紧。"复又拿灯笼一照，说："呀！这就是个病人哪。"此时施俊已用青纱，把脸遮住。智爷说："不错。这就是我侄子。"又问："这个背人的是人是鬼？"本来徐良生得面貌难看，又是两道白眉，往下一耷拉，只是吊死鬼一般。智爷说："他是哑巴。"带着徐良真会，他就"啊吧吧"的指手画脚，也不知说些什么，招的那妇人哈哈大笑说："若不是因为他是哑巴，我可真不敢叫你们在这里住下。几位请进来罢。"智爷随同进去。妇人进来，关上大门，直奔西房。

这院内是三间上房，很大的个院子，两间西房离上房甚远。靠南墙，堆着些柴薪。进了两间西房，那妇人把油灯点上，徐良就把施俊放在炕上。妇人说："应当给你们预备些茶水，皆因我们家没有茶叶，屈尊些罢。"智爷说："这就多有打扰，还敢讨茶？大嫂请歇息去罢。"妇人转头出去。施俊腿上伤痛，直哼咳不止。那盏灯，又没有什么灯油，不大的工夫，油灯一灭，徐良、智爷就在炕上盘膝而坐。二人闷坐了半天，也觉困倦，双合二目，沉沉睡去。忽听外面打门，妇人问："是谁？"外面答言说："快开罢，是我。这可算终日打雁，叫雁啄了眼了。快开门来罢，我被人打得浑身是伤，我好容易爬回来了。"妇人出来，把门开了一看，丈夫浑身是血，一瘸一点的往里边走，进了上房，往桌子上一趴，不敢坐下。他妻子问："什么缘故？"那人说："皆因我在龙王庙棺材里……"他妻子一摆手说："你别嚷，西屋里有投宿的三个人呢。你叫人家听了去，岂不是自己把自己告下来么？"你道这人是谁？原来，这个就是龙王庙棺材里装做死鬼的那人。这妇人，是他的妻子刁氏。吴天良就把始末根由说了一遍。把徐良给他那十两银子拿出来放在八仙桌上。复又说："西屋里有三个投宿的，我在外头做买卖没做成，我在家里做这号买卖罢。"刁氏说："你说打你给你银子的，是白眉毛？"吴天良说："对，长得与吊死鬼一般。"刁氏说："此时他变了一个哑巴了。"就把三个人投宿情由告诉了吴天良。吴天良说："内中要有那个人，可不好办。他说给我银子，叫我痛改前非，他一个人，我就了不了，何况他们三个。依我说，明日早晨，让他们走罢。"妇人说："呸！可惜这个男子皮叫你披了来，你还不如我三绺梳头，两截穿衣的。

常言说得好：‘逢强智取，遇弱活擒’。”吴天良问：“你有什么主意？”刁氏说：“我出去听听，等他们睡着时节，咱们南墙有的是柴火，堵着西屋门，把柴薪堆将起来一点，拼着这两间西屋不要，把他们烧死在内。你要是有胆子，等他们睡着的时节，用刀结果他们三个的性命，也费不了多大事情。你要不敢，只可放火烧死他们。”吴天良说：“烧他们倒是个善法子，我可不敢杀他们去。”刁氏说：“待我出去听听。”出去工夫不大，回来笑嘻嘻说道：“天假其便，他们都睡着了，油灯也灭了，咱们就此行事。”当时间，两口子手忙脚乱，把柴薪搭在西屋的门首。刁氏叫吴天良取火纸去。吴天良踅到屋中要取火纸，抬头一看，八仙桌上，两锭银子没了。刁氏正在那里等着取火纸，听见屋中问：“家里的银子哪里去了？”刁氏一闻此言，暗暗咒骂说：“好乌龟王八小子，单在这个时候问我话，我若一答言，把这屋内人由梦中惊醒，咱们这事还办得成吗？真是一点心眼没有。”又听上房中，哎呀一声叫唤，又是噗咚一声，妇人疑着丈夫绊了一个筋斗，心想：“你太是无能之辈了。”一赌气，自己去取。刚要转身，觉着脖子被人掐住。那人将她往起一提，直奔屋门口来了。就听屋中问：“智叔父，拿住了没有？”外面答言说：“拿住了。你那个拿住了没有？”屋中说：“拿住了。”

原来徐良与智化，俱都听见吴天良回来了，徐良就低声告诉了智化一遍吴天良这件事情。智爷听着，也是生气。徐良出了西屋，把他们两口子定下的计策，尽都听去，复又回来，低声告诉智爷。二人扒着窗户往外看着，待妇人临近，徐良与智爷一齐假装打呼，施俊是真睡着了。待妇人听准奔上房时节，徐良与智爷也出房来了。智化在西房上趴着，徐良在正房上趴着。二人早就商量好了，看着他们两口子一搬柴火，徐良就跳下房来，进了屋子，把十两银子收在兜囊之内，说："俺老西舍命不舍财。"在八仙桌子底下一蹲。吴天良进来，一找银子不见，才问他妻子，早就叫徐良把两条腿腕子扭住，往怀里一带，噗咚一声，栽倒在地。徐良往外一蹿，把他脖子掐住。智爷把妇人提在屋中。徐良先把男的捆上，智爷把女的往下一扔，徐良也把她捆上。刁氏苦苦央求，徐良撕衣襟，把她口来堵塞，转过脸来对吴天良说："你说有八十岁老娘，在哪里？请出来我见见。我给你的银子告诉你老娘，打算作个什么买卖？"吴天良四马倒攒蹄在地上趴着，冲着徐良说："我的妈妈没在家，往姥姥家去了。"徐良说："我告诉你，不改前非，大环刀不饶。我还给了你十两银子，你还要放火烧我，可见你的良心何在？我不杀你，怕留下坏根儿。"说着，手中刀往下一落，只听咔嚓一声，红光崩现。回手就把那妇人咔嚓一声，也结果了性命。智爷说："你结果两条性命，是他们罪当如此，就怕地面官担待不住。"徐良说："这个贼人，素常不知害死多少人的性命，这也是他的恶贯满盈。明日咱们爷们起身时节，把房子点着，将他们尸首火中焚化，绝没有地面官的事情。"智爷说："这个主意也好，咱们此时，趁着施相公睡觉，先定下一个主意，明天到太岁坊倒是怎么个救法？"徐良说："总是你老人家吩咐。"智爷说："我方才想了一个主意。明天，咱们到金钱堡店中住下，先去至恶霸家中探道，再找一个幽密所在，咱们把施俊背出去，叫他在幽密所在等着。咱们先买下一副靴帽蓝衫，待等把金氏救出来，叫她女扮男装。咱们预先出店时节，就告诉明白了店里，就说施俊上他表弟家里去。咱们把金氏救回，就说是施俊表弟。第二日五更起身，雇上车辆，行出去几十里地，找店叫他们住下。咱们再返转回来，进太岁坊，杀他们个干干净净。明天，咱们是只救人，但得不杀人，可连一个别杀，为的是咱们走出一站去，就不怕了。次日剩咱们二人，杀完了人一走，谁还能追得上咱们，你想我这个主意如何？”徐良一听，说：“总是你老人家足智多谋。再要说，进太岁坊，也不准知我那弟媳在什么地方，趁着我这里有一身鬼衣裳，我就穿戴起来，嗞嗞乱叫，连男带女，他们见着，不能不怕，你老人家趁慌乱之际，也好找我弟媳。智叔父想想，我这个主意如何？”智爷说：“你要装鬼，我就装神。我那里有一个隔面具，是个金脸的，披散着红头发，我那里还有一件青衫，有一个苍蝇拂儿，我就算夜游神。”徐良说：“我算吊死鬼，这可真有个玩意儿了。”爷两个把主意商量妥当，又到西屋里看了一看，施俊方才由梦中惊醒。徐良说：“天气不早，咱们该起身了。”施俊问：“怎么谢那妇人呢？”徐良说：“早就谢了她一刀。”施俊问：“此话怎么讲？”徐良说：“你打算①那妇人是好人哪？”就将底里原由对他说了一遍。施俊说：“这一番若不亏叔父兄长，我又身归那世去了。”徐良出来，把柴薪堆进屋中，立刻点着，背起施俊就走。智爷开了大门，将走一箭之遥，就见烈焰飞腾，火光大作。走到红日东升时节，遇见一个赶脚的，就叫施俊上了驴，驮往金钱堡。

到了金钱堡天已晌午，施俊下驴，仍然是徐良背着，把青纱罩住脸面。这金钱堡是东西大街，南北的铺面，人烟稠密，热闹非常。路北有一座大店，是高升店。将近店门，伙计迎出来问说：“三位是

① 打算——以为。

住店的?”智爷说:“可有上房?”问答:“有上房。”将往里走,忽听后面叫了一声,如同打了个霹雳相仿。智化、徐良一看,来了四人,红黄黑蓝四张脸面,四样衣服,全是带刀,有夜行衣包,好生凶猛。若问四个人是谁,且听下回分解。

第五十二回

金钱堡店中观四寇　太岁坊门首看凶徒

且说智化等三人入店，将要进上房，忽听见后面有人问："店家，可有上房？"伙计连连答应说："有，东跨院有三间上房，西跨院也有三间上房。"那四个人说："我们上东跨院罢，不住店，打打尖就走。"又有一个伙计说："你们四位往这里来。"徐良、智化，早就打量四个人俱是贼寇，生得凶恶之极。徐良进了上房，见那四个人奔了东跨院。

徐良把施俊放在里间屋中，放下帘子，店家打来洗脸水，随后烹茶，然后就叫预备饭食。就是智化一人喝酒，另教店家预备点汤水，两碟馒首。施俊也吞食不下，喝了汤，吃了两个馒首。徐良把剩的东西拿到外间屋中，俱已吃完，叫店家伙计捡去。徐良问："伙计贵姓？"那人说："姓王。"徐良问："排行第几？"伙计说："店中伙计还有什么准排行，你老喜欢叫王几，就是王几。"徐良说："那么叫你个王八。"伙计说："客官别玩笑，你老人家贵姓？"徐良说："我姓人。我问你一件事情，你可知道？"伙计说："什么事情？"徐良说："此处有一个儒宁村施家，你可认得？"伙计说："怎么不认得呢？无奈可有一节，正在例头上。什么事情呢？"徐良说："那位大人，作过兰陵府知府，我在本地打死了人，幸亏他救了我性命，直到如今，也没与他道劳，顺便来到此处，只没找着住处，闻说在儒宁村住。"伙计说："你幸亏遇见我打听，千万可去不得。如今施大老爷故世，新近全家遭害，施相公还不定死活。皆因办丧事，六十天烧船轿，大少奶奶被我们这里太岁坊抢去，施相公到衙门中告状，打了四十板，第二天就发遣。也没有准地方，咱们听见说在半路上准死。姨奶奶上京告状去了，你可千万别找去。”徐良说：“这位少奶奶被他们抢去几天了？”伙计说：“在太岁坊三天了。”徐良说：“这三天工夫，大概也成了太岁奶奶了罢。”智化恶狠狠瞪徐良一眼，心中暗说：施俊在里间屋内听着哪。伙计说：“呔！客官，你别胡说乱道。人家少奶奶，是什么样的人物，你可别胡说乱道。咱们听见说，她要寻拙志，有人看着，她把脸都抓破了，如今也不吃饭，也不喝水，一味的求死，就是不叫她死。论说那位施大人在世可没作过不好的事情，这后辈受的苦处可不小。”徐良说：“我可不去了。”又叫伙计出去烹茶。徐良说：“智叔父，我弟媳没死，这就不怕了。你老人家出去置买东西去罢。”智化答应一声，拿了银子，嘱咐徐良：“可别教伙计到里屋内去呀！”徐良说：“叔父只管放心，全有我哪。”

智化出了上房，直奔店门口而来，与店家打听哪里是太岁坊。伙计说：“太岁坊好找，由西往南，见着石头牌坊，那就是太岁坊。”智化出离了店外，一奔西南，进了石头牌坊。路西广亮大门，将至门首，只见门外有数十骑马，正碰上东方明送客。有一人身高八尺，黄缎扎巾，绢帕缠头，淡黄箭袖袍，红青跨马服，薄底靴子，宝蓝丝带，肋下佩刀，披着一件豆青色的英雄氅。面赛姜黄，微长胡须。原来这就是黄面郎朱英，与他送宁夏国王爷的书信来了。再瞧东方明，天青色四楞绣花员外巾，迎面嵌一块碧玉，双垂青缎带飘于脊背之后。穿一件斜领阔袖大红袍服，上绣三蓝色大朵团花，薄底靴子，面如油粉，两道宝剑眉，一双三角眼，狮子鼻，阔口重腮，连鬓络腮胡须，脸上怪肉横生，实在凶恶。他身后站着一人，更透着出奇，身高一丈开外，一身皂青缎子衣服，面如锅底，黑而透暗，熊眉豹眼，狮子鼻，火盆口，胸膛厚，背膀宽，肚大腰圆。猛一瞧，如半截黑塔相仿。众人送出朱英来,吩咐教人把马带过来,抱拳含笑说:“候乘。”从人把马鞭子递过去,那人上马,欠身抱拳说:“请。”东方明让大家回去,从人俱都上马,数十匹坐骑,直奔南阳府去,暂且不表。单说智化,远远看见那个黑大汉,暗暗吃惊,想这个人本领一定不小,也不知他们是哪里挑选来的。自己围着院墙,探了探道路,到了后面,见那里有一棵大柳树,烧了心子,如一个黑洞相似。暗想:教施俊在这里藏着倒不错,晚间,从这后墙进去,倒是很好的一条道路。复又看西北,是金钱堡西口,外头有个小五道庙,智化到跟前一看,是新收拾的,红隔扇,糊着黄纸,有个锁头锁着。智化往前上了月台,切近身将黄纸戳了一个窟窿,往里一看,是新塑的佛像,两边白石灰墙,思忖这个所在,比树窟窿强得多。智化看了这个所在,重又返至街里头,买了一副鞋帽蓝衫,急速回店,启帘进了上房屋中。徐良把包袱接将过来,放在桌子之上,问道:“智叔父,可把所在看好?”智化说:“已经看妥。”徐良说:“多一半是树窟窿内,或五道庙,是与不是?”智化说:“贤侄男,多一半你也去了。”徐良一笑:“侄男假装走动,我就上太岁坊绕了一个弯儿,赶紧回来了。”智化说:“你看了他送客没有?”徐良说:“我没看见!你老人家可看着东方明了么?”智化说:“我看着东方明,他是凶恶。他身后还有一人,好生狰狞怪恶,比你二哥高半个头,又胖大,可不知这个人是谁?”徐良说:“侄男到那里,看他门首无人。晚间教我施大兄弟在哪里等候?”智化说:“你既然是看见啦,总是五道庙内好。”两个人把主意定妥,到里间屋中告诉施俊。又听到东院那四个人走在院中,说:“我们饭钱开发清楚啦。”店中伙计说:“你们走么,我们可慢待。”徐良复又扒着窗户看了一看四个人,回来告诉智化说:“叔父你瞧,这四个人来头不正,要据我看,他们准是东方明的余党。”智化说:“咱们不管他的事情。”随即把晚饭吃毕,将残家伙撤去，掌上灯火，不到二更之时，把所用的东西，俱都带上，智化拿着包袱，施俊仍用青纱遮面，还是叫徐良背着。智化把店中伙计叫来，说："把我们这屋门锁上，我带着我的侄子，看看病去。还要到他表弟家瞧瞧哪。我们一到他表弟家，他可不定回来不回来，我们是准回来的，你可别上店门，多等一会。"伙计说："客官只管去，不怕是五更，就是天亮回来，我们有打更的在门洞内伺候。"爷儿三位离了高升店，走到金钱堡西口之外，上了小五道庙月台，徐良把施俊放下，拉出大环刀来，对着锁头当的一声，就把那锁砍落。智化推开隔扇，三人进去，参拜了一回神佛。智化把包袱交给施俊，教他在拜垫上坐着。徐良出去，搬了一块大石头来，嘱咐施俊："等我爷们两个走后，把这石头，顶在隔扇之上，凭他是谁叫门，你可别开，听出我们语声来，你再开门。"爷俩出了五道庙，施俊把隔扇关上，用石头一顶。静等着听妻子喜信。

智化、山西雁离了五道庙，一直奔正南到太岁坊后身。到了后墙，二人一纵身躯，蹿将上去，就把墙上灰片揭下一块，往下一打，一无人声，二无犬吠。叔侄下了墙头，趴伏于地，往四下瞧看了一回，正是花园子景致：亭馆楼台，树木丛杂，太湖山石，抱月小桥，月牙河，四方亭，荼蘼①架，好大的一个花园子。二人飘身下去，智化说："我在前面，你在后面，我若得着金氏的下落，我与你送信。你若得着金氏的下落，你与我送信。"说毕，叔侄二人分开，智化上前边去不提。且说徐良找到了一片竹塘，自己把夜行衣包解下来，打开放在地下。就把那白高帽子拉直，足有三尺高，他自己套在壮帽之上，后面有两根带子，在脑后系好。又把孝袍子穿上，把刀别在外边，又将麻辫子，虚拢住腰，再把舌头挂上。此时可没哭丧棒，就

① 荼蘼（tú mí）——落叶小灌木。

是空着手。徐良扮出这个吊死鬼来，带着他那两道白眉毛，正像吊客一般。自己一乐。又学着鬼叫的声音，吱吱的乱叫，由西往东乱跳，又从东奔到西边，越奔越乐，来回好几次。跳了半天，自己想起来救人要紧。来到西边，找他夜行衣服，不料包袱踪迹不见。要问何人拿去，且听下回分解。

第五十三回

遇吊客[①]魂胆吓落　见大汉夸奖奇才

且说徐良扮成吊客,学演这个鬼形,回头一取包袱,转眼之间,就不见了。自己一怔,往正北一看,正对一座大楼,自己想了想,准许[②]是这楼上有狐仙,听说狐仙最喜闹着玩,大半是狐仙爷,把我包袱拿去了,待我叩求叩求。想罢,冲着大楼,下了一跪,说:“狐仙老爷,别与我闹着玩,我这里是有正事的,我要没事,这么闹着玩,更对我的意思了。也不管是狐仙老爷,也不管是狐仙太太,也不管是狐仙公子、狐仙少奶奶、狐仙小姐、不管是谁把我包袱拿去,早早还了我罢。前头还有人等着我,别误了我的正事。话我可是说明了,我先躲避躲避,让你们好往外还这个东西。”说毕,站起身来,走在竹塘东北角上,站了半天回来,再看包袱仍然没有,复又照前番说了一遍,仍是到那里,等了片刻工夫,回来时节,仍然不见。可把山西雁这个火性惹上来了,冲着大楼把舌头摘下来说:“你可别欺侮我老西,别看你是狐仙,不定有老西的位分大没有。我是御前带刀四品护卫,我还给你下了一跪。你若还出来,可是好多着的啦。”说完过去一瞧,仍是没有。徐良就骂出来了,说:“乌八的驴球!”这一骂,可就骂出祸来了。就听刷拉竹叶一响,叭嚓从正南上,打来一块石头。徐良说。“真是狐仙扔砖头,你显出形象来,咱们两个人,

---

① 吊客——吊死鬼。

② 准许——没准儿,可能。

较量较量。”说着话，就由竹塘西边绕着往正南上就追。真是显出形象来了，就见一条黑影，山西雁把他的孝袍子一撩，尾于背后。那条黑影，由正南扑奔东南。先前，山西雁总疑是狐仙，嗣后听见，前边那条黑影脚底下有声音，就知绝不是狐仙。但是，自己追不上他，皆因是这孝衣又长，又是裹脚，跑得不能甚快。正跑之间，就见东边一段长墙，墙头上是古轮钱的花瓦，白石灰的墙，下截有个瓶儿门，那条黑影蹿上墙头，皆因是白石灰的墙，这个人穿的一身青衣，看的更真，就是一件怪事，没有脚。徐良跑到墙下，也就蹿上墙头，往里一看，就见正北上，有三间楼房，俱点着灯烛，还有两间东房，就瞧见那条黑影，奔东房后坡去了。

徐良蹿下墙头，正要往东房上追赶，忽听见楼上哭哭啼啼悲哀惨切的声音，说："你们这几人作一件好事，让我一死。我若到九泉之下，再也忘不了你们的好处。"又听有人说："我们叫你一死不大要紧，你不想想，我们担待不住。依我相劝，你还是想开了罢！出，你是出不去。死，你是死不了。你还打算你丈夫尚在哪？你丈夫早死多时了。早有我们二太爷告诉知县，派了两名长解，把你丈夫的性命结果了。依我说，你从了好，大太爷大事一成，你就是个王妃哪，你有多大的造化呀。"徐良一闻此言，就知道准是弟媳，现时在这楼上呢。自己一想，追那个倒是小事，先与智叔父送信要紧，故此一转身，复又蹿上墙出来，直奔正南。忽见有一所房子，里边灯光闪烁，全是妇女讲话的声音。徐良心中一动，说："我先在这里吓唬吓唬她们。"把帘子一掀，就见那屋中约有二十多个妇人，全都在那里喝酒哪。原来是众姨奶奶们，吃的是喜酒。这个妇人，今天晚上别管从与不从，也是要洞房花烛。皆因是东方明前头来了朋友，此时哪里有工夫过来，故此，这些姨奶奶们预先就喝上了。有些个婆子，有些个丫环，有十一个姨奶奶，全都在那里坐着。丫环

婆子斟酒，说说讲讲，嘻嘻哈哈，正在高兴的时候，不料吱的一声，往门口那里一看，先进来一个大白帽子，后来进了屋子，见他穿着一身孝服，系着一根麻辫子，黑紫的脸，两道白眉毛往下一搭，鲜红的一根舌头，足有一尺多长，吱吱的乱叫。把这些姨奶奶、婆子丫环吓了个胆裂魂飞，顷刻间，噗咚噗咚东西乱倒，口中也有喊叫出来的，也有就死过去的。徐良越发逞能，就在满屋里奔来奔去。他只顾在屋中乱叫，不大要紧，可巧从外边来了一个人，就是内外管家王虎儿。

皆因东方明前头陪着几个人吃酒，叫王虎儿与姨奶奶们前来送信，不用教她们大众等着了。王虎儿刚到门外，就听见屋中直声直气的鬼叫，自己把帘子一掀，往里探头一瞧，原来是个吊死鬼。吓得他真魂出窍，回头撒腿就跑，一直扑奔前边去，到了厅房，掀帘进到里面，喘吁不止，吓得连话都说不出来了。东方明正陪着四个人在那里吃酒。那四个人是南阳府伏地君王东方亮派来的，他知道东方明近来闹的事情太大，手下没有多少能人，倘若东方明闯出祸来，遇见真有本领的，怕他干受其苦，故此才把这四个人派来。这几人全都做绿林的买卖，名叫神偷赵胜，飞腿孙青，小猿猴薛昆，地里鬼李霸。皆因他们不认得太岁坊在什么地方，在金钱堡高升店内打尖，要来的上等酒席，喝着酒向店伙计打听太岁坊离这里多远。店中伙计一指，告太岁坊的地方，四个人很觉后悔，早知道离这么近，为什么在这里打尖。地里鬼李霸说："咱们外头打了尖再去也好，省得咱们见了人家就与人家讨饭吃，也教人家瞧不起咱们，这里吃了饭倒利索。"四个人付了饭钱，就上太岁坊，见了东方明。东方明把他们待为上宾，置酒款待，问了会团城子的事情。神偷赵胜说："如今，擂台业已搭好，在五里新街口之外，地名是白沙滩。总镇擂台的台官，就是神拳太保赛展熊王兴祖，此刻打发人去请了。”东方明问：“现在哪里请去？”赵胜说：“现在河南洛阳县姚家寨，在黑面判官姚文、花面判官姚武家内去请，此时还未到哪。我们那里大员外爷，恐怕你老人家势孤，打发我们前来，倘有用我们时节，只管吩咐。”东方明说：“若有事的时候，短不了奉恳。”

正在说话之间，忽然打外边进来一个人。赵胜四个人一瞧，如半截黑塔相似，烟熏太岁一般。连忙问道：“员外爷，这位是谁？”东方明道：“与你们见见，这就是我妻弟，姓窦叫勇强，外号人称大力将军。”又向着窦勇强说：“这四位是大哥从南阳打发来的，赵爷、孙爷、薛爷、李爷。”五个人彼此相见，对施一礼。赵胜等往上一让窦舅爷，窦勇强再三不肯，大家落座饮酒。赵胜看着窦勇强，生得十分凶恶，问道：“舅老爷所用的是什么功夫，惯使什么兵器，小巧的艺业如何？”窦勇强嘟嘟噜噜的，半天也没说出一句正话来，说：“咱们全不懂的。”东方明在旁边哈哈大笑说：“四位贤弟，你们不知，我这个妻弟是个呆子。你们看他这个形象，还能会小巧的功夫？再要会小巧的本领，早就普天下没有敌手了。”赵胜说道：“我看舅老爷身胚，必然膂力大。”东方明道：“论他的本事，使一条熟铜棍，会行者棒，按说行者棒三十六招，他总共只记得六招。别看他棍的招数虽少，动手时节百战百胜。”赵胜道：“准是力大棍重，见者就死。”东方明说：“不是。他的棍可是重，足够八十斤。两下见面，不论人家使长短兵刃，或扎或砍，若奔他致命处来，他一急，用棍往外一磕，来人就得撒手扔兵器。若不奔他致命处来，他尽自不理，仍是拿棍打人，人家只管扎他砍他，只要不是致命处，他仍然不怕。”赵胜说：“原来是金钟罩的功夫。”东方明说：“不是。”李霸说：“是铁布衫的功夫？”东方明说：“也不是。我告诉你们众位，实在是件奇事。他生成的憨傻，世路人情一概不懂。浑身上下，生成的一身鳞甲相仿，类若象皮一般。他还有个外号，叫癞皮象。他的胳膊对着

咱们的胳膊一蹭，就得皮破血出。咱们刀要是砍上他，也能砍一个口子，只要把刀抽出来，立刻这个口子就长上啦。这个癞皮象的外号儿，真没把他认错。还有一节，这样大的岁数了，仍然还是童体。”说得赵胜四个人无不夸赞。薛昆说：“这样年岁还是童体的可少。”东方明说：“我给他提了几回亲事，他不知道娶来媳妇是作什么用的，一定不要。”孙青说：“据我看，这个人不凡，明年王爷一兴兵，定是给王爷开基定鼎的功臣。”正在喝酒叙话之间，王虎儿奔进来，张口结舌说：“后头闹鬼呀！”东方明问：“什么鬼？”王虎儿说：“大鬼，有七八十丈高，脑袋像车轮那么大，眼睛似两盏灯，一尺多长的舌头，嘴里往外喷火，穿着一身孝衣袍子。哎呀！怕死我也。在姨奶奶屋里乱闹，把姨奶奶全都吓死了。”东方明问：“此话当真？”王虎儿说：“小人焉敢撒谎。”东方明一声吩咐，叫护院的抄家伙，打更的点灯笼，去到后院捉鬼。要知后事如何，且听下回分解。

第五十四回

东方明仗造化捉鬼　黑妖狐用奇计装神

且说东方明一听姨奶奶房中闹鬼就急了，立刻吩咐看家的、打更的抄家伙，掌灯火，立时间一阵大乱。护院的进来十数个人，外号儿叫夹尾巴狗、长尾巴狼、无毛鸡、花脸野猫。怎么都是这宗外号？真正有本领的谁上他这儿来！这都是些无能之辈，狐假虎威，在他这里混碗饭吃。听见员外爷叫大众抄家伙，前来问："员外爷唤我们有何事情？"东方明说："你们到后院与我去捉鬼。"众人一听，全都吓得身躯往后倒退，说："员外爷，别的事全行，要叫我们捉鬼，那可不行。人鬼是两路，纵然有本事，谁能捉得住鬼哪！"东方明说："你们既然在这里看家，我叫你们捉鬼，就得去捉。"那些人你推我让，就没一个敢上前。东方明气得拍案乱嚷。赵、孙、薛、李四个人说道："二员外爷不必动怒，我们去捉鬼。"东方明说："不用你们去。可见我手下的人，皆是些无能之辈，叫他们瞧瞧，还是我去捉鬼。"吩咐一声："看我的兵器来。"便有两个人，抬出一根虎眼金鞭。赵胜等看这鞭，足有碗口粗细，把抬的二人压得歪歪趔趔①。就见东方明一伸手，接将过来，并不费力。赵胜等暗暗把舌头一伸，说："二员外爷好大膂力。"东方明早就把长大衣服脱去，摘了头巾，气昂昂，拿着一根鞭，出了厅房，直奔后边去了。连赵胜等并家

① 趔(liè)。

人，带护院的大众，点着灯球火把，也奔后边来了。

王虎儿见他们人多，先就跑到前边带路。至姨奶奶屋子外头听了听，此时屋中，又没有什么声音啦，冲着东方明用手一指，说："就在这屋子里哪。"赵胜等要进屋子，东方明把他们拦住说："不用你们，还是看我的。"自己心中忖度：有人常言，为人平生的造化，若有举人之命，晚间行路肩头上就有一盏灯，鬼就不敢欺身。若要有进士之命，晚间肩头上有两盏明灯，位分再要大些个，脑袋上就有许多的明灯。若要哥哥作了皇上，我就是一字并肩王，我这脑袋上、肩头上，不定有多少灯哪！我先要把脑袋伸进去晃晃，屋中要是有鬼，叫我这脑袋上面灯也就把他照灭。想好了这个主意，自己把帘子一掀，把脑袋往里一伸，也是心中害怕，闭着眼睛把那脑袋晃了几晃，并没有鬼的声音，自己就把胆子壮起来了。睁开眼睛一看，连个鬼影儿全无，想着自己造化是真大呀！就是地下横躺竖卧，尽是那些姨奶奶、丫环婆子。东方明道："大众跟我进去罢，鬼已被我治灭了。我这可作了一件损事，这鬼教我这灯照灭，永世也不能脱生去了。"赵胜等也是纳闷，他有什么灯？也没瞧见一点亮儿，这可是件怪事。赵胜等大众进去，就把这些妇人扶起来，待了半天，全都悠悠气转。东方明坐下，问缘由，那些人异口同声，说的鬼的形象，又与王虎儿说的不同。东方明安慰了她们半天，又说自己怎么造化，从此就不会再有了。

众人正在恭维东方明，忽见窦勇强跑进来说："姊丈，前头院子有个神仙，驾着白云，在半天空中嚷哪！说他是夜游神。"东方明一听，又是一怔，怎么今天晚上神鬼全来了哪！赵胜等也都是一怔。此刻，又有几个家人怪嚷着，往里直奔，说："员外爷！可了不得了！

前头夜游神那里说哪，叫我们好好把金氏娘子送将出去没事，若要不送，要叫咱们一家子都化成脓血。”东方明说：“待我去看，劝姨奶奶不用担惊害怕，有我在，一福压百祸，我到了就不见了。”

大众执定灯火，奔到前边，来至厅前院内，果见半天空，类若半云半雾之中，一个金脸红头发之人，穿着一件青衣服，手中蝇拂子乱摆。众人中有信以为实的，七言八语，纷纷议论。唯独赵胜细细瞧看智爷，总未深信。

原来智化与徐良分手，一直扑奔正南，各处找寻金氏所在。可巧正走在更房，见里面点定灯烛，窗棂纸有破损的地方，往里看了一看，原来是两个更夫在那里一个跪着，一个手中执定酒壶。跪着的说：“你准保我有贼伸手就能拿着，我给你磕头。”那醉鬼说：“咱们这个招儿，错过你，还不教哪，拿去，在门后头。”跪着的那人就从门后拿出一个口袋来，高够一尺开外，碗口粗细，抽着口儿。那醉鬼说：“徒弟过来，我告诉你怎么使法，可别轻易就传人哪。一只手袖着手勾子，一只手袖着口袋，要是遇见有贼，把这口袋拉开冲他面门一抖，用手勾一搭，搭躺下就捆他，凭你托天本事，也要将他拿住了，为是迷失二目，还好逃走吗？”正在说话之间，一阵大乱，众人喊叫后面捉鬼。这两个人一闻此信，急忙出去，智爷心中纳闷，到底这口袋内是什么物件？屋内无人，自己一纵身，蹿到屋中，就见门后放着五六个口袋，全是一般大的尺寸，把口袋嘴子打开一看，原来是白沙石磨的面子，过了细箩。智爷一见此物，计上心来，提着口袋，往前就走，找了一个僻静所在，打开包袱，把自己衣服换妥，将刀插在丝带之内，上边罩了一领青衫，戴了隔面具，就是那小孩子戴的鬼脸一般，却是金脸红发，眼睛鼻子口这几处皆有窟窿，可以出入气和往外瞧看。上面有个飘带往脑后一系，复又拿了蝇拂子，把包袱往腰间一系，提着白沙石口袋，往前就走。行到厅房后边，一纵身蹿上后坡，扭项往后边一看，见后边灯笼火把，人声乱嚷："捉鬼呀！捉鬼！"智爷就知道是徐良的故事了。自己往前来，一路之上，各处留神，总没找着金氏的下落，只好也就装起神来，使个诈语，使他们家内之人，说出金氏的方向，再去搭救。拿定了这个主意，说："呔，下面听真，我乃夜游神是也。奉玉帝敕旨、我佛牒文①，鉴察人间善恶，今有东方明作恶多端，快快前来见吾神，好开活汝的性命！"随说着，早就看见底下拥来不少人，也有由屋内出来的，也有从别院跑过来的，也有打着灯的，也有在黑暗处站着的。乘着此时，智爷在房上往上一蹿，又蹿起有一丈多高，使了一个云里转身，就把那白沙石面一洒，下面人看这夜游神，犹如从天宫驾着白云坠落下来的一样。家人撒腿往后就跑，与东方明送信去了。工夫不大，见东方明率领大众，由后面往前院而来，智爷复又把那白沙子面，刷刷啦啦的乱洒。伏地太岁东方明带着赵胜、孙青、薛昆、李霸、窦勇强来到前院，大众抬头一看，夜游神复又说道："呔！下面听真，吾乃夜游神是也。奉玉帝敕旨，鉴察人间善恶。今有施俊夫妻，被东方明所害，金氏娘子，乃是三贞九烈妇人，你若知时务，急速将金氏送回家去，以免尔等灭门之祸。如若不然，吾神教你全家大小，一时三刻，俱化为脓血。"东方明一闻此言，身不摇自颤，就对窦勇强等众说："今有夜游神指教于我，快把金氏送回他们家去罢，以免咱们全家之祸。"赵胜在旁边把孙青叫将过来，低声说

① 牒文(dié)——文书，簿册。

道："这是夜行人假装夜游神，那云彩是洒的白沙子粉，你们会看不出来？待我由后面上房，你们逗他说话，我把他踢下房来，你们乱刀就剁，咱们在二员外面前，显显本领。"孙青点头，转身就与智爷说话："夜游神老爷，我们这就送出金氏去，千万可别降我们一家罪。"智爷说："急速快……"那个送字未能说出，就听见'哎呀'一声，只见一个人摔下房来。众人用刀乱剁，叱哧咯哧，鲜血淋漓。要问智爷生死如何，且听下回分解。

第五十五回

赵胜害人却叫人害　恶霸欺人反被人欺

且说众贼听夜游神“哎呀”一声，噗咚从房上摔了下来。孙青、薛昆、李霸三人把刀亮出来，吒哧咯哧一阵乱剁。东方明见大家乱剁夜游神，不觉心中害怕，反倒拦阻他们几个说：“你们因何乱剁夜游神？此乃神圣，断断不可。”孙青说：“你老人家怎么知晓他是夜游神？这都是夜行人的主意，装神扮鬼。再说绿林中人都是高来高去，二员外请想，他既是夜游神，怎么叫我哥哥一脚踹下房来？”东方明方才明白，说：“这既不是夜游神，后面那个定不是鬼了。”正在说话之间，忽听房上一声喊叫：“呔！下面该死的恶霸，敢用刀剁夜游神，你们该当何罪？”众人一听，房上又有夜游神说话，大家细细一看，剁的这人，不是夜游神，原来是赵胜。一个个面面相觑，暗道：“赵大哥怎么打房上摔下来了？”原来赵胜先时与孙青低声讲话，智爷就明白了，准是商量暗算于我，一回头，就见赵胜果然上了房。赵胜慢慢爬房脊过来，往起一抬身，对着智爷的臀就是一腿。智爷容他一踢，自己“哎哟”一声，却揪住了赵胜的腿腕子，往下一带，恶贼身不由自主，噗咚摔下房来。众人并没看明白是谁，此时又听夜游神说话，大众方才细细瞧看，彼此异口同音说：“员外爷，咱们上了夜游神的当了。”众人大骂夜游神。智爷一生就是不受人骂，本与徐良商量，次日再动手杀人，被众人一骂，壮上气来了，把隔面具飘带一解，脱下青衫，扔了沙子口袋，把蝇拂子往青衫里一卷，放在房上，回手抽刀，说：“夜游神要汝等的性命来了！”众人往两边一闪,智爷脚落地面。东方明说:“你们若拿不住这人,等二员外上去,我平生永不喜以多为胜,总是单打单我才动手哪。”众人说:“拿住这个人,与我们大哥报仇!”一个个手中兵刃往上乱剁乱砍。智爷这口刀,遮前挡后。幸好那两个出色的倒没上来。

正在动手之间,后边又有人来说:“员外爷不好了!后面又有鬼闹起来了。是一个大白人,无论男女的房中,他掀帘子就进去,此时吓死人不少哪。”东方明说:“还是我自己去捉鬼。”叫那人在前头引路,奔至后面,那人用手一指,果然就在屋中,吱吱的乱叫。东方明奔到屋门口,仍然是把帘子一掀,眼睛一闭,他吃着上回那个甜头了,将头一摇,想着头上的灯把鬼照灭,晃了半天,果然听不见鬼叫了,倒把山西雁吓了一跳。头一次,是徐良把众姨奶奶吓躺下,自己往别处去了,东方明伸进脑袋来,徐良没看见。这一次,山西雁瞧他闭着眼睛,头颅乱晃,不知是什么缘故,就用自己舌头,冲他面门,舔了一下。东方明就觉着冰冷,在面门上又一蹭,他睁眼一看,哎呀一声,险些栽倒,这才看见徐良这个样儿。自己又一壮胆子,想着前面的是人,后面明也是人,就用手中鞭,对着徐良打来。山西雁回头就跑,东方明更觉胆大了,也就冲进屋,追赶徐良。屋当中有张八仙桌子,徐良在前,东方明在后,绕着八仙桌子转。东方明把那鞭对着徐良后身,飕的一声打去,“扑咚”摔倒在地。列公听请,可不是徐良摔倒在地,论东方明的本事也打不着他。山西雁瞅着他一横鞭,自己往旁边一闪,就见东方明摔倒在地,又见由桌子底下,蹿出一个人,膝盖点住东方明后腰,立刻就捆。徐良回头,看此人穿一身皂青缎夜行衣,软包巾,绢帕包头,洒鞋,青缎袜子,背后插刀,总没看见他的面目是谁。徐良纳闷,走过前来,将要问那人是谁,就见他将东方明捆好。一纵身躯起来,与山西雁磕头,说:“三哥,你老人家一向可好。”徐良哈哈一笑,说:“老兄弟,你

真吓着了我了。”把艾虎搀起来，又说：“老兄弟，你来得实在真巧，我与智大叔，正因此事为难。”艾虎问：“什么事情？”徐良说：“兄弟，你不用明知故问，你不是为盟嫂而来么？”艾虎说：“不错，正是为我施大嫂子。”徐良说：“我们正为此事为难，我比施俊年岁大，不能往外背弟媳，教大叔背，智叔父也不愿意，老兄弟，你来得甚巧，往外背弟媳，非你不可。”艾虎说：“来可是来了，要教我往外背嫂嫂，那可不能。”徐良说：“咱们上前边去，找智叔父去。你背不不背，不与我相干。”艾虎说：“很好。这个恶霸，咱们是把他杀了，还是怎么处？”徐良说：“依我主意，别把他杀了，留他活口，听智叔父的主意。把他口中塞物，将他丢在里间屋里床榻的底下，咱们先往前边找智叔父去。”艾虎过来，用东方明的衣襟把他的口塞住，把他提起来，至里间屋中，往床榻底下一放，复又把床帏放将下来，二人复又出来。

艾虎问：“三哥，你因何这样打扮？”徐良就把自己的事情，对着艾虎学说了一遍。复又问艾虎的来历，小义士说：“我的话长，等事毕，再慢慢的告诉三哥。”又教三哥把那袍子脱了，好往前边动手去。徐良说：“你叫我脱下袍子，你拿我的东西还不给我么？”艾虎问：“什么物件？”徐良说：“你不用明知故问，拿来罢。”艾虎又问：“到底是什么东西？”徐良说：“我的夜行衣靠[①]。”艾虎说：“你的夜行衣靠，怎么来问我呢？”徐良说：“准是你拿了去，没有两个人。”艾虎直急得要起誓，说：“实在不是我拿了去了。”徐良说：“必是你嗔怪我方才找包袱时节口中不说人话，不肯还我，是与不是？”艾虎微微一笑说：“三哥，你方才找包袱说什么来着？”徐良把找包袱言语说了一遍。小义士闻听嗤的一笑，说：“很好很好。”徐良问：“到底

---

① 衣靠——衣装。

是你拿去不是?”艾虎说:“总是有人拿去就是了,可不是我。不用打听了,咱们先去办正事要紧。”山西雁无奈,只得把头上帽子、麻辫子、孝袍子、舌头俱都摘下来,同着艾虎,直奔前边而来。前边正在动手之间,二人把刀亮出来,一声喊叫,这两口利刀,非寻常兵器可比,就听叱哧磕哧,乱削大众的兵刃。众人一齐嚷叫“厉害”。

前院孙青、薛昆、李霸与护院的并家人等,正在围着智化动手。这些人倒不放在智爷心上。忽见窦勇强提着一根熟铜棍,从外边往里一闯,向智化盖顶兜头打将下来。智爷看他力猛棍沉,往旁边一闪,用了个反背倒披丝的招数,对着窦勇强后背脊砍去,就听见吱的一声响亮,把智化吃一大惊。就听见窦勇强说:“哎哟,你怎么真砍呢?”仍然抡棍奔智爷而来,就在三五个回合,智爷只顾用刀一砍,被他那棍一磕,“当啷”一声响亮,把自己利刀磕飞。刚要往外逃窜,徐良、艾虎赶到。徐良用他手中大环刀遮前挡后,保护智爷闯将出来,离大众动手的地方甚远,叔侄方才说话。智化说:“艾虎从何而至?”徐良就把两个人遇见,拿住东方明的事说了,又告诉智爷金氏的下落,让智爷到楼上先救金氏去。智化说:“有艾虎来了,不用我去背金氏。”徐良说:“我艾虎兄弟也不肯背,金氏还让你老人家去救。”智爷说:“也罢,我先到楼上看看金氏侄媳妇去。你们把前头事情办毕,再上楼找我。”徐良给智爷找那一口利刀。

智爷扑奔东北,直奔藏金氏的楼而来,则至楼下,就听楼上面哭哭啼啼的声音。正要蹿上楼去,忽见由瓶儿门那里来了一个灯亮,走在楼下,高声嚷叫说:“上面的听真,现有员外爷吩咐,别论这个妇人从与不从,教我先把她带将下去,员外爷先教他失了节,然后什么人爱救她就救。张姐你下来,我告诉你句话。”上面那个婆子说:“李大嫂,你好好的看着她,别教她行了拙志。”上面一个婆子说:“我早知道你们两人有私话,下面说去罢。”智爷暗地一想:倒是

很好一个机会，省得自己上楼，当着金氏杀婆子，倘要吓着金氏，反为不美，顶好是在楼底下杀她。想到此，智化先就纵身过来，一刀先把那男子杀死，然后见那婆子下来，智爷赶奔前去，一刀又把那婆子杀死。复又往楼上叫说："李姐，你也下来，我告诉你一句心腹话。"楼上那婆子说："说话的是谁？"智爷说："是我，你连我的语声都听不出来了？"那婆子说："我不能下去，我这里看着人呢！"智爷说："你只管下来，难道说还跑得了她不成？"那婆子也是该当倒运，无奈何走下楼来，始终没听出是谁的口音，下了楼随走随问："你到底是谁？"智爷见她身临切近，手中刀往下一落，"磕嚓"一声，结果了性命。复又拿着这口刀，由楼门而入，直奔扶梯，上下俱有灯火。

智化踏扶梯上得楼，心想着过去与金氏说话，焉知晓楼上已不见金氏踪迹，就见后面楼窗已然大开。智爷也不知晓是什么缘故。大概金氏被人由此处背出去了。又不知是被什么人背走，若是自己人背去方好，倘若教他们这里人背出去，自己就对不起徒弟与侄男。想到为难之处，只得由后窗户那里，也就蹿出来，往下面一看，见有一条黑影，蹿上西边墙头。智爷随后赶了下来，过了两段界墙，方才看见前面有背着人的飞也相似直奔正西。智爷在后面追赶，说道："是什么人背着金氏？快些答言。你若不把金氏放下，我可不管你是什么人，你要是恶霸余党，不放下金氏，立追你的性命。要是救金氏的，别管你是平辈晚辈，我不与你善罢甘休。你这不是戏耍姓智的，你是羞辱姓智的！"智爷随说着，那人并不理论，还是一直飞跑。智爷生气，就因当初在霸王庄救倪继祖时节，由土牢中救将出来，教北侠背走，吃过一回苦处。如今总算老英雄了，却又是这样，焉有不上气的道理。故此在后面追着，越追越有气，复又说："前面那小辈，我将好言语你不放下，我要口出不逊了。"只一句话，这才见前面那人停住脚步，原来是用大抄包兜住金氏的臀系在胸膛，为的是背着省力。那人将抄包解开，将金氏放下，转过面来说："你老人家千万别骂。"智爷也就身临切近，气昂昂地说："你到底是谁?"细细一看，说："原来是你。"一跺脚，咳了一声，呆怔怔半晌无言。要问此人是谁，且听下回分解。

第五十六回

智化送侄妇[1]回店　兰娘救盟嫂逃生

且说智爷见着背人的把人放下，与智爷一跪，细看却是徒弟的媳妇甘兰娘。智爷一见，自己羞得面红过耳，焉有师傅要骂徒弟媳妇的道理。你道这甘兰娘因何到此？皆因是这前后两套《小五义》俱是明讲的平词，不比四大奇书，也不敢比十家才子，可也不与小说相同，乃当初玉昆石先生所留。此书讲的是明笔、暗笔、倒插笔、惊人笔。诸公细瞧，必须把此理看明，方有可观的所在。似乎艾虎、兰娘这一露面，表他们的来历，皆称为是倒插笔。不但艾虎，兰娘儿，还有甘妈妈、凤仙、秋葵、霹雳鬼韩天锦。俱已来到。就因艾虎与韩天锦在卧虎沟完姻，韩彰回家去了。这日闲暇无事，忽然凤仙想起金氏牡丹来了，她们本是干姊妹。对着艾虎一提，小义士也想念盟兄，想着上京任差，日限尚远，何不一同上一趟固始县去。夫妻一商量，秋葵也想念姊姊了，要一同前往。秋葵要去，兰娘儿也要一路前往，霹雳鬼也要去。沙老员外不放心，怕的霹雳鬼闯祸。艾虎也不愿意同着霹雳鬼一路前往。甘妈妈说："既然这样，我同着他们一路走走。"沙老员外方才放心，雇了驮轿两顶，艾虎、霹雳鬼骑马，甘妈妈、兰娘儿、沙氏俱都坐驮轿。一路无话。

到了那里，也是住在金钱堡西边德胜店，把上房、东西房俱包下。这日天色已晚，打算明日再往施俊家去。沙氏叫艾虎打听打

---

① 侄妇——侄媳。

听，施老大人是尚在，还是故去了。艾虎就与店中伙计打听施家之事，那伙计连连摆手说：“千万可别提施家事情了。”艾虎问：“什么缘故？”伙计就把施家之事一五一十学说了一遍。沙氏一闻此言，不觉二目之中落下泪来。艾虎等店中伙计出去，也就止不住往下落泪，唯有甘兰娘在旁哈哈笑个不止。艾虎不觉怒气上冲，说：“你也太无调教了。论说妇道的规矩，三从四德是根本，丈夫要是遇见喜事，你也帮着欢喜，若是遇见烦事，你就帮着愁肠才是。我与你姐姐都在这里悲泣，你反倒在那里哈哈的笑。”艾虎虽这样说着，甘兰娘儿还是哈哈直乐，乐了半天，说：“请问你一件事情，你是何人的门徒？”艾虎说：“你这不是明知故问，谁人不知我是黑妖狐智化的徒弟？”兰娘又问：“什么人的义子？”艾虎说：“你这是没话找话说，我的义父是北侠，难道你就不知？”甘兰娘哈哈又笑说：“可惜呀，可惜！师傅、义父那样的英雄，认你这样义子徒弟。我可是女流之辈，我可也听说过那二位老人家挥金似土，仗义疏财，乐善好施，济困扶危，有求必应。可惜收你这样徒弟，听见盟兄全家遭害，不想一个主意与盟兄报仇，反倒同着我姐姐在那里哭哭啼啼。你是个八宝罗汉须眉男子，万岁爷家现任职官，你与施大哥八拜为交，生死弟兄，不思念与哥哥报仇，这就叫有负前言，连一点大义纲常全无。你在此流这妇人泪，也是无益于事。若能把哥哥哭活，把姊姊哭的身离虎穴，就是把二目哭瞎，也不枉哭了一场。依我愚见，你要不敢到恶霸家中与哥哥报仇，我就要前去探道啦。只要把道路探好，今日晚间，妾身背插一口钢刀，夜入太岁坊，把恶霸家中杀个干干净净，鸡犬不留。金姊倘若未死，把姊姊救出龙潭虎穴，就算替我丈夫尽尽交友之道了。”甘兰娘这一番话，把一个艾虎说得面红过耳，说：“你出此狂言，敢跟着我今日晚间夜入太岁坊，走这一趟么？”甘兰娘说：“你要不去，我自己还要前去，何况又是跟你

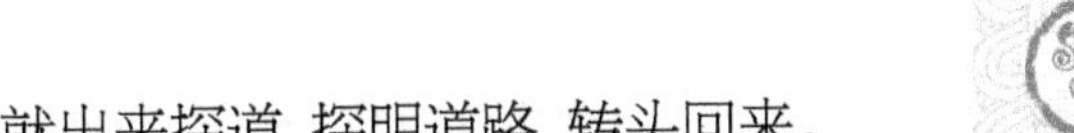

前去，焉有不敢之理！”艾虎真就出来探道，探明道路，转头回来。

大众吃毕晚饭。艾虎换了夜行衣靠，兰娘儿也拿绢帕把乌云罩住，摘了钗环镯串，脱了衣裙，尽剩里边小袄，用汗巾扎腰，多带了一根抄包，背后插刀，换了软底弓鞋，同就艾虎从后墙跳出去，直奔太岁坊。走到五道庙，远远看见山西雁搬着一块石头进庙去了。艾虎告诉兰娘儿说：“这个是三哥，大概还有别人。”不多时，又有智爷出来。艾虎说：“他们也为此事而来，不用过去见他老人家，咱们谁先到谁救。”倒是艾虎先进的太岁坊。夫妻分手，艾虎往前面去了，兰娘儿在花园子里一绕，若论胆量，这个妇人可算得是第一。忽然见一人，穿了一身孝衣服，可把兰娘儿吓了一跳。细一看，却原来是三哥，心中暗暗纳闷，他因何这样的打扮。只见他扭来扭去，正扭得高兴，兰娘儿就把他这夜行衣靠包袱拿起来了，打算他真急了时节，好把包袱给他。不想他口出不逊，这一骂把甘兰娘骂急了，一赌气包袱也不给他了，找了一块石头，对着徐良打去。徐良随后一追，兰娘儿便跑，跑过了东房，后来不见徐良追她，方才又从东房过来，各处寻找金氏。后来找着金氏，由后楼蹿将上去，戳破窗棂纸，看了半天，方才听得明白，暗暗夸奖金氏。本打算要进去杀婆子，也是怕唬着金氏，可巧遇见智化用了个调虎离山计，自己便开了后楼窗，来至金氏面前，解了绳索，说：“姊姊多有受惊，我是前来救你。”金氏说：“你要是我的恩人，容我一死，我也不能出恶霸门首。”兰娘儿问：“什么缘故？”金氏说：“我既到恶霸家中，我要出去也是名姓不香。”兰娘儿说：“我不是外人，我是艾虎之妻。”金氏说：“你是艾虎之妻？你姓什么？”兰娘儿说：“我姓甘。”金氏说：“你更是胡说了。艾虎之妻姓沙，你怎么告诉我姓甘呢？”兰娘听她问到此处，觉得脸一发赤，低声说：“妹子，我是艾虎的侧室。”金氏方才明白。兰娘儿早把她背将起来，用大抄包兜住她的臀部便往背后一背，抄包的扣儿，系在了兰娘儿的胸前。刚出来，便遇着智化后边追赶，明知是师傅，故意一语不发，后来听着他口出不逊，自己不能不答言。方才把抄包解开，把金氏放下，双膝跪倒，说："师傅别骂，徒弟媳妇在此。"智爷一看是甘兰娘，自觉脸上有些发愧，搭讪着问："原来你们夫妻俱都上这里来了。"兰娘儿便把来由对着师傅学说了一遍。智爷说："你们来得甚妙，我们爷们正为背金氏发愁呢，我先保护你们出去，然后告诉你们一个主意。"金氏一看，原来是智化，当初曾在夹峰山见过一次。便与智爷磕头，道："智叔父，侄媳妇被恶霸抢来，本不打算出去，现有弟媳前来救我。我要行拙志，我妹妹不教我死，我若不死，出去怕人谈论，名姓不香。"说到此处便哭起来了。智爷劝解半天，又教兰娘儿把她背将起来，仍然把抄包系住，智爷保护直奔北墙而来。兰娘儿蹿上墙头，飘身下来。智爷也便跟出墙来，送她们直奔德胜店。

走着路，智爷就告诉兰娘儿一个主意，说："施相公现在五道庙内，此刻倒不用叫他夫妻相见。先把你姊姊背回你们店去，可别叫店中人看出破绽来。明日五鼓叫他们套车，你们上车之时，店中人绝看不出女眷中多出一个人来。我带着施公子、徐良前来寻找你们，作为是咱们一路前往。"兰娘儿点头说："师傅这个主意很好。"随说着就到了店的后墙，智爷说："我就不到里面去了。"兰娘儿一回手由腰中解下一个包袱来，交给智爷，兰娘儿说："你把这个包袱交给我三哥，告诉他以后说话再不留神，巴掌可要上脸哪。"智爷问："这个包袱，你是从何得来？"兰娘儿说："我是捡拾三哥的。"智爷也不往下再问，把包袱系在自己腰间，看着兰娘儿蹿上墙头，进店里面去了。自己复返回来，蹿进太岁坊后墙，仍然奔了前边动手的所在。此时那些动手的人，已然被艾虎杀了个七零八落。智爷复又杀进来，便见地下横躺竖卧，也有带着重伤的，也有死于非命

的，遍地半截兵刃不少。又听正房上一声喊叫，原来是东方明赶到此处。皆因艾虎把他捆上，口中塞物，丢在床下，二位英雄出来之后，原来有个家人远远看着，等徐良他们去后，家人进来，便由床下把东方明拉出来，解开，又将口中之物掏出。东方明吩咐家人去带金氏，想着霸占之后由他们去救，不想工夫甚大，自己一赌气也奔东院来了，将到院内，便见婆子家人，俱都被杀。楼上不见了金氏，直气得大骂一场，又上前边动手来了。将到前院，便见家人乱嚷说："从外面来了两个大山精，打进来了。"要问来者是何人，且听下回分解。

第五十七回

窦勇强中铁棍废命　东方明受袖箭[1]亡身

且说恶霸见丢了金氏，大失所望，便想着上前边杀了这几个人，也出出他胸中之气。将到前边一看，他家下的人俱都无心动手，机灵的全都逃了性命，痴呆的还在那里交手。又从外边跑进几个人来，喊说道："员外爷，可不好了，由门外来了一个大山精，一个母夜叉，提着两条浑铁棍，睁着两只眼，看不见咱们的大门，口中嚷说：'怎么这里没门哪？'母夜叉又说：'那边有门。'大山精说：'走这里进。'便用棍一搠[2]，墙便倒了，飞腿便走，不久的便打到这里来了。"东方明一闻此言，这又是一件奇事。忽听大吼一声，犹如外面打了个霹雳相似。艾虎里边听了就知道是二哥的声音。原来是韩天锦夫妻二人到了。

皆因艾虎与兰娘儿夫妻商量上太岁坊的事情，可巧被秋葵听见了。也没把此事听明白，秋葵便抽身回到自己屋内，向韩天锦说："牡丹姐姐被太岁爷抢去了，施大哥被太岁爷害了。"韩天锦说："怎么哪？"秋葵说："老兄弟、兰娘姐姐他们两口子去找太岁爷去了，咱们也去。"韩天锦说："咱们便走吧！"随即提了他那条铁棍，把自己衣襟掖得利落。秋葵也便摘了花朵，脱了裙衫，里面短袄用汗

---

① 袖箭——藏在衣袖里暗中射人的箭。
② 搠(shuò)——刺、扎。

巾扎住，也用绢帕把头发包好，也便提了一条浑铁棍，秋葵在先，韩天锦在后，往外一走，便被甘妈妈拦住，说：“呀！我的干女儿，你往哪里去?”秋葵说道：“上太岁坊，找太岁爷去。”甘妈妈说：“呀！我的干女儿，你可去不得。有我们姑娘与姑老爷前去，你们不必去了。”秋葵说：“你快躲开，别误了我们的事情。”甘妈妈把门口一拦，秋葵说：“你要不躲开，我就拿棍打你啦。”甘妈妈说：“你要打我，可冲着我脑袋打。”秋葵真正一举棍就要打，甘妈妈往房外一闪，说：“呀！大姑娘，你二妹子要上太岁坊去哪。”凤仙由东屋里间出来，把身子将门拦住，说：“妹子要上哪里去?”秋葵一瞧势头不好，一生就是最怕姊姊，别看她是个浑人，也有主意，她把韩天锦一揪，说：“你在前头走罢。”霹雳鬼说：“使得。”他见凤仙拦住门口，说道：“躲开，不躲开拿棍要打啦。”说着棍一抡，照着凤仙就打，凤仙急忙往旁边一闪身。沙氏一瞧，势头不好，没有法子管这两个浑人了。韩天锦见凤仙躲开，回头叫着秋葵，奔出店门。二人并不知太岁坊在哪里，可巧来了一个行路之人，夫妻二人俱都看见，二人彼此棍对了棍，把路一拦。韩天锦说：“站住罢，小子。”那人一看，不但站住，且跪下了，说：“二位，我是任什么没有，就有身上的衣服，肚内的干粮。”天锦说：“放你娘的屁，如今不干那个了。”秋葵问那个人太岁坊在什么地方？那人说：“在正南。”说了才放那人去了。若依天锦，他并不认得东西南北，倒是秋葵还明白些个。二人一直往正南，进了石头牌坊，就听里面呐喊的声音，又带着灯笼火把照耀冲天。韩天锦说：“这就是太岁坊罢?”秋葵点头：“多一半是罢。”天锦问：“这里怎么没有门哪?”秋葵说：“那边有门。”霹雳鬼说：“这里开一个罢。”拿棍一杵，哗啦一声，将墙杵倒，飞步就进来了，秋葵也跟着进来了。

霹雳鬼一嚷，东方明瞧见他如山精相仿，身长一丈开外，所有这些打手还不够他一半高的身量哪。大家往上一围，秋葵施展她的棍法招数，转眼间东倒西歪，死了不少。霹雳鬼一眼就把窦勇强看见了，高声叫说："那个大小子过来，咱们两个人较量。"窦勇强也看见霹雳鬼了，无心与艾虎、徐良动手，一摆手中熟铜棍，就奔了韩天锦来。二人并不问名姓，就打在一处。如今韩天锦跟着夫人学了八手棍，窦勇强也是多了不会，二人这一交手，倒把旁人吓住了。铜铁两条棍，丁当地乱响，秋葵在旁，总怕韩天锦被伤，卖了一个破绽，蹿将上去，单臂使平生之力，对着窦勇强臀底下、腿腕子之上，叭嚓就是一棍，若是窦勇强身体灵便，也不至于打上，皆因他棍法不精，顾前不顾后，被秋葵这一棍，噗咚一声栽倒在地。韩天锦也用尽平生之力，对着大力将军太阳穴，叭嚓就是一棍，砸了个脑浆迸出。

东方明看见秋葵一棍将他舅爷打倒，被韩天锦要了性命，自己一个箭步蹿将过去，对着秋葵后脊背，抡鞭就打。秋葵也是个傻子，不能瞻前顾后，不料智爷在旁说："姑娘小心，鞭到了。"秋葵一扭身把那虎眼金鞭当的一声，折下半尺有余。你道这根金鞭怎么一碰就折，原来东方明就会这么一个虚体面，这根鞭是硬木胎子，上边包铜，外面涂金，借此吓人而已。吩咐一声抬鞭，抬鞭的那二人故意压的歪歪趔趔，为的是教赵胜、孙青几个人瞧看，不然怎么不敢与人动手。如今他想着暗算秋葵，不料有人提醒了，这沙氏一反手，就把鞭梢磕折，自己吓得不敢动手，转身就跑。霹雳鬼看了，就追下伏地太岁来了。秋葵也要追赶，被智爷拦住说："姑娘，深更半夜，你不用追赶那厮去了。”秋葵听了智爷言语，也就不肯追赶。此时众人都说山精与母夜叉又到了，又带着窦勇强一死，又有东方明来交手，刚一过去，鞭又折断，所有太岁坊的众人，不求取胜，只要保住自己兵刃削不了，就算保住一半性命。

艾虎往前一栖身，与孙青两个人较量。薛昆、李霸二人，见势头不好，撤身往外就跑，山西雁就追，说：“老兄弟，你拿那一个，我拿这两个。”徐良追出那两个人去。

艾虎与孙青交手，智爷也蹿上去了。此时孙青已经手忙脚乱，也打算要跑，不料未能走开，稍一失脚，自己的刀被艾虎七宝刀削为两段，随着被艾虎一抬腿，踢在肋下，噗咚一声栽倒在地。艾虎过去要把孙青捆起，就听上面飕的一声，小义士赶紧往后一撤身躯。原来秋葵看着孙青躺下，也不管有人没人，把棍就打，把孙青打了个骨断筋折。艾虎说：“你够多么愣！”秋葵把棍复又要打那些家人。智爷把她拦住，说：“姑娘且慢。”秋葵这才不打了。智爷说：“你们大众，无非是雇工奴仆，你们主人已跑，我们不忍伤害汝等性命。”大众一闻此言，如同领了一道赦旨，丢下兵器，俱都逃命去了。这才有艾虎、秋葵过来，与智爷行礼。智爷问：“秋葵，你们夫妻，从何而至？”秋葵便把来历学说了一遍。艾虎又说：“上后面看看我盟嫂如何？”智爷说：“已然叫你妻子救回店中去了。我们在此，等等你二哥、三哥，他们回来时节，我们一同再走。”

再说伏地太岁东方明在前边一跑，后面韩天锦苦苦紧追，追来追去，追至前边一片松林。东方明料着他要一进树林，韩天锦就不追赶他了。焉知晓韩天锦不懂的这个规矩，追进树林仍赶不上东方明，一赌气，就把手中棍，飕的一声，撒手对着东方明打出去了。

只听得哨的一声，正打在一棵松树上，伏地太岁见他把棍丢出来，手无寸铁，自己反觉欢喜，复又追下韩天锦来了。霹雳鬼本是浑人，两下里动手，焉有撒手飞棍的道理？本是得胜，反倒败回来了。东方明正追之间，忽听树上有人叫他说：“大哥别追了。”东方明抬头一看，由树上下来一宗物件，正中咽喉，噗咚一声摔倒在地。要问东方明生死如何，且听下回分解。

第五十八回

金钱堡羞走山西雁　毛家疃醉倒铁臂熊

且说山西雁追赶薛昆、李霸，打算要把二贼拿住。那二贼分路一跑，一个往东，一个往西，徐良也就无心追赶两个贼子。就听见前边喊叫之声，是韩天锦的声音，自己也就奔树林而来。到了林中，见天锦撒棍，心里暗暗怨恨二哥，两下动手，焉有撒手扔兵器的道理？前边就是有个死人，有许多树木阻挡，也教你打不着哇。徐良一反眼，忽然计上心来。看见旁边有一棵大树，随即蹿上树去，料着韩天锦必跑，东方明必追，要从树下一过，就可以结果他的性命。果然不出所料，先把韩天锦让将过去，他在树上叫声："大哥别追了。"东方明不知是谁，必然抬头朝树上看，徐良二指尖一点，飕的一声，正中咽喉，东方明噗咚一声摔倒在地。徐良高声喊叫："二哥别走了！去捡棍罢。"徐良下了树，与韩天锦见礼。霹雳鬼说："亏了三弟呀！要不是你，我准得死在这小子手里。"徐良说："从此以后与人交手，可别撒手扔棍了。"韩天锦说："再也不敢了，这原来不是个招儿。"过去把自己的铁棍捡来。徐良也会冤他，说："你把这小子扛回去，见了智叔父，也是你一件功劳。"韩天锦答应，真就把东方明用肩头扛上，棍交与徐良替他拿着，直奔太岁坊来了。将至门首，早有艾虎迎将出来。说："二哥扛的是什么人？"天锦说："我知道他是谁呀？"徐良在旁说："这就是太岁爷。"艾虎说："我师傅尽等着你们弟兄二人到此，好一路前往。"随说着，弟兄三人进来见了智化。韩天锦扔下东方明，过来与智化磕头。智化把他搀起，说："贤侄，你扛个死人来何用？"韩天锦说："侄男追出他去，一棍将他打倒，没想他就死了。"智爷瞧了瞧东方明，就是项下有些血迹，别处并无棍伤，又见徐良在旁，嘻嘻直笑，智爷就知道是徐良结果他的性命，却叫天锦承名。智爷说："天气不早了，我们急速就回去罢。"正在说话之间，忽见由后边跑出几个人来，细看全是妇女。有东方明的姨奶奶，也有婆子，也有丫环，跪在地下，求施活命之恩。智爷一摆手，尽饶他们逃生去了。智爷一回头不见艾虎，复又问徐良："艾虎上哪里去了？"山西雁也是摇头说："不知。"正要寻找，见艾虎由正北跑来，喘吁吁说："走罢走罢，火起来了。"大众一看，何尝不是烈焰飞腾。智爷问："艾虎，这是你办的事情吗？"艾虎说："不错。我看这里有好几条人命，放起一把火来，倒省许多的事情。"智爷道："好是好，只怕连累街坊邻舍。"智爷过去，把自己那口刀找来，徐良又把前边屋子点着，然后爷儿几个出来，直奔五道庙。走着路，智爷把腰间包袱解下来，递与徐良。山西雁一见他的包袱，说："智叔父冤苦了我了。我只打量是狐仙与我闹着玩呢，原来是你老人家拿去。"智爷说："不是我拿去的。我问问你，你丢了这个包袱，你说什么来着？"徐良照前言语，学说了一回。智爷说："好，你可惹出祸来了。"徐良问："到底是什么人拿去哪？"智爷说："可也不是外人，你明天好好与弟媳赔不是罢，就是弟媳拿去的。她叫我嘱咐你，从此以后，说话留神，倘若再要如此，小心巴掌可就要上脸了。"徐良一闻此言，羞得面红过耳，说："老西可真不是人啦。满口胡说乱道，我可怎么对得起我弟媳！"艾虎在旁微微一笑，说："哥哥何必如此，岂不闻不知者不作罪。"徐良说："实在太下不去了。咳！这是怎么说的哪。”连智化也劝解。大家就到了五道庙，先去叫门，施俊把门开了。见着施俊，艾虎与他行礼，说了始末根由。施俊与大众道劳，就用不着靴帽蓝衫了，仍然还是徐良背着施俊，出离了五道庙，大众分手。

艾虎同着秋葵、韩天锦回他们的德胜店，山西雁同智化回他们的高升店。韩天锦与秋葵由店中进去。艾虎由后墙进去。至里面，艾虎见了嫂嫂，给金氏道惊。秋葵、韩天锦至里面，金氏与他们道劳。金氏与兰娘儿早就换了衣服。艾虎也就更换白昼服色，等到天交五鼓起身。

再说智爷同着徐良，背着施俊，叫开了店门，到了里面，点上灯烛，算清了账目，给了酒钱。五鼓起身，仍然叫徐良背着施俊，出离店门，直奔德胜店而来。徐良说：“智叔父，让我兄弟在地下走几步罢，我就不上那店中去了。”智爷问：“因何故？”徐良说：“我得罪了弟媳，我若到那店中，不能见不着的，若要见面，她说我几句，我有何言对答？”智爷说：“全有你老兄弟一面承当。你这个人怎么这样死心眼，连我还说了一句错话哪。况且她不该拿你的包袱，她就先有不是处，包管不能有一言半语羞辱你。”徐良只得点头。到了店门首，徐良把施俊放下说：“我到那边告告便。”智爷这里就叫门，里边问找谁？智爷说找姓艾的、姓韩的。不多一时，见店门一开，艾虎与韩天锦出来，见了智爷与施俊说：“我三哥哪里去了？”智爷说：“在那边告便哪。”智爷把艾虎叫到跟前，低声告诉艾虎一回，说：“少刻你三哥进去，千万嘱咐你妻子，别叫她说你三哥，你还不知道，徐良他那脸面太薄哪。”艾虎道：“师傅只管放心，我早已嘱咐明白了，绝不能有什么说的。”智爷说：“很好，原当如此。”等了半天工夫，始终不见徐良回来，打发艾虎找了半天，踪迹全无。智爷说："不好了，徐良跑啦。"艾虎问："就为这个事情跑的吗？"智爷说："可不是就为这个事，还有什么事情哪？"艾虎说："他实在想不开了。"只得艾虎背施俊进去，仍用青纱遮面。大家进来，正在女眷都要上车之时，到了里面，也都见了一见。施俊也就上了车辆，智化、艾虎、韩天锦，都在地下行走，叫店家开了店门，钱都已开付清楚。车辆赶出来，直奔正西，远远听见人声喊嚷，原来是许多人都往太岁坊救火呢！直走到天光大亮，到了一个镇店，找了一座店房，进去打尖，打脸水烹茶，预备酒饭。艾虎就与智爷说："师傅，我三哥此去，必定上南阳府去了。"智爷说："不错，一者为的是冠袍带履，二则为拿白菊花，三来他知道团城子里面有一口鱼肠剑，他打算要把此物得到手中，方称他的心意。借着这一点因由，他奔南阳府去了。"艾虎说："他这一走，总算由我身上起。师傅，你老人家辛苦辛苦，送他们娘儿们上一趟卧虎沟罢，我追下我三哥去。我也找找白菊花的下落，倘若把他拿住，岂不是奇功一件。"智化说："你要去，可也使得，无奈我也有事在身。"艾虎说："你老人家事情太忙，我去追上我三哥，把这一点小事说开，省得日后弟兄见面，彼此全不得劲。"智爷说："既是这样，你就去罢。"可巧被韩天锦听见了。韩天锦说："老兄弟要去，咱们两个人一同前往。"艾虎说："不能，你到处闯祸。"韩天锦说："我绝不闯祸，有人打我不还手，骂我不还口，这还能够闯祸么？"艾虎说："别瞧此时说得好听，出去走上路就不由你了。"韩天锦一定要去，说："你不带我去，我就一头撞死。"智爷说："他这么说着，你就同他去就是了。"艾虎说："你一定要去，可别拿着铁棍。"韩天锦说："我就不拿我的铁棍。"

把话说好，吃完了早饭，会了饭账，大家商量施俊的事情怎么办才好。智爷出了一个主意：暂且叫他夫妻上卧虎沟躲避。到了卧虎沟，再往京中寄信，打听佳蕙的下落，必是在岳老将军那里住着呢。开封府的状不知告了没有。若要告了状，必有府谕，若要没告，就不便再告了。等着把这个知县撤了时节，冷淡冷淡，再回家去。施俊说："此计甚妙。"就依了智爷这个主意。艾虎同着韩天锦先就起身去了。

智爷看着施俊、侄媳们上了车辆，也就起身。正要出店，忽见从外面来了三骑马。智爷一看，原来是铁臂熊沙龙、孟凯、焦赤。三人见着智爷，全都抛镫离鞍，下了坐骑。智爷过去一一见礼。沙老员外说："别走哪，等着我们吃完了饭再走。"甘妈妈也过来见老员外，兰娘儿、二位沙氏、金氏全都过来见了沙、焦、孟三位行礼。老员外一见金氏满面血痕，问说："你们夫妻也在此处，是什么缘故？"智爷摆手摇头说："悄言！"到了屋中，伙计复又打脸水烹茶，伙计出去，智爷才把施俊夫妻的事情说了一回。老员外一听，只气得浑身乱抖，骂道："好贼徒恶霸，反了哇，反了！"智爷低声说："此处离太岁坊不甚远，此仇已报，你老人家不可声张此事了。"要把施俊带至卧虎沟与京都探信的话。又学说了一回，又问："你们三位因何来到此处？"沙龙说："皆因你侄女她们上固始县来时，我就不放心，他们走后，终朝每日心惊肉跳，我总料着，怕她们路上惹祸，故此我才约会焦、孟二位贤弟赶下来了。若要不是这里打尖，我们还会不在一处呢！"智爷说："你们吃饭罢，吃完了饭，咱们好一路前往。"又把店中伙计叫将进来，叫他们备酒，饱餐一顿，又付了饭账，然后大家上车。沙龙三位乘跨坐骑，保护车辆，直奔卧虎沟而来。

行未半里之遥，再找智化时，踪迹不见。老员外与焦、孟二位说："智贤弟这叫满怀心腹事，尽在不言中。由他去罢。"行至天晚，老员外要早早住店，皆因是有女眷，晚间行路不便。天气正当日落光景，路北有座大店，车辆马匹俱都入店，女眷住了五间上房。沙、焦、孟、施俊住了西跨院，皆因前院东西配房俱都有人住了。伙计也是打脸水烹茶。老员外吩咐看酒，要了上等肴馔①一桌，将酒摆齐，四位酒过三巡，施俊说："不好，我心内发慌。"连老员外四人，"噗咚、噗咚"，俱都摔倒在地，人事不省。要问什么缘故，且听下回分解。

① 肴馔(yáozhuàn)——比较丰盛的饭菜。

第五十九回

假义仆复又生毒计　真烈妇二次遇灾星

且说老员外只顾喝酒，没留神酒内有东西。酒过三巡，就身不由自主，四位俱都摔倒在地。你道这是什么缘故？列位必疑着是黑店，却原来不是黑店。这店东姓毛，叫毛天寿，这个地名，叫毛家疃。这店东有个外号，叫千里一盏灯，先前是个占山为寇的山贼。有个伙计叫赛张飞蒋旺，二人在夹龙沟啸聚喽兵，劫夺过往客商，后来被本地面官搜山，赛张飞蒋旺被捉，毛天寿由后山滚山而逃。过了半载有余，自己扮作乞丐，入夹龙沟，慢慢搬运先前所藏的金银财物。当初劫夺的东西，是值钱的物件，俱都藏在一个石洞之中，上面用乱石盖好，就是他与蒋旺知晓此事，如今蒋旺问成死罪，就是他自己一人搬运。后来开了一座小杂货铺儿，总是贼人胆虚，怕有人知晓他的根底，自己拾掇拾掇，就回了原籍。如今也上了几岁年纪，就在此处开了一座店房。可巧这日在知县衙门里会着东方明，与知县一同拜的把兄弟，三个人交得深厚。后来知道东方亮私通了襄阳王，商量着一同造反，自己又怕事败，招出灭门之祸，打算自己这点家财足够后半世的快乐了，又没有子嗣，纵然挣下万贯家财，日后也是白便宜旁人，倒不如作一个清闲自在，不作犯法之事，到底是梦稳神安。自己就冷淡了东方明，不与他们亲近，不料东方明事败，就有王虎儿、王熊儿会同薛昆、李霸找到毛天寿店中来了。

皆因薛昆、李霸被山西雁追跑，天光大明，二人才会在一处，见面之时，唉声叹气。正要商量一个主意，就听那边树林之中，有两个人号啕痛哭，走过来一看，却是王虎儿、王熊儿，旁边放着两个包袱。薛昆道："你们意欲何往？"王虎儿说："我们一点主意没有，打算要在此处上吊。你们二位爷台要上哪里去？"薛昆说："咱们一同上南阳府见大太爷去，让那里派人与你们员外爷报仇。"两个人一听，把包袱拾起来，一直扑奔南阳而来。四人走至晌午，到一个双岔路。王虎儿说："你们二位爷台多走几步，我们员外爷的盟兄就在毛家疃，给他送个信息去如何？"薛昆说："使得。"就到了毛家店。王虎儿与薛昆、李霸见了毛天寿。王虎儿哭哭啼啼的把他们一家火灭烟消的事情学说了一回。毛天寿一闻此言，也就放声大哭，问他们此刻有什么主意？王虎儿说："我们只可上南阳府见我们大太爷去，让那里设法与我们员外爷报仇。"毛天寿问："怎么没上县衙禀过太爷？本地太爷与你们员外爷，我们都是换帖的兄弟，那里要是知道这个事情，不能不替你们出力。这是哪里来的这伙人？又有装神的，又有装鬼的，又有大山精，又有母夜叉。想施俊乃官宦之子，怎么他认得这些个人呢？这可真奇怪了。"随说着话，就叫摆酒。不多一时，酒已摆齐。连虎儿、熊儿也就搭了一个座位，同桌而食。王虎儿斟酒，将要端酒杯，忽听外面一阵大乱，正是沙老员外到。王虎儿掀着帘子，往外一看，正见女眷下驮轿车辆，看见了金氏与秋葵、施俊几个人，王虎儿尽都认得。又是欢喜，又是害怕，欢喜的是他们到这店中，可算是自投罗网，员外之仇可报。怕的是施俊已是死了，怎么又会到这里来呢？一转面就与毛天寿双膝跪倒说："大太爷应了小人这件事情，小人起去，如若不应，小人就碰死在大太爷的跟前。"毛天寿说："你还有什么要紧的事？你只管起去，我无有不应之理。"王虎儿方才起来说："方才进来的这些车辆马匹，男女众人，就是我们员外爷的仇人到了。"毛天寿一闻此言，

登时一怔，说："哪一个要了你们员外的性命？"王虎儿说："抢的就是那个面上有血痕的妇人。另有个黑粗胖大的妇人，我们舅老爷连我们员外爷的性命，俱死在这个丑妇人的手内。求你老人家，念着与我们员外爷八拜之情，如今她既住在这里，就如笼中之鸟、网内之鱼，若要报仇，不费吹灰之力，要错过这个机会，可就无处去找了。"薛昆、李霸也就深施一礼，说："毛兄长，只要你老人家一点头，等至晚间他们睡熟之时，我们两个人进去，结果他们的性命。"毛天寿哈哈一笑，说："此乃一件小事。"对着王虎儿说："总是你家员外爷此仇当报，想不到他们自投罗网。不用你们去，我自有主意。"随即把伙计叫来，问了问上房共有多少女眷，西院有几个男人，连赶驮轿的驮夫，叫他们另住一所房屋。自己立刻去配了药料，回来并合好蒙汗药，交与伙计，就将上房中连西跨院、驮夫那里，酒内俱都下了蒙汗药。连驮夫到老员外那里全都躺下了。唯独上房女眷没躺下。是什么缘故？皆因这里有一个使蒙汗药的老行家，就是甘妈妈。在娃娃谷的时节开黑店，她那蒙汗药天下无双，无异味，无异色，酒也不浑不转，连翻江鼠蒋爷都受了她的蒙汗药酒。这店中的酒，如何瞒得过她去？把酒席摆好，将一斟酒，甘妈妈说："慢着，这酒千万别喝！"众人一怔，甘妈妈托起这酒杯儿来一看，酒在杯内滴溜溜的乱转，并且发浑，用鼻孔一闻，这酒有药味。甘妈妈说："好哇，险些终日打雁叫雁啄了眼。你们这能耐差多着的呢！要论使蒙汗药，你们在孙子辈儿上呢！"兰娘儿一见这个光景，头上就摘花朵，脱长大衣服。甘妈妈拦住说："你先等等，那屋里还不定怎么样呢？待我先过去瞧看他们，要是受了药，先把他们救过来，然后动手方妥。"兰娘儿说："这菜大概也就吃不得了。"甘妈妈说："总是不吃的为是。"自己提着茶壶，把里面的茶全都倒将出来，奔到厨房，打了一壶凉水，提着直奔西院。果然，到屋中一看，全都东倒西歪。甘妈妈暗笑说："可惜老员外久经大敌之人，不懂得他们这个圈套。"拿筷子把牙关撬开，把凉水灌将下去，一个个皆是如此，转眼之间，慢慢苏醒。沙老员外翻眼一看，连忙问道："这是什么缘故？"甘妈妈就将受蒙汗药的话，细说一回。此时焦、孟、施俊也都醒过来了。焦、孟二位一听，只气得浑身乱抖说："老哥哥抄家伙。"老员外问甘妈妈："你们那边，倒没受他们的诡计呀！"甘妈妈说："我们刚才斟酒，就看出他们破绽来了。"老员外先教甘妈妈过去嘱咐姑娘们，别教她们出来动手，连施俊也带至那边去罢。

甘妈妈点头，就把施俊带到前院五间上房之内。将至屋中，早被王虎儿看见。皆因王虎儿扒着东屋窗棂一看，说："那老婆子怎么打西院出来？并且那施俊也奔上房去了。"毛天寿说："再等片刻，看看如何，也许是把那相公约到前面喝酒来了。"又等了半晌，绝无动静，随着叫伙计到上房，问问添换什么酒菜，看看怎么样子。伙计答应一声，往外就走，来至房中，一掀帘进去，说："太太们添换什么酒菜？"刚进屋中一瞧，这些太太们都是短衣襟的多，拿刀的拿刀，提棍的提棍，见势头不好，刚要回身，早被兰娘儿磕哧一刀杀死。兰娘儿头一个就一掀帘子闯出来了，紧跟着秋葵一抡混铁棍也蹿出去了。毛天寿就知道势头不好。凤仙也把长大衫脱去，也提一口刀，论说凤仙使弹弓最熟，进店下车辆，没料着有这些事情，弹弓还在车上绑着呢，弹囊儿可在包袱里面。凤仙挎了弹囊，提着这口刀，出离屋中。此时西院内，沙、焦、孟也就蹿出来了。薛昆、李霸一听院内有男女叫骂，也就不能不出来动手，随即就掖衣襟，挽衣袖，拉刀出来。毛天寿也就脱了长大衣服，叫人抬过枪来，吩咐一声上店门。王熊儿就往外跑，说："我去关大门去。"毛天寿说："凭他是谁，别叫进来。"自己蹿在院中，先与沙老员外交手。薛昆、李霸就叫兰娘儿、凤仙、秋葵、焦、孟五个人把这两个人裹住，也难

为这二人手中刀上下飞腾，遮前挡后，可就没有还手之力。忽然间由后边跑来数十个人，俱是店中伙计，也是长枪短刀花枪铁尺锁子棍，转眼间往上一围。此时间就欢喜了秋葵一个，单手一抡浑铁棍，呼呼的风响，尽奔这些伙计，碰上就死，打着就亡，转眼之间，伤其一大半，大众齐说厉害。毛天寿一瞧势头不好，奔东夹道，往北飞跑。老员外哪里肯舍，尾于背后紧紧一追。毛天寿早一伸手，掏出一枝镖来，正跑之间，一扭身，对着老员外就是一镖，只听“叭嚓”一声响亮，正中太阳穴，“噗咚”死尸栽倒在地。要问后事如何，且听下回分解。

第六十回

盟兄弟巧会盟兄弟　有仇人偏遇有仇人

且说毛天寿一跑，老员外就追。这个东夹道，往北道路甚窄，南北甚长，毛天寿在前，老员外在后，就见毛天寿一回身，飕的就是一镖，老员外一闪，不料身后还有一人。皆因沙凤仙见大家一齐动手，兰娘儿、秋葵十分猛勇，自己就蹿出圈外，直奔车辆而来，见弹弓在车辆上绑着，顾不得去解，用刀把绳子一割，提着弹弓，往北飞跑，见天伦追赶毛天寿，自己就把弹子掏出来，在弦上稳好。忽然见毛天寿一转身，总是凤仙眼快，就知是暗器。自己用臂膊一拐老员外，凤仙往东一歪身，举拳对准毛天寿一撒手，吧的一声，弹子正中毛天寿的太阳穴。毛天寿的镖可没打着沙龙老员外，就在一转眼之间，毛天寿身归那世去了。老员外见他已死，带着凤仙复又回来。到厅房外，把老员外吓了一跳，回身一拉凤仙，姑娘早已会意，一伸手，就把弹子仍然在弦上稳好，前拳对准，后手一撒，趴嚓一声，恶贼往后一仰，栽倒在甘妈妈身背后，把甘妈妈也吓了一跳。你道这是什么缘故？皆因王虎儿始终不敢出那东房，他净趴着往外瞧看，就见秋葵、兰娘儿、孟凯、焦赤与薛昆、李霸交手，见沙老员外追赶毛天寿往后院去，又见甘妈妈拿着一条门闩在那阶台石上站着乱喊。原来甘妈妈没有本事，王虎儿准知道施俊与金氏更没有能耐了，暗中就提了一口刀，溜出房门，贴着东房墙，下台阶，轻轻的扑奔门口，走到甘妈妈身后，打算着一刀先把这老婆子杀死，然后再进屋中把金氏、施俊杀死，就算给主人报了仇了。主意虽好，天不随人愿。将一抡刀，叭嚓，后脖颈上就着了一弹子，自觉头颀一晕，噗咚栽倒在地。甘妈妈这才回头，吓了一跳，就用手中门闩，叭嚓一声，打将下去。凤仙赶到，就是一刀，结果了王虎儿的性命。复又过来，围上薛昆、李霸，二贼一见吓了个胆裂魂飞。二人无心动手，就蹿出圈外，飕飕的蹿上房去。

这内中唯独兰娘儿会蹿房跃脊，除她之外，谁也不会。兰娘儿正要上前去追，沙老员外把她拦住说："姑娘千万不可追赶，饶这两人去罢。"再看店中，还有十几个伙计，打也不敢打了，跑也不敢跑了，一字排开，全在那里跪着。这个说我是厨子，那个说我是帮案的，这个说我是今天来的，那个说我是方才到的。老员外说："没有你们的事情，可也不能把你们放了，用你们当官对对词去，到了当官，你们就作为是今天才到，不知道他这里是个贼店，不料未到晚上就出了这样事情。再说这里有蒙汗药酒为证，绝不与你们相干。你们看看，这是将军之妻，这是护卫大人之妻，他要用蒙汗药酒害死，该当什么罪过？再者我问问你们，他素常所害之人都埋在什么地方？"众人异口同音："素常这不是贼店。"老员外说："你们还是向着他们。若要不是贼店，为何起心害我们大众？再者有高来高去之贼，方才上房跑去的不是那两个贼吗？"众人把王虎儿同薛昆、李霸怎么哀告毛天寿给他们报仇的话说了一遍。老员外又问："既然不是贼店，现有蒙汗药酒是哪里来的？"内中有一个嘴快的说："除了我，别人不知道毛天寿的来历，他先前在夹龙沟占山为王。他有个伙计，叫赛张飞蒋旺，那人被官拿去，姓毛的逃在这里开店。今天遇见王虎儿，一求告他与东方明报仇，他有先前所剩下的蒙汗药，就俱都拿出来了。”老员外一听，也倒合乎情理，立刻叫焦孟二位出去，把此处地方找来。

不多一时，地方带着几个伙计进来，见了老员外行礼，问明姓氏，又问这些死人缘故。沙龙就把他们开贼店害人，现有蒙汗药酒为证，自己带着女儿回卧虎沟，住在此店险些被他们害死诸情由，告诉了地方一回。现在店中这几个伙计，先教带着他们去见本地面官回话。那些死尸，全用芦席盖上。又到南屋里，把那些驮夫俱用凉水灌醒，地方带领众人去见官，伙计在此处守死尸。到次日，官府就来相验，沙龙见本地面官，仍然照前言学说一遍。官府吩咐把死尸装殓起来，店中东西入官，房子以作抄产，店中这几个人开发，案后捉拿薛昆、李霸与王虎儿兄弟王熊儿。老员外领女眷们上驮轿车辆。焦孟二人上马，老员外也是乘跨坐骑，施俊可是坐车，大众归奔卧虎沟去了。

单言艾虎同着霹雳鬼韩天锦二人，扑奔南阳府。这一路之上，险些把艾虎急坏了。皆因是小义士一生最是好酒，这一单走，无人管辖，每遇住店打尖之时，必要开怀畅饮。韩天锦则一味好睡，睡下去了，要叫他起来那可费事。头天晚间住店，艾虎喝得大醉。第二日早晨起身，就是叫不醒韩天锦，把他搀起来坐着，他仍然是呼声震耳，还是不醒。艾虎一赌气，叫店家备酒，喝得大醉，他头朝里也睡了。韩天锦醒了一瞧，艾虎还在那里睡觉。他也把店中伙计叫过来，教给他烙饼炖肉，饱餐一顿，他一吃饱，仍然又去睡着了。艾虎醒了一看，二哥仍然还睡，只打量他是没醒，往桌上一瞧，摆列许多盘碗，方才知道他吃饱了又睡。心中暗暗着急，似这样走路，几时方能到南阳？一赌气，要了酒又喝。次日天交晌午，方才出店门走路。艾虎想出一个主意来，晚间不住店，连着走夜路，到了镇甸地方，抄着小路就下去了。韩天锦问：“艾兄弟，怎么还不住店呢？”艾虎说：“住店也得有店好住哇。”到底是冤傻子好冤，韩天锦也就气哼哼跟着走。到了次日打尖，艾虎就买了一个皮酒葫芦，装满了酒，烙了几斤饼，买了些熟牛肉和咸菜。韩天锦饱餐一顿，刚要朦胧二目，艾虎说：“走走走！”又催着大傻小子起身，韩天锦就跟着走。到次日打完了早尖，仍然又买些饼和酒肉背着走。到次日晌午的时候，韩天锦实在走不上来了，说：“老兄弟，你行点好事，教我在这里歇息歇息罢。”艾虎说：“你只要睡着能醒，为什么不教你睡觉呢？”韩天锦说：“我要是不醒，你就真打我，我身上作痛就醒了。”艾虎说：“我如何敢真打你，只要你睡起一觉就走，还有不行的么！”韩天锦连连应承，别听说的好，一躺下就是沉沉睡去。艾虎拿着酒葫芦喝酒，喝得也觉着有八成了，又被冷风一吹，迷迷糊糊的沉沉睡去。刚刚睡熟，耳边有人说：“呔；你们好大胆！全睡着了。”小义士睁眼一看，原来是四哥，立刻站起身来，连忙双膝跪倒，说：“四哥一向可好？从何而至？”卢珍说：“由陷空岛而来。”皆因他奉旨完姻，百花岭成亲之后，连妻子一同回陷空岛去。到家中，卢方老夫妻一瞧这房儿媳，喜之不尽。本来，小霞姑娘生得闭月羞花之貌，沉鱼落雁之容，见了公婆，又是一番稳重端庄。小夫妻双双行了礼，然后就在紫竹院那里居住。后来又有茉花村丁兆兰、丁兆蕙、丁大奶奶、丁二奶奶都来瞧看姑娘来了。论姑娘说是舅舅舅母，论婆家就是叔叔婶母，连卢家亲友都来瞧看。卢珍惦记上京的心切，不到一个月的光景，就要辞别父母。嘱咐妻子在父母跟前多多尽孝。次日起身，也不带人，也不乘跨坐骑，带上盘费银两，离了陷空岛，上了一趟百花岭，到叔丈那里看看。若要不上百花岭，可就遇不着艾虎了。这日卢珍正走，见韩天锦与艾虎在那里睡觉，先把艾虎唤醒。艾虎过来行礼，彼此道了一回喜，这才问艾虎的来历。艾虎就把始末根由说了一回。卢珍说："很好，我们一路前往。"艾虎说："这二哥实在是个累赘①。"卢珍说："有我不怕，教他走就走，教他站住就得站住。"艾虎说："何不就试验试验。"卢珍一伸手，韩天锦大吼一声"呀！"往起一蹿。卢珍过去行礼。韩天锦说："我算计是你，好哇小子。"卢珍说："你又疯了罢？"韩天锦说："我犯了忌了，从此再不敢了。"卢珍说："我们一同快走哇。"韩天锦说："我怪困的，你不知道，好几天没睡觉呢。"卢珍说："不行，这就起身。"艾虎就见他往腿那里一伸手，韩天锦连忙的说："我走我走。"艾虎说："四哥，这是什么招儿？"韩天锦说："你可别告诉他。"卢珍说："我起过誓，不能告诉别人。"艾虎也就不问了。再走路，全有卢珍，教走就走。一路无话，到了南阳府的管辖地面。

这日晚间，三人贪着多走几里，天有二鼓，前边有一座庙，见有一个黑影儿，肩头上背个包袱蹿进庙去。卢珍说："有个贼进了庙

① 累赘——多余、麻烦。

了,我看看去。”艾虎说:“我怎么没看见?”卢珍说:“你们在这里等着。”自己进了西墙,奔到上房的台阶,忽见帘子一启,出来一人,卢珍将要上前,一看原来是路素贞,她把迷魂帕一抖,卢珍噗咚摔倒在地。要问卢珍吉凶如何,且听下回分解。

第六十一回

赵保同素贞私奔　艾虎遇盟兄行程

且说盟兄弟三人一同走路，就是卢珍看见有个贼进了庙，叫艾虎在外边等着，自己进去看看。要不是有韩天锦，艾虎也就跟进去了。卢珍进到里面，原来是仇人路素贞，就是路凯的妹子。皆因大闹天齐庙，后来大众官人一到，拿住路凯、贾善。路素贞跑了，赵保紧紧相跟。天光大亮，赵保过去说："妹子多有受惊。"路素贞一见赵保，眼泪就落下来了，咬牙切齿说："这蛮子实是可恼！赵二哥你看看我哥哥做的都是什么事情，有拿着妹子耍笑着玩的吗？事到如今，我若不死，名姓不香。二哥你自己寻你的生路去罢，我就在此处寻一个自尽。"赵保本为的是她，焉能叫她寻了自尽呢？赵保说："妹子，我跟下你来，就怕你寻了拙志。有仇不报，非为人类，无论男女，枉立于天地之间。再说君子报仇，十年不晚。妹子要是愿意报仇，我有个愚见，可不知妹子意下如何？"姑娘说："我是女流之辈，二哥如有高见，快请说将出来。"赵保说："此时南阳府东方亮设立擂台，聘请天下的英雄，帮着他共成大事。要是妹子同我前去，咱们见着东方亮，提说大哥这不白之冤，他必然肯拔刀相助。他那里天下能人甚多，或者盗狱，或劫法场，把哥哥救出来，慢慢寻找蛮子他们这一伙人的下落。可不知妹子心中怎样？"姑娘一听，眼泪汪汪地说："难得你这一点诚心，也不枉我哥哥与你有一拜之情，请上受妹子一礼。"到底总是姑娘见识，她焉能知道赵保的心意不是

为哥哥,尽为的是她。赵保赶紧答礼相还。姑娘说:“我也不能家去了,我连长大衣服也没有,这便如何是好?”赵保说:“妹子随我来。”找了一个大村子,叫她在树林中等,去不多时,拿了一个大包袱来了,里面尽是妇女衣服、簪环首饰,格外还有些个细软的东西,还有五、六十两银子。九尾仙狐这才换上衣服。到了第二日早晨,找店住下,所有妇女穿戴的东西就在这个地方买就,直奔南阳府。走了三天,他们明是兄妹,暗是夫妻了。

这日到了南阳府的管辖,正走在一个尼姑庵前,从里边出来了一个老尼僧,年纪总在六、七十岁了。路素贞给那老尼僧道了一个万福,说:“师傅,这里离南阳府还有多远?”尼僧说:“还有十几里路。”又问道:“那个团城子离此多远?”回答:“三里地,这里可就看见了,那边黑糊糊一片树林,就是团城子。施主是认得团城子里面的人吗?”路素贞说:“认识东方大员外。”尼僧说:“这个庙就是大员外的家庙,庙名儿叫仙佛兰若。”赵保在旁说道:“我们正是要投奔东方大员外那里去,这是我的妹子,教她暂且在师傅庙内借宿一宵,明日早走,多备香烛祝敬。”尼僧说:“既是我们施主的朋友,这有何难?再说庙内有的是房子,就请施主进来罢。”随往里走,又问:“施主贵姓?”赵保说:“姓赵。未领教师傅上下。”尼姑说:“小尼修元。”当时让至客堂献茶。赵保吃了两杯茶,告辞上团城子去了。晚间直到初更之后方才回来。路素贞问赵保见着了没有,赵保说:“见着了,不但见着,他也应了你的事情。若要不是十五日这个擂台,一半日就要派人跟着咱们办这个事去了。皆因有他这个擂台,总得把他这擂台事情办毕,再办我们事情。他说本应把你接到家中去住,无奈他家中没有女眷,不能陪着你,怕慢待了咱们。

说要在此处不便，就把尼僧杀了，明天他另派婆子服侍于你。”路素贞说：“那如何使得！咱们住一半天再说吧。”焉知晓当夜这个尼僧就教赵保结果了性命，把她的尸首埋在后院，过了三五日，并没见团城子的信到，他们也就没有盘费了。

赵保这天出去探了探道，有一个地名，叫五里屯，这五里屯有一个有钱的财主，他就打算着晚上去偷盗些个盘费，暂且度日。对路素贞说明，九尾仙狐说：“我也没事，咱们两个人一同前往。”吃完晚饭，外边有人叫门，让进来，原来是团城子的从人，请赵爷上团城子去说话，还是立等。他就到屋中告诉路素贞说：“我今天先上团城子，明天再办那边的事情。”路素贞说：“我一人上那里去，也未为不可，明日咱们就没有花的了。”赵保说：“你可别去，你没办过那个事情。”路素贞说：“你不用狂美呀！可惜我没有那份家伙，我要有那百宝囊，拨门撬户的东西，要窃取物件，不费吹灰之力。”赵保说：“很好，我这里有应用的东西。给你，要是不行，可就别办。就在我们看的那个五里屯，十字街的北头，就是他那房屋高大。”路素贞说：“知道了。”赵保出去，同着团城子的人出庙去了。

且说路素贞脱了长大衣服，摘了花朵，绢帕罩住乌云，汗巾扎腰，换上弓鞋，背后勒刀，带了迷魂帕囊，又系上百宝囊，连屋中灯火俱都没吹，把庙门由里边插住，自己跃墙而过。到了那个财主家中，也用的是留火遗光法，把人调将出来，抢夺了不少的东西，扬扬得意，回了仙佛兰若。自己蹿进墙来，就觉后面有人，进到屋中，把包袱放下，一转身复又出来，与卢珍险些撞在一处。卢爷刚要施展倒卷帘的功夫，不料早被九尾仙狐把五色迷魂帕一扬，此时素贞也顾不得夺上风头了，把自己鼻子一捏，那帕子就抖在卢珍的脸上了，焉有不躺下之理。素贞收了帕子，就把卢珍提到屋中，往地下一扔。素贞细细的一看，好生诧异，这就是天齐庙的那一个姓甄的。皆因前次天齐庙被捉，是冯渊的主意，教他们以名作姓，以姓作名。如今路素贞还当他姓甄，当初九尾仙狐就是喜爱卢珍，都是他哥哥把事作错，叫那个蛮子弄得自己家败人亡。如今虽从了赵保，总是心中不愿意，可巧在此地又拿住了这个姓甄的，赵保又没在庙中。按说有仇，却是与那蛮子有仇，瞧这个人武艺又好，人品端正，日后必成大器。我与赵保这样不明不暗，总算是件丑事，再说他杀那个尼姑，心地太狠，不如趁着他没在此处，我用凉水把姓甄的灌将过来，听听他是什么口气。大约年轻的人，要是见着我这品貌，不能不愿意。只要他一点头，我们是明媒正娶，以后死去的时节，也对得起上辈先人。倘若赵保他要不依，我结果他的性命，以除后患，主意想妥，取来凉水，先把二臂捆上，然后将卢公子灌醒。卢珍此时瞧见九尾仙狐，不大很认识，自己回想，莫不成是天齐庙那个姑娘？要是她，我这条命可要不保了。对着路素贞便问："你是什么人？你把我捆上是什么意思？"九尾仙狐说："你不是姓甄么？"卢珍说："你满口乱道，哪个姓甄！我姓卢名珍，是御前带刀四品护卫。"素贞又问："上次那个蛮子是我哥哥糊里糊涂不知怎么办的，我二人虽然拜堂，可没有夫妻之分。就为他，把我们害了一个家败人亡。我又是女儿之身，只落得孤孤单单，无倚无靠。你若肯应允此事，我二人成就百年之好。你若不应，一刀将你杀死，悔之晚矣！"卢珍说："呔，丫头快些住口。你老爷是将门之后，你这下流的贼女，要杀就杀，要想教俺作苟且之事，万万不能！"说毕，大嚷道："这里有贼！"素贞一着急，拿了一块绢帕，一捏卢珍双腮，就把他口拿绢帕塞上。素贞笑道:“你这个人世间少有,生死路两条就在目下,你若求生,把头一点就算应了;你若求死,把头一摇。”随说着将刀拿起来,往桌上一拍,说:“你姑娘将刀一落,就是无头之鬼!”卢珍连连把头摇。素贞举起刀来,又不忍结果卢珍。忽见帘子一启,赵保从外边进来,一看是卢珍。心中早有几分明白了。说:“妹子拿住仇人,因何不杀?总是你的胆小。”赵保亮刀,对着卢珍往下就剁,只听噗咚一声,栽倒在地。要问卢珍生死如何,且听下回分解。